文荟北京

北京市群众文学创作优秀成果选

2022

北京市文化馆——组编

中国大百科全书出版社

图书在版编目（CIP）数据

文荟北京：北京市群众文学创作优秀成果选. 2022 / 北京市文化馆组编. —北京：中国大百科全书出版社，2022. 12

ISBN 978-7-5202-1251-9

Ⅰ. ①文…　Ⅱ. ①北…　Ⅲ. ①中国文学—当代文学—作品综合集　Ⅳ. ①I217.1

中国版本图书馆CIP数据核字（2022）第225617号

出 版 人　刘祚臣
策　　划　刘　嘉
责任编辑　陈　光
责任印制　邹景峰
装帧设计　程　然
出版发行　中国大百科全书出版社
地　　址　北京阜成门北大街 17 号
邮　　编　100037
网　　址　http://www.ecph.com.cn
印　　刷　北京君升印刷有限公司
开　　本　710 毫米 ×1000 毫米　1/16
字　　数　678 千字
印　　张　41.5
版　　次　2022 年 12 月第 1 版
印　　次　2022 年 12 月第 1 次印刷
定　　价　78.00 元

《文荟北京——北京市群众文艺创作优秀成果选（2022）》编委会

顾　问：杨　烁　庞　微　常　林

主　任：王维波

副主任：明子琪

编　委（按姓氏笔画排序）：

王维波　尹明星　申　静　许　博　刘子含　张　巍

张　敏　杜　染　明子琪　贾　昱　贾　晟

组　编：北京市文化馆

2022年首都市民系列文化活动“文荟北京”文学创作导师团暨北京市群众文学创作优秀成果奖评委会

文学创作导师团暨评委会主席：韩小蕙　鲁太光

文学创作导师暨评委、分卷主编

小说类：张元珂

散文报告文学类：马光复

诗歌类：杨志学

2022年第十九届群星奖（北京地区）戏剧、曲艺类评委会

戏剧类（按姓氏笔画排序）：

王宝社　刘小军　刘　平　刘彦君　宋宝珍　张百灵

周　光　郝荫柏

曲艺类（按姓氏笔画排序）：

王　珠　全维润　吴文科　李伟建　宋德全　姜　昆

种玉杰　贾　仑　唐文光

2022年首都市民系列文化活动『文荟北京』群众文学创作活动暨第33届北京农民艺术节乡村题材文学作品征集活动优秀成果选

目录

小说卷

诗歌卷

散文报告文学卷

文学评论卷

导师点评

戏剧卷

曲艺卷

附　录

2022 年首都市民系列文化活动『文荟北京』群众文学创作活动暨
第 33 届北京农民艺术节乡村题材文学作品征集活动优秀成果选

小说卷

短篇小说集《带风尾纹的油纸伞》小说选

* 郑俊华

带凤尾纹的油纸伞

（1）

那把伞已不是很新，在人头攒动的码头上，一点也不招眼，以至于把身着灰色长袍的那个撑伞人的儒韵，遮去了八九。

（2）

梁记杂货店的铺面，就在三里店的主街上。站到窗前，就能看到三里店码头上的人来人往以及码头外的舟楫樯帆。当然，这一切在十几分钟前，还与过路人梁五洲没有任何关系，但这会儿——有了。

因为刚才在小店吃饭的时候，突然就下起了雨。在下雨的时候，撑了伞进店的人，就多了起来。这雨来得也邪性，从梁五洲下船便开始下，等他简单地吃过饭准备回船时，差不多就停了，只有门口树梢上还有水滴，偶尔随风闲坠。梁五洲出了店门刚一撑开伞，就感觉有些异样，仔细看时，竟骇得满眼昏黑。他踉跄几步，只身斜靠在一棵湿啦啦的老树上。刚刚打开的那把伞，也躺在了满是水迹的树下。他的伞，也是把不咋起眼的旧伞，二十八根伞骨中有一根有些断裂，而此刻躺在地上的伞，虽外观极相似，伞骨却完好无损。

他贴在树干上，用手按压住咚咚疾跳的胸口，稳了稳心神，才捡起地上的伞，快步折回了小店。但正如他所料，他刚刚吃饭的那张桌上以及椅上地上甚至屋里任何一个角落，都已没了他那把伞的半点踪迹。

(3)

他装上了一锅烟，很机械地点着，边点烟边琢磨着刚刚店伙计的话：瞧瞧，您瞧瞧，也姓梁，这匾牌就正好留给您用了。

是呀，铺子是梁记，自己此时也姓梁，难不成就该着自己有这一遭，这铺子早就给自己预备下了？这是个相当沉稳老练的人，但点烟的手，还是不由得抖了那么几下。

寸劲儿呀！今天的事统统都是寸劲儿，一个接一个。咋就那么巧，自己相中的铺子，就叫“梁记杂货店”；店伙计正往门上贴招租帖子时，就被自己一头撞见；更巧的是，这雨咋就不早也不迟地下了那么半个时辰，事情发生了，雨也停了。不远处，他刚刚搭乘的那条船也还没有开走，但船上船下的同一个人，却已是殊途。

他正自胡思乱想时，店伙计小跑着回来了。

掌柜的，恭喜您，我们老掌柜应了！老掌柜一半天就走，他在老家的老娘病了，要不也不会把这么好地段的铺子转租出去呀。

哦，那我马上把租金给送过去。

不用不用，这点事还用您跑，我去就……说到这，店伙计突然停住了，他意识到自己的话不太合适了。他们刚认识还没多会儿，钱的事毕竟不仅仅是跑腿受累的事。

对了掌柜的，您要是想装修的话，我可以帮您找人，不然您刚到，不好找。

不不，不用装修。这里里外外的还不错。

那，我帮您烧壶茶吧！说着进屋去了。没一会儿，一个青花瓷盖碗，端到了他跟前的小桌上。碗盖打开，一股淡淡的香味，热腾腾地扑了过来。

他还真是渴了。这碗热茶让他突然意识到，这个店伙计八成是想留下来，而自己，既然开店，也的确需要个伙计。

他知道，他注定要与这个听都没听过的三里店码头，有一段缘；注定要在这个人生地不熟的地方，停靠一下了。这是目前唯一的，也是最没有办法的办法了。但要停靠多久，停靠下来的结果是什么，他心里没有半点底数。

（4）

小师傅，您的茶真香。

掌柜的，是您真渴了。

他是真的渴了，感觉一股暖流，已入口入胃。他把盖碗轻轻地放到桌上说：小师傅，您有时间天天帮我煮茶吗？

这？店伙计先是一愣，但只是那么稍稍地一愣，立马就反应了过来。只见他几步跨到小茶桌前，双手抱拳举过头顶：有，有！周全儿拜见东家掌柜，谢掌柜的大恩！

你叫周全儿？

是，掌柜的。

哦，周全儿，那咱们盘点盘点，收拾收拾，争取这两天，开张！

行，明天是六月十八，双日子！

可都下晌儿了，来得及吗？

来得及！这都是熟活儿！您歇您的，我收拾，明天准能开！

不用那么急，什么双不双的，没那么多讲究。你先收拾着，我出去走走，顺便进点货。

掌柜的，咱不等盘点完，看差什么再进吗？

你盘你的，我去进点别的货。

别的货？望着掌柜远去的背影，周全儿兀自自语：要进啥货呢？

（5）

第二天，天气晴好，柳绿天清。门前通往三里店码头的青石板路上，人流涌动，往往来来。

乒！乓！噼啪噼啪，在一阵激烈的爆竹声里，梁记杂货店厚重匾牌上的大红缎子盖面，被店老板用一根细长匀称的白蜡杆，轻轻地挑下来。被擦洗一新、桐油净面的梁记杂货店匾牌，在近午的光影里熠熠生辉，炫亮了这座平日里少言寡语的小店。

正这时，周全儿把刚抱出来的布兜子，往临时放置的桌子上一蹾，高声大嗓地喊道：老乡们，知道这兜子里是什么吗？

水果糖吧！人群里高声地应和着。

也是也不是。

到底是不是呀？

是要打折吗？人群有些踊动。

告诉大家啊，他回身指了指桌上的兜子，这是糖，是喜糖，也是我们东家掌柜，给大家准备的开张礼物——风筝！

周全儿，不是糖吗，咋成“满天飞”了？

别急，听我说。大家一会儿接到喜糖以后，别急着吃哦，先打开糖纸看看。这兜子糖里，有三十块包的不是糖！

不是糖是啥呀，白薯干还是窝头片呀？人群高声低声地哄笑着，吵吵着，显然，有人在故意闹腾。

告诉大家，这三十块糖纸里，包的就是——就是我们梁掌柜送给左邻右舍的礼物——风筝！

嗨，周全儿，你学会变戏法了，你们家糖纸里能包风筝呀？

你们家那风筝是不是给蚂蚁放着玩的呀？

哈哈！

对，真让您说对了，我今天就给大家变个戏法。说着他从口兜里掏出了一块糖，高高举起，然后剥开：大家往这看，这个——真不是糖，它是盖了我家掌柜梁五洲手戳的小纸条，上面印了五个字——梁记杂货店。这样的“糖”一共三十块，凡抢到这个的，半个月后，就可以拿着字条来店里领风筝了。这个戏法好不好？

好！好！

那好，老乡们，我们店还增加了修伞和换购业务。修伞不用细说了，换购嘛，就是用一把不能修或不想修的旧伞，半价换一只“满天飞”。大家吃了糖的、抢了糖的，就麻烦您给小店喧嚷喧嚷，我周全儿在这谢过在场的老老少少了。来，老乡们，接糖喽！

唰，唰唰，没几下，一大兜子各色块糖，全部抛了出去。

捡到这糖的，还有个穿了旗袍的女人。她见有糖向她抛来，一伸手，就接了两块，落在地上的几块，也被她捡了起来。她把几块糖过了下手，留了一块，其余都给了眼巴巴盯着她的两个孩子。然后她和手里的糖，都被脚下那双咔咔作响的白色高跟鞋，带走了。

（6）

开张那个场面，让梁掌柜十分满意。正像他俩提前合计的，多聚人，越多越好。周全儿说：行，掌柜的，交给我了。我再把我那几个小弟兄叫来，有他们一吵吵，想不热闹都不行。还有，我有个哥们儿，在咱这县城报社边开了几年的茶叶店，前段老家有急事，回去了，昨天刚刚回来。说跟报社的人，特熟。

咱小县城也有报社？

有呀，不过不是咱县里的，好像是省城特意在咱码头附近开的。

可是登报来不及了呀！

不是登报，我是想让他找报社的人，给咱印点小纸片，明早让秃小他们往码头呀大街呀这么一发，知道的人不就多了吗！

发海报？好主意，那你现在就去吧。

不用，秃小他们马上过来，您写几句要紧的话，让他们帮咱印印。

周全儿受了掌柜的鼓舞，薄嘴片又翘起来了：掌柜的，我多句话哦。咱买卖不少，地段又好，这修伞卖风筝的事，很快就会传出多半城，咱用不着又搭又送的。

没事，照计划办吧。

那么多风筝，可不少钱呢！

没事。来，咱搭个棚子吧。

伞棚子搭得十分漂亮，主梁是铁管，侧边是竹竿。二十几把伞，把个棚顶吊得七上八下，层层叠叠，中间还预留了风筝的位置。

周全儿有事没事地来掌柜跟前，晃了好几次。有时说句浮皮潦草的，有时什么也没说，走近又走开。梁五洲笑笑说：周全儿，你有什么事吧？

掌柜的，我——有话就憋不住。

哈哈，你都憋一下午了。

还是掌柜的您敞亮，我就问一句哦：这开张送风筝——他扬手比画了个朝天“飞洒”的动作，好吗？

没事，咱小门小店的，没那么多讲究。

哦，那行吧！周全儿不再多说，退进收拾了半截的杂货间后，才嘟噜出下半句：小门小店，手脚可不小！

（7）

开张当天下午，就陆陆续续地来了不少顾客。有买锅碗杂货的，有修伞问事的，也有没做什么，只是看看的。傍晚，下起了雨，进店来的人，总算是断流了。

周全儿把十来把伞抱进厅堂，拎了个大马扎，坐下就开始修伞。但他左看看右瞅瞅，掂着螺丝刀的手试了又试，就是不知该怎么下家伙。正这时，梁掌柜撑着伞进了屋。

周全儿，会修吗？

掌柜的，您快看看吧，还真不顺劲儿。

不用了周全儿，你今天也累了，收了吧。

掌柜的，按您吩咐，跟人家说了十天后来取，别到时候赶不出来。要不，您教教我。

我教你？哈哈，实话告诉你，我也得出去几天找地儿现学去。

啊？掌柜的，您老不会修呀？我还当是您的专长呢！

学会不就是专长了嘛！

这个——几天能学会？

嗯！三几天吧，一准儿误不了客人的事。

那行吧掌柜的。周全儿把开水给掌柜的加进小壶里，然后撑了把伞出了门。他边走边嘀咕：买卖还有这么做的？

（8）

掌柜的，您可真神了，就几天工夫，会了？望着梁掌柜手里横叉竖捻使用自如的刀剪家伙什儿，周全儿有点不相信自己的眼睛。

我在之前开店时，邻家是个风筝铺子，也捎带制伞卖伞。闲着时，我常帮他搭把手。都是手头上这点事，一通也就都通了。

掌柜的，您之前的店呢？您出来了，谁看着呀？您之前开的什么店呀？

跟这个差不多，只是大点。这几天咋样？周全儿听出梁五洲似乎有意岔开了话题。

三十几把吧，都在这了。周全儿到底是当过几年伙计的，但凡掌柜的没正面回答的话，他就算是喝多了，也不会再提第二遍。

看到墙角的一堆坏伞，梁五洲想起那天与东城伞铺掌柜的那次对话。

你说就喜欢修伞，那咋不直接开个伞铺呢？

不用，小城不大，有您这个铺面，就差不多饱和了。

那你干啥还蹚进这一脚来？

老板，我不是当地人，我回家后，还真是想做这行。

可你现在在跟前呢，你想，你要是我，愿意再出来个对手吗？又不是分店。

老板，不瞒您说，我就是想给您开个分店。

啥？分店？那怎么个“分”法呢？

这个好办，我不为赚钱，就想学个手艺，以您的条件为准。

这个？那样的话，我可就照直说了。

……

老板，我每周过来一天或两天，所有的伞，都得归我修。

这个当然，你得练手艺呀，是得归你修。哦对，我这还存了二十几把，都是这几天收的，我的手正巧前几天划了一下，还没太好。

没事老板，修不完的话，我走时带着。

店老板一听这话，心里就像又喝下了杯琥珀色的内江普洱，热腾腾的舒坦。他说：就爱跟您这种痛快人打交道。不知不觉中，店老板已把“你”字，换成了“您”。

梁五洲说：我也是。

（9）

入夜，他拎过马扎，坐到了墙角。先把两个店的几十把伞，都一一过了一遍，开始修伞。

第二天，梁五洲起了个大早，里外收拾停当后，周全儿才到。周全儿红着脸低声说：掌柜的，我来晚了。

不晚。我是早起惯了，你以后还这个点来就行了。

正说着话，门开处，来了今天的第一位主顾。

大老板，恭喜了！来人是个二十岁上下的女子，栀子花旗袍缠裹着尚有几分婀娜的身姿，略施粉黛的脸上，散落着浅浅的笑容。这一笑，眉宇间的那颗凸出的美人痣，越发地显眼了。

哈哈，我这也叫大老板吗？看到女人两手抱着的伞，他问：您要修伞吗？

女人说：老家带过来的，摔坏了，也没扔，您看还能修吗？

梁五洲伸手要接女人的伞，但女人在递伞时，又抻回来，然后把伞调了个头递了过去。

女人的出现，让梁五洲一下回忆起了一个细节。那天他匆匆下船到小酒馆吃饭时，坐在他身边的，就是个女人，只是，他没太注意。见他有些愣怔，女人轻轻地敲了两下柜台板：老板，能修吗？

梁五洲忙回过神来，他打开伞一看说：咋坏得这么厉害？

摔的呀！

谁摔的？

我姐呗，她说反正坏了有人给修。

梁五洲感觉此话带碴，不敢再问下去，他需要忍事、躲事，起码不多事。他有他的事，他的那个事，才是目前最为重要的。他说：肯定修不了了，就换个半价风筝吧。

我没说想换风筝呀？

可您的伞真的修不了了。

这个我不管。说着，她把一张小字条放上柜板：这是我的地址，修好了叫伙计给我送过去。说完，她踩着白色高跟鞋转身走了，石板路上传来咔哒咔哒远去的声响。

梁五洲默默地摇了摇头，拿了柜板上的字条一看，上面没有地址，只是盖了梁五洲的手戳，分明是开张那天，卷在糖纸里发出去的对换风筝字条。梁五洲觉得有些怪异，忙拿过女人的伞细看。他发现伞柄上，有一个浅浅的字痕，很像一个“凤”字。“凤”？这让他想到女人递过伞柄时的情形。见女人走了，周全儿赶忙过来：掌柜的，您是不是见过她？

见过，刚刚见的。

周全儿笑了，他见识了掌柜的幽默：她叫小凡，说是南边闹大水时逃过来的。到这没吃没住的，就让“丹凤眼”领到大绣坊去了。大绣坊就是丝绸绣花的地儿，十几个人呢，都是女人。

老板娘叫“丹凤眼”？

嗯，都这么叫。她也没来两年，开始是做旗袍，后来就组织落难的女人开了这个大绣坊。还有人传说她会几把子拳脚，所以一般小混混，真不敢傍前。

那，这个小凡来咱这儿是？

我感觉，八成……算了，不提了。不过她不是坏女人，她可能就是——来逛逛。

到这么个小铺面，来逛逛？这女人本身就是个谜，而周全儿的解释，使这个谜，更增添了一层朦胧的雾态。

(10)

一轮明月，穿过云角刚一露头，竟不小心跌进了粼粼的波光里。梁五洲站在码头的栏杆旁，若有所思。明天就是八月十五了，快三个月了，但他要办的事，还了无头绪，他不知自己还要等多久。

第二天傍午，梁五洲吩咐周全儿去对面的小酒馆要几个菜，一半带回来过节，一半给他老娘送家去。可周全儿屋子还没出，半个月前那个穿旗袍的女人，撑了把伞又来了。不过这次她穿得很平常，高跟鞋也换成了平底布鞋，连说话也像换了一个人：老板，我的伞修好了吗？

梁五洲一回身，从柜台下取出了把新伞递过去：哦，这个给您。女人没接伞，她说：老板，我那可是扬州顶级老店去年才出的新款呀，三十二根伞骨，根根一尺八寸，连伞把上都有凤字标记，在制伞界，这也是绝品了。您没细看吗？

梁五洲心头猛的一震，这句话隐含了扬州地下党情报站已经作废的联络暗号，怎么会重新出现？是故意还是巧合？梁五洲心下虽惊愕，但马上镇定下来，随口说道：我们这小地方人，哪知道什么总店？我这儿的新伞旧伞，都是二十八根伞骨。

见这个叫小凡的女人来了，周全儿就一直没走，但他也没进屋，就那么一脚门里一脚门外地叉巴在那里。

听到这，女人的眉头微蹙了一下，马上换了个话题：修不了就算了，新伞我就不要了。是这样，我昨天相了个亲，男人是个做小买卖的，比我大，一只眼。虽说是续弦吧，不过衣食不愁。说不定哪天，我就要出嫁了，我来买几件壶碗什么的。她还没说完，啪嗒，门口周全儿手里的食盒篮子就掉在了地上。

周全儿也没去捡篮子，他几步跨进了店里，低声下气地说：小凡，你就不能再等等吗？

不等了，累了！再过几天我就二十三了，等不起了。

我马上就凑够了，半年，不，三个月行吗？

不用了，人家赵掌柜过些天就来交钱接人了。来吧，梁掌柜，您帮选套茶具吧。

不行！啪，周全儿一把夺过小凡随手带来的半旧油伞，奋力地摔向墙角，伞把套随即脱出了伞柄。

呦？梁掌柜您可看见了，修这把伞，真的就不能让我出钱了。

梁五洲捡起伞，眉梢猛的一颤，目光迅疾地向伞柄扫去。

（11）

半个月后一个漆黑的夜晚，一个瘦削而矫健的身影，迅疾地向“大绣坊”后院最东北角的角楼飘去。窗内灯光有些暗，但屋内的对话，还是能听个八九。

一个说，你说他没接话茬，好像没什么反应？

是，姐姐。他没对上暗语，我就忙着把话题引到周全儿那边去了。

对了，你观察这个周全儿怎么样，可靠吗？

我感觉没问题，湖口那河汊子可不浅，他能不顾自己不会水，下去救一个不相干的人，我想他本质应是不错的。

你确定他不会水？

是。他反被我救起后，我送他回家。她老母亲拉着我的手，闺女长闺女短的一再道谢。我说，老阿妈，您快别谢了，是他下水救我，又被我救上来的。

这老阿妈就说，您快别替他遮掩了，他救你？他哪会凫水呀。

人家老妈不松手了吧，看来咱俩要我收外围你收郎了。哈哈……

姐，尽拿我逗，那事咋办？

好办，该是我和他见面的时候了。

行，姐，我再买两个胆瓶去，您再写张条子吧。

不用，我想他已经到了。

什么？到了？

大师兄，好久不见，进来喝杯龙井吧！

（12）

那天，女人的伞被周全儿摔到地上，伞柄脱落。梁五洲一眼便认出，那是自己丢失的伞，因为那是师妹白云凤送给他的。一是伞的小圈是双层伞布，一是伞柄上还用简笔雕刻有飘逸的凤尾纹。这样的伞，共有两把。凤尾的纹路一把朝左，一把朝右。他撬开伞的夹层一看，里面藏有一张字迹娟秀的小字条，上写：去过东陵吗。

梁五洲明白，这肯定是师妹了。梁五洲本叫孙占英，在他经商的十几年里，在师妹的引领下加入了扬州的地下党组织。由于斗争残酷，他先后换了三个摊点，也换了几次名字。现在用的梁五洲，就是其中的一个。

他们的师父柳叶刀是镖局出身，年老回扬州老家后，便被人围堵，非要把子女们送来请他传授武艺。说是时逢战乱，街上常有日本人走动，学几招以防身。柳师父却说，身体受过伤，教不了了，一一推掉。最后，只有好友白羽林的女儿白云凤和前院经常卖给他好酒的孙占英，跟了他。他说：切记，不要声张。就在这儿，师妹白云凤认识了孙占英。师妹说，你当初直接叫孙殿英多好，名气大呀。他说，那不行，东陵的事还不全都算在我头上。师妹说，现在最大的危险不是东陵大盗，是东瀛大盗呀！他说，是！我的铺面摊位，也常被骚扰。

半年后的一个凌晨，街上突然热闹起来。枪声喊声马蹄声乒乒乓乓乱作一团。第二天，坊间传言，日军驻扬州的最高指挥官昨夜被人暗杀了。他想应马上把这个好消息告诉师父和师妹，便把摊位交给伙计，去了五尺巷子师父的家。但刚拐过街角，就被人一把拉进了胡同——正是师妹。她说，师父不在，快走！听了师妹的话，他也预感到了什么，不再多问。两人穿小巷走湖坡一溜烟儿向北，便去了大明寺的后院。在那里，他远远从花墙的黛色瓦片间隙，见到了正在落发并穿了僧袍的师父。师妹说，你看见师父旁边那剃头匠了吗？

嗯，看见了，但看不清。

他姓王，以后我介绍你认识。听了师妹莫名其妙的话，他下意识地摸了摸自己满头浓密的短发。

（13）

白云凤知道，见到那张字条后，师兄已多次找上门来。刚刚听到窗下的些许异样动静，虽声响很轻，但她却已觉察到十有八九是大师兄又来了。随即就见帘栊一挑，梁五洲进了屋。不用谁安排，小凡马上去了院角的小屋。她放的是暗哨。

梁五洲急切地问，你怎么一直没回音？老家那边都急了。白云凤说，我到这儿后，不知什么情况，上线一直未和我联系。找不到上线，我基本就断线了。再说，经费在我手里，我必须保护好，同时寻找我的上线。

现在有进展吗？

还不是很确定。问你，咋没对上暗号呢？

因为你和组织失联后，为安全起见，暗语已换了。对了，两项经费都安全吗？

安全。说着话，白云凤回身把两份汇票递到梁五洲的手上。

师兄，说实在话，找到那把伞，纯属意外。那天我这儿的一个妹子去接个过路亲戚，下雨了就去小店吃了个饭，匆忙间就拿错了伞。回来一看伞骨有残，就嘟囔两句，恰好被小凡听到。小凡一看，伞把的图案眼熟，就给我拿来了，我也就知道是师兄你到了，而且感觉伞内八成有东西。这一查看，吓了我一跳，竟然是两张汇票。我知道，应该是第二批经费到了。我就想好了，不论你是什么来路，我得先把经费保管好。

对对。是我太大意了，总算找回来了。

师兄，另一张是你的私产吧？来，都在这儿，拿好。咱们都是单线联络，还是你自行上交吧。

你留下字条后，还躲了我半个月，成熟了！

地下工作嘛，大意不得。我让小凡用假的“凤”字伞去试探，你不也没接我的暗语嘛！这半月你来了九次，我们其实已多次见面，只是不能搭话。

对了，你上线的事，用不用我帮忙？

不用，我知道你该走了，或许我们很快会在老家见面了。说到这儿，白云凤又俏皮地补了句：到时，我还要请王书记帮你落发呢。梁五洲一听，回了句：我也是这么想的。白云凤一脚踩在梁五洲的脚上：你敢！

（14）

周全儿真的没想到，他憋了那么久的心头事，竟被眼前这个认识才几个月的人，给解了套。因为那个“丹凤眼”女人给小凡开了价，如果不是梁掌柜出手，就是再等上几载，他可能也攒不够。

一出大绣坊的大门，便见碧空中一只彩凤一样的风筝，辗转腾挪，越飞越高。小凡说：你做的？周全儿一笑：不，这是梁掌柜压箱底那只。

看着远飞的风筝，周全儿就欣喜地说：这是真的吗，咱俩还能有今天？小凡一笑，捏了周全儿的手说：嗯嗯，好日子在后头呢！周全儿也跟着用力地点点头。

梁五洲也真的没想到，这一生第一次做媒人，竟是在这个临时停留的小码头上：你打算把洞房放哪儿？

就我那老房那儿。

可那房子太小了。这样吧，你俩把我那屋子收拾一下，总比你那房子大不少。

那不行掌柜的，一是您得住，二是伞也得放那屋呀。

周全儿，我要走了。

什么，掌柜的，您要走？去哪儿呀？咱的店咋办呀？

这些我都想好了。租金呢，我已给老掌柜汇去了两年的，你们两口子就踏实地干着吧。这些伞呢，我差不多也修完了。我走以后，你增加什么都可以，但这个伞的事，就半点都不可再沾了。这是我应下的，不能食言。

这？行吧掌柜的。不过您要真走的话，您是给我地址，还是年底您打发人过来呀？

到时再说，要是有缘，我们还会见面的。

掌柜的，您是天底下最好的人，我周全儿要是愧对了您的这份信任，我就，我就掉到前边那湖里去。

（15）

年根儿一天天地近了，周全儿说：媳妇，怎么样，都算好了吗？

好了，还真是不错，盈余了两千多呢。

行，我一会儿上街。

没多大工夫，周全儿就大着步子回店了。媳妇说：咋这么快？

别提了，没汇出去。

哦，那改天再去呗。

去啥去，账号少一位，根本是假的。邮电局的人说，地址也是假的。

假的？咋会呢？小凡边说边拿过地址条细看。这一看不要紧，竟还真有了新发现，原来，字条背面还有两个字：春秋。

春秋？周全儿突然想起，掌柜的临走曾跟他说，这本书不错，先放这儿了。周全儿马上打开书柜，找到《春秋》。一翻，啪啦，有几页纸从书里掉了出来。

周全儿打开一看，竟是这个店的房契和半笺小字：

> 周全：这家店铺我已经买下了。货底也还不少，好好经营吧，我们相识一场，这是我送你俩的礼物。好日子还在后头，遇事要多听小凡的话，做个更出色、更有用的人。

“好日子在后头”，这话周全儿觉得耳熟，更感觉亲切。他泪眼模糊地回头再找小凡，却见其已经出了店门。

周全儿忙喊：媳妇，你去哪儿？还下着雨呢！

凤姐那儿，一会儿就回来。说着话，她撑开伞跑出门去。周全儿在后面嘟噜了一句：还凤姐？哪跟哪呀这是！

（16）

待小凡匆匆出门，周全儿愣怔了许久，许久。之后他登上椅子，取下悬挂在店门的梁记杂货店匾牌。拿过桐油和油刷，就这么一下下地刷过来刷过去，有泪嗒嗒落下，也被他刷进了匾牌乌油油的亮色里。

小凡去了大绣坊，却没有找到白云凤，因为刚刚，在报社把角茶叶店的包间里，一个新的遣返任务，又落到了已找回上线的白云凤身上。

（17）

雨，还在下，一把带有凤尾纹的油伞，正缓缓打开……

盯上了我的那个人

总有一双眼睛，时不时地瞄着我。真的，这是我到永宁镇几天来，很确定的感觉。

这次我单独行动，多少有些冲动，毕竟两千多公里，我又是个被哥哥姐姐们宠笨了的孤单女子。但，我还是来了。

单相思式的失恋，对我这样一个大龄女子来说，很有些压抑或者是挫败感。趁着放年假，我还是以“自然消失”的跑路方式出来了，就当是散散心吧。

女友们说，跑路，是很多失恋男女的解压方略，说总比回老家强。但凡心里不痛快，都会或多或少地挂在脸上。当父母的问吧，是啰唆；不问，是纠结。总不如山南海北地自我消化，来得更简洁、更妥帖。再说，也不是纯跑路，我是进班学习呀！赶巧了的话，说不定还会有咋样咋样的意外收获呢！

大姐，今晚您只能一个人住了。明天人来齐了，再给您加人。晚饭后，我被接待员小姑娘叫住了。

行吧，几楼？

正要跟您说呢，三楼。不好意思，一楼二楼咱预订的房间，都满了。

行，三楼人多吗？我有些怕吵。

这倒合适了，一点点也吵不了。疫情之后，你们是第一批客人，我们还没接待其他散客。三层，就——您自己。

你是说，我一个人，住一个楼层？

姐，是这样！不过，绝对不吵。

跟谁吵呀，鬼呀，嘁！我真想踹上两脚！哦，不是那笑眯眯的小接待员，是想踹我自己。我干吗近段时间喜欢上了鬼故事；干吗今天一路上看了三四篇泰国恐怖小说；干吗——我的两腿有些发软……

我硬撑着接过房卡，拎包向拐角的电梯挪去。这时，不知为什么，我感觉有双眼睛，在悄悄地瞄向我。这是我第一次与这道目光接触，但却是背后。

我一回头，见大厅把角的沙发上，有三个人在低声地聊着，不像有人在注意我，我便迈步进了电梯间。

电梯里有一面很宽大的玻璃，是的，不是镜子，是面玻璃墙。但我还是不自觉地向玻璃墙瞄去。我看到里面有个模模糊糊的影子，应该不是我，感觉比我瘦。

我进了房间，顺手把房门牢牢地关上了。稍加洗漱，我便躺倒在柔软的大床上。随即，抑制不了诱惑，又悄悄掏出了路上看了不足一半的恐怖小说《鬼影》。

我刚要打开书，突然一个念头猛然闪现：刚才电梯里的影子，为什么——比我瘦，不是我的话，是谁呢？我猛的感觉浑身一紧，刚刚打开的小说，马上合上了页面，关了灯。而就在此时，我听到了过道里，传来极轻极轻的、由远而近的脚步声，清晰地停在了我的房门外。

不太大的会议室里，坐满了前来参加笔会的小说文友。有的扯着对方的胳膊小声地说；有的半跨上后桌的桌面，大声地聊着。而我两眼一抹黑，没有熟人，这样，我脑子里，瞬间就飘出一个词句——孤独的牧羊人。

我独自选了稍稍靠后的座位坐下，正要拿出杯子去取水，一闪身的工夫，又感觉到了那道瞄向我的目光。这下我下了决心，要找到那道光，找到它！但这时会议主持人宗杰老师，宣布讲课开始了。

这一整天，都是讲课，上午一位，下午两位。按议程，明天还有一位重量级大作家登台亮相。午餐据说是很不错的自助餐，我由于持续减肥，下课后就直接进入了下一程序——躺床上看《鬼影》。

分明记得，我是设定过闹铃的，但还是多睡了半个小时，真是见鬼！

我很知趣地绕到了会议室的后小门，坐在了最后排。感觉除了讲课老师，好像没有人发现我迟到。我意识到了坐在后排的好处，不仅出入方便，且身后再无那道不知来路的目光。课上在讲意识流小说，到底是自己喜欢的东西，我很快就进入了角色。

主讲人是位六十开外的女作家，简历上说，其已发表小说十数部，光获大奖的长篇就已三部。这些我不看重，都是名校中文系的尖子生，不出点作品才奇怪。我只要干货，只想听小说写作与投稿的诸多细节。

我一心一意地听着课，但不经意间，我突然发觉，那道目光又不约而至。我猛侧身一看，后排空无一人。其实，就连我坐的这一排，也只有我自己。

我愕然！

但，当我再抬头听课时，奇迹发生了，我竟找到了那道目光的来路，竟然来自正坐在对面讲课的那位老师。当我俩的目光直线交叉时，那道目光的奇异让我无法描述，但一定有凝视、探寻、聚焦，等等。以下讲了什么，我已不大清楚。

我刚刚走进我的房间，就听到床头柜上的座机电话一阵急响。还没等我反应过来，新住进来的文友大姐，就一把抢了过去。我想，她一定是在等一个很重要的电话。

哦哦，好，好。

小妹子，找你的。我放下手里的水杯，赶忙去接。一听，像是会议主持人宗杰老师的声音。他说：是左金环吗？余老师邀你来她房间一趟。记着哦，是1015。

她找我？好哇，我也正想找她呢！我没有怠慢，拎上随手的小包就出了房门，进了电梯。

一同进电梯的，还有两个不知是不是本期学员的小姑娘。其中一个兴奋地说：琳琳你快看呀，这个电梯的玻璃好可爱，把我变得这么苗条了。我要真这样，还减什么肥呀！另一个也说，我也是耶，还长高了不少呢，感觉好好呀。前一个又说，就是不太清晰，不然我们得拍几串照片去晒圈圈了。两个人看上去开心得不得了，手拉手出了二层的电梯门。我也赶紧走过去，转了转身，挺胸、提臀、昂首，算是过了几秒钟的模特瘾。

敲门进了1015室一看，不错，正是那位下午讲课的女作家。

她对沙发上的宗杰老师说：宗杰，麻烦了哦，我们聊聊，尽量就不要让其他同学过来了。听了这话，宗杰老师点点头出去了。

金环同学，我们好像在哪见过，从你第一天来，我就有这个感觉。

天！我听闺蜜们说过，初次被男友追时，一般就是这样子的起始，但今天的场景和人物都不对呀。我说：我也有这样的感觉。我其实也并未违心，这一近距离打量时，竟也感觉眼前这位大我差不多二十岁的女子，竟有些莫名的眼熟和亲切。

我昨晚本来去了你房间，但见已关了灯，就没打搅。天！是她呀，当时都给我吓堆了。

我冒昧问一下，你是八里铺村的吗？这下我必须认真对待了，因为在表格信息里，只有我现在在县城的住址，没有任何老家八里铺的字眼。

哦？是的。余老师，这个您怎会知道？

听了我的话，她快步走过来，拉起我的手说：因为，我也是！

什么？可我——我村没有姓余的呀！

嗯，那么，有姓白的吗？

有呀，前街白家大户，二十几家呢。

对呀，我叫白玉环，后来笔名就叫余欢了。

白玉环？天，没错，凭她眉宇间那颗很显眼的美人痣，就可断定，眼前这位大作家，正是早年那个放羊姐姐白玉环。我模糊记得她四十年前的样子，那时，她是村里最漂亮的姑娘，也是穿戴最破旧的一个。但她最大的特点，还不是这些，而是个一天学没上、几字不识的纯文盲。几字不识？是的。因为白玉环三个字，她还是认识的。之外，还有三个字他也认识——左金山。

左金山就是我的二哥。

我二哥上过学。那时，村里的男娃和女娃子都上过学，只是时间长短不一。我二哥上学时间很短，大概不足一年，据说还带着二十几只羊。上课间隙，还要到小操场外的荒沟里，去看看羊，看看头羊拴牢没有，看看小羊羔斗架没有。

年根儿前，已半膘子的半大绵羊，竟然少了一只，我们全家以及东西院得到消息的邻居们，就全出动了。坑里、井里、苇塘里、浑河（永定河的别称，因河水浑浊而得名）的坝里坝外，找了好几天，但一无所获。二哥一天没有吃饭，第二天就跟村里的老校长说，他不想上学了，怕误事。老校长也没说什么，就从抽屉里翻出个很新的作业本和半支秃铅笔，交给了他。然后拍拍他的小肩膀，摇了摇头。

二哥如获至宝，他自己舍不得用，也不让我碰。但我已瞄见，他把它们用油布包好，放进了东墙的灯窑里。

这个灯窑，其实从来也没放过灯。因为家里早已用上带灯罩的煤油灯了，不需要灯窑了，所以灯窑的功能也发生了变化，变成了大人们放贵重物品的保险柜。

灯窑很高，当时，我登了杌凳也是够不到的。但这个拿不到的新作业本，就成了我的小小心结。那段时间，我天天盼着自己长高，家里没人时，我就试着够一够。

二哥再放羊，就不在学校操场边上了，大都去浑河故道的河滩上。一边放羊一边下河玩水，还能摸到不少大鱼小鱼，带回家去解馋。二哥的羊群也一天天壮大起来。

河滩上有很多放羊的老头或小孩，他们都是二哥的伙伴。但二哥最合得来的就是前街口白家的三丫头白玉环。他们把羊赶到一块儿，然后就上滩打草、下河摸鱼，也逮鸟，等等。

永定河滩的细沙，纯净匀称，白得耀眼。有时，我二哥就在细沙上，用柳树枝歪歪扭扭地写一些字画一些画。二哥多数时是画羊，有吃草的；有顶架的；有仰天长啸，像是呼唤子女的；还有追追跑跑的。白玉环看着就惊奇得不得了。二哥写字，其实写得并不好，但在白玉环的眼里，那就是绝品了。有一天白玉环说，二哥你就写写你的名字呗，我二哥就在沙滩上写了三个字。

这就是左金山？

不是，这是“八里铺”。

连村名你都会写呀！再写写你，写呀。白玉环在一旁催得厉害，我二哥就又在八里铺后面写起来。二哥写一个，白玉环就念一个：八里铺，左金——写呀，写山呀。

你认得这些字？

不认得，可我知道你在写这几个字呀。

二哥很俏皮地一笑，我没写我名字，写你呢。

写我？八里铺，白玉——写呀，写环呀。

可我，也不会了。没事哦，晚上我问问东院我三哥，明天写给你。

那行，那咱写你吧，写——左金山。

大河滩里到处是野柳棵子，绿梗红梗的都有。绿梗的到处是，红梗的不太多。有一天，二哥用镰刀打了一大把红柳条，放到地上说：我给你编个篮子吧。

好呀。你会编吗？

你看着呗。他俩一个撸柳条一个编，只一会儿工夫，一个精致漂亮的花边小篮子，款款落成了。白玉环一把抢过来，举到眼前，左一眼右一眼，看了个里外透亮。她说，没想到哥你还会这个。还早呢，再给我编一个呗，我要送我小妹妹一个。

行。等你出嫁时，我给你编一摞。哦，对了，你长大要找个什么样的对象呀？说到这儿我二哥突然想到了一个事：对了，你早就定亲了哈，听说做满月那天定的哈？

是，我爸告诉过我。我妈生我时，难产，后街刘家大叔正好来借手推车，赶上了。大叔就七八里地推车接来了宋庄他会接生的表姑，才把我救活。我满月时，刘家大叔还送来了十几个鸡蛋，我爸就随口说了这样的话。

可大民那个——你，愿意吗？

愿意。我知道，所有人都说他长得丑，可是，可——他已经上到了七年级，明年就考县里学校了。我喜欢喝过墨水的人。

那时，已十五六岁的我二哥，瞬间垂下了头。

后街——说是后街，其实离村子很远，差不多二里吧，已基本挨上浑河大堤了。那里姓刘的居多，都是早年从口外逃荒过来的。后来他们砍了些堤里的老柳，围起个棚子，就栖下身来，经早些来的老乡介绍，就成了前街老白家的佃户。刘大民就出生在后街的刘家。当然，家里虽还穷得不行，但早已不再住柳围子那样的房子了。

刘家不过是个普通得无法再普通的人家，好在这几辈人都老实巴交、勤勤恳恳。在偌大个村子里，人缘不错，绝无污名。

大民一天天长大了，刘叔的担儿挑——在我们那块儿，把姐夫、妹夫这种亲戚关系称为一担挑，叫俗了就是儿化韵的两个字，担儿挑。担儿挑赵树清说，你手里攒那俩钱儿，给咱民子翻盖翻盖房子吧。同是担儿挑的刘德富却说，不急，先紧着上学吧，民子喜欢念字。

刘家的房子一年比一年破，但刘大民的学习成绩却一年比一年好。在他家漏风漏雨的“四角硬”矮房子四面混黑的土墙上，已贴满了大大小小的奖状。因为漏雨，刘德富还用几块塑料布，分片分段地包起来。

县里中学可是大学堂，但凡上到中学的，都想去那里。那时上中学，跑关系的极少，基本凭成绩。据说刘大民考了个全县的前三名，自然就很顺利地入了校。村里老校长家访时，拍拍大民的肩膀，自豪得拉开长调：探花呀，咱校出的！

县里中学虽是大学校，但高考的消息，还是装不下，在不到两小时时间里，已散播无遗。什么？考上七个？谁，谁，谁第一？刘大民？哪个刘大民？八里铺的？考进南开了，名校呀！很快，远在八里铺的老校长得到了消息，一向沉着稳重的老头，扯了刚洗好还没怎么干透的那件蓝布上衣，边走边穿，疾步向后街奔去，边走便喊：状元，状元，这回是状元！

奇人就该有奇貌！这样一来，这刘大民前门楼后勺子、大嘴叉子凹抠眼以及小细胳膊小短腿，就都成了十分上乘的优点。浑河湾里这个版图上，半张邮票那么大点的八里铺，瞬间沸腾了！

那时，乡间除了过年偶尔唱场戏，一般没什么热闹事儿。百十户的村子里，红白喜事就是最大的热闹了。村子不太大，谁家有事，差不多家家出动，落不下个三五户。但村里刘家作为最大的热闹，却没热闹起来，因为，刘家一桌待客的席面也没办，没有喝到喜酒的村人们，只好默默地盯着这家人的进进出出，想从中窥出些门道来。

刘白两家的婚事，虽未怎么操办，但还是履行了娃娃亲时的婚约，正式领证了。只是这刘白两家的喜事如此简办，真真地给村人们“留”了“白”，年前年后，人们议论了至少两个年份。有的说刘家净上学了，太穷，办不起喜酒；有的说状元郎看不上大字不识的农家女了，强被逼的婚。那句乡间很流行的俗语，这下可派上了用场：好汉子没好妻，赖汉子守花枝！而且，精妙的村人们，竟可把这句话来回用，像回文诗一样，感觉不论用于男还是用于女的身上，都十二分的贴切。

但村人们的议论，很快就沉寂下来，因为，几个月后，这个早就失去父母、跟着后娘长大、从没出过远门的白家三姑娘，要随丈夫迁去天津卫了。

五岁的金环见她最后一面时，是她出村口要去十多里外的镇上，去赶进城的长途车。二哥站在村口荷塘边的老柳树下说：小环，你敢把这个送给三姐姐吗？

那有啥不敢，给我。说着，金环一把抢过二哥腋下的不太大的油纸包，向已走出半里多路、马上要上码头登船的三姐姐跑去。

几年过去了，到上学时已经长高的金环，还是再次偷偷地登上杌凳，去翻了灯窑。但她把灯窑翻了个遍，也没找到二哥悄悄藏下的那个油纸包。不过，当时学生们的作业本，已不再是什么大不了的奢侈品，金环也就把这事放下了。

三姐，咋是您呀，我说咋有点眼熟呢。这么多年……对了，您——不是？

你说我不识字是吧。没错，在我二十二岁之前，我的确只会写几个字。

我进城后，也是我和你姐夫婚后第二次见面时，他冷冷地跟我说：街道有个清洁工的工作，你愿意的话，这三两天可以去上班。

我说：不愿意！

他有些愣怔，回头看着我。我说，我想上学。结果，你姐夫一下子站起来，二话没说，马上从上衣口兜里，抽出一支钢笔，递给我。你知道吗，我们结婚半年多，见了两次面，相处了四五天，这是我第一次看到他的笑容。

上学？姐都二十多了，可咋上学呀？

这的确费了一番周折。简单说吧，我是从三年级开始学习的，之前的基础课，基本都是你姐夫教我的。拼音，算数，点横撇捺。那段时间，我每天差不多只睡三五个小时。这样，我跟了三年班，初中就跟不了了。不过中学校长听了我的情况后，倒是给我想了个好办法。说你就在我们校上班吧，管收发报纸和打铃。只要不误了工作，你就可以旁听任何一节课了。这样，两年多后，我就回小学那边去讲三年级的语文课了。

当老师？姐您好棒！后来呢？

后来我又上了夜大、函大和两个职工大学，就是在月子里，我都没落下课程。没多久，我又调回到中学那边去任了毕业班的语文课老师。期间，我时常写些业内业外的文章稿件，后来就加入了我们中学李校长所在的区作协，开始了小说创作。听明白了吗小环，除了夜大、函大，你三姐至今也没有很正经的学历，甚至连小学的学历也没有。可是，这并不影响我读书呀，文字不也是学历嘛！若有了个很充足的文字库，学不学历的，我从来就没在乎。

等等，姐您说说，您的这些变化，姐夫怎么看？

他呀，曾跟我说了一句话。

什么话？

他说，你要是从小上学，成绩肯定比我好！对了小环，净说我了，说说你，什么时候开始写小说的，现在写的咋样了？

姐，不行呀，我这人没长性，之前喜欢诗词，后来受我二哥影响，喜欢画画。对了，我二哥画的画可好了，经常获奖，他现在都是咱县美术协会的理事了。只是——只是……

只是啥呀，咋突然这么腼腆了，嗯？

只是，我二哥他至今……不知该不该把二哥至今未娶的事说出来，毕竟三姐姐现在是有夫之妇；毕竟他们当年的往事，自己知道的只是些碎片，一时无法拼凑起来。

只是，二哥画的都是些咱河边的景物，小羊、小狗、小树林啥的。

这就对了，就应画最熟悉的物态呀！天啊，这是个大好消息。老人们去世后，我一直没怎么回村。只知道他好写写画画的，没想到还真画出了名堂。

姐，我还想问问，我五岁之后咱俩就没见过，您怎么就认出我了呢？

你的名字呀，你的名字是你二哥给你取的。那天，我们在大河滩放羊，你哥说，二丫都半岁多了，还没个大名。我们一时也想不出，你哥就说，干脆，借你一个字，就叫左金环吧。你想想，你这个名字我能记不住吗？不过，最关键的是，你和你大姐长得太像了，连走路的姿势都是一般无二的。

对对，好多人都这么说。姐，我还有个小小问题哦。当年我二哥送您个小包包，里面是什么东西呀？

哈哈，小环，这个你也想知道？

嗯嗯，想！

你没问你二哥？

我问了，他不说，还告诉我不许把这事说出去。到底是啥呀？

哈哈，鬼丫头！三姐用手轻轻地点了下我的额头，我感觉这时的三姐，又是浑河边沙滩上举着个小篮子叽叽喳喳的环姐姐了。

对了小环，今晚和我住吧。

好哇！我想三姐姐一定是要给我开小灶讲小说了。

咱聊聊，你二哥……

街　灯

我刚刚竞选成功，当了村长。

新官上任，要做的事太多了。但眼巴前的小事，也得管！

就说街灯吧，有时早有时晚，忘了的话，日上三竿还开着。我首先找了管自来水井的霍许。告诉他，代表会决定，街灯也包给他了。要按时开关，这样吧，定在十一点。

我留了下心，之后的一个多月，我时常查看，嘿，天天十一点半！很快，我把他和看村口的赵常进行了调换。你说斗气不，这赵常竟也和霍许一样，在我亲自嘱告之后，依旧十一点半关灯！

我不动声色地进行了系列研究。首先，这两人与前任村长，都或近或远的有些姨表关系。其次，延迟关灯的，是最后那条街。那边只十来户，但其中就有前任村长田恒家。

想到这，我火往上蹿。但我还是叫着自己的名字，稳住心神，等等再等等。结果，半个多月又过去了，涛声依旧！

哼！田恒呀田恒，你们这是找茬呀，那可就别怪我气量小。这回不换了，直接撤！

会上，我力主确定的人选，是新领残疾证的于刚。

和之前一样，我顺带说了关灯时间，并确定其与田恒无丝毫瓜葛，也就没再去查看。可没想到，上周我去后街解决纠纷，出来时街灯还亮着。一看表，十一点二十五了。

真是见鬼了！我哭笑不得。这次，我二话没说，直接去找了于刚。

他说：三叔呀，后街那路，都让大车给轧坏了。

我怒了：哪条街没有个坑洼呀！

可村后不是有个印染厂吗？赵常叔嘱咐我，那厂子十一点倒班，每班都有七八个女人，天天十一点过后，骑车从那街上过。

啥？印染厂？天哪，那厂是我家老四开的……

山里人家

全村十几户，都搬山下大村子去了。但我不能走，不然，我娃回来就……

他漫无目的地听着聊着。他只因要聊而聊，他的思维不在这儿。

哦，您家孩子呢？

他呀——来，吃吧。你娃子还真有运气，家里正好还有半锅狍子肉呢！

嗯，谢谢大娘！我真饿坏了。

娃呀，你就是饿晕的。那会儿怎么叫你都不醒，我只好把你拖回来了。

哦，大娘，我还没谢您呢！

谢啥谢，我儿要是倒在你家门口，你也得救他不是？

您儿子？去哪了？

他呀，还不是——娃呀，来，喝口汤。今晚你就住我这儿，不然，你道太生，出不了山的。

大娘，您就不怕我——是坏人吗？

傻孩子，大娘活到这个岁数了，还怕什么坏人呢！

您不问问我的来路吗？

小子，问啥问，你八成就是个逃犯！

他浑身一抖，手里的花瓷碗差点掉下来。

你——咋这么说？

你想啊，这荒山野岭的，除了偶尔有个采山的打猎的，还会有谁来？也就是没路走，没处去的人了。娃呀，你八成是没处去了，你要是愿意，就住下来吧。

你是想稳住我，然后去报警是不是？

哈哈，傻孩子，要报警我还等你醒过来吗？实话跟你说，我连钱都给你备下了，不多啊，500 块，大娘不是啥有钱人。

大娘，您是不是觉得您不给我，我也会威胁您，抢您呢？

这个，也有可能。不过，我都七老八十了，要钱也没啥用，够吃饭就行了。可你不行，要是哪天你想好了要投案呢，就总有出来的一天。500 块的小买卖，慢慢做，也能活过来，你说是吧孩子！

大娘，您怎会有这样的想法？您前世是菩萨吗？

娃子，俺不也是个娘吗？当娘的哪个不是菩萨！

对了，大娘，您刚才说您儿子，他——去哪了？

孩儿呀，你非问不可的话——他可能和你一样，也许也正在吃别人娘做的狍子肉呢……

夜半马蹄声

哗啦，哗啦，哗啦……

永定河咆哮的河水，从西向东，一刻不停地奔流着，加上百十米外七尺渡往返的船只，哗啦哗啦的水声、桨声、摇船声，还有长堤上行人的叙谈声，銮铃串起的马蹄声，曾经就这样的此起彼落，经久不息……

（1）

在永定河过帝京后朝南拐弯的地方，有一片硕大的野水滩。水滩四周是一大片茂密的野树蒲子，有柳树、榆树、杨树、桑树、夹柳、沙柳、刺槐、白蜡杆、杜梨、毛桃，等等，等等。有高的，矮的；成丛的，成片的；挨挨挤挤的，独挑单根的，一个字——杂！

这片野水滩，实际上是三面有树，一面接水。这滩与永定河连在一起，也就是永定河冲出河道的一片不大不小的水域，附近村子的人们都叫它海子。

这片海子着实很神奇，无论主河道水丰水枯，这里的水总不会枯竭。一辈辈的老人们说：这片海子，八成有千年的老龟坐镇，从来没干过。

海子没干过，这海子周边的野树也就出奇的繁茂与阴郁，阴郁到无人敢贸然靠近。人们不敢靠近的原因，据说还有一个，传说林子深处有棵歪脖老树，能向人作出“请”的姿势，所以，这里就不光是乱葬岗子了，还是……

无人敢靠近吗？其实也不是，只是女人、孩子或单人匹马的不敢靠近。大白天的时候，几个棒小伙子结了伴，还是敢去走走的。

那天，是几场阴雨后的又一个大晴天，王家庄的黑后生赵长胜，就带了几个小伙子进了林子。

他们有的拿了木棍，有的拿长把镰刀、四齿，摆着一字长蛇阵的样子，向海子西侧的树林子挨了过去。当然，长胜是他们的大哥，自然也是长蛇阵的蛇头。

这片水域西侧的杂树尤为茂密，以矮丛为主，枝枝杈杈扎扎拉拉，赤橙黄绿紫，啥颜色都有，且多半叫不上名字。中间夹杂的高棵野柳歪脖老树，也长得斜杈横出，胡子拉碴，不成形貌，就更增添了此处阴郁中的荒凉。

更渲染此地阴郁色彩的，还不光是这自然生长的不成形貌的野树，还有这里散乱蜗居着的不下三五十的孤魂野鬼，也就是人们常说的乱葬岗子。

葬在这里的，一般是这么五种人。一是早年发大水，在泥沙俱下中，从上游漂过来的无主浮尸；二是在百十米外的野渡附近，搭船过河失身落水的外地商旅；三是附近村外来人口病逝，无坟地可葬的人；四是附近村鳏寡孤独病逝且没有近支照管的人；还有就是，一生半世，默默守候这野渡的，一代代的老船工。

借着中午三斤老白干的余威，长胜他们舞着手里的家伙，蹚过大大小小的坟包，扒拉着乱蓬蓬的草丛和树蒲子，东倒西歪踉踉跄跄地进了林子。

一个，两个，三个……

远远地钻在了头里，甩着小细腿的嘎子，大声地、壮胆似地数着远近的坟包。数着数着，就绕到了传说中的那棵伸出一根枯臂，向人发出邀请姿势的歪脖老柳跟前。他感觉好像看见了横伸过来的枯干老杈上，还有粗粗细细的几根绳子，晃来晃去。他哪敢细看，只好哆哆嗦嗦地提高了声音，二十五，二十六！

可那个“六”字还没吐出来，嘎子突然妈呀一声，扔了棍子，慌忙向后退去。慌乱中脚下一拉，仿佛被什么东西撕扯住了，这下他可真撑不住了，只听其扯着嗓子喊了声“有鬼”，就身子一歪，倒在了另一座长满荒草的老坟上。

来子他们一听也顾不上脚下了，大跨步奋力地赶过来。可刚刚绕过歪脖老柳，就被一丛鲜艳的花束夺去了视线。远远看去，原来是一处新冢，那束捆扎在一起的艳丽的野花，就斜放在鲜土堆起的新坟上。

鲜土还没干，花束上的野花也还挺直着美丽的身躯，尽力延展着自己的活色生香。

他们哪里顾得上这些，七手八脚地，快速地搁起已口吐白沫的嘎子，这才发现，嘎子的脚是被当地的一种贴地皮疯长的拉拉秧给扯住了。这种拉拉秧是种多年生的缠绕草本，茎梗上密生着很多倒钩刺和纵棱，五角形叶子的边缘还有些粗锯齿和粗糙刚毛。拉拉秧多生在沟边、路旁和荒地，在永定河故道细密的薄沙地上更是横钻竖闯，长势十分旺盛。

由于哮喘作祟，加上气氛的空前紧张，脚下的三棱子草、软秧子蔓，嗤嗤溜溜，几次把长胜刚开帮的夹鞋夺下。长胜就不得不一次次再穿上。穿上，夺下；夺下，穿上，这样，长胜就被落在后面了。

长胜不再是小伙子，已是四五十岁的半大老头。但由于无妻无子，又得父母独宠，虽已年过不惑，却童心不减、玩心不退，整天和周围的半大小子搅和在一起，俨然就是个孩子王。

待长胜赶到时，虽才短短的几分钟，但来子他们已把已缓过气的嘎子拖回了树林外。

长胜问：咋了，咋回来了？

嘎子惊惧地狂喊：有鬼，有鬼！

来子说：啥鬼呀，不就一座新坟吗！是拉拉秧扯你脚了，看把你吓的，头来时顶你咋呼得欢，现在缩缩了吧。

嘎子说：有鬼，有鬼！有个娃娃，拿着把花，还乐呢！

娃娃？这下，来子他们不再打趣了，只感觉头皮发奓，浑身发冷。之前的那点忽悠悠的酒气，早已挥发殆尽。他双手晃着嘎子粘了乱草的头：不就是一把花吗，哪有什么娃娃！

嘎子则瞪着他那双直勾勾的大眼，一遍遍地重复着：有鬼，有鬼！

同来的还有刘蛋和二国，他们也都战战兢兢地进入了状态。不由分说，几个人架起嘎子，向河滩外的长堤走去。林子边的草地上，就剩了长胜一人。

长胜虽体格稍差，但胆量不差。刚才嘎子的话，他听得一清二楚。不知是酒力贲张还是天生不信邪的倔劲再次复苏，反正他是不走了。他一定要进林子看看，看看他们说的那束花，还有那抱花的似笑非笑的娃娃。

长胜深一脚浅一脚地进了林子，拉拉秧也没有放过他，手上脚上，但凡裸露的地方，都被拉上几条长长短短的血道子。在秋日潮热的余温中，那些血道子，时时把汗津津的痛痒传到他身体的每根神经上来。但此时的他已顾不上这些，他只想看到把嘎子他们吓得半死的抱花娃娃。

他转过几座老坟，一座鲜土堆起的孤坟就倏地出现在眼前。他走过去一看，那坟包上确实放着一大把各色各样的鲜花，且鲜艳如初，可见放上去还没多久。但，什么会笑的抱花娃娃，他却没看见，只看到了一张被粗木棍压着倒扣在地的纸片。

他想，没听说这两天村上有孤寡去世呀，看来，是附近其他村子的。都是苦命人呢，他这么想着，就走过去，把坟包四周的乱草拔了拔，拔下的草向树棵子下散去。他还意犹未尽地用长把镰刀砍下了几截柳枝，掐头去尾，插进了坟包旁的新土上。

做完这一切，他才喘着粗气往外走。让他没有想到的是，在不远处乱树的缝隙里，有一双眼睛，一直看向他……

（2）

长胜回到家才知道，经这一场惊吓，瘦弱的嘎子一病不起了。不是蒙头大睡就是在梦中惊厥而起，转着两只无神的眼睛大喊：有鬼，有鬼！

这下可急坏了嘎子守寡几年的娘。嘎子娘知道了前后经过，便托邻家桂花嫂子照看嘎子，自个儿挎上个柳条篮子，颠着没裹多成功的半大脚，快步去了前街，去找会收魂的“高人”。

这个高人也不是别人，就是刚刚从河滩乱葬岗子折回来，刚刚一脚门里一脚门外的赵长胜。

他叔，我可没有埋怨你的意思呀，再怎么说，也是孩子自己愿意去的，怪不得别人。可是这十里八乡，就顶兄弟你道行高，只能找你了。她边说还边把柳条篮子，放在了长胜家院门口的里侧。

长胜看到了，也没说什么，就扔下那把长把镰刀，大步向外走去，把嘎子娘这半大脚女人，远远地丢在了后面。

嘎子娘看着长胜魁梧的身躯消失在院前小菜园的尽头，轻轻叹了口气。

嘎子娘进家门的时候，长胜已从她家出来了。嘎子娘刚要问上几句什么，却见长胜没有停下来的意思，便欲言又止，侧过身给长胜让出道，之后便急匆匆地进院进屋去了。

他长胜叔给看了吗？

眼前，她最想知道的就是这事。

桂花嫂子说：看了。他来时正赶上咱嘎子醒了，正大喊着有鬼有鬼的。长胜哥就按住他的天灵盖，把他按回了炕角。你还别说，他这一按，嘎子一点也没反抗，顺当当的就退回了被窝接着睡去了。

那，这就——就算看过了？

正说话间，嘎子又醒了，还是原模原样地大喊大叫，叫得人头皮发麻。

嘎子娘叹了口气，一屁股坐到了自家短木条封边的炕沿上。

（3）

嘎子娘名叫陆小花，今年四十一岁，虽已不是黄花姑娘的模样，但天然的肌肤如雪，还是把她与同龄的村妇们，拉开了不小的距离。

嘎子娘结婚那天，刚一踏进刘家大门时，便偷眼看见有三个年轻的后生，并排站在房檐下很显眼的位置。她知道，这三个人里，必有自己今天要嫁的人，是哪个呢？

肯定不是左侧那个，那么清瘦干枯，估计得比自己大个十几岁。也肯定不是右侧那个，那人脸上有道明显的疤痕，这点媒人和娘可都没提到过。那么，肯定是中间那个了。那人高大魁梧，一脸的朝气，眉宇间还有几分俊朗。她便从心里，认下了这个人。

洞房之夜，窗外皴黑如墨，窗内两只裹了红纸的蜡烛，跳跳儿地燃烧着。摇曳的灯火，把小屋拉扯得忽明忽暗。不胜酒力的新郎被两人架了进来，放到了新炕上。然后，二人便匆匆地向门外走去。走在前头的高大魁梧，走在后面的脸上有疤，横躺在大红新被上的，便是白天站在左侧的很细瘦的那个。

哪个女人，都在自己心底最私密的空间，早早地勾画了一个框框。而被框进来的人，却在死命地挣脱，挣脱。有的把框框挣得支离破碎，有的干脆就跳出那个框框，或从来与那个框框杳无关联。

十五岁的陆小花，遇到的就是这样一个男人。她分明知道，这个有些木讷有些鸭嗓的男人，就从没走进过自己画的那个框框，一段茫然的、不知所踪的悠长岁月，就这样匆匆地开始了。

这个看上去比自己大十几岁的男人，实际只大了七岁，只是其天然的少白头加上黑瘦枯干，显得大许多。

陆小花虽还是十五岁的小姑娘，却没有这个年龄应有的娇气和笨拙。这与后娘的长期训教显然是分不开的。她擦了把眼泪，出门找了笤帚、簸箕，开始收拾呕吐物和他那双粘了厚厚泥土、雪片的黑棉鞋。

陆小花在婚后的第二天，才知道丈夫的大名叫刘春良。之前媒人一直叫大强大强的，原来只是小名。也难怪，谁让媒人是大强的姑表长辈呢。也是在婚后的第二天，小花还知道了另一个人的情况，那就是婚礼那天第一次见到的那个高个子男子。

高个子名叫赵长胜，有一手不错的木工手艺。她屋里结婚用的小桌、小凳、木头箱子、梳头匣子等，但凡是木质的，不管新的旧的，基本都是出自他的手。特别是那个梳头匣子，那纹理，那做工，咋那么精致，那么顺眼呢！她觉得，这婚房里全部的风景，就在这个梳头匣子上。

小花把梳头匣子抱在怀里，仔细地看了又看。突然，在梳头匣子的内侧，发现了一处雕凿极浅的纹路，也是整个梳头匣子唯一有雕凿纹路的地方。虽纹路极浅，但仔细看，还是分辨出来，竟是一朵五瓣的小花。

其实时间一久，小花还发现，凳子上小桌上，几乎所有的木器上，在某个不显眼的地方，都有这样的一朵小花。她突然想起，前院她叔伯三姨也就是他们的媒人家，也有几件木器，她就想，得抽空去看看。

这天，机会来了。前院三姨过来对小花婆婆说：大表嫂，您娘儿俩谁去我家帮我照看会儿孩子，我去买点药。

小花赶过来说：三姨，我妈也感冒了，我去吧！

三姨家的小豆豆躺在土炕上，乖乖地不哭不闹，这下，揣着想法的小花，就有了充足的时间。

小花先是搬起手边的小凳，心里默念着：没有，没有！

嘿，还真没有！小花喜上眉梢。接着又看桌子、椅子以及衣柜的外侧。真的都没有。

小花心里无来由的熨帖。衣柜外侧没有，底部看不见，她就很想看看内侧。但，尽管是姨家，也不能打开人家的衣柜呀，再说，还是叔伯姨家。小花回头看到了炕上躺着的豆豆，这才想起，是来帮人家照看孩子的。于是赶紧走过去，帮孩子掖一下被角。问道：豆豆，喝水不？

小花爱怜地在豆豆的小脸蛋上，捏了两下，而后突然问道：豆豆，咱冷不？其实她知道豆豆还不会说冷，她这是说给自己的，是给自己找出的理由。

豆豆哦哦地看着她。这下，小花主意已定：咱再加一件单子哦。于是，她快速打开了衣柜。说实话，她没看到衣柜里有什么衣物或被单，她净上下左右地看内壁了，直到三姨推门进来，她都没有发现。

小花，找啥呢？

三姨，您那么快就回来了？

你说我回来得太快了？

不是，三姨，哦，豆豆有点冷，我在找个单子呢。小花本来白皙皙的小脸，倏地抹上了一层红晕。

三姨指了指炕角的被垛：用翻吗？那儿不是有嘛！

哦，也是，我没注意！

从三姨家回来，小花真是喜忧参半。喜的是三姨家的木器上，件件都没有那朵小花，包括衣柜的内壁。忧的也是那件衣柜，三姨八成是想多了，而且，自己却无法解释。

这下，小花更认定了自家木器上的小花，是长胜哥有意为之。长胜哥咋就提前知道俺叫小花呢？她心下第一次埋怨三姨，为什么不把自己说给长胜哥呢？多日后，小花才知道，当年三姨还真曾把小花介绍给过长胜。

那一年，三姨家门口的大榆树被风搁倒了。三姨夫想卖掉换把子钱，但三姨不肯：算了，就当没有这棵树，做几件家具吧。三姨夫听惯三姨的指令，况且结婚时，的确也没置办什么家具，想做就做吧。

趁着天不太冷，说干就干。当晚，三姨两口子就去了老赵家，请长胜。

赵家老娘爽快地说：行，他在宋庄做活呢，说是明儿晚上完工。他一回来我就让他去。

长胜没有亲娘，一岁多就没了。后来，爹就娶了现在这个因不生育而被婆家一纸休书给休了的娘。再后来，这个娘就真的没再生育。老少三口相依为命，这个娘，也就更像个亲娘了。

第二天，三姨还去了马池口的小花家，对姐姐说：姐呀，后天是我村药王庙会，上我家住几天去呗！

旧时的乡村，赶集上庙的，姐妹间相互走动走动，小住几日，是很平常的事，小花妈二话没说，应下了。

但第三天，小花娘虽然来了，长胜却没来了，因为他的哮喘病又犯了。

三姨一看，三姨夫肉也买了，菜也备了，米面也拉来了，只好去请了南街的另一个木工师傅。

虽然三姨没能让小花娘看见长胜，但还是和她提及了此事，并把长胜夸得一塌糊涂。小花娘也听得声声入耳，很是满意，只是不经意间问了句：那他咋都二十五了还没成亲呢？这时三姨才不得不说：他呀，就是有哮喘。不过不严重，就冬天犯几次，但人家手艺好呀，能挣钱……

小花娘没等妹子说完，脸蛋一沉，扭身出溜下炕。穿上鞋头，扯上头巾，顶着小北风就走了。

三姨觉得再拦也没意思，眼瞅着姐姐出了院子。叹了声：不就个后娘吗？

（4）

嘎子娘望着蒙头折腾的嘎子，不知所措。叹了声：孩爹呀，你要是在，也能拿个主意呀。

嘎子爹虽然身材矮小，但瓦工手艺不差。在王家庄这个不大不小的村子里，甚至是浑河两岸，也是出了名的。

那年，小花家要翻盖房，三姨听说后，忙介绍了大强他们。

那天一进门，三姨多少还有点别扭，哮喘那事过后，她不知姐姐是什么态度。

小花娘说，这人我听说过，手艺不错，就他们吧。小花，快给你三姨倒水！

率直的乡下妇女，敢说敢做敢甩脸子，但就是不记事。这已是哮喘事件的第二年，所以小花娘早把那件事扔在了脖子后面，对这个多半年未露面的叔伯妹子的热情丝毫没减。

小花家这次盖房，正巧赶上个不错的档期，大强一下给带去了十几个大小工。所以没几天，大架子就起来了。小花爹也是个泥瓦匠，剩下些小零活就都交给了他。大强的大队人马，就撤去了另一个村子。

虽然才短短几天，但憨厚灵巧的大强还是给小花娘留下了不错的印象，加上把工钱的零头抹去，这让小花妈十分满意。

见到姐姐脸上灿烂的笑意，三姨的保媒瘾又上来了：这个小瓦匠咋样？老爹老娘都是厚道人，就这么一个，再说人家有手艺，能养家呀！

就是人矮了点，还不及咱小花高呢。对了，这个有没有啥病根呀？

姐姐，放心，这个啥都没有，就是矮点儿黑点儿瘦了点儿。

（5）

刘春良的那场意外，是在大前年冬天发生的。那天，是他带着师兄弟大小工十几个人，去榆树沟给人盖房的最后一天。他知道，天一天天地冷了，完了这份工，也就差不多上冻了。他琢磨着也就不出去了，在家收拾收拾院子，劈劈柴、整整灶，就该着赶集办年货了。盘点下今年的收入，还不错，比去年多了不少。他在想，也该给老婆买点啥去了。对，说去就去！

拿定了主意，就对弟兄们说：吃完晌午饭咱就回家了。你们自己安排吧，我想拐弯到镇上买点东西，就不跟你们一起了。

小兄弟也有几个想去的，搭了四五个，就一起出发了。

冬天天短，借着酒劲，他们几个推着独轮车，装上家什、行李，很快上了镇西口的老桥。过了大桥，就是镇中心了。他要买的头巾、布料、棉线等，就在镇中心主街道的万盛百货商店里。他心里着急，脚下用力，一下落了弟兄们好远。他正心下快意脚下急，未提防拐弯过来辆轰隆作响的大拖拉机，竟来不及躲闪，径直朝他开过来。砰！一声巨响后，他和一大段桥栏杆，都落入了桥下的冷水中。

（6）

得到噩耗的那一刻，小花正在屋子里，对着梳头匣子上的那朵小花发愣呢。

村子里三十岁以上的光棍汉，还有十几个，年龄跨度不下几十岁。此时的长胜已是四十有五，愈加多发的哮喘已把他堵在冬天的屋子里，即使是其他的春秋时节，他也不太出去做活了，只是左邻右舍的，还能勉强应下。

小花在之后也没太与长胜哥有多少接触，但不知为什么，在她的内心深处，就是放不下，总觉得他们之间有什么别于常人的地方。为此，她让三姨怀疑为贼，也无所谓。

后来，她还辗转知道了三姨家的家具并不是长胜哥给做的，还在丈夫口里知道，浅纹路的小花是长胜哥做家具的标志，不论在谁家，也不论在哪件木器上，他都会浅浅地雕上朵五瓣小花。但陆小花心里不认可，她认可的，只有自己的家具，只有自己梳头匣子里的小花。

他咋就知道俺叫小花呢？她看着梳头匣子里的小花，为自己自欺欺人的执着，翘起了小巧的嘴角。

正此时，刀疤脸李三哥气喘吁吁地跑了来：嘎子娘，出——事了！

这个重磅消息，把小花手里的梳头匣子，砸出了四五米，咔嚓嚓，底盖两开。她每天擦抹每天把玩的梳头匣子，摔断了！

她再也顾不上什么梳头匣子，而是小步变大步，磕磕绊绊地随了李三哥而去。

（7）

这几年，长胜的身体竟直线好转了。至少，在正常的天气，也可出去几天做做工，或在地里干些活了。而且冬天里只要穿戴齐备，也可四处活动了。这对长胜是个意外，同时对长胜的老母，也是个意外。身体转好的长胜，似乎变了个人，每天哼着小调出来进去，见谁都一副笑脸。冬天的早上，他也早早地起来，见到硕大的太阳滴溜溜地跳出地平线，他便欢喜地伸出双臂，像是去拥抱。

娘看在眼里，乐在心上。四十多岁的人了，咋还像个孩子？是孩子当娘的就要操心，既是身子骨好些了，也就该再给他张罗张罗亲事了。长胜娘的眼睛，就盯上了已寡居三年的陆小花。

这天，长胜娘带了一大兜子排叉儿，去了小花的三姨家：呦，瞧我们豆豆，越长越高了，都像个小伙子了，来尝尝二奶奶给你炸的排叉儿。

二婶，他都多大了，还排叉儿呢，您可别这么惯他。

这娃从小就懂事，村上人都喜欢他。我家长胜就老夸他，说他将来一定有出息。

长胜娘终究是来求人的，说话越发地暖心了。同时，也把话题转到了长胜身上。

对了二婶，长胜兄弟今年多大了，我看他咋越来越显年轻了？

他呀，生日小，周岁才四十有三。现在新药也多了，营养品也多了，他的身体真恢复了不少，冬天也能满街活动了，你看他天天美的，跟个孩子似的。

一天不娶媳妇，他可不就还是个孩子嘛。对了二婶，我正想跟您说呢，您觉得嘎子娘咋样？就是有俩孩子，还要上学，累赘了点。

嗐，瞧你这话说的！有孩子好哇，过日子过的就是孩子，有孩子屋里屋外的多热闹哇，没事，我喜欢。我天天起得早，还能给娃们做做饭，吃完饭好上学呀。

婶您这一说，我就有底了。这俩孩子是苦了点，爷爷奶奶也没了，他们娘，家里地里的活太多，早饭多数是吃不上的，不易呀！要真能成喽，也是孩子们的福分！

他嫂子，那就说定了，拜托你给说说去哈，说说去。

二婶，您同意了，不知长胜兄弟他？

他呀——婶子我跟你说，这就是他的意思。

是吗，那就好办了，婶您等听回信吧。

说实话，三姨也没有太大把握，因为自小花翻她家衣柜的事之后，她一看什么也没少。家里仅有的十几块钱，依旧在格子里放着，没有一点翻动的痕迹。她就想，是不是孩子就是在找单子，是不是她冤枉了这个苦命的孩子？想到这一层，她就觉得那天的话太严厉、太露骨了。但说出去的话，泼出去的水，收是收不回了。从那时起，她明显地感到，小花来家的次数少了，她也就觉得见面有些不自然，去的也就少了。

如今，长胜兄弟毕竟是身子带病，她会是什么态度，自己的话她还愿听吗？她一点把握也没有。

但想到孩子太小，小花也不老，孤儿寡母的艰难，她还是硬着头皮去了。

二十几分钟后，她就回来了。外甥女就给回了两个字：不嫁！

为了回应正热切盼望的二婶，她还特意问：为什么呀，是因为他的病吗，这两年……

三姨，不是他，是我自己的原因，让您费心了！

你的原因？

嗯！

（8）

三姨走后，陆小花却哭出了声。这是自己倾慕已久的男人，但她却不能嫁给他。因为刘春良出事后，看着哇哇大哭的两个孩子，小花猛地醒悟了。虽然她与长胜哥没有丝毫的不恰当行为，甚至长胜哥连一眼都没多看过她，但她还是执拗地认为，春良的死，是她整天心心念着别人造成的。

她不能不自责，不能不反省。平心而论，春良对你不好吗？这刘家一家人对你不好吗？是谁在大冬天早早起炕，烧水掏炭，用炭火盆把你的棉衣烤热；是谁在你闹口想吃花生时，半夜半夜的，用火盆烧了花生给你吃；是谁把挣来的钱，一分不剩地交到你的手里，而且从不问钱的去向；是谁不论挣钱多少，都会在每次出门回家时，给你至少带一件大大小小的礼物。这次出事，不也是——千不该万不该……她越想越后悔，越想越内疚。她起身捡起摔落在墙角的梳头匣子断片，向灶间走去……

但她终究放下了斧头，没有一下子劈下去，只是把它远远地扔到了杂物的后面去了。

长胜哥，对不起，我不能嫁给你，我不能在春良刚刚走后，就让自己的私情延续成事实。要不，你就再给我些时间吧！

给些时间？多少呢？她自己也一点点概念都没有。

但这样的话，她不能说出口。首先，不嫁的原因本身就无法明示；其次，“给我些时间”的话更不能说出来。长胜哥孤单了半辈子，好不容易身体好转，要成个家了，不能说这样的话，不能耽误了他。所以，她感觉自己竟找不出合适的词，只好吐出了这么简单的两个字：不嫁！

长胜不是个愚钝的人，甚至很通透，会看事。天长日久的，他早已从陆小花的眼神里，看到了些内容。所以这么多年，他才少少地去走动，去露面。毕竟朋友妻嘛，要彻底避嫌。再说，自己这身体，还能去想这些不沾边边的事吗！

但令他没想到的是，现在的嘎子娘，竟然还是不肯嫁给他。他明白了，是自己看走眼了，人家花朵一样的陆小花，怎么会在那样的花季，多看你一眼？你毕竟是带病之身，想多了，想偏了，想过头了。但他没有太过伤心，甚至都没几天发蔫，毕竟，身体得到了不少的恢复，能更多帮年迈的爹做些事，能更多些年月陪伴一下娘，这才是大事，是这辈子的大事。

冬去春来，几乎有些生龙活虎的赵长胜，甩开膀子，重又混进了发小、哥儿们的行列，甚至挑头去闯什么乱葬岗子野水滩。

（9）

那天，他看了嘎子的情况，心里这个悔呀，自己老大不小的，咋就这么闹得没谱？嘎子要是出点事，自己怎么对得起春良兄弟，又跟这孤儿寡母，怎个交代！

他知道，收魂只不过是个心理安慰，嘎子真正需要的，是解开心结。第二天一大早，他就叫了老娘，安排她去把嘎子娘带来的那篮子鸡蛋给送了回去，顺便去陪陪早已六神无主的嘎子娘。还说他有个事，得出去一下。

娘二话没说，拎起鸡蛋篮子，又开柜拿出仅有的一大包红糖，匆匆出了院门。

长胜也在院子的把角，抽出了一根上下等粗的白蜡杆棍子，出了门。他拐过街角，径直顺道向村北大河滩方向而去。

长胜是有些胆子，这在村人们眼里，是与他的木工手艺齐名的。但只有长胜自己知道，其实，他的胆子也没多大，多数时候是硬撑的，谁让自己好玩，好当兄弟们的老大呢！

但今天为了嘎子，他的胆子竟陡然大了起来。他要一个人去闯乱葬岗子，他要知道那天，嘎子究竟看到了什么。

好在昨天才来过一次，也算是轻车熟路。长胜没怎么费劲，就进了林子，来到了那座新坟前。

那坟，还是那样新土未干。那束花，还是他摆放的样子。但令他惊讶的是，在坟冢的边上，竟真的坐着个手捧花束、一脸坏笑的小娃娃。

这一惊非同小可，使个五大三粗的赵长胜，倒退了好几步，并四仰八叉地摔在不远处的另一座坟包上。

妈妈，有人来了，有人摔倒了。

长胜更是一惊，怎么，那小孩还会说话？

长胜腾地站起身，见除了新坟边坏笑的小孩，并无他人。而那个一直坏笑的小孩，分明只是被柳棍撑起的一张画。

长胜又一次坐在了草地上。

妈妈，您快点呀，那叔叔又摔倒了。

随着这一声童音，乱树蒲子后面，竟真的闪出一个花衣长裤的小女孩。而这个小女孩，除了稍大一点，跟画上坏笑的小孩，容貌很是相像。这一发现，让长胜浑身发冷，他不禁打了个哆嗦。

正此时，从树后又走出一个人，这回是个女人。这女人放下布袋子，走过来和小孩子一起，扶起了长胜，并略略蹙下眉说：没事吧？

没事？差点没气！但大男人不能说这么泄气的话。没事没事，大姐您咋上这里来了？

这个说起话长，您看看摔伤了没有，看还能不能走？

这一问不打紧，长胜这才感觉到，脚有些疼，而且已有了肿胀感。他知道，多半是扭伤了。

这样吧兄弟，我们扶您到我船上休息一下，我也会些跌打扭伤的土法，给您治一治试试？

那给您添麻烦了！

好在这里离小船没多远，三个人很快就上了船。

上船后，女人麻利地将长胜的鞋子扒掉，沿着红肿的地方摸了摸，说了声忍着点，就下了手。长胜只觉得脚腕子猛地疼了一下，就真的没多大事了。

长胜这才打量起了小船和这个从天而降的女人。

小船就泊在乱葬岗子外七尺古渡宽大的土阶下。这是只很破旧的小木船，陈旧得油漆早已斑驳，舷板上已有大量的裂纹和破损的凹陷。双桨在船体两侧的铁环里静静地横斜，时有几尾细长的小鲢鱼，在桨的另一头，撒欢挑衅。

再看这女人，约莫三四十岁的年龄。宽阔的脑门，被一缕垂落的刘海掩去了一小半。深棕色的发丝，把绝无仅有的几根银发，掩蔽在似有似无中。女人最大的特点，便是她大大的眼睛。虽有些忧郁，但却隐含着这个年龄少有的清澈。

聊下来他才知道，女人叫袁金凤，是离婚后来这里的。

丈夫是当地有些名气的乡医，但在她怀第三个孩子时，却染指了一个常去医馆看病的女人。在她第三个孩子满月那天，女人挺着大肚子找上门来。女人还是个大姑娘，且有轻微的跛脚。知道自己的这个缺陷，这个有些心计的女人便盯上了曾对她动手动脚的乡医。乡医有技术就有收入，且对自己动心动情，除了大了十几岁，别无挑剔。她甚至安排好了自己在医馆的差事，把脉一时半会儿是不会的，就帮他抓抓药吧。

女人还打听到，他有个端庄而美丽的妻子和两个孩子，且马上就要生第三个孩子了。这些，也多少让她倒退了几步，但心底的欲念，还是在空寂的暗夜里，滋生得枝叶烂漫。

在一个细雨淅沥的夜晚，她以肚子疼为名，一头扎进了只有乡医一人的医馆。

（10）

大肚子女人说：这孩子是你们白家的，我也愿意嫁他。我表叔是在县里做事的，他说这是最好的解决办法。

乡医走到袁金凤面前，低着头说：怎么办?

袁金凤抱着刚满月的幼子，愣怔怔地瞪着空洞的眼睛说：百天，过了百天再说!

乡医如逢大赦，点头如捣蒜!

三个月后，百天未足，那边已开始张罗操办婚事。间隙，婆婆和大姑姐过来说，西口你表叔家的磨坊好几个月不用了。他是你家亲戚，你找他说说，就搬过去吧。把三小留下，俩丫头你带走。

大姑姐已三十有八，但其“拣尽寒枝不肯栖”，挑挑拣拣的就是不嫁，优哉游哉地在家当起了老姑娘。而且帮娘出谋划策，成了多嘴多舌、多是多非的二婆婆。

凤子说：不用，我都带走。

二婆婆说：那不行，男孩得留下，他爸不要我要。

凤子说：休想!

嘿，就你现在，养得活这么多吗?

活一个是一个，他们就这个命!

不行，三小就得留下。

那，手续我不办了!

还真让俩婆婆说着了，她在这里没什么亲戚，只得去了那个远房表叔家。

表叔家只有三间小土房，两代人挤挤挨挨，很是不便。好在院门外的老磨坊确已闲置了几个月。

表叔表婶都过来帮她刷糨糊，溜门缝，清屋子，扫尘土。好在十月初，天还不是太冷，村里最能帮各家各户张罗事的妇女干部青枝嫂子送来的两床烂絮，也算解决了最实际的问题。

入夜，月光如水。大风，又一次掀动了屋顶上白天才补上去的苇箔，月光便不失时机地洒了下来。

她这些天一直处在失眠状态中，每天睡不上两三小时。今儿是来表叔家第三天，更是整夜未眠。冷风呲呲啦啦地吹响着枕侧草铺子上的细叶，节奏单调而尖冷。她再次帮孩子们掖掖絮套，搂紧了怀里刚刚睡熟的幼子。

两行泪，不争气地顺着眼角落下来，冰冰凉凉。她不知自己的出路在哪里，更不知今后的日子该怎么过。她甚至怀疑，把孩子们都带出来，是不是过于冲动、过于执拗、过于不现实了。但她不后悔，再让她选择十次、百次，她也是这个选择。

她正自胡思乱想之际，突觉小木门处有点动静，这动静有别于冷风吹动的任何声响。反正也是和衣而卧，她便不声不响地从地铺上起来，并拎起根烧火棍，移向了门口。门被从里面一把拉开，清亮的月光下，一个黑影迅疾地向表叔家柴草垛后面飘去。凭直觉，她断定是村里那个有名的光棍二流子。她一边喊站住，一边把手里的黑头烧火棍，向那个黑影投去。烧火棍并没有打到那个人身上，但却引起了表叔以及邻居家的一片狗吠。

表叔表婶听到动静，马上猜到是凤子娘儿几个有事了，忙穿衣下炕，来到磨坊。紧张而慌乱中的凤子，似乎刚缓过神来，一把抱住了表婶，泪如雨下。

这之后，表叔便把自己那条心爱的小柴狗，拴到了磨坊外。但只几天过后，那小柴狗就被人下药，毒死了。

从表叔的哀叹声中，凤子意识到，他们这一家子，给本就艰辛度日的表叔家，带来了多少麻烦。

望着地铺上裹在烂絮里的三个孩子，想想今后的了无光亮的漫漫岁月，她不止一次地想到了死。

自从那个挺着大肚子的女人出现，到她决绝地走出他们白家大院，这个念想就出现了无数次，但却从来没有像今天这么清晰、这么完整过。她甚至安排了孩子们的去处。一个送到姥姥家，交给还没有生孩子的舅母。两个留给表叔家，表叔只有老母和老伴，四十多岁了还没有一儿半女。留在表叔家，好歹冻不死、饿不着。

离婚真不是件很长脸的事，所以，尽管千难万难，她也不想把消息传到娘家去，给爹娘添堵、给兄弟添烦。见不到至亲的娘家人的面，她只好把她的预想，告诉了才七岁的长女美云。

美云不知娘的用意，便笑笑说：娘，美云哪也不去，只跟着娘，娘去哪儿，我就去哪儿。

凤子摇摇头，一层水雾，自那双失神的大眼睛，飘向了黑沉沉的夜色里。

见孩子们都睡下了，她从墙角的布兜里，拿出了出嫁时娘家那套陪嫁的红缎子嫁衣，缓缓地穿在身上，并依次掖好孩子们被角，便出了小木门，向村边的那口水井走去。

这原本是口甜水井，在漫长而艰辛的岁月里，竟先后有三人跳井而亡，把个好端端的甜水井，变成了无人问津的闲井。以至于村人们传说，这井已经有了法力，但凡有这么一点点想法的，就会在走单了的时候，不知不觉地走向井台。还说，但凡走向井台的人，便不会再有任何的犹豫，只会径直地走过来，跳下去。这还不算，村里会跳大神的神婆李大脚还说：看着吧，现在是两男一女了，下一个，一定是个女人。

神婆的这个预言，八成就要落在自己身上。早在孩子满月时，凤子就已自觉地对号入座了。

凤子静静地向井台走去，像是在验证神婆的预言以及人们的传说，虽速度不快，但脚下真的没有丝毫的停留，真的没有什么犹豫。

她左脚已登上了井台的台阶，而就在这时，她听到了一个童音：妈妈，您等等我呀，我追不上您。这一声喊，终于留住了她的脚步。

她回头一看，是冻得直缩脖的大女儿美云，而身后还有一个人，竟是曾送了他们两套旧被的青枝嫂子。后来她才得知，自那天赶走那个黑影后，热心肠的青枝就暗暗组织了几个村上的媳妇、后生，自动组成个巡逻组，专门在暗地里看管这一家落难的母子们。

青枝嫂子说：要不你们去我家吧。我家房西山有个小耳房，虽然房子破旧，但好歹是在院子里，应该就安全些了。

第二天，也就是在进腊月的那一天，凤子娘儿几个就搬进了又一个新家。

新年一天天近了，这是娘家人必来看望姑奶奶的日子。凤子知道，这下，再也瞒不过去了。

腊月二十五，在远处隐隐约约的鞭炮声中，娘家弟弟的马车来到他的新家前。当然，马车先去了乡医家，然后才知道这一震撼的消息。

这个年，凤子是在娘家过的。直到过了二月二的龙抬头。凤子知道，过了那么踏实的一个年，是到该走的时候了，但，他们孤儿寡母的，何处才是他们的落脚之地呢?

这个尖锐的问题，不仅盘旋在凤子的心尖上，同时也盘旋在老父老母以及兄弟的脑子里。

嫁!

所有人的解决方案，似乎都集中在了这一个字上。但带了三个孩子的母亲，能嫁谁呢?

这天，邻家白二奶奶来了说：她有个远房侄子，早年在浑河沿上摆渡。再加上河里有的是鱼虾，混个八成饱没问题。这个人不会过日子，有点钱了就喝酒，没房子没地，再加上常年在外，现在六十来岁了，还是单身。听说这两年走船吃不饱了，就在河滩上开出来几片地，据说，还真是够吃够喝。对了，他虽说没房吧，好在在河滩上挖了个地窨子，棚着顶围着院，遮风挡雨的还说得过去。不过岁数可不小了，总爱喝酒，身子骨也不太强，我也两三年没见着了。就这么个情况，你们要是——我就让老大跑一趟。

当时，凤子就在外间屋里洗涮，她知道，她该出场了：二奶奶，您让我叔辛苦一趟吧。只要他容得下我的几个孩子，我就嫁!

三天后，白二奶奶的儿子和凤子的弟弟，特意跑了趟十几里外的浑河滩七尺渡，找到了正窝在屋子里喝酒的老船工白春儿。白春儿像是病了，趴在炕上懒得动。但这个重磅消息一出，白春儿立马起身下炕，把酒葫芦一丢：就一个要求，得让娃们叫我一声爹。哪怕就叫一声，我白春儿这辈子也就不白活了。

七天后，凤子娘儿几个进门那天，白春儿实际上已病了十几天了。饭不香，水难咽，脑门热，身子冷。但，这一天的大喜事，还是把他从土炕上，直拉到了院子里。

不需什么过场，刚刚走进婚姻的两个人，就已经各就各位。白春儿给孩子们换上粗布的新衣新帽，而凤子则下厨，为白春儿做了一碗发汗的热面汤。

这一碗带有女人气味和家庭暖意的热汤面，像是一剂强心药，把病病恹恹的白春儿拉回了暖融融的春色里。

白春儿的地窨子还算不错，总共两大间，一卧一灶。当晚，白春儿就把自己的被子搬到还算宽敞的灶间……

（11）

已是初春了，院子外高高矮矮的树木，都已柔软了枝条。远远看去，水边向阳的沙地上，已有了朦朦胧胧的笼地的绿烟。渐渐变薄的冰碴，在细软的微风里，咔咔作响。绿袅袅的水雾，在正悄悄解冻的河床里，在时隐时现的片片水面上，向河滩里摇曳的枝条飘去。脚下的泥土明显变软，篱笆下最后的残雪已悄然遁迹，但白春儿的镐头却再也刨不开已松软许多的地垄，他这下是真的病倒了。

凤子他们刚来那天，他把被子抱到灶间临时搭起的木床上。凤子就想，也对，把暖炕留给孩子们吧。但凤子仔细看时才发觉，这床也太窄了，怎么放得下两人。

白春儿看出了凤子的疑问，一把把她拉到自己的床上，坐下，微笑着对她说：去吧，到孩子们那边去睡吧，那边暖和。

可是？

他娘，实话跟你说，我快六十的人了，比你差不多大了一半。再说，我已病了很久，也很重了，我不能再拉你垫背。

你这叫啥话嘛！如今你已是有老婆的人，应该……

他娘，孩子们已脆脆生生地叫了我一声“爹”，我这辈子就值了。可你还年轻，我不能——再说，我常年喝酒，又懒得做饭，饥一顿饱一顿的。几十年下来，这身体，也真的——不能咋的了……

可你？

我听到了你们的情况，就想起了我多难的老娘。你们不知道，我娘和你比，其实，其实就差两个孩子……我就想，我到底还是有点小积蓄的，帮帮你们娘儿几个，顺便也当回爹，哈哈，过过瘾！

可我？

啥也别说了。这点地，咱先种着，起码够你们娘儿几个吃喝。等条件合适了，咱就到村口去盖几间房，咱三小不能像他爹一样不争气，在半野地娶媳妇是吧哈哈。到时……算了，到时，我八成也就……

春儿哥，我凤子可是奔孩儿爹来的，您不是看不上我吧？

傻妹子，你那碗热面汤，早就把我的心暖热了。我真的病得很重了，在我之后的日子，有孩子们陪伴，有你的热面汤入口，真好！我白春儿怎么也没想到，我能有这么圆满的结局。妹子，我想说谢谢，谢谢你呀！

不，孩儿爹，不能这样……

去吧妹子，累了一天了，去睡吧。明天，我把家里的事，说给你……

这之后，凤子和白春儿，白天就清理院子，起垄、挖菜畦。其实，只是凤子在干活，白春儿只在旁边走走、看看。晚上，白春儿就教几个孩子认几个简单的字，顺便教大丫头美云画画片。

白春儿从小就喜欢画画，河滩、地垄都是他的画布，花鸟鱼虫都是他的素材。而偏偏大女儿美云也有这个天赋，这让他十分惬意。美云追前追后，问这问那，二丫美琪也不饶他，让他给做风筝，扎毽子……没事他还要抖一抖，逗一逗宝贝儿子。这下，已走不稳、站不直的白春儿，竟还成了个忙人。

这天，凤子端上午饭，白春儿说：妹子，要不咱喝两口？

可是春儿哥，我不会喝酒的。这样，我看着你喝。

没事，你喝一点点儿。今天是你们来这满百天，咱也祝贺祝贺？

那行，春儿哥，我就试试！

这天，他们喝了酒、碰了杯。白春儿褶皱的嘴角，翘起了一抹久违的红晕。

春儿哥，这是我第一次喝酒！

白春儿动动嘴，但只是微笑，什么也没说。其实他要说的是，这可能是他最后一次喝酒了。不错，白春儿没说出的话，到了傍晚，就得到了确切的验证。五十九岁的老河工白春儿，油尽灯干，走完了他孤单而又圆满的一生。

凤子抱着儿子，和女儿们一起，送走了孩儿爹白春儿。有儿有女的白春儿，安详地离开了他的柳篱、他的小院，和他挚爱的、这个热气腾腾的家！

（12）

长胜听着这故事一样的事，端详着故事里的人，仿佛自己也进到了故事之中，忘记了来路。

大兄弟，净说话了，都快晌午了。我去家里给你拿些吃的，吃完你也该回家了。

凤子的这句话，算是把长胜拉回到现实。

不用了大姐，我还有事。那您今天这是？

哦。今天是孩儿爹的三七，我们这是给他烧烧纸，送送花。他是个有儿有女的人，这样的事，不能少！

可是，那坟包上画的小男孩？

哦，这是大丫画的她弟弟。我说，三小太小，明天就不带他去了。她说，她爹一定想弟弟了，画个画，让他爹看看。就是这孩子给画得大了些。这不，昨天画好了，俩孩子就忙着送过去了。

大姐，我有个事，就不细说原因了，但我想借您大丫的那幅画用一用，您看行吗？

凤子轻轻一笑，是不是为昨天那小兄弟的事呀？

昨天？您知道？

嗯，我看见了。孩子们出来我不放心，就跟过来了。听到有说话声，我就没走。兄弟，你是好人呀，从你给陌生人坟墓拔草又插柳的样子看，您就是个好人。行，兄弟，拿上那张惹事的画，去办您的事去吧。

大姐，我是借，完事就给您送回来！说这话时，长胜对自己产生了怀疑，总觉得还有些意味，是在送画之外。

凤子含笑点了点头。其实，那么一幅小纸画还用还吗？凤子也觉得，自己点头应下的，也在画外。

（13）

长胜赶到嘎子家时，还不是太晚。他一看，娘也还在，正焦虑地与嘎子娘陆小花说着什么。他也没顾得小花的什么问话，便直直地走到嘎子躺着的火炕前。他知道，长痛不如短痛，嘎子的情况，必须得下点猛药了。

嘎子，嘎子，醒醒，醒醒了，坟地那小孩可来了哈，你不醒，他就要抓你了。

嘎子娘虽听着长胜哥的话有些离谱，但，她不会去阻拦，因为他认为，长胜哥说什么做什么，就一定有他的道理，女人家不好太多事。其实，虽上次没允婚，但在她的心里，已把长胜哥当成了主心骨，甚至是当家人。她想，不是吗，我说他不能丢下嘎子不管呢，这不，回来了！在嘎子惊吓后，嘎子娘终于能踏实一些了。

这剂药真是太过猛烈，嘎子一听，立马放声大喊：鬼，鬼！妈呀，鬼！然后三把两把，把被子扯向本已包裹严实的头上。

嘎子快看，我把小鬼给你抓住了，快看！长胜说着，一把扯下嘎子身上的棉被，嘎子呼地坐起来。长胜就势一伸手，便把手里的那幅坏笑小男孩的画，推到了直愣愣的嘎子脸前。

嘎子啊地一声，身形向后倒去。过了不知多久，才悠悠醒转。这一睁眼，第一眼就看到了长胜叔手里小男孩的画像。小男孩坏坏的，且正在和自己做鬼脸呢。

是他吗？不就是张画像嘛。就这点胆，还敢跟我闯乱葬岗子。给我起来，吃饭！

嘎子看看娘，看看赵家叔叔，又看看画上的小男孩，曾空洞洞的小眼睛里，飘起了丝丝久违的神韵。

（14）

陆小花得到长胜哥要娶媳妇的消息，是在一个初夏的下午。

那天，好久未来家的三姨突然风风火火地进了门。她几步跨上短木条拼接的炕沿，伸出凤仙花染过指甲的手，扯过炕上的烟笸箩开始卷烟。锥形的土烟卷卷好了，就慢悠悠地点上，当第三个烟圈散去后，三姨才慢悠悠地说：听说了吗，长胜要娶媳妇了。

自从嘎子惊吓那件事以后，嘎子娘终于想通了。他爹呀，不是我对不住你，女人身边是得有个男人。我以前是惦记过长胜哥，但我们之间干干净净，没有丝毫的不当。现在，我还是选了长胜哥，你要谅解呀！

主意打定，嘎子娘的日子就发生了明显变化。有时剪几个窗花，贴在门上、窗上；有时摆弄摆弄已被她糊好粘好的梳头匣子；有时对着小圆镜子笑笑，原本白皙的脸蛋上，便由白转红，间或，还有几句低低的小调，飘在屋里屋外。

她在等，在等三姨重新上门。不，不光等，她近来也三番两次地前去三姨家。虽没跟三姨说什么打紧的话，但却给了三姨充足的机会。她想，三姨是个透亮人，早晚会想到的。这不，晌午头刚过，三姨来了！

陆小花一时没太听懂，只是低下头笑笑地说：他娘又去找您了？

找我干啥？这回呀，是人家自己找的。哦对了，也有媒人，还是我！

三姨就是个热心人，找您就找对了！三姨，他爸——也这么久了，我也想开了。女人嘛，总要……

不是不是，花儿呀，我说的不是你，是——是，算是河沿村的吧另一个女人。叫啥来，对了，袁金凤！

三姨说这些时，总算降下了些分贝，毕竟，外甥女的眼神，她还是懂了些的。但这样的声音，在小花听来，还是炸雷般惊爆。

啥？说啥？袁金凤？哪来个啥袁金——凤呀？

小花儿呀，这长胜也不容易，岁数也摆在那了，也是该找个人了。反正咱也没看上是吧，从你妈那到你这……好了，我该走了，还要给人家办那个事去呢。

三姨把烟蒂丢在脚下的白泥地上，用脚踩了又踩，这才撩门帘，出了门、出了院儿。而这一系列动作，却没得到外甥女小花的任何回应，自然更谈不上个送字了。

三姨出了院门，如释重负。打长胜娘找她当媒人，两天了，她就是不知该怎么和外甥女去说，现在说了也就踏实了。唉，小花呀，没有哪片树荫是原地不动的，你怪不上三姨呀！

（15）

长胜的婚事，就像展了翅的喜鹊，在浑河南岸不是很大的王家庄的家家户户，飞来荡去。

四十五岁的人了，终于等来人生的春天，这是长胜一家的大事，也是村人们的大事。长胜是谁呀，好人呀！谁家炕上炕下，没有他做的家具？谁家的房柁房檩，没有他斧头锛子的痕迹？还有，即使都没有，人家也给你家孩子收过吓着啥的吧。人家收吓着，放下自己的事，随叫随到，还啥礼不收。村人们似乎到现在才知道，长胜不仅是个能人，还是个打着灯笼也难找的大好人！这样的人，早就该娶妻生子了，早就该成家立业了。快，今天轮到给他帮忙了，快走吧！

呼啦啦，没有喜帖，没有通知，全村的人，却几乎一家没落。

有出锅碗瓢盆的，有出桌椅板凳的，没什么可出的，就出人出力吧。

呼啦啦，这院里院外，街头巷尾的村人们，除了有正式差事的，大部分是来看新娘子的。

听说了吗，新娘子，盖了，像画上的大美人呢！

啥美不美人的，能跟咱长胜好好过日子，就行！

听说还有三个娃子呢，长胜嘿，现成的爹，牛！

长胜听了这此起彼伏的吵吵，快步走开，直把帽檐拉向其通红的灿烂的笑脸。

偶尔抬了下头，却不想，竟与一道湿啦啦的目光相碰。虽只那么轻轻地一碰，那柔柔的、慌乱的一瞥，就远远消失了，消失在村人们给搭起的简易的喜棚子后面去了……

（16）

又一个暖融融的春天，悄然而至。

这天晌午刚过，大丫美云跑进东屋说：奶奶，不好了，我娘肚子疼。

娘，不知咋的，以前也没这样过呀。啊，疼呀！还有十几天呢，不会是提前了吧。啊！

长胜娘急了，拉过长胜：快，不管是不是，快去请你三娘！

白三娘是个手艺极好的接生婆，这在附近的村子里名气很大。长胜娘又吩咐老伴：你在这没用，快去，快去请他三嫂过来帮忙。

长胜娘口里的三嫂，也就是陆小花的三姨。

都打发出去了，长胜娘可就忙欢了。烧水、铺炕、糊窗户，找旧衣破布……太突然，一切都在准备之中，又还没有准备太好。长胜娘知道是自己的不是，又自责又欣喜，就都放在了当下的手头上。

白三娘在屋子里好一会儿才出来，出来就沉着脸对长胜说：有点问题呀，咱丑话得先问在前头，万一……你们要大人，还是要孩子？

长胜娘刚要上前，却被长胜挡在了后面：三娘，咋了？哦，我——要大人要大人。咱仨孩子了，要大人。

白三娘长出了一口气：都给你！放心，没事，我在谁家都是这么问的，没事哈！

长胜倒退了两步，竟一屁股坐在了泥地上。

直至此时，长胜母子也还不知道，白三娘除了是他们请的接生婆外，还有一层身份，她还是凤子老家近邻白二奶奶的亲侄女。

凤子怀孕之初，长胜娘就喜颠颠地请来了白三娘，来给说道说道。这是乡下的规矩，接生不用交钱，但前前后后总要好酒好菜地请上几次，人家也辛苦嘛！

那天，这一坐下来，话就多了。说着说着，凤子竟在这么陌生的地方，扯出了个娘家人。况且，白家这娘儿俩的娘家，竟是——竟是凤子前夫白乡医的本家！经多见广的白三娘啥事不知，啥理不懂？在咬牙切齿间，两双女人的手，握在了一起。

白三娘接着说：没事，还早呢，差不多得明早上。

长胜娘这才踏实了一些。一转眼，又看到了刚从地上爬起来的长胜，老太太忙发号施令：胜儿，借车去，趁太阳还没落山，快去接他姥姥！

长胜找了车，铺上被褥，就去找最会赶车的嘎子。

嘎子娘扯过嘎子，背过身，低声说：见了要叫姥姥，知道不？

嘎子轻轻地点点头，抢过了长胜叔手里的鞭子。

马蹄声声，回荡在永定河初春的长堤上……

血色梅花图

白若梅出生时，左肩头有一块小巧的梅花形胎记，母亲就给她取了若梅这个名字。在别家女孩做女红、找婆家的年龄，她却什么也未做，只是画画。

娘说：儿呀，到年根儿你就十七了，咱得随俗啊！

爹却说：再等等，再等等！

房前屋后，她种了很多的梅树。虽不及墙角那两株盘根错节的老树粗壮、遒劲，但也枝繁叶茂、风姿款款。

姐姐说：下个月我就要出阁了，该你了，不能太挑剔啊！

她拉过姐姐，把粉嘟嘟的小脸贴在姐姐的脊背上。

姐姐出嫁那晚，她独自坐在藤架下的石凳上，望着墙角的那株老梅，望着树梢上那枚月牙，一动不动，目光空远，像进入了某个未知的境界。就在那晚，不，应该说是凌晨，她最得意的那幅《梅花晓月》诞生了！

画面上枝条灵动，活色生香，冰肌玉骨，婀娜有态。精灵似的花朵，在枝间轻点闲缀，亦静亦动。特别是树梢上那弯弯的月牙，更是枝间来云中往，晕色天成。恍惚间她竟刺破自己的纤指，为横枝的几朵润色。瞬间直觉画面上，疏影横斜，暗香浮动。

她欣喜不已，就第一次把画作，主动地送去了前院客厅。

这是个大户人家，家大业大，人来人往。她躲在屏风后面，很专注地盯着往来人等。她喜欢画画，但从未在人前展示一二，也从未在意过他人的评价和感觉。但今天不同，她太喜悦了，她真的很想与人分享，似乎是真的想得到那份赞许了。

但，没有！

一天，两天。一年，两年。看到的人，除了摇头，还是摇头。爹娘也细细地端详着这幅画。娘说：我是不懂哦，但，这画画的，咋瞅，都跟别人的不一样呢？

爹说：再看看。

自此，她的画就没人再过问，没人再提起了。日子久了，若梅就忧郁起来。

时常自言自语：这样的画法，不好吗？被纠缠得实在不行了，就去见了父母：爹，娘，我的梅花图没有人懂，懂我画的人会在哪呢？

娘说：可是，这个很重要吗？

爹说：再等等，再等等……

她不说什么了，卷起画，回了自己的闺房。渐渐地，她的话少了，笑容少了，睡眠也明显地少了。

她有时半夜无眠，有时刚睡下一会儿，就翻个身起来。丫鬟蕊儿就问她：小姐，咱不睡了？

蕊儿，你做梦吗，我为啥总做梦，而且是同一个梦呢？

同一个梦？小姐，您说说哈。

我感觉，只要我一睡下，我的这幅画，就会向远处飘去。

小姐，那它飘哪儿去了，回不回来呀？

它好像去了一个高大台阶下，那里有和我们家墙角老梅很似的梅树，还有一块很大的条石。

哦，那条石上有字吗？

有，但我看不清。我只看到，上面有几片正待打开的花瓣。

小姐，那只是个梦。咱不管它了吧，天还早呢，咱接着睡哦。

不，蕊儿，我想去找——那个地方！

不不，小姐，咱不能有这种想法的，风霜雪雨，天地茫茫，我们去哪里找啊？

蕊儿，你怕吗？

这个，我怕，我怕小姐您的贵体……

在一个弯月如钩的凌晨，爹娘发现，他们的若梅不见了。自然，挂在她屋里的那幅梅花图也同时失踪了。他们找了前院找后院，找了东家找西家。娘急了，哭红了浑浊的眼。爹急了，踏破了脚下的鞋。好在，他们追到了一纸七字留言：多则一两年，勿念！

就这样，她和丫鬟蕊儿乔装改扮，开始了一段劳其筋骨、渺无目标的漫漫寻觅。

她们走了一村又一村，过了一镇又一镇。她所见到的梅花画面，都是梢悬圆月，她只好再走。这天，就来到了燕都的显佑宫。年期早已过半，她告诉自己，按照与父母的约定，这必须是最后一站了！

可能是太累了，她脚下一滑，一下跌倒在庙前梅树下的一块条石上。顿时，额角的血，汩汩流出。而她抬头一看，惊呆了，溅了血的白条石上，竟出现了一幅清晰的梅花图！但只见横枝处花瓣带血，树梢头弯月如钩，与自己手中的《梅花晓月》如出一辙。她忘记了额角，忘记了眼前……

这时，从台阶上走来一个小和尚。她忙站起身问：小师父，麻烦您问一下，条石上的这幅画是谁雕的？

阿弥陀佛！是小僧师父——法印大师十七年前所画所刻！不，细算的话，今天已满十八年了。

十八年？若梅眉尖一动，双手合十：小长老，我能见一见您的师父吗？

为什么？施主您喜欢这幅画吗？

喜欢，非常喜欢！

施主您看好了吗？画上是个淡淡的月牙，不是圆满之月，您真的喜欢吗？

人世间古往今来，又有多少事，可以圆满？我明白，我喜欢！

那好，施主请稍候，贫僧去上炷香。

上香？

是！十天前，师父对小僧说，将来如果有谁读懂这幅画，喜欢这幅画，你要在第一时间告诉我！

那就有请小长老带我见了尊师，再去上香好吗？她的激动、急切之情，在双眸间闪烁。

施主勿急！施主有所不知，我师父他老人家，十天前已经圆寂了！

这？她一个趔趄，歪倒在梅花石上：这难道是天意吗？

这时，小和尚已上香回返，手上还多了一画轴。轻轻打开，正是白条石上梅花原图！

施主，师父圆寂前还告诉我，这幅梅花图须赠与识得此画作之人。如今，请您收下，以成全法印大师之圆满！阿弥陀佛！

她双手接过画，就这样站在白条石下的飒飒飞雪中，凝望着梅树与远天相接的地方，一动不动……

蕊儿歪头一看落款：此生犹似一幅画，淡若初月白若梅！甲子岁冬月初一。天哪！这一天竟是若梅小姐的出生之日……

爷爷的雷雨天

咔嚓！

晚饭刚上桌，阴哒哒的天空，竟响起了一声炸雷。

爷爷腾地从饭桌上站起，一把拉起我：不好，有敌情！快，杉木林！这时候的爷爷，眼睛不再浑浊，脚步不再迟滞。

只见他迅速地拎上猎枪，我则伸手抓过两把雨伞，打开角门，下了坝。

我是我们黑山寨已连任三届的村支书。老房改造时，我主张，跨院的角门继续保留，因为，爷爷喜欢！

我和爷爷冲下了堤坝，绕过一棵棵百年老树，向前摸去。这时，护林的老奎叔迎面赶来。我忙拉了下奎叔的衣角：老奎叔，什么情况？

看到眼下情形和忽明忽暗的闪电，老奎叔扯住爷爷的胳膊，压低声音说：

有敌情，伤员们已经撤了！

爷爷也压低声音：撤哪去了？

你家！

回去，快！爷爷调过枪口，消失在夜色里……

当年，爷爷是个身手矫健的青年猎手，我们黑山寨周边的大山，就是爷爷的猎场。大山的山洞、沟谷、悬崖、古树，没有他不知道的，就连那些拧犄角的羊肠小道，也都是他和他的几个猎手兄弟踩出来的。

那年的一个午后，大山里来了一支队伍。他们大都面色瘦黄，一袭灰色的衣裤，很是破旧，只是裹腿打得还算结实。几乎是清一色的草鞋，还经过了荆条子的再三缠裹。更打紧的是，他们或头上或腿上、臂上还包着渗血的灰白色绷带。爷爷抄小道赶在了他们前面，并试探性地把随身带的一兜干粮和腊肉、土酒，挂在了他们将要经过的路边树枝上。

他们一下就发现了这些。几个小兵如获至宝，争相抢在手里，并急忙举到一个头缠绷带、手拄木棍的人跟前。爷爷当时想，那人一定是他们的长官。但那人没接这些，还跟他们说了些山南海北爷爷听不太懂的土话。

后面的事情就简单了。爷爷从树后转出来，把当兵的重新挂回树上的兜子取下，郑重地交给了那拄棍的。他这才知道，那个人也不是什么官，只是个伤比较重的老兵。他们始终没说是什么部队，爷爷也不便多问。但在爷爷的印象中，他们态度和蔼，相扶相助，在那样连日阴雨、缺粮少药的境况下，依然保持着说笑、哼歌的情趣。

爷爷喜欢上了这些人！

当夜他回了趟家。没跟家人透露一点消息，却扛着家里的糙米、土酒、狍子肉和全部的草药，从屋后跨院的角门溜走了。

那次，爷爷是十几天后，被后山罗家寨的瞿爷爷带人抬回家的。

多年后我们才知道，爷爷靠着自己山里通的优势，要把这支走散的二三十人的小队伍，送过山去。他们白天急行军，晚上宿山洞，绕开溪流、乱沼、沟壑，奔走在弯曲的羊肠小道上。但第三天下午，电闪雷鸣中，还是有架敌机向他们直冲下来。

那老兵见状，大吼一声：隐蔽！话到手到，一把把走在身边的那个战士，推到了几步外的不大的石砬子下。他刚想就地趴倒，却见毫无战斗经验的爷爷，还站在小道上，愣愣地东看西看。老兵扔了手中的棍子，几步蹿到爷爷身后，顺势一个"猛虎扑食"，把爷爷结结实实地压在了身下！在他们倒地的一瞬间，头上敌机上丢下的三枚炸弹，把离他们几步远的羊肠小道，炸成了几尺深的断崖。

那次轰炸，这个二十几人的队伍，牺牲了七人。其中年龄最大的是拄棍老兵，最小的是扛锅小鬼，仅仅十五岁。

鹰嘴岩下的杉木林，堆起了一地的坟茔。

一片弹片，还是钻进了爷爷的右脑。虽经当地名医瞿老山人的竭力抢救，但从那时起，爷爷的思维就停滞在了炮火硝烟中。

有一年，爷爷被请去了县上一趟，并拿回了个红本本。村里人这才确切知道了他遇到和救他一命的人，是北上长征的红军。那片坟茔就成了爷爷的根据地，年轻时打猎，年老时护林、修坟，差不多每天必到。爷爷最得意的一句口头禅就是：三天？三天怎么了？三天咱也是长征队伍上的人！

时间是剂良药，随着几十年的推移，爷爷的病基本好了。但遇雷电、发烧、劳累等情形，还时有复发。猎枪交公后，木工娴熟的老爸就给爷爷整了个老式木头猎枪，爷爷喜出望外！

老小孩一样的爷爷，是我乡人的话题、乡人的至宝。每当爷爷病发时刻，知根知底的寨里乡邻们，都会给予很恰当的配合。

当大雨噼啪落地时，我和爷爷已拐进了跨院的角门……

祖孙俩的年

奶奶，我起晚了。

不晚，这才七点多，咋晚呢？

可今天是初一呀，今天咱得吃饺子呀。

没事，冰箱里你妈早备下了。湾仔码头的，三四种馅呢。来，丫头，我们去厨房。说着，奶奶用一只手转动了她的轮椅。

奶奶不用，您就坐这等着，今天我们不吃速冻的，得吃现包的。

可是，奶奶这□□气的身子！

不用您，我们有饺子皮。我去把肉馅拿来，您告诉我都放什么就行了。

可你也不会包呀！

奶奶，您怕吃煮坏的吗？

我指定不怕呀，可你从来也没跟着你爸妈包过呀！

奶奶，我没包过还没看过吗？

那倒是！行，咱拌馅去。

她们的饺子是在饭厅包的。小屉上的饺子摆得有点乱，躺着的、卧着的、张嘴的、拧花的、对脸的、靠背的啥样的都有。奶奶一边笑，一边用左手帮她整理善后。

奶奶您瞧，我包的不好看，还什么样的都有。

不，过年嘛，就得五花八门热热闹闹的，这样最好了！来，下锅！

大年的饺子上桌了！晶透透，热腾腾，在腊八醋的晕色里，飘着淡淡的香！

奶奶和小蔷都抢着破了皮的吃，有时两双筷子，竟抢了同一个饺子，这让祖孙俩开怀地笑起来。

在破皮饺子差不多扫清时，祖孙俩也同时撂筷了。

外面的雪还下着，她在想，江城武汉也下雪了吗？远在疫区，穿了防护服的爸爸妈妈，也吃饺子吗？在避过奶奶视线的一瞬间，几颗冰凉的泪珠，被她胖乎乎的小手，悄悄抹了去！

爸爸妈妈都不在，已学会了包水饺的小蔷，似乎长大了。她走到窗前，对着满窗的飞雪，昂起了她十三岁高傲的头！

长篇小说《天生我材》(节选)

* 张士祥

朱天赐应该管聂守伦叫叔叔，聂守伦比朱天赐大几岁。聂老爷子在世对天赐百般照顾，朱天赐一直记在心里，聂老爷子去世他悲痛万分，跑前跑后，以至有人说："朱天赐比老人的亲儿子还强哪。"

朱天赐敲了一下门，聂守伦把他让了进来，给天赐倒了一杯水叫他坐下。两人闲聊了一会儿，聂守伦开始问正题了。"天赐，你娶亲我也不知道，也没去喝杯酒，我怎么听说相亲是找别人替你相的，有这事吗？"天赐说："哎，都是他妈刘良这小子出的馊主意。"于是把相亲前后跟聂守伦描述了一番。聂守伦问："事先你知道不？"天赐说："我不知道，只知道刘良让我去一趟镇上，说有人想看。我是这么想的，就我这德行，只要人家不挑我，谁愿嫁我都成。我都没看见人，等到结婚后我才听说了这段来龙去脉，都是刘良一手鼓捣的。"说到这儿，朱天赐先笑了："要不是这样，哪儿去说这么好的媳妇？"聂守伦问："听说你还坐了轿子，让人抬着，还不给工钱，有这事吗？"朱天赐说："那都是刘良办的，我没插手，愿打愿挨的事，他们愿意帮忙。"聂守伦说："你要不是村长，他们能白帮你？再说政府反对坐轿子，你不知道吗？"天赐说："反正坐了，爱怎么办怎么办，有什么大不了的，大不了村长我不干了。"聂守伦说："你怎么能这么说话呢，有错就改不就得了吗？政府有了法令，当干部的不遵守，还怎么管别人，你说是不？”朱天赐只有点头的份儿。末了，聂守伦说：“你把这事的经过写下来，认识一下，上边查下来我也好交代，底下问起来我也有说词，你看怎样？”朱天赐说：“成。”聂守伦说：“那好，下次再来镇上开会，你把认识书带来，有机会我再去看侄媳妇。”

朱天赐村长识点字，写个小点的事不需人代笔。他把娶亲的全过程写了一下，并作了检讨，在下次上镇开会时，把它交给了镇长，这事就过去了。舆论这东西，你不理它，它就会慢慢地淡化了。

又是一年春暖花开时，周玉梅感觉肚子不妙，先是想吃酸的，后来肚子渐起，她最担心的事发生了。她开始发脾气，找朱天赐闹气：“我跟你说过没有，到时候别放，你平时怎么答应的？到时候全忘了。”一边用笤帚头追打着，一边怨。朱天赐边跑边用手遮挡，嬉皮笑脸地说：“那时候你干吗了？”一句话说得周玉梅面红耳赤，无言答对。是啊，那时候你们都在男欢女爱的爱河里享受了。尤其你周玉梅，头婚找了个病秧子男人，根本就没感觉到什么叫结婚。

怀了孩子就要生下来，人类就是这么繁衍的。知道媳妇怀孕，朱天赐对媳妇更关心了，工作之余就去捉鱼，拿回来给媳妇熬鱼汤。又去捉兔子。周玉梅吃腻了，赌气说：“不吃，吃兔子生孩子三瓣嘴。”闹得朱天赐天天哄着她。慢慢地周玉梅就想开了，将来不管生男生女，总算有了后代，还不是给你养老送终。慢慢地也就不怎么闹了。她又想起自己曾经想过的一个荒唐想法：“找个人下个种，不就成了吗？”可后来她觉得那样对自己、对男人都是一种欺骗，会一生不安，再说没有不透风的墙，男人那脾气，不把自己休了才怪呢。十月怀胎，一朝分娩，该生就得生，这天周玉梅对朱天赐说：“你别上村公所了，我觉得肚子有变化，跟往日不一样，往日肚子里也就转动几下，今儿个有点下坠，感觉底下也不好，不是要生了？”朱天赐说：“那我得去找安老娘，真是的，这些日子我也忙，听人说谁家生小孩得先请安老娘一顿，这事我忘了，还得跟人家道个歉，人情以后补上。”

周玉梅虽然以前结过一次婚，可没生过孩子，也没怀过孩子。三十出头的人了，听说岁数大了生头胎都危险，她就有些紧张，再加上她怀的朱天赐的孩子，真怕生出个小丑八怪来，精神上自然又紧张又焦虑，站也不是坐也不是，头昏脑涨。

安老娘可是接生高手，她二十岁出嫁到北坨村。当时给人接生的赵老娘一眼就相中了安家的新媳妇，眉清目秀，手脚利落。自己年岁大了，得找个年轻点的接班，她把这意思跟安家说了，安家没意见，跟儿媳妇一说，儿媳妇也满心愿意。从此这安家媳妇就跟赵老娘学起了接生，算来给人接生也有四十年了，现在成了安老娘。

哇的一声一个男婴降临人间，刚才还满身大汗又喊又叫的女人，不等安老娘收拾好，就勾着头去看自己的作品。

“妈呀，又生出一个小丑八怪。”水泡眼、小黄毛、一脸核桃皮，小嘴一咧还哭呢！

周玉梅一看就要哭，安老娘看法正相反：“哟！这小子真俊啊，这回改门风了。”周玉梅问：“您怎么看出来的？”安老娘：“从我开始给人接生，都三十年了，出生什么样，长成什么样，不都在我眼皮底下吗。没错，这是一个俊小伙！得！我得认这孩子当我干孙子！”

朱天赐一听说是男孩，心里就乐了，又听说是个俊小伙，心里又多开了一层花。听安老娘说要认娃做干孙子，哪有不同意之理，立即说：“太好了，这孩子是您干孙子！我就是您干儿子了！等孩子有了出息先孝敬您。”乐得安老娘美滋滋的。那周玉梅也一扫脸上的愁云，有了美意。

小院有了欢乐，生活多了情趣。尤其那周玉梅，对朱天赐的厌恶感全无，还时不时地拿他取笑。朱天赐不急不恼，咧着大嘴只管笑。“嗐！治国他爸。”治国是朱天赐和周玉梅二人讨论来讨论去给儿子取的名字，那意思是儿子将来有志，长能耐，治理国家。“你说过门那天我真走了，你现在什么样？”朱天赐瞪着眯不上的眼说：“我再找一个媳妇不就得了。”“那你能找上我这样的？”“找不上你这样的，找一个比你次点的，能下蛋就成。”“呸！就我瞎了眼看上你这丑八怪！”“就你睁开眼了，看上了我这丑八怪。”两人说完都一阵笑。那小治国不知道爸妈为什么乐，也咧开刚长牙的小嘴跟着乐。

以后是村里响应上级号召，发展互助组，生产蒸蒸日上，又发展成合作社，集体入股，集体劳动，年终分红。朱天赐秉承上级号召一路走来，在这之中，积极过，也受过批评，但这些都过来了。没想到在五八年的“大跃进”，朱天赐，这个北坨村的支部书记、村长却翻了船，栽了跟头，官运到此结束。

事情的起因是，镇上调来了新书记，睁着眼说瞎话，搞浮夸风，在镇街头叫人搭起几丈高的牌楼，写上对联“冲破地球蹬破天，实行河网变江南”，横批“亩产万二”。更让朱天赐生气的是，大街南墙的四句诗，每句诗下画了一幅画，“一个米粒煮一锅”，画面是一个锅里煮一粒米粒还冒了尖儿；“一个棒子装一车”，是一驾马车上只能装一根玉米棒子；“高粱秆上安电线”，是一个电工登上高粱秆在安装电线；“坐着瓜皮过黄河”，画的是一对青年人坐着瓜皮在水中划桨。朱天赐这个气呀，正好一个邻村干部也在驻足观看，朱天赐就说：“得这么说，‘一粒花生米装一烟袋锅，一个棒子装一小孩玩具车，蜘蛛高粱秆上架电线，屎壳郎坐着瓜皮漂过河’。”直惹得邻村干部哈哈大笑说：“你提防着点，要让上头知道了，不整你，打你一个右派也不为过。”朱天赐说：“许他胡来，就不许我说？我偏说。”于是，又一字一板地重复说了一遍，你说也巧，这时公社的文书小冯正打此经过，他听了个一清二楚。这小冯初中毕业就进了公社，由于有文化当了公社的文书，要求进步，追求入党，可就是政审通不过，因为他妈是改嫁过来的，来的时候肚子里就装了他，他爸入过几天壮丁队，后来得了痨病死了。小冯看到朱天赐在那冷嘲热讽，觉得事情重大，也觉得自己表现的时候到了，他立即飞奔公社，把朱天赐一言一行，通通报告了书记陆开达。书记夸了小冯几句。无非是：有警惕性，政治上清醒，继续努力……等小冯一走，陆书记思来想去决定：朱天赐小孩拉屎——挪挪。为了实现亩产万二，他不惜调动人马，将就要灌浆的稻秧拔起，堆挤在一块田里，人可以踩在稻秧上头，又是上报纸，又是照相，就连领导人都被忽悠得不知东南西北，这位书记竟能上人民大会堂作报告，等待的结果是：挨饿！

朱天赐火了，这个不爱骂人的汉子，第一次当着镇书记的面骂了娘。结果是，气成猪肝脸的镇书记，一撸汗把眼镜碰到了地上，一下把朱天赐撤了职，就差没把他法办了。

朱天赐气冲冲回到家，周玉梅一看男人脸色，知道没好事。朱天赐骂道：“什么玩意儿，人都说鬼话了，一亩地产一万二千斤粮食，铺在地下也得三寸厚，还有那拍马屁的，跟着起哄，什么坐着瓜皮过黄河，一个棒子拉一车。”周玉梅说：“人都这么嚷嚷，你跟着嚷嚷不就得了？还犯得着生这么大的气，连官都撸啦。”“我早瞅了，这官早就该不干了，我挨不了那万人骂！”

饥荒使人尝到了挨饿的滋味，历史似乎就是这么周而复始无情地反复着，有钱的、没钱的都没了粮，钱还有什么用？人人面黄肌瘦，脸有菜色，肚子里的野菜真要透过肚皮绿过来了。为了捉鱼打兔，朱天赐方圆几十里都去过了，捉鱼逮蛤蟆摸蛤蜊。周玉梅连夜收拾，吃不了的用锅烤干，待以后吃，又拿些送给表叔刘良家、安奶奶家、干妈二栓家。朱天赐能上树，别人上不去的大树，他能上去，他专能撸到人们够不着的树叶，以至家里除了吃，又晒了一囤榆树叶，春天还去挖野菜根，头天晚上看好的一片，想着第二天早上去挖，等到一去才发现，早被人挖了一遍。

小治国长得出奇的可爱，可以说是肉皮白嫩，水葱一般，真个是人见人爱。有几次朱天赐呆呆地看着儿子，这是我的种吗？不是他娘的赵守义的，倒像他娘的一个模子刻出来的，尤其是跟他那小闺女，整个儿像是兄妹。以至于有一次朱天赐跟周玉梅说："你说咱治国跟赵守义二闺女小娟子，咋像一个模子刻出来的？"周玉梅也看着这两个孩子模样相像，但她听出了朱天赐的弦外之音，立刻沉下脸："我告诉你，我没那么贱，还不至于守着个男人去借种，给自个儿男人戴绿帽子。"那样子出奇的正经，倒像是他朱天赐起了歪心，从此他再也不提，只把疑惑埋在心里。

犯了错误总要改，走了歪道总要纠正，人类不就从这些挫折中受到了教育吗？为了让社员吃饱肚子，政府多方调剂，先是调东北的大土豆，后又搞来城里农副产品的下脚料，再就是给每个人拨了自留地，自由种植，弥补口粮的不足。朱天赐家三口人，每人一分五的地，合计应分四分五的地。分地这天，大伙都到齐了，采取了抓阄排号的办法，正好朱天赐抓了一号。队长——刘良的堂兄刘启就对朱天赐说："得，你一号，这地从南边开始。"朱天赐说："不成，应该从北边分。"刘启说："干吗从北边分，哪边不一样？"朱天赐说："南边是大道，人踩车轧，雨水来了一闹道，都上地里踩，怎么种？"刘启说："总得有吃亏有占便宜的，该你倒霉。"朱天赐一听这个，一下红了眼："倒霉也不能倒我一人，你事前也没说从南边分。"刘启说："我是队长，从哪边分，你能说了算呀！不是你当村长的时候了。"这一下朱天赐火可上来了，一边骂，一边冲上去要揍刘启。刘启是个单薄身板，跟小鸡子似的，哪是他的对手，转身就逃，众人也急忙拉住朱天赐。朱天赐一边大喘粗气一边说："这地你分不成。政府可不是让我一人吃亏的。"大伙一听，可不，政府让分自留地，是为了百姓吃饱，不是让人吃亏，就过去跟刘启说："你这么分不公平，哪能让人吃亏？"刘启说："他抓着了一号，我怎办？"丁二就说："你也真死心眼，多给他点不就成了吗。"刘启说："多给多少？"丁二说："我算着，这地头不算短，怎么着也得多给三分地。”大伙也说：“这还差不多。”朱天赐也松了口：“要这么着，多点少点我也不在乎了，可你不能这么气我。”在大伙说合下，刘启松了口，朱天赐又争出了三分地。

年后分的地，开春就要种了，朱天赐和周玉梅商量种什么呢？后来决定，一半种红薯，一半种棒子。种红薯就得买秧子，挺贵的。朱天赐一想，不如买红薯自己育秧，育多了用不了再卖点，也能挣俩钱。把这想法和媳妇一说，周玉梅说：“那敢情好，在娘家我小时候就跟我爹育过红薯秧，可好弄了。”朱天赐说：“你要会就不用去找人学了。这么巧的事。”周玉梅说：“等日子好过了，咱再生一个，治国一个够孤单的。”朱天赐说：“那就再生一个闺女。”周玉梅说：“那也不能像你。”朱天赐嘴上没敢说，心里说，那能像谁。

日子一天天过去，朱天赐和周玉梅赶了一回集，买回来四百斤红薯，是那种麦茬红薯，就是麦收时节从地里长着的红薯秧上剪下的枝，每三个叶一段，插到地里。朱天赐就在大场的院子里，挖了一个宽六尺、长二丈的坑，又用砖头砌上火道，在火道上盖上土坯。然后用掺和好了粪的土填在码好的红薯上，红薯都斜立着码，又用水把土喷湿，再盖上草帘子。火炕的顶头砌了一个火洞子，是烧火给红薯加温用的。火一点着，没多会儿烟就从另一头冒了出来，朱天赐夫妻几天的忙活算是告了一段落。

又过了些天，朱天赐烧完火，掀起帘子一看，平整的土就像翻了一个个儿，看得见齐刷刷的红薯嫩芽就要出来了。朱天赐急忙喊周玉梅，两个人心里这个高兴。朱天赐说：“嗳，那个可也该种了，早种早收，十个月呢。”周玉梅说：“还没吃饱呢，就说胡话了。”

挨了两年饿，人们明白了，不按规矩好好种地不成，村里开始抓生产，积肥、整地、选种，按照毛主席提出的水、肥、土、种、密、保、管、工的“八字宪法”一样不含糊地干。

单说肥，就有人掏厕所，把老厕所的粪坑拆了，坑里的土都用做肥料；有人扒炕，把烧糊的炕坯用水闷了；有人挖河泥，先把冰打开，用勺子将黑油油的河泥掏出一坨一坨放在岸边，经过一冻，然后推到岸上，堆在一起。为了积肥，真是想尽了主意。

大堆大堆的肥料，堆在村里坑边。刘启发愁了，牛都饿得起不来了，怎么拉车？其实有好几次，他把牛料拿回家吃了。他想了想，不如用人拉车。他把这个想法跟大家一说，有的说："怎么不成，没烧的咱不是拉着车上北京小红门木材厂拉过锯末吗？"朱天赐说："看看有几头牛能起来，只要能起来，就能驾辕，咱们人在边上用绳帮着拉。"

这天早上上工，刘启招呼大伙进牛棚，只见这十几头牛骨瘦如柴，耷拉着脑袋，见人进来，睁着乞求的眼神看着人们。饲养槽里空空的，大伙先走到一个叫大花的牛旁边，朱天赐解开缰绳，使劲拉，后边有人揪尾巴，那大花根本不动。丁二从外边找来一根大杠子，趁着那牛前拽后打要起起不来之际，抓个空当把杠子从牛肚子底下穿了过去，一边加两个人抬扛子，又是一阵吆喝，那牛才挣扎着起来。无奈浑身没劲，力不从心，扑通一声又倒在原地。大伙泄气了，牛一头也不能用了，这事明摆着，只能用人拉了，队上半劳力四五十号，除了干别的活，还得有三十来人，够装备四辆大车的，每辆大车用七个人，由一个体力好的驾车辕，一边一个连拉带保着辕子的，剩下的拉绳。朱天赐驾一辆车，周玉梅在边上拉绳，本来小脚，劲大劲小不在乎，但是道是一步不少，大伙有说有笑并不觉得太累，连续拉了几天，肥料就差不多拉完了。周玉梅怕绳子脱落，把绳头缠在了手腕上，这下坏了，在下一个桥的时候，车走得快了点，周玉梅小脚又慢了点，绳子就绷不直了，正好让车轱辘压着。如果绳子不是缠在手腕上，是可以脱手的，但恰恰是周玉梅冲车姑辘一栽，车下坡的惯性就像压西瓜一样，立即血光四射，人就这样死了。

车在桥下停住，人们惊呼着冲上桥坡，朱天赐跑在最前头。他睁着惊愕的眼睛，抱起周玉梅大喊着："治国妈，治国妈！"大家都大哭起来，朱天赐抱着周玉梅大叫一声："天哪！"立刻将尸首摔在一边，向后一仰昏了过去。大家又七手八脚地给朱天赐弯胳膊腿、掐人中，好半天，他才从昏迷中醒来。这个男人，这是他平生第一次大哭，一把鼻涕一把泪，直哭得天昏地暗，旁边人无不动容。大家把朱天赐搀回了家，队里又给料理后事，刘启也直喊倒霉："摊上这事，队里还得花钱发送。"丁二说："人都死了，你还说这个。"

朱治国戴着孝，哭成个泪人。办完事，朱天赐昏睡了三天。来看他的人都吃一惊，朱天赐的头发白多了。他嘶哑着嗓子跟每一个来看他的人说："我怎么就没看见她绳子拴在手腕上呢？她一个小脚，拉什么车呀！就为多挣俩工分，把命都搭上了。她命苦，我比她还苦，她什么都不管了，我带着孩子怎么过呀？"又嘤嘤地哭起来。

眼看红薯秧碧绿有大半尺高了，该提秧、栽白薯了。丁二夫妻、李二栓夫妻都来帮天赐栽红薯，就连小治国也拿起一把秧一棵一棵地往埯里放苗。小治国光着小脚丫，裤腿卷得高高的，露出白嫩的小腿，丁二就跟李二栓夫妻说："治国长得真漂亮。"朱天赐在旁听了，只是苦笑了一下。

栽完朱天赐的，又栽丁二、二栓家，还剩了好多秧苗。后来由二栓张罗，又贱一点卖给乡亲们，这次朱天赐挣了不少钱。

忙着不感觉什么，闲下来朱天赐就又想起了周玉梅，自打她嫁过来到死，一桩桩一幕幕就像放电影，在眼前滑过，赶也赶不走。他清楚地记得结婚那夜，周玉梅又哭又闹；他还记得，他施的那个小伎俩，使周玉梅乖乖就范。不！后来周玉梅跟他说了实话，那叫"就坡下驴"。他也记得，她挺着大肚子，去互助组劳动，去合作社挣工分，白天干一天活，晚上还要缝缝补补，纳手工鞋底，挣点零花钱。吃糠咽菜，受苦受罪，她没有怨言，有一点好吃的她都济着他和孩子吃，她是多么好的人呀！大家都喜欢跟她说笑，该论大论大，该论小论小，和人从没红过脸，吃得亏、让得人，教育孩子也叫他不要逞强打架，治国在外惹了事，她拉上治国给人道歉，从不护短。他更忘不了，唉！那血腥的一幕，她倒在血泊中，都没来得及看她一眼，她脑浆迸裂，身无完尸啊。想到此，泪水像断了线的珠子流下。

这时，玉梅似乎在向他招手，他不顾一切要跟她去："等等我！"无奈浑身动弹不得，双腿像灌了铅。迷蒙中，他又看到房梁上的油布包，他一直珍藏着心中的秘密。有好几次，周玉梅问他，梁上那布包包是什么，非要拿下来看看，但朱天赐急红了眼就是不让看，周玉梅一看丈夫急成那样，心说有什么了不得的东西，也就作罢了。现在朱天赐看着油布包，又想起自己的命，从小到现在，现在又是一个人了。不！他还有个儿子，一个和自己长相不一样的儿子。

提起儿子，朱天赐又想起一件事。治国在村里上小学，大场离村里太远，以前有个刮风下雨，都是他妈去接，这以后怎办？老听说有拍花子拐骗小孩，治国虽然不小了，他也不放心。这青棵子庄稼地，再说自己上队里派活也远，由于道远，早晨早走，中午回来晚，做完饭吃了，没时间睡觉又该上工了。想来想去不如搬回去，有工夫和丁二哥、二栓他们聊天，也省得闷得慌。

晚上治国放学回来了，朱天赐把回村去住的想法跟治国一说，儿子满心欢喜，朱天赐就说："那明天搬吧。"

第二天，朱天赐找到李二栓，把搬家的事跟他一说，二栓说："应该搬回来，搬回来样样好，咱哥俩也好在一块儿聊聊。"朱天赐和李二栓两人拉了一辆大车，把大场的东西都拉回到了村里，来到了土改时分他的西厢房。

西厢房已经有好几年没进人了，一开门就一股霉味直扑鼻子，屋地房角有两堆土，两个洞，这里都住了耗子了。炕上还有一炕的耗子屎。李二栓拿起笤帚扫，说："再不住人，这房就完了。几年了，一点烟火都没有过。烟暖房，屁暖床，这柁檩都得朽了。"朱天赐朝房顶看了看，一股凄凉涌上心头。他又想起了妻子周玉梅，心里酸酸的，不是个滋味。这时一只耗子贸然跑了出来，朱天赐先看见，立即回手关上门，李二栓两脚挡住两个洞，这耗子没了逃路，可就慌了，在屋里来回窜。朱天赐拿起笤帚把追着打，耗子慌不择路，一下窜到了李二栓鞋上。二栓一着急一抖脚，露出了洞口，耗子一见，立即嗖的一下钻入洞口，侥幸逃得一命。朱天赐见耗子跑了，长叹一声，"人呀，不如耗子，眼看要死了还能逃命。"李二栓说："人呢，有享不了的福，没有受不了的罪。"朱天赐说："过日子，没个娘们儿，还有个孩子，真是个背时运。"李二栓说："你没听说：不怕年轻苦，就怕老来贫。你这前苦点，将来治国大了，不就好了吗？"朱天赐说："那得慢慢熬呀！"

二人又收拾一会儿，将中午了，李二栓就要走，朱天赐要留他吃饭。李二栓说："你这什么都没安置好，怎么吃？不如上我家吃，我家今儿个吃高粱面蒸菜团子。"正说着，治国放学回来了。朱天赐说你怎么认得这儿，治国说："那回上丁二大爷这儿要秫秸笛，丁二大爷告诉我的，说这西房就是咱家的。您说今儿搬家，我就奔这儿来了。"李二栓说："得，治国也回来了，走吧，都到我那去吃饭。"

丁二哥回来了，一看朱天赐搬回来了，挺高兴。朱天赐问："二嫂呢？"丁二说："上八里庄借粮食去了。"朱天赐说："那儿就有粮食啊？"丁二说："说是借粮食，实际他爹早不成了，八成要合眼。"又说了会儿话，丁二说："这回咱哥俩有时间一块聊了，你有什么要用的只管说。我这也没什么吃的，不久留你了。"朱天赐说："李二哥叫我们上他那去吃。"到了李二栓家，李二嫂迎了出来："大兄弟快屋里坐，菜团子刚下锅。今儿个你二栓哥说要叫你上这吃饭，这不我原本准备用高粱面包菜团子，听说要叫你们来，我特意放了点棒子面，馅还是去年的干白菜帮呢。也没油，烧了几个大麻籽仁砸碎放里了。”

李二嫂揭开了锅，把菜团盛出，放在柳条小白浅中，拿到里屋炕上。李二栓先拿了一个递给治国，治国拿起就是咔嚓一口，菜团刚出锅太热，这一口烫得治国张着嘴直吸气。二嫂说：“别着急，真是的，这孩子，正是长身体的时候，赶上这年头。你还别说，你逮个鱼、拿个兔的老有肉吃，你二哥什么也不会，那天去自留地，有一只兔子正在他脚下，往前一蹿倒把他吓了一个跟头。”说完大家都笑了。朱天赐问：“小侄又去姥姥家了？”二嫂说：“学校离他姥姥家近，他姥爷又不在家，给镇上做饭，怎么说吃的也比我这好，所以一放学就奔姥姥那儿，我们也懒得找他。”李二嫂夫妻就这么一个儿子，生活太苦，男人没那个能耐，女人也失去了那个功能。有的人给全村做过一个统计，去年一年，这个两千口人的村子，只生了两个小孩，一个是大队长家，另一个是书记家。这一年是安老娘最轻松省心的一年，但是她也没闲着，经常到地里拾柴挖野菜。

永乐店逸事（中篇小说）

＊ 张佳良

天　火

第一个火球掉下来的时候，韩家老太太还没睡。她先是看见东南方向的天空慢慢变亮，本来漆黑的天色转为橘红，一个鸡蛋大小的光团，拖着蝌蚪样的尾巴，从窗户的左上角斜着滑下来，到了窗户正中，已经变成巴掌大了。老太太一骨碌坐起来，像一只瘦弱但灵活的老猫，摸着炕沿上的拐棍，一偏身下了炕，把五岁的孙子夹在胳肢窝底下，迈开罗圈腿往屋外走。火球变成脸盆那么大，紧贴着墙头掉在了柴火垛上。轰的一声响，火苗蹿起来一丈多高，从院子里看，就像一只怪物伸出燃烧着的巨手，扒住墙头，想要从地底重返人间。

院里的黑狗这时才开始叫起来。在火光的照耀下，它的皮毛乌黑油亮，四条反弓的腿钉在地上，挺起宽阔结实的胸脯，吼吼吼吼，面对火情毫不示弱，只是警觉性比老太太差了一大截。老胡家的狗叫了，老孙家的狗叫了，狗叫声很快连成一片，很快地，又夹杂进惊呼声与尖叫声。整个村庄都早早地醒了过来。

火球从四面八方坠落，但村庄逐渐开始安静，人们站在自家的院子里，听着呼呼的破空声以及偶尔传来的房顶轰然倒塌的声音。有几个男人走到了街上，其中一个掏出烟盒发了一圈，低头、抬头、转头之间，火光从一张脸跳到另一张脸上。他们谈论着这次坠火，说他妈的这次还算好的，记得咱们小时候不？那火球有磨盘那么大，铺天盖地的，根本来不及往外跑，砸死就砸死了。是啊，我二大爷他们家不就是吗？八口人就剩下我那个傻哥哥，给砸成绝户了。现在好了，这火球尺寸不大，还稀稀拉拉的，再过几年，备不住就消停了。是啊，那星星总归是有数的吧？我看这天上的星星越来越少了，掉得应该差不多了，银河都看不见了。我听我们家儿子说，他们老师教给他的，看不见星星是因为什么光污染。也保不齐，现在什么都污染。

没死人，大的牲畜也没死，连鸡鸭鹅都没死一只。大多数村民家里损失不大，顶多是院墙被砸出个豁口，或者院门被凿出个洞。损失大的是村东头的几家，几十颗火球里，仅有的几块尺寸大的，全掉在了东边，几处民房被砸得稀烂。不过，再盖起来就好了。我觉得损失最大的是我奶奶，墙头外边那个柴火垛，是她一年来一根秸秆一根秸秆地拾来的。她干活不方便，拄了拐棍，于是就有了三条腿，但只剩下一只手。接下来的几天，她只能往灶膛里填干树叶，里边夹杂了猫屎狗粪，燃着便往灶口外卷黄白色的浓烟，带有一股奇异的香味。她一边用拐棍捅着树叶，一边请灶王爷恕罪，求他原谅自己老眼昏花不中用，什么都往他嘴里塞。

我坐在奶奶对面，看她烧火。火光长久地停留在她干瘪且满是褶皱的脸上，似乎觉得那里比其他任何地方都更值得驻足。灶膛里充斥着噼噼啪啪的声响，杨树宽大的叶子在化为灰烬前转变了口吻。生前，它们讲的是暴雨或者海浪的故事，现在它们破碎着，最后沉默成火焰（要不就是时间）的秘密。

我在灶火的烘烤中昏昏欲睡，感到有一只炙热的大手攥紧了整个村子，村子的骨头艰难地支撑着，摩擦出诡异的声响——

噼噼啪啪。

地　动

奶奶去世那年我上三年级。当天，我和年轻的自然老师吵了一架。她刚刚大学毕业，被分配到这么个穷乡僻壤，满肚子的理想都转化成了委屈。她说，流星是陨石的碎片，在穿越大气层时，受到摩擦力的作用产生热量，剧烈燃烧，在落到地面之前，就烧成粉末，消失不见了。流星难得一见，所以人们朝着它许愿，期待自己的愿望能够实现。大家有什么问题吗？我举起手。老师说，好，韩杉。我说，老师，你讲得不对。哦？哪里不对？天上的星星都是一整颗一整颗地掉下来的。以前，大的星星多，掉在地上有磨盘那么大。现在大的星星掉完了，只剩下小的了，但是掉在地上也有脸盆那么大。它们掉下来也不会立刻熄灭，起码能燃烧几分钟，剩下来的就是一块黑乎乎的铁疙瘩。韩杉，你说的是神话故事，老师讲的是科学道理，不一样。老师，我讲的是真的，不是故事。现在都看不见银河了，星星要掉光了。好了韩杉，你坐下吧。大家不要听他的，记住老师讲的，摩擦生热。

我气鼓鼓地背着书包往家走，走到老胡家小卖铺门口，老板娘把我叫住，说韩杉你赶紧回家吧，你奶没了。我奶哪儿去了？你快回家吧。我没明白她说的话，这个老板娘有些古怪。有一次我在她家买泡泡糖，正挑选着口味，她匆匆忙忙地从柜台后面跑出来，一把拉上窗帘，嘱咐我不要往外看。透过窗帘的缝隙，我隐约看到她老公手里擎着一把钢叉，正和一只头上有角、浑身长满白毛的怪物打斗。没来得及细看，老板娘就把我拽回柜台前，让我专心挑泡泡糖。等我买完出来，街上什么都没有，但是村里的大喇叭一遍遍地广播着：谁看见一只老山羊，谁看见一只老山羊，送毛老舅家去啊，是毛老舅家的。

拐过弯儿，我远远看到家门口聚集了很多人，头上戴着白帽子，腰间扎着白布带。前几天老孙家那老头子死了，就有这么一群人。我心想，他们跑我家干吗来了？

原来是奶奶死了，大人提到这事，都说走了或是没了。一个中年妇女坐在炕上，随手在一堆白布中间扯出两条，一条给我拴在腰上，一条给我裹在头上，还往上边缝了一个布片剪的红葫芦。我往周围人的头上看去，除了红葫芦，还有蓝葫芦；红葫芦，有一个的，还有两个的。那个妇女告诉我，这套打扮叫“孝”，蓝葫芦是侄子辈的，红葫芦是孙子辈的，两个红葫芦就是重孙子。我往父亲的头上看，他的白帽子扎得有棱有角，上边没有葫芦，前后左右各有一个铜钱；母亲的头上没有白布帽子，用纸花代替。

奶奶打扮得更奇怪，她枕着一个黄色的枕头，上边绣着一只五颜六色的大公鸡。脸上蒙着一块黄布，不让掀开看。穿一身黑衣服，上边有各式各样的花。一只手握着糊着白纸的柴火棍，一只手握着纸钱。脚上是一双黑色的绣花鞋，一根麻绳象征性地拴着她的两只脚，像是怕她嫌乱，趁我们不注意偷偷溜走。

一直到出殡，我都没有哭。我在知客的指导下圆满完成了各式各样的仪式，笙管笛箫、锣鼓铙钹演奏的哀乐始终没有引起共情。在送殡队伍出发的前一刻，父亲跪在地上，手里拿着烧黑的瓦片，转过头来对我说，韩杉，以后我就没有妈了，你也没有奶奶了。他的话在那一刻是世界上最悲哀的音乐，直接杵到我的心窝子上。大镲咔嚓一声响，瓦片摔在地上粉身碎骨，我哇地哭出来，但已经没有时间留给我跪在原地哀号，送葬的队伍出发，我的鼻涕眼泪混成一片，手里举着哭丧棒，第一次向柏凤沟边的坟地走去。

地震了。

整个村庄像暴风雨中漂荡在海上的孤舟，剧烈的晃动让送殡的队伍不得不停止行进。人们先是跪着，后来全都紧紧地趴在地上。震动就是从地面传来的，可我们只能把地面当作唯一可以信赖的依靠。马路变得柔韧，如同一根刚被挑起的面条，身不由己地颤动着。大人镇定地把小孩按在地上，怕飘舞的道路把他们掀飞。父亲也按着我，微抬着头盯紧卷过来的柏油排浪，像风中的蜘蛛，为纤弱的蛛丝掌着舵。乐师们早已把笙管笛箫扔下，唯一能听到的就是土地裂开的声音，嗤啦嗤啦。

我的脸贴在粗糙的地面上，闻到厚重的尘土味。我感到地下有一只硕大的、濒死的蛤蟆，由于病痛的折磨，在地洞中痛苦地蹦跳、翻滚、呱呱叫，拼了命地想要摆脱肉体上的创痛，结果这一番折腾反而耗尽了它最后的生命能量。蛤蟆死了以后，大腿神经质地抽搐了几下，所以在剧烈的震动结束后，我还有几次感到地面传来微微的颤动。

奶奶顺利下葬。地动嘛，以前很频繁。父亲说。我说，这不是叫地震吗？咱们这叫地动。那地以后不会动了。为什么呢？大蛤蟆死了。什么大蛤蟆？地底下那个。

送殡的队伍经过人家门前，那家的老头子或者老太太就端着一簸箕炉灰走出来，在自家门前洒一个半圆，两端正好是左右门垛。奶奶生前也会这样做，她说，什么东西都怕火。这不是炉灰吗？这是死火，死人怕死火。送殡回来，我发现大家的门垛都被震得东倒西歪，那些炉灰也被颠簸得稀稀拉拉，我想，这下奶奶想去谁家，就能去谁家了。

那天学校上课，年轻的自然老师组织班里的学生有序撤离到操场，自己最后一个从教室出来。接受校长表彰时她说，在这里找到了事业和人生的双重归属感。

霹雳

叫应寺村，是因为村里以前有座有求必应的寺，供的是观音菩萨。菩萨是尊木菩萨，一次坠火，寺被砸得面目全非，唯独这木菩萨安然无恙，连点儿烟熏火燎的痕迹都没有，村人交口称奇。寺里的大师父走街串巷，化缘求布施，期盼能够重修观音寺。结果钱还没化到，村主任先找上他，说村里一直想建一所小学，苦于没有合适的校址，观音寺的位置正好在村中心，最适合建学校。孩子们读书，也是有功德的事，能不能请菩萨屈尊降贵，挪挪地方？大师父是讲道理的人，也觉得上学读书比烧香念佛更重要，便一口应允。但他说，菩萨在哪儿就是在哪儿，这尊像不过是个木偶，换个地方供起来，也没有意义。村主任说，您说得是，没意义。

但菩萨像也不能扔了不要，大师父找到村里最虔诚的香客——我的太奶奶，劝说她收留这尊观音像，也不用烧香上供，能找个遮风挡雨的地方保存起来就行了。菩萨就在院子的东厢房安了家，静静地坐在墙旮旯，蒙着一大块红布，前面正对着一口存粮食的大缸。我从小就知道厢房里有尊菩萨像，却从来没见过真容，只能隔着大缸看到露出来的红布一角。

解决好菩萨的安置问题，大师父就要走了。村里人挽留他，因为平时死了人报庙、念《往生咒》，都要靠他。他说，和尚不能没有庙，就像你们不能没有家一样。那你临走前，能不能留句话？你是有智慧的人。大师父就说，什么时候人能骑着马从椅子底下穿过去，这个世界就完了。人们一头雾水，他就这么离开了，也不管有没有人听懂。

观音寺小学存在的历史非常短暂，据说那里闹鬼。挺不合理的，大师父不是说菩萨在那里吗，怎么还会闹鬼呢？村里人说的有鼻子有眼，一个女老师上美术课，在黑板上画了个脑袋，刚画好，那脑袋就从黑板里钻出来了，把学生吓得够呛。我问父亲有没有这回事，他说净扯淡。村主任不信邪，寺改了小学，小学又改了他的住宅。后来的学校叫应寺小学，在村子最北边，四周都是庄稼地。

父亲跑运输，母亲跟车，我常常是一个人在家。夏天，正午，艳阳高照，无数知了在树上叫“睡一觉，睡一觉”，我想那索性就睡一觉。阳光照在脸上，即使闭上眼，也不能体会到夜晚的静谧感，眼前并不是一片漆黑，而是红彤彤的，中间掺杂着扭曲的绿色线条。深夜里，睡眠的过程像往无尽的深渊中坠落，落到底，就睡醒了。正午睡觉，整个人往半空中飘，像光束下的灰尘，缓慢地、呈螺旋状地向光的源点洄游。我逐渐进入和光同尘的状态，即将融化在阳光的浸润中，随蝉鸣一起飘扬到村庄之外。这时，轰隆一声巨响，把我惊落在炕上。我跳到地上，急匆匆跑到院子里，想寻找声音的来源，只看到院子里有一个碗口大小的坑，坑边是一圈散落的泥土。黑狗蜷缩在窝里，夹着尾巴发抖。隐约能闻到淡淡的硫黄味。我正想走到坑边细看，一道闪电从天而降，正劈在脚边。我仿佛被一口鸣响的大钟扣住了，眼前发黑，耳边是嗡嗡嗡嗡的轰鸣，一些泥土飞溅到嘴里，有股铁锈的味道。晴空霹雳，每一下都是雷霆万钧，我愣在原地，看着一道又一道金黄色、暗紫色的光束，伴随着炸裂声，远远近近地击打下来。一些细微的能量弥散在空中，我的身体陷入一种酥酥麻麻的状态，好像有无数细小的弹簧在皮肤下轻轻颤动。

我想躲进屋子里，却难以迈动双脚。后来，我落入到白日梦魇当中——自己惊慌失措地跑进屋，撞倒桌椅板凳，终于缩在墙角安定下来，窗外的霹雳离我越来越远。但缓过神，发现自己还站在原地，身体除了酥麻，又多了丝阴冷。这么晴朗的天气，我居然看到空气中飘浮着细小的冰晶，一颗颗从我的肌肤渗透进体内。无助的环望中，我瞥见东厢房那扇没有刷漆的破败木门，一股莫名的能量涌入四肢，瞬间恢复了行动能力。跑过去，推开门，透过装满粮食的大瓦缸，透过蒙满灰尘的红布，我看到了一张世界上最端庄、最慈祥、最温柔、最悲悯、最平静的脸，微笑着，眼波向我荡漾，让我感到无比踏实和安宁。

我走出东厢房，任由霹雳在耳边炸响，推开正房漆着绿色油漆的对开木门，走进去，闩好，躺到炕上，在风铃声般的雷鸣中沉沉睡去。醒来时，天已薄暮，院子里布满大大小小的圆坑。我爬上墙头，环顾一圈，正房、厢房连半片瓦都没有损坏。邻居大娘路过，问我在墙头上干什么，我说看晚霞呢。

大　水

水是从西边来的。放映员正站在人字梯上，借着夕光架设幕布，一个小伙子突然抬起手，指向沉下去的太阳。放映员大概以为晚霞很美，或者，有什么难得一见的鸟飞过来。他轻松地转过头，顺着小伙子手指的方向看去。人们看见他脸色大变，绷直了脚尖站在梯子的最高处，手搭凉棚往远处望。

快跑啊！发水了！

暮色中，本来氤氲着的橘红色的天际线，被一道横亘的银灰色的线取代了。这条线以天空为背景，逐渐升高，人们明白，它的升高，不是由于垂直运动，而是由于那道水的幕墙正贴着地皮席卷而来，离村子越来越近。

跑啊，往小学跑啊！

粮囤也行！快跑！

小学是三层楼，粮囤有十几米高，发大水，当然要往高的地方跑。水用它独特的、温柔的方式摧残着这个地方。它是许久不见情人的闺中怨妇，急切地冲过来，忘乎所以地拥抱所有面临的事物。它的拥抱湿润、绵密、持久，我家的黑狗，老胡、老孙家的狗，在它的怀里窒息了；猪、牛、羊、鸡、鸭、鹅在它的怀里窒息了；走得太多、再也走不动的老人，还没走过、根本不会走的孩子，在它的怀里窒息了。夜色中，站在楼顶、粮囤上的人们，全神贯注地聆听着汩汩的水声，仿佛那是溺水生灵的耳语。我为没有把老黑狗带出来懊悔不已，其实，就算带它出来，这里也没有留给它的位置。那狗几乎是和我一起长大的，在体形大到不得不拴在院子里之前，它都和我在一个被窝里睡觉。奶奶对那条狗也相当不错，她说，人的粮食是狗求下来的。很久很久以前，人根本不需要自己种庄稼，天上下的不是雨雪冰雹，而是大米白面。玉皇大帝微服私访，想看看凡人是不是值得享受这样的福祉。他幻化成一个老乞丐，来到一户人家门前乞讨，老婶子，你那堆白面饼，赏我半个吧，几天没吃饭了。给你？我还留着给孙子擦屁股呢。大帝气愤不已，下定决心收走人间的粮食，让凡人永受饥荒之苦。危急关头，狗站了出来，说玉皇大帝啊，浪费粮食是人干的，你把粮食都收走了，我们不也要挨饿吗？大帝想了想，也是，便教人们辛苦劳作，懂得粮食的来之不易。家里要养狗，有人一口吃的。就得有狗一口吃的。

家禽家畜死亡惨重，人口的损失却意外地比人们预料的小得多。先赶到小学三楼、粮囤仓顶的村民，并没有只顾自己活命，他们向后来者、漂流者伸出了援手。绝望地伸出水面的湿漉漉的手，被亲戚握住了，被邻居握住了，被朋友握住了，被陌生人握住了，重新回归干燥的空间。另外，小学和粮囤并不是仅有的两处生命平台，村里最高的建筑是四层楼，那个村里的女人都鄙夷、村里的男人都向往的地方，属于四姐妹。四姐妹从东西南北四个方向来到这里，一个头磕在地上，义结金兰。她们从事古老原始的职业，大水泛滥的夜晚，她们收留了几十个衣不蔽体的女人。

为了那些女人的体面，当晚，她们拒绝任何男人入内。

地　火

“夕阳融化，流为地火，三万丈长，三万丈宽。”《大运河赋》铺陈永乐店的灾难岁月时，有这样几句。其实，那场地火和傍晚织锦般绚烂多彩的晚霞没有半点儿干系。孙启财家打井，找看风水的张文山探水眼，结果张文山看偏了三锹，水没打出来，却挖出了天然气。几个人都闻到了臭鸡蛋味，孙启财叼着烟卷，伸长了脖子往井底下瞅，一道火柱呼啦啦冲天而起，把他的眉毛胡子燎得一干二净。张文山气定神闲，说这是地气，古代有句诗叫“岂伊地气暖，自有岁寒心”，说的就是这个现象。让它烧吧，烧干净了就好了。

张文山的名气，打那次开始就臭了，孙启财院子里的火柱，像一条精力旺盛、绵延不绝的苍龙，从地底扶摇而上，直冲天顶，冲了半个月，还没有到头。熬到腊月里，西北风强劲起来了，人们眯缝着眼睛，看到那道火柱先是被吹成了弧线，接着被吹成了九十度的折线，寒风如同利刃，拦腰给苍龙来了一刀。初七晚上，火龙彻底蛰伏了，孙启财总算搂着老婆，在热乎乎的炕头上睡了一宿安稳觉。他也不想想，没烧炕，炕头怎么就那么热乎呢？

初八，起大早熬腊八粥的，全煳在了锅里。村子一整天都笼罩在轻薄的灰烟与迷蒙的焦煳味中。初九，水缸里、池塘里，本来冻得结结实实的冰都化了。初十，棉袄棉裤穿不住了，捂得满身臭汗。十一，水缸里、池塘里的水开始冒白气，有人在家里泡，有人直接跳到塘里泡。十二，柏凤沟两岸挤满了人，有的拿着抄网，有的端着盆。河里的鱼虾鳖蚌全都煮熟了，奶白色的水咕嘟嘟冒着泡，当时那批还没断奶的婴儿，后来身体都非常健硕，因为他们的妈妈喝了不少鱼汤，奶水不仅充足，而且营养丰富。

新树、老树都抽芽，麦苗返青了，男女老少都换上了短衣短裤。但很快新树、老树的芽都萎缩了、干枯了，麦苗变黄了、变黑了，家里的电风扇能做的，不过是把一团团热气搅碎，让人更均匀地沉浸在热浪当中。地面的温度还在上升，张文山家的窗玻璃，被人隔着院墙砸得大窟窿小眼。孙启财砍完半块砖头，说妈了个巴子的，让你挖水你挖煤气，还让它烧吧，早填上能成这样？

地火以孙启财家的院子为中心，沿着地下的孔洞和脉络，向四面八方蔓延。说起来，孙启财家倒是温度最低的，大概类似风眼，地火也有火眼，中心位置反而没有威力。柏凤沟由东向西，隔开应寺村与临沟屯，到了临沟屯的边界向南一拐汇入凤河，等于把村子环抱在怀里。柴厂屯在应寺村东边，中间隔着一条人工开挖的胜利渠，荒废多年，早已无水。数不清的火柱突破地表、疯狂肆虐后，烧得最严重的就是柴厂屯。张文山曾劝他们村的人早做准备，说“柴”字犯木，木生火，怕是要被烧光了；临沟屯倒是不用愁，“沟”犯水，水是克火的。但他说话早就没人信了，听了这一套，临沟屯的跑干净了，柴厂屯的人反倒觉得高枕无忧。

火一烧起来，我就往柴厂屯跑，怕豆豆有危险。我们是初中同学，她是我暗恋的对象。我只是单相思，她喜欢的是王钊，班里的“老大”。跑过胜利渠时，石桥一阵晃动，我扶着栏杆稳住身形，眼看着渠底裂开长长的一道缝，红黄两色的岩浆从地底冒出来，越流越多，干涸多年的胜利渠变成了一道火的河流，咕嘟嘟冒着泡。我拔腿就跑，匆忙中回头瞥了一眼，炎流浩浩汤汤地沿着沟渠奔涌，朝熬硝营的方向流去。

我在前边跑，火舌在后边撵，非要在我的屁股上舔一口不可。柴厂屯村西口第一户就是王钊的家，我跑过来，他正推着自行车从家里出来。我说，你干吗去？他说，去接豆豆，哦，那你去吧。你干吗去？我没事，你家有井吗？有，怎么了？我不跑了，去你家井里躲躲，你帮我把井盖子盖上再走。我在井里躲过一劫，柴厂屯被大火烧得只剩断壁残垣，还好村东头的公交场站紧急调动了所有大巴车，把大多数村民都转移到了安全的地方。王钊和豆豆也无虞，他俩躲到仇庄的石头磨坊里，其间王钊把豆豆按到磨盘上，图谋不轨，被甩了几个大嘴巴，两人闹得不欢而散。

大火比预想的结束得早。胜利渠中的炎流淌到熬硝营，引发了一场大爆炸，村委会整个掀到半空，下坠时才开始解体，砖头瓦片飞得到处都是。地上炸出来足球场那么大的一个洞，地底压力骤降，火聚集到洞口肆无忌惮地燃烧，可三两下就没了后劲。胜利渠的岩浆冷却下来，结成黑色的硬块，被周遭的村民们敲碎成搓脚石出售，广销海内外，有力地支援了火灾后的重建工作。

都说张文山疯了，我看不过是抑郁症。自家盖新房，他用鲁班尺左量右量，东西风岔的尺寸就是对不上。孙启财说，能对得上吗？他的心是歪的，墙也是歪的。风岔是家神的居所，尺寸对不上，张文山急得满嘴大泡。他掐指算算，再不动土，五鬼就避不过去了，咬咬牙，一锹捅掉几块房瓦。我在街上碰见过他一回，老头两眼发直，蹲在路边盯着西风岔看。我说，您看什么呢？他说，我爸爸在墙头上坐着呢。

流　星

人们簇拥着豆豆从会场里走出来，山呼海啸。她走在人群最前边，脸上洋溢着极具号召力的笑容。夹道欢迎的妇女同志们，看到那张代表她们的笑脸，情不自禁地热烈鼓掌。几百双手变成杨树叶子，哗哗哗地鼓动着，豆豆像一艘威武的舰艇，在欢呼与掌声的海涛中破浪前行。她凭借极具感染力的演讲以及在辖区内停止使用宫内节育环的承诺，当选为新一届妇女主任。她要做的当然不止这个，我再清楚不过了。要不然，怎么到了三十岁还没成家呢？

我没有上前打招呼，最近几天没刮胡子，脸荒芜得像一片野草地。我回想起上学时，有一节音乐课，老师为我们播放流行音乐 MV，视频中的姑娘卖力地蹦跳，唱了一句“男人不坏女人不爱”。豆豆转过头调皮地看着我说，韩杉，男人不坏，女人不爱。我永远记得那个瞬间，自己就是从那一刻喜欢上她的，阳光打在她粉嫩的脸蛋上，大眼睛忽闪忽闪，原来女孩子的睫毛那么长，比男生长多了。我至今想不明白，她对我说那句话是什么意思，可能纯粹是一种调侃、奚落。要不然，王钊那坏家伙怎么会挨她的耳光呢？

时光并不能解答人生所有的疑问，实际上，对于大多数问题，它都无法回答。有些事，一开始想通了就通了，否则一辈子也想不明白。到后来，你终于得到了勉强可以应付自己的答案，以为灵光乍现、恍然大悟了，其实只不过是由于当初的拷问，早已降格为不构成威胁的脑筋急转弯。就拿豆豆来说，当初那句让我陷入情网的没头没脑的话以及回眸一笑的定格瞬间，和现在她强硬干练的形象根本没有半点儿联系了，她不会因为我终于成长为一个理想的大坏蛋而对我青眼有加，也不会由于我修炼成为温文尔雅的好男人对我不屑一顾。如果我走过去，说豆豆你好，我喜欢过你。她也只会说，是吗韩杉？你的胡子可该好好刮一刮了。给我的微笑和给别人的不会有什么两样，殷切的眼光短暂地照进我的眼睛，判断我是不是众多追随者中的一个。

整齐的掌声忽然变得凌乱，拥护者们的眼睛不再随着豆豆移动的方向移动，纷纷抬头看向天空。不知哪位神仙按动了白昼与夜晚中间的加速键，晴朗的天色快速昏暗下来，阴森的风拂过脚踝，细小的沙粒在地面上滚动。日食吗？不是。太阳并没有缺了一角，仍然高挂在天顶，但整片天空被一块扯开的黑幕遮挡住了，本来不可直视的日头现在绿莹莹地躲在幕后，很多人都是第一次在正午看清它的轮廓，圆咕隆咚，比日落时小了好几号。星星！一个眼尖的妇女抬起手，指向西南方。几百颗脑袋齐刷刷地向着她手指的方向转去，就像经受过严格的训练。星星越来越多了，我仿佛置身于日与夜、天与地之间的一个前所未有的游离于现实之外的时空。豆豆收起了极具感染力的笑容，紧绷着脸，双手背在身后，盯紧高高在上的绿色奇迹。无数光点浮现于穹顶，然后滑翔成千万道银白的光线，像牧童奔跑着在漆黑的草原上驱赶一大队闪光的绵羊。

天火！不知道是谁喊了一句。

豆豆发现了躲在人群中的我，投过来的眼神中带有一丝惊讶和疑惑。我朝她笑笑，指了指自己的络腮胡，意思是蓬头垢面，不便见你。她不再看我，转向惊慌的人群，伸手理了理头发，将本来贴在脸颊上的几缕梳拢到耳后，伸出双手，平摊向下，把嘈杂的人声压住。她重新成为所有眼光汇聚的中心，平静地对大家说，不要慌，这不是天火，是流星。

的确是流星，年轻的女自然老师介绍过的流星。星星的碎片穿过大气层，摩擦产生大量的热，它们剧烈地燃烧，在落到地表之前就化为灰烬，没有能力砸垮谁家的院墙，也不会给谁家的院门凿出一个窟窿。只是一场雨、一场表演，如果相信，可以试着许愿。人们仰着头，沉浸于这场美妙的天顶灯光秀，渐渐地，纷纷开始发出轻声赞叹，流星划过没有声音，地面上的轻呼聚集成了唯一的背景音。

我知道，天上再也不会掉火球了，我的后代，不会再因为晴空霹雳，而分不清声与光的速度。永乐店的灾难时代过去了。我挤出人群，感觉身体轻飘飘的，好像卸去了背负已久的沉重包袱，吹着口哨走回家。儿子在鼓捣爷爷奶奶送给他的新玩具，一个西部牛仔，骑着一匹马，手里甩着一根用来套马的绳圈。我帮他装上电池，还给他，看着他蹲在地上，咔嗒一下扭开了马屁股上的开关。

牛仔唱着歌，骑着马摇摇晃晃地出发，嘚嘚嘚嘚，从客厅的椅子底下穿了过去。

长篇小说《校花》（节选）

＊ 徐伟成

二

自从我英雄救美以后就开始走背字。星期天，我妈发现大立柜里乱七八糟的。

她问："谁动我旗袍了？"

我觉得也没什么，就说："罗娟英到咱家来，非要看旗袍，我就给她看了。"

我妈听了大动肝火，劈头盖脸打了我一顿。我十七岁了，挨女人打真是有点没面子，一窝火，期中考试也没考太好。九门功课五门不及格，数理化英语都没过三十分，只有语文五十八分。体育、农机、历史、生理卫生一片飘红。我妈拿着成绩单数落着我，我爸想动手被邻居夏大爷夏大娘给拦了下来。家里不幸，外头含冤，我英雄救美，孙有炳倒成了大英雄，他逢人就讲他怎么怎么英雄救美。那天，他在俱乐部看完《流浪者》，骑车刚过西门红绿灯，就看见七八个玩闹在八六九八三部队墙外对罗娟英和杨英动手动脚。他车到边上人落地，大喝一声，这帮人一回头，一看他是小日本的弟弟，都向他点头哈腰，没办法只好放人。人家问我怎么挨的打？他说：他走了以后是那些玩闹想下个台阶而已。他就这么吹嘘自己。不但这些，他还对罗娟英纠缠不休，非要和罗娟英交朋友。每次和罗娟英约完会，逢人就说罗娟英特喜欢和他在一起，而且非常崇拜他，尤其崇拜他会绘画。他每说一句话罗娟英都朝他笑，逢人就说：“你说罗娟英在前面走，辫子向后甩时打在我的脸上什么意思，这不跟她用手摸我脸一样吗？”我听魏生京学完这些话，鼻子差点气歪喽。现在年轻人听了都知道，这不是精神病加妄想症是什么？可那时不知道这是妄想症，只知道和他抬杠。

我说：“你就是给罗娟英一支英雄牌钢笔她也不会含情脉脉地看着你，你就自作多情吧！罗娟英脸红是因为她跟你站在一起太没面子了。你长得跟猴子似的，难道你不知道？”

他学着孙悟空搔头的姿势，说：“你懂什么？自古郎才女貌，男的漂亮就是画蛇添足。”

我说：“你有什么才？”

他说：“我在班里学习成绩一直前七名，你第几？”

我涨红着脸说：“那你应该找班里第……七漂亮的……女生。”

他说：“你说的没错，但是，我因为救过她俩，不能白救……”

我听了，照地上狠狠地“呸”了一声：“你还要脸不要脸？”我摸着脑袋上还没下去的大筋包。

他看我愤怒的样子，说：“凭良心说，那天我问你管不管，你说没说不管？如果没有我停下车来，如果没有那几个玩闹，你能英雄救美吗？”

我说：“孙贼儿，你终于说实话了，那天就是你故意停的车。如果张东旗他姐夫不正巧赶上，这帮玩闹非打死我不可。”

他听了嘎嘎大笑，说：“对不起，对不起。不过，我给你举完一个例子你会感激我。”我说：“我还感激你，我现在就想揍你一顿！”

他躲过我一拳，说：“你让我把话说完，说完让你打一百拳都行。”

我说：“你说吧！”

他说：“张飞要没遇见刘备他能成为千古英雄吗？刘备要没赶上董卓乱汉他能三国鼎立吗？”

他这么一绕，我还真安静了下来。

他说：“现在把你比作张飞，没有我刘备，你还是个卖肉的，你再往下好好想想，如果那天……”

他抽冷子这么一说我还真没反应过来。我说：“你是说我应该感激那天打我的人？”

“再往下想想。”他举起双手往下划动着。

“感谢你买的电影票，如果没有电影票……”

他听到这里，握着我的手说：“恭喜你，别再往下想了。”我松开他的手，走在回家的路上，别提多别扭了。

孙有炳和罗娟英的关系有进展是因为我的一次意外。那个年代学校五一前都要召开春季运动会，为全县五月中旬召开运动会选拔人才。那一年我报了铅球和手榴弹。有人说，你自身条件不适合这两个项目。没错，现在学生参加运动会我不知道怎么参加。我们那个年代一个项目一个班可以报俩人，女生项目能少几项，像一万米跑、铅球等。男生就不行了，运动会项目如果全部参与，男生基本上都要动起来。像我这样学习不好的在这个时候就要往前冲，像霍国强王大力报完两项，还要外加一个 4×100 米接力。还有一个重要理由，那时候开幕仪式上都要统一着装，白汗衫、蓝裤子、白球鞋。那时的孩子这三件一件不缺的也就占 50% 吧。凑不齐怎么办？朝同学借，让家里买。我就是逼家里买衣服那主儿。我不能白干呀。那一年运动会我添了一件白汗衫，为了显摆自己穿的是崭新的汗衫，垫领子里的纸壳褙我都假装忘拿下来。我脖子本来就短，纸壳褙架在脖子上低头时费老劲了。

早晨七点四十，我们参加运动会的运动员全部集合在南边的四块篮球场上，等待入场仪式开始。

八点钟，于德水副校长宣布入场仪式开始。这时鼓乐喧天彩旗招展，比我们大一届的邱明指导着军乐队走在最前面，从小学三年级到高中，从小到大排序入场。走到主席台前都要正步走，并喊一段口号，小学的一般喊好好学习、天天向上。像我们大一点的就要喊什么发展体育运动，增强人民体质这些毛主席语录。我们听着《运动员进行曲》入场后，开始下一项，升国旗仪式。现在想起来，那时的国旗杆有点穷气，下半截是木头的，上半截是铁的。升国旗的也是高二的，一个男生和两个女生，男的已记不清了，有一个女的还有一点印象，叫什么玲。她五十岁的时候我见着过一次，还聊了几句，看面相也就三十五岁，这么说吧，三十五岁里也算出类拔萃的。

升旗仪式开始，运动员转向南方，田径场外的学生也全体起立。随着音乐的响起，我们唱《义勇军进行曲》。那时候我们唱这些歌曲还是很认真的。唱不好也不能唱错了，唱错了能扯上政治问题。我用眼睛瞥着不到一米六身材的于校长，戴一副白边眼镜，穿一双不知多少号的皮鞋，鞋尖夸张地向升起的国旗翘着，他张着大嘴卖力气地朝麦克风里灌着声音。

仪式结束，参加比赛的学生换着体育组借来的跑鞋跳鞋。我知道我就是换了金鞋也拿不了第一，我能有一项进前六给班里争一分就不错了。杨英把裤子换下，放在自己的小板凳上，扶着钱君英换着霍国强刚从二班给她借来的跑鞋，杨英边换鞋边跟白丽瞎逗，白丽看她一只脚着地，推了一把钱君英，钱君英一闪，杨英单腿跳了几步，脚落地时正好踩在霍国强换下来的白球鞋上，我看着白球鞋在她脚上甩了两下才掉在地上，心里咯噔一下。我捡起白球鞋一看，得，鞋上着实落着两个钉眼，踩在鞋帮胶皮上那个眼看着还不明显，布面上那个眼还鞋时怎么跟牛子说呢？我急赤白脸地说："你丫挺的折腾什么呀。"杨英自知理亏，胆怯地白了我一眼，灰溜溜地走了。一会儿她拿着一块擦白球鞋的大白走过来，接过我手里的白球鞋，看了看，用手搓着鞋帮上的钉眼，用另一只手擦着大白，她把多余的大白掸掉让我看，我接过白球鞋，问："面上这个眼儿怎么办？"

她说："再不让我姐还牛子行不？她俩关系一直不错。"说着她将板凳上的报纸撤下来，将鞋包好放在板凳底下。我看着杨英歉意的眼神别提多膈应①了。我本想拍拍霍国强给他借双鞋，这倒好，好事没办成，又得罪了牛子和杨英。我心里边骂边坐在马扎儿上。

霍国强跑完百米预赛到我这换鞋。

我说："鞋被杨英收起来了。"

他说："你不说借我一天，明天才还牛子呢吗？"

我说："你就穿这鞋吧。"

他说："这双鞋三个人轮着穿的。再说，鞋底下都是钉子，到哪都不方便呀。"

我说："鞋被杨英的跑鞋扎了俩眼儿，过会儿让她还给牛子，我不管了，

---

① 膈应：小恶心。

过会儿谁要借跑鞋你就穿谁的鞋不就结了？”

霍国强摸着我的兜小声说：“走，抽一炮去。”

我俩绕过终点线，走在小学教室前边，不时回头看着高中组女生在篮球场上投手榴弹。

霍国强左一句右一句问我：“刚才那个投手榴弹女的叫什么？”

我说：“可能叫韩玉兰吧！”

他边走边说：“不是你们院的吗？”

“不是，她是挂车厂的。”我侧眼看着他，“你看上她了？”

他说：“我们楼的大志可能跟她有一腿。”

我不时地点着头，这时广播响起，叫着我们高中投掷组男生到篮球场报到。我靠在松树林一棵树后对霍国强说：“唉，我不抽了。”我从兜里掏出纸和烟，卷好递给他，他说：“火别给我了，我有。”

我们高中组一共十二个人参加投弹比赛，高二有四个人参加，大龙子肯定拿第一，第二名就说不清了，兴许王大力都有一争，我认为我水平发挥好了成绩应该进前八。

第一轮下来有五个人违例，只有大龙子超过五十米，剩下我们都在三十米至四十米之间。第二轮有四个违例的，包括大龙子。第三轮围观的学生多了起来，毕竟是高中组比赛，我们的成绩基本代表学校的水平。我算了算，第三轮会更激烈，肯定还有人违例，我现在排第八名，跟第六名只差八十厘米。我两次投弹，手榴弹飞行的高度都有问题，可能是出手有点早。最后一次投弹如果像专业运动员发挥得那么好，很有可能进前六名，超常发挥的话前三名也不是梦想。

小喇叭叫着我的名字，我走到篮边挑拣着手榴弹，找到大龙子投得最远的那一颗。我用手掂了掂，是不重。我又重新量了一下步，走到起跑线上，深深地呼了一口气，平视前方。孙有炳在松树林旁跟白丽在瞎白话着什么，还不时地往我这边看。这小子肯定没说我好话。我起跑，加速，朝着孙有炳的脑袋砸去。其实，就是大龙子也投不了那么远。但我当时就那么想的。我到现在也非常反感两个人在一起边说话边看我，我就认为说我坏话。包括我姐姐，当我还有两步跑到投掷线时，感到这次投掷可能要坏。步量得非常准，不占便宜不吃亏。可步子量反了，我要提前一步投出去，我手臂赶紧调整到投弹的动作。可来不及了。手榴弹在飞出去那一瞬间就感到有点高有点偏，手榴弹正砸在离我们十几米远的篮球架的侧面上，手榴弹直奔场外飞去。只听人群里一片惊呼。接着是一片嘈杂的声音。有人在喊："赶紧去红旗厂医务室。"我看人越聚越多。孙有炳背着一个女生冲出人群，捯着碎步出了学校大门，霍国强和杨英扶着紧随其后，我一看，坏了，看背影是罗娟英，这贱货到这凑什么热闹？不行，这要是别人就算了，罗娟英我必须得去。男子汉大丈夫敢作敢当。我看孙有炳一会儿停下来，往身上颠着出溜下来的罗娟英，一会儿又紧捯两步黄瓜腿。

后面学校大喇叭在广播："没参加比赛的学生回到你的班级去，各班班主任回到班里检查人数。"大喇叭反复重复着这句话。

罗娟英她们厂跟我们学校门对门，就隔一条马路，医务室离院大门约有一百米。我在后头健步如飞地追着，我看见罗娟英一手捂着头，一手搂着孙有炳的脖子，也就是说罗娟英的前胸死死地贴在了孙有炳的背上。按正规施救这种动作非常不文明，这种伤应该抱在前胸。就是抱在前胸也轮不到你孙有炳呀，罗娟英的伤是我造成的，我抱是正当防卫，这倒好，祸让我闯了，便宜让他占了。我给孙有炳打开医务室大门，随后跟了进去。

医务室里一下紧张起来，梁大夫一边叫着护士一边检查着罗娟英的伤情。他边处理伤口边叫我们都出去等候。我和孙有炳、霍国强在楼道里喘着粗气，听着罗娟英一次次的抽泣声。这时大门开了，高老师跑进来，她小声地问了问孙有炳和霍国强："伤得怎么样？"我说："没什么大事，就是擦破点皮。"高老师看着孙有炳肩头上的血迹，狠狠地瞪了我一眼。我低头躲开了高老师的目光。

罗娟英的伤情全部处理完毕，梁大夫把高老师叫进屋里，对话大概的内容我还记得。伤在发际，缝了七针，但伤口不大。多亏是垂落式击伤。这要是撞击式，兴许小命难保。最少要休息一个星期，免半个月体育课……听完这些话我的心终于落了下来，可没有落在地上，这么说吧，别提了。再不就砸重点破了相，我到她家一表决心，妈爸您放心，您闺女跟了我，以后您二老我都养了，今年我俩虚岁整十八了，搬到一起住完了，省着我夜里还胡思乱想。当然也不能砸太重了，比如眼睛砸瞎一个，我能不能心甘情愿和她厮守一生？

高老师扶着罗娟英的胳膊，走出医务室，梁大夫跟在后面说："小娟子，这又是向阳厂徐师傅的孩子闯的祸吧，这孩子！”梁大夫指着我的头，“八年前，小娟子的胳膊骨折就跟你有关系。这次又是你……”

孙有炳说：“幸亏我反应快点扶了她一把，要不晕倒了磕在压篮球架的大石头上就破相了。”

高老师摆着手说：“我和杨英把罗娟英送家去，你们几个先回学校。”

“刚才真是吓死人了。”杨英自言自语地说。

阳光照在我们每一个人身上。罗娟英用手遮着阳光回着头小声说：“谢谢梁叔叔。”她的睫毛颤动着。

高老师转过身也说：“谢谢梁大夫。”然后她又朝我们仨说，“别渗着了，赶紧回学校，回去不许胡说八道。”

三

罗娟英伤好以后，对孙有炳态度有了不小转变，他俩在校园里有说有笑。

孙有炳为了达到目的，在罗娟英那说了我不少坏话。像上面所说的，我开始根本就不想管，是他把车停下来，我硬着头皮成了替罪之羊。按现在的孩子说，我不应该再理他了，可那时的孩子放学后没有什么娱乐，我和孙有炳又都是话唠，还有一个共同的性格，特别怕孤独。第二天下了操，他在厕所里让了我一支烟，我俩又成了铁瓷。

孙有炳约罗娟英几次以后，罗娟英不爱理他了，他开始冒用我的名义约她。

一天，孙有炳对我说：“今天晚上罗娟英想见咱俩。”

我说：“你自己去吧。”

他说：“别呀，主要是为了见你，我是陪客。”

我问：“她找我有什么事？”

他说：“你去了就知道了。”

我走在学校操场上心里想，她是不是问我英雄救美不是出于本意，她真问起来我怎么回答？这个孙有炳为了得到罗娟英的信任，把我出卖得体无完肤，这个重色轻友的家伙，我在操场上转了好几圈也没想出好办法。我又想，八成不是这事，因为这是帮忙的事，我可以帮也可以不帮。她今天真要问我点事，可能是问我那几个玩闹什么时候在她面前跪地求饶赔礼道歉吧。如果那样就更麻烦了，自从那次虎口脱险，我很少去城里玩了，就怕碰见那帮亡命徒。如果他们再碰见我那就惨了。如果再挨了打我说是因为上次救罗娟英，谁信呀。唉，真是祸从口出，我当时为什么吹那么大牛逼呢！走在操场上，脸红一圈青一圈的。篮球场那边传过来一片欢呼声，我想可能是一个漂亮的三分球，我侧头看着篮球场，一帮比我们小一届的学生在篮下混抢成一片，场外五六个女生尖叫着，我心里骂，这帮傻冒也会玩篮球？

孙有炳和罗娟英约的是晚上七点半，在他们家属院锅炉房后面，孙有炳和我说的却是八点，那天我为了给孙有炳点难看，八点过五分才到约会地点。没想到他俩已经聊半天了。

我站在孙有炳的后面，听着他对罗娟英滔滔不绝唾沫星子乱溅地说他哥在社会上有多大多大份儿[①]。怎么跟四中的玩主茬架，怎么给东子拔份儿[②]，怎么给小淼长份儿[③]。我心说，你就不说你哥到六中被毛五揍得鼻青脸肿怎么跟人说怂话，丢份儿跌份儿[④]。罗娟英手尅着白杨树的结痂，说："你上次约我出来说你爸，在傅作义的麾下屡立战功。解放后你爸怎么受领导重视，你是不是想说老子英雄儿好汉呢？"她手使劲地尅了一下树结，迅速缩了回来，她双手交叉搭在胸前，尅疼的手使劲攥着拳头。

"你能不能说说自己？昨天，小王老师在课堂上说你那么半天，你连头都没敢抬，你说，那张字条是你扔的吗？人家霍国强偷驴你拔橛。徐伟成你来了。"

罗娟英这种不分段落一石两鸟的方法着实吓了我一跳。我机械地应了一声，茫然地瞧着她。

她向我招了一下手，然后独自往围墙边走去，她停下来，看我走近，小声说："是不是孙有炳约你八点？"我说："没错。"她说："我就知道他在捣鬼。他说你约我，所以我才出来，要是他约我，我是不会出来的。家里一大堆作业还没做，求你告诉他以后别再约我了。"

---

① 多大份儿：代表社会上流氓的地位。

② 拔份儿：出面平事。

③ 长份儿：出面平事。

④ 丢份儿跌份儿：丢脸。

我听了她的话，用手捋着头发。

“求你了！”罗娟英低头看了一眼我踢树的脚。

我说：“我怎么说？都是瓷器。”

她说：“你把他当瓷器，他把你当哥们了吗？再者说，我都到你家看过你了。”她捋了一下头帘。

我说：“我说什么了吗？是他说救你俩不能白救。你俩得有一个跟他交朋友。”

她说：“就照他说的做，那跟他也没关系呀，是你救的我俩，他比我俩跑得还快呢。我俩追半天都没追上他。哎，你就跟他说，如果跟我交朋友也轮不到他，起码你在先，他在后。”

我目瞪口呆地看着罗娟英。

她羞涩地说，“难道我配不上……”

“配得上，配得上。”我鸡叨米似的点着头。

“配得上什么呀。”她责怪着我说，“你过来干吗？”我回过头看着孙有炳。

孙有炳说：“我刚才说的话，都是心里话，你好好考虑考虑，别急着回答我。”他俩你一言我一语地说着，罗娟英的嘴越说越快，孙有炳的嘴越张越慢。罗娟英说着说着空甩了一下肩膀向小树林外走去。孙有炳跟在后头出了树林，他停下来，我俩目送着罗娟英的背影消失在五号楼的拐角处。

我神情恍惚地站在一棵树旁，左思右想刚才发生的事情是不是真的，我一幕一幕在脑子里又过了一遍，如果一切的一切都是真的，我怎么跟孙有炳说呢？我脑袋顶在树上尿着尿。

“哎，罗娟英一看你来怎么不理我了？”孙有炳问。我“嗯”了声向后撅了一下屁股，系好扣子，说：“我没尿。”

孙有炳说：“你有病吧，没尿树湿了一大片，狗尿的？”

我嘿嘿傻笑起来。

从厂门口出来我俩相互看了一眼，就此点头告别。他向北，我向南，走在厂区的东墙外，心情别提多美了，这种美太活泛，有跳动感，有游离感，总之抓不住。我又反复回忆起罗娟英说的每一个字。我真傻，我还跟罗娟英说我俩是瓷器，有这样的瓷器吗？为了讨好罗娟英出卖我，说我根本就不想管，说我看不上她，看上杨英了。我不知道孙有炳什么时候已经走在了我的后头，他突然的出现，让我心脏狂跳不止。我侧过身站下来，嗓子紧得不能正常发音，我想把罗娟英说的有些话告诉孙有炳。可说哪句呢，从哪句话说起他能接受，而且不过分刺激他？我干咳了几声，我想，先哼一首歌，哼一首什么歌呢？对，哼一首罗娟英最喜欢的《小城故事》。我走着唱着，孙有炳也跟着唱起来，当然他没有我唱得更用心、更深情，我俩唱的各怀心事，唱完我咯咯地笑个不停，等着引出他的问话。

“你笑什么呢？”果不其然他说话了，“你是不是有病了？”我没理他，吊着他的胃口，他又追问一句，我站下来，面对他满面狐疑的脸，突然有了一些不安。我避开他的脸，低头犹豫了一会儿，决定不管说的好与坏一定要跟他说几句。如果罗娟英明天单独碰见我，问我和他说了没有，我怎么回答？起码得把不让他找罗娟英这几句话说喽。我吞吞吐吐地说：“如果罗娟英不喜欢你，喜欢上别人，你怎么想？”说完拿眼睛觑着他。

孙有炳说：“他喜欢上谁了？”

我说：“比如说……霍国强吧！”

他说：“不可能，霍国强头两年上课还找虱子呢。再说，他满脸青春痘，跟二十多了似的。哎，我听说去年他还尿炕呢。”

“别说那些。”我打断他。

“不可能，在我的记忆里他就没穿过新衣服。哎？我听说小时候他去天安门穿了一条膝盖打补丁的裤子，被外国人给拍下来了，真给中国人丢脸。”

我答：“听说过，但他说根本就没有这事。”

“哎，你说他哪来的那么多旧衣服？”

我说：“他有四个哥哥，你如果也有那么多哥哥，你也穿不上新衣服。”

“所以嘛。罗娟英不可能看上他。”他说。

我说：“罗娟英看不上他，更看不上你。咱们班比你强的有的是。”

“你说谁比我强？”

我说：“张东旗，不管在长相上家庭上都比你强，而且学习总在前三名，你最好一次才是第四名。”

他憋红了脸说：“他比我也强不了哪去，我爸要不转业，现在还在军队里干，肯定比他爸官大多了。你想，我爸不到三十岁就当连长了。”他开始讲他爸当兵的经历，我听着他讲了一百遍的故事，不耐烦地打断了他：“行了，再听我的耳朵就要起膙子了。”我想，今天该说的话必须说出来，如果不说出来，不但对不起罗娟英，也对不起自己。想到这我背朝他说：“你别再约罗娟英了。”

他听了这话说：“哎，我约不约罗娟英和你有关系吗？”

“跟我确实没有关系，但，她刚才让我转告你，别再烦她了。她妈都察觉了。如果她妈知道非揍她不可。再有，他哥知道了对你也没什么好处。”我把他哥俩字加得很重。

孙有炳听完我说的话，说：“你别拿他哥来拍唬我，我哥也不是吃素的。你真会吃铁丝尿笊篱，你下一句不会说她看上你了吧！”

我说：“没错，罗娟英说了，他喜欢的不是你，是我！”

孙有炳听到这里说：“姓徐的，明天咱俩找罗娟英对质，如果她说的像你说的，我让给你，如果她今天没说这句话怎么办？”

我低下头，想了半天说：“她虽然原话不是这么说，但是有这意思。”我说完这句话后，长长地出了一口气。并不安地用余光扫着孙有炳，等着他跟我咆哮。可没想到孙有炳极其安静地凝视我，学着《列宁在1918》里一句台词：“看着我的眼睛。”

我转过头看着十三店对面路口第一个路灯下十几个飞翔的蝲蝲蛄。

孙有炳急赤白脸地对我说：“她到底跟你说了什么？”

我听他有点哭腔地嚷着，迟疑了半天说：“罗娟英说：要交朋友也跟我交。”

他在原地低头转了两圈，捡起一块小石子，猛地朝那路灯掷去，他拍拍手，指着我鼻子说：“姓徐的，不要脸的我见过，没见过像你这么不要脸的。这要是张东旗说我还信，你说我信吗？你是不是发烧了？”他上前摸我的脑袋，我一闪身躲了过去。

他说：“徐伟成，你还社会上混呢？撬铁瓷的婆子，我拍罗娟英之前跟你说了不？这两个人你先挑一个，你不挑，我选了，你跟我起腻。”

我说：“我当时以为你就那么一说，痛快痛快嘴，没想到你真走了心。你没想想，你也应该照照镜子，有句话叫什么……吃天鹅肉？”

他听了我的话恬不知耻地说：“好汉无好妻，赖汉娶花枝。董永不就娶了个七仙女吗？”

我俩一直争执到我们厂门口，最后谁也没说服谁，不欢而散。

这天晚上我躺在床上怎么也睡不着，听着我弟弟甜美地吸进呼出的小火车声，翻来覆去想，刚才发生的一切细节，她对我说的每一句话的神态。罗娟英真的看上我了吗？不可能，我站在孙有炳的立场上想了想，罗娟英说的话有让我牵制孙有炳的意思。即便是这样，也应该知足。那时的女孩在男女关系上能表达到这个程度已经很不易了。那时候的女孩，如果说我喜欢和你一起玩，相当于现在我爱你这个分量。那时的女孩如果说出我爱你，肯定已经衣衫不整了。如果男孩说宝贝、心肝什么的，肯定是不可能的。我在想罗娟英毕竟给了我一个机会，她为什么选择我呢？很明显，她拿得住我。她妈和我妈都在通州工具厂工作，她妈是劳动科科长，我妈是车间工人；她爸是红旗厂副厂长，我爸是对面向阳厂工人；她是我们班语文课代表，我在班里什么都不是。另一种答案就是往好处想，也是我久久不能入睡的理由，罗娟英是不是真看上我了，这也不是不可能，我俩青梅竹马，从一年级就在一个班，二年级玩拍电报，她在前面跑，我在后面追。她回头看我追上没追上，一下子撞在树上，胳膊骨折了。就伤成那样他父母都没埋怨我一句，还劝我妈回家别打我。头两个月我又因为她和杨英被流氓打了一顿，综上所想她倾心于我不是没有可能。想到这里，我又有一点小恶心，如果我当时没说不想管该多好。这个孙有炳，太不局气了，如果没有他在罗娟英面前胡说八道，如果没有张东旗姐夫横车一拦，给我打个腿断筋折该多好啊。两个月过去了，在两个月中她得看望我多少次啊。这将是一个多么凄美动人的故事呀，我蜷曲腿，抚摸着小腿，外面的路灯灭了才合上眼。

早上起来我头晕脑涨，两眼干涩如醋。刷完牙洗完脸，拿起一个馒头夹了一筷子酱油咸菜，背起又脏又沉的书包下了楼。走到校门口，我把最后一口馒头放进嘴里，看着从北面过来的孙有炳下了马路过了桥，看着他头发像刺猬似的站在我面前。

“怎么，昨晚回去被鬼拍了？”

他听了我不计前嫌的话，揉着结了眵目糊的双眼笑了笑，说：“你的眼睛比霍国强他家的兔子还红，为我拍婆子这么操心的人只有你一个。”说着他走进校门，我跟在他的后面。走到第三块篮球场地时张东旗在篮下叫住他。我看了张东旗一眼，打了一声招呼，这时预备铃响了，我赶紧上了趟厕所。

我坐在座位上，一上午什么也没想，只想一个事——罗娟英心里在想什么，她是不是真喜欢我，是不是想跟我交朋友，今天一定弄个水落石出。如果弄不明白，我怎么面对孙有炳，如果弄不明白，就这么熬鹰也受不了啊。明天就星期日，我姐一回家，看我这副德行，她肯定会旁敲侧击地挖苦我。

下午下课铃刚一响，我背起书包快步出了学校，过了马路，进了红旗厂家属院，走到二号楼西面，在楼的水泥护沿上坐下。背靠着墙长长地出了一口气。罗娟英每天上学放学都要从此经过。我早想好了，待会儿罗娟英一到我就吹口哨。就吹南斯拉夫电影《桥》的主题歌《啊朋友再见》。这首歌的歌词虽然跟谈恋爱南辕北辙，但很好听，在那个年代能选一个男孩招猫递狗的歌很不容易，更不易的是这首歌有一段是用口哨表现的。我记得刚看完《桥》这个电影，我们班二十几个男生腮帮子都肿过，怎么回事？学吹《啊朋友再见》学的，女生里有一个叫李小燕的，吹得比男生还好听，那个年代吹口哨就是现代的文身，就是现在的染头发，就是现在露屁股沟子的短腰裤。那个时候你要能吹一口好口哨，姑娘随便挑。比我们高一届的“兔嘴”姚傻子，吹一口好口哨，算口哨大哥大，姚傻子从上高一开始每年运动会百米第一，成绩十一秒二，这也是我们学校记录，更神奇的是姚傻子离终点越近口哨越响。姚傻子吹的《啊朋友再见》在学校演出过，我因为崇拜姚傻子，曾经跟我妈说，想去我大舅他们医院做个整容手术，给自己上嘴唇留一个豁口。我妈听了当时就给了我一个大嘴巴，说：“你本来长得就够对不起我的了，还敢糟改我，我打死你得了。”当你看到这里你会说我太没溜儿了，其实，这是我的亲身经历。我想让所有人关注我，让漂亮的女同学瞧得起我。姚傻子他们班班主任吴丽萍什么事都找姚傻子商量。因为吴老师的关注，他们班有四五个女生追姚傻子，这几个女生因为姚傻子互相吃醋，经常吵架。后来毕业了我才听说，姚傻子给那几个女生和吴老师都一勺烩了。

罗娟英和杨英还有一个四班的女生叽叽喳喳地走过来了，看着她仨走近，我赶紧吹起口哨。当然是《啊朋友再见》。杨英侧过头说：“徐伟成，你在这干吗呢？”

我停下口哨忙说：“我等，我等人呢。”

杨英笑着说：“我知道你没等狗。”

我嘴里“嗞”了一声，心里骂了一句。在我一愣神的时候，罗娟英已经拐到了五号楼的甬路上。想着她刚才侧头看我一眼的表情，根本看不出要跟我交朋友的意思，看着她的背影我有点失落，同时也给我一点轻松。我站起来靠在墙上，脑子里一摞一摞地坍塌着什么，今天能睡一个好觉了。我看着一拨拨放学的学生，像一朵朵浮云，我想着罗娟英为什么对我那么平静，对教历史的葛老师那么兴奋。今天上午上历史课我回头看她用胳膊支在桌上双手托着下巴，看着讲台上羞涩地微笑。

自从罗娟英在锅炉房后面向我表白了那天起，我的心情极不平衡。不平衡的主要原因是孙有炳。你想，在营救罗娟英杨英的过程中，我不但挨了打还受了伤，我都没借这个茬儿跟人家提这个那个要求。他一个逃跑的反而大做文章，就像罗娟英说的，要跟也得跟我呀。在我眼圈一天天暗淡下去的日子里，我想还是要找一个机会把这事有一个了断。我知道如果真弄得明明白白很可能对我不利。

星期三上历史课的时候，我给罗娟英写了张字条，告诉她下午三点我在她家楼下喊三声孙有炳，如果没有情况让她在北面窗户上挂出一条毛巾！

我中午吃完饭看大刚他们在院里打了会儿篮球，抬头看乌云把天遮上一半，我迟疑了一下，想回家拿把伞，刚进家门，一想算了，家里的伞早已开裂，前两天我妈热补了一下，真打了伞，那穷酸劲就别提了。如果不带伞赶上雨还有点诗情画意，弄不好还给罗娟英几个意外的动人情节。我腋下夹着两本书，一本语文，一本数学，如果谁问我干什么去，我就说去学校。如果在罗娟英家楼下碰到人就说去问作业。再有夹两本书也是为了让罗娟英看。葛老师腋下永远夹着两本书，那个帅劲别提了，这不是我说的，罗娟英说的。葛老师把教案往讲桌上单手一放，罗娟英的胸脯就一鼓一鼓的。我学着葛老师脚尖轻快地点着地走着。进了红旗厂院门，一阵风吹过，我捋了捋散在额前的头发，闻着潮湿的空气。一个雨点打在我的手腕上，接着一阵更大的风摇得树叶沙沙响，雨点噼噼啪啪在甬路上摔得粉碎，我赶紧走了几步下了甬道，躲在路边树下行走，雨点滴滴答答打在树叶上。望着灰蒙蒙的院子，有几个孩子飞速地钻进楼道，看着有不少家在关窗户。我把书遮挡在眼前跑起来，到了罗娟英家楼下，看了一眼她的窗户，大声喊起孙有炳……二楼的窗子里居然有人瓮声瓮气地作答了。我看到罗娟英家旁边的窗户开了，孙有炳探出脑袋。“我去哪你都能找到我。”我目瞪口呆地看着孙有炳。夹着的书散落在了地上。“你怎么知道我在陈科家，谁跟你说的？”听了他的话我刚明白，原来他不在罗娟英家，陈科和罗娟英家住一个楼道，这个孙有炳怎么跟四班的陈科混上了呢？这小子一定是醉翁之意不在酒，陈科从窗户里伸出脑袋向我喊：“上来吧！孙有炳正在问我数学题呢，你不是也来问数学题的吧？”我“嗯”着不知所措。这个孙有炳，他哪是学习的人呀，分明是来窥视罗娟英。我瞥了一眼罗娟英家的窗户，湿漉漉的玻璃后面有一张水彩画一样的脸。窗户轻轻地滑开一条缝，一张叠好的字条飞落下来。这时孙有炳探出窗外大叫：“怎么？你叫我下去有事？”

我赶紧说：“没事，没事。”我边说边捡着散落在地上的书，“我这就上去，找你就是想问作业的事。”我在抬头的一瞬，扫了一眼落在雨水里的字条，飞身跑进楼道。

我稀里糊涂问了数学作业，孙有炳在我带的数学书上一通乱画。我又问了陈科一道题，他不厌其烦掰开揉碎讲了半天，我不懂装懂一边啊啊着，并大声说：“噢……哦……原来这么解就行啊！”其实，我的心根本没在这里，一半想着雨地里的字条，一半想着罗娟英。四点半钟陈科去厨房淘米，我借这个机会说回家给父母坐壶水，没等陈科挽留声落地，快步出了门，三步并两步下了楼，看见那张叠好的字条还在雨水里浸泡着，我捡起来想把它打开，可浸泡的纸太软了。我用两手压了压纸里的水，小心翼翼地把字条放在裤兜里。在这阴雨初定的下午，我有了劫后余生的欣慰。

回到家里，进了北屋，转头又去了南屋，然后又回到北屋，把门关好，从兜里小心翼翼地拿出叠成方宝形的字条蹲在床前，双手轻轻地拆开，把字条放在凉席上，用干毛巾吸了吸水，把毛巾放在二屉桌上摊开，把字条移在上面按了按。然后分辨着模糊不清的字迹，这个笨得比小雏鸡还要笨的罗娟英，你怎么能用钢笔写完就扔到雨地里呢？我打开灯，又从南屋把台灯也拿到北屋打开，那一行蓝色的字，最后让我看成蓝色的海洋。

晚上，打开半截抽屉，继续看着躺在抽屉里的字条，看不清楚，看不清我就猜，我把好的一面坏的一面都猜了，感到还是不对，她对我的好坏没有必要写在字条上，她完全可以当面跟我说，而且还避免了很多风险。会不会也是跟我写的一个内容，当她知道孙有炳在陈科家约我改个时间呢？她在锅炉房后面说的那几句话，对于我对于她都没有下文，这个纸上写的内容很可能就是约我改时间。想到这里，我呼吸急促起来，我念着那根本看不清楚的字条：今天孙有炳在不方便，晚上七点半在锅炉房后面小树林见。默默地念完，好像念多了两至三个字。我想了想刚才念的字，如果把七点“半”的半字拿下去，再将锅炉房后面的“后面”俩字拿下去也念得通。如果是这样的话，我去南屋看了一下表。六点半刚过三分，我回北屋把字条小心叠好，放在我睡觉的凉席底下。我下了楼，飞一样地跑起来，我也不知道为什么跑那么快，就感到浑身有一股劲憋着出不来。我跑着跑着打了一个嗝，刚才吃的酱油炒豆腐，有一块碎豆腐颠到了嗓子眼外头。我咽了几下没咽下去，没办法停下来，组织了半口唾沫重新将豆腐送回食道。过了马路，走在路边的树林里，地上有点软，我三步并两步跳到围墙边的小路上，傍晚的空气清新可人，让人感到夏天少有的凉爽。我吹着口哨走进红旗厂院门，从一号楼向南走，到七号楼，这条路线我早已想好。前面九号楼是单身宿舍，九号楼西边是一个足球场，足球场的西边就是锅炉房。锅炉房的北面有个灯光篮球场，有几个像我一样半大的孩子在打篮球，我使劲看了看，一个孩子有点眼熟，是我班一个女生的弟弟，比我小两届，再远处四号楼对面食堂门前围着一拨人在嚷嚷着什么。我瞪大眼睛看着五号楼拐角处，心里想罗娟英今晚上能来吗？如果来现在也差不多了，我问自己，你怎么分析她的字是约到今天晚上呢？五号楼路口处有人在穿梭，我一次次充满希望，又一次次地失望。如果五号楼拐角处每分钟出现三个人，一个小时内罗娟英也应该出现了。我在经历一个半小时煎熬之后想出了这么一个公式，这个公式麦当劳在北京王府井开第一家店时用过。测人流量，现在想起往事感到自己的情商不高，有时很幼稚，两个小时过去后我又有了一个想法，字条上面的字，很可能是不接受的意思，别很可能是不接受的意思，她肯定拒绝了我什么。其实，我到这里来也不完全是为了罗娟英，我是为自己，我没事，我空虚，我有的是时间排泄不出去，要不今天晚上我干什么去？我为了缓解自己不好的心情，等一晚上罗娟英亏了吗？错！我占了多大便宜啊！如果罗娟英现在就站在我的眼前说：徐伟成，我让你在这等十个晚上，让一百个蚊子叮你一百个包，我再赴约你干不干？我会说什么？当然，就是等一辈子也在所不惜。徐伟成，我叫着自己，你小子连一晚上都不付出还想跟罗娟英交朋友，见鬼去吧！我猛地站起来，拍了拍屁股上的尘土，环顾了一下四周的黑暗，然后跳下地窖，落地还没站稳就将手使劲地插进兜里。大夏天的揣什么兜啊，我替周围的黑夜问自己。我从五号楼前经过，在三单元门口站了一会儿，看着她的窗户，半截儿镶边碎绿黄花的窗帘已经挂上，夜静得只能听见心脏的跳动。两只猫从我身后蹿过，接着又是一只，它们追逐着互相嗷叫，听着这声音我心里别提多爽了，我也大叫一声，两只猫吓得躲到垃圾站门旁，拉着尿一步一回头朝四号楼方向爬去。

第二天中午放学罗娟英叫住我，她在座位上慢慢地收拾着铅笔盒，把书放入位子里，看座位旁的几个同学都走了，小声对我说："作文刚才没发给你。"她低着头把作文递到我手里，说："忘了跟杨英说了，中午一点你过来帮我出黑板报好吗？"最后一句话声音更小，她把一只腿先伸出位子，然后侧身站起来，眼睛看都没看我一眼，只跟擦黑板的李小燕打了一声招呼就消失在教室里。我看着李小燕把最后一点擦完，刚想说话，她说："你怎么还不走？我该锁门了。"她的话让我欲言又止。

中午，校园很静，北面田径场的尽头，贾老师出门倒饭盒里的水朝我这边看了一眼，我感觉他要跟我说什么，可因为离得太远又放弃了。我穿过四块篮球场，走进松树林，看门还没开，坐在秋千上，秋千吱呀吱呀地叫，在寂静的校园里特别刺耳，也让我感到心焦，我索性站在秋千上使劲荡起来。透过松树林，越过围墙，我向红旗厂家属门望去，有不少大人陆陆续续进了家属大门旁边的厂门。厂子敲铁轨声响了，还有五分钟就一点了，这时罗娟英出现在厂门口，她过了马路进了学校，看她进了松树林我把秋千打得更高了，吓得我直冒冷汗。罗娟英低头在秋千旁走过，我扭头看到罗娟英打开教室门，赶紧坐在秋千上，用脚划着地，鞋里着了火一样热起来，我掸去满是灰尘的裤脚，跑进教室。罗娟英站在板报前扬头凝思，我站在她的后面，不知说什么好，非常唐突地问了一句："杨英什么时候到？"

她转过身子，手转着粉笔，说："昨天我妈看了我的笔记本。"

我慌乱地说："是不是写孙有炳了？"

她说："他配让我写？"

我说："那你写王老师？葛老师？"我直接说葛老师怕她挂不住。

她不耐烦地说："我写老师干什么，我写的是你。"

我"哎哟"一声说："写怎么为你和杨英挨打的事？"

她说："我妈根本就不让去城里玩儿，我敢写吗？"她责怪道，"我妈看完日记把我好一顿训，说苍蝇不叮没缝的鸡蛋……"这时一只苍蝇从眼前飞过，她闪了一下头。

我说：“日记里写的什么？为什么不写我为你两肋插刀？”

她轻蔑地看了我一眼，说：“要是那样我早死定了，我主要是写你给我写的字条，不知道该怎么回绝你。”

我说：“既然回绝我直接说不就结了。”

她说：“那天孙有炳在陈科家不方便说，我不给你写在字条上了吗？”

我急切地说：“字条被你扔到水里洇得我没看清楚。唉！一句话的事，你不同意也就罢了，写什么日记呀。”

她听了我的责备，眼圈一红抽泣起来。“是你没事给我写字条，如果没有字条，有日记吗？”

我说：“那你今天约我只是告诉我这点事？”

她说：“我叫你来想说，我妈昨天说要找你妈……”

我说：“说什么事？是不是我写的什么你全说了。”

“我不把字条交出来还不打死我呀。今天叫你来就是叫你有个准备，我妈今天上班真要找你妈，你晚上回家怎么办呀？”她哭着说。

我故意气她说：“兴许你妈和我妈说让咱俩好呢。”

她听了这句话，转泣为乐。“徐伟成，你……过几年我就是大人了，我妈让我跟你好，我都不会跟你。”

我问：“为什么？”

她说：“我怕你把我卖了。”

我说：“让你一说我还没人了，我就是卖我妈也不能卖你呀。”

她听了这话转过头去，我从侧面看她的脸颤抖不止。她想严肃起来可怎么也严肃不起来，她平静了好一会儿咳嗽两声转过头，朝我一字一句地说：“今天我妈上班……真跟你妈说了，你想个办法呀。”她看着我绷不住又笑了。

我想了半天，也没想出好办法，我问：“你那日记到底说了什么呀？”

她说：“我日记里的东西怎么能告诉你呢，这么说吧，大概就是你约我，我很犹豫。”

我听了也不耐烦地说：“如果我妈问我，我就说……喜欢你，爱怎么着就怎么着吧，反正也是挨一顿打了事。”

教室外有人叫嚷，有快速奔跑的声音。我打开后门探出头，两个四班的男生上了秋千，一个坐着一个站着，霍国强和张东旗也进了小树林，他俩朝厕所拐去，我看了罗娟英一眼，烦闷地出了教室。

下了学我没敢回家，去了张东旗家，帮他买了趟煤。晚上在他家吃的饭，他妈把他妹哄上床睡下我才从他家出来。走在大街上，我尽量放慢脚步。可不知不觉还是到了家门口，抬头看了一眼我的窗户，漆黑一片。想着我妈劳累一天也该睡去，我蹑手蹑脚地上了楼，轻轻地将钥匙插进锁眼里，打开单元门，我猫一样走过夏大爷家门，极慢地打开自己的屋门，小心地刚把门掩上，还没来得及舒一口气。我妈那屋的门响了，地上的门缝射进一道灯光，我听着她在检查楼道的门锁，然后把厕所门关好，再然后我的门被我妈用力推开了。

“徐伟成，到大屋来。”一听我妈叫我全名就知道要坏。跟着我妈后头磨磨蹭蹭走进大屋，她说：“把门插上。”我回身把门插好，心想，太残忍了，打我还让我插门，这跟自己给自己五花大绑有什么区别。

我妈说：“说说吧！这两天你净干了什么好事？”

我听我妈这么一说还真有点糊涂了。怎么着，今天高老师下午家访了？高老师上午确实表扬过我，说我热爱劳动。不管怎么着，我表扬自己是没有错误的，我说：“今天高老师确实表扬了我，中午我帮罗娟英出黑板报，还有上午……”我妈听了这话，从半截柜后面绰出早已藏好的鸡毛掸子，照我脑袋抽来，我一低头胳膊一搪，正抽我耳根子上。

我妈歇斯底里地喊：“给我跪下！你再给我瞎白话我抽死你！”

我爸在阳台上探出头，慢条斯理说：“他中午是给班里出黑板报去了。”

我妈把阳台门关上“呸”了一声，转回头说：“你甭看他，念秧儿也没用，他救不了你。”我低着头，不情愿地跪下。

“说吧！你这两天做了什么坏事。”她把坏字拉得很重很长。

我说：“上生理卫生课的时候，我写语文作业来的，被老师把语文书给没收了。”

我妈说：“打岔是吧？”

我说：“我真没干什么，再不你给我提个醒？”

我妈说：“好！我看你是不见棺材不落泪，你给小娟子写那字条是怎么回事？”

我说：“不是我写的。”

我妈说："谁写的？"

我说："反正不是我写的，是我抄人家的。"

我妈举起鸡毛掸子说："还跟我犟，说！就是你写的。"望着我妈高举的鸡毛掸子我耳朵嗡嗡直响，本想说，是我写的，可我老想那高举的鸡毛掸子，一紧张说成："是我写的吗？"

我妈听了气得照我脑袋上就是三四下子，嘴里不停地说："我让你不承认，我让你不学好，我一辈子最恨的就是你们这些敢做不敢当的家伙。说！是你写的。"

我说："我不是说了吗，我写的……吗。"

我妈又说："我相信你能写出来。"

这时我爸在阳台上说了话："你打孩子就打孩子吧。说你们是什么意思，一辈子就恨敢做不敢当的男人，我怎么越听越不是味呢。"

我妈回过头朝我爸说："我教育孩子碍你什么事？下班回来我就跟你说，让你管管他，你怎么说的？"

我爸说："这种事怎么问。"

我妈说："教育孩子有什么不能问的？我看你是不敢问。"

我爸说："我有什么不敢问的？"

我妈说："那我今天叫你问，你为什么不问？"

我爸走进屋里从半截柜上拿起一支烟点上，轻吐一口烟说："小娟她妈也没说出什么，不就写了一个时间地点让她闺女出来吗？他这么大了，放学后约个女生聊聊天有什么大不了，咱俩像他这么大结婚都快一年了。"

我妈把嘴咧得很歪地说："终于说出来了，有其父必有其子，我没说错吧！我没说屈你吧！"

我听着我妈和我爸鸡一嘴鸭一嘴地吵着，别提多高兴了。我抖了抖麻木的肩膀，就像有几百只小虫子在肩膀上爬，别提多舒服了。他俩越吵越激烈，有的话我都不好意思学，毕竟他俩是我的父母，这要是孙有炳的家长吵架，我早就写出来了。他俩越吵声音越高，最高一句是我爸嚷出来的："那是工人阶级浪漫主义的情怀。"听了这话我不自觉地站了起来，这不就是革命青年浪漫主义的情怀嘛。毛主席也经历过好几次婚姻，那不就是无产阶级革命家浪漫主义的情怀嘛。我妈吵着吵着转过头对我说："我本来不想打你，就是因为他下了班气我，你今天挨打就是因为他！”我妈用手指着我爸，我爸一脸无辜的样子，我委屈地打开门，我爸叫住我：“等等，不管是工人阶级浪漫主义的情怀，还是资产阶级低级趣味，都不是你这个年龄应该做的，忍了吧，毕业后，你爱干啥就干啥。记住，男人膝下有黄金。”我爸刚说到这里，我妈又跟他吵了起来。

黑猫的自白（中篇小说）

* 王继霞

一

我是一只猫，性别为女，现年一岁零四个月，聪明——比人类因退化而失去他们漂亮的长尾巴之前，我的智商略高一筹。我的主人叫我黑精灵，对，我是只黑猫，通体黑色，无一丝杂毛，眼睛碧蓝。我喜欢黑精灵这个名字，透着神秘和霸气。

我的主人玉兰是那种看上去特别干净的女孩，没有任何野心和欲望。一双杏核眼定神时如清水，闪动时像星星，两道弯弯的眉毛像笔画出来似的，浓郁的头发编成粗大的麻花辫，漆黑发亮，略显凌乱。如果要向一个外星人或者外星猫介绍地球上的女性，说到“天真无邪”，那么玉兰就是对这一词最好的诠释。玉兰和我住在一幢陈旧的公寓楼里，法式建筑风格，已被时间的手摩挲得颓败不堪。她把我们的小窝布置得很温馨，棉布的床单、桌布和窗帘，床边放一只圆形的玻璃花瓶，插着洁白的马蹄莲。我的猫窝虽然前世只是一个装饮料的箱子，不过经玉兰的巧手，里面铺了一层又一层棉絮和破布，我相信这是世界上最温暖舒适的猫窝了。

她在一家杂志社工作，经常加班，饮食没什么规律，有时候啃一个苹果就当早餐了。她对我照顾得无微不至，用她微薄的薪水给我买猪肝、火腿肠、小鱼，都是我爱吃的食物。猫是最爱干净的动物，有时她的样子看上去很疲倦了，可她还是会帮我洗澡，洗完澡怕我着凉，还用毛巾裹着我，直到我身上的水完全干了才放我到地上。

某天，玉兰很晚才回家，我注意到她和平时有些不同，一向略显苍白的脸颊此时泛着酡红，而那双杏核眼就像注入了春水，顾盼生辉的。我轻轻跃上她的膝盖，呼噜呼噜地眯起双眼，“你懂的，玉兰，喵——”。果然，玉兰拿出一把旧木梳细心地帮我梳理毛发，我则发出更大的呼噜声，以示对她的服务非常满意。

“黑精灵，今晚我认识了一个男孩，他叫江。”玉兰的声音清甜，带着磁性。她轻轻笑了，笑得有点羞涩。“今晚参加了一个报业集团举办的酒会，在威尼斯酒店空旷的大厅里，每个人都像戴着精致的微笑面具，不过是礼貌地寒暄，盲目地喧嚣。我经过他身边的时候，不小心碰翻了他的酒杯，玻璃杯突然摔落到地上，我下意识地惊叫一声。就在那个瞬间，一只温厚的手蒙住了我的眼睛，我有点慌乱，但是很快我的心充满宁静，似乎周围的喧嚣一下子静止了，似乎有歌声萦绕在耳边，那是我童年时曾听到过的歌，现在我想起来应该是外婆唱的赞美诗。”

“后来江告诉我，他也不清楚为什么要用手心蒙住我的眼睛，也许是不想让我看见玻璃的碎裂。黑精灵，他好像有点怪，为什么他觉得我会害怕碎裂？害怕破碎？江还告诉我，其实我们在同一幢写字楼里上班，他的公司在十三层，我在八层，我们在电梯里已经邂逅过几次，他一直想和我说句话，可是一直没有机会。”

时间过得飞快，一个多月后玉兰说她要和几个朋友一起去邻省的凤凰山旅行。她穿了最喜欢的蓝裙，神情有点兴奋，甚至可谓雀跃，玉兰是那种安静的女孩，闲暇时总是安安静静地看书、听音乐，因此这种兴奋和雀跃的情形实属罕见。临行前，玉兰把我托付给她的闺蜜茜茜，茜茜是一个圆脸的、性情温良的女孩，不是太聪明，选择和她一起生活的男人会因她而感觉生活平安。茜茜很喜欢我，对我照顾周到，完全胜任临时主人。

我猜得到，玉兰说的几个朋友其中一定包括她和我提过的江。对我来说，这种“哥德巴赫猜想”的题目没什么难度，因为前面我已经申明，我是一只聪明的猫。

我也猜得到，玉兰和江之间会发生点什么，但是具体会发生什么呢？好奇心害死猫——我不应该好奇。

我还是好奇。

玉兰回来的那个晚上，我温顺地趴在她的脚边，她用手轻轻挠我的毛发。我嗅着她身上散发出来的甜美气息，花蕾初绽的清醇甜美。“黑精灵，昨天我们五个人一起爬凤凰山，天气轻阴，沿途有苍松翠柏遮天蔽日，松鼠晃动着大尾巴，悄悄地爬上松树，不知名的大鸟低声鸣叫，它的羽毛蓝得发紫。上山路有些石阶很陡，我脚下趔趄，险些要摔，江明明正和别人一边爬山一边天南海北地聊，这时闪电似的到我身边一把扶住我，低声说小心。大家都笑，他们说江的眼睛在路边的风景上，心却一直都在我身上，是我的护花使者。我肯定羞红了脸，因为我觉得脸烫烫的。说说笑笑又走一程，前面忽然出现一道瀑布，黝黑的岩石间，奔瀑素白，是那种耀眼夺目的雪净，鸟鸣伴着水声，水雾中闪烁着鸟影，真有一种惊心动魄的美。我看一会儿，无意中转身，正对上江的眼睛，好温柔好温柔的目光，黑精灵，原来他一直在看着我。条件反射似的，我突然想起那句诗：众里寻他千百度，蓦然回首，那人却在灯火阑珊处。”

“下山的时候，我实在走累了，慢下来，江默默陪着我，剩下我俩落在最后。我们穿过一片树林，突然看到黄昏的阳光从树枝间穿越过来，金色的光线跳跃，像是电影里的某个场景。就在这片树林里，江紧紧地拥抱我，他，吻了我。黑精灵，三百年以后我还会记得草地上盛开的蝴蝶形状的花朵、树枝间跳跃的金色光线、江急促的心跳，他的呼吸，我也会记得，江那么深情地对我说，他爱我，他永远永远都爱我。”

“傻丫头，类似的话在这个星球上已经被那些昏头昏脑的恋人们用各种语言重复过千万次了，永远有多远？江的永远是一年？三年？五年？还是一辈子？喵——”我颇不以为然地摇摇尾巴。没办法，玉兰就是这么天真的女孩，她来到爱河岸边，一头扎进这条暗流汹涌的大河。难道她不该先用手撩起水来试试水温？难道她不该先确认一下，她到底会不会游泳？

此后，玉兰和我提到江的频率越来越高，据不完全统计，她说的三句话里必然有一句与江有关。

“我的星座是处女座，江的星座是水瓶座，我查了星相书，书上说这两个星座的异性彼此的吸引度和结合只有百分之三十，因为它们是彼此排斥的星座。不，黑精灵，我不相信，这本星相书一定是盗版的。”

“江在大学的专业是哲学，现在他在公司做人力资源，他不太满意现在的工作，他说考虑要去北方发展。”

“我喜欢吃香草味的哈根达斯冰激凌，没想到江也喜欢，真有趣。黑精灵，其实男生很少有人喜欢吃甜甜的冰激凌的。”

“上次约会我有一个重大发现，黑精灵，我发现江喜欢喝鱼丸汤。瞧，我根据新买的菜谱又加以改进独创了这一款玉兰版鱼丸汤。碧绿的生菜叶配上雪白的鱼丸，简直就是一件艺术品嘛！下次邀请江来咱家做客吧，当我把这款玉兰版鱼丸汤端上桌的时候，黑精灵，你想象一下江脸上的表情，是惊讶？是开心？是仰慕？是敬佩？”

诸如此类，不胜枚举。

我蹲在小碟子旁边津津有味地吃着火腿肠，胸有成竹地作出以下判断：有情人终成眷属，这就是玉兰和江的故事的结局，虽然落入俗套倒也不失浪漫。只要看看玉兰提到江的时候一脸的陶醉，就知道她在全身心地爱着，她小小的心房里充满快乐——既然玉兰快乐，我又有什么理由不快乐？

历史总是惊人地相似，智者千虑必有一失这句古语不幸在我身上应验了，时隔不久我不得不承认，对于玉兰和江的故事我的判断完全失误。我怎么能料到，命运已经变脸了。是的，命运的脸有“卷帘”一格，外面摆着一副温情脉脉的面孔，在猝不及防的时候呱嗒一声如帘子一般卷起，另露一副狰狞的面孔。我怎么能料到？

那天玉兰回来比平时早得多，她坐在床边翻来覆去看一张纸，窗外带着菊花香气的风吹进来，她的手一松，那张纸飘飘摇摇落在地上。她并不去捡，双手抱膝，像个无助的小女孩一样坐在床上，怔怔地。我轻轻跃到她的脚边，呼噜呼噜地提醒她我的存在，可她没有像以往那样抚摸我，也没有用旧木梳帮我梳理毛发，她依然保持着不变的姿势，仿佛已化身一座没有知觉的雕像。

我跃下地，嗅嗅那张掉在地上的纸，开始辨认纸上的文字。是的，我居然认识字。刚刚接触那些黑蝌蚪似的文字时，我只是用沾有泥土的脚，在玉兰的书本上印上朵朵带着青草气息的梅花。后来的事类似于一句诗：“清风不识字，何故乱翻书？”这句诗的著名是因为它直接引发了清朝历史上最酷烈的文字狱

（据说“清风”即指清朝，因此作者以蔑视清王朝罪被斩首），但是诗是那么高雅唯美的东西，怎么会与血流成河人头落地的恐怖场景扯上半毛钱关系？虽然我对自己的智商一向自负，不过人类历史上某些事件总是令一只高智商的猫百思不得其解。好在我不是一只爱钻牛角尖的猫。《鲜血如何染红了诗句》这篇论文就留给历史系的博士生去斟酌撰写吧，我要说的是：“小猫不识字，小猫乱翻书。”翻着翻着我就识字了。事情就是这么简单。此时我第一次意识到有文化对一只猫来说至关重要，因为我从那张纸上龙飞凤舞的字迹中成功地辨认出几个关键词——“诊断书”“脑部”“肿瘤”“恶性”“晚期”。

“喵”，我洋洋得意地跃到玉兰的脚边，讨好地向她汇报我发掘的信息，但是我很快泄气了，因为她完全没有理会，雕像依然是雕像。又一阵风从窗外吹进来，带着秋的寒意，刹那间一种完全陌生的情绪流过我的全身，从头到脚，从毛发到猫须。自从猫妈妈把我带到这个色彩斑斓的世界上以来我还从未体验过这种情绪，但是我本能地知道它的名字是“悲伤”。

窗外不知何时下起了潇潇秋雨，窗内，CD 机一遍遍重复着一碟古琴曲《凤求凰》，萦回的旋律是那么悦耳、那么清雅，又是那么缥缈。

此后，玉兰绝口不提江，好像他是一滴露水，已经无声无息地从我们的生活中蒸发了。星期天，玉兰和我在家，最近她总是没精打采的样子。有人敲门，玉兰打开门，脸色霍然变了，站在门外的是江。

“为什么我打你电话你不接，你知道我多担心吗？我还以为你生病了。我问了你的同事才找到这儿。既来之则安之，玉兰，请我进去参观一下你的香闺吧。”江穿件旧的白棉布衬衣和牛仔裤，午后的阳光细细碎碎地洒在他的黑发上，那是一张明亮得让人愉悦的脸。

“对不起，我该早一点告诉你。”玉兰的声音干涩，像在烈日下暴晒的花瓣猝然失去水分。

“告诉我什么？”江微微笑。

“你，和我，之间的事已经结束了。”

“结束了？开什么玩笑？今天可不是愚人节。玉兰，别闹了。”江的眼睛闪闪发亮，好像有泪光，那是多情的人才能有的眼睛。

“前几天邓珂向我求婚了，我答应他了。”玉兰的语调异常平静，身体却像发抖似的微微颤动着，两条腿似乎都有点站不稳。

“邓珂？你是说你们杂志社那个邓总？我早看出来他对你不怀好意。怎么可能？他有老婆。”

“现在没有了。他已经离婚了，上个月离的。”玉兰面无表情地说。“你不信？你看，这是他送给我的蓝宝石戒指，好看吧？”她伸出左手，她的手真纤细啊，在飒飒的秋风中，就像冰雕一样。她的手指上赫然多了一枚蓝宝石戒指，像一滴凝固的大海的眼泪。

“既然你已经决定了，我也只能祝福你。邓珂那个人我和他也算打过几次交道，感觉他的城府很深。玉兰，你是那么单纯的女孩，如果要恋爱、要结婚，即使你不选择我，也记着选择一条容易的路走，因为你完全不懂得保护自己。”江依然笑着，那笑容里却有一些异常伤感的气息。

江转身离开，走出几步又回过头，用那种伤感的笑容看着她，说：“我等着你改变主意。咱们不是约好的？明年夏天一起去西藏。”

“傻丫头，他走了，为什么让他走？为什么把他关在门外？你知道你在干什么吗？为什么把属于你的幸福拒之门外？邓珂是你的上司，那家伙一直追求你，戒指、鲜花、礼物、大牌时装、豪华旅行，这些东西或许能诱惑那些肤浅的女孩，但是你绝对不会，因为你是玉兰啊。你为什么要骗他？”我急了，真急了，皇上不急太监急（这句俗语用在这里好像不太恰当，玉兰不是皇上，我也不是太监），我从椅子跳到桌上，又跳到窗台，再跳上书桌，打翻了半杯水，书桌上一本《茶花女》被泼湿了。我闯了祸，玉兰没有像平时那样呵斥：“黑精灵！”她脸上的神情让我觉得即使整个世界在此刻陷入汪洋也不会让她比现在更痛苦。

她把那枚戒指摘下来，随手扔在一边。站在窗前，痴痴地看。我顺着她的目光，看到楼下不远处的银杏树下有一个身影，是江。她漂亮的杏核眼泪光闪烁，却倔强地忍着，不肯流一滴泪。嘴唇紧紧地抿在一起，似有万语千言要倾诉，却一声不吭。她双手放在一起一伏的胸口，一颗心似乎要冲出胸膛飞到他的身边，可她却不能向他靠近一步。

江站在银杏树下，时间一分一秒地过去，光线一寸一寸地暗淡，他没有等到伊人倩影，却等来了一轮明月。月光从天空往地面水银般倾泻下来，有一刻他陶醉地盯着月亮旁边云卷云舒，忘记了世事纷扰，自从他离开家乡到这座南方城市上大学，记忆中从未见过如此美妙的夜空。那晚，如果有人恰好路经那棵银杏树，他会有些诧异地发现一个年轻人专注地仰望星空，在文明发达的现代社会，这种场景已经十分罕见，因为人们宁愿拉长一张脸对着电视、电影或者电脑，他会猜测这个年轻人是诗人或者是行为艺术家，他的猜测当然符合逻辑。

清晨的时候，玉兰跑到江昨晚等过她的银杏树下，满地都是枯黄的落叶。秋风拂过，仿佛情深至极的悠长叹息。

二

玉兰的病情日益恶化，她已经不能工作了，日日往返于家和医院之间，放疗、化疗，十分辛苦。

邓珂来看过玉兰。草木也知愁，韶华竟白头，他眼见这花季女孩在死亡的阴影下挣扎（她才二十三岁），显然领悟到尘世上的美终究是转眼即逝不能长久的东西——这种领悟是会让人万念俱灰的。当然，如果要在万念俱灰前面加上时限，我想应该是两小时，因为邓珂本质上不是一个喜欢自寻烦恼的人，一场丰盛的酒宴或者一个健康开朗的艳女就能挽救他的情绪，使他重新燃起对生活的热情。

不顾玉兰的反对，邓珂留下他的一点心意，那是一个塞满人民币的厚信封。

玉兰的父母在千里之遥的另一座城市，母亲长年卧病在床，为了不让年迈的父母担心，玉兰对家人隐瞒了自己的病情。经常来看望玉兰的只有茜茜。玉兰委托茜茜把那个信封还给邓珂。

“你这又是何必？这点钱对邓珂来说，不过是两瓶茅台。”茜茜善意地劝她，但玉兰依旧坚持。

茜茜欲言又止，她轻轻拥抱玉兰，触到的是一副瘦骨伶仃的、无依无靠的骨头架。她是这么柔弱，又这么孤傲，谁能忍心反驳她？

江：

今夜无眠，久久地看着窗外银盘似的满月，直至一片乌云飞来将它遮住。

一直以为这世界上最古老的思念方式就是看月亮，因为两个人无论身在何方，就是远隔着千山万水也总是可以看到同一轮月亮，你看到了我也看到了，这便是思念吧。

江，现在你在做什么？会不会偶尔抬起头也看到这轮满月？

看到月亮的时候，你会想起我吗？想起我的时候，你会恨我吗？

我宁愿你恨我，也不愿你忘记我。

不堪盈手赠，还寝梦佳期——我的生命中却不会再有佳期了。

江：

我知道我伤害了你，虽然在这个世界上我最不愿意伤害的人就是你。

邓总一直很关照我，不管怎样我对他是心存感激的，但也仅限于感激。我的心里有你，只有你，怎么可能再容下第二个人？

你离开那天，我故意让你看那枚戒指，其实戒指是我自己买的，根本不是蓝宝石的，只是一块以假乱真的彩色有机玻璃，只是那场戏的一个道具。我并不担心这个小伎俩被你识破，就像莫泊桑的《项链》里，虚荣蒙住了玛蒂尔德的眼睛，使她不能辨别项链的真伪，你也被爱和伤痛蒙住了眼睛，又怎么能分辨出戒指的真假？

江：

今夜，思念如狂。如果时光倒转，命运再给我一次抉择的机会，我是否会对你说出真相？我想我不会，我还会作出同样的选择——忍着心痛，让你离开。

还记得酒会上你我注定的邂逅吗？那时你说你不想让我看见玻璃的碎裂，不想让我面对破碎。我也一样，我决然不会让你眼睁睁看着我像一朵花一样在早春的冷雨中枯萎，不会让你束手无策地看着我躺进弥漫着药水味的病房，直至最后躺进阴冷潮湿的太平间。不会。

我希望把最美好的印象留在你记忆里。每当你想起我的时候，我依然青春、健康、鲜亮、完整，笑靥如花。

我是不是太自私？请原谅我，就让我自私一回吧，以爱的名义。事实上这是我在这尘世中最后一个卑微的愿望了。

江：

昨夜，在梦里，我踏上了西藏的土地。蓝天像水一样清透，阳光充盈，雪山山顶被云层缠绕，巨大的冰川犹如一幅巨型唐卡挂在山壁上，熠熠生辉，圣湖如一抹玉带在群山中蜿蜒，无垠的草原绿得沉静，散落着星罗棋布的白云般的牦牛、羊群和骏马。后来，我看见你站在一座寺院的院子里抽着烟，我轻轻地走到你身边，你回头看我，笑容灿烂；转经筒被风推动着转起来了，和转经筒一样呼呼作响的还有猎猎招展的经幡。

醒来，我快乐了很久。记不得已经多久没有这样快乐过了。

我们曾约定明年夏天一起去西藏，因为我一直认为西藏是一个圣洁的地方，必须要和自己最爱的男人一起去。原以为今生无缘再赴西藏之约了，不料我们终究在梦中的西藏相聚。一定是天上的神灵看我可怜，特意用梦的方式成全了我，这一刻，我心中充满感恩。

只是，你从来不抽烟的，为什么在梦里你一直抽烟？

某晚，玉兰的精神似乎好一些，她很小心地捧出一架古琴，放在琴桌上。她饱受病痛折磨，每日吃得不多，饭量远远赶不上一只小猫。这些天她又瘦了，让人一看就想到形销骨立这个词。大把大把地脱发，一头青丝渐渐掉光了，此时戴着齐耳短发的假发套。不过所有这些因素并未减少她的美丽，她甚至更美了——不是人们通常所理解的那种漂亮或者美丽，而是一种精神意义上的美。就像无论经历多少风霜雨雪都傲然开放的花蕾，娇美中蕴藏着令人惊异的力量。此刻，血红的夕阳穿过玻璃窗，正投射在雪白的墙上，把一屋的空气都染红了。淡淡的红光中，她小小的脸上似乎只剩了一双又大又黑的杏核眼，那眼眸里分明沉淀了一些东西。她身上多了一种遗世独立的气质，在与病魔抗争的这场注定失败的战争中，她已经悄然蜕变，不再是那个像 A4 纸一样单纯或者说单调的玉兰了。

她将手指搭在弦上，稍作停顿，凝神弹了一曲。她生病前利用业余时间报了一个古琴学习班，已经练了半年多，不过不知是她悟性不够还是她的老师水平有限，虽然她弹琴还不至于归入噪音一类，但我认为比较明智的态度还是敬而远之。

很快，我忘记了刚才还玩得兴致盎然的毛线团，因为琴音吸引了我全部的注意力，我惊奇地发现琴音如此流畅、如此悦耳，时而柔、时而刚，时而密、时而疏，时而舒展、时而幽静，山重水复、柳暗花明，就像玉兰的手上还依附着另一只手，牵引着她。

她朱唇轻启，吟唱：

青青子衿，悠悠我心。纵我不往，子宁不嗣音？
青青子佩，悠悠我思。纵我不往，子宁不来？
挑兮达兮，在城阙兮。一日不见，如三月兮！

她的音调颤抖。“纵我不往，子宁不来？你不会来了，你再也不会来了。”她先是无声地流泪，到最后她终于不可遏止地大哭起来，狠狠地抽泣着哽咽着。自从她获知自己患了不治之症（这真像一场噩梦，一度让她难以置信，但这却是铁一样的现实），她还从来没有痛痛快快地哭一场，原来哭出来是多么舒服啊。长睫毛下的泪珠扑簌簌直滚下来，渗透进桐木的古琴里、七根琴弦里、琴面上的断纹里，仿佛她的凄苦成为古琴的一部分。

她明明已经不弹了，我却听到琴音在耳边萦绕，久久不绝，一声声更苦。

玉兰写给江的信像雪片一样继续堆积。

江：

冬天到了，我盖了两床棉被还是无法抵挡冬天的寒冷，那是一种从身体里面涌动出来的寒冷，血液会流得很慢很慢。我忍不住想如果这时候你在我身旁该多好，如果我还能再见你一面，让你再吻我一次，该多好。

无限关山，都是别时容易见时难。

江：

生命就像一座恢宏华丽的宫殿，轻轻一触，如尘埃般溃散。

我真切地感觉到生命在一丝一缕地消逝，但是我相信，生活里有不会死亡的瞬间。我们在酒会上相遇的瞬间。你用手蒙住我的眼睛的瞬间。我在凤凰山瀑布下蓦然回首的瞬间。树林里你忘情地拥吻我的瞬间。我跑到你曾等我的银杏树下的瞬间，胸口那种痉挛的疼痛。

江：

我绝望地发现，我连提起笔连续写几个字的力气都没有了。如果我的身体是一朵绚丽的烟花，现在燃烧之后拖着一束暗淡的微光就要跌落到树梢上去了，要熄灭了。

江，我爱你。始终，依然，永远。

江：

……

最后几封信，上面不复娟秀的一笔一画宛如雕刻的笔迹，只余斑斑点点的泪痕。

一个微雨的日子，茜茜推着坐在轮椅上的玉兰出门，我急忙追出去，轻轻跃上玉兰的膝盖。我们去了离家不远的护城河。玉兰亲手把一页一页没有寄出去的信慢慢放入幽绿的水中，任它们四散开来，慢慢地远去。恰好有树上的花朵掉在纸片上，那些纸就像是载花的小舟，朝着神秘的远方，盘旋而去。

我津津有味地舔吮玉兰的手指。她的手指苍白、枯瘦，散发着寂寞的气息。

几天以后的黎明，玉兰安静地闭上眼，再也没有睁开。

我纵身一跃，置身于外面的世界。我看着阳光照耀白云飘浮柳絮翻飞蝴蝶戏舞，世界依然如故，只有玉兰花谢了。

“喵——”我从生命深处发出深深的哀鸣。

再回头恋恋不舍地看一眼我和玉兰的小窝。“别了，我的主人！别了，我们共度的幸福时光！别了，我的家猫时代！”

三

我的流浪猫时代并不像传说中那么糟，至少我拥有自由——自由是个好东西。

我走过田野，大片曾欣欣向荣的田野正在荒芜，因为农村的壮劳力离开土地涌入城市；留守儿童用脏兮兮的小手抚摸我，喂我食物，和我玩耍，我喜欢他们晶莹的黑眼睛。我走过正在崛起的到处是拆迁的瓦砾场的小城镇，走过飞红流绿的大城市里隐藏的破烂的城中村。我学会了捕捉老鼠、野雀，扑蚂蚱，有一次我还咬死了一条菜花蛇。我也习惯了在垃圾堆里翻找食物，遇见许多和我一样无家可归的同伴，它们大多比较友善，虽然它们肯定不知道“同是天涯沦落猫，相逢何必曾相识”的诗句。

某一天，我嗅到一股提神醒脑妙不可言的鱼腥味，那气味仿佛伸出温柔的手臂，牵引着我穿街过巷径直来到一户人家的窗口，然后我看见一条鲜活的大鲤鱼赫然躺在砧板上，厨房里静悄悄的，空无一人。我突然觉得饿，无法忍受的饿，事实上我已经好多天没有寻觅到像样的食物了，我一纵身迅疾地叼起那条鱼，像离弦的箭一般逃跑了。那个瞬间，我记起玉兰曾用她温婉的教育方式让我明白一只有教养的猫不该偷食。是的，“偷”，多么耻辱的字眼。我真心感到羞愧，但也很快原谅了自己。在严峻的生存困难面前，一些所谓的道德底线往往会变得不堪一击。我不是第一个为一条鱼放弃原则的猫，也不会是最后一个。黑格尔也曾说过：一个被饥饿折磨到极限的人，他有权去偷一块面包来保护自己的生命。这句话的意思是，一个被饥饿折磨到极限的猫，它有权去偷一条鱼来保护自己的生命。

我跑到一个安全的墙角，放下鱼，正准备美美享用一顿大餐。忽然发现不知什么时候在我的前方、后方、左边出现三只流浪猫，此时暮色四起，毫不掩饰的贪婪和野性的火苗在六只猫眼中跳跃。不用问，它们的目标就是这条鱼。我的大脑在两秒钟之内作出判断，敌众我寡，形势对我极为不利，要知道它们可不是愚蠢的、脑满肠肥、战斗力为零的宠物猫。但我绝不甘心放弃就要到口的美食。

“喵、喵、喵”，对峙。这个僻静的墙角这一刻似乎已弥漫着金庸小说里那种刀光剑影的肃杀气氛。

我先发制猫，施展降猫十八掌，内力雄厚，掌风凌厉，虚实配合，飞猫在天、战猫在野、潜猫勿用、神猫摆尾……

为什么理想和现实之间总会有差距？现实是我的脊背被重重一击，钻心疼痛，我的肋下被抓破了，火辣辣地疼，我被三只野猫逼得节节败退。就在这千钧一发之际，一个黑影扑了过来。“汪！”一声怒吼，众猫已胆战心惊，它们只是象征性地抵抗几下，便三十六计走为上，溜了。

路见不平一声吼的大黑狗威风凛凛地看我一眼，功德圆满地转身走了。

一见钟情这个词如一颗流星般划过我的脑海。是的，我爱上它了。一切都是那么突然，又是那么简单。虽然只是一眼，但我能捕捉到它眼神中难言的情义。也许它也爱上我了？它是狗，我是猫，我们不是同类，可是这有什么关系？在爱的世界里，爱就是最高法则，其余所有规则可以忽略不计。不是吗？修行千年的蛇仙可以爱上一个凡人，天上的飞鸟可以爱上水底的鱼，黑狗当然可以爱上黑猫。

我在心里默默地数：“一、二……”我决定只要它在我数到三之前回头，我愿意跟它走，无论天涯还是海角都跟定它。

我数到三它没有回头，我数到五它没有回头，我数到十，我数到十五……

它的背影消失在迷蒙的暮色中。我的胸口产生一种痉挛的疼痛。我忽然记起在玉兰写给江的信里，有这样的话：“胸口那种痉挛的疼痛。”

又一日，我寻了些碎骨头、残虾剩鱼，算是马马虎虎地果腹——其实能果腹已经不易，我们对生活不能有太多奢求。更何况我还拥有无价的自由，如果从这个角度说，我无疑是一只富有的猫。

富有的我依然保持着爱干净的习惯，我选择了一处斜坡形状的屋顶，开始认认真真地把自己舔得干干净净（现在不会再有人用温柔的巧手帮我洗澡了）。

另一只猫也爬上屋顶，在我身边蹲下。我瞥一眼，有种眼前一亮的感觉。它浑身上下没有一丝杂毛，毛茸茸雪白雪白的，活像一个椭圆形的大雪球，这家伙帅得不像话！

“喵”，白猫风度翩翩地向我打招呼，开口第一句话就把我惊着了，它说它不是一只地球猫，它来自半人马座阿尔法星。

我在一秒钟之内恢复平静，潜意识里我不想让它觉得我大惊小怪、没见过世面。看在它长得帅的份上，我不介意它从哪里来、往哪里去，我们像朋友一样聊了起来。

白猫帅哥操着熟练的地球猫语，谈到了爱因斯坦狭义相对论、以太“风”、熵、霍金辐射、量子力学中的纠缠和叠加，等等。对于这个话题我并不完全陌生，因为此前我认识一位开口银河系闭口熵物理的老专家，他时常喂我吃牛肉馅饼，同时诲猫不倦地进行科普宣传，我也就很给他面子地将可口的牛肉馅饼和那些伟大的物理理论一并吞下肚。

一轮上弦月升起来，白猫帅哥仰望璀璨星空，蓝宝石颜色的猫眼在夜色中熠熠生辉，神情严肃专注得如同猫学院一位大学教授。它继续侃侃而谈，且逻辑缜密，佳句频出。

“黑洞，是时空结构的一个裂开的伤口，随着它吞噬物质而变得越来越大，它成为一个填不满的沟壑。实际上，黑洞附近的区域与宇宙中其他部分已经切断了联系。从某种意义上说，每一个黑洞本身就是一个宇宙。”

“当恒星诞生、发光和死亡时，它们的信息分散在整个星系中，当黑洞吞噬着游荡在它眼皮底下的一切物质和能量时，它们就是在吞噬着信息……也许，真相完全是幻影。”

“请相信，在一个无限宇宙中，有无限数目的哈勃泡泡。那些哈勃泡泡中的每一个，甚至都有一个与你的波函数一模一样的复制品，就是说有一百万个你自己，每个地方都一模一样，连你身体中每个原子的量子状态都一样……”

就在这一刻，我的脑海中出现一些模糊的图像，渐渐地我清楚地看见一条清朗朗的河，阳光充沛，天空一碧万顷，岸边盛开的野花上闪耀着亮晶晶的露珠，空气中弥漫着醉人的甜香，每一块石头似乎都在微笑。这是一个我从未涉足过的仙境般美丽的地方，比我所有的想象都美丽。河的彼岸是如茵的草地，水洗过一样绿，不起一丝尘土，草地的尽头有一片茂盛的树林，风儿摇曳着宽大的树叶，像母亲温柔的手摇着绿色的婴儿床，那“床”上也的确有漂亮的小孩，这里一个，那里一个，它们有的是一头乌黑的卷发，有的是一头灿烂的金发，有的是一头凌乱的古铜色头发，这些天使一样可爱的孩子都长着一对蝉翼般轻薄的翅膀，自由自在地在清风中、在天地间飞来飞去，不时发出夜莺的歌声一样咯咯的笑声。一棵大树下，一个穿蓝裙的女孩在全神贯注地弹奏古琴，是玉兰！她浑身洋溢着青春的活力，脸上没有一丝病容，显得神采奕奕。漆黑的长发，明亮的眼睛。古琴、琴弦、她的蓝裙闪出淡淡的光泽。

她唱了，空灵的、阳光般的声音。“青青子衿，悠悠我心。纵我不往，子宁不嗣音？”

她唱一句，小天使们跟唱一句，天籁般的童音。歌声此起彼伏，犹如河水一般流淌。

“青青子佩，悠悠我思。纵我不往，子宁不来……”

我的心里充满从未体验过的安详之感，在歌声中安然入眠。

醒来时，天际处隐隐约约现出一抹鱼肚白。白猫帅哥已了无踪迹。

流浪，流浪，我觉得已经在苍茫的路上流浪了一千年。迎着西边如织锦般绚烂的晚霞，我一边走一边吟：“枯藤老树昏鸦，小桥流水人家，古道西风瘦马。夕阳西下，断肠猫在天涯。喵——”

四

这个秋季，我的第二任主人婉玲出现在我生命的路上。

某晚，我蜷缩在路边一把长椅下面。这座北方城市的空气常年污浊，幸好我已经蛮适应了。我的耳朵里拥挤着的是城市夜生活的交响乐——来自酒吧的轻音乐、夜总会的喧闹、夜市的嘈杂、汽车在停车场泊下时马达逐渐熄灭的声音，以及其他诸多混杂的声响。忽然我露在外面的尾巴被踩了一下，疼，我抗议：“喂，您会不会走路？你们人类没有尾巴，就嫉妒人家有尾巴吗？喵——”

“咦，是一只黑猫。”有人把我抱起来，一股强烈的酒精气味夹杂着苔藓香水味道扑到我的脸上，我可以肯定这人刚从附近的骑士酒吧出来。她轻叹：“你的眼睛绿得发蓝，真可爱。”

她环顾四周。“你的主人呢？嗯，我知道了，你没有主人，也可能你的主人把你遗弃了。没关系，来，我请你吃大餐。”她从斜挎的背包里取出一截火腿肠，放在我面前。

我那时并不是很饿，不过美食永远是多多益善。拒绝美食？那不是我的风格。我细嚼慢咽的时候，她抚摸我颈项的毛发，说：“我当你的主人吧，你愿意吗？对了，我给你取个名字吧。”她略一思索，脱口而出：“黑精灵，就叫你黑精灵！”

一霎时我泪盈于睫（如果我长了睫毛的话），为什么是黑精灵？为什么不是黑汤姆、黑加菲或者随便什么黑某某，为什么偏偏是久违的黑精灵？一饮一啄，莫非前定，原来一切都是注定的。

婉玲把我带回家。一进门，坐在沙发上正在看手机的男人抬起头，一脸不悦，问：“你怎么带回来一只黑猫？黑猫会招来厄运的。”

婉玲不以为然地耸耸肩，“谁信那些鬼话？我喜欢这只黑猫，以后它就是咱家的新成员，记住它的名字叫黑精灵。”

男人不满地嘟哝了一句什么。其实在回家的路上，婉玲已经告诉过我，他叫涛子，目前和婉玲同居。我也知道，他在一家保险公司工作，收入不高，而且不稳定。

涛子目送我们进了卧室，摇摇头，继续埋头看手机。在我穿行于这座城市的屋顶、树梢、大街小巷，惯看众生百态的流浪岁月中，对涛子这一类人再熟悉不过了，事实上他们的队伍正在日益壮大。他们在办公室一整天对着电脑，在回家路上接着用手指划 iPad，回到窝里第一件事也不过是开电脑，等最后钻进被窝了依然是赤身裸体地抱着手机上网。总之，暮暮复朝朝，他们所做的事都是一脉相承的，换个地方也是换汤不换药。好像网络才是他们的灵魂，而他们的身体不过是附加在网络外面的一具躯壳而已。

和当年的玉兰一样，在我和婉玲独处的时候，婉玲愿意向我倾诉她心底的秘密。

某夜，我正懒懒地趴在阳台上，婉玲一身酒气地从酒吧回来了。她对酒的依赖应该是无可救药的程度，因为她已经无法控制自己。涛子在公司加班，没回家。她站在窗前，看着外面灯火辉煌的不夜城，有点神经质地笑着：“黑精灵，你知道吗？水会让人越喝越冷，而酒会让人越喝越暖。”

她转过身面对我，出门时精心化的浓艳的妆已经残了，像颓败的花朵，那张脸有种惨不忍睹的憔悴。披散的头发有一绺挑染的酒红色，在夜色中闪着幽幽的红光，有点诡异。她轻轻抚摸我，沉默半晌，没头没脑冒出一句：“这些男人，我太懂得了。不要指望他们心里还残留着爱情，全部都是欲望，只有欲望。”

她瘦瘦的手腕上套一大串暗色的银镯，手上十片妖冶的红指甲。我津津有味地舔吮着她的手指，那是我熟悉的味道，在玉兰的手上我曾尝过，寂寞的味道。

又一次，婉玲带着我在租住的小区里散步。天空忽然下起小小的雪花，是这一年的初雪。她自言自语地说：“黑精灵，婚姻是什么？不过是一张纸。拥有这张纸就拥有幸福吗？或者拥有承诺，爱的承诺、责任的承诺？”她脸上有隐隐的嘲讽的笑意，带一点冷漠，这一刻她看上去比实际年龄老了十岁，像个沧桑的妇人。

“喵——”我不置可否。

她又说：“每一次，我和一个男人在一起的时间，都超不过半年。”

细碎温柔的雪花静静飘落，我们转了一圈，往回走。走到楼下两棵光秃秃的玉兰树下，婉玲停了下来。她闭上眼睛仰起头，感受着冰凉的雪花在脸上迅速地融化成小水滴，她在寒风中张开手臂，轻轻地旋转着身体。她说：“黑精灵，也许我还是想要婚姻的。如果到明年四月，我的三十岁生日，我还和涛子在一起，我就相信他是命运交给我的男人，我就嫁给他。”她嘴角有一抹很轻很淡的稚气的笑，却像一盏雪地里的红灯笼一样，瞬间便把她的整张脸照亮了。此时她看上去比实际年龄小了十岁，像个不谙世事的小姑娘。

我看着婉玲，她无疑是一个有故事的女人。对于她的故事如何开始、如何结束，那些快乐的战栗的心碎的微妙的细节，我却没有猜测的兴趣。时光流逝，我已经是一只老猫了，我不再像年少时那样喜欢炫耀聪明，也不再认为聪明是什么了不起的品质，我现在奉行的生存哲学是，与其锋芒毕露、聪明反被聪明误，不如明哲保身、难得糊涂，事不关己、不闻不问，在必要的时候装装傻，不显山不露水地融入芸芸众猫的集体中安度余生。

又是人间四月天，草长莺飞，万物生长，万木花开，到处都是欣欣然的样子。一夜的春雨淅沥，楼前的两棵玉兰树开满了白玉兰，满树冰雕玉刻的花朵散发着陶瓷般的光泽，淡黄的花蕊在风中摇曳，有一种寂静的清雅的气息。我喜欢趴在树下，阳光穿过花影，筛下点点光斑，明明暗暗的，让猫昏昏欲睡。偶尔一群鸽子从头顶飞过，翅膀在空中留下了一串凌乱的划痕，鸽哨声嘤嘤嗡嗡不绝于耳。

婉玲和涛子经常吵架，几乎是三天一小吵、五天一大吵。他们似乎已经习惯用吵架的方式沟通，就像猫习惯吃鱼、鱼习惯吃蚯蚓一样。

那天，婉玲一边吃晚饭，一边说：“我姐们儿刚在天猫上网购了一条裙子，渐变色的，玫红色渐变成白色，我试穿了一下，姐们儿说好看，简直像是为我量身订制的一样，她让我也买一条。”婉玲看看涛子，涛子对她的话毫无反应，正全力以赴地消灭他面前一盘西芹炒百合。

婉玲面有愠色，又说：“我买衣服、买化妆品的费用都是自己承担，从来没有跟你要过钱。下午我去了趟超市，花了两百多，这个月家里的费用你还没给我，吃完饭你给我两千块钱。”

涛子抬头看她一眼，冷冷地说："我一开始就告诉过你，我没钱。"其实他的五官算得上英俊，只是皮肤上蒙着一层颓废的灰黑，像是洗不净的一层老污垢。

"没钱你就去死！"婉玲从牙缝里迸出那个"死"字，突然端起桌上一盆鱼丸汤，像小旋风一样刮进卫生间，"哗啦"一声全倒进马桶。"喵——"我不禁为鱼丸汤的命运惋惜，碧绿的生菜叶配上雪白的鱼丸，那简直就是一件艺术品啊！

歇斯底里的情绪控制了她，她已经无法思想。小旋风又刮回来，她随手抄起一个碗，狠狠摔在地上。"叭"一声脆响，青花瓷碗已支离破碎，褐色的菜汁在大理石地面上泛起细小的泡沫。

谁都没有留意，风把窗外玉兰花树的花瓣吹进来，飘落在一本翻开的书页上，落日的余晖在洁白的花瓣上闪烁，清香的汁液像花的血液一样沿着皮肤的纹理缓缓渗透。

婉玲还要摔第二个碗时，涛子紧紧地扭住她的手臂，她挣扎着用手去扯他的头发。他劈头就给了她两个耳光，打得她晕头转向，差点跌倒，她的脸颊慢慢泛红，有明显的指印。他怒气冲冲地咆哮："你这个疯子！"

她的确如同疯了一样，扑上去狠狠地咬住他的胳膊，他痛极放手。一放开手，她就像一条鱼一样滑开，飞快地打开门跑了。

她会去哪儿？她能去哪儿？不用猜，她肯定又泡在某个酒吧，这一夜又是不醉不归。

涛子找烟，找打火机，然后颓然倒在沙发上深深地、深得不能再深地抽一口烟，随意地吐着烟圈。除了虚拟的网络，他最离不开的就是烟，他的烟瘾已经很深了。一个能对自己的女人甩耳光的男人，难道还能指望他对小动物有什么爱心？也许他会把我一脚踹飞，事实上这种风险是显而易见的。如果我明智一点，我应该避开他，可不知怎么，我却小心翼翼地靠近他，最后竟趴在他身边轻轻蹭他。幸好猫有九条命，我还有适当挥霍生命的资本。

他并没有踹我，反而伸手抚摸我的毛发，说："黑精灵，我又想起她的脸了。那时候我二十四岁，我第一次爱上一个女孩子，我那么真挚那么深切地爱过她。十年过去了，我还是不能摆脱对她的记忆。"他的声音有点沙哑，语气轻柔。眼睛闪闪发亮，好像有泪光。他怎么会有这样的眼睛？我有点迷惑，因为我目睹他对婉玲的薄情、伤害和暴戾，而那样的眼神该属于那种多情的男人。

他抽口烟，又说："她，喜欢穿蓝裙。黑精灵，你一定没有见过那样的女孩。她是那么干净，那么单纯，她身上有一种不食人间烟火的气质。"他的眼睛泪光闪烁的，突然我以为会有眼泪滴下来，但是没有。似曾相识的感觉，我曾在哪里见过这样的眼睛？

他深深地抽一口烟，嘴角神经质地抽搐，像是自嘲地笑。"什么不食人间烟火？TMD，女人，那是多么势利的物种！到头来她还不是投入有钱人的怀抱。"

我津津有味地舔吮着他的手指，他的手温热、宽厚，散发着孤独的气息。

婉玲和涛子没有结婚，也没有分手，日子在吵吵闹闹中一天天过去。相爱的人不能相守，不爱的人偏偏苦苦纠缠，这是许多故事的逻辑。

夜深了，万籁俱寂。我发现阳台上有一个深褐色的钱包，我认得那是涛子的，估计是从他衣袋里掉出来的。我想起涛子说的她，她是他心上一个不能愈合的赤裸的伤口，"她"当然不是婉玲，这个神秘的她究竟是谁？也许谜底就藏在钱包里。好奇心害死猫——我不应该好奇。

我还是好奇。

我用灵巧的猫爪翻来翻去，在最里面的夹层里找到一张微微泛黄的照片。我的脑子里仿佛划过一道闪电——玉兰！清澈的眼神，无邪的笑容，漆黑的麻花辫，飘逸的蓝裙，这样的女孩世界上不会有第二个，她千真万确是玉兰。

像一张拼图完整地呈现，原来涛子就是当年的江，准确地说他叫江涛。十年前江涛被无情地踢出局，他心灰意懒地离开了那座南方城市，辗转来到这里。他不知道玉兰在他离开后的第二年春天就香消玉殒，他更不知道他拥有世界上最真最纯最圣洁的爱。这个不幸的男人永远不会知道，其实他是最幸福的人。

"真相完全是幻影。"谁说的？我记起来这句话出自那个半人马座阿尔法星的白猫帅哥。

我猛地抬头，一轮满月挂在半空中，硕大的，明亮的，仿佛静静地和我对视。

一直以为这世界上最古老的思念方式就是看月亮，因为两个人无论身在何方，就是远隔着千山万水也总是可以看到同一轮月亮，你看到了我也看到了，这便是思念吧。江，现在你在做什么？会不会偶尔抬起头也看到这轮满月？

我的身躯已与黑暗融为一体，一对猫眼在夜色中闪烁碧蓝的光。我仰天长叹：“天若有情天亦老，月如无恨月常圆，喵——”

吕娘儿（短篇小说）

* 刘佐民

早上四点多钟我睡得正香，突然被一阵电话铃声惊醒。

电话是宝顺儿打来的：“老妈住 ICU 了，重症肺心病。”我说：“我马上过去。”宝顺儿说：“你过去上哪儿？现在连我都进不去，腾腾和莲莲（宝顺儿的儿子和儿媳）都做了核酸检测，二十四小时轮班照应，其他任何人都不让见，我只是告诉你知道就得了。”哦，我只是一时着急忘了还在闹疫情。宝顺儿所说的老妈就是吕娘儿。

这一带把父亲辈的姑奶奶称呼娘儿，其实应该叫姑。但这儿的习惯就叫娘儿，娘儿就娘儿吧。吕娘儿实际上没有名字，在我们村就都称呼她张吕氏，张门吕氏的意思。

吕娘儿圆圆的脸上有一双弯弯的杏核眼，细看她明亮的眼睛里似乎装满了水汪汪的故事；虽然已经四十出头的年龄，但她的齐肩短发还是乌黑的，没有一丝白色；不胖不瘦的身姿线条分明，那个年代少有的丰腴，唯一的缺憾就是缠足小脚。后来我暗自琢磨，“霜叶红于二月花”这句诗用在吕娘儿身上再合适不过。

在我七岁的那年有一天，可能是星期天的头中午，也下着雨，东边邻居家的孩子说他叫宝顺儿，在他家屋后与大队部隔着的道边拦住了我：“跟我玩吗？我这有球儿（玻璃球）。”我知道他叫宝顺儿，比我大一岁，比我高一个年级。他就是吕娘儿的小儿子。因为都是邻居，当时我对宝顺儿也不反感，星期天心情也好，于是就依照他的意愿，绕过大队部门口那棵刚开青花的大枣树，径直来到宝顺儿的家。

“宝顺儿，今儿个下雨，队里没敲钟，咱娘儿俩把昨天割的猪草剁剁吧。”吕娘儿边扫屋地头也不抬地说。“妈，你看我有伙伴儿玩儿了。”他兴高采烈地拉着被雨水浇得湿淋淋的我进了那间又黑又矮的客厅，但屋里屋外都非常干净，吕娘儿瞟了我一眼，一边往身上那条很旧而且带着补丁的围裙上擦了擦手，一边笑着、寒暄着往屋里面迎我。进屋后，她用当时每家每户都一样用着的铁把缸子给我倒上了白开水。我心里顿生受宠若惊的感觉，却又非常腼腆地接过既温和有点热的缸子，用近乎蚊子一样的声音叫了一声“吕娘儿”。吕娘儿爽朗地哈哈大笑起来，我和宝顺儿也笑了。

吕娘儿也不再提剁猪草的事了，看样子她今天异常开心。“快中午了，我们做点饭吃吧。”吕娘儿说。

雨兴奋地纷纷落在房顶上，再从房檐簌簌地滚落到台阶下，最后在地面上冲刷出一排整整齐齐的小坑儿，泥点四溅。吕娘儿很快在房檐下接了一盆雨水，先是洗了洗手，然后在锅台和炕边之间的一口小缸里抓出两把玉米面放在瓷盆里，又在水缸里舀一瓢清水，再把事先洗好的榆树叶和玉米面搅和在一起。锅下边点燃了柴火，火舌就开始尽情地舔着锅底。我看见外屋地上备的柴火码放整齐，好像能用好长时间，再看低矮的东厢房里也存有许多劈柴，好像取之不尽、用之不竭的那种情形。

“你哥和你姐起早去校办工厂劳动，走时都带上了红薯，中午他俩就不回家吃饭了，我们吃吧。”我知道宝顺儿的哥姐都上中学了。于是吕娘儿、宝顺儿我们三个香香地吃了一顿榆树叶饼子。席间吕娘儿说：“香吧？眼下咱们都吃这个，以后我们还要准备吃草根、树皮、各种树叶，但再往后就好了。”她边吃、边说、边笑，然而我分明看见吕娘儿那双弯弯的杏核儿眼里早已经闪现出晶莹的泪花。

后来吕娘儿说的那些食物，我们都一一品尝过了，大部分还是很不好吃的。

这顿午饭虽然真的算不上什么美味佳肴，但我相信它将成为我一生中记忆最为深刻的一顿午饭。

宝顺儿为什么没有伙伴，他爸爸呢？回到家里，我问母亲。母亲说："宝顺儿的爸是地主，宝顺儿的妈是地主婆，解放前他们家在村东有四十多亩沙胶地，旱涝保收，有钱有粮，还招了土匪。宝顺儿他爸爸一九六六年被批斗死了，那年宝顺儿才三岁；听邻居们说宝顺儿他妈也有人命，说是解放前她用枪打死过土匪，还有人说她是十八岁时被宝顺儿他爸从河西大家主儿抢来的；也有人说她是从老北京窑子里买回来的……以后你尽量少跟宝顺儿玩吧。"母亲用一种异样的目光盯着我。当时母亲说的那些话，我有些似懂非懂，但我总觉得吕娘儿不像是坏人，非但如此我反而感觉她心眼挺好。为了证实我对吕娘儿的好感，我决定从村子里再找几个小伙伴和宝顺儿一起玩！

不知为什么我明知吕娘儿已近风烛残年，但我自打接了宝顺儿的电话就开始心不在焉了，一种莫名的哀恸在我心中震撼着。我刚要拿起水杯喝口水之后上班，但见床头柜上放着昨晚翻看的那本《三言二拍注》，蓦然想起当年风雨岁月那些夏季的日子，在吕娘儿家的炕头儿上边拧玉米粒边听吕娘儿讲那些好听的故事。"小雨淋淋烧酒半斤。"吕娘儿自言自语道。她边和我们一起拧玉米粒儿边喝着散酒，也不多喝，二两酒就够了。那会儿家乡的酒好喝，酒的名字就叫白酒，有成瓶的，也有散装的，八毛钱一斤；她吃的菜是自家院子里种的，有黄瓜、西红柿和韭菜；她有一根一尺多长的烟袋，烟叶儿也是自己在院子里种的，闻起来有一种飘飘欲仙之感。后来我们几个比较早就学会了抽烟，这个恶习好像是被吕娘儿给熏出来的。那个年代有一种烟叫工农，两毛钱一盒，可以零买，小孩去买也卖给。因为我们不敢明着卷烟也不会卷烟抽，所以家里换酱油醋用的鸡蛋就三天两头渐少，那就是我们偷着到小卖部换烟抽了，一分钱一支。可恨的小卖部！

我们干着手里的活儿，吕娘儿抽空装上一袋烟，嗽一嗽嗓子，然后呷一口酽茶："包拯刚要退堂，公孙策冲着包公连连摆手：'大人且慢，咱不妨再审一审这个乌盆'……这是《乌盆记》；'九斤姑娘边掐断蚂蚁边念咒语："芝麻变蚂蚁蚂蚁变芝麻。"不大一会儿工夫，下种用的芝麻就够了……'这是《九斤姑娘》；'岳飞和众兄弟全身披挂，来到考场，那里早已是人山人海。不久岳飞和小梁王便被叫到殿前。两人先是比文才，张邦昌命岳飞作《枪论》，小梁王作《刀论》……忽然岳飞虚晃一枪，反手直刺小梁王的心窝，不待小梁王遮挡一下，人早就被岳飞挑下马来，结果了性命……’这是《岳飞枪挑小梁王》。”一时间说得我们手里的活儿早就忘记干了，心简直就钻进了吕娘儿的书里。

我们雨天到吕娘儿家串门，找宝顺儿来玩儿的队伍扩充了，我又组织成子、四宝、安柱来听吕娘儿的故事，每次听得我们几个十来岁的孩子眉飞色舞。其中成子就是村东头革委会主任张麻子的小儿子。自打那以后，我们只盼着过星期天，只盼着星期天下雨、刮风，这样吕娘儿就不用听钟声下地去生产队干活，我们也不用去地里割草、打野菜，最主要的是能听吕娘儿绘声绘色地给我们讲那些精彩纷呈的故事。回过头来，现在我们感觉这些故事真的算不上什么，但在那个年代，正如吕娘儿给我们出的那则谜语“23456789”——“缺衣少食”的年代，而且我们没有电视机，甚至经常停电，好像我们放学割草、打野菜本来就是必修课。晚上写完作业，早晨洗脸时先得洗去那一鼻子的黑（晚上写作业时煤油灯或蜡烟给熏的）。所以当时吕娘儿的那些故事好像已经成为我们不可或缺的重要的精神食粮。

我下楼刚要打开车门，发现副驾车窗昨晚忘记关了，上车后觉得后背有些痒，就好像是被洋辣子也就是刺蛾给蜇了下的感觉，这使我不禁又想起了吕娘儿。

上世纪七十年代的雨不知怎那么勤，刚进水六月，雨就下个不停，一连下了好几天。星期天、暑假就是我们的天堂，我们好像每天长在吕娘儿家。她教我们怎么织抄网到河里捕鱼，怎么捕虾，怎么掏鱼、挖泥鳅，怎么用夹子捉麻雀。总之她所教我们的技能都是为了让我们能吃饱肚子。

在那个既美好又悲催的年代，由于常来常往的缘故，我们发现吕娘儿他们这个特殊家庭的一个秘密。我也不止一次地听母亲说在很多很多日子里，吕娘儿带着已经上初中的大儿子和闺女背着筐拿着镰刀和绳子，鸡叫两遍就走，赶在早饭前准时回来，不耽误三个孩子上学和自己到生产队劳动，基本上风雨无阻。在正常时间天黑以后生产队下工，大多数街坊、邻居都回家，但吕娘儿不回，她每天等着大儿子和闺女放学来地里找她。这些我在距离村头很近的地方打猪草时也曾在暗地里遇见过。他们去弄东西吗？但是从来也没见过他们娘儿仨弄回什么……因为吕娘儿从不提起这件事，我们也不能问。关于这件事我们也没有问过宝顺儿。“反正吕娘儿他们不可能起早贪黑去搞破坏。”我想。

这会儿成子和四宝应该早就到吕娘儿家了，我便去找安柱，在安柱家稍门外，在淅沥的雨声中隐约听见他们一家在争吵什么。“你不听大人话，早晚吃亏！这一天到晚只知道玩儿，还跟地主家的孩子玩儿，家里都看不着人影了！”这是安柱的妈在喊；“人家宝顺儿怎么了？宝顺儿娘现在不是也挺好吗？”这是安柱他爸；“她好，你跟她去过吧，我这是在教育孩子，你别打岔！”我在雨帘中隔着窗子的玻璃看见安柱他爸红着脸缩了一下脖子回里屋躺下了。安柱妈就继续横眉立目：“你看你姐在学校年年是三好学生还当班长，你再看看你，这个月你要是当不上班长，就真的别再回这个家！”安柱妈横着脸上的肉丝，越说越气，哆嗦着的右手从外屋拎起擀面杖。安柱见势不妙夺步窜出外屋，正好跟我撞了个满怀，我顺势转身拉起他奔向雨中，飞也一般到了吕娘儿家。我们俩当时被淋成了水鸡子一样，而吕娘儿家炕上的玉米笸箩已经盛满玉米，就要开始干活的架势，吕娘儿的烟袋也装满了烟叶儿，二两白酒应该也喝完了。

“李翠莲根本不知道她自己已经死了，黑、白无常她也没见过，正要跟着走，感觉还有点事儿没办完……”这是《李翠莲上吊》。这时安柱说想去茅厕，说去就跑了，而且很久也没回来。我们几个包括吕娘儿在内，怎么也不会相信安柱冒着雨跑到村东头革委会主任张麻子也就是成子的家，他叫来了张麻子和两个民兵，说吕娘儿在宣传封建迷信，人赃俱获（后来我们审问安柱当时为什么当叛徒，他说他想当班长，要是当不上班长，他妈就不让他回家了）。两个民兵用绳子倒背手儿把吕娘儿捆绑好，在前面押着走，奔学校方向去了。革委会主任张麻子在后面朝大队方向走了。我们几个连哭带喊，分不清浑身上下是雨水、汗水还是泪水。成子追上张麻子大喊：“爸爸，你放了吕娘儿！放了她吧，她是好人！”

张麻子也没言语，到大队部打开麦克风，用大喇叭把全村人聚集到小学校操场上开批斗会，批斗宣传封建迷信的地主婆张吕氏，当时除去安柱，我们几个听故事的孩子被关在学校办公室里，谁都不准出来，由几个高年级的男生看管着。

不管怎么批、怎么斗，吕娘儿总是那几个字：“我只是在讲故事。”“打她！”人群里有人在喊。这时有两个高年级的男生踹开一间教室的门，拎出一条板凳，强扯着吕娘儿站上去，还在她脖子上挂两块砖头，这样才勉强使吕娘儿低下了头，但吕娘儿始终还是那几个字：“我只是在讲故事！”我们看到外面的雨时紧时疏，吕娘儿站在板凳上弓着身子，胸和臀部的线条被雨水淋得越发清晰。“不知道张吕氏年轻时的姿色，给她脱光了让大伙儿看看！”人群里有人起了歹毒的想法。小学校园操场有泥、有水，吕娘儿就被放倒在那里，两个混蛋模样的年轻人，说是为教育这个宣传封建迷信的地主婆准备了先进的武器，这两个大个不知从哪弄来的洋辣子，用他们自己的手掌面目狰狞地往吕娘儿周身雪白的肌肤上搓。学校办公室里锁着的我们四个再也忍不住了：“强盗，你们才是魔鬼！”成子更干脆挥起不大但感觉非常有力的拳头砸向办公室窗子的玻璃，手上当时就流了血。吕娘儿忍着剧痛回过头，凤眼圆睁凝视着我们意思是：别出来！

这时村里唯一戴老花镜的马会计实在不忍再看下去，他挤到人群前面大声阻拦：“见好就收吧嘿！你们还没过够瘾是吗！”张麻子这才板着麻脸并抹了一下脸上的雨水，宣布批斗会结束：“散会吧。”

办公室窗外的雨顺着玻璃一直往下流，好像要把整个世界流成一片模糊。想起那年可能是我平生头一次为情而落泪。

我们四个给吕娘儿穿好衣服，在雨水里深一脚浅一脚把她搀扶回她那既昏暗又整洁的家里。成子不顾自己手疼难忍，箭打一样跑到村医务室，给吕娘儿拿回了止痛药片、红药水、酒精等。吕娘儿挨个儿地看着我们微笑着说：“没事儿。”我们再也忍不住了，趴在吕娘儿身上一阵痛哭。吕娘儿的女儿把我们安排到东厢房，她在北屋正房里处理吕娘儿身体上的伤。看到吕娘儿红肿的周身，女儿一夜没有合眼，一会儿弄吃的，一会儿弄喝的，眼里的泪水就没停过。吕娘儿仍然微笑着说：“闺女，妈没事儿，妈什么都经过……”似乎她一生的口头语就是“没事”。

晴天真好，太阳大大的，天蓝蓝的，雨水没有渗完，树木和草散发出淡淡的清香，溪边水塘里蛙鸣此起彼伏，蝉又尽情地唱了起来。“一切都会好起来的。”吕娘儿说。她的脸和周身已经消了肿。我们刚刚给吕娘儿喂了点粥，收拾了碗筷，院子里就传来嘈杂的脚步声。但见安柱妈扯住被捆绑着的安柱已经进了外屋门。当时我们真想一口咬死这个叛徒！安柱妈揪着安柱一进屋，就一脚将安柱踹趴在地：“给你吕娘儿跪下磕头！”安柱失声痛哭。我们几个见此情景先是为之一愣，但看得出安柱是真的认罪了，真的后悔了。安柱妈坐在炕沿上，两只脚耷拉着，双手不停地抚摸着吕娘儿的身体，眼泪就簌簌地流了一上衣，时不时用带着补丁的衣角擦揉着眼睛：“安柱这个混蛋呀，我是让你争气当班长，也没让你这么干呀！你让我怎么对得起你这吕娘儿啊？你们不知道呀！全村谁家她没周济过？特别是孩子多挣工分又少，年年该生产队粮食、该生产队钱的户，特别是咱们家，你吕娘儿不让咱们家断粮。她说，‘我们家以前是地主，占过大伙儿的便宜，我们现在要赎罪’。所以他们家吃树皮、吃树叶，什么树叶都敢吃，红薯是她最好的饭食，她把省下来的白面、棒子面分着埋在东厢房的缸里，她省吃俭用是为了周济全村大伙啊！咱们这个村八成都吃过她省下的粮食、八成都穿过她省下的布料呀！这些都是我今天从马会计那儿听说的。吕娘儿和大儿子、闺女每天起早贪黑割草，晒在地里，晒干后拿这些牲口过冬用的干草交给生产队换工分、换粮食，一年一万多斤草，愣是娘儿仨一筐一筐背到生产队的……”吕娘儿无力地扯着安柱妈的胳膊，用手捂住她的嘴，阻止她不让她再说下去了。听安柱妈说了这些，我恍然大悟，原来吕娘儿一家早出晚归的秘密竟然是这些！与此同时我也彻底明白了，那时候只要我感冒或得了别的毛病，我母亲到吕娘儿家转一圈回来，夏天我就有可口的面条吃，冬天就有香喷喷的饺子吃。吕娘儿！

后来安柱妈还偷着给我讲了一个故事：有一年夏天个连下了七天雨，新下来的麦子晒不干，各家各户可用的柴禾也都没备那么多，家家都在靠啃红薯过日子，正好你们几个孩子都在吕娘儿家。那阵子她家东厢房缸里存放的粮食也已经散尽了。你吕娘儿一辈子没做过贼，那天她决心到生产队玉米地掰青玉米，想给你们煮着吃。她说她不是去偷，而是去掰。可是该着倒霉，她刚掰满一筐青玉米，就被看青的一位大哥抓了个正着，死活让她把掰下的一筐青玉米倒下，她只是一个劲儿央求：“大哥行行好吧，看在几个孩子饿了好几天的份儿上！”吕娘儿苦苦哀求，看青的大哥终于心软了，放了吕娘儿。她背着一筐青玉米往回走，好像背着的是孩子们的几条性命！高兴之余，幻想着几个孩子像小狼一样，个个疯抢着啃煮玉米的情形。她暗自笑了，据说她当时笑得非常可爱，四十多岁的人笑成了小姑娘一样。可是她万万没有想到，刚走到村口，却又被身穿雨衣的革委会主任张麻子拦住了，他色狼般狠狠地盯着吕娘儿浑身上下被雨淋得线条分明的身子。“他吕娘儿，来让我看你筐里背的是什么。”张麻子说。“是草。”吕娘儿回答。“过来，让我看看”，张麻子边说边拽吕娘儿的筐，“玉米，好哇你敢偷玉米！”“看在孩子们饿了好几天的份儿上，您就放了我吧！何况您家的儿子也在我那儿。”吕娘儿依旧苦苦央求。张主任麻子脸上终于露出了“慈善”的笑容：“这青玉米你背走也行，但有个条件，你得跟我再到玉米地里走一趟。”他边说边扯吕娘儿的胳膊。“混蛋！就是连我带孩子们一起饿死，我也不跟你去玉米地！”吕娘儿凤目圆睁，愤然将青玉米倒在村口，背着空筐冒雨径直回家了……这个故事让我想起了为什么那个麦假有几天我在吕娘儿家一起吃了好几顿煮麦粒。

我正要给宝顺儿打电话，宝顺儿的电话打过来了。我问他：“你在哪里，单位吗？”“医院。”他答。

宝顺儿是正赶上恢复高考那年考上的一中，在一中又考上了军校，转业后安排在公安局工作，是局里的主要领导。而我也在上世纪九十年代被组织上安排到一个培养农村后备干部的党校学习，回来后在行政部门工作。

我觉得我们的这点好命儿、这点成就跟吕娘儿有直接关系，因为在我们每次遇到困难的时候总会想起吕娘儿的话——没事，以后就好了。

“我们准备后事吧，她老人家走了。”这是宝顺儿低沉、沙哑的声音。

真的，吕娘儿虽然已经八十九岁了，但我真不愿意接受这个现实！当时我心里一阵酸痛，眼里、鼻子里充满了眼泪，喉头也哽住了。

吕娘儿火化那天，天也是阴得沉沉的，时不时下点雨，但远不如那个年代的雨大。

考拉的夏天（短篇小说）

* 刘秀英

考拉是一只狗，腿瘸了。它来自广东省，现在和它的主人江一鸣还有猫咪毛线生活在北京。

天是越来越热了，北京的端午节是真真正正的夏天了。

这一天阳光一如既往的暴晒，把养狗、养猫当成养孩子一样的江一鸣，真的是她去哪里都要选择自驾，就为了能带上她这一对可爱的宝贝。

别人家的猫和狗在一起总打架，生活在一起的两个物种，各自都不免会动一点小心思。一般猫看上去比较高傲，似乎还比较聪明，狗是斗不过猫的。

可是在江一鸣的家里，这一对相处得就如同恩爱的恋人。它们相濡以沫，从来不打架。

考拉和所有的狗一样，用舌头排汗，天气稍微有点温度，它就会吐着舌头。它是一条有文化的犬，从来不欺凌霸弱。它和毛线相依相伴，一起陪在江一鸣的身边。给江一鸣枯燥的生活增添了一抹阳光。

她从广东自驾到北京，就留了下来，一直住在四环外，离宋庄画家艺术村不是很远。时间真快，十年过去了。这是一个阳光晴好的日子，闺蜜小娴喊她一起去宋庄参加一个有关端午的诗会。

江一鸣直摇头：“不去，我还是在家里待着吧，好不容易周六日可以休息一下。我还打算带考拉和毛线出去玩呢。你们宋庄都是搞艺术的，我怕融不进去。再说了，你要是让我去你家待会儿，那倒是没问题。见艺术家们，还是算了吧。”

小娴说：“来吧，啥艺术不艺术的，没那么深奥。就是一起玩儿。艺术本来就是来源于生活，就算它高于生活，我们画画、写诗的时候，抬高美化了它，可它还不是有生活的底蕴？不来自生活的绘画作品和诗，那都是没有筋骨，不痛不痒，没有灵魂。就比方说我吧，我的职业是画家，也写诗，可是你从头上到脚下看看我哪里散发着艺术家的气息？把我放人堆里，还不就是一个普通大姐？”

小娴比江一鸣大六岁，一鸣来北京多少年，也就和她相处了多少年。那个时候她们是在人民日报社老干部处的一个编委会工作的时候认识的。

那个时候的小娴还做着编辑的活儿，画画只是业余爱好，谁又能想到十多年的时间，她从小时候的爱好，直到现在画成了专业画家，后来编辑也不做了，不再和江一鸣合租，跑到宋庄租了一个院子做工作室。而江一鸣也在朝阳区买房安家了。

江一鸣那个时候做编辑也不是发自心底的热爱，她是一个文学爱好者，应聘到这家编委会，也就顺理成章地工作了一段时间。其实每天忙于抢单，天天中午别的公司员工估计都在休息，可是编委会这些姑娘们就都跑去朝阳区图书馆查资料，回到公司就开始114查询电话。就算查到对方无人接听的传真机号码，也要赶紧把传真发过去，就算午休时间对方办公室里空无一人，没有人接传真，那这单成与不成，那也是这个人的了，其他同事就不允许再打这个单位的电话号码。反正等到下午两点上班再追问对方负责人电话，如果没收到，再发一份就OK。

那一段时间也是很让江一鸣疲惫。离开老家就是想离开所有熟悉的一切。到一个陌生的城市，就是想让陌生的城市重新认识她，也让自己认识一个新的世界。哪怕这个新城市不会再有任何一个人和她有亲密联系，也都无所谓。反正她有考拉，何况来北京以后她又捡到一只流浪猫。每天回到家，她都觉得家里很热闹，慢慢地，它们治愈了她，让她最初因为疼痛离开老家，变得比之前越来越乐观。

其实这只猫一点不像野猫，之前应该也是一只被宠过的小猫。到底它是怎么和主人走失的，她也不知道，只知道把它带回家，经过一段时间的宠爱，它的毛发越来越干净好看。

最重要的是，她觉得之前有点抑郁的考拉变得有点活泼了，这是她感觉毛线来到她家以后给考拉带来的最大变化。小娴不喜欢大型犬，对于考拉，她是爱屋及乌。既然好朋友答应来赋诗会，那她想带着考拉和毛线一起来参加活动，小娴也就默许了。

一些诗人画家见面，对于江一鸣来说，都是陌生人，除了小娴以外。之前小娴没想太多，说你把它们带来吧，反正你得拴绳，别把不喜欢小动物的人给吓着。这一点不用小娴教，江一鸣心里有数，当下别说像考拉这么大个头的犬，就是那些小不点儿狗，如果被主人牵在手里，它都能跟你狂叫好半天。狗仗人势就是这么来的。要是不拴它们，真要吓到小孩子和老人，那真是负不起责任。

拴是一定要拴的。走进小娴发来的共享位置，是一家私人美术馆。宋庄美术馆很多。大多数美术馆都是私人的、小型的，不是很大，只有上上美术馆规模还可以，这种大型美术馆是需要门票的。

小娴朋友的美术馆，当然是私人的，凭着小娴这张门票，江一鸣和她的考拉和毛线顺利走进美术馆。考拉牵在她的手里，毛线装在它自己的太空舱里，就那么背在她的后背上。

见到小娴，江一鸣嘴角上扬："我们全家都来了，不会不受欢迎吧？"

小娴接过江一鸣后背上的包，从包外面就可以看见里面的毛线，那副懒洋洋的模样，还有一点趾高气扬。小娴把包挎在自己的肩膀上："你们全家都来了，这最好了，今天晚上就和我住一起，别回去了。"

江一鸣说："我也是这么想的，今天就当周末度假了，反正明天星期天我也不用上班。今天我们要和大姨在一起啰。"说着拍了拍考拉的后背。

江一鸣有一米六二的身高，考拉走在她身边也是很威风，尽管它是瘸腿的。小娴把江一鸣介绍给出来迎接他们的男士："许哥，这是江一鸣，我以前和你说过的，我最好的闺蜜。"

许先生点头表示欢迎："很高兴光临寒舍。你这狗是什么品种？是马犬吗？"

江一鸣点了点头："他叫考拉，男孩 boy。毛线也是 boy。"

小娴赶紧把太空舱里的猫展示了一下："毛线是他。俊男一枚。"

一男子尖利的声音："这么热闹？小娴你来了也不叫上我？自己来的还是和哪个帅哥？"

小娴没有抬头，低头看着箱包里的毛线，见毛线张着嘴喵了一声，虽然隔着箱子听不太清，但是她也跟着喵了一声。她之所以和猫说话，就是为了不想和刚才尖利男子搭腔。

江一鸣看出来了，但是这个男人她不认识。小娴圈子里这些人，她一个都不认识。虽然以前她们两个在图书编委会工作，那个时候好赖她还喜欢点文学。越是成长，离文学也就越遥远。她现在除了正儿八经的工作，根本就没有了文学细胞。更别说像小娴一样去画画了。

她们两个如今虽然干的不是一个行业，可是对于江一鸣来说，或者对于小娴来说，这一切都阻止不了她们的友谊。

尖利嗓走近了："小娴同学越来越漂亮了，眼里都没我这样的俗人了。"

小娴这才开口，但是并没有看他："我近视，看不清近处的东西。你走远点，我兴许能看清。"

美术馆馆长许先生欢迎每一位客人："大家都进屋里坐吧，别在院子里站着了。"

院子不大，但是有风有水有鱼有花有草，一派诗情画意。不懂诗的江一鸣在来之前听小娴说参加端午诗会，每个人要读一首小诗。当时她就提醒小娴，她写诗的年代早就过去了，那是二十岁。那个时候没有愁事，但是喜欢为赋新诗强说愁。现在她每天都想开心过，所以她不想写诗也不想读诗。现在的她早已经没有诗情画意了。

当她说她不想读诗的时候，小娴说可以，行。她口头答应，这可不算数，真正把江一鸣忽悠来以后，可由不得她了。每个人都认认真真地读着诗，大多都是你侬我侬情感类的诗歌。

江一鸣听着，听没听进去只有她自己知道，她怎么这么讨厌这种无病呻吟的文字呢。男男女女情感的诗，让她听着真是无聊至极。

可是她不能离席，她不能走，至少要等到诗会结束，和小娴一起去她的住处。打算今天晚上住在小娴家里。两个人虽然都在北京，一年却也难得见上两面。

除了那个尖利嗓说话让人听着不大舒服以外，其他人，包括报社记者、作家、画家，无论如何都给人一种彬彬有礼的样子。别说小娴不愿意搭理那个人，就是江一鸣也觉得那个人的眼神也好、坐姿也好，还有他读诗的时候，胳膊腿和手比比画画的样子也好，怎么看这人都有点别扭。就是和眼前的气场不大协调。

反正无所谓了，江一鸣知道活动快结束了，结束以后就可以去小娴家，和小娴一起吃个晚餐，让两个毛孩子在宽敞的院子里撒撒欢儿。一直让毛线在太空舱里待着肯定不行，虽然太空舱的透气性不错，可是江一鸣心疼它。而考拉脖套一直没有解下来，把它拴在院子里的铁栏杆上，太难为它了。

许先生点名了："江，哦，江一鸣，你看大家都读诗了，你也读一首吧。"

被美术馆馆长点名，江一鸣有一点不知所措，只好回复："我和小娴说了，我不懂诗。真的，我写诗都是十多年前的事了。我也没准备啊。"

许先生继续说："你看今天这么多朋友，每个人都准备了一首诗，读一首，不用是自己写的。"

小娴也用眼神示意她："没事，你准备准备，在网上找一首，朗读诗你还不是小菜一碟？当年江一鸣可是电视台主播。"

许先生说："那更应该读一首了。我说你的声音怎么这么好听。"

听小娴出卖她，江一鸣只好拿出手机，勉为其难地说："那我找一首。"她很快找到了一首诗歌，这不是一首情感诗，之前各位朗诵的都是情爱的诗，而江一鸣读的却是一首有关狗的诗。她照着手机读着："杀狗的过程……"读着读着，江一鸣说："算了，就念到这吧。"

此时的江一鸣声音变了音儿，她不想再读下去了，她真的是读不下去了。她觉得自己的眼睛生疼生疼的，有什么东西狠狠地扎了进去。

她这才发现，所有的人仿佛都没有被感动，只有小娴，她的闺蜜认真地看着她，那双眼睛充满了情感色彩，在和江一鸣产生着共鸣。

尖利嗓说："狗就是狗，狗就是杀来吃肉的。狗肉可太香了，就着二两牛栏山，配上一碟油炸花生米。"

江一鸣非常反感地把头扭到一边去。

诗会还在继续。善男信女们都喜欢写爱情诗读情感诗，对江一鸣血淋淋的杀狗不感兴趣，甚至觉得她读的诗大煞风景。江一鸣不想坐下去了，她从落地大玻璃看向窗外，考拉一定是渴了，它看向室内。而她又听到来自太空舱的毛线球的喵喵声。

她从另一个包里拿出水瓶和一个空碗，直接走向外面，向考拉走去，给它倒了水。考拉看见主人到面前，愉快地摇着尾巴，开心地喝着水。想不到尖利嗓在身后把江一鸣吓了一跳："这狗肉肯定好吃，啊，都瘸了，你还留着它？你真是爱狗，你老公愿意你养狗吗？不是说男不养猫，女不养狗吗？"

江一鸣通过自我介绍，已经知道他曾经是一个狗贩子，贩着贩着也许因为人在宋庄，就开始了他的画画生涯。难怪他经过考拉身边的时候，本来性情很温顺的考拉会对他汪汪大叫。

江一鸣很反感："我爱养什么养什么，谁又能管到我呢？"

尖利嗓说："看来你没有小娴开放，你看小娴画的画，啧，每幅画都那么性感。总让男人有非分之想，浑身的化学反应。我也想画，就是画不来。还是她有好身体才能画得这么好。我们老爷们想画自己的身体，也没有人爱看。能和你交个朋友吗？做我的脱衣模特咋样？我要是有模特，肯定画得比小娴还好。"

小娴喜欢画女性裸体。她从来不画男人，只画女人。她画的女人柔美，其实她画得并没有眼前这男人说的这么露骨。

江一鸣不是一般的讨厌对方，何况他说的话已经不是友好的聊天了。江一鸣很想把喂考拉的水泼他一脸一身。他是怎么混到画画的队伍里来的呢？

江一鸣不想在别人家失态，毕竟这里不是尖利嗓的地盘，如果是他的地盘，她肯定立刻离开这种恶心境地。她快速走向室内。原来朋友们要散场了，江一鸣背着毛线也打算离开。

拉着考拉背着毛线，江一鸣连小娴的家都不想去了。小娴拉着她的手说："怎么了？读了那首诗你的情绪就不对劲，是不是又想他了？"

就这一句话让江一鸣的眼泪冲出了眼眶："小娴，我给你丢脸了。你们都读情诗，就我读写狗的诗。"

小娴说："你看你想的可真多。没事，雷平阳的诗我也喜欢。我也喜欢小狗小猫。我知道你肯定是想哥哥了。别这样，你这样，考拉是不是也会觉察到，它该伤心了。"

看向考拉，江一鸣把眼泪抹去："小娴，今天我们就不去你家了。我心里有点烦，你说的对，我想他了。"

尖利嗓从江一鸣身边走过，吹了声口哨，然后快速开着车感觉要去投胎一样飞速离开美术馆门口。

江一鸣以要赶回家接一份传真为由，带着两个毛孩子开车回家。

车行至北关环岛的时候，发现前面拥堵。是车祸现场，看着车眼熟，赶紧把车靠边停下，把毛孩子锁在车内赶过去看到底是谁。原来是尖利嗓，江一鸣的胃浅，看着他脸上的血，差点吐出来。

尖利嗓的声音不太尖利："快送我去医院。撞我的人逃逸了。我要死了。"

声音不能被轻视，江一鸣赶紧把他扶向自己的车，把他塞进车里。闻着尖利嗓身上的血腥味，考拉大声叫着。江一鸣吼了它一声，才算停下叫声。在开车送他去医院的同时，她给 110 打了报警电话。

经医院及时抢救，尖利嗓没有生命危险。江一鸣就守在医院的走廊里，等尖利嗓醒过来以后，她走过去，站在他面前，一声不吭。

尖利嗓没有了嚣张气焰："妹妹，谢谢你。要不是你，我可能命都没了。120 也不知道都去哪了，等了太久了。"

江一鸣始终不说话，嘴角在抽动着，想说，又忍住。

尖利嗓不知道江一鸣为什么不说话，他想搜索所有最美的语言赞美江一鸣，可是他一开口，刚被手术针缝过的嘴巴就疼："妹妹，你说说，我怎么谢你，你才能原谅我今天下午的出言不逊？"

江一鸣说："起床，去我的车里，向我的考拉道歉。"

尖利嗓一愣："考拉？就是那只狗？我道什么歉？"

江一鸣说："它是退役犬，是我丈夫当年当缉毒警察时的忠犬。你说你道什么歉。你下午羞辱它，你说你道什么歉。我只要一个道歉就好。你道完歉，我们就立刻离开这里。"

尖利嗓说："那你丈夫呢？"见江一鸣表情痛苦，他赶紧收住话："对不起。我混蛋。"

尖利嗓张嘴说话费劲，毕竟医生给他缝了好几针，因为费劲，嗓子也不再尖利。但是这一切不影响他走路，他走到江一鸣的车前，向考拉敬礼，向它道歉："对不起，我下午说错话了，我不该说吃狗肉。我还不如狗。"

江一鸣说："你向考拉保证，你永远不贩卖他们，永远不吃他们，永远不歧视他们。做好你为人的一面。"

风　景（短篇小说）

* 赵德维

女人在厨房里做早饭，说是早饭，实际上斜斜的日头已经斑斑驳驳地射进了窗子，估摸着得有八九点钟光景了。女人兴许是有些情绪，锅、碗、瓢、盆弄得叮叮当当，像是杂乱地奏着一首打击乐。即使这样，女人似乎还嫌不够刺耳，索性拿起切菜刀，把一根老黄瓜放到案板上啪啪地拍起来，很用力。老黄瓜籽溅了出来，有几粒粘在了女人做饭时穿的围裙上。女人呢，越拍越来劲儿，下手一次比一次重，声音一次比一次响亮，全没注意到案板上的那条老黄瓜早已稀烂，成了一摊泥。不知道是跟黄瓜还是跟案板较劲，反正女人没有收手的意思。

大清早就挣命，还让不让人睡了！

终于，厨房里的响动惊扰了卧室里躺着的男人。男人叫冯万福，绰号二皮匠。在厨房里宣泄情绪的女人是他媳妇大贵。

其实，二皮匠早就睡醒了，他只是懒得起来，原因很简单，二皮匠想不出起床后除了墩地还能干些什么。刚搬进楼里住时，二皮匠着实兴奋了些日子，每天早晨起来，用墩布先将用来吃饭的小客厅墩擦一遍。墩的时候，发现有油腻或什么脏东西墩布擦不净，二皮匠会右手拿一块旧毛巾，左手提着去污液，蹲下来，将去污液小心翼翼地滴在有污渍的地方，然后用旧毛巾反复擦搓，直到他觉得干净了为止。等打理完小客厅的地面，二皮匠开始敲儿子大军和儿媳妇小果的卧室门，催小两口该去上班了。大军和小果去上班时，顺便把阳阳送到附近的一家幼儿园。大军三口子走后，二皮匠重新拾起墩布，打理大军和小果卧室的地面，最后再打理他和大贵住的屋子。二皮匠和大贵住的屋子最难打理，孙子阳阳在这间屋子住。每天晚上，阳阳都得把一纸箱子汽车玩具摆在地上。第二天二皮匠墩地时，先得把头天晚上阳阳摆在屋地上的那些汽车放到纸箱子里。等墩完这间屋的地面，大贵已将早饭摆上了客厅的茶几上，两口子边吃边看电视里的新闻早播。

二皮匠清晨从起床到吃早饭间的这种生活规律坚持了一个多月，可就在一周前，二皮匠突然取消了这个时间段的活动内容，开始早上睡懒觉了。起初，大贵以为二皮匠身体哪儿不舒服，还摸摸二皮匠的脑门子问怎么了，二皮匠说没病。没病怎么不起来墩地？二皮匠懒洋洋地回答说，地还用天天墩，墩得跟腚似的亮晃晃的有什么用。说着，二皮匠扯过被子蒙上头，装模作样地打起了鼾声。

二皮匠连着几天早上醒来装睡，弄得大贵心烦意乱，便在厨房里自个儿撒气。眼下，听到二皮匠斥她挣命，大贵顿生一股怒火，哐地一下把切菜刀扔在案板上，解下围裙，走进卧室冲着二皮匠泼火。墩地有什么用，那吃饭又有什么用？干脆我也别挣命了，来——，说着话，大贵三下两下脱个精光，哧溜一下，钻进了二皮匠的被窝子。

大贵只是一时火起，本打算跟二皮匠斗斗气。睡了一夜觉，她和二皮匠这会儿谁也没有半点睡意。两个赤裸的身子平躺着，彼此喘着粗气，几分钟后，二皮匠试着慢慢把手伸过来，大贵用手掌一挡，二皮匠不情愿地缩回手，很失望地把身子扭向另一侧。这时，大贵悄悄伸出一只胳膊，大贵的胳膊又细又长，正好勾住二皮匠的腰，二皮匠翻过身，顺势把大贵压在了身下……

自打搬到城里楼房里住，二皮匠就没碰过大贵。有一两次二皮匠也动起了这方面的念头，大贵用手指指睡在两个人中间的阳阳和隔壁，那意思二皮匠一下子就明白了。阳阳快六岁了，什么事都能记得。记得似乎也不太重要，要紧的是这楼房不隔音，夜里大军和小果那边鼓捣出的动静，二皮匠和大贵这边听得清清楚楚。

二皮匠四十七八岁了，能力本来就不够强，折腾几下子就草草收兵，从大贵身上滚下来后，很快就打起了呼噜。大贵痴痴地望着天花板，神态有些意犹未尽。

上午的太阳升高了，照得床头白花花一片。

二皮匠一家原来住在小罗庄。

小罗庄和这座城市只隔一条铁路线，直线距离不足三公里。别看只有三公里，但那却是城市与乡村千百年来的一段距离呢。小罗庄是典型的乡下，庄子不大不小，两条十字交叉的主街被二三十条小胡同包裹着。庄子南面是一条河，其他三面绿荫环绕，说是绿荫，其实就是那种生长了多年的老槐树，老槐树枝枝蔓蔓不成形，但开起花来很入眼，紫紫的一片，白白的一片。槐树外面是菜地。春、夏、秋三季，站在铁路高桥望过去，小罗庄竟是一幅不错的水墨山水呢。二皮匠祖上是皮匠，他爹活着时还游街串巷做些皮匠活计，到他这辈手艺失传，二皮匠只会种菜。二皮匠家的五亩菜地离铁路不远，一列列火车拖着长笛南来北往，在菜地里忙活的二皮匠听得真真切切。那会儿，铁路两侧还没设置护栏，二皮匠一年里要有两次翻越铁道，去城里一家卖生产资料的老店，买一些农具、籽种和农药。火车提速后铁道两侧装了护栏，从小罗庄再去城里，要绕道很远处的一座铁路桥，往返得多半天的时间。城里那家卖农具、籽种和农药的老店也拆了，二皮匠最后一次到城里，左右转晕了头，到末了也没把想要买的东西购置齐全。

二皮匠说不准什么时候开始有了这条铁路，他只知道这铁路是一条界线，一边是喧嚣的都市，一边是寂淡的乡野，二皮匠和大贵专心种菜，脑子里从没想过铁路那边的事。夏天的夜晚，天气闷热睡不着觉，二皮匠在院子里乘凉时，偶尔也往铁路那边的城市眺望两眼。这两年，铁路那边噌噌地冒出许多高楼，一座比一座高。到了晚上，高楼里的灯光闪闪烁烁，快顶得上满天星斗。

二皮匠做梦也没想到，有一天，他也变成了铁路那边的城里人，小罗庄拆迁了。在选租临时周转房时，二皮匠特意挑选了离安置房工地很近的一个地方住下。二皮匠的临时周转房坐落在一片老楼群里。这片楼原是一个国营厂的职工住宅楼，对外称二八厂宿舍，楼房建的时间长了，外墙涂料几乎脱落干净，样子像秃子头上又生出来一层疮。楼群里住着的原主人大多搬出去了，腾出房子出租，现在住的大多是来这座城市谋生的外乡人，也有像二皮匠这种等着上楼的拆迁户。

二皮匠由乡村来到城市，由住平房改住楼房，心里很是兴奋，差不多每天都要隔着五楼的窗子，向对面圈着围挡的工地张望一阵子，目光专注，像观望一处很不错的风景。对面工地的安置房建得很快，二皮匠一家刚搬过来时，工地上正开槽、打桩，几天的工夫，楼房就出地皮了。再细瞧整个工地，蛮有意思呢，用彩钢板做顶子的工棚一排一排，住人的都是红顶子，食堂项目部和水泥库都是蓝顶子，民工开饭的时候，十个、八个人围成一圈，蹲在地上，都光着膀子，但齐刷刷地戴着头盔。头盔是红、黄两种颜色，黄的多，红的少。二皮匠边看边琢磨，心想，戴红头盔的说不定都是头头脑脑呢。当初签安置协议时，二皮匠选的十七层，住十七层还不跟在天上飘着似的，小罗庄倘若不拆，推开十七层的窗子，没准就能欣赏到那一幅水墨画呢。

大军和小果去上班了，街道给安排的。大军在马路上当交通协管员，穿着红裤子、黄上衣，往红绿灯底下一站，挥舞着手里的小旗子，指挥人们过人行横道。小果呢，在一家外资的手机厂，围着流水线转，工资比大军挣得还多。

大军和小果有班上，孙子阳阳去了幼儿园，屋里只剩二皮匠和大贵。墩完地、看罢工地上的风景，接下来二皮匠就不知做些什么了。渐渐地，二皮匠心里就憋闷起来，房子说是两室一厅，但面积只有五十多平方米。用来全家吃饭、聊天的小客厅不足八平方米。室内墙壁灰不溜秋，脏迹斑斑。二皮匠和大贵床头那面墙上用碳素笔写满了电话号码，办证的、换煤气的，安徽老六、河南贾小姐等应有尽有。

有一天，二皮匠跟大贵说浑身痒痒不得劲，心里空落落的，得出去找点事干，别憋出病来。大贵想了想说，要不，你到那个招聘市场去碰碰。

从二八厂宿舍出来走两站地，再向左转走一百多米，有一个招聘市场。二皮匠到的时候，市场上已人头攒动，二皮匠没进招聘大厅，先在外面转悠，在大厅外招工的人都举着小牌子，上面写着招月嫂、招保姆、招护工、招喂狗的，等等。见没有适合职位，二皮匠只得走进大厅。大厅内井然有序，招聘台依次排开，每个台前都放着展板，上面清清楚楚地写着招聘单位简介、招聘对象、应聘条件及待遇。二皮匠虽文化不高，但马马虎虎能把各块展板上的文字瞧个大概，连着走过十二个台子，二皮匠也没敢和那些在台桌后面或站或坐的招聘人员搭讪，他知道自己不符合条件，招聘单位事先商量好似的，在展板应聘条件一栏，年龄齐刷刷地限制在三十五岁以下。二皮匠心灰意冷地走到最后一个招聘台前时，有了意外发现，这个发现也让他的眼神里流露出了一丝欣喜。这个招聘台前没放展板，只是在台桌上放了一个纸签，上面写着“九州天佑物流公司”。二皮匠怯生生问坐在台桌后面的一男一女要招聘干什么的人。男招聘员操着东北口音说打算招库管员。二皮匠问需要什么条件，操着东北口音的男人锅炒豆子似地嘴里蹦出了一大串，高中以上文凭、能熟练使用计算机、说普通话、有夜班经历和退伍军人身份者优先……二皮匠脑袋嗡地一下大了，他听懵了，他一时想不出这些条件与库管员有什么关系。没等东北音说完，二皮匠就摆摆手走了，走几步又回来，跟招聘的一男一女说，我身子骨棒，没出来时一人种五亩菜地。二皮匠的这句话把两个招聘的人都逗笑了，女招聘员一边笑一边跟二皮匠解释说，先生，没人说您身体不好，我们不是招种菜的。说完，两个人已笑得前仰后合。

从招聘市场回来后，二皮匠心情变得有些糟，瞧什么都不顺眼，坐在小客厅里，感觉这五十多平方米的楼房怎么跟水泥筑的地窖似的，透不进一丝生气。胸口那儿也像扔进去一把水泥，隐隐的堵得慌。再环视一下四周的墙壁，也觉得硬棱棱的。二皮匠在小罗庄住了几十年，从来没有过这样的感觉。原来的家虽然房子也不多，屋子的空间也不大，但有院子，院子里有花，有石榴树、柿子树，有葡萄架，往那一站，心里亮堂堂的呢。

二皮匠在楼房里待不住了，一会儿下楼去，一会儿又上来，上来抽支烟又下楼。大贵说，你走马灯似的干吗，得热病了？二皮匠沉沉地说，快了，快得病了。大贵意识到问题有点严重，宽慰二皮匠，找事儿干还不容易，咱再想想。

三天后，经过推来扯去的一番商量，二皮匠和大贵决定到街上去卖煎饼。置个煎饼摊子没多大本钱，摊煎饼一学就会，天气好呢，就出摊儿，刮风下雪呢，就歇人歇马，既充实了日子又有进项。主意定了，二皮匠和大贵着手做准备工作，白天到街上煎饼摊子偷偷学手艺，晚上回家亲手操练。

当把摊煎饼的三轮车推到街上的时候，二皮匠和大贵还觉得在城里讨事情做原来不算是一件太难的事。花钱改装了的三轮车、煤气罐、面桶、装满鸡蛋的小竹筐、几个放各种作料和酱的罐头瓶子，干净帅气地亮了出来。二皮匠和大贵守在煎饼摊子后面，两个人都系着崭新的白围裙，二皮匠的围裙系在腰间，大贵的白围裙有一条绿布带，套在脖子上，整个人显出几分干练。两个人站得笔直，安静地看着过往的行人。

煎饼摊儿选的位置不错，是一个十字路口。正前方面对着一个工厂的大门，西边是一个建筑工地，附近还应该有学校，因为不断有肩背书包的学生从斑马线上走过来。过往十字路口的人都行色匆匆，偶尔也有人歪过头往煎饼摊子扫两眼，可没有人到煎饼摊前买煎饼。这是怎么回事呢？二皮匠和大贵互相交流了一下眼神，眼神里有疑惑和不安。再等等吧，一个时辰过去了，刚才还看见进工厂大门的人鱼贯而入，现在看不见人了，斑马线上也没有了背书包的身影。

夏天的太阳就是毒，刚冒出一竿子高，就刺得眼睛花花的。二皮匠站在煎饼摊子前，手心、脚心、脑门子都潮湿了，还是没人来买煎饼。没想到卖出一个煎饼竟比摆一个煎饼摊子还难。大贵心里也焦躁起来，身体不停地扭动，低头看地，仿佛地上有什么要寻找的东西。

这时，二皮匠眼睛一亮，他发现一个女人径直向煎饼摊子走来。女人站在煎饼摊子前观望了一会儿，微笑着说，摊个煎饼。果然是来买煎饼的，尽管二皮匠脑子里早就作出了判断，但当站在三轮车前的女人说出摊个煎饼四个字时，二皮匠还是有些喜出望外。煎饼摊子小半天儿无人问津，二皮匠除了心里有点急躁的情绪外，也没觉得天会塌下来，现在有人来买煎饼了，他的心反倒咚咚地加快了跳动。二皮匠从面桶里舀了一勺子豆面，倒在热铛上，用刮板儿一划，滋啦一下，面没有完全摊开，二皮匠有些手忙脚乱，再一划，面卷起来成了一个疙瘩，一股焦煳味在空气中弥漫。二皮匠用铲子将焦煳的面团儿铲起，不好意思地说，再来，再来。

买煎饼的女人笑出了声，说，我来试试。说着话，女人弯腰拧了一下控制火的小阀门儿，打一下愣儿，同样舀了一勺子面，同样倒在热铛上，又同样用刮板儿轻轻一划，面唰地弹开了，再一划，一块圆如茶盘、薄如蝉翼的煎饼展现在二皮匠面前，女人将煎饼翻过来，撒上几样作料，小扁铲一切二翻三扣，一个完美的散发着葱瓣韭花香味的煎饼已托在了女人手上。

二皮匠和大贵看呆了。

女人托着煎饼说，摊煎饼也得把握火候，你刚才摊的时候，火太旺。刮板要用手腕子抖，不是用胳膊抡。

二皮匠点点头。心想，真有意思，第一个来买煎饼的说不定开过煎饼摊，瞧她说的话，句句蛮内行呢。想到这儿，二皮匠连忙说谢谢，并从三轮车下边抽出一个小马扎，想让女人坐一会儿，也好从她那多讨一些摊煎饼的经验。

女人笑笑拒绝了。托着煎饼向路口的斑马线走去，在脚踏上斑马线的一刹那，女人又折回来，对二皮匠和大贵说，第一次出摊吧？别着急，熬过三天就好了。我刚才在对面观察你们老半天了，哪有这么做生意的，太老实了，怎么也得吆喝几声呀。

第一次出摊就这么结束了，二皮匠和大贵的心情还不算太郁闷。那个女人，那个唯一来买煎饼的女人给了二皮匠和大贵继续干下去的信心和经验。

第二天，煎饼摊子又准时出现在那个十字路口。有了昨天的经历，二皮匠和大贵站在那儿显得从容多了，他们记住了女人的提醒，开始张嘴吆喝。果然，吆喝声引起了过往行人的注意，有人朝煎饼摊子走过来，到八点钟左右，煎饼摊子前已经排起了队。

也就在这个时候，一辆白色面包车停在了摊子前，从车上下来三四个穿制服的人。穿制服的人让二皮匠出示营业证、许可证。二皮匠傻愣愣的不知怎么办，大贵比二皮匠来得快，撒谎说证件正办着呢。穿制服的客客气气，软中带硬地警告二皮匠，等办齐了手续再出摊儿，不然，就没收摊子上的所有东西。

二皮匠在窗子前看工地上的风景。

这回不是站着看，是搬个凳子坐在那里。其实，工地上的景致没有太大变化，头盔还是黄颜色的多，红颜色的少。开饭的时候，民工依然是十个、八个地蹲成一圈。唯一的变化是楼已盖到了两三层高，照这个速度下去，明年五一时搬进去应该没问题。二皮匠现在看工地上的风景，感觉也与原来不一样。以前呢，瞧见什么都能入眼入心，现在，再瞧见什么都是一滑而过。

二皮匠已经十多天没出摊了。他跑了一个多星期，结果一样证件也没拿到手。先后去了三个部门，得到的答复惊人地一致——城里的煎饼摊子够数了，不再审批了。二皮匠怎么也想不明白，这么大的一个城市，还在乎多一个或少一个煎饼摊子。当初，他和大贵选定那个十字路口，就是相中那个地方不缺人、不缺车、不缺热闹，单单缺个卖早点的。

二皮匠是老实人，弄不到证件，也不敢再把煎饼车推到十字路口去。不卖煎饼，三轮车只好闲置在楼下，二皮匠怕丢了，买了一个铁链子，用锁锁在一棵老槐树上。老槐树此时已俨然成了拴车的柱子，在二皮匠前面，已有两辆自行车拴在上面。这个老旧的小区治安很差，二皮匠刚搬过来三天，就丢了一辆自行车。自行车是有锁的，后来听人说，自行车原配的那种锁对小偷来说一点用不管。现在车子拴在树上，铁链子两头扣上了将军不下马的那种铁锁，安全多了，小偷不至于为了辆三轮车，把老槐树砍了吧。煎饼车套在树上，上楼、下楼，二皮匠低着头，没勇气看那辆车。不看，又忍不住，扫一眼吧，心里烦闷得不行。

三轮车成了二皮匠心里的一块病。

有一天，吃完晚饭，二皮匠跪在床上，伸长脖子，借着昏暗的灯光，把写在墙上一个办证的电话号码记了下来，让儿子大军用手机联系，结果对方停机。大贵提醒二皮匠别没事找事儿，二皮匠说整天闷在楼里，没事干，难受死了。

二皮匠心有不甘。第二天吃过早饭，二皮匠走下楼，打算去街上碰碰运气，说不定在电线杆子、公共汽车站牌子或过街天桥上，就能看见办证的小广告，还没准儿能在人多的地方撞上办证的人呢。二皮匠一连走了两条街，来到一个公园门口。公园里好像很热闹，二皮匠想想，走进了公园。

等进了园子，二皮匠才发现人不算多，只是整个园子空间不大，显得人乱哄哄的。这是一个街心公园，中间的小广场占了公园的一半，周围是树、小道、人工堆的小土丘。二皮匠找了一个长条椅子坐下来，心不在焉地看着公园的入口。

看着看着，奇迹出现了，一个女人，手里拿着一把伞，进了公园，向他这边走来。

二皮匠以为眼花了，眨眨眼睁大些，不错，是她。尽管只见过一面，但印象太深，怕是这辈子都忘不了呢。走过来的，是那个第一个买了他的煎饼，不，是用他的炉灶，自己摊了一个煎饼的那个女人。

女人走过来了，也认出了二皮匠，彼此都因为巧遇，眼神里闪出一丝意外。

女人咯咯笑，说，您到这儿摊煎饼来了？

二皮匠也笑了，说，摊不了了，没手续，被查了。

女人收住笑容，给二皮匠出主意，那赶快办吧，很简单的事儿。

二皮匠很懊丧地把去办证的经过跟女人叙述了一遍。末了，还试探着说出了想办个假证的打算，想听听女人的意见。

女人又笑了，说，您真逗，办证的时候有指定地点，政府都备了案的。逮着得又打又罚。

二皮匠脸上泛红，心里想，一个半百的大男人还没有一个女人见识广呢。心里一想，顺口就说出，你怎么知道这么多事。

女人也坐到了椅子上，与二皮匠有一尺多的距离，说，我还知道您是个拆迁户。

二皮匠吃了一惊，很是佩服女人的精明。他上下打量了女人一番，说，你不是相面的吧？

女人觉得自己猜对了，有点得意又有点不好意思地说，跟相面的差不多，您留神到公园里来的都是什么人了吗？有事干的这个点儿谁不去做事情？您肯定不到退休的年龄，本地人这岁数又没事干，这不明摆着吗？您到这个城市来是享受生活的，不是来讨生活的，像我们这样讨生活的外乡人一眼就能看出来。我住的那个楼里，也搬进来许多像您这样的人，刚从地里熬出来没几天，就嚷嚷闲得难受。干吗非得找事做呢？像现在似的，坐在这儿，享受一会儿，清闲一下……

女人滔滔不绝，二皮匠听得似懂非懂。

二皮匠问女人，你也是来享受的？

对呀，您看——。女人说着话，站起身，走向小广场的中央。

二皮匠和女人说话聊天的工夫，小广场上已聚集起了很多人，很多人自觉地排成了几行，跟着录音机播放的曲调，在一个头发斑白老太太的指挥下，跳了起来。这是秧歌还是什么操呢，举手、踢腿、拍手、弯腰，又双手交叉拍后背。百八十号人，动作齐刷刷的，真是好看呢。

二皮匠在尽情舞动的队伍里，很快捕捉到了女人的身影。女人四十来岁的样子，皮肤很白，体形保持得很好。二皮匠心想，这女人年轻时，一定很招人眼呢。

女人可能觉得坐在椅子上的二皮匠一直看她，便回过头，笑着冲二皮匠招手，示意他加入广场的队伍。

二皮匠也摆摆手，回应了女人一下。

在小罗庄住时，二皮匠养着一条黑贝，叫喜顺。喜顺是一只成年公犬，叫起来颇有霸气。小罗庄拆迁时，二皮匠把喜顺送到了大贵的娘家寄养。

前几天，二皮匠夜里做了一个梦，梦见喜顺身上的毛掉光了，骨瘦如柴，趴在一个土堆上仰头长叫。二皮匠急醒了，天一亮就和大贵两人坐公共汽车，穿过铁道桥，到铁道那边大贵的娘家去看喜顺。

果然，叫喜顺的那只狗在遭罪。大贵哥哥养了三十多只羊，喜顺先后咬死了三只小羊羔，娘家哥哥一气之下，焊了个铁笼子，砸上锁，将喜顺打进了死牢。笼子里的喜顺已经被囚磨得不成样子了，见着二皮匠和大贵，疯了似的咬铁笼子。

从乡下回来，二皮匠焦躁不安，心里老是想，要是不拆迁，说什么也不到铁道这边来混，他觉得这个城市根本就不需要像他这样的人。

整天无所事事，二皮匠只好去那个街心公园消磨时光。

二皮匠和那个买煎饼的女人见过几次面了。

女人叫关红。从关红嘴里，二皮匠知道了她的一些情况。

关红的老家在江南的一个小镇。据关红自己描述，那个小镇很古朴，也很幽静，青石板的小路，蜿蜒盘曲的小巷，一幢幢白墙黛瓦的房子，小河穿街而过，既舀水做饭，又涮洗衣服。站在弯弯的石桥上，能看见随意荡漾的乌篷船。一年四季，竹子都是青翠青翠的。

三年前，关红和丈夫离开小镇，来到这座北方的城市。关红的儿子在这里读大学。关红和丈夫是为了陪儿子，才来到陌生的异乡的。

说起在这个城市陪读的经历，关红的眼神始终是飘忽的。

关红说，三年间，她和丈夫居无定所，先后搬过六次家。刚来的时候，两人在街上卖过馒头、摊过煎饼。后来，丈夫托人在环卫清洁队找了一份差事，承包了一段六百米长的路面。她呢，在医院当护工，后来看丈夫实在辛苦，就辞了差事。在家里盯着给丈夫做三顿饭。

去年十一月份最末一天，都上午十点了，丈夫还没回来。关红感到有点不对头，丈夫每天是夜里四点多钟起来，骑着三轮车去清扫路面，等这个城市完全醒来，人们踏着清洁的道路，去上班、去上学，去各自忙碌的时候，丈夫应该准时收工回家来和关红一起吃早饭了。快做中午饭了，丈夫还没回来。十一点多，清洁队的领导来接她了，说她丈夫人在医院。关红一上面包车，立即有了不祥的预感。车上连男带女有五六个人，气氛凝重，一路上谁也不说话。等关红到了医院，得知她丈夫已推进了太平间，她一下瘫在了地上。

事后知道，那天清晨有大雾，一辆拉渣土的大卡车从关红丈夫身上碾了过去。

说到这里，关红飘忽的眼神湿润了。

关红接着对二皮匠说，都赖我那死鬼，铁了心似的要出来，说离儿子近点儿，其实，不出来打工，也完全能供儿子念完大学。离儿子远近有什么关系，儿子有手机，想他，打个电话不就行了？死鬼老说近点踏实。这回踏实了，把我们娘儿俩扔这儿不管了。

二皮匠被关红的故事感动了，问关红下一步打算怎么办。

关红说，怎么办，过一天说一天。我现在挺充实，每天早晨四点多起来，去打扫那段路面，不为挣钱，就图跟我那死鬼见个面，说不定哪天就离开了这座城市，再也不回来了。吃完早饭，九点多钟到这儿来跳操，中午睡个觉，醒了去小区活动站，学吹萨克斯。现在马马虎虎能吹曲了，听过那首《回家》吗，简直能把魂牵走了……

二皮匠摇摇头。

二皮匠和关红越来越熟了。

有时候，二皮匠吃完早饭，顾不得站到窗前看工地上的风景，就早早来到那个街心公园，等着看关红跳操。其实，跳操的时间几乎是固定的，差不多九点半开始，用不着来这么早。只是二皮匠觉得工地上的风景算不得风景，街心公园里的风景才养眼呢。

这天，二皮匠又来看关红跳操。看着看着，他感觉关红近来怎么有变化了呢。至于哪儿有变化，二皮匠认真地想了想，是衣服。关红差不多每次来都换一件与上次不同的上衣。二皮匠又暗想，也许有变化的不是人家关红，说不定是你自己的眼睛呢。果然，二皮匠今天又有新发现——关红烫发了。昨天还是四十来岁女人普遍留着的那种齐耳剪发，现在烫成了满头水波浪，前面几缕呈咖啡色，阳光反射到上面，金星闪闪，挺耀眼。二皮匠再仔细一看，哎哟，变化不止这些呢，关红在跳操的队伍里怎这么扎眼呢，瞧她身上，该鼓的地方都鼓出来，该舒展的地方都舒展开，那小圆臀一撅一翘，撩人心尖儿。

二皮匠心跳加快。

关红大概觉得坐在长椅上的二皮匠眼睛太专注，跳完两首曲子，就走过来和二皮匠说话。

两人说话的内容、口气也与往常不同。

二皮匠说，年轻了十岁。

关红迎着二皮匠的目光，薄嗔地说，原来有那么老吗？

二皮匠忙解释说，原来也年轻，一烫头更年轻了。

关红咯咯笑起来，心想，这位大哥还挺会说话，净拣女人爱听的话说。不管自己年轻不年轻，除了那死鬼，还没有其他男人夸过她。关红心里美滋滋的，心里一发飘，顺嘴说道，大哥，你也不显老呢。

话一出口，关红好像觉得走了嘴，忙补充说，咱乡下人，比不得城里人。像您这岁数的城里人，年龄是猜不出的。

二皮匠说，是。接着又转移话题，问关红，每天早上，还去扫路面？

关红回答，我得去见死鬼呀。

二皮匠说，明儿个，你多带把扫帚，我跟你去扫马路。

关红呆愣了一下，眼睛一亮，说，行啊。然后咯咯笑个不停。笑的时候，心里跟自己说，这大哥可真会开玩笑。

二皮匠没开玩笑。

第二天，当关红骑着三轮车来到那个路段时，发现二皮匠扶着一辆自行车站在那里等她。自行车很破旧，像是从废品收购站里捡来的。关红很仔细地端详一下自行车，又看一眼二皮匠，有些勉强地笑笑。

二皮匠语调自然，说，带扫帚了吗？

关红这才摘下口罩，不好意思地说，我以为大哥开玩笑呢。您这身打扮，哪像个扫马路的呀。说完，关红又笑了，这回笑得很腼腆，连声音都怯怯的。

二皮匠这才注意到，关红不仅戴了口罩，上身还穿了件黄色的小马甲，手戴白手套。和如此打扮的关红站在一起，二皮匠多少有点别扭。但既然来了，也别顾及什么了。

关红在前边打扫路面，二皮匠推着三轮车跟在后边。二皮匠本以为扫马路是力气活，没想到比他种菜轻松多了。城里的路面很干净，不用一扫帚一扫帚地挨着划拉，只是把一些纸团、塑料袋一类的垃圾捡到铁簸箕里，再倒在三轮车上就行了。扫帚基本上是用不着的。

第二天，关红给二皮匠准备了黄马甲、手套、口罩。在打扫路面的时候，两个人各负责半个路面，扫个百八十米，两个人凑到一起，摘下口罩，隔着白色的栏杆说几句话，说什么，谁也没听见，只看见关红笑，笑完了，从马甲的口袋里掏出一块方巾，递给二皮匠，二皮匠有汗没汗的也郑重地擦拭一下额头。

这一幕正好被遛早儿的人看见，看见的人走几步又回过头，那眼神，仿佛在留恋一处风景。

自打结识了关红，二皮匠很少到窗前看对面工地上的风景了。在他看来，这个城市有很多风景都不错，就说那个几乎每天上午都去坐一会儿的小街心公园，小土丘上面的几种花都开放了，有的是种植的，有的是野生的。有一种花儿，二皮匠在小罗庄种菜的时候在水渠埂上见过，花托花瓣是橘黄色的，花蕊有些淡淡的紫，茎秆火柴棍儿一般粗细，所有的叶子都扑在地上，但花朵怒放得快有铜钱儿那么大，用鼻子轻轻一吸，有一股青玉米的味道。还有跳操的那些人似乎不知道累，只要放曲儿的音响不停，怕是一口气能跳到吃中午饭呢。尤其是关红，怎么那么大的精气神儿，打扫了一清早的马路，跳起操来还是那么风骚。还有一处风景更不错。那段六百米的路面西侧新建了一个万亩滨湖公园。单是中间的那个人工湖怕就是小街心公园的几十倍。

有时候，二皮匠和关红打扫完路面，觉得时间还早，就到滨湖公园里转转。他们第一次来的时候，人工湖里的几片荷叶荷苞已钻出水面，荷叶还没有完全舒展开，粉色的荷苞已蓄满势了。

站在一座石拱桥上，关红说，我嗅出了点老家的味道，只是老家的荷塘没这么气派。

二皮匠指着湖对岸假山上的一个亭子，说，那儿大概就是原来小罗庄的位置。

两人同样像是自言自语，眼神又同样是苍凉深邃。

关红说，我想家了。

二皮匠明白，关红说的家，是那个江南小镇，有青石板的小路，房子是白墙黛瓦，小河穿街而过。

关红的眼神勾起了沉在二皮匠心底的一种情绪，这种情绪也时常跳出来，一跳出来就搅得他六神无主。

二皮匠说，我也是，想喜顺。

关红问喜顺是谁。

二皮匠说是一条狗。

一个月后。有一天，二皮匠一整天没见到关红的人影儿。

清晨，二皮匠只得一个人打扫那六百米长的路面。二皮匠打扫路面的时候，心里想，关红出了什么事呢？等二皮匠来到街心公园，心里又想，关红怕是病了呢，有事肯定会提前打个招呼的，一定是突然病了。这么一想，二皮匠的心悬了起来，以前也没问问关红住在什么地方，一个女人在这个城市无依无靠，病了准没人照顾。也许不是病了呢？是有重要的事缠住了身。二皮匠暗暗提醒自己，等见了关红，得问问她住哪儿。

三天后，二皮匠一个人打扫路面的时候，关红露面儿了。二皮匠发现关红没穿黄马甲，也没戴口罩和白手套，而是穿一件墨绿色的连衣裙，领口开得很低，一下子露出了脖子上挂着的一条项链，人蛮精神，一点不像刚生完病的样子。

关红笑吟吟地望着二皮匠。

关红这副打扮和精神状态，让二皮匠有些失望。

二皮匠跟着关红走进滨湖公园。

滨湖公园里的荷花开得正浓。站在那座石拱桥上，关红的脸上、眼睛里和说话的声音都掩饰不住内心的喜悦。关红说，大哥，我儿子毕业了。参加完儿子的毕业典礼，这几天，让儿子带着我去北京的长城、香山、故宫、天坛逛了逛。死鬼活着的时候，就老说去，一直没去成。

关红眼神突然间又飘忽起来。说，哎，其实，现在去不去也就那么回事。

关红接着说，大哥，明天早上不用来了，我把合同退了，回家的车票都买好了，明天晚上八点的火车，你去送送我好吗？

大概怕二皮匠推辞，关红又补充道，在这个城市，大哥，我没有别的朋友。

一切都太突然，突然得让二皮匠没有半点回旋的余地。起初，在听到关红要回老家的一刹那，二皮匠心里还在琢磨关红为什么要离开这个城市，但容不得他细想，二皮匠发现关红正眼巴巴地直视着他。眼神纯净、明亮，像个无助的孩子正在寻求呵护。

二皮匠躲避着关红的目光，点头答应了关红。

第二天去火车站的时候，正赶上下雨，关红高擎着一把伞。伞底下，二皮匠推着自行车，车后架上放着一个黑色的皮箱。

雨淅淅沥沥，云压得很低，不时有雷声滚动，两个人谁也不说话。

很快来到了车站。还没到检票的时候，两个人找了一处避雨的地方。关红收起伞，二皮匠扶着他那辆破自行车。这时，喇叭里开始催促检票，关红目光沉沉地说，大哥，有一件事一直憋在我心里，我就住二八厂宿舍对面那塔楼，这辆自行车……我认识。

二皮匠心里咯噔一下。要不是有人提醒，二皮匠怕是自己都忘却了。他刚搬到城里来，从小罗庄带过来的自行车被人偷了后，二皮匠又急又恨，灵机一动，晚上到对面一座塔楼下推了一辆旧自行车，回来后换了一个座子套。眼下，关红说认识这辆自行车，二皮匠满脸通红，像在众目睽睽之下，被人剥了个精光。

关红呢，一手提着皮箱，一手伸过来，一下子按在二皮匠扶车把的一只手背上，眼里的泪就掉下来。然后颤颤地说，大哥，你，还有我那死鬼，是这个城市留给我的念想儿。

关红把伞给了二皮匠，自己提着箱子走进了检票口。

二皮匠推着自行车站在雨地里，关红留给他的伞就在手里拿着，他却没有打开。雨渐渐紧了，很快淋湿了他的头发，头上的雨水顺着脸开始往下流。当他掉转车把准备回去的时候，一抬头，发现整个城市这时已灯火通明。望着一簇一簇的灯火，二皮匠有些痴了，似乎不知道眼下该往哪里去。

关红走了。

二皮匠又重新回到最初来到这个城市的那种生活，只是心情比那段时间还烦躁。

二皮匠坐在楼房里，没心思再看对面工地的风景，但工地上的风景不看也得看，安置楼盖到十多层高了，躺在床上都能看见。二皮匠不看还好，看一眼，心里就涌出一股忧闷，他想不出将来搬进去永久定居下来后，该如何打发那些无所事事的日子。

二皮匠早上起来，偶尔也拿起墩布墩墩地，偶尔也下楼看看拴在老槐树上的那辆三轮车。日蚀雨淋，三轮车上有几处已锈迹斑斑。二皮匠偶尔也去那个街心公园，很少进去，只是在公园门口停下来，瞥上两眼那跳操的人群。一天，二皮匠又转悠到街心公园的门口，听到录音机里熟悉的曲子，二皮匠沉不住气，迈进了公园的大门，坐在长椅上，看一群人跳操。二皮匠无意中发现一个胖女人跳操的时候老用眼瞄他。瞄的时候，一旦跟二皮匠对上眼，胖女人还笑一下。胖女人的笑莫名其妙，有点像挑逗，又有点像鄙视，还像在炫耀什么。反正让二皮匠感觉很不舒服。二皮匠起身向门口走去，路过胖女人跟前时，二皮匠挺着胸脯，狠劲咳了一下嗓子，心里说，德性，比关红差远了。

自然，二皮匠和大贵也渐渐习惯了白天做爱。这天，大贵把大军、小果和孙子阳阳送出门，回到屋脱光衣服，钻进了二皮匠的被窝，两个人不紧不慢地动作起来。鬼使神差，不早不迟，偏偏在这个时候，二皮匠突然想起了关红，脑子里满是关红跳起操时的风骚妩媚。觉察到二皮匠心不在焉，大贵问二皮匠在想什么呢，二皮匠撒谎说，想喜顺儿。大贵说，你个老东西，单这个节骨眼儿上想。说着话，大贵一翻身把二皮匠压在了身下。

草草了事后，大贵呢喃道，我也老想喜顺儿。

终于，两人作出了一个决定，并在吃晚饭的时候，把这个决定告诉了儿子大军和儿媳小果。

第二天一大早，二皮匠和大贵带着大包小包，上了一辆出租车。

出租车拐过两个路口，向铁道桥方向驶去。路过那六百米长的路面时，二皮匠下意识地透过车窗向外面瞭望，二皮匠什么也没看见，但就在他要把目光收拢回来的瞬间，二皮匠吃了一惊，险些喊出声来，他看见一个清洁工在扫路面，是个女的，戴着口罩和白手套，上身穿一件黄马甲。

清晨，路面上车不多，出租车开得很快，等二皮匠再想仔细看一眼时，出租车唰地开过去了。

出租车穿过铁道桥，驶入了乡间小路，闪过一块庄稼地，又闪过一块庄稼地。当出租车停下的时候，二皮匠和大贵同时听到了抓心的叫声，声音悲凉而饱含霸气。二皮匠眼眶里浸满了泪水，在循着声音走过去的时候，二皮匠心里禁不住还在想，那个打扫路面的女人，怎么那么像关红呢。

小小说集《喊爷爷》小说选

* 侯淑玉

喊爷爷

那年，我还在幼儿园。有一天回家，一进门就眼前一亮：爸爸！

我大喊一声，举着胳膊就奔向了一身戎装的父亲，可还没等我扑进父亲的怀里，胳膊就被威武的父亲一把攥到了手里，力度之大让我直咧嘴。可一向疼爱我的爸却没看见似的拉着我就进了屋，而且一使劲还把我按到了地上，让我跪下对着客厅正中沙发上的一个老头儿喊爷爷。

我心里有些委屈，没想到思念好久、梦见不知多少次的爸，一见面不但没有像以往那样用两只大手举着我转圈圈，反而把我按到地上给一个不认识的人磕头喊爷爷。

我含着眼泪，透过泪水瞥见一个黑色的身影端坐在面前。那人脑袋不大，身体瘦弱，小眼、长脸、瘪嘴，眉毛稀疏、胡子稀疏，脑袋顶上的头发更是稀疏得几乎秃了一般，不光如此，而且都是褪了颜色的白。

"爷爷？"不就是父亲的爸吗？可我却怎么看，也不像呀。

我的父亲是谁？不要说是解放军团长的威武气势，就单让幼儿园小朋友羡慕不已的高大身躯，也不像呀。

“快喊爷爷！”父亲洪钟似的声音把我从胡思乱想中惊醒的同时，也把我含着的泪震了出了眼眶。

“爷爷。”我虽不情愿，仍是含着泪对着那干瘦的老头儿叫了声爷爷。心里怨着父亲的同时，也对这位突然而至的爷爷生出了怨恨。

从此，我家多了一位每天出门、回家都要喊的爷爷。而本来就上班忙碌，下班照顾我们兄妹的妈妈，更是多了一位要侍候的老爷子。

可妈妈却没有不高兴，反而是一声声喊着“爹”。不是说“爹您喝水”，就是说“爹您吃饭”。那语气就好像是对待生病的我们，脸带着微笑，声儿蕴着温柔。

尤其是那天，我们还没进门就闻见红烧肉的香味儿。当我们饿狼似地扑进屋里，面对着饭桌上那碗油汪汪红亮亮的红烧肉时，却看见自己的妈妈一边说“爹，您尝尝您最爱吃的红烧肉”，一边把诱人口水的红烧肉搛到了那位爷爷的碗里时，心里是多么委屈难受呀。

妈妈把肉才放下，嘿，那位不知哪里来的爷爷，就毫不客气地把我妈妈搛过去的红烧肉极快地放进了他没有几颗牙的瘪嘴里，点头说“香”的同时，就哧溜一声咽进了肚里。

妈妈一看，竟连伸着脖子张着嘴的我们也没看见似的，又是欢喜地把本就不多的红烧肉连着搛过去好几块。这让围在桌边流着哈喇子的我们，把埋在心里的厌烦不得不从眼角处射向了那一张一合的瘪嘴上。

要知道，那可是二十世纪五十年代的一九五六年，红烧肉，不要说平常人家，就算我们团长之家，也只有过年、过节才可能做上一顿，吃上一两块呀。而能在今天闻到红烧肉的香气，可真真地、大大地出乎我们的意料。

啥日子？过年？不是。过节？不是。管他啥日子，能吃块红烧肉解解馋，才是真的！

可红烧肉再香，再诱人，哈喇子流得再长，也不能把攥在手里、早就跃跃欲试的筷子伸过去。规矩！规矩！母亲不说“你们吃吧”，谁敢行动呢？何况此时，一向在团里忙工作很少回家的父亲今日也特意守在了桌子边上呢。

“爹，您尝尝这酒。”父亲弯下高大的身躯，一手握着酒瓶，一手端着酒杯，小心地把散发着清香的酒斟了满杯。之后，又双手捧着递到那位老爷子手里。

那位老爷子也不客气，接过酒杯，一抬手、一扬脖，那张瘪嘴吱儿一声，满满的一杯酒就入了肚，连说“好酒，好酒”的同时，黝黑的脸上还洋溢出一副心满意足的神态。

父亲呢，更是忙不迭地拿过酒瓶，接过酒杯，又给见了底儿的酒杯满上了。

“快给爷爷磕头，祝爷爷长命百岁。”父亲还没等把手里的酒瓶放稳，就伸出大手轰赶鸡鸭似的把守在桌边等着吃红烧肉的我们轰下桌，大声地喊着让我们给坐在正中的那位爷爷磕头祝寿。

那天，不是过年，也不是过节，是爷爷八十岁的生日。

爷爷成了家里的宝，原本在爸妈心里称作宝贝疙瘩的我们，自这位爷爷来了之后就没位置了。

可是，爷爷死了。

那是我上大学后的一个假期。那天我和同学小刚像以往一样回家。就在我们进了部队家属院，拐向家门的时候，却突然听到了哭声。

“是你们家！”小刚吃惊地说。

“是妈妈……妈妈在哭！”我吓出了一身汗。

妈妈和父亲一样也是军人，在我的记忆里，不要说哭泣，就是皱皱眉头也是少有的。妈妈怎么啦？！

我猛地推开门，还没喊出“妈——”就被眼前的景象惊住了：往日端坐在沙发上、见着我们就搂这个抱那个的爷爷，此时竟躺在客厅里的门板上。而那双看见我们就笑眯眯的眼睛也闭上了。

爷爷面前，妈妈正跪在地上伤心欲绝地大哭。

“妈，爷爷……爷爷怎么……怎么啦……”看着妈妈的眼泪，听着妈妈的悲声，我也不由得眼睛湿了。

“你爷爷……爷爷……他走了！”妈妈又是一声哭喊。

“爷爷……走了？”我瞪着早已蓄满泪水的眼睛，迷惑地看看妈妈，此时妈妈的脸上正有两条小河簌簌地从两只红肿的眼睛里淌出来。

“不！不！”我挣脱开妈妈拉着我的手，对着闭着眼睛的爷爷大喊：“爷爷！爷爷！……”

虽然这位爷爷“夺去”了我在家中宝贝的地位，但我也不愿让爷爷离开呀。

爷爷依然闭着眼，闭着嘴，就是以往翘动不止的白胡子，也是软软地塌着，一丝动静也没有了。

“爷爷！您答应呀！爷爷！您答应呀……”我哭喊着！任鼻涕眼泪肆意横流。

“爹——”一声雷似的哭嚎一下子把我们吓住了。一身戎装的父亲从大门口闯了进来，随着震颤人心的哭声，山似的身躯也矮了下来，他跪在了爷爷的床前。

“儿子来晚了！儿子来晚了！”父亲捶打着自己！以往总是闪着威武之光的大眼睛此时喷发出了汹涌的泪！

爷爷死了，父亲所在的部队礼堂为爷爷举行了追悼会。

那天，大堂正前方悬挂着一条横幅——“革命功臣李德忠永垂不朽”。穿着军装的叔叔阿姨们挤满了大厅。小刚也随着穿军装的爸爸妈妈来了，他眼里也是泪水，因为他也很喜欢爷爷，爷爷也很喜欢他。

小刚拉着我的手，用另一只手指着礼堂正前方的横幅上的“李德忠”三个字，有些疑惑地问：“你爷爷？”

我姓王，父亲自然也姓王，那爷爷为啥姓李？

我问妈妈，妈妈只顾得抽泣。我问父亲。已经是师长的父亲，完全没了首长的样子，更是哽咽得说不出话来。

原来，父亲在抗日战争中参加了一次非常惨烈的战斗，他的战友几乎全部牺牲了。父亲当时也受伤昏死了过去。

父亲说：那是在一九四〇年百团大战的战役中。我们的部队在大山里与日寇作战。日本鬼子不仅有坦克大炮而且有飞机，一架又一架的敌机就在我们头顶上盘旋轰炸。

那次敌机呼啸着又来轰炸，高喊“趴下！快趴下……”的连长还没来得趴下隐蔽，敌机就扑了过来！

“轰！轰！轰！……”一颗颗炸弹把我们的阵地炸成了一片火海！

眼看一颗炸弹向连长飞来，我跃身一扑，将他往山沟里一推，“轰！”炸弹爆炸了，我飞了出去。

但我没有死。也不知过了多久，我醒了，天黑了，没有了枪炮声，也没有了战友。

“快来！他还活着！他还活着！”我听见一个人兴奋地大喊。接着我模模糊糊地看见了许多人的影子。

“快抬我家去！”又是那个人的声音！等我再次醒来时，我已经躺在一间茅草屋的土炕上了。有个说是老郎中的人正给我清理伤口，敷药。“真命大，差点伤着要命处，好好调养调养就能恢复。”老郎中说。

“中！能活就中！”站在一旁的那个人使劲点着头。他不高，瘦瘦的，头发花白，下巴的胡子也是花白的，一条腿好像有点瘸。他没有媳妇也没有儿女，屋里屋外就是他一个人。家里很穷，石头桌子，石头凳子，身上的裤子褂子也破烂不堪。可就是这个人三五天就跑出去买来中药给我疗伤，还一早一晚打山鸡野兔给我补充营养。

“老乡，我是八路军呀，被鬼子汉奸抓到可要杀头的！”

“哼！日本鬼子，这帮畜生，杀我的乡亲，烧死了我全家……这是家仇国恨呀！”

原来这位老乡就是冒着生命危险以放羊做掩护为八路军送情报、护送伤员的地下交通员，他不仅被日本鬼子打伤了一条腿，家里老小六口人还被日本鬼子、汉奸用火烧死了。但他仍不畏惧，一直坚持战斗。这次就是他组织村里的乡亲们来到八路军与日本鬼子搏杀的战场，寻找受伤的战士、掩埋牺牲的烈士。

……

原来如此，是这位爷爷把我父亲从死人堆里扒了出来，背回家，又连夜翻过几个山头找来郎中为父亲止血疗伤，这才保住了父亲的性命，这才有了伤愈后找到部队打败日本鬼子、参加了解放战争，立功、授奖，入党、提干当团长升师长的父亲。

当年父亲伤愈寻找部队前，曾对失去家人孤苦无依的且有救命之恩的爷爷承诺：一定要把日寇赶出中国！一定要为他全家报仇！待到新中国成立后，一定为他养老送终。

父亲兑现了承诺。爷爷在我家生活了十八年，享年九十岁。

爷爷临终前，对母亲说：日本鬼子烧死了我全家让我成了一个人，但新中国又给了我一个家，遇到了你们这一家子好人。我这辈子值了。

老爷爷怎么又哭了

那天晚上，亮亮和老爷爷一起看电视剧。电视剧的名字叫《亮剑》，是打仗的。

看着看着小亮无意间一抬眼，突然看见白胡子的老爷爷眼圈红了。老爷爷好像哭了。

亮亮歪着头轻轻地问老爷爷，是不是腿又疼了。因为亮亮常听奶奶说，老爷爷腿疼。可亮亮从没见过老爷爷因为腿疼，疼哭过呀。

又一次是睡过午觉，奶奶让亮亮陪老爷爷看电视。

电视里正在演红军长征，一位红军小战士陷进了沼泽地里，伸着两只手……

亮亮看着看着就听见什么声音，一扭脸，竟看见老爷爷的眼里满是泪花。老爷爷又哭了。

亮亮一看赶紧喊来奶奶。奶奶也吓坏了，急忙问老爷爷哪儿不舒服。老爷爷摆着手，意思是说，没事。

十月1日是国庆节，亮亮和老爷爷还有奶奶都坐在沙发上看电视。天安门广场可真好看，到处是花、到处是人。

一队队解放军迈着整齐的步伐，“咔咔”地走过天安门，那真是帅气！接着就是一辆辆拉着导弹的汽车，好霸气！而一架架在天安门广场上空飞过的飞机，那就更神气了！

亮亮看直了眼，奶奶拍红了手，可老爷爷竟又哭了，而且哭出了声。

亮亮赶忙扭头去看，竟看见老爷爷的眼泪都流到了白胡子上了。

奶奶赶紧起身把老爷爷扶进里屋，还拿出药片让老爷爷吃。

“老爷爷肯定是腿又疼了。”亮亮心里想。

果然没过几天，老爷爷就不能和亮亮一起看电视剧了。

老爷爷住进了医院，可住了好几天也没有回来。

亮亮仰着脸问奶奶：老爷爷哪去了？为啥不回家。奶奶没回答，最后竟搂着亮亮红着眼圈说，老爷爷再也回不来了。

亮亮的奶奶和爸爸，收拾老爷爷的屋子。奶奶在老爷爷的床下发现一个很旧的蓝布包。亮亮猜想一定是老爷爷的财宝。

奶奶把小包儿一层一层解开，里面又是一个红布包，再一层层打开看见的却是一个生了锈的小铁盒。

小铁盒虽然生了锈，可爸爸用手一掰就打开了。里面没有什么财宝，只有三个圆圆的、带着五角星的纪念章。

亮亮有点失望，可奶奶和爸爸却得了宝贝似地捧在手心里，看了好久好久……最后，竟都像老爷爷那样流着眼泪，哭了。

奶奶说，老爷爷小时候当过红军，还打过日本鬼子，这事老爷爷一直没说。

小石头寻爹

那年冬天，五岁的石头一出门就被一个高他半头的小子，一挥拳就打了个仰八叉，摔得他手脚生疼。但他不敢哭。因为他没爹，哭也是白哭。娘瘦小，奶眼瞎，他只能忍着。他恨爹，娘也恨。娘说，娘刚生下他七天，爹就在夜里跳墙走了，从此再没回来。

石头十四岁那年春，奶奶生病，娘和他用家里的架子车拉着奶奶去离家七八里的镇子，传说那里有位大夫看病看得好。说是在部队当过军医。

大夫四十多岁，中等个，红脸膛。石头和娘把奶奶扶进屋，还没落座，大夫就把目光投给了石头，而且是愣怔了许久。石头心里有些发慌：“难道他是我爹？”

给奶奶看完病，那位大夫拉住石头，写了一张字条，一再嘱咐他，让他拿着尽快去城里找一个叫张杰的人。

娘说，看着大夫不像坏人。第二天一早，娘就出门找到要去县城赶集的乡亲把石头捎进城了。石头按照纸条写的地址，一路打听，终于找到了那个叫张杰的人。

那人一见着石头，还没等石头开口说话就眼圈发红，一下子攥住了石头的手，而且很快带他进了屋。看着整洁的屋子，一身破烂衣服的石头浑身不自在，手脚都不知放哪儿合适了。

那人让一个女人给石头端来热水，洗头、洗脸、洗脚，最后还拿来一身绒衣绒裤给石头换上了，石头身上一下子热乎乎的了。

“他是我爹吗？”他暗暗地想，想得心里暖暖的。

“吃吧。”一碗热气腾腾的荷包蛋端到了石头的面前。

吃过饭，那人拉着石头的手走出家门，说是要带他去见一个人。“他不是我爹。”石头有些失望。

他们坐上了一辆绿色的汽车（吉普车），很快来到了一个高门楼的门前。一下车，石头就瞪大了眼睛：太气派了！虽然石头没见过，但也知道这不是一般人家。

“首长好！”果然，领着石头进门的那个人在说话的同时还唰地敬了个礼。可那位首长的眼睛并没有看他，而是把目光投向了石头。看了两三秒钟之后，一伸手就把瘦弱的石头揽在了怀里，而且还呜咽着哭了。

“他是我爹！”石头心里一阵激动！

首长看着石头，满眼泪水。石头看着首长，心里虽然想着是爹，却还是有些害怕，因为这位可能是爹的首长脖子上有一块很长的疤，吓人得很。

首长让石头坐在沙发上，拿起笔在一张纸上很快地写起了什么。之后交给一个穿军装的人，让他带着石头回去，交给武装部，说：要尽快办理。

“回去？”石头心里一凉，“他也不是我爹。”

首长把石头送上车时，把五块钱塞进石头的兜里。回家后，娘说，从没见过呢。

两个月过后，石头几乎把这件事忘了。突然有一天，一辆绿色的小汽车开进了村里，而且一直顺着街里的土路开到了石头家的土坯房门前。

车子后面跟着许多人，其中就有一挥手就把石头推一仰八叉的那个孩子。

车子一停，后面的人就围了上来，都使劲瞪着大眼看着石头家。

石头听见汽车声，最先从屋里跑了出来，看见汽车和一群人吓了一跳。随后出来的石头娘也是一惊。

车上一前一后下来两个穿军装的人。那军装石头见过。他们说是县武装部的。其中一个人手里拿着一个黑色的长方皮包。那人一进屋就从包里面拿出一个黄纸袋，放在了石头娘的手里，说，里面是七百块钱。同时还拿出一张盖着大红印的纸，说是民政部颁发的抗日英雄烈士证书。石头娘接过这张纸，就哭了。娘说：“石头，你爹死了，你爹让日本鬼子杀死了……”

原来石头的爹，一九三八年参加了马本斋的抗日武装——回民支队，那位给石头奶奶看病的大夫，还有那位大夫让石头寻找的张杰以及那位首长都是与石头爹当年打鬼子的生死战友。在一次与日本鬼子的作战中，石头爹就是为救下鬼子刀下的战友，被鬼子的刺刀扎死了。而那位战友，就是那位首长。

前院有个哑巴叔

我七岁时，前院搬来了一家人。这家四口人，有爸爸有妈妈，还有一大一小两个孩子，大的是女孩儿，小的是男孩儿，女孩儿年龄和我差不多，男孩儿要小一两岁。

男孩儿把脸贴在里屋的窗玻璃上，女孩儿把身子躲在外屋的门后边。两双眼一下一下地朝我们这边看。

我们呢，一个挨一个，一溜排开贴在篱笆后，用俩手扒着从树枝夹得的篱笆缝儿里瞪着眼睛使劲往里瞅。

他们的妈妈在灶台忙着做饭。他们的爸爸忙着往屋里搬东西。

他们的爸爸很高，很有力气，腰板很直，那样子真是威武。只见他腰一弯、手一伸，两只胳膊一用劲，一个大箱子就抄了起来，双脚一迈，三步两步就把大箱子搬进了屋。一趟接着一趟，堆在院里的箱子、柜子好像没费啥劲儿，就搬完了。

高大的爸爸从屋里出来，扯下脖子上的白毛巾，想是要擦脸上的汗吧，一抬头，一双又大又圆的眼睛好像无意间一扫，就把我们扫进去了。那双大眼睛朝着我们闪了闪，接着就掀动着嘴唇冲着我们“啊啊”着打起了手势，意思好像是让我们进去。

可我们一见，却哄地一下撒开了脚丫子，跑了。“他是个哑巴！”“他是个哑巴！”我们几个几乎同时得出了这个结论。

哑巴可不能惹。村里有个哑巴，个子矮不说，还很瘦，细胳膊细腿的，却很凶。见着我们小孩儿就舞着手、瞪着眼“啊啊”地追赶着吓唬人，不但村里的小孩子怕他，就是上了中学的哥哥姐姐们，也躲着他。所以我们这些五六岁的小孩儿没有不怕他的，他一露面，没有不玩命跑的。

哑巴可怕，哑巴厉害，哑巴讨厌，总之，哑巴给我们留下了很坏的印象。

但，我们没有就此打住，不到半天就又你推我搡地凑到了前院人家的门口了。

这次那哑巴没露面，是他家的小闺女儿扭搭扭搭地朝我们走了过来。

她说，她叫小兰。说着一只手往兜里一伸，就掏出了一把花花绿绿的糖块。让我们眼前一亮！

小兰细声细气地对我们说，我爸说让你们尝尝。说着就将一块一块馋得我们流口水的糖递到了我们面前。

要知道，20 世纪 70 年代初，我们农村还是很穷的，不要说吃糖块，就是吃饱饭也是不容易的。

我们对着过年来客人才有可能吃到的糖块，起先还红着脸不好意思地愣着，可最终还是忍不住伸出了一只只脏兮兮的小手。

小兰让我们到她家里去玩，但我们不敢。

小兰说他爸没在家，我们这才抬着脚轻轻地进了门。可还没等把她家打量打量呢，就听见了叮铃铃的自行车的车铃在院子里响了！

“他爸回来了！”心里刚这么想，一抬眼就与那个高大的身影撞上了。刹那间，我们就像一只只惊慌失措的小野猫“嗖！嗖！”地向外蹿，一口气跑出了很远，直到气喘吁吁地跑不动。

可是，没过两天，那个高大的身影竟出现在我的家里。

那天下午我放学一进门，就看见有一个山似的身影站在妈妈面前，并且比画着什么。等我发现是他，还没从惊疑中反应过来时，他一扭脸就瞅见了我。我刚要转身向后跑，却见他撩开大长腿就朝我来了，而且一抬手，一把抓住了我。

我刚要大声喊“妈——”，却见他张开另一只手，变戏法似的亮出一个红色的东西。

“小皮球！”我双眼一亮。

面前的山矮了下来。

他蹲下了，大眼眯成一条缝儿，伸着手把小皮球举到了我的眼前。

“快叫叔叔。”妈妈说。我要刚伸手接皮球、张嘴叫“叔叔”，可眼光不经意间那么一瞥，刹那间仿佛被大马蜂蜇了似的，眼大睁，身子一抖，比之前更加害怕地呆住了！他的头顶上有一碗大的地方没有头发，猩红而鼓凸着！

“快说谢谢！”妈妈说。可我却猛地将被他握着的手使劲一抽，一个急转身，跑了。

从那以后，我再也不敢正眼看前院的哑巴叔，就是他家的大门，我都要躲着走，更甭说到他家找小兰去玩了。就算我高中毕业上班成家了，对于前院哑巴叔的印象都没有从当年的惊悚中走出来。

那是初春的上午，我牵着五岁的女儿回娘家。刚要走到家门口，女儿突然猛地抓紧了我，身子一抖，迅急地躲到了我的身后！

一个白发稀疏、顶着红色大疤痕的脑袋在墙角突兀着！

是前院的哑巴叔，他老了。当年高大的身躯偎在那旮旯里，黑色的棉袄、黑色的裤子，倚靠在那堵脱了墙皮、长着茅草的院墙下，此时在那堵墙的映衬下，哑巴叔就像一堆放了很久的柴火垛。

哑巴叔头上原本不多的黑发不仅早就变白了，而且越来越稀少了，而那块头顶上的大疤痕呢，却是越加凸出而恐怖了。

望着正在瞌睡的哑巴叔，我拉紧女儿的手，轻而快地闪进了家门。

母亲说，你哑巴叔老了，儿子闺女儿都各自成家进了城，除了过年过节送钱回来一两次，平日里基本看不见。

有一天上午，我回娘家正陪母亲聊天。前院突然传来了哭声，我们急忙跑过去，却见一位同样白发稀疏的老人正抱着哑巴叔大哭！

一问才知道，那位抱着哑巴叔痛哭的老人，是从千里之外的四川，特意要孙子带着他看望哑巴叔叔的。老人含着满眼的泪水告诉我们：我的命是他给的呀……

原来哑巴叔和这位老人都当过兵，一九五一年十一月，他们随部队跨过了鸭绿江，一起参加了保家卫国的抗美援朝战争。

那次他们连执行阻击任务。他们面对的不仅是耀武扬威的敌坦克以及随之蜂拥而上的美军，还要面对头顶上的美军飞机一天几十次的轮番轰炸，一颗接一颗的炸弹几乎把阵地上的山峰削去了一半。但阵地依然被他们在炮火连天硝烟弥漫中坚守着。

突然一颗炸弹呼啸着向他飞来！他吓蒙了，就在他以为会被击中炸飞的瞬间，是哑巴叔一跃而起，奋力一扑，把他压在了身下。等敌机过去，他爬起来，浑身是血的哑巴叔已经昏死过去了……

哑巴叔救下了当时只有十八岁的他，而魁梧帅气的哑巴叔，却被弹片击中头顶，虽经救治保住了性命，却因脑神经严重损伤，不仅耳朵听不到声音，就连说话的能力也没有了。

又是一个阳光灿烂的日子，我决定带着上小学二年级的女儿回趟娘家。

那日，前院的哑巴叔依然偎在墙角处晒太阳。我看到了，女儿自然也看到了。

女儿再次抓紧了我的手，但这次我没有牵着女儿迅速闪进家里，而是一手牵着女儿，一手从兜里掏出一个红色的小皮球，缓慢而坚定地走向了那偎在墙角瞌睡的哑巴叔。

我喊声“叔”，还没等我和女儿蹲下身子，那低垂着的头就抬了起来。我把小皮球捧在手里，递到哑巴叔的面前。

哑巴叔眼睛亮了，嘴角向上动了动，随后小心翼翼地伸出手，指了指我，又指了指与我当年同样大的女儿，闪着光亮的眼一眯，笑了。

班　花

高考那年，李梅的分数并不理想，只能上护校。当护士不是她的理想。可就是这样还让许多同学羡慕不已。因为全班同学只有几个能继续上学的，而她是其中一个。

时间过得很快，眨眼就过去了二十多年。有一天李梅接到一个电话，是高中同学的，同学说，要搞一次同学聚会，力邀她，因为她可是班花呢。

李梅偷着笑了，班花？什么时候的事呀。她这个理想可从没有过。同学聚会她当然参加，毕竟毕业这么多年了。

那天是腊月二十三，小年。李梅稍微收拾了一下自己，就这样她一出现，还在同学们面前引起了不小的羡慕呢。也许是李梅在医院上夜班的习惯，让原本就白净的脸，就算到了这四十几岁的年龄，仍是白皙明亮的。

一落座，同学们就打开了话匣子，老公、媳妇、房子、孩子、汽车……话题虽多而热闹，可基本都跟钱有关系。

李梅一直听着、看着，只是赔着笑，根本插不进话，其实她也想说话。但她说什么呢？同学做老板的做老板，住别墅的住别墅，当官的当官，出国定居的定居，就算低点水平的也有一两套房子呢。

而她李梅，在医院当护士一直到现在。即便是结婚成家，也是到了结婚年龄，在护士长的帮助下，嫁给了单位的医生。而这位医生老家还是甘肃的，老家穷得厉害。

可喜的是那医生人品好！这话同事这么说，经他手医好的病人也这么说。

至于其他的，就真没什么可夸的了。房子是面积只有七十多平方米的两限房，月工资两个人加起来也就七八千元，老家的公婆要赡养，自己的老爸要陪伴、家里儿子上学、结婚……李梅想起来都头疼。

“李梅，这些年你怎么样？”

“对！说说。咱们的班花是不是小日子过得很滋润呢？”

李梅正想着心事呢，没想到同学们突然把话题转向了她。

李梅一下子就脸红了。这脸一红就更显得李梅好看了。

“说啥呀？真……真没什么可说的。”平时就不大说话的李梅一着急，嘴皮子更不利落了。

在同学们不依不饶的追问下，李梅只好如实地交代了。

“啧啧，可惜了，可惜了。”同学都为李梅不平。

“当初还不如嫁给我呢！”那位身价过亿的老板暧昧地拍着李梅的肩膀。

不知谁的手机响了，正围着李梅的几个同学回身找手机，这让李梅松了一口气。

“不是我的。”

“也不是我的。”

“李梅，是你的。”一个女声生捅了一下发蒙的李梅。

嗐，晕乎乎的李梅竟没听出是自己的手机在响。

“我们回医院。”丈夫医生的声音，简短而有力。李梅心里咯噔一下，一直揣在心里的那件事，终于有了明确的答案。收起电话，李梅站起身扯起衣服，说声抱歉就出门了。

“谁的电话？”

“咱班花爱人的呗——”

那位同学的话音未落，李梅身后的笑声就响了起来。

“武汉发生疫情。”医院早就为此召开过紧急会议。李梅的丈夫医生回家就和李梅说：“医院一定会派出支援。”

当时李梅心里就突突的，连着几天都睡不好觉。

“人传人……人传人……”她满脑子都是。

“家里的老人都七八十岁了，儿子今年大学毕业……”

“要不要去？要不要去？”

“回不来怎么办？回不来怎么办！！”

“可他是医生，是呼吸科的主治医生。我是护士长，从事传染病护理十几年……”

丈夫的车就在饭店门口，李梅拉开车门就上了车。屁股刚落座，丈夫医生就一踩油门奔向了医院。

次日凌晨，李梅和丈夫就随市医疗队乘飞机驰援武汉去了。

老蔫出轨

“老蔫有外遇了。”胖嫂菜市场一见到慧英就颠着脚儿凑到了跟前，厚厚的嘴唇几乎挨上了她的耳根子。

慧英一笑：“他？”跟老蔫睡了半辈子，还不知道他。

“老蔫，哪儿去？”正哼着小曲迈着方步的老蔫，被张三一伸胳膊拦下了。

“公园转转，转转。”老蔫一脸的菊花。

“嫂子，我看蔫哥最近可有好事呢。”一见着慧英，张三就冲着她坏笑。

“他有什么好事？”慧英一扭身就进了家门。

“你瞅我老蔫哥——”张三的话外音让慧英不能不放在心里了。

摸了几十年锄把子的老蔫，皮鞋、白裤、红衫，让街坊们眼前一亮。

“老蔫有外遇了。”一时间街坊们看慧英的眼神就有了内容。这让慧英坚守的信念有了动摇。

自从拆迁上楼以来，一年的时间老蔫变化确实不小，穿着打扮讲究了不说，五音不全的他，还常哼着小曲。天天吃完早饭就出门，而且一走就是大半天，甚至午饭都不回来吃了。

第二天一早七点钟，老蔫就准备出门了。慧英一看，也麻利地穿好衣服。老蔫前脚出门，后脚慧英就悄悄跟上了。

出门上街，过马路，穿公园，一拐弯就进了一个小区。老蔫一路身轻脚健，嘴里还哼着“在希望的田野上”。这让身后的慧英又是累又是气。

到了一座二层楼前，老蔫扬了下头，脚一弹就上台阶，进大门，一个转身，就在慧英眼前消失了。

慧英又气又恼，在楼前小心而急切地张望着。她迈着忐忑的脚步，试探着走上楼，正不知该往哪个门寻找的时候，一个清脆的女声传了过来。

慧英循声而至，顺着微开的门缝，她看见了一位着湖蓝裙装的妖艳女人正和白裤红衫的老蔫站在一起。

慧英心里一股火蹿了出来，胳膊一抬就要把门咣地推开。可还没等她把手挨到门就听见：

“这位就是散文集《老伴》的作者，也是荣获本次征文的最佳创作奖的张国强先生。”

“张国强？”这个名字抓住了慧英的耳朵。

“张国强”是老蔫上学时的名字。近四十年来早没人称呼了。

花白头发的老蔫，腰板挺直，双手捧着一个闪光的奖杯，从头到脚都显示出从未有过的自豪！

原来，新机场占地拆迁后，老蔫的村庄就整体入住楼房社区了。捋了几十年锄把子的老蔫，无意中走进了益民书屋，结交许多爱读书的朋友。不仅如此还参加了一个文学社，而且在文友的帮助下，一年的工夫竟写出了许多散文，而且不断在国内国外的刊物发表。

一个年过花甲的庄稼汉，如今在上楼后颐养天年的日子里，“出轨”了青春年少时曾经拥有过的作家梦。

背着土豆进城的张老爹

一天早上，张老爹将一袋土豆往肩上一扛，就出门了。不足九点钟，就来到县城小儿子的家门口。

正准备带家人游玩的张家老三，一出楼门，就看见有个人扛着口袋迎面走来。“爸……？”他有些吃惊。老爸很少进城，就算来也是和妹妹一起。“给你送点土豆。”张老爹不好意思地说。

“唉，市场上有的是。”张家老三一副埋怨的口吻。“自家的好吃……”张老爹低着头说。张老爹家在山里，离县城六十多里地，爬山、坐车要三个多小时。

又一天，天还没亮，张老爹就奔向那口袋土豆。他一伸手就上肩，但胳膊一软，竟没拎起来。

张老爹是下午三点到市区的，等他举着纸条来到二儿子家门口时，已经是下午四点半了。

张家老二正打麻将，要“捉伍魁一条龙”时，家门被敲响了。他不耐烦地站起身：“谁呀？”门还没拉开他的声音就蹿了出去。

可没等声音落地，张家老二就猛地愣住了：“爸……？”爸很少来市区，就算来也是和妹妹一起。“给你送点土豆。”张老爹心里扑腾着。

“唉，市场上随便买。”张家老二叹着气。“自家的好吃些……”张家老爹理亏般地说。

张老爹不识字，山里的家离市区二百多里，爬山、坐车，等到找到儿子家，竟用了八九个小时。

又是一天，张老爹鸡叫头遍就从炕上起来了，顶着满天星就扛着口袋出山了。可等他来到省城，捏着字条出现在大儿子家大门时，已经是掌灯时分了。

张家老大西服革履出门赴宴，没等走到奔驰车跟前，眼一瞥竟看见一位弯着腰、扛着口袋、揉着眼睛、极为消瘦的白发老人。

“爸……？”老爸很少到省城，就算来过也是三年前妹妹陪着一起来的。“爸——”满身是土的张老爹，听到呼喊，一怔！“给你送点土豆。半道迷路了，摔了一跤……”张老爹肩上歪着一个口袋。

“爸，市场上有的是呀！”张家老大觉得老爸真轴！“自家的好吃……”

张老爹眼里蒙上了泪水。

张老爹不识字，家离省城五百多里地，坐火车、倒汽车，他从天不亮出山，等他寻到大儿子家楼房小区，已经过去了十三个小时。

一天深夜，正熟睡的张家老大突然被铃声大作的手机惊醒了！还没等他问“谁”，听筒里就传来了妹妹的哭声：“大哥，你们快回来吧……爸……不行了……”

“爸查出癌症，不让告诉你们……瞒着我……偷偷看你们……回来当夜……就倒下了……”

山里人家

张志喜欢青山绿水。一日出游，偶然发现住在山里的一户人家。土屋门前，一只土狗，一只脏碗。碗？青花瓷！张志的眼像 X 光线一般，发现了碗的“身世”。

“大娘，您这狗，真好！”“好啥呀，来人都不叫一声。”

“不叫好呀，我们城里人就喜欢呢！”张志似乎非常喜欢。“给您三百块钱，把狗送我吧？”“行。”大娘很痛快。

次日一早，张志顾不得喝上一碗他爱喝的玉米粥，出了屋门，就奔狗去了。“大娘，您喂狗的碗也给我吧？”“行！行！”大娘心说穷家破业的难得有人喜欢。

张志前脚走，李四没两天也住进了山里人家。一进门就大娘大爷地叫着，转悠着。忽然眼一亮：灶台下一只黑猫，还有一只小瓷碗。

“大娘，您家这猫真好！”李四露出喜欢的样子。“好啥，不拿耗子整天卧着。”

“卧着好啊，我们城里人就喜欢呢。”“给您二百块钱，把猫给我吧？”“行。行。”

次日一早，李四顾不得喝上一碗他爱喝的玉米粥，就奔灶台下的猫去了：“大娘，猫碗也给我吧？”“行。”心说这城里人咋啥都稀罕。

一个星期后，山里人家前后又来了两个人。都没顾上和大娘大爷说话，就一个奔向了土门楼的土狗，另一个奔向了灶台下的花猫。一个说狗好，一个夸猫棒，一边叫着大娘大爷，一边就把人民币塞进了人家手里。

次日一早，二人顾不得吃大娘做的早饭，就牵着狗、抱着猫，上了车，当然喂狗喂猫的碗也没忘。

半个月后，山里许多人家的土门楼外，都卧着一黄一黑两条狗。灶台下，偎着一花一白两只猫。

可几个月过去了，村里再没见一个城里人。

中篇小说集《大行致远》小说选

运河，运河

* 钟月玄晖

自隋炀帝修通四千多里长的大运河以来，历朝历代无不因政治经济需要而不断完善，各有侧重，将其为己所用，无非是枢纽天下、临制四海，所以大运河也发生着陵谷陡异的巨大变化。元代调直的工程虽大，但因水源问题解决不好，并没有很好地派上用场。明朝初年，明成祖朱棣准备迁都北京，遂对运河进行了彻底整修，贯通中国南北的大运河才真正发挥作用，惠及明清两代。本文即从明永乐年间的工部尚书宋礼受命修河直至平江伯陈瑄疏浚淮河以南各段运河、千里一线为止，详细描述了运河修浚工程中的点点滴滴，从而折射出一个朝代的盛世之因。

一、运筹帷幄

大明永乐九年孟冬，受命治理运河的钦差大臣、工部尚书宋礼携助手金纯、蔺芳及随从官员二十余人，乘船自南京进入长江东下，由扬州溯运河北上。几经辗转抵淮安至徐州，一会儿水路，一会儿陆路，到济宁后干脆弃船登陆沿河岸而行。宋礼选择水路的缘由很简单，就是想实地看看枯水期大运河各段的通畅和淤塞程度，通过现场踏勘，对下一步疏浚有一个通盘考虑。一路上的所见所闻，令他不胜感慨和心情激荡。同样是一百石的粮饷，由苏州运往天津的海运艰险他听总兵官陈瑄多次说起；而一帆风顺地走运河水路虽没有大的风险，但因运河多处不同程度的淤塞，或长淤或短淤，中途不知多少次装卸转运，损耗和劳累程度比之海运的风险一点也不逊色，他这次是亲眼所见了。尤其是看到一些装运的民夫因疲乏过度而迁怒于粮饷、摔摔扔扔时，他的怒火噌的就被点燃了，马上就要过去，用马鞭子给那些破衣烂衫的可恨之人讲讲规矩，但几次都被温文尔雅的金纯拦住了："大人息怒，民夫有官员管着呢，我们还是尽快摸清运河淤塞之境况，及早疏浚、通航，就没有眼前的一幕了。"

见宋礼余怒未消，怒目民夫仍立马不动，那双闻风而动的白眼珠恨不能蹿出眸子，射向搬运者，身材瘦小的蔺芳会意，赶忙提马上前说："两位大人都不必耽搁，继续前行，我过去说说就是了。"宋礼这才作罢。

一路走来，运河畅与不畅的烦忧便如这冬日的寒风一样一阵阵袭来，时而让人神清气爽，时而又让人冰冷透骨。

宋礼是个直肠子，高大的身躯、宽阔的胸膛，而胸膛里却没有太多的城府。皇上交办了，那就一门心思办好差，别无二话。至于官员们要耗费多大的精力，百姓们要付出多大的辛劳他考虑不多。前几年承差去四川的大山里为建皇宫采木是这样，今天治理大运河，他依然是这股劲头，风风火火，雷厉风行。

山东布政司参议以上官员及随从二十几人以及济宁知府潘叔正早已到府界恭候，纵没有锣鼓喧天，但恭迎的场面也着实不小。见这么多人迎接，一向简单务实的宋礼皱了皱眉，很是反感。但转念一想，朝廷的钦差、二品大员到了，人家也是例行公事，迎一迎，一会儿打发了就是了，也就没有计较。下马还礼后稍作寒暄，便单刀直入，对山东左布政使储诞说："储大人，大运河是朝廷的运河，维修疏浚乃是地方官府的职责，会通河一段大多在山东境内，你们也是守土有责。朝廷的邸报想必也看了，朝廷虽准备调集几万官军和数十万百姓协力修浚，你等也不要袖手旁观、高枕无忧。略尽地主之谊，共同做好治运之事，方不负皇上圣托。"

“宋大人见外了。”因为个儿矮，储诞拱着手，半仰着头，他觉着宋礼轻看了山东官员的眼界，忙予以澄清，“会通河在山东，会通畅通，受益的首先是山东，这个道理连三岁的娃娃都懂，故而齐鲁大地巴不得早一日治好运河呢！大司空尽可放心，会通河的事，就是我山东的事，储某全心全意，责无旁贷。”

储诞所称的大司空，是中国古代对于掌管山川水利、土木工程的工部头领官的称谓，在这种场合说出来，明显有着表示亲近的成分。毕竟是钦差，人家说什么、做什么都代表朝廷，何况，修浚会通河，于山东、于他这个布政使都是有百利无一害的事呢！

先不论怎么做，储诞的一番表白，倒还让宋礼满意。

矮而胖的身形，鸭子一样的步态，方方正正的脑壳，堆满赘肉的大脸，再配上肥肥大大的大红官袍，看着这位四十多岁的中年人，活像一个会走动的红色大口袋，直让人想笑。不过，宋礼还是忍住了，对他的表态，半开玩笑道：“储大人的话宋某及各位都记下了，我算账可等不到秋后啊！”众人一笑。宋礼遂抬眼扫视了一下山东的官员，开始表述他的算账之要，一说到正题，人马上就变得严肃了：“下一步要看看会通河的淤塞程度，不是韩信将兵，用不着这么多人。二位布政使和潘知府随宋某共视，由济宁同达临清，以便议事，其他官员请回衙视事，有所叨扰时再现身不迟。本部堂好静，不大习惯前呼后拥的阵势。”宋礼语气坚定，不容置疑，点明了轻车简从，不需要太多的陪同人员。这也是他一贯的作风。为此，也得罪了不少攀龙附凤、狐假虎威的势利小人。

“宋大人及各位一路鞍马劳顿，”右布政使马麟提步上前，习惯性地眨眨眼，带着几分不怀好意的佞笑，拱着手，赶忙接过话题，“我等已在济宁驿馆备下薄酒，为列位大人接风洗尘，还请钦差大人赏光，不要拂了山东的美意才好。”马麟的话似乎有着对旧人盛情的恳请，也带着必须的意思，倘若不去，那就是不开面儿。

五十多岁的马麟曾在刑部任职，从刑部出来又到刑科做了一段都给事中，辗转几个部门，和宋礼过去也算是同僚。大明肇建之初，人才奇缺，宋礼等一大批官员都是从国子监学生中直接提拔起来的。在刑部那阵子，正是他走背字的时候，后来到了礼部才以敏练干达升任侍郎，进而任工部尚书。宋礼那时就讨厌这个马麟，一副贼眉鼠眼，两爪莫须有的证据，除了不能得罪的皇上，他的眼里就没有好人。做了言官，恶行尤甚。

江山好改，秉性难移！来山东坐了第二把金交椅，马麟依然那样，这里的大小事务，他不去说怎么干，也不干，得了言官的职业病似的，挑毛病、调歪正，这不行、那不行，像个不得劲的鸭子，整天“嘎嘎嘎”地叫，把个瘦而长的脸扰攘得褶皱纵横。布政司衙门内的大小官员没一个人待见他，储诞也是烦透了，可人家是上边下来的，他是毫无办法。

人多了都烦，还有心思吃宴席？宋礼偷眼看看眼前的几十号人，想着这一顿酒宴吃下来不知会花出多少宝钞，实在心疼，冲着马麟又皱皱眉，故作为难道：“马藩台的美意宋某心领了，皇上一再降旨，催促治运方略成型，我等心下着急啊！不过，盛宴一定要有，但不是今日，留着，留着，竣工之时再宴如何？当下就按宋某安排，该回衙的回衙，该随行的随行。时光尚早，这午膳赶到哪儿在哪儿用。诸位，请了！”

宋礼言毕，纵身上马，金、蔺二人跟着，引领着众随从纷纷上马。见左布政使储诞也上马了，马麟对自己精心筹划的酒宴就这样被否，怒火中烧，一个无比愤怒的眼神甩向已走出几步的宋礼，像锋利的尖刀，直刺宋钦差的后背，眼见他落马、倒地，满身血污……

“马藩台，走吧！”储诞回身招呼了一句，算是给了他一个台阶，马麟这才从刀光剑影中醒过神，悻悻地上马，内心仍在翻腾着：“你宋礼在山东的时日长着呢，只要犯到我的手里，一定叫你好好喝一壶。”

到了山东，马麟唯一跟过去不同的，除了挑毛病，就是把个言官主抓风纪的旧责忘得一干二净。大事铺排，尤讲饮酒，似醉非醉之时，必找优伶佐酒，烂醉而散。似乎是在弥补着过去被迫的清心寡欲。宋礼一行到来，他是想借机挥霍、享受一番的，更想攥一点钦差的把柄。没想到，老宋不买账，谈笑间就把他晾在一旁了，让他把不逞的想法和精心的准备又默默地放回嘴里，吞到了肚里。马麟的肺都快要气炸了！从朝廷下来，踏上齐鲁之地三年多，有谁敢逆他而行？连那个储诞也不得不让他三分。今天却不同了，人家是钦差，此时的他也只能把怒火暂时咽到肚里。无计可施时，遂狠劲打了坐骑一鞭子，那匹马受到刺激，前蹄跃起，险些挣脱缰绳，从下人手里蹿出去。然而，这个善于抓小辫的势利小人，他的“犯”字绝不是恨过且过，必须是落到实处的。之后他确实给宋礼带来了一些麻烦，但因为有皇上信任宋礼，倒也无伤大雅。

“宋大人，这一段的会通河岸狭水浅，虽然淤塞却没有完全断流，山东境内的汶水、泗水都是从东岸入运，我们还是走西岸便捷些。”济宁知府潘叔正提醒道。

“到了你的一亩三分地，就听你差遣，走西岸。”宋礼看了潘叔正一眼，很佩服他的眼光。这个苏州人在济宁一干就是近十年的光景，原作为一个知府同知，考评起来自然不如一县之尊的史诚祖、贝秉彝那样优秀，但他关于会通河治理的奏疏，切切实实给皇上献了一道高策。

那是今年秋末的事。

永乐元年朝廷升北平为北京后，要陆续进行建设，许多建筑用材特别是千年古木，走水路才是最好的捷径。另外就是南北两京间粮饷、官员以及商人的密集来往。这个时候，潘叔正关于疏浚运河的折子递到了南京的皇宫里。

“天寒地冻的，济宁同知潘叔正在给朕出难题，不过，这个难题出得也不能说不对。”大明第三位皇帝朱棣在御案上一伸手，太监黄俨赶忙躬身从他手里接过折子，递给几位近臣传看。皇帝显然是以嗔怪的口吻道出，虽然是“怪”，但这“怪”中却有着基本的肯定。

随着皇帝的话语，殿里的几位大臣也就把思绪转到了断断续续的大运河上，不一定都知道详情，但大运河的淤塞是众所周知的，是该整治一番了。

永乐皇帝踌躇道：“大运河的会通河，是北运河中的关键一段。其中济宁至临清段全长四百五十余里。潘叔正在折子里说淤塞者不过三分之一，疏浚之后可以免除多道转运的劳苦。说实话，陈瑄董理的海运铆足了劲每年也只能运送几十万石粮饷，不解渴啊！所以，这河运再倒腾也停不了，再就是间或地纯陆运。列位知道，北京是前元遗都，元季战火之后，未曾修缮，那时作为朕的王邸也就罢了；今作为陪都，破败不堪，于国、于朕的颜面上都过不去！既要建设，巨木、砖瓦、石料由水路转运最为方便；加上北方边患，粮饷需求在逐年增多。所以，疏浚会通河是件利国利民的大好事，即使今天不做，将来某一天也得做。可朕又想，一百五十余里的河道清淤需要多少民力？多久光阴？真要修起来，恐怕又不止一百五十余里了。朕常说要与民休息，继永乐初年夏原吉治理太湖水患劳民之后又要劳民，故有些犹豫不决。再者，会通实为黄河所淤，只疏浚会通不成，还要治黄，一系列问题。列位看看，这需要多大的工程！”

永乐提出了需要疏浚的三大理由以及劳民的一大弊端，强调早晚都得做的必然，无非是让群臣帮他下这个决心罢了。

“既然是大好事，皇上也不必犹豫了。”夏原吉思维敏捷，精于筹划，他任户部尚书的近十年，不但确保了大明政府的各项用度，且中央和地方仓仓廪实，让皇上做什么都觉着特别踏实。此时，他早看出了皇帝的心思，想疏治又担心劳民，想拍板又怕群臣眼光短浅、说三道四，所以才把事情摆出来，让大家议论。此外，从其所在的户部，他还看到了更深的一层，那就是运河全线通航对于国家赋税的拉动。

夏原吉把折子递到宋礼手中，给皇上行了个礼，继续道：“永乐初年，臣在治理太湖水患后，奉旨入山东治蝗，实实识见了运河淤塞之弊。河运漕粮由江、淮达阳武后，陆挽一百七十余里入卫河，经历八处递运所，一次次转交装卸，烈日炎炎，丁夫人拉肩扛，辛苦万端，粮饷损耗自不待言。故而，臣以为，今潘叔正所言疏浚会通切中要害。实际上，会通南段的淮河一带也要考虑。有朝一日，大运河全线贯通，不唯粮饷转运的大事解决了，两岸大堤高筑之时，水、陆兼行，还将成为我大明南北交通的大动脉以及商税的新征点。故而臣想，虽劳民一时，却是长久之计，权衡利弊，从长远计，利大于弊，是件功在千秋的大好事！”

“臣也看到了整修运河的长久之利，虽然赞成，诚如皇上所言，劳民之事也不得不虑，”兵部尚书金忠说，“既然早晚都要动，晚动不如早动，早一天浚毕，则早一天受益。在人力安排上，臣建议还和原吉当年治理太湖水患一样，大部分出民丁，一部分出官军，急难险重的活计交给军兵，官军带了头，也就减轻了百姓的一些负担，整个工程进度也有了。”

宋礼把折子递给阁臣杨荣，摩拳擦掌，就有些按捺不住：“我这个工部尚书自莅任以来还真没做多少工部的事呢，前者是率众进山采了几年大木，皇上北征前才奉旨回来。这渠堰疏降、河漕治理是臣分内之事，皇上一说，便觉手痒痒，如蒙陛下不弃，臣愿往山东，不治好黄河、会通河，臣就不回京师了。”

永乐朗然一笑，长髯飘洒，雍容大度，一副君临天下的怡然。十年治理，海晏风清，处处是百鸟朝凤、飞龙转引的吉祥之象，处处是蛙报丰年、鸡犬相闻的升平之音。《永乐大典》全面编纂告竣，北击鞑靼大获全胜，郑和的西洋之行顺风顺水，陪都北京的景象日新月异。永乐的叱咤风云，华章辉映，仿佛暮鼓晨钟，把一座古老的帝王之都瞬间唤醒了一般，文臣武将们忙不迭趋附之。

此时的他显然是在为自己的思虑得了大家的认可而兴奋，一捋大胡子，开玩笑道：“朕还没下旨治理呢，你就立了军令状？看来朕不同意也得同意了。”

“臣不敢替皇上做主，只是主动请缨。”皇上能开玩笑，宋礼却不敢，忙肃然施礼回禀。

永乐心情舒畅，早想着如何治理的事了：“原吉、金忠一说，再看诸位的表情，想来是都看到了疏治的千年大计的一面，都倾向于治理，朕的心思就坚定了。那就先修会通，兼治黄河，会通之南段陆续再说。你宋礼主政工部，朕也正要给你个大差事，看来这个钦差非你莫属。点将吧，由谁襄助于你？”

这么快定下来，就要选左膀右臂了，可见皇上急切的心情，宋礼一时没想好，尚未答话；吏部尚书蹇义刚要说话，见夏原吉上前，遂停下来。只见夏原吉沉下脸，带着忧虑的神情，低声道：“随臣治理太湖水患的李文郁、俞士吉、袁复都是襄赞治运的好人选，当年三人各当一面，身体力行，为臣分了不少忧啊！只是，都御史陈瑛奏他们有罪，如今都在狱中。”

蹇义马上明白了夏原吉的心思。

永乐元年，夏原吉挂衔户部尚书治理太湖水患，李、俞、袁三人无论思虑和实施，都冲在前面，为解决苏州和松江水患立下大功。前年冬，陈瑛被授意罗织罪名，奏李文郁、袁复假传圣旨，私放赈粮万余石；奏俞士吉蔑视首领官，无尊卑长幼。实际上，是永乐的二子汉王朱高煦在作祟。急于争储的朱高煦认为，俞、袁、李都是夏原吉一党，也就是太子朱高炽党，一时动不了夏原吉，那从他的羽翼下手，也不失为一策，若能从三人的口供中牵连上夏原吉，便大功告成。遂怂恿皇帝遣锦衣卫指挥使纪纲动手抓人。之后，袁复耿直抗辩不屈被活活打死；俞士吉家人倾家荡产保了俞侥幸出狱，被贬为办事官；李文郁被贬徙辽东，一去就是二十年。三人敬重夏原吉，自己或死或罢官，却不肯伤到他们仰慕的人，这让汉王很失望。皇上在北京的时候就结案了，汉王怕夏原吉救人，叮嘱陈瑛和纪纲对皇帝的随行大臣暂时保密。

虽然保密，夏原吉还是知道了，却不知晓处理结果。他觉着，今天是个机会，若能在皇上面前保下三人，那就好办了。当然，他不能指责皇帝不明真相抓人有错，而是把人人衔恨的都察院左都御史陈瑛推到前面，却也没能说动皇上。永乐不说话，或许还没想好怎么说，这边是耿直忠廉的能臣，那面是无比亲近的骨肉，他的确是有些纠结，纠结在能臣和骨肉之间。他还不大相信二儿子汉王会无事生非，他也不相信忠心耿耿的陈瑛会随意给大臣捏造罪名。那么，是夏原吉在掩饰属下之罪吗？

宋礼看看夏原吉，又瞄瞄皇上，也明白了夏原吉救人的用意，好一个菩萨心肠的大善人！心中夸赞着，就琢磨着搭把手，让永乐说话，便提高了声调："既是戴罪之身，再好的助手也派用不上啊！皇上，您看？"

永乐耷拉着眼皮，表情冷漠，而心意已决。三人若是无罪，难道是朕颠倒黑白吗？有了这样一种认定，就把汉王、陈瑛掩在了身后，保护了他心目中该保护的人，其他人也就不重要了。又是一阵沉默，他才带着几分愤怒说话，但愤怒之外又有着原谅和同情夏原吉的成分，因而，那话出口时就有些软，就有些低沉，就有些口不由心："此三人罪在不赦，朕，已做了处置。"

大殿内好一阵子寂静，寂静得似乎听得到每一个人的心跳声，那么清晰，却又那么不同。皇上是略有些莫之所衷的心跳，既已作了决定，究竟三人有罪与否他不想再深究，纵不是金口玉言，也不能朝令夕改呀！夏原吉是回天无力的心跳，对于汉王的兴妖作怪，对于陈瑛、纪纲辈的为虎作伥，他无比愤恨却又无可奈何。此后，他纵没有明确地表达过要站在太子一边，但在适当的时机里，却把辅导太子之子皇太孙朱瞻基当成了自己的一大要务。宋礼是助推无果的心跳，他相信同僚夏原吉的为人，也相信那三个人不会犯那么愚蠢和低级的错误，可谁去查证呢？还不是陈瑛！他去了，还会有另外的结论吗？蹇义是痛失贤才的心跳，心底无私、埋头苦干的贤良之才都这么一点点被糟践了，大明的大厦可就不好支撑了！各种心跳声搅裹着、混杂着充斥在武英殿内，最终，还是有了听闻不见的嘈杂中的基本一致的走向。

阁臣杨荣、金幼孜在皇上身边知道此事，蹇义、金忠随太子朱高炽留守南京也知道此事，唯有夏原吉、宋礼等随皇上北巡的部院大臣此时才完全知晓结果，尤其是夏原吉，想起往日三人雨水汗水中的奔波，挥手间的呼应有致，一颦一笑间的默契协作，无限怅惘。低着头，默默不语，他还能说什么呢？皇上虽是个有大作为的人，贵为一国之君，但作为人，谁都不可避免地有自己的软肋！

这样一个场面持续下去对君臣、对议论国是都不好啊！救人无望，也只能回归正题，继续下面的事。于是，宋礼的大嗓门又在大殿里响起了，像是万籁俱寂的山野深处忽然传来的钟声，一下子惊醒了沉睡的万物："既是如此，臣另荐二人，皇上看看如何？"宋礼没有像往常的君臣对话时那样评价皇上的举措，而是循着夏原吉的思路直接切入主题，也想起了一个被贬的官员。此时的永乐巴不得能有人站出来替他翻篇儿，否则的话，不知会僵到什么时候。赶忙冲宋礼点点头，表示认可。

"臣要荐的第一人是做过江西参政的刑部左侍郎金纯，晨起候朝时有过几次闲聊，此人于山川水利颇有见地，可以一用；再一个就是……"宋礼话到嘴边，故意犹豫了，因为，他要荐举的第二人，就是那个被贬的官员。

"但说无妨。"永乐虽怕陷入前面的僵局，但有了前车之鉴，估摸着宋礼所荐之人不会是关在大牢中的人，赶紧催促。

"这个人就是江西吉安前任知府、今被贬为本部办事官的蔺芳。"

果不其然，又触到了皇上的痛处，永乐的脸就是一沉，你宋礼和夏原吉串通好了要和朕过不去？

去年，内廷派太监到吉安采办，想不到竟被小小的知府蔺芳挡回了。太监回来添油加醋地一说，永乐一怒之下撤了蔺芳的职，满朝都知道。那么多官员你不荐，偏偏要荐蔺芳，难道还要他和皇上对着干？永乐心中自然不快，遂冷冷地问："荐他何由？"

见皇上一脸的严肃，宋礼早有准备，马上摆出了他那一贯的大大咧咧的劲头，拱手言道："古人云，内举不避亲，外举不避仇。皇上知道，臣的率直戆严是出了名的，更不轻易荐人。但因陛下数年来励精图治，举贤任能，尽揽天下英才，连草泽之人都雨露均沾了，何况虽有微瑕却有一定阅历之廉洁官员？所以才想起他。这个人被贬到工部以来，从四品的知府到不入流的办事官，没一点子怨气，把个办事官的差事也做得响当当的，常听部里僚属夸起，臣也就注意了。当值时偶然和他说起国家山川水利之事，讲到黄河、淮河、运河治理，都极有见地，山川形势烂熟于心，尽瘁之情溢于言表，确实是个不可多得的人才，为朝廷计，为国家计，冒昧举荐，若有不当，臣甘愿领罪！"

宋礼半是调侃，半是认真，却句句在理，以前真未见他对谁如此上心。联想起宋礼平时的为人和律人律己的严谨劲儿，永乐的脸上才有了暖意，嘴角翘起，连那副飘洒在胸前的大胡子也透出了些许光泽，叫着宋礼的字回应着：

“你大本宁愿得罪皇上也要举贤，难能可贵，难能可贵！宜之，你看此二人如何？”

宜之是吏部尚书蹇义的字，和夏原吉一样，这也是一个克己奉公、老成持重的正直官员。从永乐年间到宣德年间，他和夏原吉一在吏部管人一在户部理财，二人任职均长达二十多年，持身以正，推荐和带动了一大批能臣和贤臣，因而奠定了明初几十年朝堂之上风清气正的基础。说到明初政治，“蹇夏”之贤是绕不开的话题，并成了永乐一朝的标志性楷模，因而在历史上留下浓重的一笔也就不足为奇了。

作为皇帝近臣参与议事的蹇义刚过了知天命的年纪，在吏部尚书的任上也干了十年了。这些年，目睹陈瑛、纪纲辈阴险、尖刻，陷贤害能，大臣们一个个战战兢兢、如履薄冰，十分痛心；但皇上见信，汉王煽风，又能如何？老宋驭下虽急了些，说到底还是个廉能的榜样。金纯、蔺芳起底就好，正宜大用，若协理治运，一定不负大本之望，为国家作出一番大业来。再说了，不荐些能人贤人上来，位子都让那些善钻营的人占了，国家还有什么指望？他在吏部多年，最知这吏治不端的危害了，古往今来，因一人而毁一州乃至一省的事例触目惊心。正思虑着陈、纪哪一日走麦城，见皇上问起，忙拉回思绪，写满高洁的长方脸上浓眉一提，顺水推舟道：“大本几次和臣谈起蔺芳，臣也择机观察过，此人淡泊名利，清正廉洁，德能操守一流，确有不同凡响之处。就看他被贬后办起事来尽职尽责、一丝不苟的那股子认真劲儿，还有处理繁冗杂务举重若轻的气度，勤能所展，确实是个栋梁之材。而栋梁之材若作椽榫使用，实在可惜！瑕不掩瑜，所以大本荐他，臣无二话。金纯是现任官员，就不必多说了。”蹇义说着，两手摊开，一副驾轻就熟、天下英才尽藏于胸的天官气度，似乎，这个五官方正、天资厚重的巴蜀子弟就是为冢宰一职而生的。

“大本、宜之二卿认可，朕复何忧？就让蔺芳以工部正六品都水主事身份去山东，有了业绩再复职不迟；金纯没有异议，还以侍郎身份随大本同往就是。都督周长前同原吉治水太湖，功优绩显，有目共睹，此次仍佐大本理运、治黄，以五万官军辅助；另发民工多少你等实地看完再定，十二月初会齐。”

永乐帝主持的这次持续时间并不很长的朝议，却奠定了三千里运河大修的基础，也奠定了中国南北水陆交通大通畅的基础。

一想到潘叔正的那份折子，想到眼前称心如意的左膀右臂，想到即将启动修缮的大运河工程，想到未来一望无际的平波净流，宋礼的心里马上就宽阔多了，双腿一使劲，那匹漂亮的黑骏马也加快了脚步。

二、众人拾柴

运河西岸的大堤上，有节奏的马蹄声掩饰着即将整修大运河的大明官员们跃跃欲试的翻涌内心。随着大堤的时宽时窄，人群队形也时粗时细，在土灰色的空蒙中走走停停、指指点点，即使偶尔卷过的一阵阵寒风，也不能淡化每个人行进中不尽相同的表情。济宁知府潘叔正是满脸的喜色，并不完全是因一份给皇上的奏章而升任知府的喜，但也和奏章密切相关。一个地方官员的奏疏能够得到皇帝的重视并付诸实施，主明臣贤，上下一心，大明的兴旺之火才会越燃越旺。憧憬着运河治理完毕樯帆林立的盛况，憧憬着南来北去、熙熙攘攘的客商们摩肩接踵挤满济宁街头的盛况，他自然喜不待言。山东左布政使储诞虽刚从山西升任于此不久，思忖着将来若能借佐治之功顺利回朝，升职最好。这些年的感受是，封疆大吏说着好听，权力也大，可责任更大，哪儿出个娄子就有可能罢官甚至搭上性命。让他没有想到的是，九年之后，他也没走成，真就把性命搭上了，因唐赛儿起义之事震动朝野，他被皇上处死在了山东的任上。

宋礼目视前方，心事重重，一路走来，淤塞不堪的运河就成了他的波翻浪涌的心境。见了通畅的水面就喜，见了槽与堤平的河段就愠，他的心思全在大运河上，不时向身边的随行者发出一些感慨。两千年了，人世上沧海桑田，山河间天翻地覆，河流改道，江山易色；历朝历代国都不同，国家各有侧重，大运河也在发生着陵谷陡异的巨大变化啊！

春秋末年，吴王夫差依仗国力强盛，准备北上争霸、逐鹿中原，这惯于戏水的人自然要在水上打主意，遂筑邗城，也就是在今天的扬州，开凿了南起邗城、北至淮安的邗沟古运河，连接起两地间的诸多天然湖泊，沟通了长江和淮水两大水系。

隋炀帝的名声一直不好，也不管他当时的目的是什么，贯通中国南北大运河的修建却让他在中华的历史上风风光光地辉煌了一笔。他先是修了连接黄河与淮河的、长达千余里的通济渠，用黄河之水把他的京师长安与淮安、扬州连接起来，所以才有了后人浪漫的“烟花三月下扬州”；接着便是在汉末旧河基础上，又沟通了黄河和沽河，修了连接洛阳和涿郡（今北京）的长约两千里的永济渠；最后就是重浚邗沟并南拓，沟通长江、太湖和钱塘江诸水系，建起连接镇江和杭州长达八百余里的江南河。隋炀帝在位虽只有十几年，但以洛阳为中心，向东北、东南呈扇形展布的大运河的全线开通，实现了他枢纽天下、临制四海的宏大意图。虽然这种临制的光阴并不太久，但运河的南北畅通带给隋以后历代王朝的却是无穷的便利。

“唐、宋等各朝因水源、政治意图虽对运河屡有修浚，大致也没有脱了原有的模子。到了元代，因在北京建都，自淮安转道洛阳、由洛阳再拐到山东的大运河就有些蹩脚，再加上黄河的千百次泛滥，连接黄河与淮河的通济渠以及连接黄河与沽河的永济渠早淤得不成样子，元世祖再修时，便把运河基本调直，不再拐向洛阳，而是由淮安直上山东，在临清与旧运河相衔，就是这段会通河。”

“宋大人对运河掌故如数家珍，在下敬佩之至。”敬佩之余，潘叔正感觉有些惭愧，心头发热，以致浑身渐暖，再没了严冬的冷寒感。他感慨道，“我这个守在运河边上近十年的人，眼之所见、心之所想，睁眼闭眼都是会通河，来来去去不知走了多少回，最多也就看到它淤了，需要疏浚，却从未对整个运河的历史有过这么深的了解，长见识！”

“不在其位，不谋其政嘛！”宋礼替他开脱着，实际上，一个地方官员能有修浚的意识已是难得，心里装着国家，才有给皇上的奏疏，这也是琢磨事了。联想到自己，他继续说：“皇上让我去采木，我就得思虑哪儿的大木最好又容易运出来；身膺工部尚书，就得装着天下的山川河利，没有全局之瞰，焉能有局部成功之算？”

“宋大人好思虑。”蔺芳在后面插话。他人矮马小，虽走在靠前的位置，但在这支二三十人的队伍里也很不起眼。然而，他的一双不大的眼睛，却有着与众不同的明亮，或多或少漫溢着耿直较真的成分，只看这眼神，就能分辨出他做起事来拼命三郎的劲头。而选这么个瘦小干瘪的人做助手，不知内情的人当然猜不透宋礼的心思。

“我也是个对河流、山川、地势、蕴藏极有兴致的人。在吉安任知府时，有人诣阙上书，引经据典，说吉安有银矿。我去了几年了，每个县都到过，看了赣江、吉水，进了罗霄山，也翻看了不少古籍，要说吉安的林木，那是天下一流的，说有银矿纯属无稽之谈。”

他的这段敢于抗上的旧事曾登在邸报上，当时就引起了不小的轰动。

前几年，有人到南京给皇上上书，说吉安有银矿，言之凿凿。皇上信以为真，大赞江西人杰地灵，就要派人到吉安。若不去纠正，之后千百人进山开矿，数年之后劳而无功，欺君之罪暂放一边，仅仅这人马劳顿将是多大花费？多少百姓要裹挟其中？蔺芳急了，赶紧讯问了上书人，有确凿证据证明银矿之说不过是惑乱圣听的道听途说。然而，即使吉安府审过了，前有皇上认可在先，继有皇差移步在后，看似不可逆转的形势，谁敢逆转？因而，全府上下竟没有一个人敢和蔺芳一起在审讯案卷上署名。蔺芳坦然一笑，一人做事一人当，独自签署后将审讯卷宗上达皇上。在众人无限惊愕的目光中，他瘦小的身躯立时变得高大起来，瞬间幻化成了唐太宗跟前那个据理力争的谏臣魏徵。

永乐是个明白人，前前后后看了几遍案卷，相信蔺芳的判断，也就把此事撂下了。

一件小事就能看出一个人的品行和担当。这也是宋礼荐举蔺芳、蹇义认可蔺芳的原因之一。

这件事一说出来，众多的随行人员才又重新打量起这位蔺主事，怎么看也看不出他竟是个认直理、敢抗上的人，这个“上”不是别人，就是至高无上的皇帝。在众人的心目中，蔺芳的地位陡然而升，不再是什么官位较低的主事，而是宋礼的左膀右臂了。

“这些日子，”蔺芳的语气依旧平淡，说话声音也不大，“在下又仔细研读了有关运河、黄河的书籍，发现一个定律，那就是和黄河交汇处的运河最易淤塞。济宁段是这样，淮安段也是这样。什么原因？一则黄河的泥沙含量太大，冲到哪儿就淤到哪儿，无所幸免；再就是黄河桀骜不驯，泛滥成灾并在中下游的河南、山东多处决口。唐以前黄河专由天津入海，宋代起或由山东或合淮水入海，不要说人工的运河，就是这‘四渎’之一的淮水也被它淤得改了道，南下奔了长江了。”

几个人一起笑起来。

蔺芳所说的“四渎”即长江、黄河、淮水和济水四条大河。

“谚语说黄河是铜头铁尾豆腐腰，还真形象。仅洪武年间，黄河中游决口就有十几次，”宋礼像翻看着太祖实录，信手拈来，“最严重的那次是洪武二十四年，我那时刚到户部不久。才四月末，河水就开始暴溢，在河南原武县黑洋山决口，一路南下扫荡陈州、项城、太和、颍州、颍上、寿州六州县后进了淮河；一路东下由曹州、郓城两河口漫东平、安山，淤了会通河。第二年又在河南阳武决口，陈州、中牟、封丘、祥符、兰阳、陈留、通许、太康、扶沟、杞等十一州县受灾；永乐以来黄河又有四次决口。”

“诚如大人所言，河道治理需要通盘考虑，”潘叔正说，“在下疏治会通河之议不过是个头痛医头、脚痛医脚的小方子，还是皇上眼界宽，想到要根治运河淤塞之顽症，非有大动作不可。可疏浚黄河，那将是多大的工程啊！”

“多大也得做啊，”宋礼语气坚定，不容置疑，两道剑眉仿佛要立起来，插入天际，一副不破楼兰终不还的架势。他已下定决心，不管遇到多大阻力，哪怕是来自朝廷的，他也要做下去。之所以荐蔺芳为助手，也有着把这个敢抗上的官员放在身边，可以和他一起扛。至于金纯，就用他柔的一面，以柔克刚当然最好。

“俗语讲，一劳永逸。”宋礼的话铿锵有力，志在必得，“皇上下了决心，本官的心思虽不敢说永逸，几年乃至十几年应该让它没有大问题。可不治黄河，它发一声威，一夏一秋之巨水，我们所有的工程或可白费了。所以，你潘叔正的抛砖引玉功不可没。”

宋礼目视前方，又勒马停住了，这就是近年黄河决堤的痕迹了。大片大片的潦水冰面连绵不绝，不同形状的冰面四处纵横，像刚刚退潮的江滩，看不到尽头；蒹葭苍苍，满眼荒凉，干枯的芦苇秆在寒风中摇曳，连远处稀稀落落的村落都毫无生气。朔风阵阵，不时吹来苇根腐烂的腥味；寒风习习，也在用旧景提示着堤上的人们。提马再往前走，看到一些长势不甚了了的麦田，东一块、西一块，一鳞半爪，不成气候，宋礼两道紧蹙的浓眉才舒展些。

“宋公是让我等先学大禹治水，然后再步隋炀帝修河之后尘了？”一向沉默寡言、不苟言笑的金纯突然把两个帝君抬出来，才算是接续了方才的话题。

宋礼道：“蜀先主刘玄德尝言，勿以善小而不为，所以，大禹之贤和炀帝之长都要学。大禹之贤在于疏，疏理到位而黄河无灾；炀帝之长在于拓，敢于开拓才有今日之运河。诸位边走可边思虑这会通河的疏治之法，这就是我后人的作为。储大人、马大人的心思也别闲着，我们现在就是一股绳。上要为皇上分忧，下要为百姓解难，运河一通那将是无穷之利，它的益处我们或可想象不到，于眼前而言，最起码这人拉肩扛的苦差就免去了。所以，我等绝不做头痛医头、脚痛医脚、今日通了明天堵的蠢事，我虽不敢说毕其功于一治，但经我等整治后，力争不让后人说三道四，戳我们的脊梁骨，这就是本钦差的治运目标。所以，大家尽可广开言路，集思广益，探求治运良方，宋某于此百听不厌。”

边走边看边议，三四天的光景宋礼等走完了会通河济宁到临清段的全程，被临清知府芮鲇迎入府衙内。芮鲇因协助夏原吉治理太湖之功，六年考满，如今已由昆山知县升任临清知府，依然是那股子干瘦劲，精明、干练、勤勉。都督周长也由浙江赶到，在临清府等候。寒暄之后，大家简单用过午膳，就府中开始协商治运方略。随行的工部办事官员因着旧日资料及对会通河每一段高低起伏、水势状况、淤塞情况的新记录作了图绘，此时便把一张图示放在居中而坐的宋礼面前。屋里虽摆了炭火，大家仍感到寒意，都把手捂在装满热茶的盖碗上。

“诸位几日鞍马劳顿，本该歇息一番的，”宋礼扫视了众人，双手伏案，踌躇满志，“可我是个急性子，不做完差事不踏实，诸位也只好将就一些。皇上令我等早来，实是想在枯水之际、夏汛之前完成部分关键工程。本着这个思路，列位尽可畅所欲言，不必拘泥官职尊卑。”

他这话实是说给潘叔正、蔺芳一帮人听的，就担心他们在一品都督、二品尚书、从二品的布政使、正三品的侍郎等官员面前放不开，不能尽展胸臆。

想不到，黑大汉周长却率先开口。还是整治太湖时那股子大刀阔斧的干练劲儿，他两腮约莫半寸长的络腮胡子整体动了动，双眉一翘，随手把茶杯往近前挪了挪，亮开嗓门道：“我老周武人一个，凡事喜欢直来直去，不打弯子，虽认识几个字，也是皇上逼着学的。要说打仗还算在行，要说山川水利，那是一窍不通，我也不去操那个心。你们怎么定，我的官军就怎么干，和夏大人治太湖水患时一样，我一马当先。你们议，别尽整些之乎者也文绉绉的词，我也能听懂些。”言毕，端起挪到近前的茶杯，也不管其冷热与否，咕咚咕咚连喝了几大口，很有武人铁马冰河、敢打敢拼的阵前范儿。

“周都督过谦了！”宋礼半是客套、半是激将。只要官军硬朗，急难险重之处冲锋在前，作了榜样，百姓这块跟上就是了。他说：“苏、松治水，周都督所率官军示范作用功不可没，夏大人没少提起，皇上也常挂嘴边，治理会通还要仰仗将军呢！”

“人家英国公张辅在前线拼命，捷报频传，而立之年就立下了赫赫战功，笃定青史留名；我老周在山东修渠，虽辛苦一点却没有性命之忧，哪一日也修成正果，沾你钦差大人的光名垂千古，岂不更美？”言毕，哈哈一笑，把众人也逗笑了。

明初尚武，朝堂之上的平行机构，如掌管军政的都督府和掌管行政的六部，左右都督的品级为正一品，而各部尚书仅为正二品，地方三司也一样。全国十几个布政司，按元时称谓又简称行省，各省主管行政的布政司衙门，其主官布政使为从二品，主管刑事、监察的提刑按察司主官按察使为正三品，而主管军事的都指挥使司的主官都指挥使为正二品。无论中央还是地方，军事主官品秩均高于行政及监察主官。周长是朝廷五军都督府的正一品都督，受命在浙江等地督导军务，比宋礼的正二品整整高了两级。但作为此次修河的主官、钦差和工部尚书，宋礼记念着周长旧日的劳绩，让这个正一品的都督感到很舒服，用笑意表示领受。有了周长的玩笑开头，会议的气氛顿时轻松了许多。人多了，炭火也烧上了劲，屋里渐渐暖和了。

“这样的榜我愿意陪！”金纯呷了一口茶，也来凑趣。甫一说话，白净的脸上开始泛红，睿智、担当的神色溢满面颊，“治运成功之日愿我诸人人人榜上有名！”

说到当下，想到几天以来看到的堵心的运河，金纯收起笑容，严肃起来，顿了顿，才言道：“受命随宋大人治运浚黄，还是做了些功课，翻看了不少水利的书籍。在下以为，运河的根本问题一是‘水’，二是‘淤’。所谓‘水’，就是指运河的水量，过剩或不足，渠再好也没有用，所以要在水源上下足功夫；所谓‘淤’，就是运河的淤塞，原因主要在于黄河。几位大人路上都谈到了，休说一个小小的运河，河南、山东乃至直隶多少条河流，只要沾了黄河的边，不被它淤平都是奇事！”

金纯悄悄抬眼望了望众人，见每一个人都在凝神静听，就连都督周长也放下茶杯，低头沉思，很受鼓舞，遂继续道：“宋神宗熙宁年间，黄河便由唐代的单由天津入海而变成汇入济水入海和汇入泗水转由淮河入海三路，由于泥沙量大，走一路淤一路。南宋绍熙以来，干脆全部由淮入海。由于下流不畅，金元以后便不时溃溢，元代尤甚。灾异大时竟至漂没上千里，这才有元世祖时贾鲁治河，导黄入淮之工程。诸位可以想象，夏秋之际，一个淮水自身的水量已是不小，二水归一，岂有通畅之理？黄河又去找寻故道，因而，河南、山东每每决口；而借了黄河水势的淮河，东去的旧河道很快淤满，生生南下和长江说上了话，把个洪泽湖不知涨溢了多少倍。”

金纯抿了一口茶，似乎手中的茶盏就是枯水期的黄河，黄水在河床内晃荡，他的思绪也由远而近，讲到了本朝：“洪武年间战事频繁，太祖皇帝于此顾及不多。永乐以来，仅去秋的开封决口，一万四千余户百姓房舍、七千五百余顷田土被淹，险些殃及开封的周王府。这也算是给今上提了醒，加上潘知府的折子，才有了今日治运兼治河的举措，而治河的重举就在于寻找和疏浚便于黄河下泄的水路上。”

金纯是个很内向的人，稳重、机警、内敛、大气，方才的话已算很多。他和夏原吉的经历有些相近，仕途比较顺畅，因荐由太学生直任吏部文选司郎中，再任江西右参政，因蹇义之荐，升为刑部右侍郎。永乐四年曾随宋礼到江南采木，不久被召回，但和宋礼也算是相知了。接着，随皇帝北巡和北征，迁刑部左侍郎，颇受信任。这次从南京出来，他一路都在谋划着“河运双治”的法子，想着能襄佐宋礼办一件利国利民的大好事。

蔺芳说：“接了金大人的话，会通治理首先要解决的就是个淤的问题，这个简单些，无非是在一百五十余里的河道上排开阵势清淤就是了，官军、民丁一起上，雨季前解决没有问题；二就是在疏挖的同时要花一些心思考虑尽力避免再淤或减少再淤的可能；三就是在山东境内运河两侧思虑水源的问题。”蔺芳虽说做过知府，又有宋礼有言在先，但皇上并没给他官复原职，只是让他做了个都水主事，他是以主事的身份第一次参与这样的议论，每一句话都在掂量着轻重，言间也在观察着众人的表情，想尽量克服过去抗上的老毛病。

潘叔正思虑着，既治运河，又浚黄河，这是密不可分的两件大事，钦差也会分身乏术，而分头去做效果更好。遂笑道：“说句不恭的话，我提议把钦差大人的队伍一分为二，一些人打理运河的事，另一些人思虑黄河的事，双管齐下岂不完美吗？”

“好主意！”芮鲇一拱手，“两驾马车分头跑，两个灶台共烧饭，大司空牵总，多安排人力，齐头并进，两路同时报捷更显成效啊！临清和济宁一样，将全力以赴，只等宋大人和储、马两位藩台大人发话。”

听着大家举一反三、颇动了一番心思的剖白，宋礼有些感动，每个人贡献出一点智识，就已在推进工程了。就像一艘前行的大船，一人一把桨，看着和划着，船速会大不一样。于是，他大而长的脸上拉起了横纹，有了不少温暖，目光也柔和了，一对扫帚眉四平八稳地在眼眶上静静地卧着，晕出了少有的慈祥。

“两位封疆大吏还有什么要说的？”他稳了稳情绪，看着山东的左、右布政使。

“实话实说，在下到任光景不长，连府州县的官员还认不全呢，于山川河渠之所虑就更少。前已说了，既在山东治水，必然守土有责，宋大人有什么吩咐，储诞不遗余力。”

“如有人胆敢阻挠大人的治河、治水大计，我马某必叫他暗无天日。”虽都是为国家治水治河着想，马麟的心思却充满龌龊，似是还带着前日心计不逞的怨恨。

“有山东的支持，我们的工程就等于开始了。”宋礼很乐观，至少从参与的主要官员的层面取得一致了，便有了一定把握，下一步就是具体的疏治谋划了。

“从南京一路走来，虽也看了黄河，连走马观花也算不上，根据诸位的意见，我看这样办：辛劳金侍郎、蔺主事再仔细走一走黄河，既看今日主流的由淮入海，还要看由济入海和元代贾鲁引黄入淮前的故道，打通下游才是治黄保运的根本。我等眼生，或许看不出究竟，而民间不乏山川地理的高人，尤其是在某一地住久了，必有在行的，沿途要多访耆老山人，早日求得治黄良策。”

由二人实地走访勘察，这也就意味着金、蔺二人要独担起艰难的治黄大任了，金纯、蔺芳始料未及，既有信任的感动，也有仓促间身膺重任的局促，涨红了脸，忙站起拱手。金纯道：“谢大人信任。黄河桀骜，积重难返，此去必然困难重重。我等日夜兼程，哪怕四肢并用，力争不辱使命，不负大人重托。”

“不是力争，是一定，”宋礼摆摆手，示意二人坐下，“我和周都督，还有山东官员以及潘、芮二知府眼下就着手会通河清淤的事，拣容易的先干，一面清理一面考察水源。会通所经之处地势虽高，但山东境内山岭不少，河流、泉水众多，随高就高，想办法唤诸水为我所用是治运根本，也是将来通畅的关键！”他呷了一口茶，左右环视了一下，已然成竹在胸的姿态，遂对两位布政使道：“当下，你们二位最要紧的是用芦席、蒲苇在运河两岸搭建起数万间草房，能遮风挡雨就成，东阿知县贝秉彝不是个有名的‘破烂王’吗，就叫他拿出一部分‘破烂’，汶上的史诚祖也要奉献一些，皇上钦定的模范知县就要给大家做出表率，其余的你们去想办法。再就是从各府、州、县官仓和义仓中暂时筹措三十万石粮食，半个月之内要陆续到位。当然，这两项用度待我奏明皇上后马上由户部调拨，再给你补上。”

“大人见笑了，”储诞站起来，晃了晃肥胖的身躯道，“及时搭建草庐的事不在话下；至于粮食嘛，这两三年山东的年景不错，每年夏秋两税后除去开支项，库存都在百万石左右，义仓也充盈，大人只要奏明皇上就是了，补与不补干系不大。再者，我山东境内近千里的地界，运河一通，河两侧十几座城池最是受益，商税、车马店税那就多了。”

“看得长远，你是不会有近忧了。”宋礼调侃着，又把目光朝向众人道，“诸位还有什么话要说吗？”宋礼的脾气虽然急躁却不专断，吹胡子瞪眼却有度量，希望大家把话说完、说透，这一点和皇上挺像，长于集众人之智慧。他后来亲自登门拜访地方名流白英，就能看出他能够成事和善于成事的一贯风格。由于他的积极调动，在座的人也乐于贡献自己的智识。

“宋大人，”金纯拱拱手，一副重任在肩的责任感，“在下以为，疏浚会通、治理黄河，解决水源或许还要开渠，这些都是民力，人少了不行，要算出个大数一并上奏皇上才好。”

“还有，应征百姓的田赋可否考虑免掉？”潘叔正补充，“壮劳力都出来了，老弱妇孺在乡，侍弄稼禾自然就成问题。”

“像当年疏治太湖一样，参与百姓多得一份粮饷最好。”芮鲇也冒了一句。

“说得都在理。宋某大致虑了一下，以运河为例，疏挖总长一百五十里，平均以十五丈的宽度算，约合三十七万三千平方丈，深度五尺到一丈不等，挖出再运到河岸上，三十万人也要小半年的光景，还有其他要新挖的水源渠呢——治黄单说，这些工程下来至少要一两年的工夫。所以，我们奏请皇上先就近征集民丁三十万，以所在的山东及徐州、应天、镇江、顺天民为主，先挖会通河，力争十二月下旬开工。”

“就等你老宋这句话呢！”已是半天不开口的周长拍着大腿道，“预备好住地儿，我这就请旨调发官军，我的人一准儿先到。”由于兴奋，周长额头上一条三寸多长的伤痕由紫色呈淡红色，暴凸出来，像一条短短的蚯蚓在蠕动。听到他的话又见了他的伤痕，众人又是欣慰又是感慨。

“那就有劳周都督了！”宋礼拱了拱手，“列位所言我一并考虑。”众人便在一种非常融洽的气氛中结束了今天分量很重的会议，分头准备各自的事。

宋礼的折子很快批下，十二月下旬各地的民工便陆续到达，周长已率官军做好了疏浚的先期准备。由于宋礼调度有方，大家住下之后，按照潘叔正、芮鲒等人预先划分好的各府、州、县段工程量，进入工地开始疏挖，真个是一点都没有耽搁。朝廷也是下了大本钱，参与民工次年田租全免，约有数十万石，干得好的还发粮犒赏，每月一斗到三斗不等，众人干劲十足，天不亮就起，黑下来才回，整个会通河的疏浚工程井然有序地全线铺开了。

“周都督辛苦！”宋礼拱手冲着河道里的周长大声道，他和潘叔正一起来到官军所在、泥水交融的一段最困难的工地上。

“不敢当，不敢当！”河床中间一个人瓮声瓮气地回答着，浑身的泥巴，若不仔细辨认，根本不知道那是个一品的大员，“你这钦差都换上了百姓的装束，日夜在工地奔波，我等一介武夫，为朝廷效死疆场在所不惜，何惜劳作？”

望着浑身上下裹着泥水的周长，宋礼、潘叔正满心的敬意。都说官军骄纵，蛮横无理，初见周长率部到来时，便觉不一样，看到都督的风范，看到这些拼力劳作的官军，才明白了人与人的区别，不同的人带出的兵也大不相同啊！

“周都督过谦了。”宋礼举着的手一直不忍放下，不仅是对周长，同时也是对这支官军吃苦耐劳、严谨作风的尊崇，这样看来，继太湖治理之后，朝议动用官军的提议无比正确。

“周都督善打硬仗。”潘叔正说，“如此淤积不堪的河段都能打理得这般规整，纾解了民力不说，做个模范工程也当之无愧！”

“二位大人过奖了。”周长也拱着手，算是还礼，黑红的脸膛上溢出一丝能够驻守京师的骄傲，他说：“本督所辖的直隶、浙江、山东都司各有二十几个卫，每卫五千六百余人，听着不少，用起来就不显了。首先要拱卫京师，白天晚上都得精神着；其次要在沿海各处防范倭寇，不使其有任何可乘之机；第三是防备盗贼，为各府州县做后盾。这不，我让各卫分派了一下，留足了备御之兵，剩下的随我来治水。有我周长坐镇，何人敢不用命？”

“岂止坐镇，说将军身先士卒更为贴切。”宋礼道，“听说都督身上有多处刀箭伤，在这泥里沙里滚久了怕是吃不消吧！”

“泥菩萨怕过河，纸冥器怕下水，我这铁打的身板多糊点泥巴不更结实吗？”说着，周长又是一阵大笑，一挥手，“干活，干活！”几个凑过来听渗漏、观察动静的卫士被他驱赶着，又忙活起来。

一品官员坐镇，已属不易，和士兵一起挥锹铲泥则更难能可贵，永乐麾下有这么一批赤胆忠心的文臣武将，大业何患不成？

周长爽朗的笑声漫过河坝，漫过原野，氤氲在长达一百五十多里的治运工地上。这笑声是一种和谐，是一种奋进，是一种力量，人们从笑声中感受出了这个时代的伟大，而伟大的时代一定会有更伟大的创举。

实际上，钦差大臣宋礼的身份也早就转变了，也早由朝廷的二品大员变成了一个彻头彻尾的治运总指挥和工程师，从工程的整体方略、运河清淤、寻找水源、黄河治理再到工地上的一员。他的随行人员，甚至包括一品的都督，都成了一个个地地道道的建设者，脚踏实地，挥汗如雨，像极了一个家庭的日子，不辞辛苦却心甘情愿。

夜色朦胧，月上树梢。伴着还带有寒气的微风，满鼻都是泥土的香味，沁人心脾。远处再次传来了催促着收工的锣声，而河道内依然人影绰绰。

周长的身体力行，不唯对官军，就是对整个工地都是一个巨大的鼓舞。潘叔正跟在宋礼旁边一路走着、感慨着，想起洪武朝一些骄兵悍将居功自傲、飞扬跋扈的旧事，还不是落得个家败人亡？韬光养晦，收藏锋芒未必不是上策。他下意识地看看宋礼，心中一动，也为这位敢为敢当和严苛戆直的钦差生出了一丝丝隐忧。

两人默默前行，偶尔搭上一两句话。见前面一个衣服肮脏破旧、敦敦实实的壮年大汉提着土筐和扁担一瘸一拐往工棚走。潘叔正赶了两步，仔细看时，大汉的发髻里外满是土尘，脸颊上还有一道道清晰的泥污，人也显得很疲惫。

“这位兄弟，身体不便还来工地呢？”潘叔正主动搭讪。

“啊？不是的。”壮年大汉早听说了朝廷大员布衣徒步奔波工地的事，虽然认不清，也加着小心。

“只是脚上打了个泡，行走不便。晚上弄盆热水烫烫，来日就没事了！”大汉步履蹒跚，走不快，咕哝着甩出一句，像说给自己，又像是说给二人。

“好样的！”潘叔正心里夸赞着，轻轻拍了拍他的肩。不料，壮汉“哎哟”一声，身体歪下了半截。潘叔正再看时，才发现壮汉的两个肩膀上已是一片血肉模糊，衣服和血肉紧紧粘连在一起。他这才明白，这个人为什么小心翼翼用手提着土筐和扁担了。

“来人——”潘叔正心急，高喊了一声，立时有个差人跑过来，“找个医士为他敷药，顺便治一治他的脚伤。”

“遵命。”差人过来带大汉往医棚走了。“就医后让他在工棚里歇息几日。”潘叔正叮嘱着。那汉子还不时回头，想看清身旁这两个官员的模样，原来加了小心，也没看出来。

潘叔正和汉子招招手，回头又望了望黑乎乎的大堤，感慨地说：“你给他一瓢，他还你一桶，人心换人心啊！工地上那么多独轮车，还是不够，还得有人用双肩担着土筐，从早到晚，几无休时，以至于脚下生泡，双肩磨烂。宋大人，是不是上奏皇上，再调拨些独轮车？”

宋礼在大堤上走着，时而兴奋，时而拧起扫帚眉，他为周长也为方才见到的一幕而感动，但他重点考虑的是运河的整体，各县按人头分的工程量大体相当，可十几天下来，进度却大不一样。

“我说老潘哪，”宋礼没接潘叔正的话茬，而是顺着自己的思路发议论，“你就没看出来吗？工程有快有慢，说明什么？有人卖劲有人不卖劲，要这么个磨洋工的挖法，必然会影响整体的进度。能不能跟周都督说说，官军少干些都行，调一些军兵专督那些进度慢的县，主体工程要在六月初完工啊！”

“大人，”潘叔正心疼民工，答非所问，“民丁们现在就睡三个多时辰！”

潘叔正扭头看着宋礼，一脸的官司相，二人的心思风马牛不相及。古人还讲文武之道，一张一弛呢！再怎么督促，也得让人有喘息的工夫。但潘叔正是下属，面对宋礼的严直，他只能想办法转圜，既要保工期，还要顾百姓。

“我先到进度慢的工地看看，弄清原委，再做打算不迟。不耽搁您给皇上写折子。”

宋礼点点头，算是勉强同意，继续道：“这几日，到我住处为治运和找水献计的人不少，听得出来，有出实招的，也有巴结朝廷大员的，从布政司也转来了几份建言。这样，我带上工部几个随员实地走一走，凿实了。此项工程一结，选那些不受雨季影响的，马上转入下一项。运河清淤的事就交给你和芮鲇了。”

从午后到傍晚，宋礼和潘叔正一直都在大堤上，一走就是十几里，腿一份，心一份，宋礼结结实实的身板仿佛有的是气力，像一个陀螺，总也停不下来。潘叔正跟着，不免吃力，虽寒风劲吹，但两人的额头上早挂了汗珠。潘叔正怕宋礼累坏了，难以为继，看看已经完全黑下来的天色，带着嗔怪抱怨道：“这半个月，在下的腿儿跟着宋大人都跑细了，您也悠着些，得空要歇歇。徐州段的粮食不多了，我去安置一下，有什么不满意的，大人尽管训示。”

行过礼，潘叔正转身走了，望着他模糊的背影，宋礼先是点头，继而又摇摇头。他宋礼心中装着的是治运、治河的全景图，外间的议论他怎能不清楚，驭下太急？可不急又能怎样？到了六月还不能完工，上有雨水，下有河水，泡水里劳作，难道也让民丁像隋炀帝时那样腰下生蛆不成？眼窝子浅的，今天或许骂我，但后世说不定会立祠祭奠我呢！

还真叫宋礼言中了。

他的火爆性子和千方百计保工期的做法招致了很多人的非议，这其中就有那位右布政使马麟借机在背后扇起的阴风。他唆使一些御史和给事中上折子猛参宋礼，且言辞激烈。但皇上深知为帅一方所需的威严，虽未深究，心中也是耿耿。所以，除了极少数人知道宋礼真实的内心，很大一部分人不愿意接近他、亲近他。卖了那么大的劲儿，所历之事，几乎无所不至甚至无所不能，乃至做出名垂千古的大业，可临终之时，连皇上也对他不冷不热，蔺芳先他逝世，除了夏原吉、蹇义、金纯等少数人，同僚们致祭的都少。因为政清廉，家里穷得连葬礼都办不起，还是夏原吉等人操持着勉强发丧。洪熙改元，太子朱高炽即位，才在礼部的请求下遵循朝廷二品官员予以祭葬的旧例，补助了一些宝钞，此时他已去世两年多了。

问渠那得清如许，为有源头活水来！

七十年后真就不同了。明孝宗弘治年间，运河的长久之利，使人们想起了先朝这位治河的能人，皇上下旨，在南旺建祠祭奠当年的治河能臣宋礼，以功绩仅次于他的周长和金纯配祀，宋礼的千秋功业尤其是“南旺导汶”的奇策才得以光大、弘扬和流传，都督周长的那句沾光的名垂千古的玩笑也算落了实，金纯也成功地“陪榜”了。

三、只争朝夕

黄河自己新辟的由淮入海之道，是洪武二十四年在河南阳武县黑洋山决口后，淤满了元代贾鲁所修的引黄入淮之道后自然冲出的河道，虽说不上十分顺畅，大致走水还是可行的。金纯、蔺芳等人从山东走起，先看由济入海之道，继而溯旧河道南下西上，到了黄河最易决口的开封附近，看了贾鲁引黄入淮前的故道，再从祥符向东折而向南，沿黄河新道抵淮河，看了黄河今日主流的由淮入海之道，再回山东，一路上不知走访了多少耆老，两个月下来，人瘦了一圈，金纯原本白皙的皮肤变得黝黑，蔺芳黑瘦得几乎走形。回到济宁，潘叔正乍见了竟不敢相认，边行礼边笑道："二位大人像是在酱缸里游走了一遭。"

"彼此，彼此。府尊大人就不要过谦了。"蔺芳苦中取乐，他笑的时候，尤显难看，才四十多岁脸上就已经褶皱纵横，仿佛有无数的黑白线胡乱攀爬着，堆满了他的脸。的确，潘叔正也没好哪儿去，这些长年在官衙里的人，突然间风吹日晒，行走在天地山水间，老天爷给每一个眷顾它的人都上了一层保护色。大家相互看看，一齐笑了。

见礼后金纯居中坐了，问宋尚书现在在哪儿，何时能回来。潘叔正虽对宋礼的脾气秉性不大赞同，但对他的为人处事和不辞辛苦的敬业风格是深深钦佩的，闻言道："他是三头都牵挂着。既要虑着下一步运河水源的事，又放心不下会通河的清淤，还要我时常打听你二人的消息。在泗水走了近一个月，中途回来了两次，前日又去看汶水，说是你二位回来，可直接到汶上县找他。"

没见着宋礼，六十多天的奔波和满腹的心里话无处去说，就像溢满了水的闸口，再不开闸，闸门将无法承受了一般，金、蔺二人未免感到失落，心急火燎的，在府衙里根本坐不住。本来已是身心俱疲，金纯却从座位上起来，在屋里走溜儿。蔺芳虽原地未动，却一个个掰着手指，听着骨节的脆响。潘叔正看出了二人的心思，嘻嘻一笑，打趣道："二位大人一路上风餐露宿，鞍马劳顿，日头就要落山了，黑灯瞎火的，盲人瞎马一般，哪儿也去不成。不妨今日就在府中歇一歇，济宁虽没甚好酒，但本地产的桂花春也着实不错，再配上百日鸡、菊花虾和爆炒鱼片几道名菜，膳后管保二位睡个安稳觉。歇妥了，明日一早再去汶上见宋大人，顺道访一访我的模范知县史诚祖，可好？"

如此周全的安排，金纯、蔺芳确实无话可说。

位于济宁东北的汶上县域内，西南有蜀山，山下就是著名的蜀山湖，县东北有汶水，西流注入大清河，会通河自西而东北穿境而过。经过史诚祖多年的治理，一路走来，汶上一派鱼米之乡的繁荣。因治绩优良，永乐皇帝初次北巡时路过山东，还接见了史诚祖和东阿的贝秉彝两个知县，并将两县树为天下模范县。欣赏着史诚祖的治绩，不觉间，金纯、蔺芳二人已到了汶上县衙。说来也巧，正赶上宋礼处理一件朝廷送来的公文，也在县上，二人不用东奔西走去找了，自然高兴。史诚祖热情地迎上，见礼后各自落座。

“难怪皇上树你为模范县，”做过吉安知府的蔺芳看到汶上，看到史诚祖，心有所感，想起他过去在大山深处吉安的治理，真是十里不同天啊！何况一南一北相隔数千里。眼前的沃野成方连片，可在吉安要想找一片可心耕种的地界却难。因而，满心的赞誉禁不住一下子流泻出来，“你的治绩就是与众不同！进到县境，事事井井有条，处处忙忙碌碌；田野中绿油油一片，河塘里鱼虾跳跃；眼前的田园风光，心中的桃源享受。此情此景，不得不让人艳羡起采菊东篱下的陶渊明了，县尊大人，从你新辟的田土里也为我备个三五亩如何？”

“蔺大人的本领天下共知，三五亩太少，给你个三五十顷也无妨啊！”继而，他的话锋随着他高大的身躯一转，两手比画着，“不过是最薄的田，三五年种肥了再还我不迟。”

“果然都厉害，谁也不吃亏。”金纯嗤笑着，看着两个勤廉的官员连斗嘴都是为政之道，很是感慨，“想那东阿的贝秉彝也是这番海纳百川、得理且饶人的思路，要不，怎么会有那么好的治绩呢！”金纯虽在地方做过官，可他在布政司衙门做参政，属于僚佐，没有像蔺芳、史诚祖、贝秉彝那样有着掌管过一府一县的经历，因而很是羡慕这些有机会善治一方的人。

宋礼处理完公文，走进正厅，几个人都站起来行礼。阔别了两个多月，又是领命视事，一定有许多话要说，史诚祖知趣：“几位大人议事，我就去备午膳，汶上是鱼米之乡，自然也有几样着吃不贵的看家菜，一起上来请大人们品尝品尝。”边说边退了出去。

宋礼望着史诚祖的背影，笑道：“这个史老抠，今天也大方一回，我在这儿吃了几顿饭，他也没说过什么看家菜，还是你们二位有面子。”

宋礼的话随口说来，但金纯还是感到了不对劲儿，属下的面子哪能大过钦差呢？想起第一天进山东就把那位右布政使马麟的盛情晾在一边的情形，遂调侃道：“不对，应该是大人您不给他大方的机会吧？”

宋礼话一出口，也觉出了唐突，赶忙回应着金纯的圆场，点点头：“嗯，我是很欣赏这个史老抠的。皇上看重的模范知县，包括贝秉彝的东阿县，治绩一流，天下知名，谁都想来看看，连布政司的差遣都多，不这样抠着还真不行，大大咧咧的，再富也得吃穷了。好吧，说正事，先谈谈你们两位一路的观感和想法。”

几个人落座，像是渴了多日似的，金纯连喝了几大口茶，表情凝重起来。就看他这喝茶的架势，宋礼都感到欣慰，再不是文人闲庭信步的细细品味，倒有了武人闻风而动的大刀阔斧。只见金纯眉心紧锁，左手攥着右手，半晌儿说道：“没有黄河，或许也就没有炎黄，没有华夏，没有中原千百年来的朝代更迭啊！但黄河的横行无忌也真令各朝各代伤透了心思。一年一次或多次决口，几乎每次决口都废了旧河道，冲出一条新河道，不知多少黎庶苍生、房屋田产被它卷走，赤地千里的惨状永远都叫人心有余悸……”

“别发你文人的感慨了，拣要紧的说。”宋礼惜时如金，即使是比较亲近的下属，即使是欣赏，瞪起眼来也从不讲情面。

金纯忙又拱拱手：“元末以来，黄河决口主要就集中在了河南段开封附近各州县，这说明什么？再往下走，水流得不畅。一则泥沙把黄河淤成了地上河，加上地势原因，这便是黄河屡从开封附近决口的症结。我等走了黄河自然冲决的新河道，走了经开封南下会颍河入淮的贾鲁河，也去了洪武初年中山王徐达利用河决曹州、直开塌场口引河入泗的故道等，也访了不少耆老，思来想去，只有循地势和以往的旧河道开浚才省时、省力。”

金纯又喝了几口茶，缓了缓劲，偷眼见宋礼手中的毛笔在勾勒着横线或纵线，猜着那该是黄河未来的走向，赶忙继续道：“我二人一路走访，两个月的思虑，盘桓古今治黄方略，建议有三：其一，从祥符县鱼王口至封丘县西南的中滦，工程不大，仅疏挖二十余里就与北去天津入海的黄河旧道相连，旧道淤塞不重，尚还可用；其二，从封丘向东、向南挖一条新河，仍引黄河由淮水入海；其三，再导黄河入泗水，此为故道，疏挖即可；此三分导黄之策，即可分流中游以下的黄河水，通过北、中、南三路入海，途经运河之处，还可增补我运河之水。”

宋礼认真思忖着，在朝廷二十几年，虽没像金、蔺二人这么细致地走过黄河，但以自己平日对山川形势的留意，也印证了二人的判断和疏浚架构。因为心里装着运河的全盘，装着运河所经的各个水系，因而，他的所思所想又进一步向前延伸，那就是还可以把新开的浚黄河道和运河更紧密地连上——东下的黄河经曹州、下鱼台，仍走塌场口入淮。一想到能够补给运河水源，他的心里顿时豁亮了许多，便用目光催着蔺芳说话。

蔺芳欠欠身道："在下以为，黄河决口虽由中上游暴雨挟大量泥沙淤满河床及地势造成，但河两岸大堤之粗劣也不可辞其咎。一则岸之主堤皆是黄土筑成，当急流巨浪以千钧之力扑打时，土堤怎能抵挡水之巨力冲御？尤其是河道转圜之处；二则河决之时，为堵塞决口，仓促之间，木船、树枝、蒲绳、泥草一起上，外覆以泥土，封堵上决口，人已筋疲力尽，其时水也小了，便曲终人散，殊不知这样草草收场却为第二年决口留下隐患，洪峰刷光了泥土，岂不又从这里决口？窃以为五代十国时吴越王钱镠捍御海塘的做法可以借鉴。他是用耐盐碱的竹笼固定巨石，横以为塘，又以九重巨木为柱，打下六层木桩后再筑捍海塘，坚固无比。所以，我之思虑是，疏浚之际，关键之处的修河筑堤要重视，务以坚固为要，哪怕是费些工时，也不做捉襟见肘、劳民伤财的面子工程，永无宁日。若人力不济，雨季前完成一处是一处；雨季中做一些力所能及的；雨季一过，再全力浚黄筑堤。"

蔺芳越说越激动，竟站了起来，瘦小的身躯似乎也高大了。由堂堂知府到工部一般办事官员，压抑了很久，今天终于可以直抒胸臆、一展抱负了。说完了，才觉有些过了，朝宋礼、金纯拱拱手算是歉意。

"两位果然不虚此行，深思熟虑，把握关键，于治河大有裨益。"宋礼微微颔首。看到二人劳乏疲惫的样子，早就估摸到了他们实实在在"行万里路"的艰辛，要看、要记、要琢磨，所谓"勤劳王事"，不就体现在这一点一滴上？墨子言，贤良之士众，则国家之治厚。一点不假。他心里感动，言语上却没有太多的劳慰，便切入正题，"宋某以为，北引黄河入海、南导黄河入泗都是小工程，可同时进行；东南引黄河入淮我又思虑一番，可以这样，引水自封丘金龙口向东出曹州，抵鱼台塌场口，经徐州洪、吕梁洪两个运河上的险峻之处再南下入淮，既疏通了黄河，又实增了运河水量。"

金纯随着他的思路在心中走着图，待宋礼说完，高兴地跳起来，一抱拳，赞道："宋大人高见！宋大人高见！"

连这么个文绉绉的人都兴奋得失态了，宋礼心中感到惬意。作为修河主帅，他深明一谋胜千军的道理，摆摆手，示意金纯坐下：“工程尚未动工，现在高兴还太早。我这两个月，除走汶水、泗水，还把会通河附近州县的山川河流几乎都走了一遍。”

金、蔺二人又是一阵惊讶，宋大人督着运河疏浚，那是几十万人的大工程啊，他居然还分身走了汶、泗等诸多河流和山川，这股子精气神恐怕是常人难以承受的。看着宋礼同样黑而清瘦的脸，心中便涌出了无限钦佩之情。

“‘纸上得来终觉浅，绝知此事要躬行。’古人之言切中要害。实地一走才发现，山东西部竟有这么多丰沛的水源。”宋礼的心中热热的，他和他选择的同僚们通过相同的方式发现了许多，且在发现中有了太多的思路和方法。

“大小河流几十条，汇集山泉上百个，根据地势和河流走向，能为我所用者也有十几条啊，不过，关键之水还是水源充裕的汶水和泗水。汶水汇集了东岳泰山的诸泉和洸水等河流，泗水汇集了沂水、洳水、武河、彭水、菏水、枋水等十几条小河。元代已注意到这一点，所以修了堽城坝，遏汶入洸，直抵济宁马常泊，意在以汶、泗济运，却不能完全掌控其水势，故会通虽有，因水源不足，加上黄河之患，运河作用有限。为今之计……”

他眼前一亮，提高嗓门，一幅巨大的河运兼治的蓝图在他心中已然形成：“与浚运、导黄之同时，拣容易的先干，那就是维修堽城坝，先使运河活起来，这事安排给潘叔正牵总，此其一；其二，导沙入运。长青县西南有沙河，水量不小，修十几里的水道就可以导入马常泊，和泗水一道，解决会通河南段水源；其三，治理卫河水患。卫河自临清流入会通河，虽解决了会通北段的水源，但也是小患不断，只要从魏家湾开两条支河，泄水入土河，便可分其水势，既可济运，又不至于为患，这事可以芮鲇为主。”

宋礼目光炯炯，好像是在眺望着窗外的远方，看到了整修一新的黄河、大运河的景色，看到了千帆竞发的壮观场面，满眼风光般兴奋：“会通两端的水源既足，再重点解决济宁、临清间地势高、会通中间乏水的难题，我就不信没有处置的办法。”

三人正说得热闹，史诚祖敲门走了进来，冲几个人拱拱手，打趣道：“几位大人真要废寝忘食吗？差事没做完，人先垮了，皇上降罪下来，我小小的汶上知县可吃罪不起。”几个人一齐笑了。史诚祖话锋一转：“陆放翁说，山重水复疑无路，柳暗花明又一村。先进膳，而后，我新得的消息要报给几位大人呢！”

“别卖关子，说完再用膳不迟。否则，我等有个三长两短的，叫你这知州大人也担当不起。”

“宋大人又以势压人了。”史诚祖咧嘴一笑，“知州只是皇上给的衔，以示鼓励，大人这么称呼就有如芒刺在背，不舒服。叫我老史、小史都行，都行。”说罢一躬，逗得大家又笑了。

“你五六十岁要是小史啊，我们不也成了小宋、小金、小蔺了？”宋礼揶揄着，“说正事，什么消息？”

“大人还真沉不住气，”史诚祖站在门口，很得意的样子，略有些神秘道，“我在汶上十几年，于汶上风物人情还知道些。大人一直在寻求治运良策，属下差役也是随了我的性子注意上了。说是彩山有个叫白英的人，约莫六十来岁，在乡里有些德望。坊间传言说，他于汶上的山川地理钻得很深，据说还见过皇上。我私下里打听一下，果是名不虚传，只是有些傲气呀！不过，汶上人倒还认我这个知县，何况他还是彩山里的老人，邻里间有个口角争议的都由他去平息，来日，我请他到县衙与大人一叙。”

史诚祖特地把“傲气”两字说得很重，其后还故意停顿了一下。实际上，话说到一半他就感到事情的难处所在了。请不来白英，宋礼没面子，他这个知县更没面子。登门求贤倒是个好法子，可他又怕宋礼不去，不便直接说出来；可若是宋礼去了，那白英名不副实则更难堪，他面子上更过不去，颇有些麻秸秆打狼——两头怕的尴尬。

“你老史荐的人我自然相信。”宋礼却一点不含糊，没有一定把握，他相信史诚祖不会随便把什么人荐给他。“别跟我打弯子，我也知你葫芦里卖的什么药。既有真才实学，又有些来头，绝非一般等闲之辈，不可小觑！刘玄德三顾茅庐，三分天下有其一。我为国家求贤，济宁、聊城、临清的山山水水都走了，再走一遭彩山又算什么？明日你备些礼物，我们一同登门拜访，执恭敬之礼，倘寻得更好的治运良谋，一蹴而就，我宋礼这张老脸就是舍上三五十次又有何妨？”

“宋大人言重了！”史诚祖谦逊地一揖道，“我于汶上多年，太知晓这里的人心向背了。前些年旱涝不逮，朝廷拿出多少赈粮？百姓感恩还来不及，怎敢劳钦差大人跑上三五十趟呢？”

“恩德归恩德，求贤是求贤，两个事不能搁一块说。程门立雪是学一技之长，彩山访贤是为国寻策。你老史也别故作姿态，明日就随我同去。”他又朝金纯、蔺芳道，“你们也是又黑又瘦，可皇上催得急，就没了歇息的工夫，今天喝上几杯，解解乏，明日就往封丘赶，做浚黄准备，待我奏明皇上，民丁一到，马上开工。”

说完，站起来一挥手，催着史诚祖朝膳房走去。

四、八方云雨

总兵官、平江伯陈瑄的治下长期有着一万多人的运粮水兵，只要北京、辽东的屯田籽粒粮充足，他的海运以及兼带的河运任务就可以稍稍减轻些，用由运务腾下来的人参与其他事务。所以，由陈瑄筹划并调拨万余人力于嘉定堆土为山、筑建烽堠的进展很快，两个多月就完成了。

昼则明烟，夜则举火，多少个日夜行走在海上的船只见了位于长江口山顶上的这样一个标志，自然是群情激昂，欢呼雀跃，因为，见到这个标志，就等于到家了，家的感觉、家的诱惑是任何风险都无法阻挡的。陈瑄的海运船队方便了，郑和的远洋船队方便了，凡是和大明有着友好邦交的外国船队也都知晓了这指路明灯的作用，赞美的喜悦溢于言表。而土山之依又让嘉定的港湾更加安全。消息传进皇宫，永乐的兴奋一点也不亚于那些远道归来的航行者，赐土山名为“宝山”，御笔大书了“宝山”二字，并亲制碑文以纪之，上海宝山的名字从这一天开始叫响。

按照朝廷的布置，陈瑄让在宝山劳累了几十天的士卒们暂回卫所歇息，准备接手更大、更艰苦的劳作，而他则带着千户陈祥、副千户刘纶等十几个亲随、侍卫乘马由嘉定北上淮安。这就是永乐皇帝给他的新旨意，将在淮安知府叶宗行协助下踏勘淮安地形和水流走势，疏浚淮河段运河。于是，又一个标注大明、标注中国的中运河修建工程进入勘察和实施阶段了。

从浙江、上海到北京、辽东的海运线陈瑄熟悉，每一个岛屿、每一个暗礁、每一个避风港乃至何处最易藏匿海盗、倭寇，也都在陈瑄的心里，而贯通中国南北的大运河他也不陌生。北运的粮饷只靠海运根本不够，这就需要河海兼运乃至陆运，几千里的大运河虽不通畅，陈瑄也是无数次督船、督人走过。

稍晚于宋礼大修北运河，淮河段运河修葺的重任就落在了陈瑄肩上。

一辈子泡在水上的刘纶说："大帅出身武门世家，两代戎马，想不到您的一生竟和个'水'字结下了不解之缘。在四川时率军疏挖过都江堰，后又总率大江水师，今上即位便长年累月奔波于南北海运、河运，剿海寇、筑津门、建宝山，这一次，皇上干脆就让您修上运河了。"

"我虑着，修运河总比修海堤容易多了。"陈祥一提马，紧赶两步，举手投足间透着一股子年轻小将的英武劲儿，"前年，你去督理河运时，我随大帅去浙江，正赶上多年不见的狂澜海潮，冲坏了南起海门北至盐城一百三十多里的防海大堤。地方有司一报，皇上顺便就命大帅领直隶、浙江、福建的十几万官军筑堤，那才叫难呢！昼观日头，夜观天象，算计着海潮涨落。退潮就开挖，涨潮之前地基就得打好、打结实了，一段一段地干。大帅真成了那个借东风的诸葛孔明了。"

"你要不说，我还真把这段拦海的水缘给忘了。"刘纶说。

"刚开始时，有一段海堤的筑建比别处慢了两个时辰，结果海潮一涨，十几里长、二丈多宽的基槽又叫海浪卷着海沙填平了，大帅狠罚了他们。这下，大家才知误了工期的大麻烦，也都警醒了，加快了进度，个把月的工夫一百三十多里坍毁的海堤即告完工，皇上拨下百万锭宝钞奖励了修堤军卒！"

"江、河、海一一涉足，我的水缘不浅嘛！"陈瑄一笑道，"大海发威，冲毁海堤；江河其怒，溃坝而出；水的道理和人一样，也有它的喜怒哀乐和七情六欲。因而，修堤、修堰亦如人生之疗伤治病，不过寻常之事。然如老子所言，上善若水，水利万物而不争。连最贵重的金子都不例外。唐人刘禹锡言：千淘万漉虽辛苦，吹尽黄沙始到金。淘金、淘金，还不是因水而排沙简金，要不怎么说水为万物之源呢！我自与水相处，乘长风破万里浪一般，万事皆顺。与水结缘，我之大幸。"陈瑄目视远方，信心满满，仿佛他的下一个和水打交道的重举也会一帆风顺，数千里大运河会在他的运筹下返老还童，风采照人，给他也给后人留下水印丹青的一笔。

"大帅的言谈话语又是诗、又是古人的，快追上本朝开国功臣岐阳王李文忠了，再过些年，我这个斗大字不识半升的大老粗跟大帅说话是不是都该费劲了？"刘纶的嗔怪中更多的是羡慕，同样是疆场杀伐出来的赳赳武夫，比他小着十几岁的陈瑄就有着那么高的学问，一言一语皆学识，一派儒雅从容的文人风范，这在武将中实属难得。

“我幼年时读过三年私塾。”陈瑄说着，无限感慨，一双浓眉慢慢攒起，声音也低沉下来，仿佛时光倒转了一般，满目的旧日风景，那风景中又有着些许浪漫和情思。

“跟父亲一起征战沙场后，每日里刀光剑影，甲光向月，其他就扔了。十七岁那年，随大将军傅友德征伐云南元朝的残存势力梁王时箭穿飞雁，偶然知道了‘情为何物’的典故，知道了寻常大雁也有故事，竟也和人一样，有着忠贞不渝的爱恋，这才对读书有了顿悟。闲暇之时，也学起了古之儒将，捧卷在手，上瘾一般，大有了相见恨晚之感。因为，有前人事例在，无论战场还是海运河运都有章可循啊！”

“大帅说得是，只是属下已老了。”刘纶苦笑了一下，叹自己实在是到了解甲归田的年纪。想着哪一日辞别大帅，回到驻地，做一名屯守老兵，耕几亩薄田，子孙绕膝，享天伦之乐。

刘纶是洪武时期的兵卒，曾在大明开国元勋李文忠属下任小旗，因家居海宁，自幼于海上漂泊，后又被选为海卒，升总旗。洪武末年任百户，跟随陈瑄后，因在海运和打击倭寇时立下战功，才被陈瑄屡次保举，升百户、副千户、挂千户衔。虽已年近六旬，依然尽心竭力于身上的差事，因而深得陈瑄器重。

“刘兄此言差矣！”陈瑄对刘纶的心老于身的想法不以为然道，“古人师旷天生盲疾，却长于音律，博学多才。他说，‘少而好学，如日出之阳；壮而好学，如月午之光；老而好学，如炳烛之明；炳烛之明孰于昧行乎？’就是说，举烛而行比盲人瞎马地摸黑走路哪个更好？”

“谢大帅指点。”刘纶苦笑了一下，茫然望着远方的天际。年幼时家贫从军，饱经战乱风霜，数十年漂泊海上的经历虽让他羡慕陈瑄，可打内心里盘算着又学不来。既已入军籍，世代为兵，只有教子孙练好手中的兵刃，才会有所作为。至于读书，认几个字足矣！因而敷衍道：“遵帅爷之言，从今天不再‘昧行’。不过，我的烛光弱了些，还得从《百家姓》学起。”

“学了，就是‘炳烛’上路。陈祥也不例外。”

“是，侄儿正读《孙子兵法》呢。”

陈瑄知道，就读书而言，就要马放南山的刘纶不会有多大的兴趣和长进，多说无益，而他更多的则是在启发他年轻的侄子。

“就像这运河，自隋炀帝开凿，不，应该说，自吴王夫差肇起以来，因何而废，因何而兴，通了又塞，塞了又通，历朝历代都有记载，反反复复不知多少回。读了书，知其过往就能明白，不读，永远是云里雾里。”

他下意识地侧头看看，朦胧中，远处人影绰绰，水雾迷蒙，隋唐时运河西上洛阳时樯帆林立的壮观似是呈现在眼前。“黄河虽险，因隋、唐京师在今西安，朝廷便用通济、永济渠连通淮水、黄河、济水，使漕粮溯河西上。元时，国都在北京，于是修会通河直接从淮安北上连接淮水、黄河以及山东和北京境内各水源，不再拐向洛阳了。”

“宋大人所修不正是会通河的山东段吗？”陈琟问。

“是啊！”陈瑄意味深长，心中马上有了那段最长的淤塞严重的河道，“会通河一百五十多里的修浚和清淤是一方面，老宋最重要的是要解决运河山东段的水源难题。”

因为海、河两运，长期在海里行、河里走，找一条最便捷的路径，最多、最快地运送粮饷是陈瑄长期思虑的大事。宋礼初去山东时，他并没有抱太大的希望，他深深地清楚，淤好清而水难求，没有丰富的水源济运，和元代一样，那还是一条废河。可自己作为一个晚辈却又不好说什么。如今听说，宋礼正在设法解决着运河水脊之处的水源问题，他很欣慰老宋的方略对头了。于是，以前的不屑和忧虑瞬间烟消云散，也就从心底佩服起这个大嗓门、大块头、外粗而内精的工部尚书了。不期然间，治理中运河的重任就落在了自己肩上。老宋那头顺畅了，自己这边一定要跟上才是。

微风徐徐吹过，战马踢踏前行。过去运粮时，没有空闲遐想，水路不通了，卸下、装车，当地百姓助力，人拉肩扛走陆路，有了水路再重新装船。而今，就为解决这水路梗阻问题，陈瑄满心都是修河的事了，尽可以展开想象海阔天空地遐想了，当然，他更希望遇到一位智者，冥冥之中指点迷津，马到成功。他心下高兴，目光炯炯，仿佛已完工复命，正欣赏着自己率数万军民付出了无数辛劳汗水的杰作：大堤高筑，横亘中国数千里、连接无数条河流、湖泊的运河已顺畅得像一条完整的大河。

“大帅好气魄！”淮安知府叶宗行看到陈瑄率众立马淮河岸边、一派指点江山的气势，好不威风！他早从朝廷邸报上知道了陈瑄修运河的消息，得了皇上旨意，打听着他的日期和行程，今日专意候在这里。

“淮河改道，运河淤满，山坳里巨浸连亘，淮扬间千里泽国，说到底还是黄河南侵惹的祸，也让淮水狂放不羁了。”简短地见礼寒暄之后，叶宗行上马陪同前行，发着感慨，“大诗人笔下的天上之水，以风卷残云之势一泻千里，真就如白云间的天河一般，北走夺了济水之路，南下夺了泗水、淮水故道。黄河一过，千里沃野一片水泊，万亩良田芦苇荡荡。小小的运河不淤就怪了！邸报上说宋尚书治运的同时遣金纯、蔺芳开始治黄。大帅此来，正是时候。治运浚黄，聚集了朝廷这么多英才，正可谓‘八方云雨会中州’。那边顺了黄河，这边浚了运河，也解了我淮安百姓夜以继日的转运劳作之困啊！”

陈瑄多次经过淮安，岂不知转运的苦楚，叶宗行一说，心中又增了几分沉重，想着叶宗行这个当年的治水高手或许已有良谋，遂问：“叶知府爱民之心令人钦佩，还做诸生时就有治理大黄埔的锦囊献与夏原吉，不知今日在疏浚淮安段运河、早纾民困上可有善策？”

“还真叫大帅问着了，”叶宗行顿了一下，清瘦的面颊上泛过一丝无奈的苦笑，他又何尝不想“千里运河一日还”呢！只是他腾不出身去思虑，遂解释道，“前任留下了数千件的诉讼案子，每日升堂，喊冤叫屈的堆满衙门，脱不开身，淮安府二州九县我只到过三个，整个淮安都不甚了了，焉有良策？此番顺便陪大帅走走，或可偶有一得，也算是遵了皇上‘看百姓是否安、田野是否辟’的旨意。”

经当年治理太湖的钦差夏原吉推荐，叶宗行到钱塘做了知县，连着两任，以考满绩优、清正廉洁升任于此尚不足一年，对淮安只能说是有个大致的了解，每年数十万石北运漕粮在淮安陆路转运过坝，最远的时候要陆运到山东临清去装船，风寒雨雪，千辛万苦，运量运期所迫，民怨其劳。一想到这事，他的心中就拧成了疙瘩，也正想着腾手解决呢，朝廷就遣陈瑄来了。

十几个人围着淮安城附近的水域走了近一天，终不得要领。天色将晚，叶宗行想安顿他们回较大的淮水驿安歇食宿。陈瑄是合肥人，少小离家，很想在附近找一个热闹的地界再寻一下年少时的风土民情，于是便在山阳县庙湾镇淮河边一家叫淮水亭的较大酒肆前停下来。店家见来了十几个人的大买卖，满脸堆笑，招呼店小二一步三颠地将马匹牵到后院饮喂。

正值初春，嫩芽绽绿，生机勃勃。叶宗行着同知去张罗膳食，又让随从并陈瑄的卫士分成两桌在一层坐了。陈瑄选了二层临窗的座位坐下，陈祥、刘纶坐下手，叶宗行坐在陈瑄旁边，还有一个位子留给叶的同知。打开窗子，一股子清新之气扑鼻而来，望着官道上行色匆匆的人们，看着远处淮河上来来往往的船只，陈瑄无限感慨。

黄河改道入淮，平了泗水，暴了淮水，莫非数十年前这水道是旱路、官道是水路？人世间沧海桑田，他也由一个十几岁的从军少年变成了一个总督河海两运的总兵官、平江伯。奔流到海的黄河之水真如人生一样，时而跌宕起伏、时而风平浪静，时而怒涛汹涌、时而波澜壮阔，那么，哪一个时期是它最得意的时候呢？还真不大好说。伴着黄河的凶悍和桀骜，大致从黄帝开始，生于斯长于斯、生生不息、千千万万的华夏儿女在黄河的浪涛中成长，在淤后肥沃的土地上耕耘，黑头发、黄皮肤，是黄河留给华夏子孙最美好的印记吗？

心中怅惘着、纠结着，被楼下略有些嘈杂的人声搅扰着打断了思绪，陈瑄感到烦躁，正要发作，只听淮安知府同知走上楼梯，在身后喊着："上菜了，上菜了！"陈瑄回头，一个小伙计把四凉四热八个小菜和一壶酒摆到了陈瑄的桌上。几人坐定，叶宗行亲自斟酒道："马不停蹄，人不离鞍，大帅不辞辛苦，一到淮安就踏勘了一整天。卑职略备薄酒，既是接风，也愿大帅马到成功。"说罢，举杯示意。衣袖垂落，露出一双细瘦的手臂很让人诧异。

"多谢叶知府美意。"陈瑄、陈琈、刘纶等举杯示意，各饮了一口。陈瑄说："皇差在身，重担压肩，总有些食不甘味、寝不安神的感觉。也是这些年留下的老毛病，在海上航行时，生怕突遇风浪或倭寇袭扰，即使熟睡也常常是半睡半醒，风浪大一点，人就精神得像临战一样。"

"大帅之所以虑事周全，就是把心思都用在了做事上。凡所筹划，精密宏远，就这河海两运和承建天津百万仓，我们就领略了，大家谈起来，钦佩不已，也相信淮安一段运河在您整修后一定会直挂云帆。"有着对以往的了解，叶宗行对陈瑄的修河充满信心。

莫愁前路无知己，天下谁人不识君。唐人高适的这两句诗算是把天下英雄的孤独和担当表露得坦荡无遗。踏踏实实做事的人，不管他们以前是否相知相识，一旦有机会干在一起了，几句话之后，架势一拉开，宽广无私的内心世界便袒露无余，对方的心迹和自己的心迹就成了同一个心迹，彼此欣赏，彼此鼓励，共同前进。

叶宗行和陈瑄就是这样，正所谓惺惺相惜。

“皇上常说，食人之俸，忠人之事啊！”陈瑄夹了一口菜送进嘴里，慢慢咀嚼慢慢咽下，说到俸禄，似乎这每一口饭都是皇家供应的，应该倍加珍惜，“吾辈奉皇差、从皇命，尽心竭力还犹恐不及，焉有敷衍之理？就说眼前这件事，思虑了多日，又走了一天，终是不得要领，急呀！夏原吉治水苏、松有你献计，宋礼治会通有金纯、蔺芳出谋，我陈瑄治运就没有贵人襄助？”

陈瑄心急，恨不能一日就找到浚运的良方，治愈淮安段运河淤塞的痼疾，颇有些病急乱投医的心理，说得叶宗行都不好意思了。

“叫大帅笑话了，”叶宗行郑重地放下筷子，拱拱手表示歉意道，“我辈世居华亭，备受太湖水患之害，不怕您见笑，自幼我就在思虑那个难题了，也是夏大人从善如流，故一个诸生所提疏浚大黄埔的建议才为所用。后来我想，心中有此策的绝不止我一个人，只是我更幸运罢了。但于淮安，我是初来乍到，两眼一抹黑。可一样的山水、一样的人，淮安就没有如我当年一样通晓山川地理和水形走势的人吗？我不信。不妨我就把大帅治运、求贤若渴的声势造得大一些，如燕昭王之金台高筑，淮安才俊敢不急着以趋附之？”

“集智众人，好主意，”陈瑄点点头，“就按你叶知府说的办。”

“百姓这样辛苦，我叶宗行于心不忍啊！”

看着叶宗行的急切劲儿，陈瑄虽不是守御一方的地方官，但也心有所感、感同身受。实际上，他对叶宗行的履历和为政风格早有了解，也对他的勤廉颇有认知，可初次见面，虽对他的清癯消瘦感到惊讶，却又不便问询。

两宋以来中国的经济重心渐渐南移，江南一带就有了“苏湖熟，天下足”的民谚，意即苏州、湖州丰收，天下就富足了。此话虽有些夸张，但据明太祖洪武末年的数字，苏州、松江二府税粮能占到全国税粮的一成以上，可见其实力。无论说苏州、湖州，还是说苏州、松江，都是代指太湖周边的几个产粮大府。但永乐初年，太湖屡发水患，殃及主产粮区苏州、松江、湖州之根本，这才有皇上遣户部尚书夏原吉前去治理，才有了华亭诸生叶宗行献计疏浚大黄埔，才有了叶宗行的钱塘之任。

其后，叶宗行在市列珠玑、户盈罗绮的钱塘县任知县六年，算是把他的仁德遍播在了全县百姓心中。作为富庶的浙江省会、元末割据势力张士诚的盘踞之地，明太祖惩罚性的做法就是加重徭役。豪门大户往往买通官府，将徭役转嫁给贫民了事。叶宗行莅任之初，一改旧日模式，让百姓自己抽签排号，按序赴役，再有权势的家族也别想逃过。丁门小户欢呼雀跃，权门望族怨声载道。接着，他又连破了数桩冤案，揪出幕后黑手，还冤枉者以清白，当地人尊呼“钱塘一叶清”，为政清廉和青天大老爷合二为一了。

究竟怎一个“清”法呢？当时有一个名气很大、被称作“冷面寒铁”的按察使，名叫周新，人们称其官职都要加上个“廉”字，称“周廉使”，可见其在人们心中的分量。周新初来浙江任职时，听到人们对叶宗行的议论，半信半疑，就想验证一下，遂专门对叶宗行的为政和为人做了密查，这一查，就把一个传说中的廉洁楷模原原本本地呈现出来。权贵们想送钱避役，连叶宗行的面都见不着；冤案的苦主们想酬谢，也被差役一概挡出；再看叶宗行的饭食，常常是一碗糙米饭、半盘腌黄瓜。

以清廉著称的周新禁不住潸然泪下，清官就该这样苦着自己？“冷面寒铁”撞上“一叶清”，虽一样的凛然，但情融心通。周新便以公务之名请叶宗行到臬司衙门议事，之后邀他共进晚膳，自己出资专意上了几道西湖的美味，叶的僚属们也一道沾了光。席间，周新劝他注意身体，没了本钱什么事也干不成。叶宗行明白周廉使的深意，酒逢知己而相见恨晚，两人都醉了。

醉了，也还醒着。一种冥冥之中、志同道合的共识把二人的心紧紧系在一起。一桌便宴，两袖清风，成为他们奔向超凡脱俗之路精神追求的契合，成为无愧祖先、无愧山河的宣誓，且义无反顾。没有慷慨陈词，没有气壮山河，有的只是大振风纪、造福一方的默契。

临了，周新用自己的仪仗大张旗鼓将叶宗行送回县衙，以示对叶知县的旌表。叶宗行心领神会，不但要使富庶的钱塘县更富庶，还要让它成为天下勤廉的模范县。但，方略尚未实施，周新就因触怒汉王及其爪牙陈瑛、纪纲被抓了。

叶宗行痛心疾首，但没有退却，依照旧日的心约，我行我素，赢得了朝堂上下的一致赞赏，只是，他还是没把自己的身体当回事。

来淮安的几年后，皇上要大建北京，在全国各地征调匠人，叶宗行督选工匠北上，身体虚弱得难以支撑，终因积劳成疾，在意气风发的不惑之年就病死在了为国奔波的路途上。部属匠人哀恸，朝廷惋惜不已。

世风日坏，污浊不堪，于是，后人便深深怀念起国初这位心系百姓的清廉之臣，在他的墓志铭上写下了“君与钱塘万古清，浦江与君万古流”的赞语。

五、草屋奇光

自汶上县衙往东北方向走上十几里就是彩山了。马遂人愿，一路欢声，小半个时辰，宋礼、史诚祖一行就到了村口。冬麦已一尺多高，开始抽穗，微风中，麦浪翻滚，香味扑鼻，千里原野的绿海随风起舞，煞是好看。由官道下到田间小路，打听了几个人，问到白英，无人不晓，看来真是名不虚传。所以，他们很顺利地到了白英的房前。

院落不大，也没有围墙，半人多高齐整的树枝把五间泥墙草顶的房子围在当中，院子的柴门敞开着，屋里不时传出轻轻的说话声。史诚祖打发一个差役前去通禀，草房里很快走出一位六十岁左右的老者，见了宋礼等人纳头便拜："草民白英不知列位大人驾到，有失远迎，恕罪，恕罪。"

"快快请起！快快请起！宋某是来求贤的，安敢受此大礼？"不管结果如何，宋礼毫不隐晦自己的意图，紧走几步将白英扶起。谦让之中，白英将客人让进屋里，分宾主落座。史诚祖作了介绍。见有客人造访，女眷们带着孩子早已避到旁屋，白英的儿子白河为几位长辈奉上茶盏，就到外面招待差役们。

"朝廷正在治理会通河和黄河，声势浩大，想必你也听说了，"寒暄之后，史诚祖开门见山，"宋大人来山东数月，餐风宿露，筚路蓝缕，走遍了济宁、临清间的山山水水，既看地势，又访贤人，为会通河修浚找寻出路，解决冬春之际运河水源不足问题。堽城坝虽已着人修缮，也只是权宜之计，总想着能有个好法子一蹴而就，使朝廷不再为本段河道乏水犯难。这不，听说你于此很有造诣，就备了礼物登门。"

说罢，吆喝了一声，礼物便抬进不大的屋里，堆了满满一屋子。白英赶忙站起来，一揖到地，眼圈泛红，哽咽道："草民何德何能，蒙朝廷如此厚爱？就是粉身碎骨，结草衔环，也难报大人三春之晖。"

史诚祖也站起来，老熟人一样拽拽白英的衣袖："越发客套了，连宋大人的正事是不是都要客套进去？快坐下，有什么建树敬请陈述，会通、黄河加堽城坝工程，几十万民丁在工地，宋大人心里像着了火，可没心思跟你扯闲。"

宋礼向史诚祖摆了摆手，示意他安静，便把目光望定白英。白英中等偏下的个头，身材瘦削，身板并不很强。此时他低着头，像是在想心事，稀疏的白发绾成一个髻兀立在头顶，和他饱经风霜的脸形成一个鲜明的白黑反差，更显苍老。好一会儿，白英轻咳了几声，才淡淡说道："草民祖籍山西，来山东不过几十年，哪有什么建树？只是自幼对山川地理有所钟爱，一些心得罢了，恐怕与大人的治河方略相去甚远，白某无足轻重，耽误了朝廷大计怕是吃罪不起啊！"

宋礼点头表示理解。一个乡里的老人，只做些调解邻里纠纷、唠唠家长里短的琐事，算是个半民半官的角色，于官不入流，于民又略高一点，平日里打交道的只是些平头百姓，突然有个朝廷二品大员要寻什么治河大计，有些顾虑在所难免。遂鼓励道："我宋某来山东几个月，访问过几十人，大家各陈己见，畅所欲言，于治河有益者，我则汲取；无关紧要者，得过且过。治河成功与否，都是我老宋的主意，与旁人有什么相干？是非曲直，咸淡浓稠，敬请和盘托出，宋某于此百听不厌。"

"宋大人这样真诚，草民还有什么话说？"白英欠欠身，又轻咳两声，略显浑浊的双眼一瞬就明亮澄澈了，褶皱密布的、微微发红的脸颊衬得鼻梁更加突兀，山羊胡抖了抖，一股从未有过的暖流涌遍全身。几十年的梦了，空有报国之心，却无报国之门，看着本该顺畅的会通河因淤塞而草长莺飞心里就痛。今天，朝廷钦差、二品大员登门造访，征询治河方略，此类奇事古来少有。他尽可以把十几年想说无处说、想展无法展的思虑一股脑道出来了。

元末战乱，诸侯蜂起，山东等地屡遭兵火洗劫，人口锐减，赤地千里。洪武初年，太祖迁江南富户于南京，迁山西等省百姓于北平、山东等地，十几岁的白英跟随父母，全家来到汶上，在彩山一住就是几十年。他的家境虽不宽裕，但祖父、父亲粗通文墨，他受了一些熏陶，虽先后在洪洞、汶上读了私塾和县学，但于《四书》《五经》了无兴致，反倒对山川地理、历朝历代治水掌故烂熟于心，于是断了科举的念头，随父亲一起以务农为生。闲暇之时或读书或游历于汶水、泗水、大运河之上。因见运河乏水，四十多岁以后，心中便有了一套独特的治运办法，闲聊时也曾向身边人说起，传来传去，他的治水的名气也就传到了汶上县衙。黄河泛滥，会通被淤，他都一一看在眼里，却苦于无缘陈述。

朝廷遣大臣来山东治运，他听说了，但自己一个乡人，和知县都说不上话，何况是朝廷大员。几次跃跃欲试又几次沉下心来。估计向宋大人献计的人很多，自己也跑了去，会不会被人当成献媚？好主意也未必受重视。如果，哪怕是知县大人登门，自己的想法也会一五一十地奉献给朝廷。穷则独善其身，达则兼济天下，孔孟之学学得不好，但这句话却深深印在记忆中。

意念之中的意料之外，宋大人今日登门了，冥冥之中的期盼如愿以偿。他心中十二分地感动，却又不敢造次，谨慎惯了，只得一点点试探着前行。朝廷采不采纳先不说，憋了十几年的话终于可以倾诉了。他抬起头，像是冰冷了多少年的河流终于解冻一样，明月松间，水声潺潺，他口中吐出的仿佛也不是话了，而是淤积了多年的冰冻之水。

“元代新修会通河和通惠河，想解决南粮北运的问题。”他的声音有些颤抖，眼圈也有些潮润，连一双手都无所适从似的一会儿放桌上、一会儿放腿上。他说：“在宁阳建堽城坝，借水汶、泗的做法着实不错，但一个关键的问题没注意或是疏忽了。汶水、泗水南下济宁以南，会通南段水源基本无虞，而会通必经的南旺因地势较高，冬春严重缺水问题没有解决，所以大运河并没有真正发挥作用，故有元一代南粮北运还是以海运为主。”白英渐渐平静下来。

“十几年来，我在汶、泗两水、堽城坝和会通河上不知走了多少遭，才看出些端倪。南旺是会通河上的水脊，水脊处有水了，才能正常行船。而堽城坝虽截汶水，却于水脊无补，只有想办法把水直接引到南旺，才能从根本上解决水脊问题。而泗水较远，借不到，唯一出路还是汶水。”说了一大通，像潮水泄了、压力小了一般，他的语气平稳到低弱，宋礼、史诚祖不得不伸着耳朵听。

“汶上地势为东北高、西南低，东平与汶上交界的戴村从地理、地势上讲都是筑坝的最佳点，在此横截汶水，挖一道引水渠直达南旺，汶水大部为运河所用，水脊就不再发愁水源问题了。”白英顿了顿，见两个人不住点头，心中更有了酒逢知己的感觉，喝了一大口茶，继续侃侃而谈。

“水既引到南旺，直入运河，只解了夏秋之渴。汶上西南的蜀山下有蜀山湖和马踏湖，这是上天所赐的天然蓄水池，湖面虽不大，然丰水之季作为贮水专用的水柜足矣！我们将两湖用起来，在蜀山湖西侧的南旺再挖一个南旺湖，夏秋水沛之时将水蓄足，冬春乏水之际再以闸门开启，南旺水脊处有三个湖储水，会通河水源何忧之有？”

宋礼耐心听着，一阵阵心潮澎湃。一个常年跋涉在山乡野岭的人，一个常年和目不识丁的农人打交道的人，若不是于国于民的一片丹心，怎么会承载着这般高屋建瓴的见识？怎么会有这般海纳百川的胸怀？他的眼前仿佛已是热火朝天的新工地。转悠了这多日，总觉得山东水源丰沛，却没有太多的办法将丰沛的水源引到运河里，就像眼前随处可见的树木，你却不能让它们站成一排为路上的行人遮阴。白英一席话像清风一样，一下子就把他多日来飘在眼前的乌云吹散了，眼见着那树木像士兵排队相互催促着开始往路旁站了。于是，宋礼更加坚定地认为，自己寻访民间能人的做法是对的，正所谓高手在民间。

他刚要说话，白英却站起来，按照地理方位，用双手比画道："三湖之外不远处，南有马常泊，北面还有安山湖，又是两个天然的大水柜。待堽城坝修缮完工，将入洸之汶水合泗水直接导入马常泊；而将来的戴村坝下所余汶水可导入安山湖，各设水闸以时启闭，一南一北辅助南旺等三湖提高冬春时运河水位，如此一来，大运河畅通指日可待也！"

白英话音未落，宋礼早已站定，对着白英一揖到地，史诚祖也忙起身和宋礼一起行礼。白英赶紧答礼道："宋大人这是做什么，要折杀草民吗？"

"听君一席话，胜读十年书，不，不止十年，应该说是二十年！"洞天石扉訇然中开的敞亮，似乎一下子就把宋礼推到了一览众山小的泰山之巅，举目远眺，山光湖色尽收眼底的惬意。他诚恳谢道："宋某数月南来北往的辛劳，抵不上今日老先生半个时辰的高论。宋某不才，愿拜先生为师，与我共治会通。完工之后，我将向皇上保举先生到我工部为官，以先生的才学，做个郎中绰绰有余。"

"不、不、不，"白英连连摆手，后退着，作揖道，"草民一生不求闻达，悠悠南山，躬耕垄亩，过惯了自在的日子，十分惬意。心中之话既已道出，也就了了我一生之愿，也不枉了当年史县尊放赈救我全家，不枉当年圣驾北巡时见了皇上一面。宋大人体谅，草民现已是土埋大半截的人，随大人挖渠筑坝义不容辞，甘效犬马之劳，至于为官，恕难从命。"

"就依先生。"见白英的话里没有半点虚伪，宋礼随口应着，却心有不甘，如此优秀的人才，岂能白白荒废于山野？

"草民还有几句话要说，不过不急。"

"但说无妨。"

"汶、泗二水虽丰，其大旱之年间或有断流，将直接影响运河行船。兖州、东平、聊城、济宁等州府山中数百山泉自流自存，待治运主体工程完工后，可留下一些人，做些小工程，将山泉水引至汶、泗诸河中，汶、泗也不会冬春乏水、天旱断流了。”

“先生就是我的军师啊！”宋礼更加激动，面色红润，来山东后从未彻底舒展的双眉终于放开了，像小孩子得了心仪的吃食一样兴奋、幸福，陶醉在惬意的享受中。他轻松地扬了扬手，指向大运河方向：“连以后的事都替我考虑了，朝廷要是早些年知先生大名，这大运河怕早已是白帆片片、渔舟唱晚了。宋某现在就想请先生走，不过，这太不庄重，这样，你今天先在家中打理一下，明日由史知县接到汶上县衙，我老宋亲率众官迎接，执师礼相见。”

“宋大人，那就真的折杀草民了，万万不可、万万不可啊！”

“就这样定了，宋某告辞。”容不得白英再推辞、辩解什么，宋礼早把事定下来，回身拱着手，兴冲冲走出了白家小院。

六、未雨绸缪

金纯的治黄方略经宋礼禀报朝廷确定后，为赶在夏季洪水来临前解决黄河下泄的部分主干工程，首先疏挖了从河南祥符鱼王口至封丘西南中滦二十余里的河段，使黄河与北去天津入海的旧道相连，水若不大，便能分流了。因为工程小，十万民工铺开了，仅用了一个多月的工夫，到四月初便已告竣。第二路分流黄河入淮再入泗水的工程也已接近尾声。有了两路的通畅，第三路自封丘向东经曹州、下鱼台，仍走塌场口入淮的黄河新河道工程就可以稍缓一下了。这一段虽也以改造旧河道为主，却是个二百余里的大工程，十万民工铺上，才占了一小截。

鱼王口至中滦以及直接倒淮入泗的工程完工后，又有二十万民工杀过来，像一股从天而降的生力军投入工地，才显见了工程进度。老天爷有眼，到五月初，还没有霹雳闪电、暴雨连绵。会通河清淤工程告竣，宋礼留下官军及十万人导汶，二十万民工则西上参与浚黄工程。五十万人虽已是每天七八个时辰的劳作，但由于工程体量大，雨季前也只能这样了。

看着密密麻麻劳作在工地上的民工大军，金纯既欣慰又感慨：老宋在工程上真是一把好手，不到半年的光景，挖了多少土方！山东那边也不断传来消息，民丁们每天起五更、睡半夜，披星戴月，手脚打泡的、肩膀磨烂的、染上疾病的，许多人累得不成，晚上回到窝棚，来不及用膳，往地上一坐就睡着了。一想到这些，他的心里就一阵酸楚，远看着蚂蚁般大小忙碌的民工，他的口中不止一遍地念叨着好百姓、好百姓啊！

既然到了浚黄工地上，他无论如何要在工时、一日三餐和医药上尽己所能安排得更周全些，让大家有所缓解。一旁的蔺芳也呆呆的，黑瘦的脸上充满倦意。

“蔺主事，”金纯看着疲惫的蔺芳道，“古语言，水则载舟，水则覆舟。完不成河工，朝廷不依；但百姓不满，闹腾起来，皇上更不依。所以，我在想，河要修，百姓也要顾着。早晨让他们晚起一刻；正午用膳延长半个时辰，小憩一会儿；晚上早收一刻，总起来每天比过去多歇息一个时辰。再就是在膳食和医药上尽一些力，午膳要有荤腥，病了就由随队医师及时诊治，严重的就要歇息。百姓切实感受到了朝廷的关怀，手底下多用三分力，工程进度自然就上去了。”

“我也是这个想法。”蔺芳点点头，看着远方。在工地上没日没夜地折腾，他更显瘦小，更显羸弱，一身百姓的装束还带了些泥土，若不是在讨论整个工地的情况，有谁能看得出他是浚黄工程的指挥者呢！他关切地说：“手、脚、肩磨烂的民工不在少数，天气热了，不及时敷治，汗水、雨水一浇，溃烂化脓就更不好治了。我这就交代下去，一则严禁督浚小吏打骂民丁，二则改善膳食，三则伤病及时就医，有不遵者将严加惩处。”

天边滚过了阵阵雷声，铅灰色的浓云渐渐压向了地平线，蔺芳正指挥着民工在曹州河道的转弯处也就是洪水最易冲决的地段按他的蔺式固堤法加固大堤。他抬眼看了看天空，大声道：“乡亲们，再加把劲儿，洪水到来之前手头的活儿尽力做完。夏季到了，大雨之后就是大水，上游的洪水一下来，半拉子活儿就白干了，几十天的辛劳就随河水东去了！”

“大人放心吧，就是洪水来了，我们也要把活儿抢完！”民工李四九响亮地回答着，并和另一个民工一起把一块巨石推进巨木编成的围栏中，吆喝着：“三决，石头能不能待稳，就是你的事了。”

“好吧！”那个名叫三决的大个子民工在手上唾了口唾液，刚要挥锤，蔺芳从他手中拿过来，在一个半尺多粗的木桩上又使劲砸了几下。

“大人，已经下去了四五尺深，应该差不多了。”三决咕哝着，看着木桩。看来，蔺芳已和他手下的民工混得厮熟。

“嗯，我这一叫劲，又往下走了走，你再来几下，砸不动了才算结实。”

“是了！”大个子应着，有节奏地舞起了大锤。

“哪个县的？叫什么三决？”蔺芳问。大块头挥着大锤，很轻松的样子，他的膀大腰圆足以装下两个蔺芳，这年头，这种身板的人还真不多，尤其那个名字，蔺芳感到好奇。

“和四九一样，都是曹州的，俺叫曹三决。这些年的黄河决口，可是吃了不少苦头，抢着把夏粮收了，赶上决口，连房带地一起卷了去，朝廷虽放赈，也不济大事，不投亲靠友就得到外乡躲上一阵，水退了再回来。俺出生那年，赶上黄河三处决口，全家东走西躲的，爹娘就给取了这么个名字。蔺大人，我看今年的修法和以往大不相同，麻烦多了，河湾处巨石、巨木也用多了，百姓受累不说，朝廷也真下了本钱。”

天空已细细密密洒下了雾一般的雨点，加上汗水，每个人的衣衫都湿透了，和着泥土粘在身上，活动的土人仿佛和大堤混成了一个颜色，只不过这些土人是活动的，他们在千方百计保证着大堤的结实耐用、多站些年头。蔺芳抹了一把脸道：“修完这条河，黄河从开封以下就有了三条排水河，上游如没有特别大的暴雨，即使是旧堤也无大碍。我们这个修法就是保它大水时不至于垮堤，河水易冲决的弯处，峰头直打在巨石上，所有巨石都压缝衔接，再加上巨木固定，就有了千钧之力。河修完了，你就回家好好种上几茬庄稼吧。”

“那就多谢大人了！”曹三决的大锤随着话音溅着雨水又狠劲地砸在木桩上。打好了桩，李四九招呼过几个木匠，麻利地在木桩上锯出了一个凹槽，又用一根大木把两个带有凹槽的木桩连了起来。

雨越下越大，密密麻麻打在每一个人身上，很多人仍没有离开工地。蔺芳让小吏敲着锣，他则打着一把油布伞沿大堤走了一遭，叫停了一些仍在泥水里劳作的人们。自封丘金龙口东出曹州的工程尚未开始，从曹州抵鱼台塌场口的工程才做了一半，雨季就到了，他心里着急，分了神，脚下一滑，险些从一丈多高的大堤上滚下去，跟从的仆役眼疾手快，一把拽住了他的左臂。蔺芳站起来，点点头表示感谢，又向前走去。

七、“太公”垂钓

顺着叶宗行的目光，几个人不约而同朝远方望去。恰有几艘船驶过来，官家的漕船一艘接一艘往淮安东门外的仁、义二坝而去，民船则去了西门外的礼、智、信三坝，在坝上改为陆运，车载人扛，需要把所有的货物卸下运送到几十里外的淮河上重新装船。装卸的劳累辛苦一般人无法承受，但穷苦人家为了几个铜钱、几斗米也只能拼上性命，年纪轻轻就因负重过度而身染重病或死去。没人主动去时，官府就挨户摊派，青壮劳力无一幸免，这也是令叶宗行这个父母官十分纠结的一块心病。

几十里乃至上百里路不算什么，既要把水域连接起来，又不能因连接而使水流湍急无法行船，究竟从哪里突破？不用说朝廷出人、出力、出钱，就是淮安都出了，招来辖内的一片物议，于淮安百姓是长久之利的事叶宗行也要竭尽全力。

陈瑄举筷在手，也是心事重重，望着河面上一艘艘慢悠悠分入五坝的航船发呆。本来可以一水相连，而分入五坝，就意味着多少人的艰辛劳作开始了！

就这么远远地望着河面，停杯投箸，哪像是招待？叶宗行觉着冷落了客人，忙扯个话题掩饰道：“想着运河有一天畅通无阻了，顺流而下，千帆竞发，一时就想起了李太白的‘早发白帝城’，纵不是‘千里江陵一日还’，只要顺风顺水，没了五坝递运的周折劳顿，拼死拼活，就算是我淮安子民的巨大福分了。”他端起酒杯诚恳地道：“愿大帅旗开得胜，马到成功。”

几人一起饮了酒，虽不远眺了，但浚运是个绕不开的话题，也是两个本不搭界的文武官员能够坐在一起的缘由，因而这议论想跑题都跑不了。就像过去战场上面临并蹚过的诸多险恶，陈瑄对其未来的胜局充满信心：“当下最要紧的，就是找到一个既简捷又实用的疏治办法，恢复直接通航，省去军士、百姓的转运之苦。若得闲，明日再陪我走远些，精诚所至金石开，不信东风唤不回。”

陈瑄一行又在山阳县运河周围转悠了几天，还是理不出头绪，正在懊恼，第五日临近正午时，艳阳高照，路旁枝条的嫩叶有些卷，连生命力旺盛、春风才吹出的小草尖也低了头。却见管家湖畔一块平平的石头上端坐着一个须发皆白的老者，顶着毒毒的日头悠闲地垂钓，遮阳的斗笠却逍遥地在树枝上兀自歇着，随着微风不时动一动，老者的身边是一只空空的鱼篓。

老人瘦骨嶙峋，手持钓竿，目视前方一动不动。是在垂钓吗？却又不像，倒像是和日头、和湖水进行着一场无言的较量，抑或是默默地对话？那精瘦、固执、倔强的身躯和钓姿却像在昭示着高山让路、河水低头的执拗。

传奇般地静坐，传奇般地垂钓。是要传导上苍的旨意，还是透露百姓的心声？陈瑄纳罕！几日来，虽听叶宗行说起已有人到府衙献计，却不得要领，今天的这位老者，耄耋之年还在和烈日抗衡，遮阳的斗笠却在为小树遮阴。有点怪！陈瑄眼前一亮，不知怎么，他马上就想起了垂钓渭水的姜太公，好奇，让他产生了强烈的对话感觉。

他和叶宗行对视了一下，不约而同点头下马，走近老者。

“老人家，初春的日头也灼人，何不戴上斗笠遮一遮？”

“大明的日月之光才到淮安，老叟正要痛快地享受，遮了岂不可惜！”老人回复的竟是几句没头没脑的“妄”语，既没有转身，也没见任何动作或表情，泥塑木雕般端坐着，仍注视着波光粼粼的湖面。老者虽目不转睛，看上去却心猿意马，钓钩的深浅和鱼儿是否咬钩他似乎全不在意，仿佛那只是一副故意摆出的垂钓者的姿态，好像就为看看有没有周文王一类的明君在他闲来垂钓的放任中看破端倪。

是才三分怪，不怪不是才。话中有话的道白，烈日当空的曝晒，几近诽谤的怪异和姜太公式的垂钓让陈瑄有了更浓的兴致，多日一筹莫展的无奈此时似是离他远去了。大明开国四十多年了，老人竟敢说“日月之光才照临淮安”，日月就是个“明”字，这话传到衙门，罗织个罪名一点都不冤。除非他所有的言谈举止就是要引起旁人的注意。莫非老者也如邸报说的白英一类的人物，一北一南为大明盛世奉献锦囊吗？真的有了踏破铁鞋无觅处，得来全不费工夫的幸运了？陈瑄心头一阵狂喜，不管是与不是，都要坐下聊聊，一切皆有可能。陈瑄向陈玤挥挥手，让他带卫士们退得远一些，自己则和叶宗行慢步走到老者旁边坐下，若无其事地攀谈起来。

“老人家何出此言，不见我们是官家的人吗？”陈瑄故意关心地提示他的那句话的敏感，以便拉近和老人的距离。

“人活七十古来稀！”老人叹息一声，略略抬头，望着远方，又轻轻摇了摇头，“官家又怎么了？只管抓好了，我这把老骨头丢在哪儿都一样！”又一句耿直得能把人噎个跟头的话。连老人的喘息声都能听到的陈瑄很不受用，叶宗行也觉尴尬，但他们怀着对远古姜太公、现在白英式高人的期待，也就没去计较老人言辞的尖刻和犀利，而是从他怪异、任性的话中读出了些许怀才不遇。

“老人家如此伤感，难道有很深的苦楚？”叶宗行往老人跟前凑了凑，他的黑瘦的脸上写满善良、真诚和同情，由不得你不和他亲近，不和他掏心掏肺。在钱塘，他就这样结识了一帮子小民朋友，也使一帮子大户改了过去的为富不仁。

“不是天灾是人祸啊！”老人又是一句不着边际的话。骂朝廷的话来人不接茬，呛人的话他们也能承受，看来，今天是遇到了文王一类的人，老人的心终于软了下来。

“几十里河道不畅，却几十年不治，搭进了多少活生生的性命啊！”老人哽咽着，再没了方才的倔强，也没了刺耳的言辞。两个官人陪他一起晒太阳，让他的心里有了某种期望的预感，几滴浑浊的老泪顺着眼角淌下来。

“我的两个儿子都被官府征去做漕运递转的装卸夫，老大几年前就垮了，老二的身子骨也大不如前了，就这么一段河道，大明立国快五十年了，才遣人来修，不是‘日月之光才照临淮安’吗？”

是这么个解释!

陈瑄、叶宗行怎么跟个百姓说洪武年间一面立国一面东征西伐的军国大政，怎么说永乐以来治太湖、浚会通、讨残元的大事，国事繁忙，皇上能顾及此事已是不易。但这话也不能说，老百姓看的是眼前，管不了那么多，朝廷的百分之一或许就是他的百分之百。

“老人家绸缪至此，也是替国家、替皇上分忧了，不知方才所说一段河道是哪一段？”陈瑄明知故问，颂赞在前，想进一步证实老人的所指。

“老叟所言，你能采信？”

“愿闻其详。”

天意怜幽草。不知怎么，陈瑄心里不明不白地蹦出这么一句不相干的话，重心是在天意上。因为，他等的就是老叟所言，多日来的辗转反侧，夜不能寐，搜索枯肠而不能得的妙计或许因面前这位老人的出现而信手拈来了。

他拍拍身旁的叶宗行说：“这位是淮安的叶知府。朝廷疏浚苏松水患时，他只是个诸生，因献疏治大黄埔之计被采纳，完工后被举荐为钱塘知县，去年才来这儿任职。朝廷治理会通河，采汶上老人白英‘南旺导汶’之策，会通河水脊之处的水源难题就要解决了。民间多奇人，凡手出高策！陈某此次治运，已围着淮安走了几天，既实地踏勘，也在访求贤达，也想得到白英一类的奇人啊！”

叶宗行忙予介绍：“这位就是皇上派来根治运河淮安段痼疾的陈大帅。”

似乎是在意料之中。两人的官位都不低，但老人并没有多大的惊讶，只是放下钓竿，慢慢扭身，向陈瑄、叶宗行拱手：“恕老叟眼拙和腿脚不便，就此行礼了。”

陈、叶二人还了礼，迫不及待想听老人的下文，见他没有移步的意思，陈瑄向陈祥做了个手势，陈祥便把大帅极少使用的伯爵仪仗的大伞盖张开，挡住了三人头顶的烈日。

老人又拿起钓竿在空中扬了扬，投向水中，睁开半眯的眼，看着远方的淮安城，若有所思道：“二位大人或可知宋人乔维岳，先人之往事便是我今日治河之依据啊！”老人顿了顿，似是陶醉在往事的追忆中。陈瑄虽读书不少，还真不知这么一段，叶宗行却点点头，示意老人说下去。

老人白眉毛一扬，像得到了久违的肯定，一股知遇之感、遥忆公瑾当年的壮怀瞬间升腾。他捋了一把银丝般的胡须，朗声道：“当年也是黄河南侵，淮水山阳一带，水流湍急，行船多有倾覆。北宋乔维岳为淮南转运使，开挖沙河也就是今天的管家湖二十余里，清除淤塞，建设船闸，规避了淮水之险，使漕运数年之内畅通无阻，才有了大宋汴京烟柳画桥、风帘翠幕的繁华。”

柳永说钱塘的词句老人用在了开封，但由《清明上河图》展现出的参差十万人家，倒也贴切。钓者的娓娓道来，像是说给二人，又像是自言自语，却说得陈瑄丈二和尚摸不着头脑，难道要学乔维岳？几百年来，世事变迁，沧海桑田，这方水土尚在，可那河道早不知是大路还是良田、水田了。

陈瑄心急，不愿绕弯子，问道：“老人家，乔维岳的法子可解今日之急吗？”

“大人以为我在‘闲坐说玄宗’吗？错矣！”老人也有些不高兴，“多少年了，老叟一直盼着朝廷治河，到五十多岁时已盼得满头白发了。有时候甚至想学古时愚公那样挖土不止，可老叟上了年纪，腿脚不便，两个儿子又被征去做转运夫，没奈何啊！前些年，也给知府写过疏治的条陈，不过是泥牛入海，杳无音信。近日，朝廷治运的布告贴出后，老叟才觉有了盼头。前两日听路人一直议论，知道大人们要来踏勘，便等在这里。有缘，就见上一面，面陈心谋；

若无缘见，便是天意。真是天意怜幽草，有生之年尚能为朝廷、为淮安百姓献一条治河之策，也是天意，死而无憾了！”

老人也把天意抬了出来。

“老人家有些悲切了？”老人说到死，叶宗行感觉不吉利，忙予以更正，“策要献，人也要健在，竣工之际还要为老人家请功呢！”

“哈哈哈！”老人一阵爽朗的笑声，使寂静的湖面不再寂静，且笑声的悲壮意味更浓了，惊扰得一群水鸟腾空而起，飞向远处。“子曰：朝闻道，夕死可矣！老夫薄暮之年能如愿以偿，何憾之有？”须发皆白的老人纵没有说出他的良策让二人评判，看来他已经胸有成竹，坚信自己的方法是解决淮安段运河淤塞的上上之策。

“恕陈某冒昧，”老人的箭在弦上、引而不发，让这位刀光剑影里杀出的大将军心急火燎，便有些耐不住，“老人家可知道，拿不出治河良谋，我心下起急。上，没法向皇上交差；下，无脸面对殷殷期盼的二十万淮安百姓啊！就像旧日的战场，都望见敌兵滚滚而来的尘烟了，可我还不知这仗怎么打，您说着急不？”于陈瑄而言，叶宗行安民告示的贴出，既是动力，但更大的是压力。

老人还是不接陈瑄的话茬，似是觉着身旁这个武人不懂自己，他更喜欢知府叶宗行的待人处事，任他自己的思绪驰骋到哪里，也不会掖着膀子往回拽，当然拽也拽不回。老人像是坐累了，挪了挪身子，连钓竿浸到了湖里也全然不知，循着自己的思路往下说。

“乔维岳当年的路径不全适于今日，但他的法子正是小民要说的治河之策。我等现在所处的管家湖，多年所淤的方圆几十里水面不就是个天然的大水柜吗？不知二位大人是否留意，管家湖的西北角距淮河的鸭陈口仅二十余里，若能凿通……”

陈瑄绕了管家湖两圈，从就近的淮河段走了两遭，也没有些许将二水连在一起、畅通运河的思路，难怪曹刿说肉食者鄙，自己出来走了数日都无所收获，官员们若是日日藏身衙中，还指望他们拿什么利国利民的灵丹妙药，那就真是奔西天而到蓬莱取经，南辕北辙了。

“管家湖与淮水相通后，北在清江与黄河衔接，淮河漕船由鸭陈口入管家湖；南又通过管家湖与其他各湖连为一线，从此，我淮安百姓再也不受这耗竭心力的转运之苦了，二位大人以为如何？”

也难怪老人责怨朝廷耽搁了几十年，说起来真像小孩子过家家一样简单，前面哪一任知府若把老人的谋划报与朝廷，也不至于把几十里工程的事拖沓了这么多年。百姓的不满是小事，若民怨沸腾了，激起民变，就不是小事了。

老人寥寥数语，如醍醐灌顶，令陈瑄拨云见日般茅塞顿开，天地一片敞亮。积攒了多日的心结在老人的轻描淡写中分崩离析，无比的爽快。他的内心涌出一股深深的感动，再没了责怪老人绕来绕去的不快，他示意叶宗行一同站起，对着老人深深一躬："敬谢老人家于我无措之时指点迷津，大恩不言谢，若不介意，烦请与我二人回衙，共治运河，我当执师礼以待。"

老人愣了一下，第一次转头认真地看了看眼前的两位官员，似是看到了淮安的希望，看到了大明的希望，双眸注入光芒一般，突然有了一种跃跃欲试的冲动。少顷，那目光即暗淡下来，像太阳的突然落山，半边天都幽暗了。继而，吃力地拱着手道："'白头搔更短，浑欲不胜簪。'谢谢二位大人伯乐的慧眼，老叟纵然是千里马，壮心不已，也已是烈士暮年，信口开河罢了。该说的已说，工程的事非老夫所长，凭大帅修都江堰、建天津百万仓的经历，这点子事就是个皮毛。二位大人请了，去了你们未了的公干，老叟之寄仍在垂钓上，互不要耽搁了。"

陈瑄惊讶了！一个湖边垂钓的老人竟能知晓他的经历！秀才不出门，能知天下事，一点不假。也是，诸葛亮当年躬耕隆中，不也谋划了三分天下的大计？叶宗行对此倒不吃惊，他做诸生时，古先贤为政之典要，今之重臣贤能与否，同样了然于心，要不，拿什么向朝廷钦差夏原吉呈献疏浚太湖的锦囊呢！

老人言毕，扭过身，把鱼竿从水中举起使劲一甩，双目又凝视起宽阔的湖面来，旁若无人。湖水将按照他的意志聚散去留了，那一场和宽阔水面的较量似乎已过去。现在要做的，才是认认真真垂钓，所以，任凭二人说什么也不再言语。陈、叶二人好生无奈，默默走了几步，又回过身来，对着老人深深一躬。

八、大象无形

宋礼用白英之策大治会通，邸报一出，整个朝野乃至举国都震动了，都知宋礼选了个治运的能人。南北两京或是运河周边有亲戚的，都盼着运河早日通畅，早一天体验和享受顺水泛舟的便捷。随着山东段会通河的全线竣工，白英将随钦差大人进京陛见的消息也不胫而走，许多人打听着怎么走，走水路还是走旱路，大家都想看看，出此奇策的白英究竟是个什么样的人。

然而，皇上失望了，大臣失望了，所有的人都失望了……

横截汶水的戴村坝工程因进入雨季而没有上马，除大部分民丁西上协助浚黄，宋礼把会通河清淤所余人力投入到了雨季影响不太大的长达九十里的南旺引水渠工程中。接近年底，引水渠基本竣工，在汶水与会通河的交汇处，根据白英的提议，在河底修建了如同鱼脊一样的石拨，用以控制引水渠南北流向的水势，七分北去，三分南来，也就是后人总结的“七分朝天子，三分下江南”，并按蔺式固堤法在汶水入运的对面修建了长百余丈的石护堤。进入冬季枯水期时，众人才又转到了戴村坝的工地上。

戴村坝选在堽城坝下游约四五十里、两山之间的一段河谷中，筑坝约五里，横截汶水，将汶水由南旺引水渠导入运河中。整个坝体呈东北西南走向，略有弧度，大致分为南段、中段、北段三部分。以慢爬坡、慢下坡的鱼脊走势形成的高度不一、连在一起的土坝，远看如一条巨龙慢慢潜入水中。随着夏秋冬春汶水水位的升降，三段先后漫水或停止漫水，以调节入运的水量。特大洪水到来时，三坝全部漫水泄洪。多么聪明的奇思妙想，暗合了李冰治水都江堰的分流要领。

天道酬勤。这两年，雨水平常，黄河水没有暴涨，汶水、泗水也没有疯狂的水势，到了第二年夏季前，金纯、蔺芳顺顺利利第完成了三路浚黄重任，宋礼、白英的戴村坝工程也接近了尾声。

宋礼和白英年龄相近，只是白英几十年勤劳农事，风吹日晒，须发皆白，更显苍老，像六七十岁的人。今天，两人一样的布衣和头饰，劳作在繁忙的工地上，远处看去，分不清哪个是尚书，哪个是农人，也只能从白英一阵阵的咳声中来判断。运土的、撒土的、夯土的，整个工地就像一个旋转的大陀螺，紧张而有序地忙碌着。宋礼、白英和民丁一起把民工挑来的按一定比例掺了石灰的黄土撒平，身后，四个抬了重夯的汉子喊着悠扬的号子一步步、一层层把浮土夯实，那幅壮观的劳动场面生动而感人。如果说宋礼对于白英的认可最初只是在那一袭南旺导汶的高见上，而后的情谊则是在这种琐碎和寻常的劳作中一步步加深的。

一年多的时间，山东左布政使储诞在工地上没怎么露过面，诸如搭建草庐，临时筹措粮饷，安排潘叔正、芮鲇等相关府州县给予配合，他就觉着该做的已经做了，别人也说不出什么。眼见着治运浚黄的工程就要完工，这才想起应该露上一面，同时也是有事想向宋礼通报一声。几经打听，才到了戴村坝工地，穿梭了小半个时辰，也没有找到宋大人。

宋礼大概是弯腰的工夫太久了，有些劳乏，想直直身，才见了一身官服、胖墩墩的储诞，还在那四下张望呢！“储大人，”宋礼招呼了一声，揶揄道，“大红袍服到工地，我这儿有案子要审吗？”

“大司空见笑了，出来仓促，竟忘了换件衣服。”听到喊声，储诞转身就望见了要找的人，见宋礼一身百姓的装束，有些不好意思，拱拱手，“一是想着赶过来铲上几锨，那么大的工程寸土未填，说什么也过不去；再就是、再就是……”储诞从下人手里接过铁锹铲了几下，停下来。

“储大人什么时候也吞吞吐吐了？”宋礼瞄了他一眼。

“那就直说了吧，右布政使马麟昨晚叫朝廷拿问了。”储诞一脸的无奈，眼神里却有着明显的询问和狡黠，“也是这家伙不检点，前些时候竟在官家的济水驿站吃花酒，让人告到了朝廷，皇上很生气，参与的五六个人都抓了，这衙门都快关张了。看看宋大人可否想想办法，请求皇上把人放出来？”

“布政司那么大衙门开不了工，储大人还有空到我这儿填几锹土，难得难得！赶快回去，说不定一大堆公务等你呢！”宋礼见他一副嘴急心不急的模样，感到好笑。

“那皇上那儿……”

“皇上疾恶如仇，圣裁钦定的人犯，老宋可不敢说话。”从在济宁第一天见马麟，宋礼就觉着这小子比过去更可恶了，后来影影绰绰听说了他的一些恶行，包括唆使他人对自己的参折，还琢磨着哪天向皇上告他一状呢，清理了这个害群之马。这次听闻有人替他做了，高兴还来不及，还有心思替他说情？再看储诞，雨过天晴般也没了反应，铲起土来很有劲，也没有了急着回衙的意思。

敢情是探我老宋的口风来了。宋礼又瞄了瞄这个敦实的、还算厚道的官员，笑他的演技有点拙劣。

“这位是？”储诞这时才注意到宋礼身旁那个非民非官的人。

“你一来就风风火火的，忘了介绍了，他就是我大明治运第一大功臣白英，一直随老宋在工地上。”

“久仰，久仰啊！”储诞赶忙煞有介事地戳锹拱手。初见布政使大人，白英要跪下行礼，储诞赶忙扶住：“储某失礼在前，这就更使不得、使不得了，他日，还要仰仗先生为山东尽力呢！”储诞虽是第一次见白英，但早从邸报上知道了白英在宋礼乃至在皇帝心中的位置，那是个红遍山东、红遍朝廷的人，哪敢有一丝怠慢，说不定哪一天还真能指望上呢。

“你们二位推来让去的，倒把我这个‘月老’晾在一边了。”宋礼嗔怪着。

“哪敢呢！”储诞回过身，拱着手，算是赔礼。

“我一直在想，朝廷若是得了白先生这么个善于思虑水务的良才，天下河湖之圮还不是随有随治？”宋礼这话是说给储诞的，意在试试他对贤良之才的态度。

“宋大人所言甚是！依白先生之才，在水利河泽方面做个大员也绰绰有余！”储诞立时明白了宋礼的心思，赶忙跟了一句。

“二位大人过奖了，过奖了……”白英刚抢过话头，便被自己的咳声打断了，待他咳过，储诞关切地询问状况，白英说：“多少年的老毛病，只是最近重了些，宋大人帮忙找了几个郎中诊了，在用药，不妨事的。”

宋礼接过话头道：“倘无先生指引，运河水源问题不知要困惑朝廷、困惑我宋某多少时日！若细算起来，用先生之策，节约个百万乃至千万锭宝钞当不在话下。大坝就要完工，浚黄治运的总体工程算告一段落，但我在工部，太了解天下山川的水利形势了，朝廷不知还有多少河渠要修、要浚，以先生之才埋没于荒野山丘，实是我大明的不幸……”

“也是我山东的不幸啊！”储诞同样略有遗憾地点点头。已是春夏之交，日头正足，他裹着的官服快被汗水浸透了，遂抹了一把前额，担心汗水流进眼睛里更尴尬。

白英把铁锨靠在肩膀上，拱着手，一字一板道：“在下不过一介草民，蒙大人不弃，了我一生之夙愿，此志足矣！大人细想，白英几十年踏勘、游走，只对汶上山川地理烂熟于心，出了汶上还不是盲人瞎马，一无所知，他日岂不成了朝廷的累赘？”说来说去，就是不肯到朝廷任职。

储诞琢磨着白英的话，倒也在理，便不再言语。宋礼还是心有不甘，一年多来，他实实在在感受到了白英作为一介草民的见识，深为国家即将失去这样一位奇才而惋惜，可又不能绑了他到朝廷任职。还有一层，就是到了京师，倘能请手段高超的御医为白英诊病用药，效果会不会更好？心里磨叨着，却无可奈何，生怕白英马上就走似的，恳求道：“既然如此，就依先生。不过，戴村大坝完工，先生还要随我到南旺、蜀山、安山湖和马常泊走上几遭，纸上得来不行，置闸位置和时机很重要，力争一蹴而就。以时启闭，才能保我大明漕运一路畅通啊！”

“储某公务再忙，也愿一同前往。”此前，储诞只是听说宋礼一身布衣、不避风雨地在工地上奔波，今日见了劳作中的钦差，才相信了传言不假，有所触动，同时也被宋礼不顾自己身份为国挽留人才的诚意所感染。

“我可没有马上辞别大人的意思。只要不出汶上，不离济宁，或者说不离山东，我会尽我所知，尽我所能，供大人驱使。”受到如此推心置腹的器重，白英有些哽咽，又是一阵剧烈的咳嗽，咳过之后，向二人拱手。他虽为朝廷高官的诚意所打动，但虑着自己的年纪和阅历，也是不改初衷了。

白英没有失信。戴村坝完工后，他和宋礼一起勘察地势，精确定位，以置闸的方式分段贮水，以保运河水位。几大水柜之外，由南旺北至临清，置闸一十七座；由南旺南达济宁南，置闸二十一座。三十八处闸口，确保了会通河各段的水量，连大船也能畅行无阻了。其他引用山泉的工程也已陆续开工或完工。继而，经永乐皇帝批准，由工部、兵部移文各布政司，晓谕运河所经州县，进一步梳平大堤，开挖水井，形成水路两侧的通衢大道，加设驿站，并在堤上和堤外栽植杨、柳、枣等树木，既能固堤，又便利了南来北往的行人、客商。

宋礼见强请白英不行，又想出了一个让白英随他到南京面圣的主意，除了治病，再择机将他留下来。白英实在拗不过宋礼，自己都觉得不好意思，这一次算是勉强同意了。

蔺芳因其劳绩和筹划经略的诸多妙法，被宋礼举荐为本部右侍郎。推荐蔺芳任职工部佐官，宋礼之前和蔺芳谈过，虽然是好事，但蔺芳并没有太多的兴奋，一则一下子跃升好几级，皇上能否同意？二则自己就是个拼命三郎，办起差来不要命，挡都挡不住。这次在山东、河南治水，就落下了风湿的病根，天一凉，手脚的关节就疼得钻心，若给了他侍郎的差事，他真不敢想身膺这个佐官的后果了。但宋礼为国家举贤荐能，又有什么错呢？

果不其然，此后的几年里，工部右侍郎蔺芳奔波在吴桥、东光、兴济、交河及天津各处的治水工地上，给了自己无法逃遁的苦中求乐，终因心力交瘁，风湿症转移到心脏，一夜间病死在了辛苦劳碌的任上，让皇帝掌舵的这艘大明的航船永远失去了一个用心用力划桨的人。

而年近花甲的白英既没有去任职，随宋礼到南京的面圣也没有去成，而是长眠在了他熟悉的这方土地上。

白英献计治运的大事，诸如南旺导汶、修建蜀山等各处水柜的妙计经朝廷邸报刊出后，众人皆知，名噪一时；但其志在山野、不求闻达的采菊之心也只有宋礼等少数人知道。朝廷上下以及很多百姓都想象着这样的贤人会得到怎样的重用。但在治理会通河的近两年中，白英和宋礼一道风寒雪雨奔波在工地上，积劳成疾，旧有的痨病不断加重，身体每况愈下，完工之时，早由初时一声半声的咳嗽演变成昼夜的咳声不断。南去京师的路上，春暖花开的时节，他的全身却一直在簌簌发抖，高烧不退，手脚冰凉，生命正从他枯瘦的指尖一点点消失。随行的郎中百般诊治，却一点作用都没有了，宋礼的火爆脾气又上来了，一路请郎中，而一路的郎中又都被他骂跑了。那天早上，白英已不是咳，他再也无力咳嗽了，张着嘴大口大口呕血，痛苦万端，身体里的那些血，再也存不住，仿佛打开了一个缺口，在这个早晨悉数溢出……

宋礼过来的时候，白英已不省人事。

那么刚强的硬汉子，漠视过多少人好端端倒在工地上，失去生息，却见不得他最敬重的汶上贤人在眼前离去，他还不满六十岁呀！可是，白英的谋略或许已耗尽了他一生的心血和智慧，而栉风沐雨的治运劳累又把他的生命逼到了绝境。

白英终于扛不住了。

白英辞世的那一瞬，宋礼痰往上涌，喉结滞涩，无限痛苦地滑动了几下，就像吞下了一枚巨大的枣子，下不去又上不来，刚刚喊出“白——”，就已经憋得满脸涨红，在病人床前仰面朝天昏厥过去，亏得屋里人多，才及时接住。待众人七手八脚把他弄醒时，一大口鲜血险些吐在了从人的脸上。随即，肿胀的眼泡下滚出了一串串热泪，一天之内像是老了十岁。人们这才注意到，宋礼鬓发斑白，眼窝深陷，原本红润光泽的脸上已是褶皱纵横，颧骨突兀，黑黑的面庞满是憔悴和倦容。在场的人一片呜咽，惋惜白英，心疼宋礼。

宋礼只将养了小半个时辰就从一个临时搭建的行军床上坐起来，愣怔怔看着眼前的一切，脑中一片空白，好半天想不起这是在哪里，发生了什么事。待他清醒过来时，马上下地站了起来，是啊！关键时候是不容他这个统帅生病的，他悲切地下达了为白英举哀的命令。经过短暂的准备，原本赴京报捷的大队人马转瞬变成了送葬的队伍，在一片白衣白帽、白幡白旗的悲切中，掉头逶迤北去，长长的送葬队伍像一条白色的长龙游移在山东南部的运河大堤上。静静的河水映衬着，堤上、堤下一片哀恸，仿佛从戴村坝经南旺引水渠赶过来的汶水有了灵性似的，回卷着，溢出一道道波纹，也在为白英举哀。

白英的遗愿是要回到自己的家乡，回到居住了几十年的彩山之阳。那儿有他熟悉的南山田园，有他熟悉的绿荫小径，有他熟悉的茅屋草舍，有他熟悉的乡里乡亲，有他……哦！最重要的，那儿是他酝酿和形成导汶济运思路的启蒙地，他要回去，必须回去，永远守望耗尽他终生气力的戴村坝和南旺引水渠，氤氲在那片水雾蒙蒙的景象里，在它们水声潺潺和浪花飞溅的欢快中颐养“天”年。

他的这点身后的奢望，宋礼怎能不予满足呢！

回汶上的百里长堤上，无数官员、士绅、百姓闻讯早早就守候在路旁、村口，不断加入到送灵的队伍中，走了一程又一程。何处是归程，长亭连短亭！那漫天飞散的纸钱，那随风飘舞的挽联，那流向河中的泪水，那哀哀戚戚的面容，已不止是对白英的祭奠了，其实更是对大明礼贤下士的盛赞，有一副挽联最具意味，完完整整概述了白英的功绩：

一陋居彩阳，戴村土坝，会通紫烟，潺潺流，南旺千古纪老人；
只身恋热土，梦里乾坤，泉湖绿波，欣欣然，汶上万代念白英。

白英去了，灵车来了，轱辘辘，轰隆隆，那沉重的车轮在大地上翻滚着，像滚过了一阵阵闷雷，仿佛，灵车碾轧的不是路，是官员的心、是百姓的心……

当宋礼把这些痛彻心扉的心酸往事奏与皇上的时候，整个武英殿里一片沉寂，在场的人没有不动容的。悲恸之后，永乐皇帝只能以他的方式表达对宋礼等治运人员的劳慰之情：有功人员一一予以奖拔。令汶上县在南旺为白英建祠，既让天下材人以白英为榜样，为朝廷效力，又昭示后世子孙永为纪念；白英没能享受的，那就福荫他的子孙，让他的儿子白河到汶上县衙为官。

九、德缵禹功

陈瑄、叶宗行乘船又到管家湖踏勘时，再也没见到老者的踪影，他们只当是老人有他事未至或是挪到了别的地方，也没太在意，便直去了管家湖西北，下船乘马，在淮河鸭陈口和管家湖二十几里间来来回回走了几遭，细细考量了周围地势，心中就有了梗概，更叹服老人坐一隅而观全淮的眼光了。

叶宗行本是个治水的行家，有了老者方略上的指点，又走了几回，早已成竹在胸，他说："大帅，我目测了一下，管家湖和鸭陈口的水位基本相当，淮河略壮些，开通后淮水流向湖水，大致能保冬春两季漕运不出问题。我担心的是夏秋雨季，黄河南侵抵清河与淮水合流，尤其赶上黄、淮两河泛溢，黄河泥沙又多，暴涨之水涌进管家湖，必如当年太湖一样淹没苏、松、湖等州郡良田啊！"

"我也虑到了这一点。"陈瑄举手，遮住刺眼的阳光，在两水间逡巡，"故此段新开之河，河道不宜过宽，最宽处二十丈，窄处十几丈即可。两岸高筑大堤，在淮水入管的关键之处用蔺芳的蔺式固堤法，编木囤石，以固大堤。大堤坚固了，便于置闸，安置闸夫专事闸事，以时启闭，既可避黄、淮暴溢之水，又保了湖水淡季不淡。就依清河旧时的名称，叫它清江浦吧。"

"万全之策！"叶宗行由衷地赞赏陈瑄的深谋远虑，"看来大帅当年整修都江堰，大筑天津百万仓和加固防海堤的皇差都是为今日作铺垫。年龄、经历、阅历、心思，件件都重要，只读万卷书不成，还要行万里路，还要动心思！"

"叶知府过誉了！"陈瑄摆摆手，"此不过数千里运河上的小事一桩，运河后续的事还多着呢！再者，运河也不过皇上宏图大略上的小事一桩。一桩一桩小事，汇聚成皇上总揽的国家大事，我们只是为一桩桩小事尽心尽力、尽责尽职而已。"

叶宗行朝京师方向拱了拱手，算是对皇上大政方略的敬畏。他说："还有一事要注意，方才在湖里行船时，我明显地感到湖水深浅不一，漕船满载粮饷禄米，吃水很深，一定要防着黄、淮、管家湖枯水季船只搁浅。"

陈瑄点头，望着湖堤，望着管家湖与淮水间看不到尽头的陆路，突发奇想，陆地都能挖出一条河行船，湖里怎就不能单辟一条水道呢？

“有了！”陈瑄把目光再次投向湖西岸，众人也随他一起西望，“在湖西堤内新开一条二十丈宽的水道，也就是把这一段全部清挖一遍，有一丈多深足矣！所清淤泥用于新筑湖中的大堤，等于是湖中河。遇特殊干旱年景水浅时，这儿的水还是最多，置纤夫也能把运船拖过去！”

“大帅高见！”叶宗行又一次脱口而出。昔日疆场征战挞伐的大将，前日搏击海浪的高手，在治水修河上也是一个奇才。最让人佩服的是他敏捷的才思，心中就像有一个装满妙计的锦囊，遇到什么难题，信手拈来，就是一个高论。自己这个治过大黄埔的人，那是十几年的积淀养成，比之陈瑄的灵机一动，不啻天壤之别。

“距雨季还有四个月，什么时候能开工？我淮安府六十余万人，出几万民工不成问题。”

“叶大人比我还急啊！”陈瑄笑道，“皇上北巡前虽准我治河，但还需将方略上奏。为抢季节，八百里加急直达，那边上奏着，这边就准备着，先用我的万余海卒将最难的管家湖清淤筑堤啃下来，待皇上恩准，你再上三万民工，清江浦二十几里河道，十几丈宽，两丈来深，每人每天约掘进一个多人的长宽高，没有意外的话，汛前完工不成问题。”

完全是胸有成竹、见过大世面的安排，精细到每个人的工程量，治河治到这个份上，古往今来真不多见。看陈瑄的架势，也恨不能马上遂了叶宗行的愿，这就动手，挥锨铲土，热火朝天。

“早一日完工，淮安百姓也就少一日人拉肩扛的负重啊！”叶宗行面色潮红，连声音都有些颤了，“人多了，需用就大，想不到的事也多，请大帅随时吩咐，淮安当全力襄助。”

“叶大人和淮安百姓的心意我陈某心领了。”陈瑄满满的志在必得的信心，“皇上之所以没有把这事交给地方，就因它是国家大事，非一方人力、财力、物力所能承担。我走运河多年了，何处沟沟坎坎、何处咽喉索道我最清楚。我在想，管家湖西的清江浦凿通之后，我还要奏明皇上，江北运河的后续修缮也要跟上，否则，运河还说不上通畅。而这些，要涉及众多的府州县。我们还是循山东修浚会通河的惯例，以朝廷为主，地方尽地主之谊即可，你就多备些工具，粮饷、帐篷等一切需用都由朝廷开销。我的人十天之内陆续到位，先划定线路，叶大人的工具半月之内送到，有难度吗？”

“这——”叶宗行一仰头，嘿嘿一笑，“一万多把工具一时还真不好凑。这样，我让山阳县向百姓借一些送到工地先用着，待我购置齐了，除工地所用外，全归还新的。”

“如此甚好！”陈瑄道，“叶大人不仅水利在行，体贴民瘼也堪称模范！”

“大帅不也一样嘛！”叶宗行拱手，瘦骨嶙峋的两臂露出来，甚至比他的脸还要单薄，陈瑄心里很不是滋味。

但两个人还是笑了，大有那种相见恨晚知音难觅的笑。叶宗行的眼眶又潮润了，若有若无地含了一片泪水。

天色将晚，一缕夕阳斜射，泼洒在湖面的光芒点缀了万千跃跃欲试、躁动不安的波浪，一片金灿耀眼。波浪们似乎有了灵感似的翕动着，过不了多久，它们就要和传说中汹涌的黄河、淮水游荡在一起，舞动出更为耀眼的浪花了。有了更宽广、更开阔的水域，那见识也该大不相同了吧？

陈瑄一行在管家湖与鸭陈口间踏勘了众多的地点，找寻最佳的捷径和落“脚”点。回府衙前，再一次经过老人钓鱼的地方，物是人非，只有树上随风翻动的树叶和那方空寂的巨石，连水面都寂静了。

昔人已乘黄鹤去？一股不祥的悲凉撞击着陈瑄、叶宗行的心。难道那古怪的老人耄耋之年、步履蹒跚地到此垂钓，就为献计而来吗？谁知他踽踽前行又是走了多远的路啊！姜太公垂钓于渭水之滨而成一代著名宰辅，老人垂钓于管家湖或可成就运河之大成，可他就这样去了，销声敛迹得如此利索！老人白发苍苍、飘飘欲仙的身影又浮在二人眼前，若真的再见不到，那将是大明永远的遗憾。

陈瑄、叶宗行在老人垂钓的地方默立良久，陈瑄略有些抽噎道：“但愿老人是回家安享晚年了……只是，只是，宋尚书治会通，史书上一定会留下个献策的白英老人，皇上还下旨在南旺立祠祭奠；而我们竟如此疏忽，连老人的名姓都不曾留下，想让朝廷旌表，又去旌表谁？”

“为给大人献上治水一策，那么大的年纪，或许已经风吹日晒了几日。”叶宗行更是忧伤，面带悲戚道，“请大人放心，我会留意，时常来管家湖看看，见到了更好，即使见不到，我也要把此事上达皇上，天下屡有这样的奇人奇策献与朝廷，也是皇上恩泽所致，百姓乐为所用啊！”

从钱塘到淮安，叶宗行一路走来，深感民心思治、民心思安的大趋势，府衙、县衙贴出治运的告示后，到官府献计的人还真有不少，尽管有些人是抱着阿谀投机的心理，但大多数人真真是想帮官府解决挽运——百姓们受苦受累的顽症，民心所向，势不可挡，天下太平，大明王朝的盛世就在眼前了。

想起在华亭当诸生那会儿，他叶宗行为朝廷献策也没有出人头地的想法，心甘情愿，就想把自己的智慧贡献给国家，贡献给大明王朝。县学同窗中，很多人都抱着为国尽力的想法。而今自己也成为朝臣中的一员了，也和蹇义、夏原吉、金忠、宋礼、陈瑄、金纯、蔺芳等人一样，用各自的智慧，为国分忧。虽然每个人为官、为政的风格、秉性不同，但一个最大的特点，全都是殚思极虑，并愿从民间汲取治国理政的营养，因而使诸多大事顺利完成。这与永乐年间的大氛围，与永乐皇帝的施政根本，与整个朝廷乃至地方的风清气正有很深的渊源。

陈瑄的漕卒训练有素，善打硬仗，又因他治军甚严、赏罚分明，属下乐为所用。海运、漕运中个个都是小老虎，工地上也不含糊，你追我赶，挥汗如雨。一万余人全线铺开后，在管家湖西堤内三十余丈处用土石淤泥生生填起了一座约有十里长的堤内墙，大桶小桶将围挡内的水全部掏干。继而采用阶梯式传递法，将湖底淤泥石渣一锹锹、一筐筐传递到新堤上，最后形成一个近二丈深的梯形河槽，从南北两侧与管家湖水相通，既充分利用了水源，又不至于被很快淤塞。

约莫两个月，湖内工程完成，皇上的圣旨也到了，万余漕卒又扑向了管家湖至鸭陈口的清江浦。有了挖湖的经验，平地开挖进展更快，纵向伸开的劳碌军兵与远处零零散散春耕的百姓构成了一幅朴实完美的春播图，远望去，很有春江播绿的诗意。

陈瑺所部一个小旗的十个军士想得赏钱而日夜掘进，终因劳累过度导致一半人卧床不起。陈瑄训斥了陈瑺，亲到帐中看望累病的士兵。从帐中出来，见叶宗行满脸歉意地来了，就迎了上去。

叶宗行边走边拱手施礼："百姓们一时上不了，听说弟兄们劳作都快拼命了，我过来看看。放眼望去，各卫、各所、总旗、小旗，旗帜鲜明，比着劲前进，都不甘落后，大帅军威远播，名不虚传，叫人感动啊！"

言罢，让属下将劳慰将士的几扇猪肉抬到膳房，自己带着猪耳、猪心等一大堆熟肉和陈瑄再进帐中，见两小弟兄的肩膀都缠了绷带躺着，拽了拽被角，心里不是滋味。“弟兄们这么拼命，在淮安城里都传开了。听说我买了猪肉要来工地，摊贩们七嘴八舌争着要来看望，那还不乱了？我不同意，大家就把这吃食使劲往下人们手里塞，百姓的一片心意，也就没客气，看来，大帅所为真真是民心工程！”

陈玶接过叶宗行手中的东西放在一旁，慢慢给几个弟兄分发着。陈瑄表达着谢意，谦逊道：“我也是奉命完成皇差，百姓们如此天高地厚，倒叫我过意不去了。”

叶宗行转身，亲自把吃食送到卧床的弟兄们手上，又说了一通安慰的话，才随陈瑄出来，上马巡视工地。

这一段的工程约做了三成，看着军兵们有些疲惫，叶宗行不免心疼，解释道：“原想着，皇上巡行在北京，圣旨下来也需两三个月，农忙时节就过了，上个几万人不成问题。不曾想，圣旨快，你的进度也快，还能不能帮上忙？一年之计在于春，看着这满地里春耕春播的百姓，我是不忍让他们放下农活来挖河。”

“养兵千日，用兵一时。”陈瑄望着忙忙碌碌运送土方的漕卒，又看看不远处在水田里插秧的百姓，言道，“漕卒挖河职责之事。农忙时节耽搁了，百姓一半的收成就没了。叶大人也无需歉疚，再过半个月，农忙过去了，上个几万百姓一抢，就等于是鏖战双方精疲力竭时我方突来了一支生力军，那是多大的鼓舞？汛前完工根本不愁。”

“烟雾迷蒙，大帅也能看到光明的前景！”叶宗行虽不懂战场鏖战的决胜逻辑，但他明白，眼前的士兵已经辛劳过度，若上来几万人助阵，必是一个大的推动。

前面就是鸭陈口了，远处隐隐约约淮水的涛声已然听见。控制淮水与湖水进出的移风、清江、福兴、新庄四闸同在建设中。军兵们如此在行，倒不如说他们的大帅在行，见微知著，见贤思齐，了不得，了不得啊！叶宗行自言自语：“半月后百姓们就是上阵，怕也是没甚活可干了。”

“清江浦之后的劳作还多着呢。”陈瑄的目光凝视着远方，越过管家湖，一直向南，似是到了扬州、过了长江，“皇上雄才大略，欲创一代盛世的心思你我都明白。山东段会通河修浚，海运之所以未废，还是运量不足啊！运粮越多，就越觉着河道的不畅和潜存的风险。军兵们在管家湖西忙碌，我得闲又向南运河仔细走了几回，主要是看地势、观水流。由淮安到扬州的三百七十里，大一些湖泊有一二十座，山阳有管家、射阳湖，宝应有白马、汜光湖，盱眙有洪泽湖，高邮有石臼、甓社、武安、邵伯诸湖。根本没什么正规河道，古往今来，就是把诸湖连接起来作为运道，要不，怎么又称湖漕呢？湖面大小不一，上有风涛之险，下有梗阻之恶。那洪泽湖就是淮水下流不畅之积水，加上黄河南来夺淮，淤了淮水东去的故道、一路向南扩大的水域，最后不得不合长江之水入海。夏秋之际，湖水暴涨，漕船一旦搁浅，施救都困难。不要说前代，就是我朝也有过多次因搁浅而在湖中卸载的故事。”

陈瑄陷入了对旧事的追忆中。受前日老者所叙宋代乔维岳开挖沙河的启发，他又读了不少有关运河的书籍，关于淮安以南达于长江段运河之浚的思路日益丰满，并形成了完整的湖漕疏浚方案。

“虑着淮水携了黄河之势汹涌南侵，欲畅通其流，唐宋以来，于淮安开永济、高邮开康济、宝应开弘济三河，实是以人工再将诸湖连接起来贮水和泄水。至扬子湾东，一路由仪真接长江口，另一路由瓜洲接长江口。几百年了，也该好好修缮了。我已奏请皇上，一俟清江浦完工，就开始整理、疏浚湖漕。在旧三河基础上，一则仔细选择漕道，清除湖下梗阻之恶；二则如管家湖一般，筑高邮、汜光、白马诸湖长堤，上修纤道，于湖内凿渠，既防搁浅又避风涛之险；三则维护盱眙洪泽湖旧堰，就是将唐宋所修高家堰重加整修，去残补缺，使全堤连成一体，估算着有一万八千余丈。江南段运河问题不大，而上述几个工程完工，大运河长江以北段全线畅通，我万千漕船和官船商船舳舻千里、首尾相衔的壮观场面将呈现出来，也不会再有风涛及湖底塞阻之困厄了……”

叶宗行惊奇地看着眼前正值壮年的漕运统帅，又一次震动了。若不是那身军服，你简直就可以把他当成了战国时期秦国的蜀郡郡守李冰，近两千年了，都江堰还在那里勤勤恳恳地劳作着，而中华伟大创举的大运河，也一定会留下陈瑄这个不同凡响的名字。

“范文正公言，居庙堂之高，处江湖之远，忧君、忧民、忧天下；今陈大帅之更可誉者，乃举一反三，修一个淮安段，连江北数百里之运河都一并考虑了，您不是‘忧’，是比‘忧’更进一步的‘为’，为国、为君，为天下。凡所筹划，不遗余力，乃至穷其智慧，古之贤臣循吏也无过于此！此皇上的福气，大明的福气！有太祖三十余年之积淀，我永乐朝必开立国以来千古之盛世！”

正午的阳光劲头十足，毫无保留地倾泻到大地上，这一段树木又少，无遮无掩，两个人却无所察觉，边走边聊，没有丝毫的倦怠之意。在卫士们的簇拥下，这一小股人流，像一团游动的浮云，徜徉在春天的绿色里。

这几年也巧，永乐初年以来鼓励军屯、商屯、民屯的大政已然奏效，北京、辽东乃至全国大多数省份连年丰收，漕粮运送的负担轻了许多，这使陈瑄能够腾出手来大治淮安以南的运河。于是，管家湖西的清江浦完工，万余漕卒又投入了淮安至长江段约四百里连接诸湖运河的整修中。受淮安赞运的影响，所在府州县都给予了积极配合，出人、出物而毫无怨言。也是陈瑄善于体恤百姓，爱惜士兵。兵卒外出之时，谦谦和和，公平买卖，对工程所在州县无所搅扰；而军兵们虽整日劳累，奖赏颇多，并无怨言。因而，由漕卒组建的治运陈家军名声大噪，百姓箪食壶浆前来劳军，盛况空前。

高邮、宝应、盱眙各处湖漕运河工程完工后，陈瑄移师南下，又疏浚了位于长江边上的仪征、瓜洲运口，新开了泰州白塔河运口。这样，长江中游偏西的江西、湖广的粮饷走仪征北上运河，江南粮饷由镇江直达瓜洲北上，江南东部苏州、松江等处的粟米则由白塔河北上，无论官船、民船都不再因运口原因再走冤枉路。陈瑄奉命再造浅底船两千艘，北运粮饷达到了有史以来的年运五百余万石，天津百万仓和北京各仓廪实，这为永乐十五年以后百万军民大建以及永乐十九年迁都北京奠定了坚实的物质基础。

鉴于北方的枯水期较长，在宋礼疏浚会通河以及建闸贮水的基础上，陈瑄又奉命解决会通河南段遗留的后续问题。也是他在江南治运治出了名气和成效，皇上又命他移师北上，在济宁至淮安间新建水闸九座，以时蓄放。即使这样，冬春时运河总体水量依然深浅不一，陈瑄又在会通河上设置铺舍五百八十六个，每舍置纤夫数人不等，引导或帮助漕船走出浅地。

于是，海运、陆运皆罢，而南起杭州、北至通州，长达三千余里的大运河才发挥了运力应有的作用，水上行船，两岸大堤陆路行人，运河真正成了中国南北交通和物流的大动脉。运河经济因运河之通畅而迅速繁荣，杭州、苏州、镇江、扬州、淮安、徐州、济宁、聊城、临清、德州、天津、通州等码头城市商业日渐活跃，朝廷不得不多设税课司以应对车水马龙的交易人流。

陈瑄的一生明显地划分为两个阶段，前半生是出入疆场的善谋勇将，后半生是董理海河两运、兼修运河的官员。史书对他的前半生评价不多，却对其后半生予以了高度评价。说他凡所规划，谋略长远，一河一渠之成，精密宏达，三十年如一日，举无遗策。

国家政通人和，四海承平。明宣宗朱瞻基也就是永乐皇帝之孙在位的第八年，六十九岁高龄的陈瑄还在勘察淮安水利，因突发急病死于任上。年轻的宣宗闻讣，哀恸万分，遣官致祭，且辍朝一日，命工部营葬于南京映龙山，立祠清河县，由官府春秋祭祀。他还觉着，这仍不足以旌扬陈瑄几十年来的治运业绩，又在他原来平江伯爵位的基础上追封他为平江侯，赠太保，谥恭襄。

斯人虽去，但水畅其流的运河在，高起的大堤、提降的闸门、铺舍的纤夫、繁华的城市……无不印证着由驰骋沙场的武将半路出家而成一代水利专家的音容笑貌，印证着一个盛世的无数官员弥漫在运河绿波之上的清廉之风。因而，无论是行走在大堤还是浮在绿水中的人们，稍一回头，就会顾念起这些呕心沥血国家伟业的人们，顾念起宋礼、陈瑄这些矢志不渝于运河事业的巨人。

陈瑄死后的八十年，游龙戏凤的正德皇帝明武宗在陈瑄的事上竟也荒唐地明白了一回。沿运河一路南下，顺水顺风，便感念起先朝这位治水能人的功业来。徘徊在陈瑄祠前，伫立良久。除了女人，还没见他对任何事情这样认真过。终于有了主意，遂在祠堂的正殿御赐了“德缵禹功”的匾额，这一评价可不低了，把陈瑄比作了大禹治水的一类人。接着，又手提御笔，挥毫写下了“肇运金汤数十载，敷土奠川，当日中流资砥柱；开漕利涉千万年，河清海晏，今时江汉永朝宗”的联句，武宗皇帝的匾额加楹联让陈瑄的祠堂更充实也更有历史的韵味了。

如果说明武宗这一生都让人觉着不靠谱，唯有在这件事上算是做了一件靠谱的事。明末清初，写《国榷》的史学家谈迁在拜祭了陈瑄祠、看了楹联后感慨万端，既为末代君主崇祯皇帝朱由检的器量、才具、昏庸而痛惜，又为不能扶大厦于将倾、无能而又贪腐的权贵群臣而懊恼，于是写下了祭平江侯陈恭襄一诗，以抒胸臆。诗云：“江淮漕运力，其事赖恭襄。绿京书元使，黄头歌擢郎。何人敢折柳，无岁不思棠。郑伯渠今在，区区未足方。”

诗歌卷

诗词集《韵扬妫水》诗词选

* 陈 超

七律·纪念毛泽东诞辰百一周年

红日一出亮夜天，中华巨艑挂云帆。
胸飞大略平妖雾，笔起长虹壮泰山。
领袖功勋归史记，江河风范润人间。
百一华诞鸿传语，未竟宏图梦正圆。

锡林浩特

新楼栉比灿如霞，灯彩泉银艳似花。
不是蒙文随处见，几疑客寓在京华。

七律·西柏坡有感

花香柏翠柳鹅黄，黄土高坡黄土墙。
庭院前头留岁月，风烟远处辩沧桑。
力薄器陋赢三役，雷震雨激动四方。
只是山村足正气，便将溪水汇汪洋。

竹枝词·武当山磨针井

莫言高士道行深，铁杵如椽计磨针。
多少世间大道理，由来小处寓精深。

七律·游重庆红岩纪念广场有怀

我到红岩心欲枯，当年禽兽似蝎毒。
谁嫌自己头颅贱，我谓先驱志向殊。
胜利已经留代价，江山正在起宏图。
秋风寄语经营者，莫让屠夫笑声出。

诗集《捡拾生活的诗意》诗选

* 卢吉增

晨光亮而不贼

朝露晶莹，晨光亮而不贼
万年前夏天某个清晨也如此吧

叶片残损，一条小虫从早餐到逃离还有片刻
不要接近那些叶子

谁又在说“早起的鸟有虫吃”
小虫在一片叶子下依旧从容

在互认的契约之内，世界没有惊慌
我担心什么

除了这几片叶子，剩下那么空荡荡的世界
均与小虫无关

忠诚的灰尘

放在床下的旧箱子
已布满灰尘
灰尘透着箱子的底色
上面没有印痕
我感到灰尘是多么干净

箱子里一定盛着一些重要的东西
或者是一个秘密
秘密用灰尘来保守
是多么可信
没有谁
能把灰尘这么均匀地洒在
箱子表面

另一只鸟

如果你窗前频现鸟语
你一定是有福的
如果打开窗子鸟语未断
你一定是大德之人

只要无害她之心
这些鸟就装作什么也不知道

你越不关心，她们就越美丽
你退缩到巢穴之内
窗外的树木就更加葱茏

此刻，你小心翼翼地探出头来
她们正自得地把你当成一片叶子
或另一只鸟
并试图将你保护

隔空移物

我是土堆里长大的孩子
那些大大小小的土堆
还有土坷垃
土话、土产、土法
带着浓郁的土味
与我息息相关

一场新雨后
泥土被打磨、浸泡
被逗弄出里层的新土
新鲜的味道弥散开来
如入口的药物进入身体
修复我的记忆和情感

所以无论走到哪里
我都将它携带
我有神奇的法力
一觉醒来

平滑的办公桌面
将有一层薄薄的微尘

错　误

陶渊明的桃花源
李白的桃花园
写错字的小学生分不清陶李
难觅其踪，误入歧途

但是桃花不会写错
桃花不会错
世外的桃花没错
大林寺的桃花没错
世上的桃花也没错

桃之夭夭啊
我们都爱错

但是
夭夭没错
桃花没错
春风没错

抓住这么小的幸福

我这么小的本事
挣这么少的钱

这么小的财富
养活这么少的家丁

这么小的圈子
产生这么少的事情

这么简单的生活
让我这么容易满足

我时常提醒自己
我这么小的幸福
一定要特别注意
要不
就被忽视了
就没有了

享　受

年老的时候
身子还能站直
是多么不易

年老的时候
还能说一些新鲜的词语
关注流行的事物
畅谈今后
不只是回忆
是多么快乐

年老的时候
用牙齿残缺的嘴
说踏实无悔的话
是多么幸福

年老的时候
不只是被人怜惜
和出于道德与法律上的照顾
而是还让人由衷地敬佩和羡慕
那是多么享受

考　生

学生在考试
两小时惊涛拍岸
教室内静静的

知识辽阔
文化滔天
一个人如何航行才能接近灯塔

之前那些水手也曾尝试，记得名字，忘了表情
定理、公式、现象、原理、事件、意义、手法、主旨
航海的经验在纸上汹涌

室外雨水渐小，地面潮湿如海
学生交完试卷，有的匆匆进走进雨里
没有带伞，弓身护着书本

我和父亲交谈甚欢

暑期回家，我又和父亲到地里干点活
看着半人高深绿的玉米
我说这一地庄稼怎么这么好，特别是咱家的

父亲嘿嘿一笑，说要是再早点施肥就更好了
其实我家的庄稼和别人家的没什么不同
刚才父亲辨认了半天才确认清楚

我说地里没有一根草啊
父亲说要是再仔细找找还是有的
我说咱们赶紧施肥吧
父亲似乎没有听见，稳稳地站在地头抽烟

望着这一大片玉米地
玉米在风中张扬着叶子，哗啦哗啦响
父亲听得清楚
父亲是这群猢狲的王

诗集《落雪第一日》诗选

* 李　瑾

途　中

群山落在羊脚下，雪白。山巅望着我
有一双人的眼睛，却暗藏陌生的怜悯
之心：因我需要
青草，我推过的滚石都在
中途，饱受空空如也之苦
每一条鞭子后面
都跟着一群白云，谁跟着我？当夕阳
西下，诸神和一只秃鹫向我纵身一跃

我也想纵身一跃。这念头和悬崖一样
有去处，无来历，有一张行走的羊皮

怀　疑

我怀疑一切东西。当它生长，其实在
隐藏自己的形状；当它湮灭，其实在
点燃自己的光芒
有时我也会怀疑
自己的判断。当我说出什么，意味着
我正在制造谎言：时间因为空洞而把

自己打开，我用一本书和水将它合上

小树林

每次走进山坡上的小树林，我总是很
轻柔，很小心，必须避开出来觅食的
蚂蚁，让它们开始一次又
一次返回；必须允许各种
蚂蚱登上草尖，虽然低矮的景色无人
识得；必须让叽叽喳喳的鸟儿们完成

一支曲子，曲子中有些空虚高于人类

特别在早晨，每一个出门的动物不分
雌雄都是伟大的母亲，而作为闯入者

要对它们眼睛里的微小世界充满慈悲

星空断章

我时常在想自己究竟来自哪里，没人
能回答——你不是自己的
但悲伤却属于你
微弱的星星是宇宙的悲伤，我是它们
在人间的对应物，只是不如流星调皮

图书馆

灯下，我们分别读着同一本书，速度
不同，没有关系，碰到的主角性格也
不一样不算什么
偌大的图书馆收留着我们
无论故事进行到哪步田地
某晚，我们选择
在书中折了一下，然后将它们小心地
放在角落里。后来，我看过无数本书

都不是你的样子
我怀疑那个折角没人打开，就像一段
故事跟着我，结局那么多却写不下去

故事书

相信都听说了那个迷人的故事。故事
里面，植物有悲欢离合，动物有与生
俱来的依依不舍，而我

怀抱灯光
等待一只
飞蛾，前来扑火，或者
替我燃烧。天色渐渐暗下来了，落日
不肯离身，和我一样，在空旷的内心

深处寻找隐秘的主角，仿佛有火种在
天际沸腾，仿佛我也不会出来，仿佛

有人在说：那个读故事的人是裸体的
我不承认，我白茫茫一片，没有足迹

你好，北戴河

北戴河，你好；那些夜晚遗失的灯光
和释放的虫鸣，你好；那些在波涛中
不想靠岸的轮渡
你好：在散落的人间，它们看见月亮
一声不响；那些被海岸线收留的贝壳
你好；那些正被
沙子包裹的游人，你好：贝壳和游人
在夕阳中检查自己的躯干；沿海公路
你好：在沙滩
散步，我感觉自己是白色的，黑暗在
我面前低飞又依次在身后消失；还有

那些柔软的困惑你好，在尘世，它们
无知而又多情。当我在海风之间漫步

北戴河向这个和自己相遇的人说你好

黄河谣（组诗）

* 马永珍

（一）

喂，朋友，你好！谁在夜半，在高空
喊我，辨不清是春风，还是黄河
晴天霹雳，一束经文的倒影，正在给河水打结
手掌上后浪催前浪，额头上新坟赶旧坟
流浪，弯刀，幽玄，王权，诺言、生锈的蹄音
这些尘世间的颠簸，孤悬天外

天宇茫茫。有两颗硕大的水珠
宛如精灵，不舍昼夜，遥望相思
谁来安慰，谁来掀起她的红盖头
谁能降服她内心的汹涌澎湃
穿大红嫁妆的月亮，是我最美的新娘

（二）

你在忙什么？神秘的声音又在问
我，在银河里寻觅猛虎和安宁
为什么不把心中的猛虎，囚禁在水做的牢笼里
为什么要常常抽刀断水，任由疼痛东去
为什么喧嚣能稀释甘泉，自己酿造的酒
醉倒了江山，却醉不倒自己

波浪追赶册页。水有千娇百媚
草木有喜怒哀乐，但我的心从不熟睡
总是保持警醒，保持和上天的联系
此岸，彼岸；也许根本就没有前世
也没有来生。只有今生这只铁鸟
披着神的旨意，扮作孤儿

（三）

喂，朋友，你来水滴里做什么
这是我的宫殿，庙宇，牢笼和王国
以前，我爷爷住过，我父亲住过
他们都曾经来过，也住过
都是主人吗？他们不是
我也不是，任何人都只是过客

鱼群失眠了，游上岸，在纸上呼唤乳名
声声入耳，又展翅扑进双眸之中
瘦小的已经风干，椭圆形的还挂在枸杞树上
随风摇曳；六边形的，被蜜蜂带走
酿成甜蜜和真理

（四）

无休无止！浪花对我说：我要俘虏你
一笑倾城，再笑倾国，孤岛开始脱下
王服，和牧羊人交换肉身和信仰
走进麦田里，沙粒里，花朵里，黄土里
你看世间万相，哪一个都不是我，
哪一个又都是我，你怎么找见我

有浪花飞起，迎面撞在一束光上
千万颗水滴，千万束光芒，泽被世界万物
孤单如我，也想寻觅烈火，和她同归于尽
无数个小我肯定无处躲藏，只好漫卷诗书

（五）

静谧。谁在咳嗽？你在说什么？
一水一穹宇，一页一山河
可以收留万里烟云，却拢不住你的韵
春秋几度，任风雨落满衣袖
喊不回日渐枯萎的灵，魂魄依旧茫茫
本来没有尘世，也没有虚空，只有我
和三千年前的我，三千年后的我
三兄弟坐在水中央，举杯邀明月
相谈甚欢。经幡听不懂，秘密中的秘密

在帐幔里，在灵魂的寂寞里，在精神的韵里
找到一条河水残留的梦境，雪花执着
弹奏天籁，想把刀锋复活

（六）

空山挥舞尖锐。谁在日夜奔忙
谁正在解开道道闪电，脱下层层月光。
清澈通透，尘世如婴儿，
也像极了我，在母亲的子宫里思索
石头长满鳞甲，已经成为传说的部分

很荣幸，作为唯一的继承人
夜也是我，昼也是我
父母亲人是我，悲欢离合都是我
不生不灭也都是我

如果没有异议，今夜黄河是属于我的
心，晶莹剔透的宣纸，包住火
尘世的铿锵啊，你只能看见水在燃烧
却看不见火在凋零

（七）

水从火中叛变出来。归于尘土
万事清零，草木悲喜交加
遍地的坟茔高于月光，高于生离死别
这只是叙述的奇迹和奇迹的叙述
我带着满腹星辰去流浪，巧遇浪花朵朵

标题打好领结。东南风起，西北风落
箭簇融合。大片大片的兰花花从天堂
远道而来做客，喝着羊膻味儿的烈酒
坐在我对面，黄土高原披头散发
和我面面相觑，这时，亦可泣，亦可歌

（八）

你来，你渴了，给你盛满一大碗笛音
能否把死亡的甜蜜一饮而尽
能否煮熟扉页上那些崇山峻岭，次第灯火
你说你是水中的船工号子，渡人的经幡
是浴火重生的仆人，我从你陡峭的根部走出
成为所有意象的仆人，我也有七情六欲

水啊，万物之母，请善待我、抱紧我
然后，纵容我，吞噬我，最后埋葬我
落日。凤凰。鸣声上下，波光粼粼
浊浪排空。你拿走了给坚韧者设置的
障碍和陡峭。绵绵细雨，每一滴都是
世界的心脏，都是跃动的善良

（九）

你问，家园在哪首诗里徘徊？
你说，无法解释魂魄的厚度和纯洁
一条河，一个词语，从天上来
酝酿甘甜的乳汁，哺育月光

唯有我，无处躲，也无处藏
河水漫过典籍，追着我
浪花越过鹤鸣，呼唤我

狼狈逃窜，穷尽一生。我还是
没有逃过，一条河水，
在我的骨头里，始终保持冲锋的英姿

（十）

听不清，你在说什么？
城市里空无一人，墓地里人满为患
其实每一片水域都有自己的姓氏
翅膀温暖如初，覆盖柔软的火狱
这些天外来客，都是偈语
青春只是一条河水的支流，只负责敲响
血液里的暮鼓晨钟

黄河，你说！
一条河水是对众世界的教诲
谁能告诉我
如果我们的心一旦渗漏了
谁还能再给我们一条河流，川流不息

石膏像（组诗）

* 梁小兰

林荫小路

晚饭后，去林荫小路散步
我，一只小白狗
随身听里播放着音乐
使这条寂静的小道显得不那么冷清
小狗跑在我前面，会突然“汪汪”叫几声
路旁的地里，有人正在将大白菜连根拔起
淡淡的清香裹着旁边“突突”叫的拖拉机

几句歌词飘到耳边：“生活是个复杂的剧本，
不改变我们生命的单纯……
云很淡，风很轻，任星辰，浮浮沉沉……”
想想生活真的像歌唱得那样既复杂又单调

又单调又复杂

枯黄的叶子晃晃悠悠往下落
我注意到路边的树
每一棵都有无数伤疤
枝繁叶茂、刀砍斧凿
这大约就是它们所经历的悲欢吧

向远处望去，无数棵树在微风中颤动
显得又高傲又局促
想说什么，而最终什么也说不出
只有干巴的叶子从它们身上簌簌落下来
代替了它们的悲伤和寂寥

石膏像

父亲坐在木凳上，仔细地搅拌着石膏粉
然后，拿起被铁夹子捏得紧紧的模具
往里倒浆水
父亲轻轻转动模具，当浆水不再流出
他把模具挂起来，又
拿起另一个模具，开始重复重复了无数遍的工作
做浆水、灌浆、晾挂、脱模、封底、修补……
已成形的菩萨、财神爷、娃娃摆满了他身后的桌子

父亲的蓝色衣服上溅满了白色的石膏粉
刚开始是这一点那一点
到后来是这一团那一团
再后来是这一片那一片

我想，如果，父亲一直这么做下去
那蓝色的衣服就会沾满白色石膏粉
远远看去，父亲岂不就是一尊白色的石膏像？

父亲拿起一只石膏像修补
那么忘我，小心翼翼
看不到自己就是那个
最好的
石膏像

月光下，很多东西是银色的

阳光离开时，脱走了村庄的黄袍
暮色随之聚拢，一些事物变得灰暗和宁静
喜鹊和乌鸦各自发出最后一声慨叹后，回巢了
留给树林大片的暗影

月亮羞怯地穿过云层，照耀着天空下的一切
云彩此时是幸运的，它的腹部
多了无数星星

母亲下地回来，摘掉裹在头上的毛巾
她灰白的头发露出来
月光下，很多东西闪着银光
母亲的头发是银色的
她竖在墙角的锄头是银色的
她拿回来的灰灰菜是银色的
蛐蛐的叫声是银色的
灯光下

飞着的灰尘也是银色的

母亲择菜、做饭，她的影子
散发出银色的光辉

磨刀匠

他把凳子摆在一棵树下
拿出刷子、锤子、半小罐水……
摆放好工具后
把母亲递去的剪刀仔细看了看
开始干起活来

知了在枝上旁若无人地鸣叫
“嚓嚓”的声音不断响着
一件锈蚀的物件渐渐发出光来
很多人称赞磨刀匠的手艺
我也欣赏磨刀人技艺高超

他把磨好的剪刀递给母亲
我看那刀锋凌厉，不敢碰一下

这是多年前的情景，磨刀匠
穿行在大街小巷
用手艺养活自己
现在，磨刀匠渐渐消失在岁月里
然而，曾经的声音却一再在我记忆中响起
我知道，事物衰老、更迭无法阻止
但万物当中，总有一个磨刀匠

在擦拭尘世的斑斑锈迹

清晨，鸟鸣

远处传来电锯切割木头的声音
我幻想一堆火正在燃烧，上面
烤着的云朵发出嗞啦嗞啦的刺耳声
空气有被烤焦的味道
间歇，听到了鸟鸣
我喜欢清晨的鸟鸣，喜欢它们互相追逐，逗引
在生活的高空缔造一丝安宁

原本我的窗外有鸟，它们每天在我窗外的树上露营
但自从那棵丁香树被砍伐后
它们再也没有来过
我很失落，想象它们肯定也有过短暂的彷徨和伤痛
但是这广袤的空间，它们自会找到新的栖居地
而我却不能够移动自己，随它们飞去
树伐，留给我大片的空寂

我时常望向对面的槐树林
看到鸟儿一只只飞走，一只只飞来
我常常想，有没有我认识的那一只
在我望向它的时候也望向我

再回乡

我推门，门吱吱扭扭响了几声

院子里，几只麻雀倏地飞到空中

山楂树还在，就是有些老了
枝干比以前粗糙
枣树也有些老了，枝杈更多，更干瘪
那只腌菜的缸更旧了，釉色剥落了一些
我曾坐过的一把椅子，已彻底坏了
而布帘上还是母亲绣的“福”字
青砖，蓝瓦，石头墩子剥蚀着新旧时光
房顶上的草长得更高了

我凝视一切，它们见到陌生的我
都哗哗抬起头来，打量我

母亲闻声出来
她更老了，头发花白
唤着我的名字

风吹过
门又吱吱扭扭响了几声
像锈迹里飞出的鸟鸣

寒露，柿子红了

暮色中
几声鸟鸣把我的目光引向高处
抬头看，一只只红红的柿子
正闪烁在天空
它们你挨我，我挤你

似一个个待嫁的小媳妇，脸上羞怯
又布满喜悦

我出神地望着它们
天空中路过的云，也止住了脚步
秋风起，我听见了它们的私语
它们是否也在赞美这秋色的和煦？

我走过很多路，见过很多美的场景
而唯有这柿子带给我温情
噗啦啦，两只喜鹊展翅飞走
树枝摇晃了几下，又站稳

一位老妈妈走过来，一边递给我几个柿子
一边说：尝尝，甜着呢
她一篮子的柿子那么鲜亮
把夕阳的余晖都染红了

孙庄，孙庄（组诗）

＊ 孙殿英

一生打铁

火星四射
追不上叮叮当当的响声
锤敲着砧
敲着红红的铁
叮叮当当的响声
是锤满腹的话语
是铁满腹的话语
是火满腹的话语
打铁人一言不发
他让锤和铁和火尽情诉说
他像锤
有浑身的铁

他像火
有浑身的热
他用打铁声压低整个世界
他让打铁声远远跑开
打铁声汇聚一起
就是他的一生

一棵树让我停下来

它止住我的脚
收起我的远方
唤醒我所有的感知
它的缓然开放
打开我的触觉、视觉、嗅觉
也打开它自己
生色，生暖，生香
它的树干任我拥抱
它的桠杈由我攀爬
它任由我
亲吻它的枝叶
吸取它花蕊里的芬芳
醉在它身旁
我的世界可以这么小
这么安静
风不举，尘不扬

风大一点就飞起来

车上高速之后
我才意识到没有风
我才意识到，刚刚在物流园区
看到的那个黑色物体
不是空空的垃圾袋
是一个沉重的人
在路边，在生硬的柏油路面上
以翻滚代替脚，缓缓地移动
我不知道为什么会这样
不知道他来自何方
又要去哪里
不知道之后他怎么离开的园区
不知道他，感没感觉到
无助，冷漠，疼
有没有感到，一个城市的陌生
开车行驶在高速路上
我心里，一遍遍地回放那个场景
一遍遍地使自己认定
那不是一个人
只是一个黑色垃圾袋
轻轻翻滚在微风中

冲积平原：截面

会变的云游，不会变的星闪
坛坛罐罐盛着的日子，列于简朴的门边
静物的微光，透出夜的暗远

千万年过后，灯芯已干
灯也一定生了厚锈
只有陶，袖着历经的火
质朴依然

这里几处欢声，那里几处低语
也不过是
土层中薄薄的一个平面，截面上细微的一条线
只待心的碰触
时空的鲜活，即刻还原

此时，我蹲在枣树下
一个小院子，凭着夜的深静
鼓胀着时间的一个片段

眼下的我裹在季节的轮回里
正在远走
声音变弱，身形变小，颜色变浅
渐渐缩敛、消隐于一层薄土
作为一点内容
叠加，抬升，深厚着平原

孙庄，又一个人去世了

我挡不住时间的快
就像挡不住
孙庄一个又一个人的离去
是啊
孙庄又一个人去世了

我回家的时候
又少了一个满脸笑着问我的人
又少了一个
亲切地说“小英回来了”的人
孙庄又少了一个人
就像又倒下一座老房子
不再站起
就这么被日历翻了过去
我记忆里的孙庄
又离我远了一点儿
好像我扎在孙庄的根
又断了一条
一个个逝去的孙庄人
让我切实感觉到时间的移易
缓慢，而势不可挡

海，父亲为大哥取的名字

平原深处的日子是咸的
父亲知道
海是咸的
父亲只想到海的大

父亲躬伏在黄土上
偶尔抬头
看东来西往的云
南来北往的鸟
父亲曾想用脚去丈量世界
去看他心仪的海

村口的回头
把父亲留了下来
而父亲一次次地看见海
在两口旱烟的间隙里
在躬身劳作的出神儿里

父亲一生都没走出村庄
但父亲真的看到了海

树（外二首）

* 崔墨卿

你是黄山顶上的迎客松
第一个迎来东海日出
你是西山樱桃沟的石上柏
令木石姻缘百年风流
你是岭南的黄花梨
制船造舟开启海上丝绸之路
你是北国大漠千年不死的胡杨
死后千年不倒倒地千年不腐
坚如磐石温润如玉
一圈圈年轮一部千年无字史书

清风伴你纳新吐故
雷霆为你奔走欢呼
雨雪为你送来茁壮的甘露
在十万大山中以清风为伍
在贫瘠土地上勇敢立足

在狭窄的石缝中
挺立着郁郁葱葱的威武
即使长在汪洋孤岛
也为舟船引航指路
在水中不腐
在岸上不枯
从不怕蛇缠
从不怕虫蛀
雪如狼冰似虎
也冻不僵你的钢筋铁骨
根相连干相扶枝相舞
折断了多少钢刀利斧
身居庙堂不躁不浮
迁身荒滩不嫉不妒
乱云飞渡时
你挡住滚滚而来的寒流
花前月下
你胜似闲庭信步
纵然不幸倒在尘埃
仍为人类谋福
横为梁竖为柱
为天下寒士建房造屋
成为桌椅走进课堂
助学子大展宏图
你化为一座座牌坊
让忠孝良善传颂千古
树，奉献的楷模
苍穹的支柱
一生唯有所愿
一世别无他求

一愿绿水青山如画
二愿四季春光常驻
三愿人寿年丰
四愿国强民富

毛泽东主席的棉睡衣

在上海中共一大纪念馆里，
陈列着一件毛泽东主席穿了二十多年的棉睡衣，
上面有七十三块补丁，让人看后心生感慨。

看见它我的眼泪
江河般汹涌肆意
想起他缅怀的思绪
瑞雪般在大地纷飞
他是中国共产党的缔造者
是共和国第一任国家主席
年轻的中华人民共和国
是他用智慧和心血奠基
为共和国天蓝日丽
他献出了妻子儿子侄子
和一个妹妹两个弟弟
他功比天高
他业与山齐
穿了二十多年的棉睡衣
七十三块补丁
闪耀着旷古绝今的光辉
发黄的颜色
经历了岁月的洗涤

脱落的纱线
饱尝了时代的风雨
清晰的针脚
是他铿锵的步履
七十三块补丁
彰显出革命家非凡的魅力
他高举秋收起义的大旗
开创了农村包围城市的武装割据
从井冈山到瑞金
迎来苏维埃共和国璀璨晨曦
爬雪山过草地
走过长征两万五千里
把一颗颗革命种子
播进华夏广阔的大地
当天安门五星红旗高高飘起
他何曾有过片刻的安逸
丰泽园里日理万机
菊香屋里不眠不息
他运筹帷幄
他决胜千里
胸中装着百姓的吃饭穿衣
笔底激荡着五洲风雷
一张蓝图
一支铅笔
一盏不眠的台灯
一件御寒的棉睡衣
伴随着他迎来
一个个霜晨雪夕
叱咤大江南北
奔走关东湘西

衣襟浸透南海风尘
下摆印满边疆汗迹
多少苦多少累
多少次疾病侵袭
他仍是大山般威武屹立
是七十三块补丁的睡衣
换来今天男士们的西装革履
是七十三块补丁的睡衣
才有了少女们花朵般的艳丽
是七十三块补丁的睡衣
终于甩掉了华夏大地的满目疮痍
是七十三块补丁的睡衣
顶住了美帝的大炮飞机
是七十三块补丁的睡衣
让中国在联合国大会上
把胸膛高高地挺起
是七十三块补丁的睡衣
让两弹一星照亮了整个寰宇
是七十三块补丁的睡衣
才有了共和国今天的雄伟壮丽
七十三块补丁的睡衣
是熊熊燃烧的火炬
照亮了前程路上的坎坷崎岖
七十三块补丁的睡衣
是一面高高飘扬的大旗
飘在万里云天
飘在无垠的大地
飘在改革开放的洪流中
飘在璀璨如画的中国梦里

凡人伟业

在北京街头，每天都有李春平捐赠的救护车从眼前驶过……

挡住刺骨的狂风
挡住恼人的酷暑
让匆匆而来的死神
戛然停止脚步
一辆辆救护车
引来多少赞美与关注
湛蓝的天空下
飘来一曲希望的音符
让团圆期冀
美丽了千家万户
中国不缺腰缠万贯的大款
一个个富得流油
时而山珍海味
时而玉膳珍馐
坐的卡迪拉克
住的豪华别墅
换情人如换鞋袜
在灯红酒绿中风流
看不见寒风里
有无数的婴儿嗷嗷待哺
看不见冰雪中
拄杖老人踯躅的孤独
每捐赠一元钱
都像在抽骨髓油
慈善家李春平
用行动为困境中群众解忧

百千万元的捐赠
是那么潇洒自如
他把北京城当作家园
他把海淀当成故土
他把青年当成兄弟
他把老人当成父母
唯独把宝贵的金钱
当成了粪土
让它去育种肥田
让它去茁壮五谷
结出期盼的歌声
结出渴望的幸福
结出人间的欢笑
结出大地的丰收

《潮白河》组诗

* 张广超

潮白河

暮色把古都变成金黄，我伸手
打开这份金色的请柬，一路欢鸣的归鸟
如春天的船桨，划动中轴线腾飞的翅膀

一束束光，在潮白河水的微澜之上
化作金色的小鱼，它们自在游弋
仿佛此刻，足可以窥见散落的光阴
那些回忆以水的姿态流淌
那些佳木、丰草，正借着春风
以蓬勃的力量，一点点伸向空中

罗圙

北风认领了山和石头
垒筑的罗圙，迎着羊群歌唱
牧羊人的沟壑、溪流
山坡，凄风苦雨里
是羊群追赶他，也是他追赶羊群

一道无法翻越的墙围
于记忆里延伸，残留的骨头和血液
依旧沿着故乡的隘口奔跑

雨水清洗脚底的纹理
和锈迹的光；火焰
寻找一缕炊烟，草原的羊鞭
像一把刀横插在土墙上

二十一克

自称重量，七十千克的身体
除去骨头、血液和日渐增长的赘肉
二十一克的灵魂
如秋叶慢慢枯黄
坠落，最终化作尘土

和二十一克的灵魂对话
那些被秋风带进泥土的喘息
已变成一匹奔驰的野马
不论平原、山岭还是河流

风速或快或慢地
扶着我，倾听脚步的声响

风送走了风，雨还没来
青丝已经开始变白
还有什么不能承受呢
二十一克的我，穿越时光空洞
于无声的角落仰望星空

吹口琴的人

巡视完一天边界线
帕米尔高原，已是星满夜空
往常一样，他缓缓拉开抽屉
抚摸着一把破损的口琴

口琴是他战友的
每至日暮，哨所，群山
甚至听风的积雪
在战友吹奏的琴声里

此刻，依旧一年前今天
巡视途中，痛失战友的哭声

他缓慢地走到战友空铺前
手握口琴，面向界碑方向处

诗集《树孩子》诗选

* 王　伟

生日礼物

你用十岁的小心思
藏下精心设计的秘密
用五元零用钱
送给我千倍万倍的惊喜

你悄悄打开花园的大门
捧给我阳光和感恩的心
每一个抵达的时刻
都将是我心潮起伏的节日

孩子，我要告诉你
你是我心中最甜蜜的礼物

你多像一棵蓓蕾初绽的小树
在爱的雨露里开出了水灵灵的花朵

你的年轮里，有我无限的喜悦、期盼
和打在你身上痛在我心里的鞭策
你好像全明白，画了一串爱心
代表言犹未尽的部分

育儿日记

为儿子记的本子
是他从小到大的事
哪天哭了，哪天笑了
生病的时候盼他快点长大
长大了又希望他长得慢点

我们写他让人操心
又多么调皮可爱
这样做是为了让他
慢慢学会记录自己

到时候他将接续自己的秘密
我们老两口
也会翻翻这些本子
翻一遍就把他
又养大一回

听谁的话

妈妈让我去做作业
姥姥说，还不让孩子歇会儿
爸爸说，你该练练字了
——我听谁的？

妈妈说，听我的
你们都别说话
姥姥说，你的孩子你管
我不操这个心

爸爸说，要劳逸结合
该休息就要休息
妈妈说，作业做不完
你帮着做吗？

姥爷说，你们能不能
消停一会儿
要学就好好学
要玩就好好玩

我说，我只有一个脑袋
要不——
让妈妈再生三个？

孩子们的画

除了大胆

你想不出更好的词语
孩子们的画
一幅幅在墙上夺目

画什么
并不重要
都是印象派的画家
不能被名字困住

看画的爸爸妈妈
像在欣赏名家
他们抚摸着五颜六色
勉强把笑忍住

画室里的孩子
都有大师的风度
只怕你走进去
就舍不得再走出

家长会

自己上课
都没这么准时
为了孩子
家长们个个早到

孩子们坐过的小板凳
排队站好
仿佛听见乖巧的孩子在说——

妈妈请坐，爸爸请坐

带好本子和笔
要把老师的话一一记牢
为了让孩子长得更高
家长们都挺直腰杆

幼儿园阿姨的声音
还是那么好听
作为家长代表
我真想喊一声——
老师好！

孩子图书馆

书架都要蹲下来
和我一样高
我想看的书会自己跑过来
如果我不想读
书会自己读给我听

读书凳要多少有多少
要有三四五种大小，七八九种颜色
我喜欢的那一把
就跟在我的屁股后面

地板像春天那样温暖
凉爽的风想来就来
小鸟可以在书架上做窝孵蛋

但一定要出去上厕所

我可以坐着读，趴着读，钻进书里读
把整个图书馆都装进自己的脑袋
拍拍脑门就上下五千年
十万八千里

诗集《闲庭信步》诗选

* 叶　冰

请给我一束光芒

请给我一束光芒，
因为黑暗中辨不清方向。

我以为只要努力踮起脚跟，
就能拥抱你的存在。
然而身陷暗域的肉体，
分明在向我宣告：
现实在左，欲望在右。

所有这一切，我都愿接受，
用我全部的力量，
希望获得你的救赎。

黑暗之上，仿佛光明来袭。
我分明听到了你的声音，
然而，你在哪里？

我坚信你的存在
——你就在不远处依稀可见。
你的声音分明在冲撞我的耳膜，
你是否能听到我的呼唤？

请给我一束光芒，
因为黑暗中辨不清方向。
假如这是灵魂的指引。

春天的高原

崎岖盘旋在途中，
被光明驱使，走向天际。

云底将山脊高高挂起，
召唤灵魂在此安放。

林间几片叶语，
疏枝就缀满了悲喜。

穿越崎岖，便使
这万山新绿成衣。

静静的港湾

当离岸的繁华褪尽辉煌，
水波叠涌，如约而至。
远山和近林还在守望，
而我已经乘船起航。

港湾在岸，安静如初，
仿佛在为我送行，
其实，它早已将我遗忘。

夏日海泉湾

夏天经过海，经过风，
经过所有执着的生命。

海滩上，人们各有所望，
也各有所趋。

而我只是一个过客，
愿在尘世留影，沉默无声。

诗集《父亲的汪家庄》诗选

* 陈克锋

煤油灯

开在乡下的莲花
是永远的母亲

补丁被淘汰了
变成它的心
豆子的泪水
做了它的血

煤油灯
永不嫌弃黑夜
用光明
拥抱我们

母亲端坐莲花
我们欣喜，等待民间故事的惊吓
它摇曳火舌
舔煳我们的眉毛头发

现在，灯亮在我心里
一遇黑暗
我就习惯用它
照明

土

父亲在土里长大，变老
比土还土
骨头有土的棱角
意志有土的光泽

打麦场上
土钻进他的头发眼睛鼻孔
钻进肺、灵魂
随便一个角落，父亲搂着
土屑睡熟

土和父亲是砸断骨头连着筋的兄弟
父亲和土是见了就吵、别了就想的伙计

刚出土的萝卜带露珠
父亲一抹开口就啃
地瓜沾着细微的泥末

父亲一并咽下

土是父亲身体不可或缺的养料
我时常在千里之外
闻到父亲的土腥味
土
成了我消除乡愁的良药

时间长了
我们甚至分不清父亲是土
还是土是父亲

父亲搂着土
在黄土地上晃来晃去
土搂着父亲
和时光一起慢慢变老

我们的父亲
一茬又一茬地走进黄土
他们
成为彼此不可割舍的一部分

飞走的

母亲养过的一只鸭子
跑到庄稼地，和一群雁飞走了
我和弟弟
一个一翅子飞到北京
一个一翅子飞到青岛

母亲哭着说
不想家的东西心都狠

母亲从此不再养鸭
公鸡刚会打鸣
母鸡刚要下蛋
就让父亲挨个剪了翅膀

如果一只飞了
她的心口就疼
就会想起那些不想家的东西
飞走的旧时光

趴在树下的汪家庄

越来越老了
像条弱不禁风的老狗

白天懒洋洋地趴在树下
打瞌睡
陌生人进村，眼皮
抬也不抬

晚上蜷缩在窝里睡觉
月亮翻过墙头
他也不吱一声

我回来了，我走近了
我模仿狗叫，我大声狂吠

他也不理

黄土地里的石头

把他放在地里不动
他是庄稼汉
是父亲

把他带到北京
放在我的书橱上
他是漂泊者
是我

但是，对于我们和岁月而言
他还是他
只不过一块小小的石头

从不为自己辩解
也从不为不确定的命运
担忧

散文诗集《海坨山的呼唤》散文诗选

* 张和平

大山的儿女

将黄色的肌肤绘进大山的褶皱，你躬耕的身影便凝固为一叶帆，浓缩出深刻的哲理。

壮实的大脚踩遍崇山峻岭，追星逐月；古铜的脊梁袒露着炽烈的爱恋，谱写出一个被世纪风永为传唱的主题，传遍世界的每个角落。

让熊熊的篝火点燃你多情的目光，烧穿饥饿和贫穷的枷锁，让山乡结出沉甸甸的果实。

丰收的喜悦蒸发了，化作阵阵掌声，突破大山的阻隔，即使在异土他乡，也凝成智慧的浮雕。

哦，大山的儿女，你为山而歌，响亮的足音叩击着生命的遐想；你以酒为歌，描写出山乡几多粗犷与豪爽。

即使是浪迹天涯的游子，也将你的微笑植入记忆，化作生命永恒的桅杆。

山神永远是你崇拜的偶像。浓浓的乡情珍藏着你的希望，条条沟壑珍藏着你的希望。

山便是你。你便是山。

巍峨的山养育了一代又一代子民。

一代又一代子民成长为巍峨的山。

唱山歌的女孩儿

飘逸的秀发，在溪边、在山顶，浪漫又纯情。

没有现代音乐的伴奏，没有诱人的灯火，你的一腔真情，柔美的舞姿，醉倒了家乡的山水，年轻的心化为一泓春水。

歌声飘荡，渗透着浓郁的乡情。

夕阳下，你柔软的腰不会扭成诱惑的霓裳曲，你的嗓音也缺乏艺术家的素养，却早已使绿色的山、绿色的水为之倾倒。

你的歌声只唱给粗犷的山听，让温柔的水尽情欣赏，给自己心爱的人传递心声，害得野花气红了脸颊。

阵阵山风中，你挽夕阳为纱，携绿水为情，以田园山色为词，以痴迷的爱恋为曲。

迷醉了群山，迷醉了蓝天白云。深情回眸处，足以让痴迷的我动情。

呵！唱山歌的女孩儿，一尊渗透着纯情的塑像，楚楚动人，令众人关心。

山村从此变得温暖，山民的梦幻从此丰满。

左手一片山风，右手一片痴情，心中装满纯贞的爱情和对生活美好的向往。

歌声过处，野花为之鼓掌。

没有季节的河流

没有季节的河流，穿过那条绿色的隧道，穿过古朴的风情和蓝色的太阳雨，涟漪在大山的皱褶间，流向遥远的地平线，企盼、沧桑全隐在不言中。

孤独时，将绿叶叠成智慧的帆，把不泯的心放飞成壮丽的风景；激动时，拥抱高山，轻挽白云，喊一声“这里的风光如画”。然后，让温柔的风录下你豁达的胸怀。

曾凝视沙漠中干涸的断流，为逝去的胡杨林和豪放的船工号子寄一缕哀思，然后，冷静地反省自己的言行。

曾怒视风与雪的桎梏，默默地承受寒冷的黑夜，忍受凛冽寒风的宰割，却将不屈和希冀潜藏于对黑土地的深深爱恋之中。

隆冬使你更加健美，温柔中蕴含阳刚，悲壮中融入几多传奇。

汇入多彩的季节，汇入被时空挤碎的远方。

岁月之刀，刻出你搏击的塑像。

穿越隆冬，是为了接受绿色的洗礼，为了聆听朗朗的金风。让永恒的青春伴激流而歌，去冲击梦中的堤岸。

原始的野性融入几分温情，一颗流浪的心日臻成熟。

当多情的黄土地把你送入那片壮阔的流行色，你心灵的舟楫早已将那叶绿色的帆升上天空。

长风万里，伴你一路远行……

父亲的背篓

父亲的背篓挂在柴棚的墙上，时间久了，便凝成一幅发黄的版画，在柴棚的一角散发出淡淡的幽香。

无风时，父亲常来翻阅这张版画，目睹那面逐渐剥落的墙壁，让苍老的回沟讲出古远的童话，唱出一个山民的人生最强音。

父亲的目光深沉凝重，闪烁着如梦的情结。

背篓是用山里的荆条编制的，做工精细，古色古香。母亲又用灵巧的手编织出一条腾空的巨龙，饱含着母亲对深山的浓浓情愫。而今，虽然背篓已陈旧不堪，父亲却始终爱如珍宝，很少示人。

据说，这只背篓伴随父亲度过了几十年，曾用它背过游击队的弹药，背过改造山河的铮铮誓言，也曾背过我们幼小的如梦年华。

曾背出过幸福时的欢乐，背出惆怅时的痛苦。

两条青藤扭成的背带渗透着父亲辛勤的汗水，也浓缩着父亲对山乡博大精深的爱恋。

人生如山，旅途艰辛。一只背篓透着父亲坎坷的岁月。

如今父亲苍老了，便坐在村头，观看村人们背出山中特产，背回大把的喜悦。父亲饱经风霜的脸上露出浅浅的笑。

在一次搬家途中，我们把父亲的背篓碰破了，父亲却无言地哭了，默默走进山乡，割回荆条坐在当院，精心地修补那只背篓，如同重新编织自己的历史。

望着苍老的父亲，我的双眼注满泪水。

文学作品选《长城断想》诗选

* 谢久忠

石　匠

在山里　石匠
如蚕

爬上一片片岩石的桑叶
弓弦般的身影
便起伏成
一种生命沉重的历程
淬火的嘴巴艰难地
啄食
那火花和石屑迸溅的日子
头上落满了白色的岁月

石匠吐出的丝缕
织就了远方城市的梦
织就所有需要石头的
空白
但最后一幢漂亮如茧的
石头房屋
一定属于石匠 而他
却老成蛹了

在山里 石匠
如蚕

倾听水罐

拎着水罐
从田埂上走来 母亲
把自己走成了
一帧优美的乡村风景

罐中之水
一汪最清凉的心事
在颠簸地吟唱
由甜变咸的过程
与夏之唇欢快地啜饮

所有庄稼的孩子们
都在用翠绿的手掌扯拽
她的衣裳
而她的目光却潜入

季节深处
去追踪那顶游向远处的
草帽

那是土地盛开的
一朵黄金的呼吸

在桑葚熟了的季节

在桑葚熟了的季节
黄鹂鸟歌声
把山野啼成一片紫红的
梦想

在桑葚熟了的季节
我的小村
就在桑树梢梢间
吊着南风
打着甜蜜的秋千

在桑葚熟了的季节
孩子们的心思
总能印出一片霞光
有许多背草筐的身影
忽闪在沟谷
在山岗

总有许多闲下的镰刀
在草丛里
睡成一弯幽光

诗集《四月丁香梦》诗选

* 李金龙主编

丁香啊，四月的家书

林　贵

伴随春的脚步，
我阅读你四月的家书。
你酝酿了一冬的话语，
破壳儿道出，尽是芬芳情愫。

问我缱绻享受阳光，
问我惬意沐浴雨露，
问我耕耘的辛勤，
问我丰收的甘苦。

每一片绿叶都摇曳柔肠，
每一簇花朵都挺立侠骨，
每一圈年轮都流溢憧憬，
每一条枝桠都振臂欢呼。

我从中读兄弟姐妹的喜悦，
我从中读父老乡亲的满足。
我从中读家园的娇容，
我从中读无限的幸福。

丁香啊，四月的家书，
亮给人间千家万户。
簇拥你捧读你，
读家庭的期冀，
祖国的嘱咐……

灿烂的生命如花，
宽广的胸怀若谷。
为了更好地创造一个又一个春天，
我们昂首迈向新的征途。

只留下丁香花那永远的芬芳

陈家新

我走了，
没有回头　也没敢回头。
可是我知道，
母亲已经把头扭向窗外，

只留下不经意的眼神。
我回来了，
是辛酸的笑容将我挽留。

我的心在流泪，
坚强地回到母亲的身后。
去吧，妈妈等你。

我把丁香花从瓶里拔出，
噙着一眶泪水，
没敢叫妈妈。
母亲也没有回头，
丁香花束又插进瓶里。

我在屋外头踏着脚步，
止不住如线的泪水。
妈妈——我终于回过头，
妈妈扶门望着我。

多少年来，
你一直在我身后。
带着鼓励的目光，
含着希冀的眼神，
挂着等待的笑容……
还有那丁香花的芬芳。

多少次梦中，
我不愿意回头。
多少次梦中，
感觉你温暖的手。

正轻轻地
抚摸着我哭泣的伤口。

每当午夜梦回，
总有一个声音：
去吧，妈妈等你，
丁香花作证。

妈妈是春天的风，
轻轻拂过心田。
把爱种成了丁香花，
就静静地走了。

我回来的时候，
屋里只留下妈妈——
那辛酸的笑容，
还有那丁香花
永远的芬芳。

庭院有一棵丁香

柴建民

深深的庭院有一棵丁香，
多少雨露多少时光。
陪伴它的是几间老屋，
仰慕它的是矮矮篱墙。
风雨中摇曳着树枝，
寒冬里孕育着希望。

春来　枝上慢慢吐出了嫩芽，
蜂飞　花蕾散发着淡淡馨香。
一春一季让我深深陶醉，
一年一度让我铭记心上。
花朵像一串串音符，
绿叶是一行行诗章。
有它生活多么浪漫，
有它日子多么安康。

深深的庭院有了一棵丁香，
陪伴它的是老屋。
仰慕它的是篱墙，
还有一位老人从小到白发苍苍。

丁香情

韩建国

一年一度春又逢，
漫步丁香花丛。
莫道疏枝淡影，
却是情真香浓。

世界喧哗沸腾，
园内丁香淡定。
千古妆容未改，
成就美之永恒。

数百年颂诗声，

其中多少诗人情。
人生寻觅到此时，
不禁双目泪纵横。

听　诗

吴京华

一段梦中诗声，
听了一百年　又一百年。
徐志摩、泰戈尔是这诗声中的醉客，
他们一醉
一座法源寺就醉了。
醉在盏盏青灯里，
醉在只只风铃里。
他们让庭中的海棠、丁香，
也醉成了诗　醉成了画卷。

不醉的是梦里的诗声，
不疾不徐　不绝于缕。

若干年后，一位杰出的作家循诗而来，
一段丁香往事
拨动了他最温柔的那根情弦。
他为文化二字神伤，
神伤若承载碑刻的石龟
蹒跚复蹒跚。

一夜惊梦，

天边那盏青灯，
滑落他一声长叹。

宣南……文化传为先，
丁香诗社今安在，
宣南岂能无诗刊。

这一声长叹啊！
令他割舍了自己的写作计划。
割舍了功成名就，
而将自己的全部精力，
投入到一个芬芳馥郁的丁香梦中，
为了这个梦，他挑灯夜战，也要将它来圆。

十三载过去了，
这里棵棵丁香如诗，仍立在这里。
立作文化传承，
立作心灵甘泉；
伴有宣南诗刊、丁香诗社的如椽巨笔，
入梦，拂尘。

李俊言的诗

* 北京市西城区黄城根小学三年级十二班　李俊言

我的理想

我有三个儿子，一个在南极，一个在北极
还有一个在东山
我还有很多孙子和孙女，他们生活在
每个地方，还有的生活在抽屉里
每到一个地方
他们都陪我扒沙
在海滩和沙漠上，建一个大大的城堡
一个大大的庄园，然后养好多好多小动物
每粒沙子都很快乐
它们不会伤害谁

夜 空

从一个叔叔送的天文望远镜里
我看到了大大的月亮和小小的星星
其中一颗甚至和
妈妈的眼睛一样明亮
爸爸说，那是太白金星
我还看到了比房子还要巨大的黑暗
星星和它们的光
都生长在黑暗的身体上
很可惜，镜头里看不见爸爸、妈妈
但我们摸得着对方
我们很快乐
因为我们比星星大，还会说话，玩耍

重 庆

妈妈告诉我，重庆也叫山城
为什么叫山城
因为这座城市依山而建

重庆的公路上上下下的
而且，重庆人很爱吃辣
——对我来说，辣椒就是山和公路
我吃过一次（我的嘴巴就是城市）
辣死啦，它在我嘴里上上下下的
比好客的人还要热情

秋　天

我和爸爸去北七家的树林里散步
风呼呼地，这是去年的风
云在树上
看起来不是去年的云
有一只知了在焦急地叫
它想回到哪一年的家呢？我不知道
我只知道
去年的黄叶很快就回来了

夜　晚

对面楼的灯亮了，一个人
两个人、三个人
他们可能和我一样想要数星星
也可能和我一样还没完成作业
当然
也可能什么都没想
只是在窗子里面种下一盏小小的灯

瑞　雪

下雪了，我张开嘴巴接住它
雪花落在舌尖上

嗯，我的心里下雪了

连　线

我要把“明天、时候、真正、穿衣服……”
这两排词语用铅笔连接起来
这是我的作业
如果它们之间建立了关系
这个世界也就完成啦

大　海

我见过菲律宾的海，见过新加坡、越南的海
也见过山东、福建、浙江和三亚的海
那时，大海在我脚底下咆哮
现在，它在我面前的纸上
安静地翻腾

九　月

我最喜欢九月
九月，天空是蔚蓝的
白云是蔚蓝的
鸟的叫声和地上的虫子是蔚蓝的
我家的房子是蔚蓝的
我也是蔚蓝的，因为我的生日在九月
九月，我出生了
这个世界上的一切一切
包括爸爸妈妈也出生了

我漫步在天安门广场

* 李 征

在这
流光溢彩的——北京
在这
宁静祥和的——黎明
从五湖四海聚集的人们啊
纷纷扑向你的怀抱
寻找那
难以割舍的——亲情!

看，东方露出晨曦
朝霞染红了天际
五星红旗正从你的心脏
冉冉升起!

将军敬上庄严的
军礼

红领巾高举起承启未来的
手臂
多少人心中涌动起热血的
潮汐
世界正为你调整着
焦距
啊——庄严的天安门广场
你是太阳升起的
地方！

是你
唤醒那沉睡的
田野农庄
是你
抚平黄河长江的
满目创伤
是你
抖落了中华民族的
一身冰霜
你以博大的胸怀
温暖着人们的
心房！

我漫步在——
宽阔的天安门广场
你是一艘永不沉没的
航船
金色的天安门是你的
舵位
银色的人民英雄纪念碑是你的

桅杆
那高高飘扬的
五星红旗
是你勇往直前的
风帆

七十年——栉风沐雨
七十载——劈波斩浪
航船啊
今天你又将驶向何方
看——
中国梦的风帆
已经吹满
习近平新时代中国特色社会主义思想
正为我们引领航向
为了中华民族伟大复兴
起锚远航
开足马力奔向现代化强国的
彼岸!

我漫步在——
多彩的天安门广场
你是姹紫嫣红的
花园
我看见
纪念碑前盛开白花点点
我看见
华表下满眼流碧中红花串串
我看见
苍松翠柏中兰花高洁绽放

我看见
绚烂的十月里——金花灿灿
五十六个民族团结的心啊
是你十四亿多姿的
花瓣！
鲜花啊
为什么如此灿烂
是春风驱走了
冬日的严寒
老人们在这里
徜徉散步
孩子们在这里
嬉戏笑颜
人们在这里
心花怒放啊
党的光辉洒下
春光无限！

我漫步在——
壮丽的天安门广场
你是人民幸福的
乐园
各民族儿女
在这里歌舞翩翩
四海宾朋
在这里握手言欢
自由
在这里闲庭信步
民主
在这里畅所欲言

恋人在这里约会
许下爱的誓言
朋友在这里重逢
诉说时光的变迁
广场摄下无数——幸福的合影
广场记下多少——理想的永恒！

我漫步在——
沸腾的天安门广场
你是光辉的
革命起点
五四运动的志士仁人
在这里发出呐喊
开国大典的礼炮
在这里点燃
改革开放的春风啊
从这里吹向塞北江南
进入新时代的华夏神州啊
又从这里展开了民族复兴的
恢宏画卷！
纵然前路上还有——激流险滩
任征程上还有——阴霾、雷电
从天安门广场出发的——队伍啊
无坚不可摧
信念日弥坚
无高不可攀
豪迈壮关山
待到民族复兴
神州梦圆
强大的祖国

龙飞九天
我们再来广场举行
空前的——
盛典！

祖国颂

* 王　娜

每当国歌奏响
抬头仰望碧蓝的天空中
飞扬的红色火焰
无数个静立的炎黄子孙
都充满了为祖国的明天
奋斗不息的使命感
充满了作为一个中国人
至高无上的荣耀感

在你五千年灿烂的文化里
触摸青石上苍老的苔迹
聆听檐角下肃穆的木鱼
楼兰古国有你迷人的丽影
丝绸之路有你幽远的驼铃
《诗经》飘逸的韵章里
有你青青子衿的精妙绝伦

你楚辞《离骚》的惊艳
你青铜秦俑的斑驳
你大漠敦煌的豪迈
你唐宋元曲的璀璨
都写着一个大写的名字
——中国

没有你的繁荣昌盛
哪有我们的岁月静好
没有你的蒸蒸日上
哪有我们的阖家团圆
没有你的威严屹立
哪有我们的精神脊梁

你的心仁德正
让世界敬仰钦佩
你在苦难中涅槃重生
奋勇前进，只争朝夕
你用文明和智慧之手
描绘出民族复兴的不朽蓝图

你那母亲般博大的胸怀
感染着儿女的家国情怀
在我们热爱的这个世界
只有你是我们唱不完的赞歌
从祖先的祖先到子孙的子孙
都是心中永远的无可替代

祖国啊，我们深深相信
只要被春风吹过的地方

就会有春光明媚，繁花似锦
就会有铿锵步履，清风正气
就会有心潮澎湃，生生不息
就会有海纳百川，壮志豪情

这就是
我们心中的祖国
这就是
在中国共产党领导下的
伟大的中国……

草原怀古（二首）

* 廖松涛

六　月

映山红开了
她们有了用不尽的胭脂

野百合害羞，张口闭口
只谈爱情

格桑花出嫁前，花裙子、迷彩衫
总要置办一身

雨丝

雨丝将河流织成布匹
布匹被阳光染成绸缎

狗尾草，马齿苋，像线头
试探着寻找属于自己的针孔

向青天借一个纺锤
把行云纺织成流水

地　坛

＊ 蔚　翠

2021 年地坛已找不到任何祭品
也找不到伤痛
黄琉璃上神圣的气息消散
白色石坚固，将皇祇室、祭台、斋宫和
牌楼
衬托得很得体

我从它们细微的表情里看到
故事，或者说是变迁
每隔几年就是一个样子
每升起一栋楼
每一辆汽车从它身边飞驰而过
地坛都让它身上的古树
长得更绿更挺拔

听说风的通道和雨的通道中间

祈祷还在。听说雕刻在石头里的忧伤
失落、满足和幸福会一遍遍来
又一个个消散

遗落的乡愁

* 陈家忠

我见过满屋的过去的农具
那满屋的乡愁
那些名叫石磙、铁犁、木铣的农具
陈列在一起，它们过于陈旧
看到它们，我都有恍如隔世的感觉

这些看上去很粗鄙的农具
不像博物馆陈列的古代宝物
那样价值连城
它们甚至没有被贴上标签，注明名称和用途
然而年过半百以上的人们不会忘记
农具在他们的生活里，像亲切的朋友

铁犁锈迹斑斑
我感到父亲握着它

阳光一般的炽热，他一手持着铁犁的把
一手扬起牛鞭抽打耕牛，劳作的形象
刻印在我的脑海，这是父亲真正的形象
像牛一样的勤劳，像铁犁一样的坚韧

当年过半百的我来到老家，如归巢的燕子
我总是在寻觅那些遗落在人间的乡愁
然而石磙、铁犁、木铣等农具荡然无存
仅仅活在白胡子老头的记忆里
恍惚间，我看到一把铁犁泛着银色的光
身上沾满早晨的露珠以及新鲜的泥土

书 架

* 云小九

摆在书架上的静物，送的买来的皆有
在母亲失明后
时间的灰尘中
它们等候再一次判决
猫可不管这些，它兀自
趴在那里
把自己当成花瓶、屋脊上的瑞兽
或者其他什么
词语也是静物，但当母亲的手在书页上摩挲
它平凡的语言，就会生产出动态的画面
色彩，声音和情绪

老物件

* 段凌霄

在沉睡中醒来
尘封的岁月开始复苏
无数双热切的目光
被吸引过去
旧的容颜，老的岁月
是沧桑，故事
历史的长河
片片浪花浮现

我们的眼睛湿润了
触手可及的亲切
没有诗与远方的浪漫，
却印证着岁月的变迁
以时间为轴
记忆串起颗颗珍珠
采一缕时光的风情，

拨动琴弦
弹一曲属于自己的歌谣
是岁月的痕，情感的根

老物件分明是无数双眼睛
我们在看，它们在静观
目光在交流
情感汇集成一条奔涌的
河
向着不忘初心的方向，奔腾

蓝陶花盆

* 赵周怡白

太阳落在三点一刻
我抵达传说中的花卉小镇
其实，花卉小镇离我
只五里之遥
我却不知道这个开满鲜花的地方

小镇里姹紫嫣红
杜鹃、蝴蝶兰、玫瑰、君子兰
百合、水仙……
还有一些我叫不上名字的花朵
挨挨挤挤，争奇斗艳
似乎世上所有的花朵都来赴这场盛大的节日

买花的人
被花的百媚千娇迷了心窍
动了好色之心

他们狮子大张口
左拥右抱
挑了一盆又一盆
恨不得把所有的花都搬回家里
坐拥己有
尽显王者的风范

我在芬芳中穿行
很明显
它们想让我也和那些买花人一样乱了方寸
殷勤地向我抛着媚眼
让我将它们带回家
渲染年的气氛
而我却一眼看上了一个水晶样的蓝陶花盆
我要为它选一棵红色的玫瑰
放在我向阳的窗台上
和我一起迎接新年的钟声

群文人之歌

* 吴灵巧

灯光 /I'm ready 准备 /I'm ready
开始 /I'm ready OK/Let's go

青山绿水间回荡着我们的天籁
人山人海中闪耀着我们的风采
艺术普及播撒我们心中的爱
群众文化是我们靓丽的品牌
锣鼓敲起来
秧歌扭起来
空竹抖起来
笔墨挥起来
吹拉弹唱百花齐放显奇才
欢声笑语和谐幸福挂脸腮
啊！我自豪，我是群文人
跟随时代节拍，追梦春暖花开

（说唱部分）

群众文化听着大　其实就是你我他

琴棋书画都能耍　说学逗唱也不差

一次次辅导排练　温暖体贴在身边

一场场群众活动　寓教于乐笑开颜

一天天　一年年　不怕千锤百炼

一声声下次再见　牢记承诺在心间

集合 /I’m ready 排练 /I’m ready

完美 /I’m ready OK/Let’s go

文化广场是百姓欢乐的花海

街道社区是我们广阔的舞台

扎根基层肩负使命心不改

诗和远方百姓幸福装满怀

手儿牵起来

心儿连起来

喜事排成排

生活更精彩

琴棋书画尽情讴歌新时代

春夏秋冬润物无声春常在

啊！我骄傲，我是群文人

传承中华文脉，共创美好未来

三沙好儿女

* 刘志毅

海水在这里美成蓝玻璃，
海浪在这里狂奏畅想曲，
我们在这里站成椰子树，
祖国夸我们是英雄好儿女。
啊，
英雄好儿女，三沙好儿女，
祖先在这里，我们在这里，
身影披星光，汗雨伴热雨，
建设三沙，保卫三沙，顶天又立地。

海霞在这里托起五星旗，
海风在这里带走好消息，
我们在这里绘出新宏图，
妈妈夸我们是最美好儿女。
啊，
最美好儿女，三沙好儿女，

奋斗在这里，扎根在这里，
欢歌绕岛礁，幸福写传奇，
美了三沙，美了南海，青春更美丽。

盛夏时节

* 申润民

一

盛夏时节
亿万片叶子装点大地
我的村庄掩在绿荫深处
院落房屋错落有致
放飞出鸡鸣犬吠
放飞出人欢马叫
放飞出炊烟袅袅

云彩是天的舌头
说出的话来叫雨水
叶子是地的耳朵
从不忽略
任何一次的倾听

二

自信守候着孤独
孤独为自信护法
我喜欢盛夏
深入葱郁的绿色
一个健康的声音
时时提醒着我
你的主宰就是你
今天前去的方向
由你决定

三

没有听到喧嚣的声音
深深浅浅的绿色一望无际
视觉酝酿着某种情绪
和恬淡安静分不开
面对盛夏的颜色
我该学会享受
把一些支离破碎的东西流放
素衣短袖缓步原野
沿着一条草色的小径
探访村庄的朋友
不用酒不用菜
绿茶一杯即可

四

现在我不想豪放
眼前是茂盛的庄稼地
再往前，便是围着朦胧云雾的青山了

我在清风细雨里困住了想象
却没有困住我眺望的目光
但我愿意把绿野当成庭院
为你守护着一方宁静
在盛夏牵手的青枝绿叶和你的红唇之间
朗诵一阕唯美的婉约派宋词

五

这满眼的郁郁葱葱的绿色
是专为我的抒情
就像一种关爱
从大地的身上长了出来
把时间交付给时间
现在就是我的
现在的绿野属于我
一切都很慷慨
这漂亮的庄稼地
漂亮的树林
漂亮的青草
还有梦一样的青山
都用热情而和蔼的目光注视着我
我感觉到了我的幸福
有云彩飘来
有清风吹来
有细雨下起来
这是诗仙诗圣和诗人
在给我念诗

六

爱飞翔的风

驾驭着爱飞翔的云
洒下点点滴滴的雨水
滋润着青草和青草旁边的树木
滋润着庄稼和庄稼地旁边的村庄
看见了吗?
那片绿油油的玉米
就是我种下的
此刻的雨水
被它们心满意足地接受
就像此刻的现实
被我心满意足地接受一样
没有贫穷没有富贵
岁月的田野无边
我只爱我这一方的水土

如梦令·游园

* 刘古径

暑热如蒸蝉噪，静赏水塘戏鸟。
风过柳萦身，拂我布裙花帽。
休闹，休闹，怎可这般玩笑。

二月风

* 王 强

初迎雨水未归鸿，飞近南云远北空。
一夜吹来压枝雪，西风不肯让东风。

花上人间（组诗）

* 王春丽

百瑞谷

不慕皇家御苑奇，桃源五柳梦中时。
吾家墙外青山峻，日日登峰瑞霭随。

瑞云寺往昔

香云缭绕寺中栽，配药翻砂做地雷。
你送铁锅他出力，齐心抗日救民灾。

金鸡台

金鸡高唱在山中，民富村强纯朴风。

跟党向前红色路，家家户户乐融融。

百花山

满地花香草色佳，连绵百里遍山崖。
浓云天上徘徊在，追入高亭正吻鞋。

赞英雄马文亮

柳林清水育英雄，二九年华志向忠。
卫国保家浑不怕，铁锅开水赴长空。

题秋林铺小桥一雷退敌

几经风雨梦何空，木牖残灯记语朦。
午夜围炉谋大事，悬雷炸敌立新功。

丰收节畅想

* 康远健

旭日
映红了东方的地平线
露珠
折射出丰收人的笑脸
稻穗
压弯了农家人的杆秤
桂花
摇曳出丰收节的期盼

丰收啦，丰收啦
初春，耕牛
踏绿了挺拔的秧苗
盛夏，瓜果
闪烁出迷人的烂漫
金秋，高粱
染红了多彩的甜梦

寒冬，雪花
捎来了祝福的信笺

丰收啦，丰收啦
亿万农民
起早贪黑，四季忙碌
用梦想，编织稻菽千重的诗篇
中国人民
披荆斩棘，辛勤耕耘
让激情，叩响五谷丰登的惊叹

丰收啦，丰收啦
庆丰收，感党恩
丰收不忘育种人
此时此刻
我思念着一位耕耘者——袁隆平院士
我想对他说
袁老啊，辛苦了
稻子熟了，我想您啦

祝福啊
中国农民丰收节
春华秋实，收获期盼
关注三农，拥抱明天
此时此刻，深情而自豪地
陶醉在，层林尽染的季节里
让沸腾的丰收之歌
舞靓秋天
……

滑出一个梦

* 温　娜

纯洁的冰照亮了天空
谁的笑容拉开序幕在舞动
大好河山是脚下征程
天与地见证下一秒冲向巅峰

激情的雪点亮了夜空
谁的脚步洒脱滑出一个梦
青春热血在东方沸腾
冰与雪交响未来的无限可能

2022 相约冬奥滑出一个梦
逆境中飞翔滑出自信从容
追逐新的超越何惧那点伤痛
汗水泪水相融连世界都感动

2022 相约冬奥滑出一个梦

冰雪中绽放滑出精彩人生
滑出最美风景欢乐温暖寒冬
告诉世界我是多么与众不同

散文报告文学卷

报告文学《中国龙的心脏——置身中国核动力研究设计院采访所思》（节选）

* 蓝 帆

兵马已到　满目荒凉

一

潜伏于西南群山中的蜿蜒溪流，经邛崃山脉巴朗山与夹金山之间蜀西营融化的雪水，汇成了绵延千里的青衣江。它们自西向东，或宽或窄，百溪成川；它们不辞辛劳，集纳千流，相连万水；它们像银龙巨蛟、壮蟒飞豹，越险滩，跳峡谷，滔滔不绝奔赴大渡河、岷江，再汇入长江。

一路奔涌的青衣江，见证了一群中华优秀儿女在西南深山的艰难求索；原始荒凉，千年沧桑；在这远离都市、远离繁华的无名山沟里，中国核动力骄子们蛟龙般奋战在大三线，他们的故事潜藏了半个多世纪。今天，我们才有幸走近他们艰苦奋战、惊世骇俗的历程。

二十世纪六十年代初，刚刚从废墟上站立起来的中国，面对美国、苏联等国核垄断、核威胁、核讹诈，加强国防建设，构筑保卫祖国的铜墙铁壁，时不我待，迫在眉睫。毛泽东发出了惊天动地的声音：“核潜艇，一万年也要搞出来！”这句话成了中国核动力科学家们奋斗的方向和发力的引擎。

筚路蓝缕，以启山林！八千建设军民潮水般涌入西南这条无名山沟，慷慨悲壮、气势如虹，为打造中国的硬核，从零起步，昼夜奋战。

二

开发核动力，国内没有数据可参照，没有资料可借鉴。如果说有人见过，那就是曾有人见过两张国外资料上的图片，还有一位外交官回国时偶遇出售儿童玩具的核潜艇模型，他买下是要带回家中给孩子玩的。如果说有交流，那就是曾有过苏联领导人访问中国，我们曾提到渴望合作，但被拒绝。如果说有交流，那就是我们的访问团出访，仅仅看到苏联的破冰之船。

面对国际大势，每位与核事业相关的国人都有强烈的紧迫感：必须创造出自己的核能产品，要为海上舰艇安装势不可挡的核能心脏。中国人要自力更生造出一个强壮的核潜艇灵魂，让它经得起大海的推搡颠簸，经得起雷霆万钧的冲击，经得起蒸蒸日上的世界高端核武器的比照。

要想使我们核潜艇的心脏强壮有力、下水后万无一失，就必须先在地面研制一个陆上模拟反应堆，经反复试验便于操作运行，这也是其他国家制造核潜艇反应堆的唯一选择。

土法上马　建造房屋

一

一列列绿皮火车陆续驶进山沟，走下来的是一批批热血青年，他们来自部队、机关、学校和水电行业。他们告别了家乡和亲人，有的还放弃了稳定的工作，情愿跻身艰苦荒凉的三线地区，立志“干惊天动地事，做隐姓埋名人”。从北京、上海、东北、西北等各个方向出发的参战人员，怀揣建设祖国、奉献青春的激情志向，打造“中国硬核”。

中华人民共和国成立刚刚几年，人才匮乏，经济社会百废待兴。创建核工业基地，形成高科技新能源，为核潜艇建造有力的心脏，防范侵略保家卫国，这是多么崇高的理想、伟大的事业。然而，经济凋敝，专业空白，谈何容易！俗话说，兵马未到，粮草先行。但这里兵马已到，除了荆棘满目、杂草丛生，其他无从谈起。

运输无路，物资短缺，唯有先修路、先建房，要保证物资运得了、设备能安装。

荒凉的山沟里，基地建设热火朝天。无论是解放军官兵还是刚毕业的大学生，所有参战人员都不讲条件，不论分工，挥汗如雨地开发这片荒芜之地。拾柴草，清山林，捡石头铺路。说是铺路，砂浆水泥、沥青细石全都没有，更别提打夯、压道了。能做的只是把茂密的灌木杂草清理出去，落差大的地方多扔些土石垫起来，让人们可以下脚行走而已。之后运来的很多机械零部件，都是手搬肩扛人抬摆放到位的。

二

人气旺了，流窜的草蛇远了，蚊子却肥硕了。到了三伏天，男同志们甚至都要戴着帽子防蚊子，年轻的姑娘们要戴上围巾护脸。

巴掌大的蜘蛛随着杂草打秋千，密集的织网扯不断……无论白天还是夜晚，老鼠、狐狸、野猪们兴师动众地来拜访都是常事。让大家更为苦恼的是，这些家伙甚是嚣张，曾咬断他们日夜辛苦安装的反应堆零部件，夜里还钻入被窝骚扰。恐怖事件何止这些，那些小到针眼儿大的跳蚤，会让人全身过敏，寝食难安。会飞的“黑夜魔鬼”——蝙蝠，也在夜里突袭走出实验室的工作人员，吓得人连连后退。更让人惊悚的是，曾有毒蛇盘踞在门把手上装死，伺机偷袭……

这些五味杂陈的经历，他们只能咽在肚子里，因为这是国家重点保密工程，工作状态、生活环境、具体地点……亲人们一概不知。外界只知是“西南水电研究所”，这些人是来发展四川水电产业的，代号909。

三

核基地研发办公楼旧址，是一座座鹅卵石为墙面的房子，在太阳下闪烁着岁月磨砺的光，当时“因为没有砖，没有大量木材，第一批三线人只能用‘干打垒’土法建造这种房子”。

由于保密需要，基地没有通信地址和门牌号，往来书信只能投到草绿色的291信箱。这个信箱像亲人一样陪伴核动力人近六十年。而今，因历史价值非同一般，国家文物部门带走了信箱原件，基地又重新制作了复制品。这个跨世纪的信箱贻误了多少喜讯、情话及父母临终时的呼唤，又肢解了多少情缘……

争分夺秒的岁月，惜时如金，昼夜奋战，建设大军不能抽身顾小家。他们不计报酬，也没有什么福利，更没攒下“细软”。就说这些专家当中身份最高的彭士禄吧，他所有的宝贝就是：一个多处掉瓷的搪瓷茶缸，一个严重变形的铝合金饭盒，一双每天必穿、磨得失去了光泽的胶鞋，一个褪色的小皮箱。对了，还有一把算盘、一本翻破了的《毛泽东选集》单行本、一本毛主席语录合订本、一盏台灯、一支手电筒，它们至今犹在当年那窄小的办公室桌上怀想着主人。

大潮暗涌　静水深流

一

说到我国核动力成果，人们首先会想到一个如雷贯耳的名字：第一代核动力专家、核潜艇第一任总设计师、中国工程院首批资深院士彭士禄，我们就随他走进遥远的昨天吧。

二十世纪五十年代，国际核武器迅猛发展，为保障国防安全，中国亟需核动力人才。根据国家安排，彭士禄和其他四名中国学生被选送到苏联莫斯科动力学院核动力专业进修，与其他三十五位苏联学生组成了特殊班。特殊班分四个专业，彭士禄被分配到核反应堆专业。一九五八年彭士禄学成回国，被分配在国家二机部原子能研究所。一九六二年，国家组建了核潜艇项目专家团队，开始核动力装置预演，彭士禄被任命为核动力研究室副主任。研究室没有主任，彭士禄就是实际工作的总负责人。

在新中国成立初期满目疮痍、一穷二白的年代，中国的核能力是零，中国政府便希望当时与我们友好的苏联老大哥能提供援助。一九五九年赫鲁晓夫访问中国，在与毛泽东会谈时，提出了与中国建联合舰队，同时在中国建长波电台的军事合作建议。表面是建议，实则是控制、垄断和讹诈。毛泽东断然拒绝。“英国人、日本人，还有许多其他外国人，已经在我们的国土上待了很多年，被我们赶走了。赫鲁晓夫同志，我再说一遍，我们再也不想让任何人利用我们的国土来达到他们自己的目的。”

——为对抗西方国家与苏联的核威胁和核讹诈，毛泽东发出了钢铁誓言。领袖掷地有声的话，激荡着核能创造者的民族尊严感、责任感和强烈的爱国热情。“一万年太久，只争朝夕！”彭士禄和他的同事们深受鼓舞，决心自力更生、艰苦奋斗，尽早将核潜艇研制出来。专家们信誓旦旦地说：“我们一定要创造出中国人的‘争气艇’。”

二

一九六五年，中央专委和中央军委批准了核潜艇陆上模式堆的建造方案、地点及协作关系，代号909。当初这个对外保密的909基地，在不同时期曾有过不同名字，后来改名为中国核动力研究设计院，隶属中国核工业集团，是中国唯一集核反应堆工程研究、设计、试验、运行和小批量生产为一体的大型综合性科研基地，对外还是叫909。当时组织决定让彭士禄担任核潜艇工程和陆上模式堆研究设计试验运行的技术总负责人，同时，决定由赵仁恺负责陆上模式堆工程建造中的生产准备、调试和建成后的运行管理工作。

一九六五年八月，在党中央的领导下，我国核动力开发研制专家们为第一代核潜艇建造陆上模式堆的高端科研工程秘密开工。

三

在基地军管会（特殊年代的特殊部门）和指挥部的领导下，八千多名解放军、工人、干部、科技人员各司其职，通力协作，克服了种种艰难险阻。白天，彭士禄和模式堆土建负责人赵仁恺等专家一起，到基地现场解决岩层掘进难题；晚上，又详细研究设备安装计划、调试方案。彭士禄草拟出各个阶段可能遇到的问题文本、对策及整体工作思路。

核潜艇模式堆研发期间，为了建立反应堆的物理计算公式，在只有极少量的计算机、手摇计算器和计算尺的条件下，彭士禄带领科研人员夜以继日，计算了十几万个数据。他基本上吃住在实验室，二十四小时投入工作，无暇回家，实在困得撑不住了，就随便找个地方睡一会儿，也就是在此期间，他落下了严重的胃病、颈椎病。

出于防空的需要，模式堆建在靠山的隐蔽地方，所有的建筑单楼面积不能超过五百平方米，一幢幢平房散在山沟里，因为地势低洼，室内非常潮湿。科研严谨高效，但面对艰苦的条件，无论怎么忙，生活保障全靠自己动手：白天，上山打柴，下河挑水；晚上，蚊叮虫咬，还要在煤油灯下做设计，夜里蛇鼠绕床的险象时有发生。

一九六九年，中国成功进行了首次地下核试验。催促他们争分夺秒连续加班，战胜了山高、炎热、多雨、潮湿、施工现场狭窄、野兽经常破坏导致前功尽弃等困难，经过一年多的艰苦奋战，进入三月，陆上模式堆设备安装大军终于开进主厂房。至于蔬菜奇缺，燃料困难，子女入学、入托困难，在科研人员面前都排不上号。身体不舒服去医院检查，更列不到日程。

舍小家，想国家，只争朝夕，一九六九年十月，核动力装置进入安装阶段，近万件设备、管道、电缆等，仅用了半年时间就完成全部任务。团队从上到下激动不已，他们又创下了一个“提前完成”的纪录。

“神”“仙”争执　激烈碰撞

一

基建、设备安装分别提前完成，为后面的工作提供了方便。但人们不会忘记，在那个特殊的历史时期，如果没有中央领导关注进展、亲自过问具体试验结果等，这个核科学重大项目恐怕会搁浅。

人员和设备都有了落脚之地，接下来就要面对两道重大难题。

重大难题之一：建造什么类型的模式堆，堆型是一体化布置还是分散布置？

在考虑核潜艇陆上模式堆建设的灵魂问题上，彭士禄和某些专家学者出现了严重分歧，爆发了激烈争论。彭士禄主张上压水堆，而另外一种主张是搞增殖堆，主要原因是认为这种模式某国用过……

二

经上级主管部门考察，并请钱三强等专家和有关部门参与意见，选定的是压水堆方案，并于一九六五年七月经中央批准上马。事实证明，彭士禄的主张是切合实际的。有人送给彭士禄绰号“彭大胆”“彭拍板”。而支撑他大胆、拍板的是以国家为重的责任感和使命感，是严谨的科学审视、一丝不苟的工作态度、反复认证的严谨意识。用他自己的话说，他也有拍错的时候，但前面有专家认证，后面有施工人员把关，是不会让问题最终形成的。与此同时，如果他的观点真有偏颇，他也从不文过饰非。还有关键的一点是，他不允许以国家大事为借口扯皮推诿，面对大事该拍板而不拍，那是害怕承担责任。

彭士禄常说，我拍板是深思熟虑、反复论证的；拍板意味着不怕担责任，成绩是大家的，万一出了问题我负责……

建造模式堆类型的问题终于圆满解决了，可新问题又摆在面前。

三

重大难题之二：是否建造陆上模式堆？

是直接把核动力堆建造在艇上，还是在陆地制造一个同规模的模式堆？

两种不同主张各抒己见。持否定观点的认为：没必要先建造一个陆上模拟反应堆。如果建造，不但使制造成本提高百分之五十，而且还会推迟核潜艇下水进度。再则，万一控制不好，还可能成为一颗会爆炸的原子弹。这就不如直接把反应堆安装在艇上进行试验，试验成功后就可以交部队做战斗艇使用。如果不完全成功，还可以交部队做训练艇使用。经技术攻关后，再生产战斗艇。

对这种观点，彭士禄等一些专家坚决反对。彭士禄认为，舰艇上核动力装置我们没有搞过，技术上百分之百没有把握，不经过陆上模式堆进行模拟实验就直接装到舰艇上，风险太大。即使不出大问题，遇到小问题在艇上修修改改，换装设备也很不方便。何况陆上模式堆并不是试验完就报废了，花这个钱是有长远价值的。彭士禄根据判断认为，建陆上模式堆是“投入少，回报多”的好事，它可以保证核潜艇安装一次性成功。

彭士禄把这一想法和钱三强、赵仁恺等专家说深说透，交换意见，同时他强调：美、英、法等国家都曾建造过潜艇陆上模式堆，这是有科学道理的。“试想，造一架飞机、一辆汽车还得制作一个真实样品呢，何况造核潜艇呢！”

吃百家饭　穿百家衣

一

作为项目的总指挥，彭士禄遇到问题不仅反复论证、集思广益，而且敢于果断决策、大胆拍板！用他的话说就是：核潜艇建设必须争分夺秒，从立项、设计、组装、实验都需要一丝不苟、精益求精。要有强烈的责任心和紧迫的使命感，不能拖延扯皮，这也是他一贯的工作作风。

“历经磨难，初心不改。在深山中倾听，于花甲年重启。两代人为理想澎湃，一辈子为国家深潜。你，如同你的作品，无声无息，但蕴含巨大的威力。”——这是中央广播电视总台《感动中国》给二〇二一年度人物彭士禄的颁奖词。

彭士禄传承着革命烈士的基因，他是中共中央原政治局委员、中央农委书记彭湃的儿子，出生在广东省海丰县，那里是中国革命的摇篮。

二

一九二八年，彭士禄三岁时，母亲蔡素屏不幸被捕，英勇就义；四岁时父亲彭湃在上海被捕。据相关资料记载，彭湃是高唱着《国际歌》走向刑场慷慨就义的。可怜的彭士禄幼年就成了孤儿，奶妈背着他东躲西藏。不久他们转移到潮州，为了躲避国民党反动派“斩草除根”的追杀，彭士禄只能隐姓埋名，姓百家姓，吃百家饭。据彭士禄回忆，他曾有二十多个“爸妈”，那些穷苦善良的农民，再穷也会把有限的鱼肉留给他吃，保护着革命志士的血脉和根苗。

彭士禄曾经住在红军战士陈永俊家，喊陈永俊的妈妈叫姑妈，家里有个姐姐，一家三口相依为命过着穷苦日子。一九三三年农历七月十六，由于叛徒出卖，彭士禄和姑妈被捕，只有八岁的孩子成了囚犯，被关在潮安监狱女牢房。

没想到在牢房里彭士禄竟然见到了曾抚养过他的一位同村妈妈。在那段最难熬的苦日子里，两位妈妈照顾着他，敌人施刑逼她们说出彭士禄是“赤党”的儿子，可她们忍着受刑钻心的疼痛就是不供认彭士禄的真实身份。偶尔放风，男女牢房几百位难友看这个革命烈士的后代衣衫褴褛，就凑钱给他做了一套新衣服。那一天，彭士禄就穿上了百家衣。

几个月后，彭士禄哭着告别了两位妈妈，被单独关押到汕头石炮台监狱。后来，又被转移到广州监狱，接受了一年的“感化”。在那里坐了两年牢，他受尽非人的折磨，一场重病差点让这个骨瘦如柴的孩子死在监狱。

国民党反动派曾把彭士禄列为“小政治犯”并拍了他的大头照，在《民国日报》等报刊醒目处标注“共匪彭湃之子被我第九师捕获”。正是这些消息让祖母周凤找到了彭士禄，把他从监狱营救出来。

在延安“重生” 到苏联留学

一

一九三六年祖母把他带到香港，十二岁才读二年级。当时他在香港受到抗日救亡运动影响，年轻人喊着“打倒日本帝国主义”，激情四射地在大街上游行。趁祖母回老家，彭士禄悄悄加入了游行队伍。那段时间，党组织一直在秘密寻找他，直至一九四〇年终于把他找到。在重庆八路军办事处，彭士禄第一次见到了周恩来和邓颖超。周恩来见到彭士禄时凝视了好一阵子，才亲切地拉着他的手说：“终于把你找到了，你爸爸是我的好朋友。要继承你爸爸的遗志，好好学习，努力工作。”

十五岁那年，党组织安排彭士禄到了延安，一九四五年他加入了中国共产党。忆往昔，彭士禄曾泪水涟涟，饱含深情地说：“坎坷的童年经历，磨炼了我不怕困难、不畏艰险的性格，我对党和人民永远感激，无论我怎样努力，都不足以回报他们给予我的恩情。只要祖国需要我，干什么我都愿意！”

二

受尽人间疾苦的彭士禄，终于结束了东躲西藏的岁月。党组织又安排他来到革命圣地，彭士禄异常兴奋，从早到晚奔跑忙活，哪里需要到哪里。抗战期间，他做过护士；解放战争期间，他又去炼焦厂做过技术员……而且干什么都干出了成绩，受到党组织表彰奖励。

新中国成立后，他先后被派到哈尔滨工业大学和大连大学学习。一九五一年，他被选派留学苏联，先在喀山化工学院化工机械系学习，后转学到莫斯科化工机械学院继续深造。苏联留学期间，他刻苦学习，每次都等到别人睡了他还要安静地学习一会儿才睡。那时的留学，苏联教授每教一节课，中国政府都要付出昂贵的学费。彭士禄留学，花的是国家和人民的钱，这成了鞭策他努力求学，学成早日回国报效国家的动力。

就在他留学的第四年——一九五四年一月，在美国东海岸发生了一件大事：一个巨大而灵巧的“黑色水怪”下水，它幽灵般转眼潜入太平洋，驶过墨西哥湾、南美洲而后横穿大西洋，途经欧亚非三大洲后又回到了美国东海岸。而这遥远的航行所消耗的全部能源，竟然只是一块儿高尔夫球大小的铀燃料。如果换了石油做燃料，需要整整九十节车皮盛装……此消息一经公布，举世震惊。这就是继原子弹之后再度震惊世界的美国核潜艇鹦鹉螺号。这一重大新闻震撼了彭士禄的心灵，他想了很多，想了很久，想了很远，那一夜他失眠了。

三

时光如水，转眼已是一九五六年。就在彭士禄毕业准备回国时，赶上陈赓到苏联访问。陈赓在中国驻苏联大使馆问彭士禄：“中央已决定选一批留学生改学原子能核动力专业，你愿意改行吗？”彭士禄兴奋地回答：“我当然愿意，只要祖国需要！”彭士禄愿意留下来继续学习，是陈赓期待的，而他更期待彭士禄等五名学子毕业回国后开创中国的核科学事业。

很快，刚毕业的彭士禄又被选派去了莫斯科动力学院原子能动力专业进修深造。

告别妻儿　潜心攻关

一

一九五八年，为了打破美苏对核潜艇的技术垄断，中央拍板决定启动核动力潜艇工程项目，但正与中国友好的苏联，显然不是这么想的。这一年，彭士禄刚好从苏联学成回国，并被安排在北京的原子能研究所工作。因为搞核潜艇是绝密的，谁都不知道他其实就在研究所给苏联总顾问当翻译。

一九五九年，苏联人以技术复杂、中国不具备条件为由，拒绝对中国援助。没有图纸，也没有资料，更没有援助专家，一穷二白的中国核动力研究设计院的专家们，只能摸着石头过河。

一九六二年二月，彭士禄被任命为北京原子能研究所核动力研究室副主任，主持核潜艇动力装置的论证和主要设备的前期研发。当时的中国正处在三年经济困难时期，开展核潜艇创造的困窘可想而知。

迫于客观形势，核潜艇项目暂时搁浅，多数人暂离，只留了有五十多人的研究室。报国心切的彭士禄没有抱怨，没有束手等待，他悄然做着全面复工前的准备工作：兼任中国科技大学副教授的他，一边自学研究潜艇核动力装置和主要设备，一边给学生和研究员们讲授近代物理基础知识。除此之外，他带着一群连潜艇都没见过的学生们爬大山强身健体，养精蓄锐。

二

曾有人见过国外公开发表的两张核潜艇的照片，再就是前面提到的我国一位外交官从国外买回的一个核潜艇儿童玩具，这就是彭士禄见过的核潜艇模型。然而，即便是见过真正的核潜艇模型，又不是仿真游戏，见过又有什么实际意义呢？纸上谈兵也要熟读兵法，科学来不得半点含糊！焦急等待中，彭士禄冥思苦想，也在千方百计寻找有用的信息。

不仅如此，彭士禄还发动大家学习英语、俄语；俄语资料找不到，就找英语资料。就这样花了两三年时间，几十个外行不仅都成了内行，而且还被引进了核动力学科前沿。

一九六四年十月十六日，中国第一颗原子弹成功爆炸，彭士禄激动之余，敏感地意识到核潜艇制造重新上马之机就在眼前！机遇是留给有准备的头脑的。一九六五年三月二十日，核潜艇研制工作重新上马，并被列入国家重点计划，集中全国两千多个厂所院校，上万名科技人员协同攻关。此时，核动力装置和舰体的总体设计，已经初具雏形。

彭士禄告别北京的妻子儿女，带着一支几百人的先遣队只身入川，参与筹建中国第一座潜艇核动力装置陆上模式堆试验基地。他披星戴月，心急如焚，像离弦的箭一般要把失去的时间夺回来。

据相关资料记载，关于建造陆上模式堆，国家领导人周恩来和聂荣臻都曾倾心关注并有明确指示。周总理曾说，为了核潜艇建造一次试验成功，必须建立陆上模式堆！这个钱是不会白花的，是合算的。为此，中央军委拟定了建造的原则：保证安全，保证可靠，立足国内，自力更生研制，便于操纵；适应我海军指战员的科学技术水平，便于维修和换料，等等。

三

那段时间还有极“左”阻力干扰模式堆研发工作进展，其代表人物并且还会列举出国外失败的试验案例；彭士禄也会突然接到有关部门的电话，通知他去参加“说清楚会”、政治学习，等等。但彭士禄还是郑重地按照会议的要求，对有人提出的“会不会爆炸”的问题，进行了有理有据有力的解释。即使在陆上模式堆即将建成时，还不断有莫名其妙的质疑声。有人说，陆上模式堆如果试验不成功，后果会很危险；更有人在背后散布：彭士禄搞的陆上模式堆根本就发不出功率！

面对这些荒唐质疑，彭士禄用哲学思辨+专业知识+浅显的道理举例说明：酒精是可以点燃的，而啤酒是不能点燃的。不能点燃的啤酒即使控制失灵，也不会引起爆炸。至于能不能发出功率，彭士禄根据反复计算的结果，阐释了陆上模式堆不仅能达到百分之百的功率，而且还可以达到百分之一百二十。重压面前，他拍着胸脯作出了“保证成功”的庄重承诺。

沧海见证勇士　核能锻造英雄

一

何谓英雄？中国核动力领域的开拓者和奠基者之一的彭士禄，无疑堪称英雄！中国核动力研究团队堪称英雄团队！

实践证明，彭士禄的决定是正确的：一九七〇年八月三十日，陆上模式堆顺利达到了中央要求满功率运行的预期目标！一九七〇年十二月二十六日，中国第一艘自行研制建造的091型核潜艇成功下水！一九七四年八月一日，中央军委发布命令，将这艘核潜艇命名为“长征一号”，正式编入海军战斗序列，隶属中国海军北海舰队。中国成为继美、苏、英、法之后，世界上第五个拥有核潜艇的国家！

“长征一号”核潜艇在二〇〇〇年退役，经过去辐射处理后，二〇一六年十月入驻青岛海军博物馆码头，经过内部修整后在二〇一七年四月二十四日向公众开放公开展示。这是后话。

陆上模式堆核动力装置由自身的发电机供电，到首次实现核能发电，开创了中国核动力研发的奇迹。彭士禄后来回忆道：这个期待已久的试验成果成功后，团队所有人都兴奋不已！“真的看到原子能发电了！”一个多月后，陆上模式堆实现满功率运行，代表核潜艇拥有了真正的心脏和灵魂。

新中国第一艘核潜艇的荣耀问世，极大地鼓舞了每位核动力专家和所有参与者。消息传来，他们有的说笑，有的击掌，有的握手，有的拥抱，无不眼含热泪。而此时早就熬红了眼的彭士禄，竟然一屁股坐在椅子上安心睡觉了！他太累了，连续几天没有合眼，这回可以踏实地睡一觉了！

二

写到这里，快速敲击键盘的我也激动不已，我为这个动力十足、满负荷运行的反应堆取了一个形象的名字——“核潜艇心脏起搏器”！

这个了不起的“核潜艇心脏起搏器”是龙的灵魂！

这条沧海神龙全部设备、仪表、附件多达两千六百多项、四点六万多台（件），电缆总长九十多公里，管道总长三十多公里，一千三百多种材料……

大的元器件仿佛是人体的大脑、中枢神经、心脏、骨骼和皮肉，八大系统、四大组织，小到每颗螺丝钉的细胞结构，都是由咱们中国的血统和化学成分构成的！

取得这样的重大成就，是多少次碰撞切磋、反复计算，才能完成图纸自行研究设计？是多少次制作模型，合理布置和精确定位所有设备、仪表、系统管路、电缆，才能为首艇设备安装提供样板？多少次模拟演练，多少岗位密切配合，才能依靠链式裂变核反应持续释放能量，为潜艇提供持续可控的核动力能源？而这一切，又是多少人舍小家、顾大家、废寝忘食、呕心沥血、昼夜忙碌换来的？甚至又有多少年轻的战士和工程师为之献出了宝贵的生命！

我的采访本中有这样一段记录：

一九六八年，核潜艇开工建造不长的时间内，突击完成了七百多份图纸资料，彭士禄本人就曾经有几十个设计研究资料文本。

在反应堆压力壳与基座焊接的关键日子，焊接工人要在二百度的高温下进行焊接，彭士禄也是一身工装和工人们一起在现场工作。彭士禄和大家一起拧螺丝、接线头，几乎二十四小时都和技术员、工人们并肩战斗，洞察秋毫。

三

人们没想到的是，紧张的工作、激烈的争论、长时间的起早贪黑，掩盖了彭士禄的身体问题。有一天，彭士禄正在现场指挥最后的调试安装工作，有人发现他满头冒汗，眼看他全身湿透人已昏迷，同事们才知道他已胃疼很久了，每当剧痛难忍时，他就咬着牙弯下腰用拳头顶一会儿。这是当年的艰苦条件和他长期伏案操劳积累的病。彭士禄曾说，他们都是吃着窝窝头搞核潜艇，有时甚至连窝窝头都吃不上。

他知道自己病得不轻，却不舍得花时间去看病。同志们劝他去医院检查，他总说没大事儿，咬咬牙就能挺过去。这位铁打的汉子，牙咬了几十年，终于挺不住了！“长征一号”核潜艇正式交付海军服役后，彭士禄前往葫芦岛核潜艇制造厂进行后续的安装调试工作。有一天，他感到胃疼难耐，紧急送医院被诊断为急性胃穿孔。这次生病，让他切除了四分之三的胃。让医生怎么也想不到的是，这次手术还发现他胃上另外有一个已经穿孔，而且已经自行愈合的疤痕。医生惊异地说，彭士禄的忍耐力太强了！还没见过他这样的患者。可事后彭士禄还是乐观地说着他常说的老话：不怕死就死不了！术后第三天，驻地发生强烈地震，他被同志们用担架抬出来，送上飞机回到北京，仅住院一个月后又开始超负荷运转！

彭士禄明显瘦弱了，但在试验现场，各个环节都有他忙碌的身影。有时面对文本他深思熟虑，一坐便是半天。发现哪个环节有问题，他就来回奔走协调改进，同事们早就适应他风风火火而又脚踏实地的作风了。大家没有忘，创业初期他和同事们一样穿胶靴蹚水上班，从早到晚鞋子里都灌满了水，一泡就是一天。每天他都和大家一样，拿着饭盒在食堂排队买饭，汤菜简单，家里啥事都不管。

四

在彭士禄心中，任何事情都没有核动力事业的分量重。

一次他要出差，急忙回家取衣服。看女儿趴在桌子上，便问女儿在干什么。女儿说在做算术题，不会做除法，想让他给讲讲。可他竟没舍得这点儿时间，脚迈出家门时来一句：把乘法倒过来就是除法……这个父亲无法知道，多年后他唯一的女儿彭洁依旧埋怨："父亲只顾工作，冷落我的一桩桩一件件都留在了童年。有一次我发烧烧得直迷糊，还是自己往基地医院打电话问的医生。甚至我得了肝炎住院，父母都没在身边照顾过哪怕半天。"

是的，妻子马淑英一九六九年也从北京调到909基地，她同样是个工作狂，工作是天大的事，家里的事情都要为其让路。孩子病了竟然托付护士照看。幸亏女儿是个懂事明理的孩子，但童年的满腹委屈，等到长大了才能理解。彭士禄只求科研，只爱工作，面对待遇、报酬、荣誉从不在意。他住的房子是一般的楼房，分给他将军楼也不去住。二〇一七年他荣获何梁何利基金最高奖——"科学与技术成就奖"，一百万港币的奖金，他叮嘱女儿帮助他全部上交给组织，用来奖励那些有作为的年轻后辈。

铁骨傲狂涛　赴死犹逍遥

一

国之重器，义士担当；祖国需要，龙虎共闯！

为早日完成建造中国的核潜艇陆上模式堆这一艰巨而光荣的重大任务，使我国早日推出核潜艇，防范外敌侵略，保卫国土安全，彭士禄呕心沥血，带领团队攻坚克难，只争朝夕，感人肺腑的故事不胜枚举。这里，我要讲的是和彭士禄一道奉献才情、同为中国科学院院士的中国核潜艇副总设计师——赵仁恺。

当中央批准上马核潜艇陆上模式堆后，专委会决定任命彭士禄为核潜艇工程和陆上模式堆设计的技术总负责人。同时决定，由赵仁恺负责陆上模式堆工程建造中的生产准备、调试和建成后的运行管理工作。赵仁恺思维活跃，精力充沛，胸怀强烈的责任心和使命感，在与彭士禄的配合中，同样起到了中流砥柱的作用。

赵仁恺是一位具有传奇色彩的科学家，他功底扎实、知识丰富、专业严谨，一九五八年就被委任为我国潜艇核动力装置代号 07 设计组的组长，当时的他只有三十五岁。

一九六四年，我国第一颗原子弹爆炸成功，第二年核潜艇动力装置研制工作便再度上马。赵仁恺再次被任命为核潜艇陆上模式堆的研究设计和调试运行的主要技术负责人之一。

一九六六年初冬，赵仁恺率领研究设计和建设管理团队奔赴祖国大西南，与彭士禄通力合作，“大战‘一九六六’”。在核潜艇动力工程这个重大项目建设和试验运行阶段，赵仁恺不仅发扬了严谨的科学精神，展示了精准的判断能力，而且经历了一次次生死考验。

二

陆上模式堆长达十年的运行，五百多次的试验，模拟了核潜艇在各种状态下、各种事故发生时的应急处置。这一切练就了赵仁恺火眼金睛的观察和判断能力。

一次，设备运行出现了不正常声响。而对事故的判断出现了两种不同观点，分歧严重，争论不休。一机部领导非常重视，并和国防科委上报了问题的严重性。上级研究后立即派赵仁恺负责处理。他带领技术小组进行全面测量，寻找细枝末节处的各种隐患，然后听取各种意见，仔细分析，很快找到了事故的症结：是反应堆右出口处接管密封结构压紧弹簧失效，导致了固定套筒内的滑套滑动，进而引起了漏沙的撞击声响。

一次次试验，一次次洞察秋毫，练就了赵仁恺测量仪般的听力。深水潜行判断问题尤其艰难。有一次，他听到了时断时续的微弱声响，潜到二百多米水域时，那声音明显了，赵仁恺的担心才被同事们感觉到。大家赶紧齐心协力排除险情，还好没有造成重大事故，让国家蒙受损失。后来，彭士禄曾这样评价赵仁恺的作用："没有他细致入微、认真负责的工作，我也不敢拍板！"

三

深海尤其无情，美国就曾发生长尾鲨号核潜艇超过测试深度而爆炸沉没，惊动全球的事故！有时，魔鬼般的海风纵容着疯狂的海浪，恨不能把潜艇摇碎才显出它的威猛狂放。那翻天覆地的感觉，仿佛末日来临。这时，所有在艇人员的五脏六腑仿佛也都在翻江倒海，不用说食物，连肠胃都要吐出来了，大自然的力量疯狂地挑战着人类的生命极限和心理极限。

每次随潜艇下海试验，大海的乖张暴行都是紧随其后、四面夹击，在气吞山河的浪涛推搡下，人的力量太渺小了，随时可能失去生命，这也早在核动力专家们的预料中。彭士禄临出发前曾对妻子说过："我随潜艇深水试航，要是喂了王八，你可别哭啊！"这种乐观精神一脉相承。当年他的父亲彭湃在敌人的酷刑和死亡威胁前，镇定自若，面不改色，除了有坚定的革命信仰，还因他带着两个幼小儿子的照片，背面工工整整地写着："彭湃和他的小乖乖。"

副总指挥赵仁恺出海同样是肝胆献祖国。他行前交给同事这样一张小字条："一旦我死了，请把这封信和三块表交给我家人，这是送给三个儿女的。"收到三块表的家人明白，此时的赵仁恺正在深海险境中挑战着生命的极限，他已做好被无情海浪吞噬的准备，亲人们无不为他捏一把汗，暗自盼望他早日归来。

赵仁恺临终前还写了另外两张不同内容的小字条。一张写着："一九七〇年八月三十日，我国自行研究设计的核潜艇陆上模式堆提升功率试验达到满功率，各项性能指标都符合设计要求。”另外一张则写着：“天行健，君子以自强不息；地势坤，君子以厚德载物。自强、自尊、自励、自立，生命不息、奋斗不止。”

国事在心　家事淡忘

一

一九四二年七月，高中毕业的赵仁恺以优异成绩同时考取了上海交通大学和中央大学。由于母亲年事已高，又有弟弟妹妹在读，他选择了可以免费就读的中央大学机械系。

大学期间，他铭记母亲的叮嘱，志向在胸，刻苦学习。除了躲避日机在重庆的大轰炸，他都在钻研数学、物理、化学、结构力学等基础学科，实现他自幼喜爱机械工程的夙愿。他自信所有工作都能胜任：飞机、火车、汽车、电力、机械纺织……只要与工程机械有关的知识，他都得心应手。

一九四五年，日本无条件投降，中国人民结束了长达十四年的抗日战争。一九四六年，赵仁恺以优异的成绩走出校园，他强烈意识到，终于可以施展才能报效国家了。

毕业后，他走进一家民族企业——南京永利宁化工厂，在那里一步步成长为优秀的专业技术员。一九四九年三月，他从一名技术员晋升为工程师；四月，南京解放，赵仁恺参加了革命工作！他兴奋不已，干劲更足了。中华人民共和国成立后，企业进口了新设备，组织把进口炉和一千五百千瓦发电机交给他负责组织安装和进行一些分系统的设计。学中干，干中学，赵仁恺完成了很多重大攻关项目。

核动力工程也属于工程技术范畴，与机械工程唯一的差别是以核为根本，以核为动力。赵仁恺在机械工程方面拥有丰富的理论和实践经验，他只需尽快把核动力原理、应用和辐射防护等知识补上。

二

荣誉、职务、爱情同步到来，他在担任永利宁化工厂职工业余学校教学工作中，结识了后来成为他妻子的杨静溶。他们互相鼓励，互相爱慕。更幸福的是，一九五二年他们的大女儿出生，次年大儿子出生。

同时，百废待兴的国家，亟需赵仁恺这样的优秀人才。一九五三年十月，赵仁恺调入化工部化工设计院任主任工程师。一九五六年五月，他加入中国共产党。七月，他被选调至原二机部（即中国第二机械工业部）原子能所工作，由机械专业改入核工业，从此开始了与核工业的不解之缘。

在二机部工作期间，赵仁恺广泛学习调研，查阅了大量文献、资料、报刊，参与了赴苏联军用核反应堆设计以及中国第一座潜艇核动力装置、军用钚生产堆的研究设计和试验等三百六十余项技术攻关，对于日后领导中国第一艘核潜艇核动力装置及其陆上模式堆的设计、建设、安装、调试运行、退役的全过程，积累了多学科、跨部门、跨行业的综合优势。没多久，赵仁恺又被调到位于西南的909基地，几十年相守核科学事业。此后，妻子杨静溶便一个人担负起了照顾孩子和公婆的重任。孩子们在童年时期对父亲的印象无疑是模糊的，从小到大看到的都是母亲一个人操持家务，照顾爷爷奶奶。因为从事国家重大保密事业的赵仁恺，从来没说过他处在怎样的环境，干着什么工作，因此，父母、妻子、孩子们的内心，肯定都是五味杂陈的。

赵仁恺参加工作后，一直有记笔记的习惯，他总是随身携带一个笔记本。赵仁恺去世后，这些笔记本都被转交给核工业档案馆集中保管。儿子赵明打开父亲当年写的笔记，里面没有核潜艇，没有他热爱的事业，只有一件件家里的小事：儿子的数学成绩不好，妻子的胃病要继续治……记下的都是对家人的思念与愧疚之情。读到那些饱含深情的文字，儿女们关闭了多年的感情闸门被一下子冲开了，他们再也忍不住几十年的委屈、痛苦和压抑，撕心裂肺般地号啕大哭。夺眶而出的泪水如汹涌的海水，撞击在场所有人的心！

三

赵仁恺对大海曾有这样的深情倾诉：

“一天深夜，我们的核潜艇在海南岛以南海域试验巡航。我坐在舰桥顶上，舷外浪花飞逝，海风拂面。我抬头遥望北方，祖国大陆笼罩在夜色蒙蒙中。想此时，辛劳了一天的祖国人民，为了迎接更加美好的明天，正在幸福中安心休息。嬉戏困了的幼儿，正在母亲温暖的怀抱中甜甜地睡去——一片宁静祥和。

我心中不由浮起：祝福您，我的祖国，我们的核潜艇正在保卫您！为了祖国的繁荣富强和人民的幸福安康，我们愿意付出一切，再苦、再累也值得！”他不是诗人，却诗意缠绵，句句深情。

谁能想到，这位很早就离别妻子儿女，上草原、进沙漠、蹲山沟、踏海浪，奔波于祖国的东南西北，以至于连自己的八十岁老母逝世、唯一的亲兄弟病故，也没有来得及见最后一面的赤子，胸襟竟然如大海一样浩荡宽广，情感如丝绢般细腻柔和。

二〇一〇年七月二十九日，赵仁恺因病去世，享年八十七岁。

楷模风范传递　豪杰一脉相承

一

在909基地和总部采访，我听到、看到、记下的，只是这群共和国的精英们闪光经历中的一部分。整理素材令我辗转反侧、昼夜难眠、难以割舍的，也只是他们跌宕起伏、精彩纷呈、感人至深的一个个人生侧面。

张金麟是我国特种船舶总体和动力研究设计专家。他一九三六年十月十六日生于河北滦南县。一九六〇年他从哈尔滨工业大学涡轮机专业毕业后进入海军科研部〇九研究室工作，便有幸同核潜艇结缘。提到彭士禄、赵仁恺对他的影响，他从未忘怀，那是影响他一生不畏困难艰险、努力求索的不竭动力。

从一九六一年见到彭士禄起，就对他“刻苦钻研，坚韧执着，不争名利，埋头苦干，胆子大，敢拍板，勇于担当”的精神肃然起敬。彭士禄和张金麟的家当时都在北京化工学院，他们经常一起坐电车从核动力二院回家。

回家路上，彭士禄常问张金麟：“我今天拍的板，你觉得哪里拍错了？”

张金麟回忆道：“现在看来，彭士禄大胆拍下的很多板，都是正确的，我一直把他当作我的老师。彭士禄对我国核潜艇的贡献非常大。一九七〇年我和他一起参加上海‘728工程’研讨会，当时大家都觉得核潜艇陆上模式堆采用熔盐堆技术不如压水堆成熟。有一次开会，彭士禄胆子大，就跟上级某管理局局长提出‘陆上模式堆采用熔盐堆不适合我们国情，要求改为压水堆’。当时在场的人都吓得出了一身冷汗，心想那位局长定下来的方针和政策，怎么可以反驳呢？没想到，隔了两天后，这位局长听取了彭士禄的意见，把核潜艇陆上模式堆由熔盐堆改为压水堆。”

二

国家大业是生命的寄托，追求的取向。张金麟除了以彭士禄为楷模，另一位崇拜的偶像便是赵仁恺，受其影响之深，同样令他铭心刻骨。核潜艇研制的关键时刻，核燃料已经装在一个吊篮里了，篮子被放在厂房内的平台上，准备往反应堆里装。

这时厂房顶部一根冷却水管坏了，不断喷水。如果水喷到装有核燃料的吊篮里，后果不堪设想。这时候，只见五十岁的赵仁恺飞快地往脚手架上爬。他当时已将个人安危置之度外，心里只有核燃料。他爬到厂房最高处的吊车轨道上，将那个管子修好，及时排除了险情。那惊险的一幕，感动了在场所有人，也让张金麟时刻铭记在心。

一九七〇年八月三十日，第一代核潜艇陆上模式堆达到满功率。而试验过程中从调试、安装，一直到满功率运行，张金麟都参加了，有很多工作还负责主持。这期间他仿佛楷模附体：在艇上担任指挥，随时照着彭士禄、赵仁恺的做法行事——精心观察，细心倾听声响，经历了漫长艰难的深水实验，终于把这个“国之重器”和另一艘导弹艇交付给海军……

归队——查寻 7030 名烈士的前前后后（报告文学）

* 李金明

在我 40 多年的军旅生涯中，经历了很多事情：训练、施工、押运、作战、演习……但有一件事儿，让我永远不能忘怀。1994 年 8 月 23 日，中央政治局常务委员会第 67 次会议讨论并同意确定修建平津战役纪念馆，同时决定纪念馆由北京军区牵头，会同北京市、天津市负责修建。我当时在北京军区政治部组织部工作，被抽去参加筹建工作。领导分配我负责英烈馆的内容和布展。在两年多的紧张工作中，令我难忘的是搜集整理出 7030 名烈士名录的经过……这一过程的每一个细节，都使我的心灵受到强烈的震撼。我的眼睛总是不由自主地一阵阵湿润。

一、由数字到名字

1948 年 11 月 29 日—1949 年 1 月 31 日，华北军区两个兵团和东北野战军主力部队共百万大军，在党中央、中央军委和毛泽东主席的亲自指挥下，经过 64 天浴血奋战，先后歼灭新保安、张家口和天津顽抗之敌，争取了北平和平解放，歼灭和改编国民党军52万多人，取得平津战役的伟大胜利。战役中人民解放军先后有3万余人负伤，7000多名子弟兵献出宝贵生命。我负责的英烈业绩厅，空间极其宏大。按照设计，东、西两面墙上展示著名英模群体、战斗英雄的事迹和战斗中使用过的战旗，荣获的锦旗。大厅中央用红色大理石建造高2.8米、长22米的烈士名录墙，墙面以紫铜做底板，将烈士的名字镌刻其上。

我投入工作后，在中央军委档案馆查到了1949年4月拟制的《平津战役情况统计》。那是一份翔实的数字表格，其中包括“阵亡、伤送、病亡、逃亡、失去联系”等细目。按照解放军和国家民政部对烈士的界定，我们确定了我军在平津战役中共牺牲7030人。这个数字比较准确。负伤3万余人这个数字也可印证。在历次革命战争中，我军牺牲和负伤的比例一般在1 ∶ 4。攻坚战的伤亡比例略高些，这与当时使用的火器及医疗抢救条件有关。当然，烈士总数靠逐一统计，而不是概算。

我的工作可说是白手起家。在此期间，北京军区将文物史料和烈士名录的征集任务分解到各个大单位。北京市、天津市也先后发出通知，明确了征集的内容。两年多的时间里，征集人员的足迹遍布23个省、市、自治区，接触了当年参加过平津战役的300多个团以上单位和2500多名各级指挥员。我为查寻烈士名录，和其他同志一道查阅了29个省、市、自治区民政厅的400多卷《优抚登记册》。先后跑过天津烈士陵园、张家口烈士陵园、华北烈士陵园等地。

7030名烈士，主要牺牲在天津、新保安、张家口。在北平牺牲的人员，第四十二军数量较大，他们先后在石景山区田村、五棵松、丰台等地与敌激战，以牺牲312人的代价，占领了丰台，切断了北平25万敌人的退路。第四十八军负责扫清北平西部的国民党军据点，该军第九十五团在炮火的支援下攻占了模式口、北平发电所及附近碉堡。在攻打麻峪村东碉堡的战斗中，5名解放军战士英勇地献出了宝贵生命。因为战场形势紧急，该团没有来得及掩埋尸体。村民们怀着崇敬的心情，自发将5名烈士的遗体安葬在麻峪村头，建立“无名烈士纪念碑”，以纪念在本地牺牲的解放军无名战士。我到麻峪村东，在烈士墓前矗立，从萋萋芳草中仔细寻找历史留下的痕迹。在秋日的阳光下，风从墓碑旁轻轻掠过，蟋蟀在歌唱……我深深感到，平津战役发生、发展过程的几乎每一天，都有着共产党员冲锋在前。

二、没有留下姓名的烈士

1948 年 12 月 5 日，华北军区第三兵团出现在张家口周围，并攻占了万全及孔家庄等外围据点。张家口是傅作义部西逃绥远的必经之路，他立刻派第三十五军前去增援。接着，北平东北面 80 余公里的密云县城，遭到秘密入关的我东北野战军进攻。傅作义限令军长郭景云，第三十五军务必在中午 12 时前赶回北平。毛泽东则不断以中央军委的名义向华北军区部队发出电报，核心内容是，不许第三十五军返回北平。

新保安已被昼夜行军的华北军区先头部队占领、公路被切断，第三十五军无法继续南撤。12 月 6 日早晨 6 点，第三十五军用大炮向解放军占领的新保安猛轰。一时间炮火连天，烟雾弥漫。该军军长郭景云又从北平召来 18 架轰炸机飞临新保安上空轰炸扫射。一天里，第三十五军组织了 3 次疯狂冲锋。担任阻击任务的解放军第六十四军三十四团知道这是一场不能撤退的战斗，他们仓促进入阵地，阻击战顽强坚持到下午 4 点，该团阵地几乎全部被炮火摧毁，部队遭到重大伤亡，国民党第三十五军终于攻入新保安。该军副军长王雷震后来被俘，在回忆录中说："我看到阵地上遗留着很多解放军的尸体，不禁打了个寒战，心里想，过去解放军是打不了就走，今天看来是豁出来了，就没有打算撤退。"解放军第三十四团的这些指战员，坚持在最危险的战斗岗位上，直到牺牲后，还在坚守阵地。按照当时我军作战的惯例，无论战斗再激烈，部队从阵地撤退前，首先撤退伤员、掩埋烈士尸体。第三十四团的烈士既没时间掩埋，也没登记。在前面阻挡第三十五军的冀热察军区独立第二十七团也没有留下烈士名单。无名、佚名烈士中，相当一部分是这两个团的。我曾费了很大气力多方寻找，始终没有结果。他们，最终成为纪念馆中一组刻骨铭心的浮雕。

三、新保安的牵挂

在搜集烈士名录中，我特别注意新保安之战，因为这个地名与我有些渊源。国民党第三十五军被阻拦在新保安后，华北军区第二兵团各部队源源不断地赶向新保安。第六十三军五六四团的一个连长，就是我父亲。该军前身诞生于抗日战争烽火弥漫的冀中平原，父亲就在那时参加游击队，走进青纱帐。他脖子上有一道深深的枪伤。我曾问他在哪里伤的，他说："新保安。"12月初，第六十三军北上途中，兵团突然改变命令："火速前进，务于8日前从新保安西、南面包围第三十五军。"当时父亲和他的战友们已经连续十几天行军，非常疲劳，但是听说要打三十五军，都异常兴奋。10个月前，两军在涞水曾有过一次血战，第三纵队（第六十三军）险中取胜，消灭第三十五军1个师，该军军长鲁英麟自杀向傅作义谢罪。此后，第三十五军喊出复仇口号："消灭三纵队！"这对杀红了眼的战场对头，在新保安狭路相逢！

第三十五军被包围于新保安后，军长郭景云命令各部队加紧修筑工事。经过夜以继日的加修，城墙上挖出密密麻麻的射击孔，城脚下遍地构筑地堡工事，城内街道到处都挖有交通沟，各支撑点均彼此相呼应。郭景云在鼓楼上用望远镜看着外壕、地堡、鹿砦等障碍物，满意地说："让共军来吧！没有二三十天，休想打进来。"

1948年12月22日早上7时，华北军区第二兵团杨得志司令员下达了进攻命令。父亲所在的第五六四团八连，是从西边城墙缺口攻进去的。当时，连队组织党员突击队，父亲也在其中。突击队一举将红旗插上城头。我问他战斗的细节："子弹穿过脖子，痛吗？"

父亲说："开始冲锋，我提着手枪刚刚跑上城头，觉得脖子麻了一下，好像被狠狠撞了一家伙。也没顾得想，就带着大家从缺口冲进城。进入民房与敌人对射，我才发现浑身是血。我喊卫生员，他正在为一个重伤员包扎伤口。我过去，找他要了一个绷带，捆了捆，就继续参战了。"他说完，屏息很久，好像在倾听什么。当年那凄厉的子弹划过声，会穿越历史吗？也许会的。

1996年秋天，我去张家口寻找资料期间，特地在新保安停留。父亲已于1980年去世，我很想寻访当年父亲的战斗足迹，看一看他的战友牺牲的地点，搜集一些烈士情况。我站在新保安中央的鼓楼眺望，看到这是一座长、宽1公里的古城。四周城墙保留完好，高度大概有12米左右。我站的地方，曾当过国民党第三十五军的指挥所。我从鼓楼下来，专门爬上西城墙去寻找当年进攻的突破口。经过几十年的风雨沧桑，城墙斑驳损毁，已经很难确认当年攻城的缺口了。随后，我从城墙上下来，往东100多米，去探查当年第三十五军军长郭景云兵败自杀的隐蔽所。这是一所有前后院的民宅，老房东的儿子叫李汝章，60 多岁，脸上布满皱纹，他带我走到后院，说：“房子、院子没有变。”又指指地下说：“郭景云就是死在这儿的。后来，尸体停到火车站 4 天，让他北京的儿子拉走了。”

据战后统计，新保安战役俘敌 1.24 万人、毙敌 3000 人，我军牺牲 800 多人。父亲所在师、团，保留的烈士名单比较详尽。在镌刻烈士名录时，我仔细地将他们排列好，以告慰父亲和可称作父辈的先烈们。2005 年，我参加《北京军区史》的撰写，再度与新保安重逢，我把这次战役写进了史册。

四、战场纪律重于生命

在搜集烈士名单中，我一直注意寻找被国民党第一〇五军军长袁庆荣枪击牺牲的两名战士的名字、籍贯。

在新保安被攻克的下午，驻扎张家口的国民党第十一兵团司令官孙兰峰、第一〇五军军长袁庆荣接到北平傅作义电报，告知第三十五军已经在新保安被歼，望尽快突围，经察北、绥东向董其武部靠拢。

12 月 23 日早晨，国民党军第一〇五军军长袁庆荣率部从大境门突围出城，与阻击的解放军第六十六军八团展开激战。傍晚，华北军区第六十六、第六十七军和东北野战军第四十一军突进张家口市，并乘胜追击。袁庆荣带几个随从逃进一个山沟。后面带着队伍追他们的是六十七军副军长徐德操。这时，袁庆荣的腿跌伤了，徐德操见他这个样子，在上面喊话：“我军优待俘虏，快上来吧！”同时，命令警卫班：“下去几个人，把他架上来。”可就在警卫班战士走近他时，他突然拔出手枪射击，两个战士牺牲。袁庆荣被俘后，愤怒的徐德操找到兵团司令员杨成武，要求枪毙袁庆荣。杨成武说：“枪毙俘虏是要犯错误的。”

后来，傅作义和平起义。提出将新保安、张家口等战役一些被俘军官按照起义军官对待。被俘的国民党第一〇五军军长袁庆荣，先后任解放军绥远军区副参谋长、第六十九军副军长，离休后定居保定。1982 年秋，我在保定军分区五四东路干休所采访袁庆荣。那是一个下午，将军楼里没有开灯，一缕淡淡的阳光从窗户照在他布满沧桑的脸上。我和他谈起了张家口战役，他坐在沙发上，用轻微的声音，娓娓谈着战役经过、谈着自己的一〇五军在这场战役中被解放军打死、打伤、俘虏近 5 万人。我问他："为什么国民党军队总打败仗？"他长叹一声，看看窗外："情报不准……"我沉思半晌，想到，战争，更深层的是人心向背。谈话中，他没有说他当年打死解放军战士的事，我也没说。这件事，无论对他、对我，都是一段让人心痛的历史。

五、红旗飞舞天津城头

天津在日本侵占期间就建了很多城防工事，日军投降后，美军接替日军，又对原来工事进行加筑。1947 年初，国民党第十一战区在天津建立了指挥所，大兴土木工程，构筑天津城防碉堡工事。经过半年时间，建立起完整的城防体系。为了扫清射界，他们不顾老百姓的死活，清除了外围防御阵地前的树林、房屋，造成天津城外 1 公里宽的真空地带，并在这一带布了 4 万多颗地雷。天津警备司令陈长捷夸口："……我们守半年绝没有问题。"

1949 年 1 月 14 日早晨，慢慢升起的太阳出现在东天，蒙蒙晨雾渐渐散去。天津前线指挥部里，刘亚楼抬起手腕，时针终于对准了 10 时，他迅速下达了作战命令，群炮立即猛烈射击。津西第一突破方向，某部红三连没有等到冲锋命令，提前冲入敌地堡群。随即，第一排冒着弹雨冲向护城河。护城河虽然不宽，但当时气候寒冷，还结着冰碴。浮桥刚放上，敌人一颗炮弹就将浮桥炸断了，不知是谁大喊了一声："共产党员下河，扛浮桥！"有两三个人立即跳下冰河，用肩膀扛起浮桥，后续部队从浮桥上跑过。敌人的手榴弹从城墙上扔下，在冰河里炸得噗噗响。用肩膀扛着浮桥的共产党员，不能躲，不能闪，直挺挺地看着手榴弹在身边爆炸。什么叫视死如归？站在冰河里的共产党员，做了最有力的诠释。向城墙缺口攀登时，第一名旗手牺牲了，第二名旗手接过来，第二名旗手牺牲了，一班战斗组长王玉龙接过来，终于将红旗插上天津城头。他牢牢地将红旗插在城头，双手执旗，一条腿跪着，因为他的一条腿几乎被打断了。这一情景，就定格在历史的画卷里，成为无畏的雕像……天津攻坚战，共用 29 个小时，全歼守军 13 万人。

15 日傍晚，北平傅作义的谈判代表见到了被俘的陈长捷。陈长捷说："请告诉傅总司令，抵抗毫无希望。”傅作义电告谈判代表邓宝珊和周北峰：希望迅速达成全部协议。21日上午10时，傅作义在和平解决北平问题的协议上签了字，接受了解放军的和谈条件，北平守敌8个军接受我军改编。解放军经历了新保安战役、张家口战役、天津战役和丰台战斗，以7000多名指战员的牺牲，换来了古都北平的和平解放。共产党员的鲜血，抹红了华北大地的胜利曙光。

六、余音强劲

1997年7月23日，平津战役纪念馆正式建成开馆。

人们从四面八方赶来瞻仰，我每天盯在英烈厅工作，既要管理解说员，又要收集观众反映。原四十五军老战士朴光，专程来到平津战役纪念馆烈士名录墙前，寻找自己当年战友的名字。他激动地说，整整48年了，今天建立了烈士墙，把我个人的怀念变成了大家的纪念。王采烈士的妹妹，原东北野战军老战士王蕙走进烈士厅，一看到庄严肃穆的烈士名录墙就潸然泪下。她说，看到烈士墙，我深深感到，对这些烈士和英雄，党没有忘记他们，人民没有忘记他们。我在这里缅怀我的兄长，也缅怀所有牺牲的烈士。她望着名录墙上烈士的名字，热泪滚滚，她用手帕反复擦拭着他们的名字，然后深深地三鞠躬。烈士名录墙的建立，引起了新闻界的很大关注。《人民日报》《解放军报》《光明日报》《南方日报》等20多家报纸以《7000英灵在这里安息》为题进行了专题报道。中央电视台“东方时空”摄制组到英烈厅进行了现场采访，并于8月1日至8月3日连续播放。在这个节目中，我讲述了烈士的情况和陈列的弹痕累累的军旗。

我们汇集和搜集烈士的名单，最终依然缺少391人。烈士墙上，按省、市（县）籍贯排列，镌刻上烈士的姓名。还镌刻了一行字：无名、佚名烈士391人。这也成了我心中的遗憾。1997年8月，北京军区参建人员撤离纪念馆后，还不断有人来信和电话给我，查找自己的亲人，或为查找无名、佚名烈士下落提供线索。我精心进行了处理，将自己核实的情况和原信，寄交平津战役纪念馆。建党百年之际，我联系纪念馆的同志了解情况，欣慰地得知，经过二十多年的努力，391 名无名、佚名烈士，目前已经补刻了 202 名。70 多年前的战事，依然有很多人在关注。这种关注，不单是求证牺牲者的姓名，更是在证明当年的英雄至今依然是英雄，共产党员谱写的生命壮歌具有长久乃至永久的价值。

这莫大的欣慰，不禁让我回到当年在墓地那半夜的情形。在征集后期，听人说，天津还有一个小型烈士陵园。我立刻跑了一趟。在一个小胡同里，推开一道斑驳的铁门，里面是一座很深的院子，几株古柏默立在晚霞中，地上芳草萋萋，不知名的虫子在鸣叫。费了很大周折，才从附近居民区找到管理人。他确凿地说，这是打天津牺牲的烈士。我问："有没有名单？"他说："都在墓碑上。"这是一批湮灭在历史烟尘中的革命战士。核准后，我来到一座座坟茔前逐一抄录。天色渐渐发黑，我打起手电筒一直全部抄完。这些烈士包括在总数中，但名单一直不在省市民政厅的资料里。这次发现，看似容易，却是许多次辛劳奔波苦寻无果的回报。夜幕中，我向 82 位英烈鞠躬告别时，心里说，你们归队了。确实，能够使又一批散落的烈士名归丰碑，流传史册，我的欣慰难以言表。

从传说中走来

* 杨喜来

俗话说，“盛世修志”。新中国成立以后，党和国家的重点一直在社会主义经济建设，一直到20世纪80年代初，才把修志工作提到日程上来。进入21世纪以后，2002年北京地区第一套志书才与读者见面。本部《大兴县志》记述了大兴县有史以来直到1990年的全部历史，是一部重要资料书。志书的最大特点就是史实性，它所记载的每一句话都是有根有据的，因此在史料价值上具有权威性。

一、传说

有人发现，在《大兴县志》的附录中，有一则民间传说“张道台私访查料垛”的故事，是选自《大兴县民间故事集》。全文如下：

张道台私访查料垛

民国初年，西黑垡村的张伯才当上了永定河河务局局长。清代管理永定河事务的官员叫永定河道台，所以当时人们仍然习惯地称张伯才为张道台。

张道台自小在永定河边长大，深知要想治住狂放不羁、三年两头泛滥成灾的永定河，固然要修治河道培筑河堤，但是做好防汛抢险工作，也能减少灾情，甚至化险为夷。只有治本治标一齐抓，才能有备无患。他决定检查一下各工段的防汛物料准备情况。

这天，张道台打扮成商人模样，独自一人离开河务局，沿着永定河东岸大堤，往南走去。他看到堤旁防汛用的秫秸垛、苇子垛，一个个又多又高，心里很高兴。

到了中午，张道台到堤边的一家小饭铺打尖。不一会儿，几个有说有笑的车把式也来饭铺吃饭。他跟车把式攀谈起来，知道他们车上拉的都是苇子，问道："你们是给河堤送料的吗？"一个年轻的把式吞吞吐吐地说："不……不是，苇子……是从大堤拉来的。"张道台听了很诧异，可是也没再说什么。

张道台离开饭铺，径直走去找那个管料垛的人，提出自己要买一大批苇子，求他们通融通融。那人一听，仔细打量着他，慢慢腾腾地说："你要买苇子？这里倒有的是，可，这事难办啊。再说，这事关系重大，堤上的苇垛是防汛之物么。"张道台赶忙说明自己实在等着急用，这回情愿出高价钱收买。就这样，双方买卖谈妥了。说好第二天来车拉苇子，一手交钱，一手交货。临走，张道台顺便问："你方才说卖这苇子关系重大，说真的，你们就不怕上方查出来吗？"那人听后一笑，得意地说："这，你就不用操心了。"接着又诡秘地向张道台说出了他们捣鬼的秘密……

第二天，张道台带着随员，来到这个工巡段，并且传来了各工段的段长。他什么话也没讲，严肃地看看大伙，就吩咐手下人爬上堤边一个苇垛。只见那人走到苇垛顶上，用力一踩，下半身都陷在苇垛里面了。原来这些苇垛，四周的苇捆都是根朝外，稍朝里，垛当中乱七八糟放些乱苇子和苇叶之类的东西，上面再苫盖一层苇捆，外面看着整整齐齐，实际是空心的。

张道台带着随员，一个工段一个工段地检查料垛。那些营私舞弊的人都受到了应有的惩办。

能够进入县志的故事，就说明这个故事具有一定的影响性。因此，我们有必要对此人此事进行进一步深层的挖掘。

二、其人

张道台张伯才到底是何许人呢？这是一个传说人物，还是在大兴的历史上确有其人呢？传说里说得明白：民国初年，西黑垡村。那么，在大兴真有这么一个人吗？

《大兴县志》“大兴县历代名人资料简记”中有这样的记载：

> 张树枬（字伯才），生卒年为1879—1936。备考资料：今定福庄西黑垡村人。任永定河河务局长期间，曾获北京政府颁发的“嘉禾奖章”。

主要经历：京兆法政学堂毕业后留校任教。后曾任永定河河务局长、石芦水利公会名誉会长、永济水利合作社理事、北京政府参议院议员等职，晚年倡导并资助兴办宛平县教育事业。

他不是大兴人吗？怎么在宛平县资助教育事业呢？

这里要说一下宛平县。

明、清两代，顺天府下辖宛平、大兴两县，左大兴右宛平，基本以今京开路为界。1952年撤销宛平县的建置，其原辖地区先后分别划入丰台区、京西矿区（门头沟区）、房山县（区）、大兴县（区）、海淀区，石景山区。

张树枬的家乡西黑垡当时隶属宛平县，后划归大兴县定福庄乡。

张氏家族于明朝初年由山西省洪洞县移居北京。祖父张殿卿，具体事迹不详。父亲张梦龄，号锡九，1874年出生，1934年去世，享年60岁。母亲张杨氏。张树枬为长子，次子张树芬，三子张树彬。

据《大兴县志》的资料，“张树枬（字伯才），生卒年为1879—1936”。这里就出现一个问题，他的生辰只比父亲小了5岁，而根据他后来上法政学堂的时间为1906年，不可能已经25岁（就读法政学堂相当于今天初中毕业后考取的高中，所以年纪应该在十五六岁）。根据张家后人的记忆，张树枬属兔，推测出他应该出生于光绪十七年（1891）辛卯。

1891年，辛卯年，张树枏出生于京兆宛平县西黑垡村（今大兴区庞各庄镇西黑垡村）。1906—1909年，就读于京兆法政学堂，毕业后留校任教（京兆法政学堂学制五年）。1911年进外交部俄文专修馆，学习三年。俄文专修馆是外交部专门为培养俄文人才而开设的，我党早期重要领导人瞿秋白就是1917年进入这里学习的。大兴区著名乡贤、乡土作家寇殿荣先生有资料说张树枏担任过天津法政学堂（其实北洋法政学堂、直隶公立法政专门学校、京兆法政学堂都是一家）校长，这个不属实（就是留校任教）。

天津法政学堂、俄文专修馆虽说都是学校，但是却与一般学校不同，当时创办者的想法不只是传播文化，而是要培养国家栋梁之材，也就是为国家培养高级官员。因而1914年，民国政府官员补缺，张树枏脱颖而出，成为永定河防务局长。

三、治河

永定河，古称㶟水，隋代称桑干河，金代称卢沟，旧名无定河，海河流域七大水系之一。永定河水系属于海河水系西北支，除永定河外还包括龙河、永兴河（天堂河）等河流。永定河自丰台区北天堂村南入大兴，于榆垡镇崔指挥营村东出境入河北省，大兴段长61.4公里（主堤54.7公里，副堤6.7公里），总流域面积568.33平方公里，占大兴区河流总流域面积的56.9%。

元代以后，永定河水文状况恶化，含沙量极大，流量随季节发生改变，洪水宣泄频仍，河道迁徙无常。因此，自元朝开始，防治永定河水患，就成为历朝历代京师政务的头等大事。康熙年间，于成龙任直隶巡抚，亲自督修永定河水利工程。永定河原名无定河（浑河），康熙四十年（1701）永定河左堤修筑竣工，应于成龙奏请，康熙帝赐名永定河。

今天，当我们研究永定河文化的时候，其实就应该是研究永定河的治理文化。而永定河只有过了三家店进入平原地带，才有治理。上游都是在山峡中间流淌，任其波涛汹涌，也不会越山而出。只有在平原地区，才狂放不羁，任性驰骋，随意改道。因此，永定河文化的研究是治理文化，治理文化集中在大兴。清代以来，永定河37次大的决口都在大兴段。

据《中国经济导报》2011年11月19日记者程晖报道：

历史上，永定河曾被称为“无定河”，唐朝诗人陈陶曾有诗“可怜无定河边骨，犹是春闺梦里人”。对永定河的治理，从辽代开始就没有停止过。

据史料统计，辽代至清末，永定河共发生水灾117次，其中5次洪水进入京城。明清两代大力整治，专写永定河的史志也开始出现，自金代起，历代的政府为治理永定河，都设置了治河的专门机构，尤其是清康熙以来甚为重视。

雍正四年，工部奉雍正皇帝旨，为河防工程设永定河道。雍正八年设永定河同知，乾隆二十八年始分东西两岸，永定河南岸厅设同知一员，辖七汛；永定河北岸厅，设同知一员，辖八汛。对于永定河的治理，历朝历代所采用的方法都不同，康熙时采石筑堤，并加以疏浚，使永定河改变了它的暴躁脾气，40年间，再也没有发生河道迁徙。但后来，河水又带来了大量的泥沙，使得河床抬高，形成了对下游的威胁。

清代治理永定河的衙门是永定河道，衙门设在河北固安。进入民国以后，民国三年（1914）十月永定河道改为永定河河防局，隶属京兆尹公署。1918年11月，永定河河防局改为永定河河务局。办公地址一直没变。

张树枬1914年出任永定河河防局局长，他是唯一的一任永定河河防局局长（后改为河务局），因为还是在旧道台府办公，所以民间还是习惯称他为“道台”。这就是张树枬被称为“张道台”的来历。

查阅《大兴县志》，在大事记中可以看到：

1917年7月27日夜，永定河北三工（段）漫口百余丈，大兴200余村受灾。

发大水时，张树枬在干什么？我们无法从当年的报刊寻找到线索，但是在永定河沿岸的大兴区榆垡一带，却流传着这样一个故事——

某年夏天，永定河大水滔天。几日连阴雨，河水已经开始漫堤。张树枬在大堤上指挥河兵抢险。当时，天上阴云密布，天黑得像锅底，只有一道道闪电才能让人看见不远的地方。而茫茫永定河一片汪洋，白亮的水花带着呼啸声从远处滚来。在洪水面前，人显得那么渺小；在大自然面前，人的力量显得那么微不足道。这样的情景让人感到无比恐怖。许多河兵都不由得退到了堤下，对筑堤防洪已经失去了信心。但是，当一个闪电照来，他们看见了永定河河防局最高行政长官张树枬独自撑一把油纸伞站在大堤上，河水已经漫过双脚。他们被那一种与河堤共存亡的气势所感动，又纷纷跑上大堤，继续筑堤抢险。两天，也许三天，张树枬站在大堤上指挥抢险护堤，直到河水渐渐退去。

当人们讲述这个故事的时候，我眼前似乎出现了这样一座雕像：一个身材不高的文职官员，在面临危险的时候，他承担起自己的职责，以自己的人格魅力感动和影响着属下。我们在永定河沿岸的河神庙里，看见造型各种各样的河神。其实，我们觉得在大兴区赵村河神祠旧址上，假如有一天重修河神祠、再塑河神像，就应该以张树枬为塑像的范本。这才是保佑了一方水土的距离我们最近的河神。

据《熊希龄集》（第六册）记载，1918 年 4 月 18 日，国务总理熊希龄就河防事宜致电张树枬：

> 永定河河防局张局长、易督察长鉴：折呈兴工日期以悉。查向例，木梢上应用烙印，俟该工夫钉桩入土，将至木梢时，应暂停候验，验毕始钉埋土内，籍资防弊。又各料备齐，应电请督办处派员点验，仰并遵照督办熊。筱。印。

到 1918 年 12 月，永定河河防局改为永定河河务局，张树枬继续任职，成为永定河河务局长。

1918 年 12 月 22 日，《大公报》发布中华民国大总统（徐世昌）令：

命令（大总统令）

任命：张树枬署理永定河河务局局长，王福延署理北运河河务局局长。此令！

《政府公报》十二月二十二日第一千四十三号

任命发出不久，总统徐世昌就传见张树枬，就永定河治理听取汇报。

1919年1月19日《大公报》标题《大总统徐世昌传见张树枬等人》。全文如下：

中华民国八年一月二十日：大总统昨日传见之人员，昨日（十九）星期日，大总统照常办公，并接见奉天清乡督办王遒斌，第十三师二十六旅五十一团团长范乐田，顺直河防（务）局局长张树枬，政治咨议王福延，第八师十五旅旅长王汝勤，福建财政厅厅长费毓楷等员云。

永定河的治理，不仅是京师地方官员的大事，也是当时民国总统关心的事情。张树枬在任上积极巡察河务，了解治理困难，提出解决办法。

据1919年5月27日国民政府《政府公报》（公文）：内务总长钱能训呈，五月三十一日第一千一百九十三号记载：张树枬呈报京兆尹，京兆尹呈报内务总长，内务总长转呈大总统。因永定河防务力量不足、河道失修，对京城安全造成隐患，张树枬提议增加经费，并改组河务局。

1920年张树枬再次被任命为永定河河务局长。推想此职任期大约是两年一届，抑或是经张提议改组永定河河务局后的重新任命。

1922年11月12日，《大公报》发表大总统令：

署内务总长孙丹林呈永定河河务局局长张树枬因就议员呈请辞职。张树枬准免本职。此令！

任命王福延为永定河河务局局长，王养年试署北运河河务局局长。此令！

也就是在两届任职期满时候，张树枬辞去了永定河河务局长的职务。为表彰张树枬等人，国民政府颁发了嘉禾奖章。

1922 年 11 月 22 日《大公报》：

张树枬、王福延、潘锡琮均晋给三等嘉禾章；张荣凝、王养年均给予四等嘉禾章。

此令　十一年十一月二十二日

1923 年 1 月 17 日 《申报》：

大总统令

董士恩、王伊文、楚纬给均晋给一等大绶嘉禾章；耿兆栋、邓毓怡、胡源汇、张树枬、林炳华均晋给二等大绶宝光嘉禾章。

我们从这些珍贵的史料中，进一步加深了对张树枬的了解。

据《中国名镇大典》记载：1914 年，（张树枬）任永定河河务局（应为河防局）局长，为官廉明，恪尽厥职。时为防河汛，于两岸河堤置备芦苇、土牛等物料，派有专人看管。一次，他微服检查，发现有人从河堤买走芦苇。他扮作买苇人，探得管料人将芦苇根朝外、梢朝内圆形堆放，外实中空，以此蒙混上方，营私舞弊。第二天，便亲自带人前去，当场戳穿管料人员的鬼把戏，对其严加惩处。随后，沿河道逐工段进行检查，整饬风纪。他还很注意河务官军（河兵）与当地群众的关系，兵民协力，筑堤治河，保卫河防。他连续任职两届，颇有政绩，曾受到民国政府颁发的嘉禾奖章。离任时，永定河两岸乡民送颂功匾四块，辞曰："绩著桑干""惠我黎庶""疏颂功高""万民戴德"。

很显然，这里记载的故事应该就是本文开头《大兴县志》中所选传说的基本原型。这四块匾一直保存到"文革"时期。家族里很多人都还记得，黑色大漆的底面，金色的大字。匾高大约一米五，宽三米多，整板阳文刻字。其中一块曾在小学校和大队部翻过来背面当黑板使用，后来均下落不明。

四、晚节

张树枏的三弟张树彬（字鸣才），曾经在京津两地开办明德银号，张家在那时候还是有相当殷实的经济实力。但是民国二十四年六月廿一日（1935年6月21日）天津《大公报》第七版发布了一条消息："本市法租界三十号路明德银号昨日倒闭。"这本来可能就是经营问题，与张树枏也不会有太大的关系。而且，在这一时期，几乎所有的大银号都纷纷倒闭。

据段承泽编述的《河北移民报告书》记载：

> 1935年8月3日（上午11：30）河北移民协会董事长谷九峰先生，副董事长齐晓山先生、张清廉先生、张伯才先生，董事刘润琴先生、步梦周先生一同到达包头，慰问灾区移民。8月4日（早8：00）谷九峰、齐晓山、张清廉、张伯才诸先生搭车前往蓟县新农场慰问视察。

从这些活动可以看出，张树枏仍然一心在河北移民协会的事务上，根本没有关注银行的事情。但是到了1936年3月23日，张树枏便因明德银号倒闭受牵连入狱。研究者认为这是一个借口，1936年，这是卢沟桥事变爆发的前夕，日本人的势力已经布满京津。对于日本人来说，如果曾任永定河河防局长、国务院参议的张树枏能够出任伪职，就可以产生一定的社会影响力，甚至带动一批人为日本人所用。所以，日本人才会通过银行倒闭找上张树枏。

据张树枏之侄张澜琴1995年的回忆：

伯父张树枏1936年为冀东八县保安团（队）负责人，保安团员杀了一名日本侨民。当时的北京市长（袁良）、警察局长都惹不起日本人。日本人就搜寻线索，正好明德银号倒闭欠债，张树枏时为明德银号董事，债权团（日本势力）把哥儿俩抓走了。

据其孙口述：在日本领事馆（东交民巷），日本人曾设宴招待兄弟两人，进行策反。未果，给二人注射伤寒病毒，一个月后放出。张树枏回家一周后去世，张树彬不久也去世了。此事虽没有具体资料可证实，但是说明了两点，一是张树枬没有给日本人干事，二是间接死于日本人手中。1936 年 6 月 1 日，张树枬（伯才）去世，终年 45 岁。

五、家风

张家一贯重视教育，据档案记载：河北省教育厅中华民国二十三年三月八日（1934 年 3 月 8 日）指令（第一四五四号），表明张锡九（张树枬父亲）等捐资兴学，热心教育，颁发奖状。

大兴乡土作家寇殿荣先生在《梨乡传说》中写到张树枬：他还很关心地方教育，平时对自己的子女要求很严。他把“孝悌勤俭”作为治家格言。当时，旧宛平县治机关设在卢沟桥。他建议在县治附近城里建县劝学所，勖勉地方学生考高校或学成就业的支援奖励、补助等事宜。地方想办学，师资十分欠缺。他建议成立宛平简易师范（设于长辛店），为地方培养了大批师资人才。教师问题解决了，学校增多了，文化素质也提高了。他也关心地方小学，学校聘请老师和兴学办教以及小学生学习诸事，经常予以鼓励、资助和奖励。

张树枬和他的原配妻子朱氏，生女张德英、子张润波。朱氏去世后续娶本县大辛庄村方氏，无子女。方氏去世后续娶北京城内杜认芬，生二女张宝坤、三女张承德。

长女张德英很早就出嫁了，后移居澳门，已经去世。

长子张润波，生于 1917 年。北京辅仁大学心理系毕业时，北京正处于日伪统治时期，张润波和同学商议，不能给日本人做事，要南下为国效力，于是离开北京南下。走到河南新乡时因生计问题，在这里做起教师，一直到新中国成立以后。“反右”期间被打成“右派”，回乡务农。十一届三中全会后给予平反，回原校任教直至退休。于 1992 年去世，享年 75 岁。张润波娶妻段为荣（1926—2008），生子三人：张建新、张建仁、张建林。

张树枬大弟张树芬（字子芳），民国时期曾任大兴县张公垡乡乡长。

二弟张树彬（字鸣才），曾经在北京、天津开办明德银号。后因被陷害，与张树枬一起被日本人抓捕关押一个多月，出来后两人先后去世。

2017 年春天，已经 84 岁的张宝坤和 83 岁的张承德回到庞各庄镇西黑垡张家故里，与张家族人故旧相聚，畅谈记忆中的父亲。

她回忆说，父亲在世时住在北京城里府右街23号，父亲去世后，长子在河南林县一中教学，家里杜氏夫人带两个年幼的孩子。杜氏孤儿寡母就住回娘家，在娘家借住了一个单独院落，这个院是北京护国寺前罗圈胡同乙12号。这里是外祖父的家，外祖父是做地产生意的，房子比较富裕，当时一家人住7间房。北房五间，两间为客厅，一间为厨房，一间为卧室，一间为杂物间。北屋客厅里有一张条案，条案上供奉着祖宗牌位，条案下是一张桌子，桌子上是父亲的瓷像。瓷像下面是一个硬木托，瓷像有40厘米高、30厘米宽，是父亲40岁左右时照的，很是英武帅气。

1936年张树枏去世的时候她还尚小，在她的记忆里，父亲只是一个瓷画像。在小姐俩的记忆里，母亲从来没有打骂过她们。假如谁犯了错误，母亲就让她跪在父亲的画像前自我反省。

那时候张树枏已经去世了，虽然他的朋友、二十九军军长宋哲元将军给了张家3000块大洋，但是因为张家已经负债累累了，这些用于保证长子读书，家里也就所剩无几了。在艰难度日的时候，娘家也会接济她们一些，但是杜氏全部记下，留待将来偿还。在没有生活来源的情况下，开始变卖不多的家产，也不过是一些旧衣服、书籍、笔墨、砚台。特别是张树枏的几十枚印章，全部卖尽。这已经是抗战爆发以后了，一个曾经由民国大总统任命的高官，一个银行老板的家庭，沦落到变卖这些文房用品。可以想象一下，当胡同口走来手持拨浪鼓的小贩时，年轻的方氏抱着一两岁的女儿，隔着门拿出一枚枚精致的印章，还不好意思讨价还价，换回来一点可以度日的零钱，当时是一种怎样的景象。在杜氏的教育下，长子、长女和两个小女儿长大成人。

二女张宝坤，生于1934年5月，1951年1月参加抗美援朝，上校军衔。1957年7月毕业于长春地质学院，从此32年一直从事我国石油开发勘探工作，1989年以高级工程师身份退休于中国海洋石油公司下属的石油勘探开发研究中心。

三女张承德生于1935年7月，高中期间加入共青团，大学时加入中国共产党。1956年8月起在北师大团委任组织部副部长、部长，团委副书记。1962年1月起在天津南开大学任团委副书记、印刷厂厂长、哲学系副主任、校长办公室副主任、党委常委兼党委办公室主任、学生工作部部长。1986年7月起在天津外语学院任党委副书记、德育副教授。1990年9月起任天津音乐学院党委书记。在四十余年的学习、工作生涯中，多次受到上级组织的表彰。先后被评为北京师范大学先进工作者、天津市优秀思想工作者、南开大学优秀共产党员、全国教育系统关心下一代工作先进个人、天津市教育系统关心下一代工作突出贡献奖。

张树枬的这几个子女，可以说都是国家的栋梁之材。

六、后事

张氏族人张炳勋，对张树枬的墓地记忆犹新。

1961 年 20 岁左右的张炳勋在大兴师范上学，家里老人说，埋有爷爷和大伯的墓地在离黄村不远的团河行宫，你该抽时间去看看。于是在一个周日他就去了。这块坟地是张树枬任永定河河务局长时购买的。据说有风水先生看过，说这里是一块风水宝地，已经实现光宗耀祖梦想的张树枬便将这块地买下了，他希望这块坟地能保佑后世子孙永远兴旺下去。父亲去世后他将父亲埋葬在这里。

张树枬和他父亲的坟地位于团河行宫御碑亭正北 100 米处，当时这里高出其他地方一尺多，两座大坟坐落在这里，正位为张树枬父母的合葬坟，坟前靠左的位置上是张树枬的坟，坟丘用三合土做成，上面没有杂草生长。1962 年春因劳改农场占地，张家将灵柩迁回西黑垡祖茔重葬。

迁坟时张树枬坟墓中有棺材四口，分别是张树楠和他的三位妻子的棺木。挖出时棺木保存完好，材质为楠木。张树枬的棺材上前方有两行字，分别是永定河河务局长、河北省参议院议员。灵柩迁回祖茔后，1968 年，因本地区正在进行平整土地和平坟活动，按要求将坟头铲平。随着时间的推移，坟头的位置后人逐渐忘记，祭祀时只得在大概的地方烧纸。

七、结束语

张树枬是我们从传说中发现并通过调查、访谈逐步认识的一位人物，通过资料的查询和发现，认为他是大兴的一个应该记住的人物，不应该被时间忘记。他治理永定河，赈济灾民，捐资办学，是一位值得让人崇敬的乡贤。几年来，天津南开大学郭明教授（张树枏外孙）查阅了大量书报、档案，搜集了数十万字的资料，使我们对张树枏其人有了一些了解。随着以后资料的不断被发现，可能还会有更多的认识。

我曾打过太原（报告文学）

* 吴京华

我叫刘诗，祖籍河北省怀安县柴沟堡。1921 年 11 月，我在出生于河北省怀安县柴沟堡西街团结巷 10 号。我全家共 14 口人，靠父亲经商生活，虽然家中有田地二十余亩，但也仅仅够全家人半年的口粮。为了糊口，我 15 岁那年来到张家口永隆合口蘑店当学徒。到了我 21 岁那年，家里送我去伪蒙疆交通学院土木部学习，两年后我在伪蒙疆交通学院土木科任技术员。之后，我又在家赋闲。25 岁那年，我来到北京鼎丰裕客货栈当店员。虽然能勉强糊口，但因时局动荡，兵荒马乱，百姓们真是苦不堪言。当我知道八路军是为老百姓打天下的，能让老百姓过上好日子，我就希望自己能够早日加入这个队伍中来，成为八路军的一员，让千家万户中的老百姓不受剥削，不受压迫，过上安泰祥和的日子。时间过得可真快呀！ 1948 年 12 月，我打听到解放军 66 军在张家口，我就赶紧报名参军。因我曾读过初中，在村里也算得上是一个秀才，而那个时候部队里很多人连初小文化都没有，我这个初中文化的就可算是高材生了，于是部队就把我分到六十六军教导大队任文化教员。那年我 27 岁。

忆往事，献青春南征北战

1949 年北京解放后，我参加革命来到六十六军，军长为杨成武。我随部队，徒步到太原。然后，又随部队徒步到大同。我曾随部队徒步走过 2500 里的征程。先是从北京顺义县走到大同，然后从大同走到雁门关。接下来，从雁门关走到大同，然后，又从大同走到天津。

1949 年，从北京打太原是我所在的部队打的。我们布置好了，六十六军每个军关一个门。当时，太原是阎锡山把守的。阎锡山把日本军队改成了他的军队，我们在下面围着城墙喊话，让他们交枪。他们当时就交枪，也没有挂白旗。之后，我们就进城了。我们从雁门关到大同再到天津杨柳青，挖河修河，自己种菜吃。

我们从大同坐火车到杨柳青驻防。1949 年十月 1 日，还给我们发了一个纪念章，一人给一块面包，每个排干部给发一条烟。因为我们解放了一个卷烟厂。那时，我每个月的津贴费就够买烟抽。开会时，一边抽烟，一边聊天。

我们每天以 60 里到 120 里的速度行军。走到快到山西时，我们住在老乡家。吃饭时，大伙想找一个饭盆盛米饭放在桌上大家分。战士们向老乡借饭盆，老乡说，家里没饭盆。战士们以为老乡家里有饭盆不肯借给大家用，就分头去找。我们班长在门后边发现一个盆，就用它给大伙盛米饭。大伙吃完饭后，班长去给老乡还盆，老乡说，那是撒尿的盆子，不是吃饭的盆子。

我们行军，每人只有一床被子。被子能铺就不能盖，能盖就不能铺，我就睡草地盖被子。当我们行军走到老百姓家，没有房子住，我就在马圈草房睡觉，在树林底下睡觉。有一天，我在树林睡觉睡到后半夜时，突然刮起了大风，下起了暴雨。雨越下越大，噼噼啪啪的雨点透过浓密的树叶打在我的脸上、被上，我被凉飕飕的大雨点给浇醒了。半夜下雨，我只好跑到老乡屋里地上睡觉。老乡家没有地方睡呀！我就只好靠在棺材边上睡觉，想就凑合着对付一晚上吧！哪曾想，在棺材边合眼总也睡不着觉。倒不是因为恐惧。我这人不信邪，不怕鬼。可一闭眼儿总是感觉有臭味，臭味是哪儿来的呢？我起身四处查看，哦，原来是棺材里的死人有异味。没办法，躺下来接着睡吧！第二天还得赶路呢！睡不好觉，头昏沉沉的，可怎么行军走路呀！一咬牙，一闭眼，睡不着就数数，一分散精力，终于睡了一小会儿。

那个时候，可艰苦啦！吃饭呀，分大灶、小灶、中灶。战士们用搪瓷碗吃大锅饭，每人盛一碗饭到一边蹲着吃。因为，那时一天一顿饭，我就再拿小碗扤一碗饭，留着路上吃。过去吃饭睡觉不能脱衣服，长虱子不能抓。睡觉脱衣服，虱子咬。咬得身上都是小红点儿，跟出疹子似的，可痒啦！长虱子不能抓，抱着衣服抓了半天也不管用，找不着虱子。即使找到虱子，它一跳就跑了，不好逮。后来，同志们想出了一个办法，把衣服放锅里炖着去，靠这种土办法，还就把虱子给煮出来了。尽管在解放太原时，部队的生活很艰苦，但我认为，锻炼意志、克服困难比什么都强。当时，我就凭着顽强的信念，徒步走过了这 2500 里。

当教员，政委是我的学生

之后，我们教导队划到石家庄高级步兵学校，我成为孙毅校长的部下。当时，政委是我的学生。我们组织机关干部学习，学生都是进修的各级军官，我们给国家培养人才。我作为宣教干事，曾组织职工当高级教员，荣立过三等功。

我在文化进军中，一贯安心工作，埋头苦干，在学校情况复杂、物资条件较差的情况下，我开动脑子想办法，克服重重困难，周到并圆满地保证了教学的顺利完成。

由于学校中学员与班次多，驻地分散，课堂设备又很差，在领导指示下，我主动地到各单位筹划课堂，并采集破旧桌椅。我还动员学员们亲自动手修理破旧桌椅。当时我就是一门心思地想着，一定要及时地将课堂、桌椅调配好，使班班有课堂、人人有桌凳。随着开学日期的临近，我格外焦急，因为还缺课堂，我只好借用了十几万元，筹备了十几间课堂，保证了按时开学。为了节约经费，我还到供给部采集废品，一年中仅粉笔、废纸就节约了六十多元。在日常开支上我也精打细算，不浪费分文。在供应教学用品时，我供应得非常及时。我往往冒雨亲自到兵营搬运教材，多次在展览中以少数开支保证了展览材料的整齐，且从未降低质量。除了节约教学器材的成本，我还自己动手，计划制作，节省了教员们的时间，保证了教学工作的顺利进行。

我的努力付出，受到了领导的称赞。我在精神上受到了鼓舞，工作起来也就更加努力了。我开动脑子想办法，在以往取得成绩的地方，又进一步地改进工作，使工作好上加好。为了使学员互动，我提出了搞红旗竞赛和课堂记好评比活动，从而大大提高了学员们的学习热情。我还创造了各种表册，有十多种。过去需要三四天的统计工作，我把它缩短到一天，提高了教学的工作效率。其他如编班登记、概况统计、缺课请假统计等，我采取了简化手续的方法。这样，就能适合我校人员流动频繁的特点，节省了时间，使教战处工作得以有秩序、有条理地进行。

被误解，缘于一张老照片

人的一生，总难免会遇到沟沟坎坎。正当我对未来满怀憧憬时，我的命运却突然发生了 180 度的逆转。而使我人生发生戏剧性逆转的，竟然是缘于一张我与父亲合影的旧照片。

解放前，我的父亲是商店经理。组织上也不知是从哪里找到了那张我与我父亲合影的照片。并且，仅凭这么一张照片就说我是日本特务。他们之所以这么说，只是因为我穿的衣服很像日本军装。这个误解直到“文化大革命”时期批判反革命时，才搞清楚是一个误解。

我却因为此次误解而被批斗了一年，还被关了一年的禁闭。工宣队让我交代反革命罪行，我总是一头雾水。我说，我没有罪呀！我怎么交代罪行啊？工宣队见我顽固到底，拒不交代罪行，便给我看那张我和我父亲合影的照片。

直到此时，我被误解为特务的事情才被工宣队搞清楚。然而，命运却没有回头路。因为此次组织上对我的误解，我被分配到石景山区鲁谷二小，而没有从事自己喜欢的道路桥梁建设工作。

那张照片现在已经无法找出来了。那张照片被他们给撕开了，只有衣服没有脑袋，他们让我认照片，问是不是我的照片。我说是我，他们让我交代，说我穿的是日本军装。

当这场误解解除后，我愤怒地把那张让自己蒙受冤屈的照片撕得粉碎。被撕得粉碎的不仅仅是一张照片，我的梦也如这张旧照片一般变得支离破碎。我虽然已经年近百岁了，每当回首这件往事时，依然心绪难平。如果没有此次误解，现在我也许就是我国的桥梁设计师。

永牢记，艰苦奋斗跟党走

艰苦奋斗是传家宝！现在日子好过啦！我也不贪吃、不贪喝、不贪玩、不贪嘴，过日子也艰苦奋斗。

我参加革命工作后，长期从事政治思想、宣传工作。在部队当教员时，我就很喜欢画画。有一次，我画了一幅斯大林像挂在会场，引起了领导对我的重视。于是，我就被推荐到文化部报到搞宣教去了。我一个人坐火车到文化部报到联系，当文化教员。

如今，96 岁的我，每天仍然挥毫泼墨，书画不止。每周仍然到社区义务为大家上书画课。我就是要以实际行动告诉大家，只要生命尚在，就要跟党走，就要艰苦奋斗，就要广泛联系群众，就要为实现中华民族伟大复兴的中国梦再作贡献。

牛街的胡同

* 李金龙

牛街，在北京城里很有名，其独特的文化和深厚的底蕴形成了老北京特有的人文特色与生活环境。这里是回族群众的聚集地，尤以饮食文化和胡同文化最为鲜明。

来到牛街，随便走进一条胡同，你会立即感觉到时光仿佛在涓涓倒流。那一砖一瓦、一碑一石，都在轻轻地翻动着过往的岁月。那幽深的，曲曲弯弯的，瓦檐上长满绿草，绿草的上面偶然会蹦出一只碧绿碧绿蚂蚱点儿的小胡同，似乎有一种非凡的魔力，吸引着你的目光，拽着你的脚步。此时，你的耳畔会响起老人们娓娓的叙说，你瞬间会被那种安详的声音深深打动。放眼望去，这胡同犹如一道深邃的目光，正穿越世纪，穿越历史，回到从前……

牛街的胡同是古老而厚朴的，从一条条胡同的名字中便可以读出这里胡同的悠久与精致。譬如麻刀胡同，其实过去叫马道胡同，早在唐朝就形成了街巷。如果从唐代的幽州城开始说，这条胡同要比北京城最早的胡同还要早 600 多年，可以说是北京胡同的老祖宗了，到了清代时才改称为麻刀胡同。还有醋章胡同、莲花胡同、门楼胡同、西砖胡同、教子胡同、寿刘胡同、输入胡同、沙栏胡同、南半截胡同、北半截胡同、烂漫胡同等，资格都很老，因为幽州城建立的时候烂漫胡同是城东墙，可以说，过去的牛街全在唐代幽州城内，而过去的宣武区几乎就是历史上的幽州城。这里有大大小小的胡同五六十条，每条胡同都有自己的特色，每条胡同都有自己的故事。特别是这些胡同里三步一古迹、五步一传说，更是令人流连忘返……比如寿刘胡同，虽说不长，但名声不小。胡同名儿是因一位雕琢玉器兽首的回族工匠刘师傅而得，他雕得好、雕得细，人们就叫他兽面刘，他所住的胡同也依着他叫了兽刘胡同。后来人们觉得兽字不雅，所以就改成了长寿的寿，于是就有了寿刘胡同，直叫到今天。再比如西砖胡同，曾经住过京城四大名医之一的施今墨，胡同里有深州、处州、琼州等会馆，大部分院落历经元明清各代，几乎都是法源寺的庙产。1915 年，历史上著名的宣南画社在处州会馆成立，余绍宋、陈师曾、郁华、汤涤等是主要成员。莲花胡同里边有个莲花寺，清代大诗人洪亮吉和很多名人在此居住过。民国时，著名画家姚茫父曾在此长住作画。门楼儿巷是清代大诗人龚自珍曾居住过的地方。教子胡同，清康熙时大诗人赵吉士曾在这里建寄园，后来名列京城四大名园。南半截胡同很知名，清康熙时礼部尚书王崇简曾在此建怡园，叠石凿池，栽花植木。其子王熙还特地请来画家绘制了一幅《怡园图》，至今仍存于浙江省博物馆内。胡同里会馆众多，有绍兴会馆、江宁会馆、会稽会馆。与此相接的北半截胡同，明代时曾有严嵩的别墅，清代时有江苏、四川、浏阳等会馆，与南半截胡同交汇处曾有百年老店广和居，除有名菜潘鱼和吴鱼片外，还有大批的清末文人墨客在此议论朝政。清代时，是大诗人何绍基的诗酒畅怀之地。民国时期，鲁迅先生也曾是这里的常客……

秋日的正午，漫步在阳光下的胡同，只见两侧的屋檐儿裁剪出一片狭长而湛蓝的天，墙面上爬墙虎绿莹莹的一片，偶然有几朵喇叭花追逐着阳光，开放得神采奕奕。巨大的树冠从墙里探出头来，微风带着一点喧哗和灵巧，在阳光里闪动着光华，把胡同里的书卷气吉祥味儿，神话般地弥漫开来。此时的胡同，竟是那么静，那么美。

然而，胡同里最美的仍是属于胡同的魂魄和文化，或许还有许多许多人真的没有想到，这灰墙灰瓦的后面竟隐藏着很多很多不为人知的故事，那一扇扇幽深的门洞里隐匿着许多的灵感与传奇。门楼胡同的龚自珍面对腐朽的科举制度曾发出了这样的声音：“九州生气恃风雷，万马齐喑究可哀。我劝天公重抖擞，不拘一格降人才。”何等气魄，何等声威。菜市口胡同，在清代乾隆时叫神仙胡同。这里曾是历史上居住过名人最多的地方，明代的许维祯，清代的陈元龙、李鸿藻、左宗棠、曾国藩还有徐乾学，等等，都住在这条胡同里，到了清代后期还把名字改成了丞相胡同，可谓名副其实了。

住北半截胡同莽苍苍斋的谭嗣同，是戊戌六君子之一。他是戊戌变法的重要人物，变法失败后，与林旭、刘光第、杨深秀、康广仁、杨锐被杀于菜市口刑场。在刑场上，33 岁的谭嗣同喊出了："有心杀贼，无力回天，死得其所，快哉快哉！"

站在绍兴会馆门前，看着这座寂静的院落，会感受到有匆忙的脚步从身边走过，这里还有藤花馆吗？补树书屋是否还有鲁迅先生和朋友在一起高谈阔论的笑声？1912年5月5日，鲁迅先生来到北京，住进了绍兴会馆院内的藤花馆。由于先生要看书作文，喜欢安静，不久又搬进了后院的补树书屋。当时会馆的管事人员告诉鲁迅先生，这个院是无人敢住的，因为院里的树上曾经缢死过一个女人，经常闹鬼。鲁迅先生听完之后，笑了笑说：那，我就住这里吧。我们不知道那棵老槐树是否还在，只知道补树书屋的大概位置，这是一个小院，安静得可以听到昆虫的翅膀扇动的声音。就是在这个小院里，诞生了中国历史上的第一部白话小说《狂人日记》，第一次在这里使用了鲁迅的笔名，后来又有了《孔乙己》《药》《一件小事》等著名的小说和杂文。

静而无声的胡同给人一种迷蒙淡远的感觉，像是时光的一种穿越。

沿着胡同拐个弯儿，抬头便看见了烂漫胡同的牌子。此时，胡同很静，偶尔有行人和骑着自行车的人匆匆而过。我沿着胡同慢慢搜寻着门牌，一直走到湖南会馆的大门前，霎时间，耳畔传来了一个浓重的湖南味儿的声音，"张毒不除，湖南无望"。

那是 1919 年 12 月 28 日，青年时代的毛泽东在这座湖南会馆里，主持召开了驱逐湖南军阀张敬尧大会，并发表演讲。湖南会馆为湖南籍同乡在北京举行驱张运动提供了活动的场所，推动了驱张运动的最后胜利。1920 年 2 月，毛泽东从福佑寺迁出，搬到了湖南会馆居住。此时，毛泽东已经开始思考未来中国革命的道路，并成为马克思主义者。恍惚之间我感觉有很多人正从会馆里涌出，一大批追求革命的仁人志士簇拥着风华正茂的伟人毛泽东，昂首阔步从烂漫胡同走出来，向陶然亭的古庙慈悲庵走去。

慈悲庵前的老槐树可以作证，伟人毛泽东与辅社的仁人志士曾在树下合影。往事如烟，有多少历史传奇和轰轰烈烈的大事就发生在这个大院子里，恰似这千百年来矗立在牛街的清真寺和法源寺，悄然凝视着历史的变革与发展。

不知不觉间，日已阑珊，胡同里路灯亮了，微茫的光在树影上月光下渲染着，一座座四合院或大或小，都已定格在了暮色中……这就是牛街的胡同呈现出来的魅力吗？

踱着想着，霎那间一股浓浓的香气渗进胡同里，不用说，那一定是输入胡同里的味道，酱牛肉的味道。酱牛肉是世代居住在牛街回族居民的纯手艺和真本事，岂不知这牛肉味儿飘香的胡同原来就叫熟肉胡同，叫了几百年，直到后来才改叫了输入胡同。也正是世代居住在牛街的回族大众，创造了京城独有的清真饮食文化，才有了这充满牛肉香气的胡同名儿。

此时此刻，我深深感到，住在牛街胡同里的人们，有一种得天独厚的幸福和悠然自得的享受。如若不是，哪来的那么多文人雅士，到这里品评胡同呢？又哪来的那么多美食家到此饕餮一番呢？

是啊，一条胡同就是一幅画，一条胡同就是一壶老酒，胡同里的生活创造了生活中的诗，于是，胡同就有了鲜活的令无数人为之倾倒的魅力。

逝去的胡同令人留恋，保存下来的胡同，是多么的令人珍惜呀。这，就是牛街的胡同。

真实存在的“骆驼祥子”

* 李　虹

京西模式口，西接太行山，东连北京城，是明清时期的著名古村大镇，早在1433年就已经有了磨石口（今模式口）的名称。它是京西通往塞外的必经之路，出山、进山皆从此路经过，所以模式口也是驼铃古道上的一座驿城。

驼铃声声模式口

当我们走在模式口的大街上，总会有一种穿越时空的感觉，那些历史的遗迹与现实交织，告诉你它的存在，它的韵美，引起你的遐想与探索：庄重神秘的承恩寺，用500多年的沧桑静默，沉淀着嘈杂的喧嚣；田义墓——中国唯一一家宦官历史博物馆，用精美的石雕，诉说着贵与贱、荣与辱；法海寺的壁画，以高贵和细腻与敦煌壁画相媲美；古老的老宅墙，藏着故事里的故事……

漫步在模式口大街，感受着古镇的岁时余韵，衣食住行，风土人情。据说今日落寞的模式口，原先的繁华赛过鼓楼，临街的门楼大多数是广亮大门、金柱大门，最次也是精巧的如意门。街面上好多建筑门面气宇轩昂，气质不凡，院落宽大敞亮，甚至有的院落里还有古老的拴马桩，这样的建筑有三四十家，是当年的饭馆、客栈和接待驼队商旅的大车店。

漫步在模式口大街，祥子拉骆驼的雕塑栩栩如生，古老的条石成了座椅，配上骆驼图案的靠背，深深地吸引着游人。在模式口大街与法海寺路交叉口，庆春斋分外引人注目，那是老舍先生之子舒乙的题字，屋内陈列着老舍先生的作品和舒乙撰写的文章《老舍和石景山》，详尽介绍了老舍先生与京西古道的渊源。庆春斋外的道路，就是老舍先生笔下，祥子赶着骆驼穿镇而过的地方。

一提起模式口，这里的人们都会想到老舍先生，想到骆驼祥子，他们已经像亲人一样融进这里的生活，有着真实的样貌、鲜活的形象。

老舍先生，原名舒庆春，字舍予，是中国现代小说家、杰出的语言大师、新中国第一位获得“人民艺术家”称号的作家。

记得老舍曾在《母亲》一文中说：“人，即使活到八九十岁，有母亲便可以多少还有点孩子气。失了慈母便像花插在瓶子里，虽然还有色有香，却失去了根。有母亲的人，心里是安定的。”

老舍的根，在北京，从他的充满京味儿语言和风土人情的作品中便能感受到这位文学巨匠、语言大师的魅力，他的代表作《四世同堂》《骆驼祥子》都是以北京为背景的小说，其中《骆驼祥子》描写了20世纪20年代末的旧北京广大劳苦大众的生活，塑造了许多个性鲜明、栩栩如生的人物形象。他们大多生活在社会底层，憨厚朴实的祥子、泼辣叛逆的虎妞、冷酷无情的刘四爷、贫穷善良的小福子，涵盖了洋车夫、老妈子、车厂老板、妓女、摆小摊的等人物形象。围绕着祥子，描绘了驼铃古道、车厂、茶馆、大杂院、白房子等生存环境，记叙了军阀战争、工人受剥削、进步知识分子受迫害和平民百姓贫困的生活等事件。作者运用了幽默风趣的京味儿语言艺术，精致传神地描摹了社会各种身份人物说话的语气、语调，给读者提供了一幅五光十色的具有浓郁故都色彩的立体风俗画卷，为认识20世纪二三十年代的北京提供了有益的、生动的资料。这与作者对北京生活的熟悉、体验和深致感悟有很大关系，正如老舍所言：“我生在北平，那里的人、事、风景、味道，和卖酸梅汤、杏仁儿茶的吆喝声，我全熟悉。”

聊出来的祥子

《骆驼祥子》这部小说，是老舍先生的代表作品，也是他作为专职作家的第一部作品，因为在此之前，老舍先生是以教师为正职，写作为兼职。关于这部小说的创作缘起，是在老舍先生与朋友的一次聊天中。那是在1936年的一天，老舍在青岛山东大学任教，山东大学的一个朋友来老舍家做客，因为都是北京人，在异乡的两个人，聊着聊着自然而然就聊到了北京。这个朋友说，他在北京时曾雇用过一个车夫，这个车夫买了车又卖掉，如此这般三起三落，最终还是什么没落下，依旧贫穷。还有另外一个车夫，在城里拉脚时，被当兵的抓走了，车也被抢了，到模式口的时候，偷偷地逃了出来，还顺手牵回了三匹骆驼，后来自然是卖了骆驼，又干起了老本行……如果是普通人听听也就算了，可老舍却被这两个故事深深吸引，觉得是好素材，足可以写部小说啦。于是，老舍不断地搜集素材，构思情节、反复琢磨，回忆在京城的生活片段、地理环境，构筑人物关系，杂取种种人合成一个，就一些不懂的问题请教别人，比如他在青岛写信给齐铁恨先生打听骆驼的生活习性，向朋友打听车行的经营情况等，于是一部以祥子为中心，以其在买车问题上的“奋斗、挣扎、幻灭”三起三落为主线，立体地展现各阶层生活风俗的小说，在青岛诞生了。

在老舍笔下，祥子为了生计在兵荒马乱的时候冒险拉活儿，行至西直门外被大兵抓去，又随着军队辗转来到模式口，在这里偷跑出来，牵走了三匹骆驼。这件事是祥子在睡梦中说胡话说出来的，于是他也就成了人们口中的“骆驼祥子”。

虽然老舍先生着墨不多，虽然是在青岛听别人讲故事创作的《骆驼祥子》，我们还是感受到老舍先生对模式口的熟悉程度。模式口一带很早就是饲养骆驼最多的地方，驼铃古道是货物转运站，是古老的驿城，商贾车马云集，茶楼酒肆遍布，驼队排列迤逦，同时在军阀混战的时期，也是兵家必争之地、土匪出没的地方。

一条古道见今夕

在模式口曾经流传着“天黑不过镇”的说法，这让我们想起了《水浒传》

中武松打虎的景阳冈，也有“天黑不过冈”的表述。那是因为环境所致，《水浒传》中，人们怕的是老虎，这里人们怕的又是什么呢？从模式口背后的山势来看，两面是高耸的峭壁，到了模式口这边道路陡然变窄，形成咽喉；而两旁植被茂密、极易藏身，经常有强盗之流借此地势兴风作浪；再加上时局动荡，清剿不利，所以行人、商贾行至此处都极为谨慎，便有了“天黑不过镇”的恐惧心理。为了保平安，商贾、旅人、行者都选择在模式口住宿，这样从客观上也直接刺激了此地的餐饮、住宿甚至休闲娱乐业的发展，使模式口成为驼铃古道上著名的驿城。

关于骆驼祥子的故事我是确信无疑的。台湾的舅舅已经90多岁了，听他讲过，在军阀混战的时候，家里卖了5亩地，置办了一挂大马车，由姥爷的弟弟赶着从南场到京西古道模式口拉货，这是家里的一项重要营生。那时的模式口可是重要的交通枢纽、通衢之地，从门头沟山里来的煤、张北的内蒙古的皮货及物资都得打此路过，货物也是从这里集散到京城各处。二姥爷在一次去模式口拉货的时候，连人带车都没了踪影，家里人都急坏了，姥爷无数次到模式口打听下落，都没消息。一年之后，城里有个亲戚转来一封二姥爷从山西发来的信，才知道二姥爷是被当兵的抢走了车和货物，人也被抓了壮丁。那时，我家二姥爷可没有祥子那么幸运，祥子是丢了一辆人力车，却拉回来三匹骆驼，及时止了损，可我二姥爷被直系军阀的队伍抓去当了劳工，受尽了折磨，家里那挂新马车和货物也被抢跑，心里很是憋屈，还得给他们无偿地干活，境遇可想而知。姥爷是在第二年秋天在山西找到他的，兄弟见面抱头痛哭，二姥爷本是一米八五的壮实大汉，被折磨得皮包骨头，由于住的环境差，屁股蛋子上还长了疮。就是这样也不能随便放人，姥爷便托了人，交了钱，才把弟弟带回北京。二姥爷命是保住了，身体却垮掉了，心里一直郁闷，觉得是自己丢了全家辛辛苦苦积攒下的家产，后来没到50岁就去世了……在那兵荒马乱的年代，想做一个本本分分、靠自己劳动而生存的人，都是很不容易的事情，真是民不聊生啊。读了老舍的《骆驼祥子》，听了舅舅的述说，感觉老舍先生笔下刻画的祥子和那些社会底层的劳苦大众真实可信，塑造的是典型环境下的典型人物，源于生活而又高于生活，是那个时代的缩影和真实写照。看到祥子，就看到了我的祖辈，他们曾在这块土地上艰难地、真实地生存过。

现如今，模式口无论白天和黑夜，都充满平安祥和的气氛，再也没有“天黑不过镇”的担忧。承恩寺燕京八绝博物馆、模式口四合院博物馆、庆春斋老舍先生纪念馆、法海寺明代壁画数字博物馆都彰显着文化的魅力，记录着文化的传承与发展。走在这条集老字号、非遗传承、文艺演出、茶馆展示为一体的品牌商业街上，你会感受到，模式口古镇被唤醒，古老与现代相融合，焕发出青春的活力。

散文集《桑干河畔的情思》散文选

* 桑　农

神奇的源头

我家门前有条清澈的河，名叫桑干河。在解放军艺术学院课堂上，当同学们介绍自己的家乡时，我自豪地向老师和同学们介绍："我的家乡桑干河……"当我介绍到我的家乡就是著名作家丁玲笔下的红色经典名著《太阳照在桑干河上》写的那个桑干河时，老师和同学们很快记住了我的名字。可课后我又为"桑干河源头在哪里"感到困惑。桑干河的源头在哪里？村里的老人曾经告诉我："桑干河是黄河的支流……"多少年来我一直认为黄河水汹涌澎湃、浩浩荡荡流经山西时，把支流分到我家门前，然后人们根据美女变成春蚕，食尽桑叶，吐丝为人们织布的故事传说取名为桑干河。在生活中，我每时每刻都为那无穷无尽的美妙传说着迷，于是凭着自己的想象：桑干河连接黄河的地方是那样宽阔，那样壮观……多少次我下决心，有机会一定要亲自到桑干河的源头去领略母亲河那壮丽的美景！

2007 年 5 月 16 日凌晨，我在山西省朔州市下了火车，从一本书上得知桑干河的源头就在这里。在清晨阳光的照耀下，新建的小城高楼林立，街道整洁，城区南北群山起伏，连绵不断。我想：桑干河源头定是在西南方向，于是叫了辆出租车，高兴地对司机说："快，送我到黄河边！"

司机说："十元钱。"

我想：因为不远了，估计也就是这个价，就激动地说："好，我们赶路！"我坐了一夜火车，多少有些劳累，打了个盹儿，听司机用当地话说："大哥，你要去的地方到了。"我不由得猛地一惊，醒来，边付费边道谢，匆忙下车。当我定睛看时，大吃一惊："这哪是桑干河源头，周围仍然是高楼和街道嘛！"我赶紧抬头辨认东南西北，在清晨阳光的照耀下，我忽然发现两座高楼中间格外醒目的六个大字："黄河洗浴中心。"此时我才恍然大悟，自己当时没有说清楚，司机弄错了。我向正在清扫街道的清洁工大姐打听母亲河的位置，大姐用当地话告诉我："哎，具体我也说不好，只知道你说的地方离这儿很远……"在广场上，我向晨练的老大爷打听，老大爷说："好像在宁武县……"在小饭馆里，老板娘、服务员和就餐的客人把我围得水泄不通，大家七嘴八舌，十分热情地介绍了许多，总之："因为离这儿很远，谁也没去过，谁也说不好。"不得已，我只好返回火车站，在路边向一位年轻的出租车司机打听，他说不清，当我正不知所措时，从我身后来了一位五十多岁的男子，指着自己的出租车用当地话对我说："你说的地方我带你去，如果不对，我一分钱不要，此去保证让你满意。"说着就把我往他车上拽，并说："放心吧，不会错的。"我只好抱着试试看的心态上了他的车。

路上，他边开车边说："桑干河源头，不在黄河边，是在离这儿不到四十公里的东北方向，地名叫神头镇。"

"神头镇？那就是与黄河没有连接啦？"我惊讶地问。"对啦！黄河离这儿很远，怎么能连得上？我从小在神头镇长大，上学时我们经常这样写作文：'洪涛山下，桑干河畔是我可爱的家乡……'"说着他满脸自豪。此时我感觉桑干河源头有门儿了，赶紧抛砖引玉："与黄河没连接，那么多水从哪里来？"他说："从地下冒出来的，你没见过，当然想不到。桑干河源头十分神奇，见了你就知道啦！"此时，我无法控制自己好奇和激动的心情，恨不得赶紧飞过去看个究竟。

出租车在宽阔公路上急速行驶……说时迟那时快，在绿色河畔中间，一股洁白如玉的水柱从地下腾空升起，足有三米多高，在晨光下如人造喷泉，如云雾中仙女，如华表直立……简直用语言无法形容。

他说："到啦。看到没有？那就是最大一股喷泉，是桑干河源头之一。"在他的陪同下，我走近那神奇的喷泉，听着唰唰的喷水声，感觉一股清新的凉气扑面而来。在喷泉周围，有许多五颜六色的小石头被泉水浸泡得干干净净，光滑晶莹，色彩夺目，真是太美丽了。我伸手抓一块儿，感觉凉凉的。我问："这泉水如此清澈，可以喝吗？"他回答："当然可以，在河下游不远的啤酒厂，人们还用这水酿酒呢！"听着他的介绍，我双手一掬送进口中，果然甘甜清凉，忍不住又喝了一口，沁人心脾，真是美妙极了。我还用杯子接了些带走，只可惜我带的杯子太小了。

司机说："这只是桑干河源头之一，还有个地方我一会儿带你去。"顺着他手指的方向，我向北面群山望去，只见群山连接的地方，两边高中间低，很像怪兽脑袋。他告诉我："那就是洪涛山，当地人叫它大王山。传说在远古时期，山里住着个山大王，它作恶多端，后来玉皇大帝派天兵把它拿住，把它的脑袋砍下放在那里，以告诫其他神灵，谁要祸害人间，下场就和它一样……"

到了山下，我眼前又出现了一个美丽的湖泊。向东看碧水连天，向西看绿树成荫。湖的周围十分平静，野鸭在湖面上时隐时现，燕子斜着身子，用小翅膀划过水面，使平静的湖面碧波荡漾……

湖的北岸有几个老人在垂钓，老人告诉我："这些水来自地下的泉眼，与东边的冲天水柱汇聚成桑干河……"

在返回县城的路上，出租车司机继续介绍："这水向东流，是桑干河两岸农业发展的重要资源。改革开放后，许多老板想用这水制成矿泉水，投入市场发大财，都被当地政府拒绝了。为了保护好桑干河水源，朔州市专门成立了桑干河管理局，几家刚开业的造纸厂在管理局监督下关闭了。20世纪50年代，这样的喷泉很多，因此桑干河水比较大。后来山上树木砍伐严重，地下水就随之减少了，如果再不加强保护，桑干河可真的要干涸了。幸好这几年政府重视，成立了专门管理机构，加大了管理力度，在周边还加强植树造林，近几年地下水又开始增多了。"

车到县城中心，桑干河管理局大楼呈现在我的面前。在管理局大厅的宣传栏上，我看到许多桑干河源头图片。此时我想找相关工作人员聊聊，传达室的值班员告诉我："城市发展快，用水矛盾大，工作人员多数外出办事了。"

回京的列车在飞驰，那神奇的源头仍然在我脑海中萦绕……

光阴似箭，如今多少年过去了，每当我回到自己家乡，在桑干河畔漫步时总要想起那神奇的源头……

（作者注：桑干河水日夜奔流，沿途经过了许多县城和乡村。在流程中，河水可能混杂其他有害成分，桑干河中下游一带村民如果想要直接饮用，须经相关部门检测许可。）

桑干河畔的情思

在"迎新年，送祝福"的笔会活动中，巧遇铁道部第十六局的蓝勇达先生。也许是因为那条铁路的缘故，在闲聊中我们感觉彼此很亲切。一晃三十多年过去了，那时我刚上初中，蓝先生风华正茂，他还因公差去过我们那里，聊着聊着，那段难忘的修路往事涌上心头：那年大秦铁路的修建工作在我们家乡的桑干河畔如火如荼地展开。一天，家里来了一对青年夫妇，男的穿着不带徽章的军服，女的梳着长长的辫子，他们抱着孩子，进门后问我母亲："大婶，家里有空房子吗？我们是来这里修建大秦铁路的，单位没有家属房……"那年二哥在山西当兵，看到他们，母亲感觉就像见到自己的孩子，关切地说："我们家三间屋子，如果不嫌屋子小，我们住东屋，你们住西屋吧！"说完把他们领进屋子，把新被褥拿出来边铺边说："快把孩子放下，抱着孩子怪累的。"然后母亲和他们一起打扫屋子。我们那里是革命老区，民风特别淳朴，也没有什么经济观念，至今那里的人也不懂得收取房租什么的。

晚上，父亲对我们说："今天咱们家来了客人，他们是来修建大秦铁路的，此路是国家的重点建设项目，是国家的大事，照顾好他们的生活就等于为大秦铁路的修建出力，再说他们出门在外很不容易，咱们可不能为难人家啊！"一个月过去了，他们逐渐熟悉了我们家乡的方言和生活习惯，他们称呼我父母大叔大婶，我们兄妹称呼他们哥哥嫂嫂。每次放学回家，我都要带着他们的孩子玩，女孩儿叫英英，刚满三岁，男孩儿叫云云，刚会走路，两个孩子十分可爱，他们姐弟叫我叔叔。农忙时节嫂嫂带着孩子到地里帮忙，有时在家帮母亲打水做饭等。农闲时节姑姑、姑父、表哥、表姐分别来我们家，逐渐他们也熟悉了，一家人乐乐呵呵，从来不分你我，生活得好开心。

哥哥在修建大秦铁路的队伍中是司机，他整天早出晚归地运输修路材料。那天哥哥开车去了很远的地方，三天后才能回来，可到了深夜雷电交加，英英发烧了，慌乱无主的嫂嫂只得找我父亲帮忙。父亲听说后，背着英英冒着大雨去医院挂急诊、测体温、打点滴……父亲和嫂嫂在医院忙活到天亮后，英英才退烧。有时在放学回家的路上遇到哥哥开车从我身边过，他慢慢停下车看着我笑笑就走了，几次我想坐他的车，可他始终没有表态。我和弟弟特别喜欢他开的那辆绿油油的大解放汽车，多少次想趁他不注意开一把过过瘾，也许他早就看出了我们兄弟的心思，总是把车钥匙看得紧紧的。一天我放学回家，听说哥哥在路上出事儿了，是他的徒弟开车时走了神儿，追了前面大货车的尾，在紧急时刻，哥哥及时拉手刹，同时用自己的身体挡住了正在开车的徒弟，碎玻璃飞溅哥哥一脸，哥哥住院了。从那以后，我才真正懂得了车的危险，也懂得了哥哥为什么不让我坐他车和动他车钥匙的根本原因。

高中毕业那年，我当兵离开家乡，三年后听说大秦铁路竣工通车，修路的工人们走了，哥哥和嫂嫂去另一个地方修路，两个孩子回到他们的老家江西省万年县小学读书了。

一次，江西的战友让我参加他们的老乡聚会，我很熟悉他们的方言，他们感到很惊讶。我说："今生我与江西人有缘，我上中学时就开始熟悉江西的方言了，那时大秦铁路正在我们家乡修建……"

前年春天，曾经在我们家住过的哥哥嫂嫂已经退休了，英英大学毕业后在江西省万年县一所中学担任英语教师，云云当兵复员后在当地税务局工作了。去年春节前夕，他们从江西坐火车千里迢迢回到了阔别三十多年修建大秦铁路的桑干河畔的西坪村。大秦铁路工程依然雄伟壮观，他们曾经住过的屋子完好如初，但我的母亲，同时也是他们心中记忆犹新的大婶儿已经离世九年多了，健在的父亲已经步入八十高龄，他们重新见面后很是高兴。为了能见到他们，我也专程回到了老家，三十多年前的那些场景仍然清晰地留在我的心间。面对当年的哥哥嫂嫂，望着那长长的列车，听着响亮的火车鸣笛，心中的感受真是用言语无法表达。那浓浓的友情和那历历在目的往事，与家乡的桑干河水化作一首永远唱不尽的歌。

我读《太阳照在桑干河上》

文学界同行和我初次交谈时，总说我身上有股土味儿，接着问我是什么地方人，当我说自己生长于桑干河畔时，对方就会问丁玲的名著《太阳照在桑干河上》是写你们那里吗？我说："写的是我们老家东边十五公里的地方，涿鹿县温泉屯村。"此时对方会两眼睁圆，双唇间发出几个音："哦，明白了，难怪你的笔名为桑农！"其实，之前我并没有认真读过《太阳照在桑干河上》，在解放军艺术学院上学期间，读了三章就停下了，那时感觉没有什么吸引力。

有一年十一长假期间，我开车回老家，在高速路边无意发现牌子上写着"丁玲纪念馆"，就决定去看看。在涿鹿县附近驶出高速，进入新保安镇后按照车上的导航前行。村里的道路十分难走，车底盘几次被碰得叮咣乱响，导航上的路线指示标几次消失，下车问路，好多人说不知道。经过一阵周折，才到了温泉屯村，丁玲纪念馆就坐落在村子南端的一户农家院里。站在那里我不禁在想，当年丁玲住的农家院一定很破旧，如今当地政府在原址上修缮成了纪念馆，村子的街道干干净净、整整齐齐，好漂亮啊！

走进纪念馆，里面没有什么人，我正要进另一个小院，忽然身后有人质问："干什么？"我回头看时，一位小小的男子站在我身后，从相貌可以看出他已经成年了，但是个儿不高，因此我尊称他小哥哥。我问："小哥哥，你是干什么的？""别管我干什么，你先告诉我你要干什么！"他看着我问。我笑着说："小哥哥，我参观学习一下可以吗？""可以，请！"说完，他做了个手势。我进了左手边的小院，边参观边想：当年丁玲就住在这里，虽然现在全是新修的，但是有总比没有好。院子里有碾子，那小小的房间里还有小锅和小鞴（读 bài，当地人用的风箱）。房间墙上挂着图片和文字史料，从中得知，丁玲的母亲和向警予是好朋友，丁玲童年时期向警予经常去她们家，我想也许是受向警予影响，丁玲走上了文学道路。

参观结束后，我开车要走，那位小哥哥又出现了。他过来主动给我开车门儿，并且彬彬有礼地说："再见，欢迎再来。"此时我想：这乡村文化站的领导还真会安排，选了他在此担任接待工作，还真有乡土特色。

回京后，丁玲纪念馆时刻在我脑海萦绕，我忽然想起书柜里还保存着一本《太阳照在桑干河上》，赶紧拿出来，每天上下班在地铁里看。也许是亲自深入温泉屯村的原因，这次阅读感觉不同了。丁玲虽然是南方人，她却把当时温泉屯村的方言写得很像。比如当地人说不知道，会习惯地说成“闹不机密”，丁玲虽然多处写成“闹不精米”，但也是那个意思。更有趣的是，在《谣言》那章里，区里派来的干部杨亮走进农家小院儿，闻到有股特殊的味道，感觉好奇，正要进去看看，发现屋里有位小脚老太太用嘴给他做了个动作，意思是让他出去，他没有出去，向屋里看了看，发现屋里香烟缭绕，炕上有个身穿白衣的女人安详地躺着，娇声娇气地喊：“姑妈，把人们刚才送来的葫芦槟（桑按：葫芦槟是苹果的一类，当地村民称呼槟子，在《太阳照在桑干河上》第二十四章的果树园里有详细描述）拿到屋里吧！”杨亮正想往外走，那个小脚老太太突然厉声问：“你找谁？你来干什么？”杨亮不知怎么回答，此时忽然那个刚才躺着的妇女已经站在走廊上了。她一身雪白的洋布衫，白色的裤筒下露出一双穿着白鞋的脚，脸上抹了一层薄薄的白粉，手腕上戴了好几个银钏儿，黑油油的头发贴在脑盖儿上，剃得弯弯的眉也描黑了，瘦骨伶仃的，像个吊死鬼似的叉开双腿站在那里。她看见杨亮，丝毫没有改变她慢条斯理的神情，笑嘻嘻地问：“你找谁？”此时杨亮不知说什么，好像看到了妖怪似的，自己吓得出了身冷汗，赶紧往外走。忽然李昌从小巷钻出来，一把抓住他的手哈哈大笑着说：“看你这个同志，你怎么会跑到那个地方，那是有名儿的女巫白银儿，诨名白娘娘，她和她的姑妈都是寡妇，经常‘请神给人看病和算命’，当心白娘娘神魂附在你身上，哈哈……”丁玲深入生活的描写真是太到位了，在桑干河两岸古老的村庄里确有此事儿。在我们家族里有位大太太，她就是干“请神给人看病和算命”行当的。她和我奶奶是同龄人，只是因为她的辈分儿要比奶奶高一辈儿，在我们家族里排行老大，所以我们兄妹称呼她大太太，这是对长辈的尊称。大太太经常和我奶奶在一起，我奶奶特别相信她的神话理论。一次，奶奶对我说，“过来，让大太太给你算算”，说着把我拽到了大太太面前，大太太拉着我的手双眼一闭，“啪嚓”打了个喷嚏，把我吓了一跳。奶奶在旁边说：“别动，要显灵了！”此时大太太说话语音和声调完全变了，她闭着眼说：“嗯，这孩子手掌短，手指长，长了一双艺术家的手，将来靠这双手吃饭。他双耳肥大，此乃有福之人，常言道‘耳朵垂腮，衣饭自来’，不用发愁吃穿，这孩子前世是寺庙里抄写经卷的和尚，今生仍然为文化人士……”对于这些理论我一直不相信，但从小说的细节里确实能看出当年丁玲细微观察的能力和精妙的抒写技法。

《太阳照在桑干河上》是一部描写新中国成立前夕，温泉屯农民心理变化的书，多年以后人们想了解那个时代的农民生活，就得去认真阅读此书。一个村庄能有一部完整的小说详细记录一个时段的村史是非常难得的，此书年代越久越会显得弥足珍贵，它将会成为我国史学文化宝库中珍贵的史料文学。温泉屯，当地人习惯称暖水屯，它是当时北方农民热爱土地、热爱村庄，追求幸福生活的缩影。

在人群云集的地铁里读着《太阳照在桑干河上》，我仿佛看到当年农民闹土改、敲锣打鼓送儿去当兵的热闹场景；仿佛看到桑干河畔洒满阳光的果树园里，果树上密密麻麻垂吊着深红、浅红、深绿、淡绿、红红绿绿的硕大果实；仿佛看到一轮明月挂在夜空，桑干河水翻银波；仿佛看到桑干河冰面上，孩子们滑着冰车奔跑，他们边跑边兴奋地喊叫着；仿佛看到清清流淌的桑干河水里，男孩女孩们在相互泼水、嬉笑、打闹；仿佛看到夕阳映照桑干河，两岸绿树葱葱……

千百年来，农民的命根儿就是土地，农民为城市人耕种粮食，城市人为农民创造文化，大自然潜在的规律使这个庞大的人群共同体形成了人人为我、我为人人，谁也离不开谁的密切关系。

走进温泉屯村，仔细观察，展开联想，就不难读懂《太阳照在桑干河上》。

心中有匾

十年前古文物收藏家姚远利到浙江农村，看到一位老太太家的猪圈门上有字，仔细看，发现是一块古匾，上面刻着：“孝顺父母，尊敬长上……”再仔细看，他忽然明白，原来是明代皇帝朱元璋的圣谕。他问：“老人家，您这块木板卖吗？”老太太反问：“这不能吃，不能喝，又不能穿，你要它做什么呀？”姚远利说：“我喜欢，您如果愿意卖就出个价吧！”老太太犹豫了一阵儿，伸出一把手。姚远利看着老太太粗黑的手在不停地颤抖，以为是五十万或者是五百万，没想到老太太哆嗦着的嘴唇间冒出了几个字：“五——百——元。”“多少？”姚远利问。老太太见他没听懂，再次强调：“五百元！”听到这个数字，姚远利激动得简直无法形容，他颤悠悠的手伸进衣兜，摸出了五百元塞在老太太手里。老太太接过钱有些不明白：“这年头，一块破板子，怎么比一头老母猪还值钱？”摘下后，姚远利扛着古匾高高兴兴地走了。

也许今生与匾有缘，那天在朝阳区东岳庙搞活动，姚远利一眼就看出我是爱匾之人，他不仅滔滔不绝地向我讲述浙江收获匾的往事儿，还把古匾拓片印刷后赠送我一张。离我家不远，菜市场边上有个书画装裱店，因为是菜市场，所以店里没多少人。在那里我花二百元为拓片装了个紫檀木框，挂在家里，一下子觉得增添了许多文化气氛。我望着挂在墙上的“艺术品”，不由得想起了童年观匾的往事儿。

我出生于桑干河畔，记忆最深的就是东山脚下那些古老的破庙和楼阁中央高高悬挂的古匾，匾额虽然被岁月尘土笼罩，但仔细观望仍然能看清字的模样——清泉寺。那庙门是什么时间建造的，匾又是什么时候挂的，每当说起这些，村里的老人们总是眉飞色舞地讲：其实那不是寺庙大门，寺庙大门在河南。听后我有些丈二和尚摸不着头脑，清泉寺在河北，庙门怎么会在河南呢？两省间隔七百多公里啊！村里老人们讲述：话说那年黄昏，鲁班从天而降，一夜间把清泉寺建好，天亮时他回天庭复命。玉皇大帝问：“竣工了吗？”他回答：“是的。”玉皇大帝又问：“不缺什么了吗？”此时，他忽然想起由于时间仓促，庙门忘记建造了，第二天他赶紧返回原处建造庙门，可那天阴雨沉沉，雾气笼罩，他匆忙寻找，结果把河南省登封县（现为登封市）嵩山少林寺误认为是河北省宣化县（现为张家口市宣化区）桑干河畔的清泉寺了。在少林寺边上匆忙建造庙门后，立刻返回天庭复命去了。我小时候家乡还没有放映《少林寺》电影，老人们是从哪里知道河南省有嵩山少林寺的呢？

2001年，我在解放军艺术学院上学，学院安排同学们到河南新乡驻军某部实习。利用空闲时间，我专门去了河南省登封市的嵩山少林寺，在那里没有发现多余的庙门与家乡清泉寺有关，从那以后我更加明白，村里老人们讲述的是美丽的传说。不知从什么时候起，清泉寺那厚重雄壮的古匾上丰腴的笔迹，深深地刻在了我的脑海里。也许是受那古匾影响，我渐渐地喜欢上了书法，在上下班的地铁车厢里我认真阅读《中国书法史》时，忽然眼前一亮，发现家乡清泉寺古匾的笔迹是颜体。村里老人们回忆，当年在破“四旧”风潮中，大佛被打碎时，人们惊讶地发现大佛肚子里满满装着经卷，很可能是唐朝或者宋朝和尚抄写的，用当代书法眼光来看，全是珍贵的书法真迹。那时庙房被占用，寺院大量文物被毁，和尚四处逃散，当时只有那不被人们重视的牌楼和古匾安然无恙。小时候，寺庙的房子变成了商店和仓库，母亲在商店购物，我在外面玩，母亲多次叮嘱：“千万不要靠近那牌楼，那里有神仙！”尽管母亲说得很严肃，但我还是走到牌楼和古匾下向上观望。当然那时候不是欣赏书法，而是看上面住的是什么鸟，结果鸟没记住，却把牌楼和古匾印在了自己心中。

家乡的寺庙为什么取名“清泉寺”？传说在唐朝年间，半山腰长出个大大的青萝卜，那年家乡旱情严重，桑干河水断流，人们想把那个鲜嫩的大萝卜拔下来解渴。一天两个小孩儿去拔，青萝卜拔出后，一股清泉从萝卜根底喷涌而出，日夜奔流，人们喝着清泉水别提有多高兴！几天之后，两位僧人云游到此，发现大山脚下乃风水宝地，于是决定在此建造寺庙，取名为“清泉寺”。我小的时候寺庙只剩下十多间旧房子，还有牌楼和古匾，老人们说：“那只是寺院的一少部分，民国年间，整个寺庙规模宏大，钟声悠远，里面住着许多和尚……”牌楼和古匾的历史是那么久远，它像一位沧桑的老人，目睹了朝代的更替。

1986年大秦铁路在家乡修建，人们打山洞时，山洞多处冒出水来，那时人们才知道原来清泉是大山的血脉。在忙碌修路中，谁也没注意东山脚下的清泉。铁路竣工后，家乡再次缺水，当人们想到清泉时，发现清泉不见了，清泉到底是绕着后山跑了，还是渗入地下？清泉的失踪成了谜团。那时候人们没有古文物保护观念，之所以没人敢碰那牌楼和古匾，是怕得罪神仙，但随着科技观念增强，人们渐渐发现神仙不像想象得那么可怕，于是人们开始动手拆庙、盖房、拓宽公路等，在忙乱中寺庙的老房子、牌楼和古匾化作烟尘蒸发了，村里的老人说：“鲁班生气，把牌楼和古匾收走了！”从那以后古匾永久留在了我的记忆中。

去年6月，我去四川省眉山市参加“第八届中国冰心散文奖”颁奖活动，巧遇陕西省文联副主席、著名文化学者肖云儒先生，他19岁上大学时，在报纸上发表文章首次提出“散文形散神不散理论”。他不仅有深厚的文学修养，同时还是著名书法家。在朋友的帮助下，我求得了一幅墨宝——桑农书房，看着新匾制成挂在家里，我心满意足。是啊！不管什么年代，匾都是历史的沉淀、永久的记忆。

寻找会吹笛子的人

上小学时，父亲告诉我，冯子存是穷人家的孩子，他做过苦工，放过牛羊，后来去中国音乐学院担任教授了，他把笛子从千百年来的伴奏乐器变成了独奏乐器搬上了舞台，促使中国的笛子进入了可以独奏的迅猛发展时代。听了父亲讲述后，我暗下决心："冯子存由农村娃变成中国音乐学院教授，我也是农村娃，我将来也要去中国音乐学院担任教授，我也要成为艺术家。"

长大后，我当兵考上了解放军艺术学院，在上学期间结交了冯子存的学生曲俊耀先生。2004 年秋天，他约我去中国音乐学院参加"冯子存诞辰一百周年"活动。在活动过程中，他向冯子存的女儿冯彬介绍我，她见我是老家人，高兴地说："一看模样就知道是我们老家的小伙子……"活动结束时，她对我说："你是咱们老家人，又懂笛子，又喜欢写作，你为我爸爸写本个人传记吧！"我告诉她："我没有见过冯子存，要想写好传记，我得了解他的生平往事。"她说："你抽空到我们家，我给你讲。"

这样的约定一晃过去了八年。2012 年，我从部队转业到北京市朝阳区文联工作，我想这时候该动手写《冯子存传记》了。我和冯彬联系，一天下班后我去了她家，她指着一个房间说："这是我爸爸曾经住过的居室……"可当她讲到冯子存家族往事儿的时候，怎么也理不清楚，按照冯氏家谱，冯子存应该是冯"自"存，什么时候改成冯"子"存的？她思考了好久说："在老家我还有位哥哥，他叫冯顺，可他文化水平不高，怕他讲不太清楚；我还有位哥哥在四川工作，我打电话问他……"一周后，她对我说："在四川的哥哥说，已经过去那么多年了，写什么传记呀，写传记又不能解决吃喝问题，写那个干什么！"因此，冯子存传记的事搁浅了。

2020 年 5 月 2 日，又过去了九年，我在回老家的路上想，笛子大师冯子存家乡是什么样子？可惜一直没去过，于是临时决定驱车前往。过阳原县东井集镇后，我进了一个小村庄，村里有位老人告诉我，西堰头村在西边……于是我又开车向西走了约十公里，向南一瞧，发现公路南侧有一条小路通向一个比较大的村子，我想肯定就是那里了。

进村后我放慢车速仔细观察，向右转不远，我看到西堰头村党支部委员会大院，当地人称“大队”。我把车停在院子大门口外，刚下车，见有位妇女骑车出来，我上前问：“这个院子让进吗？”她笑着说：“让进呀，大队院怎么不让进！”说完她骑车匆忙走了。我走进院子，此时有两人从党支部活动室出来，我上前搭讪：“如果没猜错，您是村党支部书记吧！”他说：“是的，您有什么事儿？”我问：“这里现在还有人吹笛子吗？”他说：“有的，村里有冯子存的侄子冯顺，他吹笛子，我让人带你去他家。”接着他回头对身边的人说：“辛苦你去一下。”那个人对我说：“走吧，我骑电动车，你开车。”我说：“咱们走过去不可以吗？”其实，我想在路上和他聊聊，先摸摸底做做功课。他说：“远着呢！”说完，他骑车先走了，我赶紧开车追。村子比较大，快到村西头时他在一户人家门口向我招手，我把车开过去停好。他把我带进一个院子，我一看院里有四间半窑洞半房屋结构的住宅建筑，西边两间已经破得不成样子了，再往西看还有两间没有屋顶的残垣断壁。从屋里出来一位妇女，她大约六十岁，带路的乡村干部说：“她是冯顺的媳妇，有什么事儿你们聊，我还有事儿。”说完他走了。

那位妇女听说是为笛子而来，对身边的小女孩儿说：“快去地里喊你爷爷。”小女孩儿出去，不到十分钟，从外面进来一位七十多岁的男人。他虽然头发花白，但是长得很壮实，我猜他就是冯子存的侄子冯顺。果然他直截了当：“我叫冯顺，你要问什么？”我说：“我和冯彬认识，但是最近我们没有联系。说实话，这次不是她委托我来的，是我自己好奇，想来看看。”

冯顺回忆：我爷爷叫冯玉，爷爷在旧社会农村属于文化人，他经常外出帮村民写房契、地契，保媒什么的。我爷爷有六个儿子，按照大小顺序分别为：冯自秀、冯自成、冯自存、冯自厚、冯自富（我爸爸）、冯自满。还有一个女儿，数她最小，那就是我姑姑，她叫冯自荣。我父亲他们兄弟在音乐方面个个是吹拉弹唱高手，那时候在农村会一两样乐器根本算不上什么，每人至少会三样或者是五样才能在活动中展示才华。我大爷（伯父）和二大爷（二伯父）他们当时在村里戏曲剧团乐队是拉大弦（拉板胡，农村戏曲乐队首席乐器）、吹笙和唢呐高手，我三大爷（三伯父）冯自存的强项是笛子。我很小的时候父亲去世了，我和母亲相依为命。那时候村里孩子们喜欢玩弹弓，一天我和母亲要八毛钱，想买个弹弓打鸟，母亲含着眼泪说："孩子，你爸爸不在世了，娘每天下地干活只能挣一个工分儿，年底咱家拖欠生产队的工分儿都还不上，咱家别说八毛钱，八分钱也没有。你爸爸喜欢吹笛子，咱家墙上挂着的笛子是你爸爸留下的，你吹笛子玩多好，玩弹弓万一鸟没打住，打了同伴的眼睛可就麻烦了。"尽管我感觉母亲说得对，可我还是喜欢买弹弓玩，因为小伙伴们都有，可当时家里就是拿不出八毛钱。一天，我自己取下墙上挂着的笛子，擦了擦灰尘，从一本破书上撕了半张纸，放在嘴里嚼湿后把笛子的吹孔堵上试试，结果吹响了，还真好听，以后越来越喜欢吹了。1969 年，也就是我十五岁那年，家里来了一位客人，他帮我贴好笛膜，让我吹笛子给他听，因为以前我自己不会贴笛膜，所以一直用纸堵着吹孔吹闷笛，贴上笛膜后我感觉特别省劲儿，声音也清脆嘹亮多了，他听后说："吹得不错。"那天晚上他给我上了第一节笛子专业课，还拿出自己随身带着的板胡，带着我合奏……随后他对我说："我是中国音乐学院教音乐的老师，还负责学院的组织工作。国家要进行'战备疏散'，最近你伯父要回来了，他可是笛子行家，可他最近心情不好，你一定要和你伯父在一起，千万保证他健康地活着……"第二天他又去生产队和村干部说："冯老回乡后可以参加劳动，但不能批斗，更不能关押……"多少年后，我才知道那个人是来打前站的。新中国成立前三大爷住的老宅在村南的低洼地段，三大爷离开家乡那年，当地下了场特大暴雨，夜间大洪水把三大爷住过的老宅冲没了，这次三大爷回来要住我们家西边的两间屋子。第二天，我和三大爷第一次见面了，他特别喜欢我，喊我的乳名小秃子儿。还有他们从北京带来的冯彬小妹妹，那时我经常带着小妹妹玩。三大娘初来农村不会使用乡下的锅灶和鏳，我经常去帮他们挑水做饭。每到周末，三大爷就给我上笛子课，教我练习单吐音、双吐音、内吐音、外吐音、滑音、剁音以及飞指和花舌音……如今我的笛子技法是正宗的冯派吹法。那时三大爷对我要求非常严格，我按照他的要求每天一大早起来练习，雨雪不断，有时他还要求我对着大风练习吹奏……我三大娘叫良小楼，她是著名曲艺表演艺术家，当代著名曲艺表演艺术家李金斗和种玉杰等都曾是她的学生。三大娘嗓音特别好，那时村里开大会经常到深夜，当村民们瞌睡时，我三大娘唱，我三大爷用笛子伴奏，听到歌声和乐声的村民们一下子就不瞌睡了，有时我三大爷还让我吹笛子为我三大娘伴奏。十八岁那年，我对三大爷说：“我想考文工团。”我三大爷思考了一阵说：“地方文艺团体就别考了，去部队当兵吧，当兵保家卫国，再说部队重视文艺，你到那里会大有用处的……”我按照三大爷的指导，到河南焦作部队当兵了。我当的是工程兵，在部队做钳工，笛子几乎没有用上。1974 年，我三大爷离开家乡回到中国音乐学院教书了。1978 年我当兵七年后，按照部队规定我复员回到家乡。那时我很想去北京找我三大爷报考中国音乐学院，可由于我在部队当了七年兵，已经错过了考大学机会，我三大爷是讲原则的人，他肯定不会把我这个超龄的侄子招进中国音乐学院的，我也不想给他添那个麻烦。

我问，为什么冯“子”存中间字不和家族兄弟一样？中间的字可是要决定辈分高低的。

冯顺回忆说：我三大爷和我讲过这件事儿。新中国成立前夕，家乡在农会组织的活动下，家里分得了两亩地，作为穷人，终于有自己的土地了。可那年地里的草长得比庄稼还高，我父亲和弟弟下地拔草，他俩越干越有气。回到家中看到我大爷、二大爷、三大爷和四大爷正在家里合练新创编的麻雀调……我父亲和六叔上前和他们吵嚷起来……我大爷气愤地说：“爱谁干谁干，反正我就是不干！六小，你还愣着干什么，去村里看看是否有地主家娶媳妇或者是否有老人去世，只要让咱们去奏乐，咱们就能吃到饭，这年头还得靠手上的绝活和这些家伙什儿（乐器）吃饭。”我六叔出去后不一会儿就返回来说没有，其实他饿着肚子根本没有心思转。

当兄弟们正在为吃饭发愁时，我二大爷献计：“明天咱村有做皮子生意去包头的，听说那里如今富得流油，咱们还不如带着家伙什儿跟在他们后面，有他们吃的就有咱们的。再说咱们二十年前就去过那里，对那里的人和地方熟。”我大爷听后说：“和我想到一起了。老四、老五、老六他们不爱出远门，让他们留在家中种地照顾父母和妹妹，咱们兄弟三人去那里谋生……”

第二天，他们上路了，当他们走到一个小山坡下，对面来了一支国军队伍，约二百人，那些兵在抢驴子、骡子和骆驼时，将做皮子生意的四人打蒙了。我大爷和二大爷为了保护我三大爷，让他躲在土沟里不要动，他俩向南边山坡使劲跑，想把队伍引开，可那些兵向他俩只是放枪，根本不去追。当那些兵走到土沟时，发现了在那里躲藏的我三大爷，把他夹在队伍中一路向北。一天深夜，我三大爷从他们队伍中逃走了。他本来想去包头找两位哥哥，可自己在迷途中跑到了张家口西北方向的尚义县大青沟村。一天，我三大爷遇到了个练武卖艺的戏班，其中有位女子，她不仅人长得漂亮，还会歌唱，她的同伙称呼她英子。我三大爷用笛子为她伴奏，他们在完美配合中成了好朋友。她悄悄告诉我三大爷，她们是从西南边鲁艺来的……我三大爷见她上过学堂，懂得革命道理，是自己同行，就对她说自己想去包头找两位哥哥。英子听后说："包头离这里很远，路上不安全，还是跟着我们去张家口吧！我估计曹火星（著名作曲家，代表作品《没有共产党就没有新中国》）、刘炽（著名电影作曲家，代表作品《我的祖国》）和丁玲（著名作家，代表作《太阳照在桑干河上》）他们也快要到那里了……"

我三大爷听说张家口有同行会合，朋友多不被欺负，就答应跟着去张家口看看。在路上，英子问我三大爷叫什么名字，我三大爷用树枝在地上写"冯自存"时把"自"的框中少写了一横，写成"白"了。英子看后捂嘴笑着说："谁给你取的名字？这名字不行，冯白存，一辈子白活了。"我三大爷解释说："不是，我叫冯自存。"接着又在"白"字下面加了一横。英子看后说："没有这个字。我看明白了，你中间的字是自己的'自'，对吗？"我三大爷回答："对的，我读过两年私塾，会写字，我父亲还教我练过楷书和行书，什么永和九年，岁在癸丑，暮春之初，会于会稽山阴之兰亭……这不是最近没写字，有些手生嘛。"英子说："那也不行，革命队伍就你自己存活，哪能行？我认为把'自'改成'子'，'子'在古代是老师的意思，说不定你将来还能成为老师或者大师……"

从那后，我三大爷就改名为冯子存了。到张家口后，他果然见到了许多同行。张家口当时是我国西北十分繁华的城市，在大境门山脚下有一所学校，丁玲的儿子蒋祖林（新中国造船工程设计师），当时十五岁，他和丁玲妈妈从延安来到张家口时，丁玲和工作小组深入涿鹿县农村开展土地改革工作，蒋祖林被组织安排在这所学校学习自然学科。当学校排练合唱歌曲《保卫黄河》时，合唱队唱"风在吼"，我三大爷用笛子花舌技巧吹风的声音，合唱队唱"马在叫"，我三大爷又用笛子花舌技巧吹马叫的声音，后面用三吐音马蹄点的节奏伴奏，整个合唱队沸腾了……

1987 年冬天，我三大爷病重期间，我去北京看望他时，对三大爷说："我酷爱笛子，曾经在您的指导下学了不少吹奏技法，将来我打算在咱们老家办个笛子博物馆。”三大爷听后说：“你的想法很好！”看到三大爷重病在身，我心里很难过，回家后我把三大爷曾经住过的房子整理一遍，照原样一直保存至今。目前我手上还有我三大爷 1969 年时送给我的一支笛子；另外一支是中国音乐学院国乐系教授、博士生导师张维良来调研时送给我的；还有一件比较有纪念意义的遗物，是我三大爷曾经用过的茶叶盒，那是 1977 年我三大爷回中国音乐学院重新任教时留在小屋里的。

2003 年春天，中国音乐学院的一位女研究生，她一个人来到我们家，说要住我三大爷曾经住过的屋子，要在里面撰写毕业论文。她是南方人，说话我听不大懂，我想，因为她是我三大爷学生的弟子，所以破例让她住了。她白天和我们下地劳动，晚上回家就开始练习笛子，有时她还和我切磋笛子吹奏技法，让我给她讲农村音乐活动往事儿，她听后说：“这次没有白来，收获很大……”她经常写作到深夜，我妻子给她送饭和照顾起居。她人很好，我们把她当自己家女儿一样对待，三个月后她写完论文返回学校了。

我今年快七十岁了，我担心自己去世后，这个村子就再也没有笛子传承人了，多年来我一直想在这里办个笛子博物馆，把地域特色的笛子艺术传承下去。可我是农民，主要靠种地养家，经费实在有限。另外我三大爷住过的房子也越来越破旧，多么盼望政府能帮助修缮……

从冯顺家出来已经是晚上七点多钟了，回家的路上我一直在思考西堰头村的事儿，此时我头脑忽然闪现冯彬十多年前对我说过的话：“在老家我还有位哥哥，他叫冯顺……”想到这里，我忽然对上号了，冯彬说的老家哥哥不就是刚才的冯顺吗？他对笛子是那样酷爱，对人是那样真诚，他是感情丰富的民间笛子艺人，他对自己家族往事十分清楚，此人是笛子历史研发的重要人才。西堰头村位于河北、山西和内蒙古的交通要道，这里有丰厚的山西梆子、河北梆子和内蒙古二人台民间音乐文化基础。农历五月初五是冯子存生日，那时西堰头村正是小草返青和花开时节，在这里修缮冯子存故居，开设讲堂，举办中国笛子文化节，让当代喜欢笛子的人来这里参观、学习和比赛，弘扬民间传统文化，该多好啊！

散文集《流年情深》散文选

＊ 浅 黛

人生若只如初见

人生若只如初见，未经桃花翻转、雨飞雪乱，如卵的时光里旋即转身，一切静好。

西子湖畔，碧竹烟雨，那个款款前行的女子，黛眉微蹙。迎面而来的许仙，正当弱冠少年，白衣胜雪。初见，伞下凝眸，任三千繁华流转。

朱窗琐闼，明月回廊，竹马声细碎，青梅花淡香。唐婉轻灵静雅，陆游少年才情。初见，丽影成双，携手翩翩。

面若中秋之月，色如春晓之花的宝玉，一袭锦袍，轻挑帘拢。黛玉眉蹙春山，眼颦秋水。初见，缘定前世，爱落今生。

古木奇石，孤桐掩映。书院内，一身男儿装的英台，悄然于梁山伯的身侧，昼同窗，夜同寝。初见，灯影憧憧，芳心暗动。

明知惹了尘埃，便再也看不到如初的惊艳，可我们却总是侥幸地挽着情缘，执意妄为，试图走远。而最终，无非一段追忆，当苍凉破败直抵内心，欲抽身，已枉然。

于是，塔里白蛇，塔外许仙。雷峰夕照，那个孤单僧人的影子被落日拉长，叠于塔基，一抹寒凉。

于是，上马击狂胡、下马草军书的豪情陆游，情迷故地，沈园幽径上踽踽独行，只可惜，玉骨久沉泉下土，墨痕犹锁壁间尘。一代放翁，长歌当哭，不堪幽梦太匆匆。

于是，半卷湘帘半掩门，空留红颜一缕魂。黛玉去也，缱绻随风。那多情公子的脚步，凌乱落魄，于黄昏的灰暗里渐行渐远。曾经的帘栊，只有清冷的月色，跌落满地。

于是，十八里缠绵成旧事，一朝诀别，英台嫁做他人妇。梁山伯泣血而去，那双飞的蝶呢，拥着不可逆转的宿命，沉睡在爱情的梦里，不肯醒来。

茫茫尘世，聚散浮萍。空对杯盏到天明。悲欢离合总无意，霎时醒，莫重逢。

如若，人生只有初见，焦仲卿与刘兰芝，转身而去，你诵诗书，我弹箜篌。又如何会有枝枝覆盖、叶叶相通的梧桐间，双鸟齐飞、举头相鸣，夜夜达五更呢？

如若，人生只有初见，俞伯牙与钟子期，转身而去，你对清风明月，弹高山流水；我对飞鸟幽林，寻樵夫之乐。又如何会有知音一去，八音断裂的怅然与绝望呢？

如若，人生只有初见，刘玄德与诸葛亮，转身而去，你辗转江湖，酬一统江山之志；我布衣草履，南阳躬耕。得闲时半掩柴扉，醉且酩酊。可酒醒门外三竿日，可卧看溪南十亩荫。又如何会有事必躬亲、殚精竭虑、积劳成疾，壮志未酬却病故五丈原的人生结局呢？

如若，人生只有初见，司马相如与卓文君，转身而去，你怀抱那把绿绮琴，弹你的诗酒逍遥，风月无边；而我，可与友对弈，可填词素宣。又如何会有七弦琴无心弹，八行书无可传，十里长亭望眼欲穿的幽怨呢？

如若，人生只有初见，金岳霖与林徽因，转身而去，你依旧戴着那顶呢帽，执着那根手杖，在逻辑学里徜徉；而我依然写着我的诗，看水的映影，听风的轻歌。又如何会有万古人间四月天的一生相守呢？

如若，人生只有初见，纳兰容若与卢氏，转身而去，你可于世无所芬华，你可常有山泽鱼鸟之思；而我呢，才好吟诗咏赋，情至温良贤达。又如何会有相思相望不相亲，天为谁春的无奈与悲凉呢？

人生若只有初见，无临风洒泪，无对月长吁，一世的风轻云淡。

如此，多好。

在文字中行走

苍茫尘世、浩浩风烟，我们终究是打马而过。那声繁华路上的叹息，那些远去的如花美眷以及那段挂在弦月上的似水流年，总是惊起我尘心的尴尬。慢慢地，便喜欢手执一卷，于素雅里安静地读一抹清丽绝美或者品一段耀目风华。

窗外微雨蒙蒙，台案上的一盏清茶氤氲出一室素淡。握一卷，我走进江南。江南的小巷纤细雅致，有着小家碧玉般的静谧与安详。幽静的青石小径，内敛着一种古来的落寞。而那段白墙、黛瓦以及间或的几处青苔，却又透出让人感动的沧桑。而那扇雕花的窗内，是否有一女子临窗而立，望穿一帘雨、一江春和一树秋色，低头间轻轻地叹息？乌篷船头那个着着蓝色碎花布衣、头裹蓝色方巾的女子，轻轻地摇着桨橹，携着二十四桥的明月缓缓徐来。而小巷深处，隐约的影子，当是那袅袅娜娜撑着油纸花伞丁香般的女孩吧。

是那个斜阳正浓的午后吧，我走进大漠。看孤烟直上、落日正圆；看黄沙莽莽，无边无际。唯有起伏的驼铃，响彻云空。那座斑驳着岁月的楼兰古城内，似有琵琶弹奏着隐隐离痛。而那惊天的鼓角里，我看到几株千年不死、不倒、不朽的胡杨凛然于风涛之中，演绎着大汗驰骋戈壁的铮铮铁骨。掩卷良久，却依然能看到大漠里飞舞的战刀、雕弓和牙旗，当然还有那幽怨的羌笛，总是在月色清辉的夜晚响起，远处正是沙如雪。

于我，文字便是翅膀了。可以去黄叶满地、秋色连波的三秦，看倚在苍山之角的一缕斜阳；亦可以去三秋桂子、十里荷花的钱塘，看烟柳画桥和云树沙堤。或者在朦胧的月色里，听一曲采菱的歌。遇心绪纷杂，便更宜走进文字了。看青山重重，翠峰如黛；听西风渐紧，古木号风。于此感山的安详仁厚和岁月的流水更迭，心便安了、静了。当云淡风轻，暮鼓响起，纵然寂静与落寞，便也可以怡然地享受了。

时光深处，依卷轻捻，总有极美的相遇。

看那个唤作易安的女子，在秋千上轻盈地荡来荡去，任由微风拂面、罗衣轻飏；亦看她端坐在古镜台前，黯然地簪花自赏，娥眉里却隐藏着欲说还休的心事；还看到她踱步至东篱的菊花丛畔，饮尽半盏清酒，携一袖暗香归去，身后拖着那瘦比黄花的影。

还有那个曳着一袭清影从月辉中走来的林和靖，孤高似野鹤闲云，不带一丝世事繁华。孤山之上，风帘之下，月色之中，以松蒲为椅、青石为案，抚一曲《平沙落雁》，起伏跌宕；度一曲《高山流水》，婉转宁和。任市井巷陌喧嚣，攘攘冠盖过眼，却只在淡月寒梅之间，一片冰心玉壶。

还有落日楼头、断鸿声里，栏杆拍遍的辛弃疾，远远地看他醉里挑灯、轻抚长剑；静静地听他铁马冰河梦境中的呓语；与他一起看大漠孤烟、听清角吹寒，然后在易水萧萧的西风里，品他未彻的悲歌。文字中，踏过李清照的莲舟，把过李太白的金樽，听过李商隐的锦瑟，却始终不敢触碰你的长剑。感觉着冰寒刺骨的剑气里，总有一种期待与愤怒，瞬间便会刺痛我的心。因为我知道，的卢飞快、霹雳弦惊终是你永不老去的梦。

有时我真的无法确定，亘古的是墨香还是真情？

东汉杳缈的烟水里，依稀可见刘兰芝与焦仲卿的身影，又依稀听得孔雀远去的哀鸣；而江南的那座沈园，当是金戈铁马的陆游一生最柔软的伤口吧。那段《钗头凤》上轻颤的相思与无奈，似一把温柔的刀，抵在你我的胸口，凉凉的，惊醒了那场挥霍真心的梦。透过文字，我清晰地触摸到影壁上的词阕，尽管墨痕被岁月深锁，却依旧感觉到那般幽邃却万分凄艳的深情。我多么希望沈园从未有过那首惊艳世人的《钗头凤》，只有一双老人，鬓发如霜，却携手站在桥头，看春波初绿、看惊鸿照影。

喧嚣的红尘，心魂便常会有些浮躁。当那些影影绰绰的纷杂之念涌来，只要轻启书页，慢慢地品读，心便会安之若素了。

文字中，我可以是悠然的陶潜，面山结庐，抱膝吟歌，采菊东篱，笑傲风月，享一份安贫乐道的自然；亦可以是那个貂裘换酒也堪豪的鉴湖女侠，誓将满腔热血化作碧涛，为家国舍身赴死，不怨不弃；也或许仅仅是个清颜如水的女子，携一分闲愁和三分落寞，安静地来去。

文字是一朵清幽的莲花，经年打坐其中，灵魂便也会清雅无比了。行走在文字里，不会恐惧尔虞我诈，不会叹息时光流转，任利欲功名来来往往，任秋去春来花落花开，岁月宁静，灵魂淡然。

文字是一汪澄澈的湖水，于湖畔端坐，久而，心性便会被清明所鉴，哪怕一点瑕疵、一点污垢，都无所遁逃。于是，掬一捧如镜的清水，荡涤内心，任青丝化作白雪，从容坦荡地老去。

文字是一座耸峙的危峰，徐行间，看众鸟高飞、孤云独去；感安逸与艰难的对抗、幽寂与繁华的徘徊。如临绝顶，日出的壮美，云海的苍茫，便会悟得孔子登东山而小鲁，登泰山而小天下的博大胸怀和凌云豪情。

杨柳岸边，晓风残月之下，宜读柳永；春水楼台，林花凋谢之处，可读李后主；轻寒漠漠，淡烟疏雨之时更适合读秦少游……

一段文字，一种情怀。

喜欢在文字中行走，那是一段静好的岁月。

小城冬雪

一

塞北的故乡小镇，当木落山寒，水声渐低，雪便近了。

记忆里，故乡的雪，当是磅礴兼之柔美的吧。有时倒和春雨颇有几分相似，随风潜入，漫天飞舞，如花似絮，婆娑往来。我尤其喜欢傍晚时分的飘雪，与黄晕的灯光相映，雪便着了一层柔和的温暖，即便大如鹅毛，也毫无张扬肆意之感，倒是尤显了几分安然宁谧。当水气布满玻璃窗，雪夜便是一段朦胧静好的光阴了。灶膛里，红红的火苗跳跃着，一缕香炊升腾而起，渐渐地弥散，直至悬于鼻尖。此时，即便不经意地轻嗅，也极容易醉倒在甜美的温暖里。那红泥火炉，已被新鲜的炭火装满，一壶烈酒正在泥炉的边缘暖着，不消多时，酒香便无处不在了。晚饭之后，偶有邻居前来，大人们便围炉而坐，谈论着雪和春天湿润的泥土以及哪块山地将成为明早围兔的猎场。待聊天的人们散去，山乡也到了渐入沉寂的时候。玻璃窗上那些孩子们随意勾勒的鸡鸭小猴，该是可以怡然地看雪在暗夜里飞舞的吧。

故乡雪后的清晨，极美。推开屋门，似银世界，似玉满堂。放眼望去，雪随山形风随意，峭立的山峰，有如玉笋排列，柔和朗润；那些梯田，宛若叠放的银盘，细腻温婉，玲珑错落。远近的树上，或多或少地挂了些雪，大如琼花，小似粉萼，一瞥之下，还真有几分江南梅花的韵致。微风过处，便似了梨花杏花的花瓣，零零落落，清新淡雅。那雪堆成的屋檐，层层叠叠，似涌动的波纹，舒缓安逸。而檐下那一盏盏红灯笼，映了雪的洁白，愈发明艳温暖，正如此般素淡日子里的生活，浓烈而惬意。不是吗？孩童们在麻雀常来的地方，支好竹筛或笸箩，撒好秕谷或碎米，小心翼翼地拉着细绳，躲在门后或柴草堆里，屏气凝神，等待着鸟儿入网；没有冻结的牛马铃铛在纵横的阡陌间悠悠摇响，那是支歌谣，只属于故乡的歌谣，淡泊、祥和却充满质感；雪地里跑湿了鞋的孩子，被母亲嗔怪着，而母亲手里那只湿湿的鞋，正在泥炉上冒着腾腾的热气。渐渐地，有檐水开始滴落，随着地面雪的融化，声音便也从簌簌的暗哑逐渐清晰有力起来。当然，还有我们听不到的，比如雪被下麦苗的呼吸以及雪人间的呢喃。

雪后的阳光明亮温暖，照在老人和孩子的脸上，当然，还有我的心。

故乡的人以及思念故乡的情怀，由任时光流转，却一如雪后清晨，纤尘不染。

二

远离了山乡，对雪的感觉多少有些不同。

现居的北方小城，山有些辽远，也或许正因其辽远，才成就了遥望时的巍峨与磅礴，海坨山便是如此的吧！雪后的海坨背衬碧蓝的天空，庄严肃穆。若有朝霞映染，白雪绯红，晶莹闪烁，洁白辉映瑰丽，实在是难言的壮美。一友人独爱登山，便有幸从影像中看到海坨深处千峰笋石千株玉、万树松萝万朵云的奇丽景观，却也时常因不能置身其中而抱憾和自愧。回望南山，以纵横交错的山脊为界，山峦被阴阳温差雕刻成黑白相间的色块，兼之似有还无的残雪隐约出的灰色，天地之间便似悬了一幅精巧细腻、棱角分明的刻版画，大气磅礴，韵致天成。

小城的雪倒也多见，孤独而寂寞地舞着。一会儿的工夫，马路上、公园里、楼门前便白了，浅浅的、淡淡的，若是有风掠过或车子飞驰，轻盈的雪霎时随之而起，舞动着、翻转着，几经回旋，安然落定。人生又何尝不是如此？起伏沉落间，容几分尘埃与跌撞，方能厚重丰盈。街道两旁的绿植，被雪薄薄地覆盖，白中隐青，端看之余，极易寻得一分雅致和三分清丽。最是喜欢雪中行走，看雪花轻飞曼舞，也看睫毛上悬垂的那一两颗玲珑的水滴。生命的热度，总能让我们看到别样的风情，一如雪花在眉间和掌心的融化，晶莹剔透，熠熠生辉。

小城的灯光较之故乡密集而浓酽，小城的雪便因黄晕色泽多了几分妩媚与妖娆。那些树的枝桠因了雪的雕琢，在灯光穿透的瞬间，居然生出了几分旖旎和华美。或许性情使然，总感觉绚丽中潜伏着一丝迷茫和惶恐，便寻了条稍僻静的街巷独步。清寂之中，厚厚的积雪在脚下发出咯吱咯吱的声响，犹如故乡的马车留在山弯儿处的余韵，又似故乡老屋那个破旧的门阀被风吹动而成的调子，极富美感。

绛帐红炉，绿蚁新醅，邀友帘内听雪，或围炉把盏，都不失为乐事。论英雄豪情、叹人生惨淡，也或许只那样安静地、安静地坐着，偶尔轻啜一口，便把一切喜忧悲慨交付了雪夜。其实雪夜是浓淡相宜的，雪夜品茶，人说太过寡淡，可我总觉得淡到极致的事物，便入了骨髓，如静水流深，不见，却永无停息。豪饮和了风舞碎雪的癫狂，细品应了雪的安然闲逸。流年滑过指尖儿，有些情怀便好，无须论明媚萧瑟。

雪，至轻至柔，却轻而易举覆盖了浮世的繁华与大梦，静默其中，仿佛只有清冽的空气与纯粹的灵魂。

透过冬雪里那段素淡清寂的光阴，来看一场春暖花开吧！

长城秋色

长城晚秋，枫叶正红。

十月塞北，大多气爽晖清，极适合登高远眺。若此时登临古长城，看云天万里，揽秋之胜境，想必最是相得益彰。

足下青砖，缝隙间沉淀着历史的云烟过往与世事沧桑。凝神处，恍闻铁马金戈的声响回旋往复。而那缕清风，碾过历史，有垓下狂歌的豪气，又似有秦淮烟雨的绵长。浩瀚时空，总是将我们隔绝在一座城池之外，无论我们怎样的虔诚。千秋风物，唯有缅怀？顿然微笑，抬头，看漫山红遍。

一团团、一簇簇的红色，依山势蔓延开去，曾经陡峭绝壁所裸露的原始苍茫，也都隐没在了红色里。山便是七分柔润，三分凌厉了。极目远望，似是无涯的红波绚海，若有微风吹过，叶子摇曳间，更是似了波涛般起伏来去，甚是壮美。间或的一处山峦之上，杂树纷生，相融相缀，火红、碧绿、金黄，缤纷绚丽。所谓层林尽染，当是如此的吧。若是举目仰望，那一片片、一簇簇的红叶林，颇似一朵朵红色浮云，横在山腰，悠然闲散，无半点尘世拘束，将那种不惊不惧的豁达散落在山谷。低头凝望，山崖间偶有一树，横空出世，着一番红艳，却依旧孤高清冷。若你我如此，怀一颗草木本心，不求世人折赏，兀自盛放，也当得是极致的情怀和境界吧。

谁说万里飞霜、千林落木，自古逢秋悲歌赋？看崇山峻岭、悬崖峭壁间迎风而舞的红影火蝶；看天高云淡、风清日丽中舒卷往复的碎锦余霞，那一种雄奇壮观，无以言表；而那一刻惊喜，却意味深长。的确，深秋红叶，盛放着那种悲而不伤、悲而能壮的豪纵与沉着，让人回归赤诚与率性，遥想着迎风放舟、击剑长歌的岁月，升腾起心怀天下的壮阔、舍我其谁的激昂。而山脚下那片鲜红，山腰处那片绛红，山顶上那片紫红，无疑是生命中最悲壮的灿烂。间或一处，无杂花繁树，倒生出几分虚静来。适当的空白，也是一种色彩，人生也是如此吧。

长城之上看秋色，似一幅油画，有浑如野火的厚重，也有恍若晴霞的明丽；更似一首唐诗，雄浑苍茫，奔放自由，连忧伤都是浩荡的。

如若天性好静，欲独步蜿蜒小径，品枫林的幽邃深远，恐怕非红叶岭难成。一片片如火的枫树昂然于幽深的小径两侧，叶子密密斜织着，将阳光斑斑驳驳地洒落一地，脚下厚厚、红红的落叶，静默无声。路旁开阔平缓处，错落着几个木椅石凳，叶子点缀其间或其上，虽有几分萧疏、几分寂寞，却是极美。若与三两知己同行，于此处落脚，品茗作赋，兼看孤峰万仞、绝壁千寻，或是和露摘黄花、煮酒烧红叶，该是何等情致？

一座山，便隔了尘世的喧嚣扰攘。林中，荫幽宁静，别有洞天。当秋风乍起，红叶随风摇曳，一树清响。尽管是施朱施粉、倾国倾城的色泽，若是和了几声晚蝉的鸣叫，也会生出几分径冷山寒的凄美来。我倒是极喜欢这叶子与秋风的酬唱，赤子情怀，一尘不染。秋色是丰厚的，总会让我们少些凉薄的感怀。小径两侧，红叶相夹，赤红如火，万叶飘丹。流年的喧嚣被这抹红色滤掉，只留一怀的温暖与感动。感动于叶子与时光的寂静相守，于深秋的清冷里盛放出最后一抹惊艳。

一片叶子，随着时光钟摆的轻摇，飘然而落，触及我鼻尖的瞬间，有清香掠过。都说枫叶无香，我却清晰地闻到了，想必是生命时光里那一段静雅和淡泊吧。那落叶翻飞的姿态，似幻化的虞姬，衣袂飘飘，轻盈如水，决绝一剑，成就了爱的传奇。

再看那残城之下，红叶灼灼夺目，流光溢彩，将古长城墙壁映得通红。当娇媚美人与沧桑英雄于季节的转弯处牵手，光阴便惜字如金。箭漏急催，我们又何必执着于荣辱穷达！

古有写怨宫人，今有停车诗客。依着残城的背景，轻拾一片红叶。细品间，恍惚听得庭院高墙之中，一声幽怨的叹息隐隐传来。那片题诗的红叶，或许早已散落天涯，只是它的余韵依旧在红色的季节里流连。

地上的落叶晕染了季节的芳华，静默安然。而那一袭红色，依旧熠熠生辉。生命的形式无非是燃烧和腐烂。而唯有红叶，在光阴里风雨寒霜，相浸无怨，傲然地酝酿一场很久的花事，于秋的清寂里，燃烧盛放，演绎着生命短暂的繁华。尔后，从容地化作春泥。倏然想到一首佛偈：我有明珠一颗，久被尘劳关锁。今朝尘尽光生，照破山河万朵。真好，站在季节的岸，我们收获了懂得。

残城相拥，小径落红。红叶岭中行走，人便多了些冲淡含蓄，或是浓荫下徘徊，又或是倚栏望断，情思中有晓风残月的天涯，也有灯火阑珊的醒悟。

古长城之胜，似高亢入云的羯鼓，雄奇壮阔；红叶岭之幽，则如一首呜咽低回的埙曲，华美悲伤。前者是黄河远上白云间的正午，恢宏雄放；后者则是疏影横斜水清浅的黄昏，温婉薄凉。

倾尽一山秋色，等你来！

流年情深

流年情深，我终究做不到微笑着看光阴老去，那些试图不再念及的过往，总会在街角或灯光下相遇。时光深处的某个故事或某个人，便那样轻而易举地被想起。

一

我有故乡情结，这是我很久以前就知道的。故乡的一切，我都喜欢，那些花草树木和春风秋雨。

去村西那座山走走，是我早有的愿望。恰逢五月，情怀更是似了春草般蓬勃饱满，当是最合时宜。

山，依旧是记忆里苍翠的模样。山脚下的农田，有些小苗已然破土。有嫩绿，有鹅黄，娇娇柔柔、羞羞怯怯。我忽然想起那道长满山韭菜的小田埂，不知是否一如儿时那般繁盛。轻轻地走过去，生怕惊扰了数十载光阴里那缕幽微清澈的芳香。远远便看到那一片翠绿、纤细、挺拔……我和它们就那样久久地、静静地相望，不言不语，宁谧而深情。我终究没有去触碰它们，如同我不敢触碰内心中那段记忆一样。因为我知道，那时我会落下泪来。

山路上，大多是细碎的石子。光阴流转，雨雪风霜，不知是否是儿时的那一颗或那一片？但我却依旧能感觉到父亲走过时所留下的温暖。

岁月刀锋般凌厉，想着三十年的光阴，当是让曾经的一切犹如过水之风，了然无痕。可当我走进大山，便看到那些过往或摇曳在枝头，或盛放在花丛。记忆中的那棵树或那块石，隐约可辨。拂去岁月的尘土，我似是看到了我们以及它们那段正好的风华。微笑着伸出手，触碰那些枝枝叶叶，总感觉它们的颜色或颤动都可以通灵内心。草木的年华与我们的年华都已老去，那段情意却被光阴和风雨沉淀为厚重与相惜。

岁月的阡陌，繁花似锦，可我只想念这座山，因为父亲曾那般深情地站立过。小时的冬天，每天放学，姐妹几个便背起篓子翻山越岭地去找父亲。父亲也都会在每个午休间歇，砸一些枯朽的树根儿存放着，等我们前来，装满筐篓背回家去。可那时，父亲还没有到收工的时候。回家的路上，我们不经意的一个回头，便看到父亲。他站在那座山上，背对着斜阳，感觉到我们看他，便久久地挥着手。那幅剪影，悬挂在隆冬的苍穹之下。我终于明白：我习惯了故乡的寒冷，不过是习惯了在这个季节去想念一个人罢了。

我喜欢情结这两个字，始终觉得那里面有着某种向往或寄托，时而强烈，时而毫无意识，却那样根深蒂固。一如不经意间想起的那座山、那棵树或那个人，感觉很美好。

二

佛云：由爱故生忧，由爱故生怖，若离于爱者，无忧亦无怖。因为有爱，我始终做不到心无挂碍地睡去和心无所求地醒来。

村西的山上，有座关公庙，我曾去过两次，一次为母亲，一次为女儿。

通往庙的小路，尽管稍显陡峭，却非怪石嶙峋，多是些细碎的沙石，倒也好走。小路两旁，杂乱地长着一些不知名的野花，倔强而奔放。那个瞬间，忽然想起了我年少的青春。大约三五分钟的功夫，便可从山脚抵达山顶。站在山顶向东，小村的景色尽在眼底。那个清晨，有细雨，有薄雾，还有炊烟，村庄淡墨写意一般，朦胧、幽远。

小庙就在山顶上，坐北朝南。庙不大，两人还好，若是三人，便会稍嫌逼仄拥挤。庙里陈列简单，除了台案香炉，再无其他。

我喜欢看一炷香燃起的袅袅青烟，动静相偕，炎凉轮转，心便会瞬间沉静下来。想红尘紫陌、熙熙攘攘，最终都抵不过流年温暖、岁月静好，又何必诉求三千繁华?

透过那缕青烟，我深切地感受到父母之于儿女的那种不舍、不甘和无可替代的深情。

我总是喜欢将很浓重的东西诉说得很清浅，对在外求学的小女，我也只是淡淡地说：凡事尽力就好，只要对得起期待、对得起时光、更对得起回忆和未来。

岁月从不曾厚与谁，也不曾薄与谁，若是哪天站在时光的转弯处，你或者我，看着身后长长的影子，而没有忧伤，那应是很骄傲的事情吧。

三

总觉得时光还多，路还长，转身便可握到那双手。却不知，世事难料，一切在瞬间风流云散。

亲人就在那个雨夜走了，走得悄无声息。我只是深深地看了她一眼，便仓皇逃走。这一眼足以铭记一个人，何况还有将近三十年光阴的雕琢，我想，我定是不会忘记的！如果有爱，思念便会顺理成章。我去过她的墓地，带着一束菊花和十分想念。我喜欢和她说说过去、说说年华，也说说她留给我的无奈与心酸。我不知道，是否生命累了，便会归于净土，我只是沉浸在那抹浅笑和那缕香炊里不能自已。尽管我知道，很多事情犹如天气，会慢慢热或者渐渐冷。但我始终希望，每个季节，她都在场。

总有些时光让人猝不及防，那天，老先生也走了。那夜，月光如水。

但凡博学之人，必有好学之性，永川先生便是如此。我于先生的才学，当是穷其一生，也难望其项背。但先生依旧能平心阅读我那些细碎且散乱的文字，令我动容。由此我想，我对先生如仰望高山，亦不全是博学所致，还有他如高山一般不拒泥土的胸怀。

一纸红尘淡，先生的情怀应是远在喧嚣之外。那般熙熙攘攘，那些利禄功名，早已伴着三更斜月，被先生挥毫闲吟成平仄相间的辞章。对先生的诗文，想来今生都不敢妄评一言。喜欢，是我对先生诗文唯一的诠释。

知道先生喜酒好诗，便斗胆写下：酒中下笔，笔润妫川千山水；梦里占辞，辞咏盛世几春秋。

愈怀念，愈感伤。那么，让我们天堂人间，各自安好吧。

四

盛大士《溪山卧游录》中说：凡人多熟一份世故，即多一分机智。多一分机智，即少却一分高雅。我尚不世故，也无机智，只是未达高雅，唯有几分清淡罢了。

人说最好的文章里，应该有一个生命。而我的文字与我的心性那般相似，从来清淡如水。说来，我尤其喜欢那山涧水，至情至性，既不显露，也不隐藏，只是清清淡淡地兀自流淌。

白马入芦花，银碗里盛雪，是佛之高境，我自是无能参透。但我却那么喜欢此中非凡的清宁与纯净。若是有人问我，文字里是不是有许多心事？我只会笑而不答。世间百媚千红，无须我再添一笔缭乱。我只是喜欢将生命的某个旅程，安放在素淡的文字里，那段旅程或许空无一人，或许冰天雪地，也或许繁花似锦，我都不会深究或沉潜，只要那段思绪不再颠沛流离。

尘世纷杂，简单是一道法门，走过，便会云淡风轻。我很喜欢身居一处老旧的庭院，布衣素食，低眉静守这俗世烟火。不问风从哪里来，又到哪里去，当然，也不问时光。只想看着野雀东张西望地啄食着地上细碎的米粟，我笑得像孩子一样……

这时光，有多好！

岁月生香

光阴，大抵是最不禁说，又说不得的。

一

北方春短，兼之气候多变，几日春风骀荡，几日春雨如愁，再一日春雪清扬，这春也便所剩寥寥了。

还盘算着到春天里去，好好看看阳光的影子，看它们安静地照在爬满绿萝、高高的屋墙上。然后，倚在窗前，等待蔷薇花开。可这春、这光阴，终究是不等人的。才觉柳烟清寒，一转眼，却是叶子如眉了。桃之夭夭，也才媚了几日，一场微雨，便也化作香尘了。窗前那几株丁香，倒似颇有灵性，一旦盛开，便会从窗户的缝隙间挤进来唤我。最喜夜晚，看西窗白，纷纷凉月，一院丁香雪。

单位东侧，有条林荫路，高杨参天，颀长秀美。好在每日午间，都在此散步，赏些花色，不然真是辜负了春光呢。

路旁那些花草嫩芽，渐渐浓密起来。阳光正好，几只猫在光影里互相追逐，瞬间又俯卧或静立，似是与这春光不惊不扰。不远处，几个年轻男孩走来，带些骨头、猫粮，一经放下，那些猫儿便迅疾而起，欢生生地跑去了。我微笑地看着，看着这春日阳光，以及春日阳光般的年华，内心甚是欢喜。只是彼时年少，不知长情，以为所有时光都可来日方长，可倏地一下，青春已远在云端了。任凭你怎样细品，都已不是当初的春山秋水。霎时，便有些戚戚然了。可这春，是只宜珍惜，不宜落泪的啊。

此处临山，小区便有些小块田地和矮矮土墙。数棵浅树映着窗前一蓬繁花，偶尔传来几声人语，也大多和田间抽芽的桑麻有关，十分烟火，却是千般温润。

那日，单位院中笑语颇多，恍然，原来又是海棠风起的季节了。怎奈近日心疾相扰，待我去时，已过良辰。那些花儿早已抱香枝头，怀揣着结子的心事，缄默不语。也好，虽是刹那芳华，却也是见了自己、见了天地、见了众生，其他，当都是些寻常了罢。

办公室柜子上有一盆彩叶吊兰，紫色的茎叶，繁茂成一团紫雾，披拂而下，又翻卷而起。间或，在丰腴的叶的顶端，开着一朵两朵粉紫的小花。我是背它而坐的，那一日转身，与它相视，顿生出深深的羞惭来。可曾如这花儿一般，坦然自若，静默盛开，却不问春秋往来？

二

几日花雨，春事凋敝。便倏然想起朱淑真的那首《清平乐》，劈面四字，“风光紧急”，用词着实惊艳，却也着实惊心。你看，又是垄头麦，迎风笑落红。小满从四月秀蔓的深处，猛地钻了出来。

夏天好，夏天悠长而寂静。

村前公路的缓坡上，那些闲花野草浓密有致，散散淡淡，在风中兀自摇摆。槐花，已洁白似雪，披挂在高高的枝头。阳光照下来，那些花儿便透出清宁温润的色泽。树影里，有零星的温暖散落，一些蚂蚁在其中走走停停。

在故乡，总喜欢去那些细细长长的巷子，看看那扇缄默的铁门或院内雕花斑驳的窗。偶尔会遇到颠着小脚、颤颤悠悠走来的老人，擦肩时，浅浅地一笑，煞是好看，感觉眉眼间尽是些清风明月。想来那些平静的人，心中定是有着自己的山水。只是他们看惯风雨，便鲜少有纵横的心事或拍岸的惊涛流于岁月吧。巷子深处，那条长着铜丝草的墙缝以及染着绿藓的台阶都还在。我弯下腰，谦卑地凝视着。大抵只有自己知道：那些幽深且悠长的光阴，似乎就附着在这里。

夏日，最适合待在故乡。在青草葳蕤的院落品茶，天空湛蓝，云朵从头顶飘过。或者把自己丢进一把寂寞的老藤椅中，在烟熏黄的旧书本里，风雅地度过一个清晨或午后。也或者只是静静地坐着，听鸟儿唱着农事，看夕阳沉入山岭，炊烟在灰色瓦楞间渐渐弥散。若是能遇到一个与自己个性修为都相近的人，在温暖的阳光中讨论风涛，那更是再好不过事了。

其实，只要我们都在，便是最好的时光了。可那个正值风华的人，却忽然地走了。定是内心太过悲凉，我才会感觉到那个清寂的夏夜，有风穿透衣裳。人生有时像极了刚刚过去的春天，无论我们怎样欢喜、怎样不舍、怎样情深义重，它还是会离去。若是彼此都未辜负，当是最好的交待了吧。倏然觉得，生命的觉醒与开悟，是多么可贵与奢侈的事情。

三

我素喜简静，为人疏落，不曾自讨喧嚣，亦不惊扰他人山水。大多守着自己的日月，安安闲闲，算来也是一种觉醒吧。

厨房的台案上，原木色的藤条小筐里，整齐地摆放着洗好的果蔬青菜，清清凉凉。先生哼着小曲，身影在氤氲中往来。我抱着电脑，倚在沙发上，手指如蝶，字亦如桃花盛开。想来，若是内心安宁、素简，即便瓦可漏月、门不闭风，日子亦是可以无比生动的吧。

喜与不喜，流年和世事都将会来，也终将会去。倒不如执一怀素念，微笑着看花飞雪乱，看岁月生香。

散文集《滋味儿》散文选

* 刘维嘉

不寻常的胡同

通州的“十八个半截”胡同是回民聚居地胡同的统称，位于通州老城区的东南部。它在南大街的东侧，北起回民胡同，南至东顺城街，其中有北二条、马家胡同、安家大院、中街、紫竹庵胡同、白将军胡同等诸多胡同。

“十八个半截”胡同名称的由来，版本很多，其中有神话故事（九条龙传说），有民间典故（小贩到此总犯迷糊，转不出来时的感慨），有清真寺之说（回族人去清真寺礼拜，盖房时自觉留出一条中街形成了十八个半截胡同）。

曾经在回民胡同出生、成长和居住的人们，也许和我一样，深深烙下了胡同的许多印记，总会时不时地想起来吧。

一

建于元代的回民胡同，全长大约 500 米，东西走向，与东长安街延长线新华东街和昔日的东大街平行。胡同西边的小楼十字路口左右两侧是南大街。自十字路口一直往前是西大街。出胡同西口往右拐，途经南大街北口，过了闸桥儿十字路口再往前是北大街。从胡同的东头向左拐弯儿有五六十米长，直通新华东街。

胡同北侧曾有三条自然形成的无名小胡同，南北走向，直通新华东街，如今仅剩一条了。胡同中部的煤厂南北相通，但通行有时有晌，煤厂下班后，前后两处大门都要关上。那个煤厂早已经不存在了，原址盖了商场；胡同南侧有清真寺、安家大院等几条胡同分别通往“十八个半截”胡同的各条胡同。由此可见，回民胡同四通八达。

这条胡同的道路宽窄与东西南北四条大街差不多，是“十八个半截”胡同最宽的胡同，与其说是一条胡同，倒不如说是一条大街。过去，此条胡同是砂石路，二十世纪六十年代初重新铺设了污水管道，还铺设了柏油路，而其他胡同仍然是土路或砂石路。

往日的这条胡同，古老的四合院儿多、大杂院儿多、单位多、在党政机关和企事业单位工作的人多。此外，卖报的、卖瓷器的、卖鸡毛掸子的、理发的、修搓板的、卖香油的、吹糖人的、送牛奶的、卖蝈蝈的……从早到晚，常来胡同里忙活，其中有挑着担子的、推着车的、拉着车的、骑着车的……

“十八个半截”胡同的居民上下学、上下班、购物、看电影、去公园、就医……除了南大街，回民胡同是他们的必经之地。

二

回民胡同中部坐落着通县民族小学（原名穆光小学），始建于民国二十七年（1938）冬季，由著名回族史学家、教育家、中国回教联合会通县分会委员金吉堂（1908—1978）先生创办并担任校长。1940 年 4 月 30 日正式开学。后来，慈善家、万通酱园创始人、通州清真寺管事乡老马兆丰先生，特意把位于清真寺对过儿的万通酱园大部分加工厂房捐给学校，支持学校发展。

通县政协《文史选刊》第 11 期（1992 年 6 月）刊登了通县人民政府督学室副主任王天信写的《民族小学沧桑》，介绍了民族小学的发展情况，其中写道：“1951 年，清真寺提出申请，要求政府接管穆光小学。1952 年 9 月，人民政府正式接管了学校……1955 年，学校改名为回民小学……1957 年，几位回族教师根据本校学生构成情况，建议将回民小学改名为民族小学，获得政府批准。”1955年，通县政协副主席、北京市伊斯兰教协会委员、著名中医、家住北二条胡同的朱翊周先生被学校聘请为名誉校长。1989年，县政府又投资130万元在原北院儿校址兴建了一幢2800多平方米的教学楼，于1990年12月底竣工并投入使用。1997年通县撤县设区后，学校改名为通州区民族小学，直至现在。

据“十八个半截”胡同的本土作家马永深（笔名马工）介绍：“乡老、知名中医朱向如（朱翊周之子）把金吉堂、马兆丰等知名人士创办穆光小学的经过制成碑文，立于清真寺院内，以彰显其德，示育后人。”

通县民族小学距离我家住的大杂院儿不远，院儿里的不少孩子都是在这所小学毕业的。当年，学校分为南院儿和北院儿两个校区，都是平房，校门相对，中间隔着回民胡同。南院儿大门洞靠前的上方悬挂着刻有“通县民族小学”六个字的木质匾额，黑底，金黄色繁体字。2009年1月，我去回民胡同拍照时，拍下了南院儿的大门和这块匾额，上面显示的门牌是回民胡同66号。

当年学校南院儿有个大操场，操场西边正中位置有砖砌的长方形土台子，学校的大活动都在那里举行。院儿里有很多松树，除了家雀儿，还有其他鸟儿，常在松树间跳来跳去的。后来得知，南院儿是清真寺的房产，学校已经于20世纪90年代初退还给清真寺。

记得刚进校时，老师教我们唱了两首歌，一首是电影《红孩子》插曲《共产儿童团歌》，另一首是《中国少年先锋队队歌》。

我们加入少先队那天，学校少年鼓号队演奏之后，我们站在庄严的队旗下，齐声唱起《中国少年先锋队队歌》，戴上了红领巾，并举起右手庄严宣誓。这让我从小就懂得了红领巾是红旗的一角，是用革命先烈的鲜血染成的，要永远学习先辈为真理而奋斗的精神，继承革命事业，为实现共产主义勇敢前进。

1965年春天，我们班有几个同学被评为优秀少先队员，到通县礼堂参加了表彰大会，观看了《红孩子》这部电影。

几十年来，我始终没有忘记唱过的队歌和老师的教导，每当听到鼓号队的鼓号声，总会热血沸腾、心潮澎湃。

加入少先队以后，我们经常参加各种活动。星期天，我们小队长佩戴着“一道杠”，举着红色小队旗，带领我们排着队去县天文馆参观；到通州烈士陵园缅怀先烈；聆听老红军、老八路和志愿军英雄讲述革命故事；去鼓楼看小人书、玩游戏；到东关小树林子抓蚂蚱、听鸟儿叫，还去运河边抓小螃蟹，尽情享受大自然的乐趣。

我们五年级那年，班主任梁老师号召我们结对子，就是结成“一帮一，一对红”和“多对红”，男女同学自由搭配，目的是互相帮助。上课时，有时一方忘记带铅笔，另一方就会雪中送炭；一方遇到老师留的作业不会做，另一方就在教室陪着一起做，直到完成作业。同学间也会在节假日相互串门儿，先做完作业，再一起玩儿，女同学玩儿跳橡皮筋、丢沙包、抓羊拐子，男同学玩儿弹球、抽汉奸、打尜儿，到了吃饭点都舍不得回家。

与我结成“一对红”的是个梳着大辫子、大眼睛的女同学。至今还记得那天下课后，一个女同学问我：“我的姐们儿让我问问你，她想和你结成‘一对红’，你同意吗？”我听了也没多想就说：“同意。”第二节课下课后，这个女同学又来找我，她说：“我的姐们儿说了，你的回答太简单了，是真的想和人家结为‘一对红’吗？”正说着，她的那个姐们儿也来到我的课桌前，我向她当面道了歉。我的“一对红”同学学习比我好，在学习上经常帮助我。如果有人欺负我，她从不袖手旁观。

以前，我们身体功能有障碍的人走在胡同里，总会有人指指点点，甚至说着侮辱和歧视我们的顺口溜，你干生气也白搭，都是以往流传下来的极不文明的陋习。自1991年国家颁布《中华人民共和国残疾人保障法》以后，随着法制宣传的不断深入，那些顺口溜便逐渐消失了。

我上小学期间，在胡同里可没少听那些扎心的顺口溜，一些顽童也肆意欺负我们。因为双腿功能障碍，我只能靠架拐行走，所以让我过早地尝到了受歧视的滋味儿，也让我过早地懂得了做人的尊严。

记得上六年级那年，我们年级从南院儿搬到了北院儿。一次下课后，有个学生用顺口溜骂我，我的“一对红”和其他同学瞅见了，纷纷指责那个学生，可他仍然骂个没完没了，还要抢夺我的拐杖。我想我并不认识你，也没招你惹你。我有我的尊严，岂能容你！于是愤怒地举起拐杖揍他，没想到把站在我身后不远的“一对红”同学的额头划破了，我当时光顾着愤怒了，也没想到向她道歉。如今已经过去50多年了，每当想起这个事儿，总觉得对不起她。

我们班的同学绝大部分是“十八个半截”胡同的，同学彼此间经常串门儿，与同学的长辈和兄弟姐妹也都熟悉了。

1970年底，我们从民族小学毕业了，有的被分配到通县一中、三中，还有的被分配到新成立的通县五中。同学们恋恋不舍地告别老师和学校，踏上了新的人生旅程。令人遗憾的是，我们毕业的时候没能照一张集体合影。

民族小学自建成以来，在学子的身体素质、知识学习，特别是思想品德方面发挥了重要的启蒙作用，由此不知造就了多少各行各业的人才。

三

老北京人常说，大顺斋的糖火烧、小楼的烧鲇鱼、万通的酱豆腐是通州的“三宝”，且远近闻名。这“三宝”都和回民胡同有着密切联系。

据记载，民国七年（1918），祖居通州的回族人马兆丰先生独资创办了清真万通酱园，实行前店后厂的经营方法，自产自销。三间门脸儿在通州南大街北口、回民胡同西口的北拐角儿不远路东、大顺斋糕点厂门市部斜对过儿。加工厂曾经在原回民胡同47号（如今民族小学所在地）。

记得在民族小学上学时，学校北院儿大门东侧有一个不大的小院儿，里边有几间瓦房，院儿门口有木板做的两扇大门，院儿内放着不少酱篓子和酱坛子。曾经有一个电影摄制组在那里拍电影，胡同里的一个回族大哥担任群众演员，他被几个扮演日本鬼子的演员从大门缝里拽出后捆了起来，那个大哥不断破口大骂。当时我们还小，不知这是怎么回事，老师告诉我们这是在拍电影。老师还告诉我们，这个小院儿是万通酱园的，就连学校北院儿的房子也是万通酱园马兆丰先生捐的。

万通酱园门市部主要卖油盐酱醋等副食调料，酱豆腐（红方）、臭豆腐（青方）、多种酱菜、咸菜疙瘩等，粉丝、粉条、团粉、碱面……很多东西都要凭副食本购买。其中的酱豆腐很有名气，就连京城的顾客也会来万通酱园购买。我们大杂院儿老街坊吃涮羊肉时，有的从万通酱园买来酱豆腐、韭菜花、麻酱、虾油和干辣椒自己调制涮羊肉调料。图省事的就到小楼饭馆买现成的涮羊肉调料。

百年清真老店小楼饭馆位于回民胡同西口路南与南大街交角处，紧挨着东边的大顺斋糕点厂。据史料记载，小楼饭馆原字号是义和轩，由通州回民李氏兄弟始建于清光绪二十六年（1900），原来是一间门面，两间勾连搭房，只卖饺子、馅儿饼和豆粥，还有简单的炒菜。民国十年（1921）改建为内外木质结构的两层小楼，义和轩的牌匾虽然还在，但称呼却逐渐被小楼取代了。时至今日，一提小楼，新老通州人都知道。1956年公私合营后，小楼饭馆进行了改修，特别是原隔扇门窗也都变成玻璃门窗。其建筑是不规则六角楼，临街四面五角，楼梯是木质结构，在一进门的左侧。1984年，小楼开始扩建，并向东扩展。记得小楼扩建的时候，紧挨着小楼饭馆的大顺斋糕点厂搬走了，原址挖了五六米深的长方形大坑，坑底铺上了一层密密麻麻的钢筋，浇筑了水泥地基。新建的小楼有3层，建筑面积2600多平方米，是小楼初建时的7倍，由小楼饭馆改名为小楼饭店，并于1986年7月18日重新开张营业。

小楼饭馆传统的代表菜肴有烧鲇鱼、焦熘肉片、焦熘饹馇，其中的烧鲇鱼肉多刺少，外焦里嫩，咸鲜适口，很早就名声在外，慕名来吃这道菜的食客络绎不绝。

记忆中每逢节假日，我常去小楼买早点。早点有炸糕、油饼儿、墩儿饽饽、螺蛳转儿、面茶、豆腐脑儿、豆泡汤和豆浆等。直到现在，那里的小吃种类也是最多的，还保持着原味儿。

昔日，在小楼饭馆大厅中间位置，曾经有一个巨大的火锅，来吃涮羊肉的人围坐在火锅旁边，一人一个格子，锅内的水在格子下面循环流动，吃的涮羊肉都是手工切的。小楼还卖馒头、花卷儿、麻酱烙饼等主食。到了冬季，还卖年糕坨，买回家里可以蒸着吃，也可以炸着吃。

小楼东边紧挨着老字号大顺斋糕点厂，在我家住的大杂院儿对过儿。据史料记载，明崇祯十年（1637），南京上元县（今江宁区）回族人刘刚（乳名大顺）一家随漕运粮船北上，到回民聚居的安家大院落户。他专门做糖火烧售卖，最初是挑着担子在通州城内走街串巷叫卖，后来生意兴旺了，就在街上开了几间门脸儿，他的媳妇是掌柜，他和儿子负责制作，并以自己的乳名大顺作为店名，一是表示刘家字号，二是期盼着买卖顺利。

到了清朝乾隆年间，大顺斋用来做糖火烧的面粉、红糖、油和芝麻酱都是定点专供，糖火烧香甜适口、老少咸宜，真材实料、童叟无欺，生意越做越兴旺。生产和经营场地不够用了，大顺斋就在繁华的闸桥儿南侧，选择回民胡同西口（牛市口儿）临街处，买下五间门面，两间为店，三间当作坊，经营糖火烧和南味儿点心，并请京城著名书法家吴春鸿题写了“大顺斋南果铺”的字号，镂刻在门楣的青砖上。

我在回民胡同居住时，曾看到大顺斋糕点厂临街的北墙有门脸儿和窗户的痕迹，门楣的青砖上仍然清晰可见镂刻的“大顺斋南果铺”。墙上还保留着好几个挂幌子用的铁质幌挑，挑头为精美的云卷造型。

380 多年来，大顺斋创出了 40 多种独具特色的清真糕点，其中糖火烧成为通州的“三宝”之一。

每当夜深人静时，我们大杂院儿经常会听到大顺斋生产车间做点心的声响，声音很有节奏地在院子里回荡，还飘来点心的香味儿。那时，院儿里的人们并没有觉得这是噪声，反而觉得这是催眠曲，听惯了这个声音，如果一下子没有了，生活中似乎缺少了什么似的。

端午节前夕，整个院子还会弥漫着苇叶、红枣和糯米浓浓的香气。

大顺斋糕点厂各类点心做好后，都放到专用木质长方形箱子（后来换成塑料箱子）里，依次摞起来码放，便于运输和售卖。每天都有两个轱辘或四个轱辘的马车从厂里把点心拉走，送往各个商店。在回民胡同西口右侧斜对过儿，大顺斋糕点厂还设有门市部。后来搬到门市部对过儿，那里有临时搭建的简易门市部（如今在新华东街 238 号），售货员也是每天用平板三轮车从厂里上货。

早先，顾客买成盒的点心被称为装个盒，或打个匣子。老百姓走亲访友买礼物，除了装个点心盒，还有五斤苹果、两瓶白酒或一斤茶叶（买茉莉花茶的居多）。到了年节，大顺斋糕点门市部门前常排起长长的队伍。装点心盒时，鸡蛋糕、酥皮、核桃酥、萨其马、自来红等点心是必不可少的，尽量装得品种多一些。甭管买多少样点心，都要装得满满的、鼓鼓的，各种点心都要在点心盒的最上面的浮头露一样儿，打开点心盒基本上就知道了盒里都装了什么点心。

大顺斋的点心盒都是定制的，大约两拃来长，一拃来宽、高，盒子是用马粪纸做的，外边印着花花绿绿的图案。售货员给装点心盒时，里面先用防油纸铺衬好，然后把点心一块儿又一块儿地码进去，盖上衬纸和盖儿，上面再盖上一张粉红色衬纸和大红的盖纸，盖纸上印有“大顺斋”等字，还有精美的图案。然后用纸绳（后来才有塑料绳）按一横两竖的方式把点心盒捆好，上面还要打出个提手，整个动作一气呵成，顾客提溜着就可以串门儿去了。

1984 年，因小楼饭馆扩建，大顺斋糕点厂搬迁到了运河东岸魏庄村……

而今，只有回民胡同西口路南的小楼饭店仍然在坚守了，继续像往常那样接待着八方食客。

通州的“三宝”自诞生那天以来，让人们的舌尖儿上又多了几层生活的滋味儿。

四

很多年以前，在通州城内外有许多大大小小、深深浅浅的坑，大部分都成了水塘，那些坑里不论有水还是无水，都生长着苇子，到了端午节前夕，居民们常常就近劈苇子叶包粽子。

回民胡同东头曾有一个大水塘，水塘从北边一直延伸到南边，水面很宽。

胡同西边高，东边低。不知当初建胡同时，是依地势而建的，还是就这样设计的。正如那句俗语所说“人往高处走，水往低处流”，无论下多大的雨，居民都不用担心院子和胡同里会积水。那时，老天爷毫不吝啬雨和雪，接长不短就下一场人们盼望的雨，特别是三伏天儿。由于小雨自然渗入地里，中雨和大雨则依地势汇入水塘以及顺着下水道汇入运河河道（运河西岸曾经有两个大的排水洞），所以胡同和整个县城一样不会有水患，极大地减轻了县城排水的压力。

水塘四周生长着苇子、蒲草和小柳树。到了夏季，许多蜻蜓纷纷从水中的枯树枝上爬到水塘边的苇子或树上，悄悄地脱去了盔甲，换上了靓丽的时装，时而在水面上频频点水，时而在水塘上空翩翩起舞。胡同里的孩子们喜欢在岸边捡拾瓦片打水漂玩儿。家里有养金鱼的，人们常来这里捞鱼虫。喂饱了鱼后，还要把剩下的鱼虫晾晒成干，留着冬天喂金鱼。到了冬季，水塘变成天然滑冰场，常有大人和孩子到那里滑冰玩儿，有穿滑冰鞋的，更多的是用自制的滑冰车和两个铁钎子滑冰，不失时机地感受滑冰的乐趣。后来，北京锻压机床厂把这些坑填埋了，建了职工住宅和厂房。

夏秋季节，在胡同和居民院子上空，经常上下飞舞着很多蜻蜓，有红色的、黄色的、蓝色的，黄色的最多。每到那个季节，不少孩子到处捉蜻蜓玩儿，还有的用自制的抄子捕捉蜻蜓。

在回民胡同和居民的院子里，经常会看到大大小小的蛤蟆，尤其到了晚上，这些蛤蟆常常聚在路灯下吃蝼蛄（也叫蝲蝲蛄）和蛾子。

到了夜晚，人们无论是在院子里乘凉，还是在屋里睡觉，都会听到此起彼伏的蛤蟆叫声，夜色越深沉，蛤蟆叫声就越响亮。县城似乎沉睡在宁静祥和的运河上，热闹的蛤蟆叫声宛如小城发出的鼾声，伴随着人们进入梦乡。

五

回民胡同值得追忆的事情还有很多，不仅有通州区民族小学、大顺斋糕点厂、万通酱园、小楼饭店，还有始建于元延祐年间的通州清真寺（北京地区四大清真寺之一）、通县医院中医门诊部、通县综合商店（管理机构）、通县煤炭公司第十门市部、通县装卸队第四中队、通县供电局（现北京市电力公司通州供电公司）、大车店、饭馆……想当年，曾经有“北大街有鱼市口儿，南大街有牛市口儿”之说，牛市口儿就在回民胡同西口。这些有的至今还在，有的早就搬迁了，还有的已经消失在远去的岁月里。

胡同里还有不少青砖青瓦的四合院，最显眼儿的是古色古香的门楼、门墩儿、护门铁、门联。在民族小学南院儿大门口东侧，曾有十多块长方形上马石。不知何时，那些上马石已经被移走，四合院儿也剩得不多了。

在这条胡同里出生、成长或居住过的各界名人也是比较多的，其中有回族地下党员赵祥甫，他1937年参加革命，是位著名的中医大夫，新中国成立后在位于西海子公园东南角的县医院第三门诊部工作，1964年病逝后，按回族殡礼安葬于通州烈士陵园；有清末民初独创“枯木陶”的手工艺人华定远（回族，生于1894年。如今“枯木陶”制作技艺已经传了四代）；有通州著名大阿訇蓝玉，他曾任通县政协第五届委员会委员和第六届委员会常委。还有通县知名中医王起林（回族）、著名书画教育家华敬俊、著名书法家薛夫彬（回族）、仿古建筑微雕艺人居振桐（回族）……

胡同里还有中国散文学会、中国报告文学学会、北京作家协会的作家，北京美术家协会的画家，北京书法家协会的书法家；有通县（通州区）党代会代表、人大代表和人大常委会委员、政协委员和政协常委；有北京市人大代表、北京市团七大代表、北京市残联主席团委员；有曾荣获全国新长征突击手、北京市劳动模范、北京市先进工作者、北京市模范教师、北京市新长征突击手、北京市学雷锋树新风先进青年等荣誉称号的模范人物；有走上科级、处级、厅级工作岗位的干部……

在人们不经意间，回民胡同逐渐变了模样，许多老街坊都搬走了，尤其是住在胡同北侧的大部分人家。胡同东部北侧除了北京市电力公司通州供电公司和一些住户，北侧已经成为新华东街南部的商业聚集地，有华联商厦、人民商场、眼镜店、银行……

经过几百年的积淀，回民胡同彰显出与众不同的个性特点，积累了深厚的文化内涵。宛如岁月老人，见证了通州的历史变迁。

1986 年春天，我家搬离了回民胡同。后来，大杂院儿拆迁了，原址上盖了洋气的华联商厦。曾经的老街坊也都搬进了新居，住上了现代化的高楼大厦。平时，各奔东西的老街坊很难见到了。

如今，我已经过了花甲之年，恋旧之情像两鬓的斑白一样不可遏制。这时，我就是喜欢闲暇时去回民胡同走走，到南大街转转，总是期待能够碰到曾经一起长大的那些发小儿和熟悉的老人，碰到他们总喜欢跟他们聊聊胡同里的那些事儿，让那些渐行渐远的记忆重新鲜活起来。

大杂院儿的年味儿

俗话说，过了腊月就是年，其实，整个腊月都洋溢着过年的味道。每当此时，我总会想起 40 年前在大杂院儿过年的情景。

一

我家曾经住在回民胡同 38 号大杂院儿，院儿里有 5 排平房 10 户人家，邻居大部分是通县卫生系统的干部和医务人员，其中有老北京人、山东人、河北人和土生土长的通州人。

春节前夕，大杂院儿的老邻居除了忙着备年货，还要扫房子、洗澡、穿新衣，干干净净迎新年。

腊月二十四的传统是扫房子，按民间的传统习俗，“尘”与陈旧的“陈”是谐音，所以要打扫卫生，扫去家中的一切灰尘，破旧立新，也把“穷运”和“晦气”扫出门，迎接新的一年。

打扫卫生先从屋里开始，用鸡毛掸子扫去墙壁、屋顶上的蜘蛛网和灰尘，用笤帚扫出柜子下和床底下的尘土。然后再把桌椅板凳，大小柜子和门窗的玻璃擦得干净透亮。住在老宅子的街坊还要重新糊顶棚、糊窗户。屋里忙活完了，再把院子打扫干净。

这些事情都做完了，人们还要洗澡，老人常说不洗澡不能过年，洗了澡就能洗掉一年的晦气霉运。

梁实秋先生说："中国人一向是把洗澡当作一件大事来做。自古就有沐浴而朝，斋戒沐浴以祀上帝的说法儿。"洗澡过年是大家特重视的大事儿，小点儿的孩子一般在家里用大洗衣盆洗澡，稍大点儿的孩子则在大人带领下去西大街浴池、清泉浴池或单位浴池洗澡。

据说在南北朝时期就有了"长幼悉正衣冠"这种新年穿新衣的习俗。老邻居也都延续着这种习俗，大人要给自己和孩子做新棉袄、新棉裤和新棉鞋，有的到通县百货商场给大人和孩子买轮胎底黑色条绒布棉鞋。有的人家还翻改大孩子穿过的棉袄棉裤，然后再絮上新棉花，让小点儿的孩子继续穿。此外，还要做蓝色灯芯绒（一种纯棉面料）或小碎花布的罩衣。我们小时候的冬天比现在冷，很多大人孩子喜欢穿棉猴儿，有的自己做，有的去商场买现成的，过年穿的全是新衣裳。

二

以前过大年，大人都要提前张罗买年货，吃喝穿戴什么都有。

大杂院儿的老邻居常拿着粮票、粮本和棉布口袋去南大街粮店买粮食，有白面、棒子面、红小豆、机米，特别是节日才能买到的好大米；拿着副食证、油票和瓶瓶罐罐去万通酱园买油盐酱醋、咸菜、酱豆腐、花椒、大料、桂皮、五香粉、胡椒面，还有凭证供应的粉丝、粉条、团粉、碱面、麻酱、红糖、白糖，尤其是节日供应的香油；去大红门儿副食店买猪肉、猪板油、牛羊肉，还有春节凭证购买的小韭菜；去小楼饭馆买带红点儿的年糕坨，回到家里蒸炸两吃。还有南大街卖的馅馇，买回来撒上盐和香菜，卷起来后用面糊把边儿粘住，切成一手指宽的馅馇馅儿，油炸后慢慢吃。

除了这些，大人少不了给孩子们买好吃的。他们去通县光明食品商店或高台阶儿食品店，买过年凭证供应的瓜子、花生，还有水果糖、牛奶糖、小动物饼干、黑枣、伊拉克蜜枣和糖瓜儿粘，回到家里按照孩子人数分成均等的份儿，不偏不向，一人一份儿。

大人还得给孩子买小鞭炮、红灯笼、小人书，尤其是要对女孩子特殊关照，给她们买头巾、雪花膏、面霜、彩色头绳、发卡、发箍、头花和好看的头饰。至于男孩子呢，大人也会给他们买棉帽子、空竹和铁环。

三

打小儿我就喜欢放鞭炮，记得上小学的时候，赶上过年，我和妹妹常到崇文区永外李村的爷爷家里过春节。爷爷给我们每人三五毛钱压岁钱，本家四爷还给我们买了不少小鞭炮，那种鞭炮高 20 毫米、粗 3 毫米，外面裹着一层红纸。我和发小儿舍不得一次放完，就把小鞭炮拆开单个儿放，常用手指掐着鞭炮的屁股燃放。有的小炮儿是哑的，我们就把小炮儿从中间撅折，用香点燃看滋花。

那些年的除夕前后，小伙伴儿常在一起放鞭炮玩儿。除了放小鞭炮，也放一寸多长的大鞭炮。大鞭炮花钱多，我们更舍不得一次放完了，也是化整为零单个放。胆子大点儿的，仍然是掐着鞭炮的屁股燃放。有一次，我也用右手食指和大拇指掐着一个大鞭炮的屁股放，不知怎么着，随着一声震耳的炮响，我的两个手指被震得生疼，不一会儿就肿胀起来。小伙伴儿说我放炮时没掐好，崩着手指了。

平时，我们积攒了牙膏袋（用锌制的）、骨头、冬瓜皮、冬瓜子、蓖麻子、瓜蒌、橘子皮，到贡院胡同西口右侧的收购站等处卖钱，存在储存罐里留着过年时买花炮。

上中学的孩子们除了放大小鞭炮，还放双响炮（俗称二踢脚）。它的火药用黏土分隔成上下两层，炮捻子在下层。下层火药爆炸产生的气流把上层推向空中，能有二三十米高。这时候，导火线恰好又引燃了上层密封的火药，二踢脚就会在半空中炸响，先看到的是蓝色烟雾，然后是清脆的炮响。

人们燃放二踢脚的时候，除了立在地上放，也有的用右手轻轻捏着二踢脚的中上部，点燃捻儿后把胳膊伸向一边，随着“嘭”的一声，二踢脚蹿入空中，一股蓝烟出现后就是“嗒——”的一声炸响，然后，那股蓝烟随风渐渐飘散。

男孩子喜欢玩儿打仗的游戏，玩儿木头做的枪支不过瘾，就玩儿打炮。我们找大人要两毛钱，到商店能买五个二踢脚。然后找来烟囱或者铁管子当炮筒，用砖头支起来放二踢脚，真跟打炮一样，那叫一个过瘾。

那会儿，人们把鞭炮称呼为“爆竹”“爆竿”“炮仗”“编炮”“鞭炮”“鞭”等。鞭炮最初主要用于驱魔避邪。后来，人们婚丧嫁娶都要燃放鞭炮。现在放鞭炮的范围更广泛了，主要有各类庆典、建设项目奠基、新建房屋上梁、商场饭店开业等。

记得那年春节前，我去东关的同学家玩儿，同学的父亲正在小屋做鞭炮。同学告诉我，他姥姥家是宋庄公社邢各庄的，村里几乎家家都做鞭炮。他爸爸看到我来了，就对他说：“咱家还有不少火药和药捻儿，你找点儿纸，给同学做挂鞭炮吧。”我正好带着两本不用的课本，准备叠“方宝”玩儿，听这么一说，我们拿起课本一起拆开，裁成纸条，做了 80 多个鞭炮，同学还熟练地给编了起来。

1989 年，我到县民政局工作后，经常下乡，对宋庄乡（今宋庄镇）邢各庄有了一些了解，村里的花炮厂专门生产烟花爆竹，农户农闲时也把做烟花爆竹当成副业，据说这里生产烟花爆竹已有 200 多年的历史，并保留着传统的工艺和工具，后来成为国家有关部门研究中国古代烟花爆竹工艺技术的重要标本。大约到了 20 世纪 90 年代中期，邢各庄村就不再做烟花爆竹了。

四

过大年的前几天，大杂院儿的邻居们就开始张罗着过年的吃食，馒头、红豆馅儿豆包儿、糖三角、枣荷叶蒸了好几锅，晾凉后放到小屋里的缸内冻起来，留着过年吃。

大年三十儿，家家户户都要炖肉、蒸米粉肉、炖带鱼、炸年糕、炸豆腐、炸饹馇饸儿、炸排叉儿、炸粉条、炸粉丝……到了晚上，一家人坐着小板凳，围在小桌旁谈天说地或听“话匣子”，一边包饺子，一边聊天儿。饺子馅儿是猪肉或羊肉大白菜，再配上小韭菜，满屋子都是香味儿。

当年，孩子们打小儿就要学着剁馅儿，后来学着包饺子，包什么样儿是什么样儿，都比着谁包的饺子好，谁包得快，煮了不破皮。

印象最深的是包饺子时，大人要在一两个饺子里放一个五分钱的硬币，说是煮饺子吃的时候，谁能吃到谁这年就会有福气，当然都是让孩子们吃到了。

过年，孩子们的兜里都装得鼓鼓的，这边装着小鞭炮，那边装着瓜子、花生、黑枣，有的兜里还装着果丹皮、糖米花、糖豆、水果糖和牛奶糖。过年最高兴的就属孩子们了，他们除了穿新衣裳，还有这么多的零食。

五

过年打灯笼也是孩子们最高兴的事儿。

我的童年是在邯郸永年县（今永年区）姥娘家度过的。过年时，舅舅早为我们糊好了灯笼，有四棱柱的、六棱柱的，也有圆的；灯笼的龙骨有用高粱秆做的，也有用竹条做的；糊灯笼用的都是自己印的彩绘窗户纸，图案有古代人物、八仙、花鸟等。

那年我回通县的时候，大舅特意给我做了两个灯笼带回北京，可惜没有保存住。

临近春节，通县的商场商店里都挂着五颜六色的纸灯笼，大人通常会给孩子买一个。纸灯笼有圆柱形、方柱形和球形的。圆柱形、方柱形的纸灯笼能上下折叠，球形灯笼是围绕球心轴折叠的。球形灯笼更招人喜欢，原因是球形灯笼更好看，球心轴两侧分别有小动物的头和尾巴，比如公鸡灯笼、兔子灯笼、鲤鱼灯笼……为了增加灯笼的延展性，纸灯笼底部或底部的棱上有马口铁做的卡子，用来固定铅笔粗细的小蜡烛。

过年时，孩子们就乐意跑到外边放鞭炮或者藏闷儿玩儿。还没等到天黑，心急的小伙伴儿就点燃了灯笼里的蜡烛，穿着厚厚的新棉袄、新棉裤，你喊我叫的，一会儿就聚了一大拨儿，走东家，到西家，无忧无虑地打着灯笼满院子跑，还跑到闸桥儿、万寿宫尽情地玩儿。

……

过年的时候，邻居们会按各自的想法准备一些礼物沟通感情。有的端来热腾腾的饺子，有的还让邻居们互相分享一些年货；就连亲戚送的舍不得自己吃的土特产，大家也会尝尝鲜。那互相登门拜年的场景，实在是让人难以忘怀。咱说话不能亏心，大杂院儿的人情味儿赛过了任何美味儿，也是最好的年味儿！

在大杂院儿生活的那些年

依稀记得，我家搬进楼房前，前后在四个大杂院儿住了好几十年。在高上坡通县医院家属院和莲花寺胡同居住时，我的记忆是模糊的，基本上没有什么深刻的印象。最让我难以忘怀的是在回民胡同和药王庙西坡住的情景。如今，我家搬到楼房居住已经20多年了，可我总会时不常儿地想起在大杂院儿生活的岁月，仿佛就在刚刚过去的昨天。

自来水带来的快乐

小时候，我一直住在邯郸市永年县的姥娘家，是喝着村西那口老井的井水长大的。我9岁那年，姥娘带着我从邯郸回到北京，进入回民胡同大杂院儿家里的那天，院儿里的一切对我来说都是新鲜的，特别是前院儿的自来水管子，一拧开水龙头，水就哗啦啦地流了出来。

第一次见到水龙头，我特别高兴，但不知道这水是从哪儿来的。后院儿的魏大爷跟我说了这才知道，早年，通县县城的居民喝的都是井水，主要有瓷器胡同、万寿宫鬼王庙、西大街等十多处水井的水。民国二十四年（1935），伪冀东政府在东仓修筑了一座自来水塔，从此，县城有了自来水。说到水源，据《通县志要》记载：“在贡院东北隅凿第一水源井，在西仓东北隅凿第二水源井。”通县解放后到1979年夏季这些年，人民政府又陆续开凿了十多眼机井，扩建了水厂，最后将大街小巷的自来水龙头全部拆除，把自来水引入各家各户，方便了居民用水。

大杂院儿的人能够最早用上自来水，这在当时来说，能有这样待遇的人还是不多的。那时，县城许多人的生活用水，都要到大街上或胡同里的固定地点打水，那里有公用自来水管子。比如在回民胡同的中西部，县民族小学门前就有个公用自来水管子，住在胡同中部和西部的人家都要用那里的水。他们有用水桶挑水的，也有用木质轴承车或铁轱辘车拉水的，再把水倒入各家的水缸里慢慢用。我爷爷住在永外李村，他住的那条胡同南口和北口都有公用自来水管子。这条胡同都是平房，一个院子挨着一个院子，每个院子都是大杂院儿。我爷爷家有个大水缸，大人用水桶从公用自来水打水回来，都倒进水缸内。水缸上边有木盖子，旁边还有水瓢和水舀子，一直用了好几十年。

夏天，我们喜欢对着水龙头喝水，这样又解渴又解凉。贪玩儿的我们喝足了水，免不了用手掌贴在水龙头上滋水玩儿，看谁滋水滋得远。如果让大人给碰上了，我们就会挨说。

每到礼拜天，大杂院儿许多大人端着大铁盆或木盆，里面放着搓板、小板凳、肥皂和衣裳，围在水管子周围洗衣裳。洗衣裳的多数是女人，也有男人。还有的在那里洗菜。他们一边洗，一边聊天儿，说说笑笑的很热闹。洗好的衣裳要晾晒到各家院子专门晾晒衣裳被褥的铁丝上。小伙伴儿喜欢凑热闹，喜欢拿着竹子做的滋水枪玩儿，大人嫌我们浪费水，就让我们用投衣裳的水滋水玩儿。我们常在院子里玩打水仗游戏，从前院儿跑到后院儿，又从后院儿跑到前院儿，不大工夫，每个人的衣裳都让水给打湿了。大人看到了，有的孩子难免要受到一顿数落，让他们回家把湿衣裳换下来，大人给洗洗。

有一天，院儿里的郭叔买了很多大螃蟹，拿到水管子前清洗时，螃蟹纷纷从洗菜盆里逃跑了，有的跑到墙根的排水洞内，有的躲藏到附近的鸡窝里，跑得慢的很快就被抓住了。看着在地上乱跑的螃蟹，小女孩儿胆子小，不敢去抓，怕被螃蟹钳子夹手，男孩子胆子大，追着抓螃蟹。大家一通忙活，才把逃跑的螃蟹都给抓了回来，放进水桶里，螃蟹再也跑不掉了。到了中午，郭叔蒸熟了螃蟹，给我们一人分了一只。

那时的天特别冷，常刮卷毛西北风，下鹅毛大雪，前场雪还没完全融化，又一场雪跟着来到了。入冬前，大人找来稻草把水管子裹住保暖，只露出水龙头。雪后，大人会及时清理水管子和水池子上的积雪。除此之外，家家户户也不分你家我家，主动把院子、过道和大院门前道路上的积雪清扫干净。孩子们则不失时机地、欢快地堆雪人和打雪仗。寒冷的天，不少孩子的手背都被冻得裂着小口子，可并没有阻挡住我们贪玩的心。小伙伴儿还做了滑冰车和滑冰钎子，到街上在被踩瓷实的雪地上滑冰玩儿。有的人家还把洗脸水、洗菜水泼到自家小院南墙根的雪地上，自造滑冰场，面积虽说不大，可给我们带来的乐趣并不小。我们穿着厚厚的棉衣棉裤，戴着羊剪绒棉帽子，常常玩得浑身是汗，摘下棉帽子，头上直冒热气儿。玩儿归玩儿，闹归闹，我们也会跑到前院儿水管子前，学大人的做法去铲冰，用滑冰钎子凿冰，把水池子上厚厚的冰层凿碎弄到草地上，免得人们接水时滑倒。大人碰见了都要鼓励几句，我们听了，干得更来劲儿了。

葡萄架下听神话

在我上小学五年级的那年夏天，父亲和医院的武大爷把一棵巨峰葡萄树栽到我们家的院子里，还用转日莲秆子和竹竿子搭建了葡萄架。后来得知，武大爷搬家了，就把种了10多年的葡萄树移植到我们家。

院子里有了葡萄树，我们特高兴，就用土围着葡萄根堆成圆形蓄水池，不定期往里面浇水。到了冬天，要把葡萄树埋在土里，春天再把葡萄树从土里扒出来，搭到葡萄架上。家里有了葡萄树，我也学到了很多知识，比如怎样识别哪个枝杈有葡萄，如何修枝剪枝，如何施肥，什么季节摘果。还知道了葡萄树吃荤不吃素，谁家有病死的鸡和兔子给了我家，都被埋到葡萄树下。那年，母亲带回一个卖冰棍儿用的广口保温暖壶，她跟我说里面装着三个胎盘，是给一个病人找来治病用的。第二天，母亲跟我说，人家不要了，于是，我就把这些胎盘埋到了葡萄树下。我们家的葡萄到了叶子都掉光的时候才摘，这时候的葡萄最甜。

到了夏天，我们家的葡萄树下成了大家乘凉的好地方。女人们坐在葡萄架下给大人和孩子织毛活，帽子、围脖、毛衣、毛裤、手套、袜子，从头到脚的什么都织。男人们则坐在葡萄架下，摇着芭蕉扇，喝着茉莉花茶，谈古论今，特别是县城发生的新鲜事，好像总有说不完的话题。最让我们感兴趣的是他们讲的神话故事，有的至今还记忆犹新。

第一个故事说的是古代，有个30多岁的山里人叫杨石头，和他娘住在四面透风的房子里。他除了给财主扛活，还常去山上砍柴，再背到县城去卖。尽管很辛苦，可他们一家仍然过着穷苦的日子。有一天，他去山上砍柴，忙了一天，才弄到很少的柴火。天快黑的时候，他拖着沉重的脚步，背着柴火往家走，当走到一个山洞旁边时，他又累又饿，实在走不动了，就坐在一块大石头上歇歇，嘴里还不住地唉声叹气。

忽然听到有人问："你为什么叹息？有什么难处跟我说说吧，我兴许能帮你。"

杨石头听了，心里一惊，忙四处寻找，可并没看到附近有什么人。忽然看到石头旁边的一棵大树晃动了一下，接着听到："你已经看到我了，就别找了，有什么话就说吧。"

于是，杨石头就把家里的困境说了，还说想把房子修好，再买点儿粮食，让他娘过上好日子。

那棵大树又晃动了一下说："这不难，等初八那天太阳出来以后，你到旁边的山洞里看看，那里有你要的东西，你随便拿。记住，一定要在太阳回来前离开山洞。"

到了初八这天，杨石头照常去山上砍柴，忙到下午才想起那棵大树说的话，于是他背着柴火来到那个山洞，只见里边金光闪闪的，便撂下柴火走了进去。山洞里的金银财宝让他眼花缭乱，可他只拿了一个金元宝和一个银元宝就回家了。他用这些钱买了粮食，还把破旧的房子给修好了。

财主听说了这个事儿，就让家丁跑来问他是不是偷东西了，要不哪儿来的钱，不说实话就送他到官衙问罪。无奈，杨石头就把事情的来龙去脉说了，家丁听了赶紧回去报信。财主一听，心中暗喜，还嘲笑这个穷小子见钱眼不开，才拿了那么点儿东西，真是天生的穷命。

第二天，财主也装扮成砍柴的，坐在那块石头上，说着同样的话，大树也告诉他什么时候去山洞。等到了初八这天上午，财主领着家丁，带着干粮，拿着几十个大麻袋前往山洞。他们进入山洞一看，到处都是金银财宝，可把他们给乐坏了，恨不得把这些财宝一口吞进肚子里。于是他们赶紧往麻袋里装，麻袋装不下了，就脱下衣裤，把袖口和裤腿用绳子拴住，继续往衣裤做的袋子里装金银财宝。不知不觉，天暗了下来，太阳回来了。太阳看到山洞里的情景，愤怒地睁大了眼睛，财主和家丁都被烤死在山洞里，那些金银财宝也瞬间全变成了石头。

第二个故事和葡萄树有关，说的是每年的农历七月初七这天，鹊儿要到天河上给牛郎织女搭桥去，到了晚上，能在葡萄树下听到牛郎织女说悄悄话，好奇的我们都想听听牛郎织女究竟说些什么。白天，我们给葡萄根培土，把蓄水池灌满水，天黑之前再次把蓄水池灌满。到了夜晚，我们仰望着天上的繁星和月亮，希望能瞅见神秘的鹊桥，然后静静地等候在葡萄架下，伸长了脖子、竖起耳朵仔细听，可听了老半天，也没能听见牛郎织女说了什么话。有人说我们错过了时辰，也有的人说，凡人听不到他们说话。

那些年，我们还听了不少其他的神话故事。神话归神话，都是后人编的，信不信由你。回想自己几十年的人生经历，是不是也有这些神话的影响呢？最起码，我们越来越懂得了编写和讲述这些神话故事的人是什么心思。

自觉遵守的值班日

大杂院儿的人一直共用一个水管子和一块电表。一年四季，收水电费都是由各家各户按月轮流值班，已经形成了默契。简单地收取水电费，也有其中的讲究，由于值班户的巧妙安排，从没有因水电费的收取而发生过什么邻里间的不愉快。

距离前院儿水管子不远有个 1.5 米深的水表井，里面有水表、水截门和回水用的水龙头，水表井上面盖着正方形的木质井盖。每到月底，县自来水公司的抄表员都会准时来大杂院儿抄表，计算出本月的水费，把水费单子交给院子里的人，再由值班户去忙活。值班户先要挨家挨户核对当月各户的人数，汇总出人口总数，按照自来水公司抄表员开的水费单据，计算当月人均水费的数额，之后计算每户的水费，收齐了水费就去自来水公司缴费。谁家来了亲戚，住的时间超过半个月，或谁家盖小房，都按一个人收水费。如果结余个毛八分的，在收费单子上写明后一并转交给下月的值班户。

到了冬天的早晚，当月值班的人家还要负责回水和开水管子，防止水管子被冻坏。在关水管子前，值班户要在院子里喊几声，让大家提前有个准备，大家听到了赶紧用水桶或水缸存水，第二天早上用。关水管子时，要用铁棍做的水钥匙把水表井里的阀门关闭，再分别拧开地面上和水表井里的水龙头，水管子里残存的水就会流入水表井里。为了保险起见，还要用嘴含住地面上的水龙头使劲儿吹，吹通了管子，回水才能彻底，水管子才不至于被冻坏。含着水龙头吹管子前，要先用手在水龙头上捂捂，或者用热水浇一下，防止嘴唇内的一层皮被冰冷的水龙头粘掉。值班户早晨的第一件事就是先去开水管子，让大家及时用上水。

说到收取电费，要比收水费麻烦一些。过去，人们的家里都用电灯泡，一般用 15 瓦的，也有用 20 瓦或更大瓦数的，各家各户还有话匣子，除此之外，就没有其他什么用电的了。此外，各院儿还有公用电灯泡。全院儿只有一块电表，安在前院儿大门洞里。到了月初，县供电局的工作人员来抄表，计算出电费后交给院子里的人。当月值班户在收取电费的时候，先要拿着本子逐户查看电灯泡的瓦数和有无话匣子，统计各户的用电度数。电灯泡上已经注明了瓦数，话匣子一律按15瓦电灯泡计算。院儿里的公用电灯泡用的电平摊给各户。值班户汇总出全院的用电总数后，再计算出每度电多少钱，然后去各户收取，遇到电费总数稍有亏空的时候，每户就适当多收几分钱，结余的钱转到下月。值班户去县供电局交了电费，会及时把收据和结余的钱一并交给下月的值班户。

到了20世纪80年代初，大杂院儿里的人家陆续有了电视机、电冰箱等家用电器，各户还安装了分电表，给值班户省去了很多麻烦。1989年，我家搬到药王庙西坡27号大杂院儿的时候，水电费收取也是采用各家各户轮流值班的方法。

勤劳是咱的传家宝

大人常对我们说："你们从小要勤快，许多事情能自个儿干的就自个儿干，要养成好习惯。"这样我们到十来岁的时候，动手能力已经比较强了，洗衣裳、做饭、脱坯、盖房子、做简单家具、用煤末儿做煤球儿、搪炉子什么的，样样都干，我们还自己做铁环、轴承滑车、风筝、"汉奸"（陀螺）、尜、链条枪、滋水枪、蓖麻枪、弹弓这些玩具。还用耳机子、二极管、漆包线自制小收音机，安上用铜丝做的开关，虽说只能听到一个台，可其中的乐趣是无法用语言表达的。

我们家曾经养过小兔、小鸡，盖兔子窝和鸡窝都是我自己忙活，先找木料做门框、窗户框和门窗，用砖头、黄泥、油毡和瓦，半天工夫就把兔子窝和鸡窝盖好了。兔子窝和鸡窝是有区别的，主要是兔子窝里要铺上稻草，不定期更换。盖鸡窝和盖兔子窝不同，鸡窝里要横搭两根木棍子，到了晚上，鸡进窝后都是卧在木棍上睡觉，鸡粪都在下边。在鸡窝的房顶上，还要放一个木盒子，里边铺上花秸，母鸡下蛋都去那儿。

以前，大杂院儿的人家有一两个孩子的，也有三四个孩子的，住房最多的也仅有两间，冬天都用屋里的取暖炉做饭、烧开水。到了夏天，只能把炉子挪到屋外。于是，各家各户纷纷在空地盖了小房，用于做饭、放煤球儿或蜂窝煤，冬天还能储存大白菜和大葱。这些小房，都是大家自己盖的。盖小房常用的工具主要有尺子、铅坠、墨斗、锯、刨子、锤子、凿子、钉子、铁锨、三齿、瓦刀、抹子。

盖房子离不开熟石灰和花秸灰。人们买来生石灰（白灰块）以后，先要淋灰，让生石灰和水融合到一起，把生石灰淋成熟石灰，这就是淋石灰，俗称淋灰。操作步骤是先在院子空地上挖个一米深的长方形坑，坑底铺上一层细沙子。再把生石灰放到洗衣盆里，倒入水，等生石灰彻底溶解后，用木棍搅和搅和，把石灰水倒入坑里，直到生石灰全部淋完。然后盖上木板和塑料布，防止杂物掉进去。

几天后，用铁勺子把坑里的石灰膏扰出来，放到干净的砖地上，掺入花秸，用三齿或四齿、铁锨和好花秸灰，盖上塑料布，再过几天就能用了。花秸灰在用的时候需用水和好，主要用于小房的房顶、外墙和窗台的防护。小房的房顶在用花秸灰前，先要铺上席子，然后抹上一层厚厚的花秸泥，就是用黄土和花秸和好的泥，稍干以后再抹上一层花秸灰，用抹子赶光滑，干了以后能起到防水的作用。

小房的内墙先要抹一层用石灰膏和沙子和成的沙子灰，稍干以后再抹上一层麻刀灰，就是把麻刀（碎麻）、石灰膏按比例掺和在一起和好抹在墙上，用抹子抹光滑。有了麻刀灰，墙面才不会开裂。

盖小房的门框、窗户框、门和窗户，也都是我们自己做的。做好以后要涂上自己喜欢的涂料，再刷上一层清漆就齐活儿了。

现如今，盖房子都用上了新型材料、工具和设备，昔日用于盖房子的材料和工具正在与我们渐行渐远，有的只能在民俗博物馆才能看到了。

我家搬到药王庙西坡以后，也盖了小房，安上了土暖气，我们还用大油桶、水管子、截门、水龙头和花洒做了太阳能热水器。冬天，家里用煤气热水器洗澡，夏天就用太阳能热水器。

自从搬到楼房后，这些活已经二十来年没干了。但热爱劳动的习惯一直没变，只不过是换了一些方式。

养小动物的乐趣

当年，大杂院儿的人家都喜欢饲养小动物，比如金鱼、鸽子、鸟儿、兔子、小猫和鸡鸭。

童年时代，我曾经养过小猫，小猫长大后，到了夜里经常出去。为了猫进出屋子方便，我就在屋门的左下角开了一个方洞，安上小门帘子，到了夜里，猫可以自由出入。白天，小猫一般都在家里打呼噜睡觉，到了晚上就来神儿了，一转眼就会跑得没影儿了。

我爷爷住的大杂院儿有个赵爷爷，他在房子前搭建了花架，种了不少花，在花架上挂着十几个鸟笼子，鸟儿的叫声给大杂院儿增添了不少灵气。花架底下还有养金鱼的缸，里边游动着五颜六色的金鱼，有包金、鹤顶红、朱顶紫罗袍、狮子头、大红珍珠、五彩珍珠、玉绒球、四绒球，还有许多叫不上名字。此外，在好几个玻璃鱼缸里还养了不少热带鱼。赵爷爷每天都起得很早，遛鸟儿回来，就带着用纱布、竹竿、铁丝做的抄网到护城河捞鱼虫。

有一年，我从爷爷家回通县的时候，赵爷爷送给我十来条金鱼。回到家后，我把金鱼放到院儿里的水缸内，经常去回民胡同东头的水塘捞鱼虫，金鱼吃不了的，就放到窗台上晒成干鱼虫，等到了冬天喂金鱼。我还养过蚕、家雀儿、小兔，最让我难忘的是养鸡。

提起养鸡，我们家曾经每年都要买小鸡。小鸡毛茸茸的，叫起来声音很好听。有一天晚上睡觉前，我怕小鸡冷，就把两只小鸡放到自己的被窝里。第二天一觉醒来，这才发现小鸡都被我给压没气了，只好把小鸡埋在了葡萄架下。

1970 年春天，大杂院儿的邻居给大家买了很多小鸡，我和隔壁的大哥都去邻居家买了十几只小鸡。最后剩下两只黑不溜秋的小鸡没人要，我和邻家大哥各买了一只。过了一段时间，大院仅剩下这两只不好看的小鸡，其余的都没有成活。

这两只小鸡长大后，鸡毛从头到尾都是黑色的。彭大爷告诉我们，这鸡是澳洲黑。我们家的这只澳洲黑让我很喜欢，我给它翻盖了新鸡窝，常用菜帮子、菜叶子和棒子面做鸡食喂它。我们两家的澳洲黑鸡经常在一起，形影不离，除了在我们这排房的地里刨食吃，还到东墙根那里刨食，它们常卧在地上用翅膀扑棱土，从不到其他院子去。两只鸡虽说常在一起，可到了吃食或下蛋的时候，都是各回各家。

刚开始的时候，我做好鸡食后都是吆喝着让鸡来吃，后来，只要我摇晃着手里的钥匙，它听到声音后，就立马从地上站起来，用翅膀抖抖身上的土，伸长了脖子快速跑过来。有时候，我坐在小板凳上吃饭，这只鸡就会蹦到我的肩膀上，我也会给它喂点儿吃的。我上中学以后，每次上学，它都跟着我到大门口。我放学回家的时候，它瞅见我回来了，马上跟在我的后边一起回家。中学毕业后，我去了邯郸的姥娘家，后来，母亲在信中告诉我，说家里的澳洲黑得了鸡瘟死了，我的二妹把它埋在了葡萄树下。

想想那些年饲养小动物，不仅给我们带来不少乐趣，还让我们的生活变得丰富多彩，同时还获得了有机肥。我家每年都要种转日莲、甜瓜、西红柿、山扁豆、豆角、黄瓜和癞瓜，接长不短地用薅锄给地里松土，再撒上鸡粪、兔子屎增加地力。自家种的这些农作物很好吃，特别是豆角、山扁豆结得多，院儿里谁家吃不了常送给街坊邻里。

大白菜“当家”的日子

从前没有蔬菜大棚和温室，蔬菜全靠四季的自然生长，什么季节有什么菜。秋末冬初前收获的大白菜，就成了老百姓冬天和来年春天的当家菜。

每到大白菜收获时，都是政府高价收，再低价卖给城里的居民，实行价格暗补。县里还成立了领导小组，负责大白菜收购、运输和销售的协调指挥。县汽车一场、二场的解放牌带挂斗的运输汽车都被县里统一调动，小街部队等驻军也派出车辆支援县里运送大白菜。

通县的大白菜不仅供应给县城的居民，还源源不断地把好菜运往北京城区。运送大白菜的汽车车窗前放着统一车证，到了京城也是畅行无阻。那时，城乡马路上到处可见运送大白菜的汽车，交警们也专门在京津公路、新华大街等运输沿线指挥疏导车辆。

我家住的大杂院儿北墙外是新华大街，再往北是大红门儿（副食店）。有一年，雪下得早，寒冷的西北风使劲儿地刮，吹得电线嗡嗡作响。早晨7点多，我和老街坊拿着副食本，来到大红门儿门外冒雪排队买大白菜。在长长的队伍中，有穿着军大衣、戴着棉军帽的；有穿着那时流行的蓝色棉猴儿的；也有穿着棉袄棉裤，头上戴着棉帽子或头巾，脖子围着围脖儿，脚穿毛窝或大头鞋的。很多人的手上还戴着棉手巴掌儿，手巴掌儿分别用布线绳连接，搭在脖子上。

运送大白菜的汽车一到，身穿蓝大褂儿的售货员和戴着蓝色再生布围裙、套袖的工作人员忙着卸菜、登记、收款、开票、过秤和卖菜。大白菜分为一级、二级、三级，还有等外菜，由顾客自己选择菜的等级。品种有青口菜和白口菜，青口菜能长久储存，白口菜不易保存，一般都要先吃。大红门儿门口放着几个一米多高的红漆面地秤，上面放着床板便于称菜。售货员卖菜时，接过顾客递交的小票儿，按上面写的大白菜等级和斤数，把大白菜码放到床板上称足分量，然后抬着床板，把大白菜倒在空地上，由顾客拉走。居民买大白菜，运输工具有三轮车、排子车、手推车、儿童竹车、自行车……

卖大白菜的地方都是临时占用的人行便道，除了地秤，还立着不少竹竿子，上面拉的电线上挂着好多盏 100 多瓦的电灯泡。天黑的时候，售货员把没卖完的大白菜盖上稻草帘子和苫布，还要把周边打扫干净。夜里，有工作人员身穿棉大衣忍受着寒冷值班。

每年的那个时候，大杂院儿的人都要忙活一阵子，有工作单位的也会放半天假，让职工去购买大白菜。购买大白菜前，大人都要聚在一起商量一下分分工，有的带着各家的副食本，到大红门儿排队开票；有的去借手推车、三轮车等运输工具；各家各户要提前把放大白菜的地儿归置利落，打扫干净。大白菜买回来后，老街坊互相帮着卸下来，在各家儿院子里堆起一座座白菜山。

大白菜买到家里后，先要晾晒，不断倒腾。出老阳儿的时候，要把大白菜一棵一棵挨着排码在院子里，让大白菜也晒晒太阳。到了傍晚，再一棵一棵码成垛。堆码大白菜有讲究儿，要按白菜头朝外、白菜屁股朝里的方式堆码，码好之后盖上草帘子、麻袋或者破棉被，避免夜里被冻坏。晾晒大白菜要倒腾一个多礼拜，把大白菜表面的水气儿晒掉，便于储存。大白菜晾晒好以后，也要按晾晒时堆码的方式，在自家盖的小房里堆码好并盖严实。大白菜即便冻了也不要紧，拿到住的屋里慢慢化冻，吃着一点儿也不会变味儿。这些大白菜能一直吃到来年春天。

除了大白菜，大杂院儿的各家各户年年还要腌咸菜、晒干菜、积酸菜和做西红柿酱，在大白菜当看家菜的日子，这些菜也成了人们舌尖儿上十分重要的角色。

温馨的大杂院儿

我家住的大杂院儿南北走向，前后有五排平房，房子东侧有条两米宽的甬路通往各院儿。北边那排平房后面有围墙，围墙内有茅房，围墙外是新华大街，南边从大门洞出去是回民胡同。

大院一共住着十来户人家，大部分是通县医院的职工，还有县卫生局局长、卫生院院长、县石油公司经理、县文化馆书记……我的父亲是中医大夫，曾经在通县医院（如今的北京潞河医院）工作，后来来到位于闸桥儿的县医院第二门诊部（1972 年二门诊撤销，通州镇卫生院迁入，后更名为通州区新华医院）工作。我父亲曾经跟我说起，我们住的大杂院儿，曾经是通县医院的中医门诊部，20 世纪 60 年代初被改为县医院家属院，我们家也由莲花寺胡同 2 号搬到这里。这个大杂院儿起初由县医院管理，房租由县医院从职工工资里扣除。没过几年，大杂院儿被移交给通县房管局，各户都办了房本，按月缴纳房租。

记起小时候，在我们住的院子里有个大碾子，大人出于安全考虑把碾子拆了，大碾盘埋到地里，石磙子放到了大院门口的水泥斜坡下，避免马车、汽车等车辆撞坏斜坡。据说，这个大碾子是加工中药用的。大院不少人家用的床、柜子都是灰色的，都是当时县医院中医门诊部的财产。县医院曾经几次来大杂院儿登记财产，在这些床、柜子上贴上新标签后还要刷上清漆。在这个大杂院儿住着，有得天独厚的医疗条件，一般小病不出院子就能及时得到诊治。邻居家一位上中学的大哥曾感冒发烧，浑身无力，我父亲给他号脉以后开了药方子，他们家马上让人去药店抓药，这位哥哥喝了用熬药锅熬好的中药汤，不到一个小时就退烧了，身上也有劲儿了，第二天照常去上学。

进入 20 世纪 80 年代后，大杂院儿的孩子们陆续到了结婚的年龄。他们结婚的时候，大杂院儿的老街坊都要攒公议儿，从几毛钱到几块钱不等，然后到通县百货商场或南大街的百货商店买被面、枕巾枕套、压力暖壶、脸盆和脸盆架、毛巾和香皂、痰盂等物品，送到新婚夫妇家。结婚的人家，一般准备自行车、手表、缝纫机、台式电扇，大立柜、酒柜或高低柜、包床头的双人木床等家具，后来又增加了电冰箱、电视机等家电。我的一个发小哥哥结婚那天，他家准备了两桌家常便饭，大家吃喜糖、喝喜酒、抽喜烟，热热闹闹地贺喜。此外，大杂院儿有谁参军、参加工作，媳妇生小孩儿了，老街坊也会送上文化用品、生活用品这些礼物以示祝贺。

昔日曾经流行过穿棉猴。棉猴就是带帽子的棉大衣，样式和现在的羽绒服有点相近。它的前摆处有两个方兜，对襟上只有一排纽扣。过年的时候，大人会花钱给没有棉猴的孩子买，能穿上新棉猴，对我们来说是一件很高兴的事情。孩子多的人家经济条件有限，保证不了每人都能买一个新棉猴穿，谁要想穿棉猴，基本上都是自己做。

我的姥娘从邯郸来北京住的那几年，不仅给我们做棉袄、棉裤、棉鞋，还做棉猴。穿上棉猴，外边即便是刮大风、下大雪也不怕，身上总是暖乎乎的。后院儿小平的姥娘是山东人，也常给家人做棉衣。两位老人是大杂院儿最年长的，大人都叫她们大娘，孩子们也都亲切地叫她们姥娘。她们心眼好，心灵手巧，常帮着大杂院儿的邻居做针线活儿，人们穿的戴的，她们仔细瞧瞧，用手指头量量就会做了，穿戴上正合适。

大杂院儿的房门不像现在都安着防盗门，都是简单的木门，上边有玻璃，下边是很薄的木板，都用钌铞儿、挂锁锁门。钌铞儿、挂锁并不算怎么牢固，用两把改锥就能轻松打开，可大杂院儿从没有发生过溜门撬锁的事情。

南城派出所的民警李广玉是我们这片的片警，胡同里家家户户的情况，他都了如指掌。他经常来我们院子去找小平的姥娘。老人家是街道积极分子，常帮着居委会做事情，有什么事情，她都和院儿里的各户说说。有生人来大杂院儿，街坊们看到了都会问找谁，问清楚了就带着这些人来到要找的人家，在院子里喊着主人的名字说有人找。要是我们碰到了，也会问找谁，然后领着他们到要找的人家。那会儿，谁家来了亲戚，都要到派出所登记。有的人家锁门后，就把钥匙放到窗台的花盆下。还有的人家，常把钥匙放到邻居家里，家人回来就去邻居家拿钥匙。春节前夕，院子里的人家都要蒸馒头、豆包、枣荷叶、糖三角，然后存放在南墙根的小缸里随吃随拿。家家户户的后窗台上还冻着一溜儿大柿子。夜里，各家的自行车也都放在院子里。那时，偷盗的事情不是没有，由于群防群治，所以很少发生。在大杂院儿生活，人们很踏实，没什么不放心的。

到了三伏天儿，人们不像现在能有空调降温，基本上是靠芭蕉扇、竹扇降温，还有的直接到自来水管子那里冲凉。那时，谁都盼着下雨，雨后会很凉爽。那时的老天爷也许善解人意，时不时地下场大雨，雨水顺着房门流进屋里，甚至跑到床底下，让人很无奈。雨稍微小点儿后，院子里的水都没过了脚脖子，大人穿着高筒雨靴，冒着小雨蹚水到下水道那里清理杂物，拽起雨水篦子排水。

大雨过后，天上继续下着牛毛细雨，满院子飞舞着轻盈的蜻蜓，我们从屋里跑出来，追着蜻蜓玩儿，逮也逮不着，就图个乐儿。

下雨屋里进水成了大家的心病，后来，不知谁家发明的在门框的左下角用改锥掏个小洞直通院外，晴天用木塞子堵住，下雨的时候再拔掉木塞子，这样，再下大雨的时候，顺着房门流进屋里的雨水就沿着这个小洞流出去了。一家人这么做了，其他人家也都照着做，解决了雨水往屋里流的问题。就这样，谁家有了生活上的窍门都会告诉老街坊，有什么好事大家共享。

想想那些年，老少 50 多口子人，住在一个院子里生活，共用一个水龙头、一个简陋的茅房，日子过得井井有条，邻里之间也很少有不愉快的事情发生，真的就像一家人。

后来，我家离开回民胡同搬到了药王庙西坡，并于 1997 年搬进了楼房。从过去的旱厕、煤球儿和蜂窝煤，到如今的马桶、暖气，居住环境的改变也提升了我们的生活质量，尤其是对我们行动不方便的人来说，省去了很多的麻烦。虽说已经在楼房住了这么多年了，可我总是觉得生活中似乎缺了点什么，究竟缺少了什么呢？一时半会儿我也说不清，干脆不想了，不想了。

滋味儿

早年间，通县县城有不少小酒馆儿，后来在人们的不经意间，这些小酒馆儿从人们的眼前消失了。前些日子观看电视连续剧《老酒馆》，让我想起过去的小酒馆儿，还有始终忘不了的那股醇厚劲道的酒香味儿。

不起眼的小酒馆儿

从前，县城的东大街、西大街、北大街和赵登禹大街临街面都有小酒馆儿。这些小酒馆儿没有显鼻子显眼儿的招牌，面积不大，也不挂幌子，就那么一个老老实实的有年头的门脸儿，连最初的模样都快看不出来了。

东大街小酒馆儿屋子不大，门脸儿坐北朝南，通常摆放着五六张方桌和板凳，人多时，每桌可以挤下十来位。常去小酒馆儿喝酒的都是中老年爷们儿，熟人多，谁也不嫌谁，人多了就挤一挤，凑在一起喝。也有的是躲在角落自个儿喝的，想他应该是有什么心事吧。

柜台后边的柜子上摆放着二锅头、衡水老白干、高粱酒等瓶装白酒。柜子下方的台子上放着好几个肚大口小的酒坛子，上边盖着用红布包着的盖子。酒坛子旁边有白色方形搪瓷盘子，里面放着卖酒用的酒提子。酒提子是用毛竹或白铁做的，容量有一两、二两的，还有更大的。我在工厂上班的那些年，厂生产股曾经让我们用白铁片儿做过大小不等的酒提子。那个年代，副食店卖酱油、醋、香油也都普遍用提子。

二锅头是当年通州人最爱喝的酒。那时候的二锅头卖一块七一瓶，没有散装的，有顾客来买，售货员打开酒瓶盖子，用量杯量酒卖，绝不会缺斤少两的。酒没卖完，盖上瓶盖子，放到玻璃柜台里面等着下次再卖。

那些小酒馆儿卖散酒，谁也不敢缺斤短两或掺杂使假，坏了老规矩。卖酒的人都明白，要是那样，往后就歇菜了。

小酒馆儿的特点是只卖酒、凉菜和熟食，不卖炒菜。下酒菜有肉皮冻、煮花生、煮黄豆、炸蚕豆、炸河虾、炸排叉、素丸子，还有蒜肠、粉肠、酱牛肉、酱猪蹄、猪头肉、拍黄瓜等。玻璃柜台内的夹层上，摆放着不带过滤嘴的香山牌、绿叶牌、八达岭牌、大前门牌、恒大牌香烟，也有烟丝、卷烟纸、火柴和打火机，还有通县火石厂生产的彩色打火石。靠墙的地方有一两个笸箩，里面放着烧饼和火烧，虽说笸箩上面盖着白色小棉被，可并没能阻挡住烧饼和火烧飘出的馋人香味儿。

顾客来小酒馆儿买下酒菜时，服务员用秤约好后，再用马粪纸包装，然后用柜台上面挂着的黄纸绳捆扎好，再打个十字花，上面还要打个结，拉出一截绳子，再打一个结，顾客就可以拎着那一段纸绳子把酒菜拎回家了。有来买烧饼和火烧的，同样用马粪纸包装。那时没有塑料包装，商场、副食店、小酒馆儿包装用的都是马粪纸和纸绳，不会对环境有什么祸害。

您要问了，马粪纸是马粪做的吧？瞧，您这就是误解了，马粪纸是用稻草和麦秸等做原料造的黄色包装纸，由于加工比较粗糙，颜色比较黄，人们才习惯叫它马粪纸。

从秋末冬初开始，小酒馆儿老早就生上了煤球儿炉子，取暖、烧开水都用它。服务员每天早晨擞炉子添煤，晚上封火，屋里总是暖烘烘的。喝酒的来了，服务员就把铁丝做的箅子放在炉子上，上面码上馒头，接长不短翻个个儿，馒头被烤得焦黄喷香，看着就馋人。

我的舅爷谭世英（谭鑫培之孙，京剧表演艺术家）来通县的时候，也喜欢去小酒馆儿喝两盅，他最爱喝的就是二锅头。

人们常说，到小酒馆儿喝酒的喝来喝去，还是喜欢便宜、好喝、味儿正的二锅头。

行家则说：真正的二锅头酒必须用纯高粱酿造蒸馏，才能有二锅头的老味儿。

悠久的酿酒史

县城里的小酒馆儿和别的地方的小酒馆儿不一样。由于通县酿酒历史悠久，小酒馆儿卖的散酒绝大部分是本地酿造的。

通州是京杭大运河的北起点。古代运河是京城粮道，南方大批优质粮食经漕运囤积在通州，然后再分批运往北京城。到了明代初年，随着大运东仓、大运南仓、大运西仓、大运中仓在县城南部的建立，经由京杭大运河从南方各省运来的粮食和物资，除了转运京城等地，大部分储存在通州。在粮食的存储中，难免有因仓房漏雨而发酵的，而发酵的粮食就是酿酒的好原料，因此出现了多家酿酒作坊……

就连通州的一些地名都和酿酒有关，城内的中仓街道一带曾经有大烧酒胡同、中烧酒胡同、小烧酒胡同。我家曾住在回民胡同西边，距离这些胡同不远，我常去住在这些胡同的小学老师和同学家里串门儿。后来，这些胡同都在20世纪90年代拆迁盖了楼房。在张家湾镇还有个烧酒巷村，我在通州区残联工作的时候，曾经陪同区委、区政府的领导到这个村慰问残疾人困难户。

说到通州的造酒文化，可追溯到金天德三年（1151）。据《通县志》记载："通县酿酒业历史悠久。金代'金澜酒''醉流霞''竹叶青'等名酒享誉中都，元、明、清时期通州城及西集、张家湾、牛堡屯、马驹桥诸古镇都有酿酒烧锅……以大曲、高粱为原料生产白酒，行销县内和京城各地。"到了明清两代，通州的酒业形成了很大规模，曾为皇宫酿制宫廷御酒。烧锅是酿酒作坊的别称，足以证明通州酿酒之盛。通州酿酒历史迄今已经有860多年了。

历史学家齐如山先生所著《北京三百六十行》记载："北京所饮之烧酒来源，分南、东两路：南路乃容城、白沟河一带所产；东路则通州一带所产。东路且多烧锅，自己运来者自己备大车，每车三个大篓；前边横一个，中间一个，后尾又横一个。都是按照车尺寸做好，运到后只卸酒不卸篓，比南路连篓卸下者较省事矣。”

史料表明，通州西集、张家湾、牛堡屯、马驹桥、永乐店、大杜社、中仓等地区都有酿酒的历史记载。

传说乾隆爷下江南的时候，来到通州鱼市口儿，瞅见两旁街市繁华，店铺林立，有烧锅、饭馆、布店、当铺、杂货店等，这才有了大学士刘墉（刘罗锅）与和珅巧斗智，与乾隆爷巧对对联儿，南北通州和东西当铺的绝妙对联儿一直流传至今。据说打那儿以后，刘墉经常派人来通州打酒。

通州距离天安门只有 40 多里地。从前有水路和旱路与京城相连，京城的人来喝酒、打酒还是很方便的。据说，也有卖酒的挣着钱了就去京城开了小酒馆儿。

据有关资料记载，1949 年中华人民共和国成立后，在地方政府的支持下，通州的几家著名烧锅合并成立了通县酒厂，先后生产向阳牌二锅头、通州牌二锅头、通州老窖、通州佳酿等品牌的酒。1975 年又成立了国营北京市通县永乐店酿酒厂，先后生产永乐牌白酒，后改名为北京特产二锅头，还有纯酿曲酒。

《通州民俗》一书中有“北京酒虫”陈学增写的《烧锅与通州酒史》，其中写了二锅头酒的工艺流程。此外，还有这样的文字：“二锅头酒的根在通州无疑。”

记得 1988 年秋天，我去一个在县酒厂工作的朋友家串门儿，当我路过酒厂大门口的时候，酒糟的香味儿扑面而来。在他的家里，大嫂炒了几个菜，哥们儿拿出一瓶净馏酒说：“这酒是纯粮食酿的，喝了不上头，就是醉了心里也明白。一觉过后，浑身不会难受，什么事儿也没有，你就放心喝吧。”我们边喝边聊，他跟我说：“如今市面上有的酒是假酒，喝了伤身子。有的酒掺了香精香料，喝了一准上头，那酒可不好喝。你看这酒没事吧？”果然，很少喝酒的我喝了两八钱杯，从舌尖儿到舌根儿，回味甘甜。而且酒后口不干、头不疼，头也没晕，还没醉。临走的时候，他让我带上一塑料壶净馏酒回家慢慢喝。

三年前，我曾经和朋友到马驹桥镇陈学增家串门儿，刚进他家住的村口，就闻到了酒糟的香气。在他的家里，他向我们详细介绍了酿酒过程和他家祖孙三代酿酒的经历，在他的指导下，几个朋友也兴致勃勃地参与了酿酒。他说：“酒是粮食精，没有粮食无从谈酒。”那天中午，我们喝的就是刚酿出的酒，味道果真与众不同。

从陈学增的介绍还得知，他曾经担任过通州制酒厂厂长和销售经理。他的爷爷陈宝琛曾经在天津河西务烧锅当掌柜，同时兼任同庆泉烧锅理事，新中国成立前接任永乐店烧锅掌柜。他的五爷陈宝珩在新中国成立前供职安平烧锅掌柜，新中国成立后曾先后担任昌平酒厂和通县酒厂厂长。他的父亲也是酿酒行家。

陈学增带着友人去酒窖参观的时候，我因行动不便，就在当院儿和陈学增的老父亲聊了起来。老人家向我说起当年在通州等地酒厂工作的经历，还介绍了什么是勾兑酒以及如何分辨真酒和假酒。他的一番话让我明白了，酒的背后是人们的智慧、勤劳和真诚。

与小酒馆儿相关的趣事

常来小酒馆儿喝酒的主儿最大的乐趣是边喝边聊，古往今来，风土人情，奇闻逸事，所见所闻的新鲜事儿，什么都聊。

我上中学那些年，常去北大街、东大街的小酒馆儿买火烧或烧饼，再来一碗鸡蛋汤，就当一顿午饭。除了去小酒馆儿买吃的，我很喜欢小酒馆儿里的烟酒味儿、烧饼味儿、麻花味儿、凉菜味儿。我还喜欢在那里听故事。有的老爷们一边咂摸着酒的滋味儿，一边神侃，当然，也有的讲一些故事，能让人听入了神。

家住通州卫胡同的一个大爷是东大街小酒馆儿的常客，他每次来喝酒，不说上一段别想走人。我去东大街小酒馆儿时，经常能碰到他说古，他讲的有龙旺庄村名的由来、燃灯塔的传说、“骑龙抱凤”的民间故事、大奸臣严嵩捧着金饭碗饿死在卧虎桥头、霸下（俗称王八驮石碑）的故事……还有一个传说，说是打鱼的在运河东关段弄到一个大铁链子，几个人以为有什么宝物，于是就往上拉，可拉了半天也拉不到头儿，有人猛然看到通州塔慢慢歪了，他们赶紧把铁链子放了回去，通州塔这才慢慢恢复了原状。他说得热闹，听的人也入迷。有一天，父亲让我去东大街小酒馆儿买猪皮冻和素丸子，我净顾着听故事了，等买回这些吃的回到家，一家人早就吃完饭了，父亲把我好一顿数落。

家住京城前门外的赵大爷曾经跟我说过，民国时期有一年的年三十儿，他所在的小酒馆儿有两个山东来的伙计没有回家过年。大年三十儿，他们包了两百多个饺子，然后把放着饺子的高粱秆盖帘拿到厨房，放到几口大水缸上，准备大年初一煮饺子吃。初一这天一大早儿，赵大爷他们去厨房煮饺子，这才发现饺子都没了，开始以为是被什么人给偷走了，可厨房的门锁什么事儿也没有，不像被偷的样子。后来他们就在屋里屋外仔细寻找，终于在大水缸后边发现了耗子洞。赵大爷就让伙计找来不少火碱，烧了一大锅开水，用两个水桶把火碱融化，全都倒进了耗子洞，然后到厨房外边把地刨开，挖出了耗子窝，看到里面的耗子都死了，既有不少半尺多长的大耗子，也有不少小耗子，窝里还有很多没来得及吃的饺子。

赵登禹大街曾经是我上下班常走的路。在这条街上有家门脸儿不大的上营饭馆，它和小酒馆儿差不离儿，平时来这里喝酒的人也不少。那天下午我从家去厂里，路过上营饭馆时，我买了两个烧饼和一碗鸡蛋汤，想着就当晚饭了。我吃饭时听到邻桌正在喝酒的一个板儿爷说起他的三轮车失而复得的事儿，还挺新鲜的。他跟同桌的几个酒友说："自打车丢了，我一个多月没喝酒了。昨天总算把车给找回来了，今儿个咱们好好喝喝。"听了他说的，让我清楚了事情的来龙去脉。原来，这个板儿爷自己做了一辆平板三轮车卖水果蔬菜。有天夜里，他的三轮车被偷走了，愁得他好几宿没睡好。他骑着自行车在大街上和胡同里转悠了好几天，也没瞅见自己的三轮车影子。

有一天，他在街上发现有个人骑的三轮车像是自己做的，于是骑着自行车跟了上去，他仔细看了看，果然是自己的三轮车。于是他悄悄地跟着这个人一直到了八里桥。当年，在八里桥附近有很多卖原木和板材的，这个人把三轮车停到一个木材厂院内，下车后走进了旁边的小屋。他记下这个地方，马上去派出所报警。他和民警一起来到那个院子，民警找到了那个人。起初那个人不承认自己偷三轮车的事儿，还瞪着眼睛质问这个板儿爷："这车是我的，你凭什么说我偷了你的车？！""告诉你，我的车有记号！"说着，这个板儿爷从自行车后座的工具袋里拿来扳手，把三轮车的车座子给卸了下来，又把车座管上的橡胶塞子拿下来，从车座管里拉出一根细铁丝，铁丝带出一卷塑料布，在塑料布里卷着一张牛皮纸，纸上写着这位板儿爷的名字和三轮车制作的时间。后来，民警把那个偷车贼给带走了。

小酒馆儿里听故事

过去的小酒馆儿等场所，既是人们休闲聊天儿的好去处，更是人们免费听故事的场所。我在小酒馆儿曾听到很多传说故事，至今还记得这样一个传说：

清朝雍正年间，运河沿线有两个年轻人，一个名叫杨水生，另一个是王长河。他们都在一个县，还是同窗好友，杨水生比王长河大两个月。他俩没事儿的时候，都喜欢喝上两口儿。

杨水生家生活条件比较好，在上学期间，他经常帮助家境不宽裕的王长河。

一个风雨交加的夜晚，杨水生突然发起了高烧，王长河顶着狂风暴雨找来郎中为杨水生治病，路上还把脚崴了，这让杨水生很受感动。

学校放假以后，杨水生迎娶新媳妇，邀请王长河来喝喜酒。喝完喜酒，王长河开玩笑说："杨兄，小弟要和嫂夫人过第一宿，你看如何？"杨水生想都没想就同意了。

到了晚上，王长河来到新房，坐在八仙桌旁，借着微弱的油灯光看起书来。新娘子感到很奇怪，她心想："新郎官怎么不睡觉啊，难道说……"她不愿再往下想。

这一晚，王长河看了一宿书，新娘也坐了一宿。天亮以后，王长河吹灭油灯，拿起书走出屋子。杨水生在他爹娘的屋里也是看了一宿书，他送走王长河后，来到新房的八仙桌旁又看起了书。新娘子终于忍不住了，对杨水生说："瞧你，看了一宿书，还没看够啊？"杨水生听了新媳妇的话，恍然大悟，赶紧给媳妇掀起了红盖头……

后来，王长河考上了状元，当了知州。而杨水生因父亲患重病没有和王长河一起进京赶考。杨水生为了给他爹治病，花光了家里的积蓄后，又把家里宽敞的砖瓦房卖了，在城外不远的河滩地上盖了两间土坯房住。

这天，王长河微服私访路过杨水生住的县城，就想去串串门儿、叙叙旧，好不容易才找到杨水生一家。王长河看着眼前的一切，心里十分难过，马上拿出自己的几两银子给了杨水生的爹，还说服杨水生到自己的家里住些日子。杨水生来到王长河的家里，尽管好吃好喝的，但心里却一直惦记着爹娘和妻儿，才住了三天就要回去，王长河一再挽留，让他多住些日子，并告诉他别惦记家里，也别惦记着他爹的病，自己会安排人照顾他的一家老少。

半年后，王长河终于答应了杨水生回家的要求，本来要自己去送，因公务繁忙，只好委托师爷去送。师爷带着杨水生来到县城外的几间青砖大瓦房前停住了，他告诉杨水生这就是他的家，是王长河用自己的银两给他家盖的。说话间，杨水生看到爹娘和妻儿出门迎接自己，才相信了这一切，委托师爷表达自己一家老小对王长河的感激之情。

我在小酒馆儿还听到过许多传说故事，有通州的，也有其他地方的，不知经过了多少代人的口口相传。尽管已经过去了几十年甚至几百年，仍然是讲故事的人动情，听故事的人当真，也不知有多少听故事的人变成了讲故事的人。

喝酒喝的是生活味道

常到小酒馆儿喝酒的，有工厂的工人、商店的售货员、蹬三轮儿的、拉排子车的、扛大个儿的、车把式，还有住在附近的爷们儿，都是熟脸半熟脸儿，见了面都要打招呼的。他们喜欢去小酒馆儿里喝酒，图的是那儿有喝酒的气氛；人们在小酒馆儿喝酒，能让心里的郁闷和喜悦得到淋漓尽致的释放。

小酒馆儿人最多的时候是每月的 15 号，工厂开支了，来喝酒的人就比平常多。那时东西便宜，酒是 8 分钱一两的纯粮食酒，味道纯正。他们的酒菜也简单，有的点上两盘凉菜，来二两酒慢慢喝，酒后再来两个火烧或烧饼，三四毛钱酒足饭饱。

家里人口多、负担重的，喝酒就惨了点儿。有的自己带着水果糖或牛奶糖，也有的带着一块大盐粒儿，他们喝一口酒，就把糖或大盐粒儿放在嘴边用舌头舔舔，再接着喝。

见过一喝酒的主儿，他带着一颗铁钉子，喝酒的时候，用手指捏着钉子放进嘴里嘬一嘬，这样重复着慢慢喝。据说，他晚上要在碗里用开水把几个大盐粒儿融化，然后把钉子放进去泡一宿，早晨起来把钉子拿出来放到桌子上晾干，上班的时候放进专用小布兜里带在身上，喝酒时就用它了。

有个身材魁梧的壮汉，经常骑着二八加重自行车，后车座上夹着长方形铝制饭盒，用松紧带拴着。车梁和后车座上横着一个大铁锨，用绳子固定着。他夏天喜欢光着膀子，到了冬天总是敞怀穿着棉大衣。他时常来小酒馆儿买散酒，每次都是直接把自行车停在小酒馆儿前，然后下车进小酒馆儿，边走边从大衣兜里掏出零钱和一个酒葫芦，径直走到柜台前打酒。看是熟客，售货员不问就知道他买多少酒，接过钱直接扔进钱箱，然后给他打散酒。壮汉子接过酒葫芦，一扬脖儿，先往嘴里倒一大口，然后盖上盖子，把酒葫芦放到大衣兜里。他遇到熟人就打打招呼，然后出门骑上自行车往南大街骑去。

了解他的人都知道，他家人口多，几个孩子正上中小学，媳妇是乡下的没工作，他是装卸工，火车南站来活儿了就去卸货。他虽然好喝几口儿，可从不贪杯。有人让他坐下来一起喝酒，可他总是说："我可比不了你们，我一家人的日子都装在酒葫芦里，我要敞开了喝，家里的娘儿几个可就要勒紧裤腰带儿了。"

来小酒馆儿喝酒的也有大大咧咧的，等喝完酒一摸衣裳兜，发现忘了带钱，赶紧和服务员言语一声，一溜烟地出去了，不大工夫就回来交酒钱，嘴里还直道歉，这喝酒的主儿把名声看得比什么都重要。

我爷爷家住在永定门外，距离我爷爷家不远处住着一个老人，人们都称呼他八爷。八爷就一个人，他家门口有棵大槐树，夏天，八爷常坐在树下的小板凳上乘凉，旁边的小桌子上放着茶壶和茶缸子。我上中学那会儿，每到寒暑假就去爷爷家住，我和发小儿喜欢去大树下听八爷讲故事，看他喝酒。

距离八爷家不远有副食店和小酒馆儿，他想喝酒的时候，就拿出几毛钱，递过茶缸子，让围在他身旁的孩子帮着打酒，买便宜的北京粉肠或 7 分钱一个的兔头这些熟食。后来听一个发小儿说，有一次，一个淘气的孩子没有到小酒馆儿给八爷打酒，而是跑到家里，从行医的爷爷那里偷偷倒了点儿酒精，兑上凉白开水，八爷喝了以后，从中午一直睡到第二天早上。听他这么一说，我也弄不清究竟是真是假，反正我知道酒精不能喝。

八爷家的院儿里有棵枣树，到了枣熟时，他就让我们用竹竿子自己打枣吃。碰到来卖咸螺蛳的，他常多买点儿分给我们。

我中学毕业后去了邯郸姥娘家，一年多后回到北京参加了工作。春节去爷爷家的时候，发小儿告诉我八爷死了。他还说八爷后来光喝酒不怎么吃饭菜了，住院抢救的时候，医生给他做检查，发现八爷的胃已经严重萎缩。后来，八爷住的地方和那个小酒馆儿拆迁了，修了大马路。

酒是上天赐给人们的美味佳酿，再好喝也要有节制，要不然就会变味儿，甚至给自己和他人造成多方面的危害。过去的人们，也许生活条件有限，喝酒是一种享受，品的是人生滋味儿，几乎少有喝大酒的。如今，人们挣得多了，真有的把酒当成了饮料喝。我的一个哥们儿喝酒成瘾，每天至少两顿酒，一瓶白酒进肚，还要再来几瓶啤酒，说是先来干的再来稀的，50 来岁的人，满口牙差不多快掉光了。他后来再端起酒杯，手直打哆嗦，就连说话也让人不明白是什么意思。他曾经说很羡慕有牙的，吃嘛嘛香。这似乎还不算什么，如果因喝酒喝到医院里去了，或者惹上官司，摊上牢狱之灾，那可真是得不偿失了。

当年喝的散装啤酒

20 世纪 70 年代中期，县城的一些饭馆和小酒馆儿，先后开始卖散装啤酒，每天上午专门有北京 130 汽车给饭馆和小酒馆儿运送散装啤酒。这种车上有椭圆形大罐，像如今的洒水车一样。饭馆内专门有两米多高的圆形啤酒罐，刷着白漆。汽车上的胶皮管子和啤酒罐上的胶皮管子连接在一起后，啤酒就从车上被抽到店里的啤酒罐内。

啤酒罐上安着两个铜质水龙头。顾客来买啤酒，售货员就打开水龙头，让啤酒流进大铝盆里，随着啤酒的缓缓流出，大铝盆中的白色啤酒沫子就跟气儿吹的那样，慢慢变大，甚至流到盆外。售货员卖啤酒时，先用水舀子把啤酒沫子舀到旁边的小盆儿里，直到看见盆中的啤酒了，再用水舀子把白瓷蓝边儿大碗盛满啤酒。对携带着暖壶、铝壶、钢精锅、大茶缸子、铝制饭盒、搪瓷盆来打散装啤酒的，售货员就用水舀子从盆里舀起啤酒，慢慢倒入那些容器中，防止啤酒沫子太多亏了顾客。后来，有的饭馆和小酒馆儿还用专门盛啤酒的塑料大杯子卖啤酒，一杯就是一扎。

当时人们的工资普遍不高，工厂的二级工才 37 块多钱。那时市面上也有瓶装啤酒，每瓶三毛九，退瓶一毛五，喝一瓶实际两毛四，一般人是舍不得买的。散装啤酒比瓶装啤酒便宜，最初满满白瓷蓝边儿大碗才一毛钱，打一暖壶才几毛钱，啤酒打回来一家子好几口人喝。从啤酒罐里流出来的啤酒口感纯正、清凉爽口，成为当年许多居民夏天解暑和待客的最好饮料，在饭馆前排队打啤酒曾经成为县城常见的一景儿。

刚开始的时候，啤酒在县城里卖不动，人们都嫌啤酒有股子马尿味儿，不好喝，还挺贵的。爱喝酒的还是愿意花同样的钱去喝散装白酒或二锅头。后来，人们逐渐喝出了感觉和味道，啤酒这才慢慢变得深受人们喜欢了，就连平时不喝白酒的男女老少，也喜欢喝上一碗，特别是在炎热的夏天，喝一碗凉飕飕的散装啤酒图个凉爽，比喝汽水儿过瘾。

通县永乐店农场曾经生产过华乐牌瓶装啤酒，都是用塑料绳打成捆批发到各个商店或饭馆。这种啤酒口感非常好，喝了很痛快，比现在市面上的啤酒还有味道。当年，通县人大代表和政协委员在通州宾馆参加“两会”时，喝的就是这种啤酒。后来华乐牌啤酒逐渐退出了市场，许多人至今还感觉华乐牌的口感是任何啤酒也无法相比的。

曾经在丽江市东河茶马古镇一家小酒馆儿里，我看到了这样的对联儿：“为名忙为利忙忙里偷闲喝杯茶去，劳心苦劳力苦苦中作乐拿壶酒来。”不难看出，丽江也好，通州也罢，小酒馆儿是生活在底层的劳动者最喜欢的地儿，不论何时何地，酒盅里都会回味着他们喜怒哀乐的日子。

现如今，小酒馆儿连同它的名字已经淡出我们的视野，对于已过花甲之年的老通州人来说，小酒馆儿的记忆也日渐淡化，虽说小酒馆儿的味道已成往事的收藏，但仍然是越品越有滋味儿。

散文集《中国结》散文选

* 高国镜

石头伴着人生的火花

哪怕是一粒最微小的石子，也令人高山仰止；如果和石头论年龄，即便小米大的砂砾，人类也是石子孙子的孙子。想想我们头顶的天空和脚下的地球，是不是石头的组合？关于石头，有说不尽的话题。千古绝唱，石头最千古；无奇不有，石头最奇异。石头文化是最古老的文化。石头里藏着太多的诗意。

有人写文说我是个石痴、石疯子，那肯定是因为我酷爱石头。在我看来，世间商品，包括黄金，都是会贬值的，而只有独一无二的奇石是升值的；但，以我的价值观，我这个人看重的又不是奇石的金钱价值，我看好的是奇石里的诗意。发现奇石中的诗意，是我的乐趣。我不养狗，却给一块名为《小黑狗》的灵璧石写出了这样的诗句："漫长漫长的黑夜何等煎熬 / 黑夜送给你一身黑色的皮毛 / 一腔鲜红的血在黑夜里流淌 / 一颗忠诚的心在黑夜里铸造 / 你在黑夜里沉默着 / 等待的是金色的拂晓 / 你在黑夜里发声 / 为的是红霞道道 / 那一轮红艳艳的太阳 / 不是你戏耍的气球 / 你却愿把太阳搂进黑色的皮袍 / 伴着

几声汪汪叫 / 一同送给主人 / 当然 / 忠诚不等于讨好 / 只是从黑夜里走来的你 / 愿伴着主人度过一个又一个温暖的良宵……”这就是奇石，这就是奇石中的诗。

我生长在京西的大山里，与石头结下了不解之缘。我发现石头里的诗意，使我与文学结下不解之缘，却是在我不惑之年以后。回想起那些石头来，其实都充满了诗意。雨后，青山架起彩虹，山崖上忽然冒出一挂瀑布来；石头上的青苔、山丹花，悬崖上的崖柏、崖花，都透着诗意。拉着石碌碡，推着石碾子和石磨，转动着的也像是诗意。石头房子外冒着缕缕炊烟，屋内的石板炕上，爷爷咔咔地用火石打着火镰，抽着老旱烟，给我讲述着女娲炼五彩石补天的故事；给我说着谜语：青石板，板石青，青石板上挂金钉……这谜底好大：天空。

爷爷是把蓝天和星星当成石头的，但我当时以为蓝天上不过是轻飘飘的云彩，而我后来在我的诗歌里，却这样咏叹天空：

是一块块石头的巧妙组合
组合成了我们头顶的苍天
就连高悬在宇宙的日月
也是两块石头在旋转
释放光明与温暖

这就是石头里的诗意。我发现石头里的诗意有点偶然。由于受“文革”的影响，少年时代我便写了大量的类似于口号的诗歌，但都没有发表。那个夜晚我走路，踢起来一块石子，这石子与另一块石头碰撞，便碰出了一簇耀眼的火花，我当即就吟出了两句诗：

石头碰石头也能碰出火花
还有什么不能放射光华？

这话作为哲理诗，还在小报上发表了。后来我在石头里发现了很多诗。发表在《北京文学》上的诗歌《蹄窝与脚窝》，是我写骡马踏石留印，也就是写京西古道的；发表在《北京晚报》的《石磨之歌》，自然也算是写石头的诗。那时我不过二十岁出头。而我真正大量地在石头中发现诗意，我已经过了知天命之年，此时我也可算半拉奇石收藏家了，也算得上半拉作家、半拉诗人了。

都说石头有灵气。如果说我这个比石头还实在的人，多少还有一点灵气，那些灵气有些应该是来自那些石头。石头简直是大自然的神物，是鬼斧神工的神来之笔。我的老家有一个山头叫老雕嘴儿，那山头就像一只跃跃欲飞的老雕；有一块石头叫老虎石，这石头就像一只虎视眈眈的老虎。这些石头是不是都算得上奇石呢？若算，也算“不动产”，或者说是不能搬到家里去的；而随着我把一块块的石头搬回家，我的诗情也就滚滚而来了。不管是少年还是青春，我是在石头山下长大的，在石头路上走到今天的……我的脚印未必在石头上踏下留印，但我人生的脚步却在那石径上，放射出了一簇簇青春的火花、人生的火花；这石头上的火花，也成了我笔下的诗花。

诗花在石头上绽放，在我所走过的群众文化之路上绽放。2004 年，市文化局出版了一套“北京市群众文化艺术丛书”，选中了一部诗集，便是我的《昨日诗花今灿烂》。此书由张和平写总序，陈建功为我的诗集写了序言。这本诗集里的有些诗作，也写到了石头。而后来我又专门出版了一本写石头的诗集《感悟奇石》。这其中的每一首诗，都是从石头里发现的诗意。

守望文学的麦田

有一个传说，除夕晚上看麦子，也叫看年景。最好是雪夜。提一盏马灯，放在麦地一头，人走到麦田的另一头，匍匐下身来，等到午夜 12 点，如果从这头向那头望去，借着马灯的灯光，看到那麦苗忽悠忽悠的，像微风刮着，那来年就肯定是个好年头，那就能收获更多的麦子，就有没完没了的大馒头吃了。但前提是，必须在头年的秋天把小麦播种在田野里——如果把文学比喻成麦田，那首先要在麦田里耕耘，才能在麦田里守望，才能看到绿油油的麦苗，收获到金灿灿的麦粒。我没有在除夕夜看过麦田，却常常三更半夜起来，打开电脑，在网络上看顺义的作者有没有发表作品。我最期待文学的麦田里，能有顺义作者的身影和收获……

已是小雪时节——此时的冬小麦又住进了田野。如今顺义走向了城市化，奔向了工业化，碧绿的麦海渐渐减少了，但在人们的记忆里，麦田没有消失；在作家的笔下，在他们创作的字里行间，麦田依旧荡漾着翠绿，翻滚着金黄。这就是文学，文学就是让消失了的东西还能够重现在白纸黑字上，还能够浮现在后人的眼前。

2012 年 2 月，小麦渐渐返青的季节，在潮白河畔财政局培训中心，在那个被北京作协秘书长王升山称为暖烘烘的会议室里，我作为顺义区第一届作家协会秘书长兼常务副主席，在鲜花的簇拥下，作了顺义作协第一届五年工作报告。在一片热烈的掌声中，我当选了顺义作家协会第二届主席——这个所谓主席，其实算不得官，不算实际的职务和职称，也不拿一分钱薪水。可那天走出会场，望着潮白河畔的麦田，我也算是心潮起伏，心中就涌出了一行字：做文学麦田的守望者和耕耘者。

文学是永恒的星星，不会熄灭的灯塔；或可以说，世间有小麦，人间就会有小说。尽管文学真的不是人人、天天都需要的包子、饺子，文学只是一种精神食粮。文学在滋养作者本人的同时，也潜移默化地滋养着别人。不管我是趴下去还是站起来，都愿是文学这块麦田里的桥梁和纽带；我愿提着马灯，在文学麦田里看丰收的景象；我愿是文学长路上的一块铺路石，是文学溪流里的一块踏脚石。这自然是一种享受。

如果把一大串报刊的名称组合起来，像一层层麦田；如果把一大串诗文的名称排列在一起，像一层层麦苗。这些年来，顺义作者就不间断地登上了国家级和省市级的报刊。每当我望着他们的一篇篇作品，就像望着一块块麦田；那一行行文字弥漫着墨香，有时候那墨香似乎真的胜过麦香了。这就是文学的魅力。

每当我捧着顺义作者出版的图书，翻阅的时候，就像捧着一方散发着泥土清香的厚土，就像分享着 6 月间那一层层颗粒饱满的麦穗。文学不是麦穗，也像麦穗。我们离不开麦穗，也离不开文学的麦穗。

在那个白雪覆盖着麦苗的冬日，顺义文人刘殿玉把一部沉甸甸的书稿交到了我手里。待我做了甲状腺手术，将这部书稿看完后，望着又一茬返青的麦浪，我觉得那部书稿也像一地忽悠悠绿油油的麦苗。我愿意成全这部书。

曾经有那么多作者拿着沉甸甸的书稿找到我，说是这书稿出版社说可以出，但需要作者掏点银子，问我能不能给想想办法。我后来斗胆给时任宣传部长写了一封信，请求支持当地作者出书。后来那封信批到了文联——越级写信应该是犯忌的，但这事也变成了好事。时任文联主席高源找到我，说区里不是要年年给文联 20 万块钱吗？咱们就设立一个文学奖吧，你给起个名。当时我就说：就叫潮白河文学奖吧。于是便设立了顺义的文学最高奖。此后顺义作者出版的近 100 本书，都获得了奖励。

这个奖后来改为潮白河文学艺术奖。一年一届，对顺义作者发表的所有作品都进行了奖励。

这个奖沉甸甸金灿灿的。那红艳艳的烫金证书，那还不算薄的奖金，是值得庆贺和骄傲的。有个作者风趣地说：我得了一万元奖金，这一万元奖金，那要是买麦子，快买到一万斤了。

没有田野，在何处种小麦？发表作品，自然需要平台。我的电脑里，不断有稿子发来；也常常有作者拿着稿子，找到我，让我给推荐；也有作者，在报刊上发表了作品，高兴得有点奔走相告的意思，就把作品的样报或样刊送给我。有些作者的作品发表不了，苦恼着；有些作者的作品发表了，又苦于无人知道。后来我就在想，能不能办一个刊物，把他们的作品发表出来；把他们发表过的作品，选载出来。这不就是一个很好的交流平台、学习平台吗？于是有一份叫《顺文学选粹》的内刊，就悄然诞生了。

我们有了自己的文学麦田。

几度风雨过来，这文学麦田里长出了一茬又一茬文学的小麦。而今望着第九期样刊，那墨绿色的封面，多像一块麦田哪。在这块文学麦田里，出现了一个个作者、一篇篇作品。但终因经费的问题，这刊物只能和读者说再见了。我于淡淡的失落中，望着小雪过后的麦田。

文学终究不是小麦，但人类真的离不开文学。冬藏这个词很有意思。农民在收藏五谷杂粮、蔬菜瓜果，作家是要收藏书的。是在那年，发憷求人的我，却东奔西跑，居然在顺义文化馆“求”到了一间房子，是时任文联主席高源大笔一挥，写了一行字：顺义艺术家书屋。从此这个屋子就弥漫着书香，就成了顺义作者的好去处，也可算是作家之家吧？这家里的人气还挺旺盛的。顺义不乏麦香，也不乏书香。书屋成立不久，不少作者纷纷把自己的书捐献到这个书屋里。

阳春三月，春雨淅淅沥沥滋润着绿油油的麦海。在那天的下午，一位知名的作家在掌声中笑吟吟地走进了顺义的一所中学。这是顺义作家协会举办的作家进校园启动仪式。

几百个学生的掌声，在那个校园里经久不息。那雷鸣般的掌声，似乎要把那遍地的麦苗唤醒了，把文学的新苗也唤醒了，把我的心拍打得暖融融的。

有位会员的老父亲得了不好的病，我把儿子给我买的一棵野山参，送给了那位会员的父亲。听说我的嗓子有毛病，有作者送给我自己舍不得喝的岩茶、雪菊，让我保护嗓子。还有不止一个作者，在背后偷偷给我念《大悲咒》，祈求我早日痊愈。我不好说我信不信佛，但我坚信：人是一座庙，心是一尊佛。佛就是一颗善良、红亮的心。有那么多善良红亮的心想着我、簇拥着我，绝对能够换回我的诗心和诚心。即便我或早或晚西去了，也要把我这颗心留在顺义的麦田里，让它化作一盏灯，照亮别人和后人。

一颗石头投进麦田，不会一石激起千层浪。但春风肯定会唤醒沉睡的麦田，也包括文学的麦田。

把心落在了北海

把剃须刀落在了北海，又被当地文联的女士们遥寄回来了；把心落在了北海，那心却在美丽的北部湾久久徘徊。都说“美不美家乡水”——我怎么就如此痴情地爱上了北海那边的碧水蓝天哪？

——题记

与北海的缘分是几世修来的哪？借了冰心老人的光，我的散文集《太阳照耀我们》荣获第五届冰心散文奖——2012 年 8 月，第一次去北海，是去参加冰心散文奖颁奖会。那天乘上去往北海的飞机后，感觉是有点飘飘然的。望着舷窗外洁白的云山云海，想到了故去的冰心奶奶；同时也更加神往想象中的北海。当空姐告知飞机将于 20 分钟后降落在北海机场时，我便格外关注着那天空和土地。那一刻的云彩，实在是美妙无穷，变幻多端了；那凌空飞翔、渐入佳境的感觉，也许就叫飘飘欲仙吧。那云山云垛云层云海云絮云浪，是我此前乘银鹰不曾见到的。我幻想中这白云就是北海人派来的翩翩美女，舞动着一袭袭长裙和哈达来迎接我们的吧？

双脚落在北海的土地上，果然有一种“落草”的新生感觉吗？那一刻起码是年轻了几岁，是因为这北部湾新鲜的空气和灿烂的阳光和旖旎的美景和热情地迎接我们的北海文联的女士们吗？

登上接我们的中巴车，才知道那位飘逸秀气阳光能干、拿着话筒用柔美的声音与我们说话的人，就是北海市文联主席董晓燕女士。她的散文集《大海不告诉你》，也获得了这届冰心散文奖。我们来北海领奖，分明是她给搭了长桥的。据说她是重庆人，却早已在北海扎根创业，曾当过十年市政府新闻发言人，是名副其实的北海通。她一路说着北海，我听得很入迷。

此前我对北海了解得太少了，似乎就知道北海出了个大作家陈建功。此时行驶在北海的土地上，听着董晓燕用散文般的语言介绍北海，那是她口中的风景；两眼望着路两边真实的风景，那就是听景和观景同时结合的一道美妙风景了。这风景过也匆匆，来也匆匆，后面的风景掠过去了，前面还是不断的风景。真想唱一句歌：马儿啊你慢些走，让我把这迷人的景色看个够……那绿树那青草那红花，那蓝天那高楼……路边的草地上时常闪现出一两块惹人眼目的奇石。

北海三面环海，北海拥抱着我们，我们也拥抱着北海。真正见到北海的海，却是到北海的第二天下午，在冰心散文奖颁奖会之后，我们一行作家前往金海湾红树林。此前我还以为红树林是红的，或许像南方的木棉、北方的黄栌，花和叶定是红艳艳的吧。而真见到了红树林，却分明是满眼的绿色。与红树林几乎是朝夕相伴的董晓燕，长得不像红树，倒像北京的一棵小白杨，给我们介绍着红树林。而此生看到红树林，却是第一次。刚刚经历过一场台风的红树林，受了那么多的苦和磨难甚至摧残，但这海上森林——红树林，却还是那么生机勃勃，一望无际。红树林的枝头上，白鹭嬉戏，海鸟翱翔。俯身红树林的生长之地，却见几多新鲜的昆虫和贝类鱼类虾类和蟹类，在此栖息游玩游弋游动。那红树林的怀抱，就是这些生物生活和生存的美好所在了。以往，不止一次地把亭亭玉立的白桦树比喻为白衣少女；如今望着这密密匝匝的红树林，又觉得这红树林像成群的绿色仙女，飘逸潇洒地在海水中沐浴。这红树林是大海的女儿，她们拥抱着大海，大海也拥抱着她们，随着大海的潮起潮落，红树林把千姿百态的妩媚和婀娜呈现在人们眼前。放眼红树林，回眸白桦林。想必这红树林笼罩在皎洁月光里的时候，也疑似白桦林吧？当这红树林沉浸在朝霞落日的时候，也有几分万山红遍的味道吧？那一刻我多想化作一只白鹭，在这红树林里筑一个巢。多好。

红树林，金海湾，诗情画意天地间。那一望无际的迷人的金海湾沙滩，像是镶嵌在岸边的金色丝带。那天我幻想当个渔民，就像在北京赶集那样去赶海。据说此地是亚洲最大的赶海乐园。就让那轮红艳艳的太阳，把我融化在海面上吧。

那晚，北海市委盛情款待我们这些作家们，我们不但吃到了平时都没有听说过的昂贵的沙虫，还吃到了一道菜，就是红树林的果实，叫海榄钱，这形状酷似青豆的海味，风味自然是独特的。有句话叫：北海海鲜十八岁，可见贵地的海味之鲜之美之嫩之肥。那些天吃了太多的海鲜。回家后妻儿说我吃得又白又胖，我说来日带你们去红树林畔吃海鲜，也让你们又白又胖地回来。

北海是年轻的，也是古老的。踏上北海老街，就像检阅着北海的古老历史古老文化古老风俗古老民情。那老街幽长深远，气派典雅；斑驳的青苔，沧桑的小巷，无不折射着繁盛的过去，也彰显着今日的繁华。同道领奖的高林有先生，用镜头记录了我在老街上流连忘返的瞬间。我和高先生一同买了一些当地特产。我恋恋不舍地说：这老街离咱们若是近在咫尺，那我会天天来这遛个弯儿、淘淘宝。可惜，这老街距我长期居住的小街，居然有四千多华里之远。不能说再见也得说再见了。何时见？总不能变一只燕子，悄悄栖息在那既可遮风挡雨、又可躲避烈日的骑楼之下的回廊间吧？浪漫的人儿，还须站在现实的土地上。

其实，比老街更古老的却不是老街，而是北海的合浦县了。历史悠久属合浦，历尽风雨三千年。合浦建县两千余年，这每一寸土地都令我们敬畏。“海上丝绸之路始发港”，遗址尚存；走进汉文化博物馆，遥远的过去的珍宝呈现在今人的眼前。不怪北海出了那么多作家和作者，这其中也包括几乎与我们形影不离的董晓燕主席。这里的文气很重。大士阁、东山寺、东坡亭、海角亭、文昌塔……与苏东坡和文曲星借几分灵气和文气，让灵感的火花闪烁，把北海写得更美一点。若与东坡先生共饮酒茶一杯，那当然是今生和来世都不可企及的奢望了。北海，你让多情的我更多情。我那千丝万缕的情结，又向星岛湖延伸。

北海天下美，美在银滩边。那天早上，我们到了魂牵梦萦的银滩。这“中国第一滩”，果然与我此前到过的海滩不同。且不说那海滩有多大了，只说那在阳光照射下的沙子，洁白刺眼，像是食用的雪花面粉；细腻柔软，像少女的肌肤。踏上银滩的刹那，我就觉得天下没有这么好的路了，走这路才舒服哪。记忆里儿时玩过的沙子，是最美的沙子，此刻也没这银滩上的沙子美了。抓一把攥着，就爱不释手了；踩一脚驻足远望，就寸步不离了。不知道北海银滩可否落过雪花，这沙子远比雪花更美丽更持久地依恋和依附着大海，这既是大海的杰作，也是大海赋予游人的温顺温暖温馨温情的平台。那一刻，大海还是铺在我们眼前的一张巨大的稿纸，有人用手指当笔，在沙滩上写下了一行行龙飞凤舞的大字。我也幻想着，就用这海滩当稿纸，用心灵写下心中的诗文吧。

海风海浪海上的空气和阳光……真的想捧出心头的阳光，换成海上的阳光；真想吸足了海上的新鲜空气，储存在每一个毛孔里；真想捧起海上的浪花，存放在脑海里；买一只海螺吧，走到哪里也可以听到北海的声音；捡几枚贝壳吧，以后用它见证北海彩色的生活。海真好。如果能日夜在此听海观海赏海赶海写海吟海，那将是仙人过的日子啊。海让人浪漫，让人心胸开阔澎湃。

如果有更多的时光就在这银滩上追赶着那些浪花和白云，放牧那些浪花和白云，就实在是一件求之不得其乐融融的美差了。有人招呼该走了，我却像一只呆雁，伫立在那里，不想离开那昨天神往今天神往明天还会神往的银滩。

不想和大海说再见的人，还是和大海再见了。我们离开北海那天，恰好是农历的七夕节，也是所谓的情人节。此前我没有情人，但离开北海的时候，我却觉得那北海不就是我刚刚结识的含情脉脉的情人吗？把北海作为情人，对我不是一个牵强的比喻；把一方方风景作为情人，也不是不可以的吧？情系北海，北海此后就永远荡漾在我心中了。

登上飞机那一刻，那离别的愁绪就萦绕在心头了。那一刻，是不是我就像牛郎、织女就是北海，从此我们就被银河相隔，相见遥遥无期了哪？牛郎织女年年有个鹊桥相会，来年的七夕，我还能来到北海吗？即便如此，也不可能是来领冰心散文奖的。这次与北海的缘分，是前世修来的，是中国散文学会和北海文联提供的机会，是今生最值得珍惜的一次出行和相会。

回到北京后，一段小小的插曲又让我和北海的距离拉近了。本人不是个丢三落四的人，那天却把一位诗友赠送给我的电动剃须刀落在了北海的一家五星级酒店。这小事情本来是不值得一提了。但我还是给《北海晚报》的阮直副总编打电话，意思是那个落下的剃须刀，让他用吧。可他却把这事托付给北海文联的蔡小玲女士，蔡小玲女士不断打过电话和发过短信来，执意要把那剃须刀给我快递回来。这感人的细节快让我泪眼朦胧了。不在于那剃须刀，而在于北海人对一个普通作家的那份关心和情谊。在北海期间，被人热情地招待着，人都年轻了，把剃须刀都忘了。丢下的剃须刀又万里迢迢物归原主，而落在北海的那颗心，却常常在北海徘徊。愿我的心像一只鸟儿，在北海和北京之间飞翔，用北海刚刚滋润过的拙笔，写出更多的诗文。

我家院里有两棵树

我家的院子里曾经有两棵树，一棵是樱桃树，另一棵还是樱桃树。这两棵树代替了那两棵石榴树。这两棵树开春会开出两树洁白的花朵，招得蜂飞蝶舞。我和小儿在树下、树前，不知道吟出了多少诗歌。小儿那天真烂漫的诗句，就像那樱桃花一般晶莹剔透。都说樱桃好吃树难栽。这两棵樱桃树却被很轻易地栽活了，当年就开花结果了。这樱桃的品种肯定是那种更野生、更原始、更不起眼的樱桃树，所以结出的果实虽然很稠密，一嘟噜一串的，但果实的个头却很渺小，就像一颗颗小小的玛瑙或珍珠。但那果实的滋味，却具备了充足的甜度和酸度。果肉虽薄，却不乏情感上的厚度。我和妻子天天从这树上摘一些果子，送给友人，他们都称赞这樱桃别有风味，很令人回味。这两棵樱桃树，在挂了一茬又一茬果子后，还是又变成了两簇枯树枝，变成了两段美好的回忆——我家的院子里曾经有两棵樱桃树。

我家的院子里曾经有过两棵树，一棵是玉兰树，另一棵还是玉兰树。那年开春，我家小院里栽了两棵玉兰树，一棵白玉兰，一棵紫玉兰。两棵树的花儿开得都很鲜艳，那花苞像紫色的喇叭，像白色的喇叭，共同呼唤着同一个春天。后来，那白玉兰枯死了，春风再也唤不醒它沉睡的枝干。那紫玉兰却又开花了，只是那满枝头的花朵，都写着两个字——孤单。望着那干枯的玉兰树，我想到了离开人世的母亲。母亲生前并不曾知道，儿子会有这么一个小院，一个叫高芳园的农家院；母亲当然也不可能来过这个小院。

果然是好花不常开，好人不常在吗？母亲在1996年秋天匆匆地走了，告别了属于她的最后一个春天和秋天。而在1997年夏天，我由于没资格分楼房，便在那个叫白各庄的小村，盖了一个小院。我在那小院里种了两棵树，便是那白玉兰和紫玉兰。可那其中的一棵玉兰树，为什么早早地枯死了呢？小院落成后，我们几次把老父亲接来，让他在那个叫高芳园的小院里安度晚年。那院子里剩下的紫玉兰像父亲吗？孤独，从此就把父亲陪伴。一杯老酒，折射着夕阳的余晖——父母啊，可在互相牵挂和怀念？人生最不可弥补的损失，就是枯死的枝头不会再吐艳。白头到老的话谁都会说，世上却没有几对同生共死的侣伴。

那曾经盛开的白玉兰，那依然在风雨中摇曳的紫玉兰……紫玉兰今天还开着紫幽幽的花朵，给人一种紫气东来的感觉。而老父亲后来也永远离开了人间。山中常见千年树，世上少见百岁人。就连那紫玉兰的花朵，也发出了人生短暂的感叹。

我家的院子里有两棵树，一棵是丁香树，另一棵还是丁香树。这两棵丁香树，一株是紫丁香，一株是白丁香。每年的暮春时节，两棵丁香树都会开出浓郁、馥郁的丁香花，那花儿一开，主人推门进来，满鼻都是花香；推门出去，又把花香带走很远。可后来那棵白丁香，就再也不开花了。它就那么默默地干枯了。但紫丁香却一直枝繁叶茂，年年捧出一树的花朵，释放满院的花香。但愿这紫丁香，永远摇曳着春光；它伴随我走出小巷，走进小巷。它带着露珠和月色的花朵啊，让我少了几分惆怅，又多了几分惆怅。呼吸着带丁香花味的空气，我写下了那么多的诗行。

我家的院子里曾经有两棵树，一棵是香椿树，另一棵还是香椿树。那香椿树站立在墙头那边，年年奉献出一个香喷喷的春天。那红艳艳的香椿芽，是最香嫩、鲜嫩的美食吧？香椿芽炸鱼，香椿芽炒鸡蛋，香椿芽拌面……这么小的香椿芽，长在那么高高在上的树上，就成了点燃春天的火把、召唤春天的旗帜。看着是一道风景，吃着是一道美食。离开香椿芽的日子，滋味就寡淡了。不，有香椿树长在那里，生活的滋味会变得愈发浓厚。

我家的院外有两棵树，一棵是槐树，另一棵还是槐树。俗话说：门前两棵槐，招宝又招财。那年开春，我把两棵槐树苗扛到了大门外，精心栽培。转眼之间，这两棵槐树枝繁叶茂、浓阴匝地了。对于我，这槐树上的每一片叶子都是诗、都是画，可妻子似乎并不知道那浓阴的珍贵。她总觉得那茂密的树冠，应该不那么疯长、那么霸道，应该修理一下为好。于是在那年秋天，便花钱雇人把那两棵槐树的浓密“头发”，狠狠地削去了一部分。那斧子、那锯子，都是树的克星、树的凶器，因而让那树一时间变得可怜巴巴的了。但来年的来年，这树冠又变得枝繁叶茂的了，像两把巨大的扇子，像两团墨绿色的云彩，守候在大门外。可去年秋天，前院的邻居盖房，说是这树冠影响施工，于是便又让我们自己花钱雇人，再一次对这两棵槐树进行了“宰割”。这一下，可把这两棵树修理得太苦了。赤条条的，连只鸟儿都藏不住了。但我坚信，来年开春，这树还会枝繁叶茂的，还会吐出两棚新绿，还会亮出两幅画，浓墨重彩；亮出两首诗，情感饱满。

我家的院子里有一棵树，一棵是海棠树，另一棵还是海棠树，其实就是一棵树。这海棠树春天会开出粉色的花朵，那无疑是最美的春色。这海棠树秋天会结出很少的果儿，是那种淡黄色的海棠果。那年我和孙子在树下玩耍。我摘下了几个海棠果，给孙子吃，他没有吃，他说怕酸……我说：不吃，你怎么知道这海棠果酸？即使酸，酸中也带着甜。于是孙子便拿起一个海棠果，舔了舔。我问孙子：什么滋味？孙子说：爷爷，那您也吃一个，尝尝啊。

那一刻，我像是要醉了。这海棠果此刻不是食物，海棠树也不是树，这是一道风景，一道爷爷和孙子永远都看不够的、难忘的风景……

解读中国结（二章）

用中国人的心、中国人的血、中国人的诗笔写下的中国结——相信爱诗的人、不爱诗的人，都会在激荡的诗行前产生共鸣。此诗长吗？远没有万里长城长，更无连在一起的中国结长。中国人的诗情应该像长江一般流淌。

——题记

上　篇

谁知在哪一年、哪一月，谁知在哪一天、哪一夜，中国的土地上忽然冒出了不知多少红艳艳的中国结？中国结映红了南方的翠竹，中国结映红了北方的白雪；中国结像腊月梅一样红红火火，中国结像十月枫那般层层叠叠；像长江畔怒放不尽的红花，像长城上燃烧不熄的红叶；像一只只红色的蝴蝶，飞遍了祖国的碧空绿野……

中国结诞生于中国人之手，中国结是中国人不断的情结；心与心的相连，手与手的相挽，炎黄子孙编织出了多少中国结！中国结大吗？大得如长虹万里，可以跨越五湖四海、三山五岳，那一根根红丝线像一根根血管，紧紧地、紧紧地把全世界连接。中国结小吗？小得如红梅一点，但，那一点红却可以和颗颗心相贴，把所有的心筑成一颗心的金字塔，心之光就会像红日照遍世界！

中国结是一件工艺品吗？谁能读懂那一个个中国结？中国结的创作灵感来自哪里呀，是谁创造了永恒鲜活的中国结？也许来自钻木取火的第一缕火花，也许来自山顶洞人住过的洞穴？也许来自中国印的庄严色彩，也许来自用绳子记数的第一个小结？啊，中国结掀开了中国历史的一页页……

中国结曾伴着孔子周游列国，否则，中国的文化哪能超越世界？中国结是人们纪念屈原时包的粽子，炎黄子孙谁能割断和那爱国诗人的情结？中国结是苏武牧羊旌节上的红穗，黑发变白发，心却依旧像红霞热烈；中国结曾连着司马迁的巨笔，忍辱负重者，才能把中国的历史书写；中国结是白龙马头上的红缨花，红缨花点亮了玄奘取经的日日夜夜；中国结是丝绸之路上的路标，她把文明古国与八方连接；中国结是《本草纲目》里的一枚书签，李时珍的名字和百草流芳世界；中国结是黄道婆纺出的丝线，中国结是聂耳谱出的国歌的音乐；中国结是曹雪芹笔下的不了情，真情者才能把《红楼梦》创作披阅；中国结是文成公主进藏时穿的红衣，中国结是文天祥《正气歌》里的一个音节；于谦的《咏石灰》几多浩然正气，岳飞的《满江红》几多壮怀激烈？冼星海《黄河大合唱》的旋律，激起多少中华儿女抗战的热血！中国结连着四大发明和四大名著，中国结连着四个现代化的宏伟大业……

中国结是喜儿扎过的红头绳，她让人难忘旧社会的苦难岁月；中国结是挂在毛泽东心头的明灯，一代伟人敢叫旧社会土崩瓦解；中国结是永不熄灭的太阳情，饥寒交迫的奴隶敢用红心照亮世界；中国结是红色娘子军戴过的红袖章，谁能忘记呀那一个个峥嵘岁月？“苍山如海，残阳如血”，红军啊，谁的心头不曾揣着中国结？中国结曾是战旗飘飘、红旗猎猎——中国结迎来了中国人站起来的红色十月！……

中国结伴着国旗飘扬，中国结伴着国徽闪烁；中国结是巨龙在腾飞，中国结是醒狮在跨越；中国结是翩翩起舞的红衣少女，中国人飞翔的梦想从来都没停歇；中国结是曾在大庆油田燃烧的篝火，中国工人敢用生命去创造千秋伟业；中国结是亚运和奥运的圣火，五星红旗下，多少运动健儿用金牌，换来母亲的泪花和笑靥；中国结是扭动的大秧歌，中国人永远都怀念激情燃烧的岁月；中国结可曾伴随女娲补天，中国结可曾伴随嫦娥奔月？中国结伴随杨利伟圆了中国人的飞天梦，中国结扬眉吐气，笑对世界……

下　篇

啊，中国结，蕴涵着多少深意和注解？中国结是团结的结，美和力的凝聚才能创造新美的世界；中国结是友谊的结，相互关爱，心花才不会凋谢；中国结是道德的结，以心换心，不会让生命之河枯竭；中国结是英雄的结，中国结连着多少英雄豪杰……

中国结是中国人喜爱的红鞭炮，她让中国人天天看到春节；中国结是中国人爱吃的红辣椒，她把中国人的热情点燃得比火热烈；中国结是中国人爱系的红腰带，红腰带不止为了辟邪，中国人即使勒紧了腰带，也要把瑰丽的诗文谱写；中国结是地道的中国红，中国红才能红遍这个世界；中国结是一抹抹霞光，红了，祖国的江河原野……中国结是一支支燃烧的蜡烛，中国人心头的烛光啊，永不泯灭！

中国结是喜庆的结，中国结是一个个大大小小的红灯笼，红了天安门，也红了遥远的城郭水榭；中国结是一副副红对联，让千家万户透着吉祥喜悦；中国结是一个个红喜字，出门见喜是谁都渴望的境界；中国结是家家窗上的红剪纸，中国结是红头巾飘舞的村街；中国结是新娘头上的红盖头，唢呐声声，吹红了洞房花烛夜；中国结是月子屋门铞上的红布条，生命生生不已，子孙代代相接；中国结是一张张红请柬，飞吧，伴着一只只飞舞的喜鹊……

中国结是收获的结，中国结是一片片红高粱，在朝霞和秋风中摇曳；中国结是一坛坛美酒，美酒醉了陕北红枣、海南红椰；中国结是系着长白山人参的红丝带，中国结连着金橘、红柿飘香的季节；中国结是一个个打红点的白馍，中国结是红嘴鸟叫肥的闸蟹；中国结是一根根香脆的麻花，让人把硬朗朗的好日子咀嚼……

中国结是美丽的结，再美的鲜花也比中国结逊色；中国结是中国姑娘头上的蝴蝶结，流动的诗配画，流动的蝶恋花，比山花热烈，比山泉纯洁；中国结像中国妇女穿的红棉袄，透着火辣辣的热情，也透着几分羞怯。奔腾的黄河之水，厚重的黄土高原，需要太多、太多的红色的中国结。中国结是裹着中华文明的红兜肚，中国结是含着中国特色的绣花鞋；中国结是一束束不凋的鲜花，春夏秋冬，花儿都是那般风姿绰约。一条中国结胜似一万条红玛瑙项链，一条中国结胜似十万个蓝宝石钻戒。中国人佩戴一条中国结，走到哪里都有一种自豪和美的感觉；中国人佩戴一条中国结，敢于加入任何选美的行列。啊，中国结，流淌着中国人热血的中国结！中国红是最美的色彩，中国结是最美的凝结。华夏儿女一看到中国结，就像看到了彩霞映红的大海和原野……

中国结是爱情的结，中国结的情最真，中国结的意最切。中国结是梁山伯与祝英台化作的蝴蝶，中国结是瞎子阿炳用二胡拉出的、永不降落的《二泉映月》……中国结是多情女绣出的荷包，中国结是痴情郎沸腾的血液；中国结是地道的中国情，中国情才是最美的情结；中国结把多少有情人连在一起，中国人的爱情最讲忠贞、纯洁。用中国心加一条中国结求爱，即使难成比翼鸟，爱之花也不会凋谢……

啊，中国结到底有多少诠释和注解，谁能真正读懂中国结？中国结是工人手中的焊花闪耀，中国结是农民手下的禾苗拔节；中国结是少先队的领巾红似火炬，中国结是解放军的帽徽红似枦叶；中国结是金帆银帆红帆破浪远航，中国结是测旗彩旗酒旗迎风猎猎；中国结是诗人心头的灵感火花，中国结是画家笔下的丹枫皓月……

中国人一天不看到中国结，心头就有空荡荡的欠缺。春天里看到中国结，二月花红得更加真切；夏日里看到中国结，甘霖洗亮了满目绿叶；秋天里看到中国结，树上的果儿红透原野；冬天里看到中国结，寒风似乎不再凛冽……

街头飘着中国结，谁不神往啊神州第一街？橱窗里飘着中国结，生意红火得就像榴花盛开的五月；驾驶舱里飘一条中国结，一路平安就伴随着的哥空姐；居室里飘一条中国结，温馨的家就把残缺拒绝；钥匙上拴一条中国结，红色的吉祥鸟就会在喜盈门上欢呼雀跃；胸前挂一条中国结，生命之火呀，再不会熄灭！……

中国结敢于对苍白说——不，尽管中国人敢于正视悲欢离合阴晴圆缺；中国结敢于对黑暗说——不，因为中国人不愿再回到黑暗岁月。中国结永远是光明的使者，牛鬼蛇神肯定最怕中国结！

中国结系着宝葫芦的秘密，中国结含着中国人做人的秘诀。啊，中国结，连接中国人的情结。中国结是龙飞凤舞的汉字书法，中国人正用巨笔把锦绣诗文书写；中国结是跃跃欲飞的仙女，中国人正展开翅膀尽情飞跃；中国结是一轮腾空的旭日，中国屹立在东方，也会走向世界。

用我们黑色的眸子放眼全球吧，让全球都挂上红彤彤的中国结……

散文集《弦动秋水》散文选

* 刘建鸣

阿霞归队

2012年9月中旬的一天，我接到初中同学赵海生的电话，约定十月2日10点初中同学在十一学校聚会，参加校庆。我答应他给初中同学们发一个群发短信，因为前些年我们初中同学曾经聚过一次，我手头有一个详细的名单。

查阅通讯录，我发现了阿霞的名字，这是一个既熟悉又陌生的名字。说她熟悉，是因为我们两家从前是上下楼邻居，从小就熟悉，初中又在一个班；说她陌生，是因为初中一年级下半学期的一天，她突然转学，跟随父母远离京城，而且一晃就是四十年，中间再没见过面。

数月前听发小阿力讲述过春节期间他和维娜、阿霞及其父母在阿枫家里聚会，他应该知道阿霞的电话号码。阿力说有是有，但是在电话本上，晚上查到后再告诉我。他正忙于十一学校宣传队画册，马上就要出版。

次日，阿力给我发短信，告诉我阿霞的手机号码，我随即给阿霞发了短信：

“阿霞你好，经海生组织，十月2日上午10点在十一学校聚会参加校庆活动。2008年初中同学聚会时许多女生都提到你，虽然你在7152排没待多久，但大家对你印象很深，四十年过后，希望见到你。刘建鸣。”

没过两分钟，她就回了电话。她的嗓音属于女中音，仅凭这嗓音我难以确定对方就是阿霞。当年离京时，她只有十四岁，正在变声阶段。

“记得你走的时候是1971年。”我说。

“你的记忆力真好，是1971年。”阿霞惊讶地说。

我说：“昨天接到赵海生的电话之后，我就短信群发给了二十几位同学，可是不知道你的电话，忽然想到阿力曾经对我说过，今年春节你们在阿枫家里有一次聚会，才从他那里得到了你的手机号码。”

她担心十月2日那天去了之后，跟大家都不认识。我安慰道，没关系，前些年聚会时大家也是三十多年没见面了。那天，几位女生都问起你，说还到过你家里为你送行。

她说：“我见过你的照片。”

“你怎么会见过？”我很诧异。

“上次在阿枫家里见过你们聚会的照片。”

我记起来了，几年前阿力组织过第一次发小聚会，照片肯定是那一次拍的。

她回忆说：“小时候我家就住在你家楼下，我对你印象最深的是，你不爱说话。”

我问：“你父母身体还好吗？”

她说：“我爸爸现在七二一医院里住院呢。”

“多大年纪了？”

“八十五岁了。”

“哎哟，比我爸爸大十岁呢。”

“我跟你爸爸、妈妈很熟，你爸爸前些天还到病房里来看我爸爸呢。”“我还看过你爸爸写的书，见过你的照片，在我印象里，你特别不爱说话。”她再次点击我的软肋。她的记忆无懈可击，真实再现了当时我的特点。

“你们当初全家人去了什么地方呀？”

“西北的一个地方。后来落实政策，迁到了湖南长沙。”

校庆头天晚上，我接到阿霞的电话，她说别人都不认识，想打退堂鼓。我说咱们俩也有四十一年没见面了，见面也不认识。这样吧，等到了学校门口咱们就相互打电话。后来又约好了在九街坊接她，坐我的车去学校。

第二天上午 9 点半，我开车赶到九街坊东门口。路边背冲马路站立着一位梳着马尾辫的中年女子，我猜可能是阿霞，但是有所怀疑，因为那女子身材苗条，并无中年妇女普遍发福的那种体态。我停下车，那女子正好转身过来，没等我询问，对方直接朝我走来。一是车来的时间很准时，二是在阿力那里曾经看过我的照片，尽管隔着玻璃窗，她还是能够确定我就是她要等的人。我不假思索地将右车门开启，她坐在我旁边。几句寒暄过后，我断定是阿霞无疑。我说，前些年我帮助爸爸翻拍老照片，其中一张合影里面有你爸爸，你长得很像你爸爸。在驶往十一学校途中，我们攀谈起来。

“我还是怕班上的同学不认识我。”这是她第三次对我这样为难地说。

“不怕，你就跟着我，我会给你介绍的。”我说。

把车停在路边，我们来到位于西门的报到地点，早有十几位身穿深绿色制服的男女学生一字儿排开，将课桌上登记用的花名册递给我们，在其中的一本红色花名册上，我找到了海生、阿奇、阿群、阿启、鹏光、学芳、阿虹、福生、庆友等人的名字，可是没有我和阿霞的名字。其实这份名单仅供参考，据我所知，前面出现的同学中阿奇和阿启二人早已过世，显然这是一份过时的名单。

按照学生的指引，我们在花名册上签了名，领了一个书包和花名册以及餐券。这时接到海生的电话，他与魏伟、姜尽忠等人已经会合，正在向报到处靠拢。不一会儿，他们三人以及王红、张翠英、任勇也先后到达，我们排今天共来了八位同学。

海生陪着一位头发花白的老太太走过来，原来是教语文的胡老师，她七十九岁了，依然记得我，还记得我妹妹，原来我初中毕业之后她当过我妹妹的班主任。我取出录像机将此场景拍摄下来，我和胡老师交换了手机号码。

来到八角楼，海生说，八角楼两侧保留了两间教室，位于西侧的一间教室正是当初咱们（7152 排）的教室，作为学校博物馆的组成部分幸运地被保留了下来。我们围坐在一张大方桌旁边的长条椅上，每位同学在我的摄像机前都说了一段精彩感言。丽华正好赶到，与阿霞亲热地雀跃拥抱，她俩曾是很要好的同学，阿霞至今仍珍藏着她俩和住在科大的万玲的合影照片。

在博物馆的展品中，我们看到了班主任甘老师的照片，他是国家级优秀教师，前些年积劳成疾不幸去世。我们怀着崇敬的心情站在甘兰佑的照片前合影。从前那位风风火火，却在调皮学生面前无计可施时吹响全连紧急集合哨召开批判会的五连连长，那位教我们几何时眉飞色舞的班主任，那位运动会上的短跑健将，如今又和我们站在了一起。

我们还见到了音乐老师王老师上世纪50年代初身着军装的照片，许多人驻足观赏。在我印象里，她教课时嗓音沙哑，据说年轻时用嗓过度损伤了声带；她与另外几位老师创建了十一学校文艺宣传队，以排演红色芭蕾舞剧《红色娘子军》闻名遐迩。前不久，八十多岁的她因病去世。

阿霞像一个小姑娘一直紧跟着我，生怕走丢了似的。得空的时候，她向我零零碎碎地回忆起儿时发生的事情。

她家在332楼3单元时住在二层，青云家的下面。她爸爸是传染科的教导员，转业前是大厨，妈妈是托儿所的老师。

她小时候和孙伟关系好，她自己是个孩子头儿，建平、阿丽等年龄稍小的女孩也都愿意跟她一起玩。

她在妇产科楼下的地下室里见过装在广口瓶里的死胎，其中有一个是葡萄胎。……

她的记忆几乎完全停留在四十年前那段时光里，但是我听来却毫无生疏感，因为我也是亲历者。

我们排很幸运，从前我们年级有六个连，每连四个排，共有二十四间教室，现在只留下与八角楼相邻的两个教室，而西边那间教室恰恰就是我们排的。假如校史博物馆一直办下去，我们的教室也会顺带被长期保留下去。

八角楼教室前后门旁边各有一个面积约两平方米的小房间，其中后面的一个小屋是冬季堆放煤块和劈柴的储存室。海生每天来得特别早，帮助其他同学生炉火。任勇说，在他印象里自己从来没有生过火。我打圆场说，你来得也很早，但是得参加学校篮球队的训练。我又对王红说，你和彭娅丽要去学校文艺宣传队训练，所以教室里生火的事情全由其他同学做了。

我说记得这个小房间的门不知被谁踹了一个洞，有一天，一只黄鼠狼被卡在洞内，同学们纷纷看热闹。海生说，建鸣的记忆力真好，一点不假，当时可能是这只黄鼠狼想通过这个洞跳出来，没想到被卡住了。后来被生物老师给捉走了，可能被做成了标本，也可能放生归野了。

对于这个小房间的用途，魏伟等人猜测是不是关禁闭的地方。海生以肯定的口吻说，很有可能。记得当年“文革”红卫兵“造反”，李文普老师就曾被关在这样的一间小屋里面反省，一天一夜没吃没喝。他出身地主家庭，又发表过几句不合时宜的言论，被人举报过。

从八角楼出来，我们又来到位于体育场下面的科技馆，里面有汽车的部件、各式车床的使用方法等介绍。这所全市闻名的现代化中学在教育方法上的确高人一筹。

我们初中时参加校办工厂劳动，也跟机器设备打交道，生产出来的是密封工作台。

参加完校庆活动，我开车送阿霞回家。我把车停靠在九街坊北门口，两个人就在车里继续聊天。说得最多的是小学和初中的旧事。

我抬手看看手表，将近下午 4 点了，不经意间，两个人在车内竟然聊了两个小时。

我坐在驾驶座，她坐在后座的中间部位，为方便交谈，我曾经邀请她坐在副驾驶座位，可是她没有动，坚持在原地。“我就坐在这里吧，没事。”她说。就这样，她看着我的后脑勺说话，我则不时地扭转脑袋，与她做一些必要的互动。

这是我和发小阿霞四十一年后第一次见面。她对儿时的记忆很清晰，可以弥补我的不足。再后来，我又促成了阿群和阿霞这两位好朋友的重聚，我有一种成就感。阿霞已不再感到孤独，因为她已归队。

阳坊乡蹲点札记

1984 年 6 月中旬至 7 月中旬，我和县里的几位干部组成三夏工作队，来到昌平县阳坊乡蹲点。如今三十年过去，尽管是点点滴滴，仍历历在目，回味无穷。

1

1984 年 6 月 14 日是我来到昌平县阳坊乡蹲点的第一天，安顿妥当之后我来到京密引水渠边溜达，遇见一群劳动打歇儿的姑娘。其中一位女子生性活泼，一双火辣辣的眼睛，两片鲜红的嘴唇宛若朝阳的色彩。闲聊中我问她是哪一届的，她说是 78 届的，由此我推算出她今年二十四岁。她说："不对，是二十二岁。"原来她早上了一年学，后来又跳了一个年级。她身边一位女孩突然"咯咯咯"笑起来，像哥伦布发现新大陆那样兴奋："原来你是在问她的年龄！"先前那位姑娘的脸本来就红润，听了伙伴这句话，就更红润了。

在乡里住的第一个晚上，半夜里我听到一阵急促的敲钟声，时间持续了几十分钟。我以为出了什么事，披衣跑出去看，没见什么动静。我重新躺回床上，却再也睡不着了。

这一带梨树多，皮薄味美，据说从前是给朝廷的贡品，新中国成立后也是国宴必备之佳品。这梨树不需要肥厚的土壤，有些石子和细沙为好，而东贯市村就属于这种土质。问及东贯市村名的来历，当地人答曰：从前倒是有一个很美的名字，叫凤凰村，后来因为附近有前白虎涧和后白虎涧（"涧"与"箭"是谐音），有这两个村在前面，凤凰村总富不起来。村里人认为是被"箭射中"的缘故，于是就把自己的村名改为东贯市，其中的"贯"字有"穿过"之意，即使再有利箭射来，也无伤皮毛。后来东贯市村果真富了起来。

此次蹲点正值麦收季节，七年前我在该县北七家村插队，在三夏中吃过不少苦。起五更割麦子，在尘土飞扬、噪音四起的场院里往锥形脱粒机里面塞麦个子，浑身被汗水浸透，奇痒无比。如今我来阳坊乡参加三夏，身份不再是知青，而是县工作队队员，我的主要任务不再像从前那样玩命地割麦、打场脱粒，而是参加一些现场会，帮助写几篇广播稿，肯定会少受一些皮肉之苦。但是我却担心社员们会用一种异样的眼光看我。这种眼光我在插队时也曾经有过，面对的是某些只动嘴不动手、指手画脚的村干部和检查团。今非昔比，自己也在经受那种不信任眼光的挑战。

相比之下，县文化科的王学文却备受当地人欢迎和优待。下乡几天来，他用不着上公社（请原谅我还是习惯使用这一老称呼）食堂去打饭，他自己有饭辙，当地许多熟人轮流请他到家里去喝酒。

老王五十来岁，寸头有些发白，个子不高，总是乐呵呵的，是个地地道道的乐天派。他多才多艺，这次主要是采写广播稿。天气热，晚饭后他就在庭院里的石桌旁写稿，旁边围着一大帮人，都是公社的机关干部。

“这一篇稿子是一瓶酒。”

“这一篇稿子是二两肘子肉。”

大伙儿你一言我一语地跟老王开着玩笑。说的是他用稿费将要买来的食物。

老王也不在意，一边与众人打着哈哈，一边依旧趴在石桌上起草一篇稿子，不受任何干扰。

2

这天下午，我骑车沿着河边公路回县城办事。一路上行人甚少，偶尔见几位姑娘媳妇在河边洗衣说笑，白皙的双腿浸泡在碧绿的河水中，岸边树林传来串串动听的鸟鸣。

前面有一道水闸，一位妇女刚在麦田里干完活从河边走过，清凉的河水诱她脱去外衣，只穿背心裤衩，白嫩的小腿伸进水里，撩起一捧捧清水朝自己身上泼。

路上过来一位少女，城市姑娘打扮，穿一件蓝色连衣裙，头戴一顶折叠式乳白色太阳软帽，肉色长筒袜，红色半高跟鞋，骑一辆凤凰牌蓝色二六女车，在来往的村姑中十分显眼。赶大车的小伙子直眉瞪眼地盯着她，驾辕的马儿吃着路边的草也不走了；路旁田里割麦的小伙子也停下手中的镰刀，直起身来朝这边张望。

傍晚，我骑车回到阳坊乡政府，同宿舍的文化科老王写稿如痴，白天跑了一天，晚上先不吃饭，就趴在桌上写稿。等写完了，人困马乏，已是深夜，独自喝上两盅，便躺在床上呼呼睡去。自由自在，逍遥随意。

天气闷热了一天，夜里好不容易下起了阵雨，我跑到院子里，伸手捧接这天降的精灵，暑热暂时消退，感觉凉爽了许多。站在我身旁的乡党委书记却满肚子不高兴。只见他总盯着头顶上那块乌黑的云朵，嘴里嘟囔道：“快刮到城里去吧，反正那里也没有麦子，我的麦子还要收哩！”他穿一件和尚衫，锃亮的脑门上汩汩地淌着汗珠，却不愿意这场阵雨下在自己跟前。

阳坊村西路口有一个体茶庄，店主叫黄进清，三十岁，只是显得有点儿老，也许是因为乡下女人辛苦的缘故。她个子不高，留着短发，旁边玩耍的一个小男孩是她的儿子，只有三岁。黄进清的丈夫名叫田泽新，小她一岁，在生产队开拖拉机。茶庄是年初开的，茉莉花茶、花茶、花三角、红茶、绿茶等十三个品种。店铺仅四平方米，地盘是凭着乡亲的面子朝人家借的，小铺很矮，仅有一人多高，闷得很。柜台的铁架是请综合厂的师傅给做的。

她既卖茶叶又照看孩子，孩子缠着她，妨碍妈妈接受采访，于是妈妈对孩子说："你到路那边找小东哥看金鱼去吧。"妈妈拉开门让孩子到公路对面，一个差不多大的小男孩正蹲在那里卖小金鱼，金鱼只有黄豆般大小，半脸盆的水里游弋着许多小金鱼。

女店主和我攀谈起来："开个小店儿，一是自己图个小利，二是方便群众。那天，河那边的一位小伙子跑过来买茶叶，说是急着去订婚，带两罐茶叶去相亲。""我们这村80%是回民，回民喜欢喝茶，老人们清晨起来，漱完口头一桩事就是喝茶。亲戚家盖房，也时兴送茶叶。"

采访不断被打断，顾客络绎不绝，我坐了半小时，就来了七八个人，有军人、过路的司机、村里的老乡。"您来了！""您慢走！"店主人热情地迎送。

妈妈正被采访，三岁的孩子跑回来扑到妈妈怀里要吃奶。店主人解开领口喂奶，继续和我交谈。

女主人自己感觉不到什么，我却感到有些难为情，再说谈得也差不多了，于是我走出茶庄。

我走过马路，也来到卖金鱼的小孩那边去凑热闹。那孩子还不懂得和客人应酬，一问才四岁。他身后是阳坊京津修表店的店面，跟刚才见过的那家茶庄一般大小，只是多了一台嗡嗡作响的电风扇，小屋里相对凉爽一些。

进门左手是柜台，透过柜台上的玻璃，看到里面摆着各种各样的钟表的外壳等零件以及精细小巧的钻头、锥子、小刀、钳子等修理工具。

店主是姐弟俩，姐姐三十岁，不在家，弟弟二十二岁，两颊及下巴颏长满了浓密的胡须，虽算不上魁梧，但是个头很高，足有一米八几。手艺是哥哥教的，哥哥在北京城里一家钟表厂做工。

3

这天早晨4点半就起床了，所有乡里的干部，连同我们这几位工作队的同志都被组织起来帮助农民割麦子。我们沿运河逆流而行，昨夜一场雨，搞得土路泥泞。

途中我们看到了刚刚升出地平线的太阳，天上飘着几朵云彩，朝阳在乌云和地平线之间升腾，鲜红鲜红的。我有四五年没见过这样壮观的景象了。

记得从前在农村插队的时候，经常会见到这种景观，因为要早起下地干活。从某种意义上说，如此美丽壮观的景色属于勤劳的人们，属于这片广阔的田野。

我对五年前在农村插队割麦子的情景仍记忆犹新，如今手中的镰刀却不大听我使唤了，一不小心镰刀砍在我的小腿上，一阵刺骨的痛。好不容易坚持割到地头，挽起裤腿一瞧，腿上流了许多血。

和我分到一垄麦地的是乡办公室打字员兼文书档案管理员，比我小五岁，个子也矮我半头，镰刀比我的快不到哪儿去，但是她割得就是比我快。旁边另外一位姑娘也在乡里供职，也有一双漂亮的眼睛，个头和我差不多，身材苗条，不过嘴唇泛着白色，话语不多，似乎在把说话的气力节省下来，好多割几把麦子。

麦子运到了场院，脱粒、晾晒、进仓。人们辛勤的劳动有了丰厚的回报。

清晨出发前，我随身携带了一个小笔记本和一支笔，想利用空闲时间把听到的俏皮话什么的给记载下来。可是一旦干起活儿来，我的手就属于了镰刀和麦子，根本就没工夫去摸笔和本，头脑也变得有些迟钝，灵感一闪而过，难以捕捉。

4

“不在乎这一块钱两块钱，要看他那眼光清不清。”“瞧这天气热的，我的衣服全溻湿了。”“我是维持人的人。”“我的肚子（量）可不是平常人的肚子（量）。”“你的内涵外延多，脑门上的皱褶儿多（意思是说，你聪明）。”……

说这些话的，是人称活宝的县文化馆的老王，他、老李和我住在阳坊乡同一间宿舍。你瞧，他现在正坐在一张钢木折椅上，与前来采访的县广播局播音员兼记者马德清开玩笑。

老王整天价乐呵呵的，老年不知愁滋味，口不离曲，手不离笔，走到哪儿写到哪儿、唱到哪儿，把玩笑、奇闻说到哪儿。

“飞机扔的炸弹，就像羊拉的羊屎蛋儿似的。”这是他在回忆战争年代的一次亲身经历。

电视剧《嫁不出去的姑娘》里面有一段听评剧的情节，老王边看边评价道：“这个姑娘不如刚才那个要彩礼的姑娘唱得好。”

老王是个评剧迷，不知不觉间就能哼出来几句词儿来。这不，夜间饮酒时突然来了灵感，哼出几句顺口溜：“鸡蛋是妻送的，豆腐是伙房剩的，花生豆是备用的。”瞧他那逍遥自在的神情，实在令我羡慕。

老王是麦收季节出生的，天生就跟麦收有联系有感情，尽管年岁大了，此次仍跟我们年轻人一起下乡。他的长相酷似相声演员郭启儒，语言也同样活泼风趣，颇受乡里干部欢迎。

“我跟县文化科说说，让你来我们乡做常驻代表。有你在身边逗乐子，我准能长寿。”乡党委书记风趣地说。

有人还给老王编了几句顺口溜：

老王写稿有怪癖，喜欢挤在人堆里；

换个地方很安静，他却反而没文笔。

5

麦收季节，农民的作息时间比平时有所变化。白天太阳晒，午睡时间长，一般睡到下午三四点，夜里摸黑干，早晨起得早。我们工作队的几位同志也入乡随俗，跟着麦收季节的生物钟走。

这天早晨，我和老李来到田间地头，听说这块承包地的产量挺高，我们想了解一下，把好经验宣传推广。一位农妇正在地里插秧，我们凑上去与其搭话，她一边插秧一边回答。她叫鲁长华，我管她叫鲁大嫂，三十六七岁，身板结实，健谈，也很实诚。我们要离开时，她从水田里走出来，光着脚板来送行，路面上尽是小石子，她也不怕扎。她一米六二的个子，并不胖，黑里透红的皮肤，褐色的裤管挽到膝盖，结实的小腿上沾满了泥浆。

我们刚迈开几步便碰上她的丈夫牛廷义，一会儿村里的生产队长等人也来了，听说我们的来意，大家便在路旁席地而坐，七嘴八舌地聊起来。

这两口子前些年承包了六亩水田，是乡里试种旱直播水稻的试点，去年亩产一千多斤。路西有九亩地，以前别人种高粱，亩产不过八百斤；去年老牛开始承包，也是种高粱，亩产有所增加，今年也改种为旱直播水稻，另外还开垦了不少地边。加上原有的六亩水田，他家的稻田面积扩大到了二十亩。他俩天天清晨四点钟就来到地里，平地、播种、补秧、施肥、浇水。路西那块地从前生产队花了三年时间也没有平整好，如今这两口子仅用二十天就给平整好了。

这是一对患难夫妻。老牛四十六岁，长长的头发，高高的个子，鼻子上有些碎麻子，是一条堂堂正正的汉子。可惜他是地主出身，“文革”中被生产队长迫害，有杀父夺妻之仇。老牛原配妻子很漂亮，在那位队长的诱迫下，与老牛离了婚。鲁大嫂是邻近的海淀区上庄村人，原来结过一次婚，不过女儿两岁时丈夫就死了；后经人介绍，又和老牛结了婚。鲁大嫂比老牛小九岁，可是站在一块儿，看上去年龄差不多，与同龄女人相比，她要显老许多。现在他们有两个女儿，一个十二岁，一个五岁。去年地富子女“摘帽”，一向受人欺负的老牛直起了腰。“我一定比你们干得要好！”那天村里宣布“摘帽”，牛廷义一句朴素的话掷地有声。这正是：

承包农田产量高，患难夫妻最勤劳；

地主帽子被摘掉，老牛从此直起腰。

6

乡团委书记也在这个村蹲点，他瘦高个儿，留着寸头，穿一条蓝色工作服的裤子，和尚衫已经洗得发黄。他曾在海军服役五年，见过世面，对各地方言有所研究，一听老李的口音，就知道老李是辽宁一带的人。这位乡团委书记自称读过六百部中外名著，有搞文学创作的志向；按说他对农村情况了如指掌，创作农村题材的作品不成问题。“咳，就是工作太忙，腾不出手来写。”他对我解释说。

他所在的乡工作队共有三个人，住在村小学校，学生放假了，有空闲的教师宿舍。饭是他们自己做，早晨熬粥，米是工作队长李中横在鲁大嫂那里买的。这三个人生于斯长于斯，对当地百姓的情况比我了解的要多得多。

“麦收季节，社员的眼睛都红了，脑袋都打破了，最反感的是下乡溜溜达达的人。”他们直言不讳地说，“像你们这样，穿着这样干净的白衬衫，鞋上、裤脚上干干净净的不见一点泥，他们会骂你们的。当然多是在背后骂。”

听了他们的话，我并未感到过分诧异，我想起从前自己插队时也遇见过类似的情况，我们正在地里干活累得半死，看见一帮人成群结队地前来检查工作，心里就骂大街。

“如今该轮到别人骂我们了。”我惭愧地想。正所谓：

乡下干部话粗俗，直截了当点痛处；

当年厌恶检查团，今天反而遭厌恶。

7

6月16日至21日连天阴雨，这可苦了麦收的农民，因为麦子脱粒之后没地方晾晒，时间稍长就会发霉。附近的一些农民慌不择路，把成包的麦子拉到乡政府大院，把麦粒摊在药王庙的大殿里、会议室、办公室、楼道楼廊甚至宿舍里，几乎所有能避雨的空地都被晾上了麦子。你也许会问，又是乡政府大院又是药王庙，到底你指的是什么地方？乡政府大院就设在阳坊村药王庙里，换句话说，乡政府占用了药王庙的地盘。除了大殿、配房等药王庙原来设施被用作乡政府各部门办公场所之外，人们又加盖了几间平房，我们的宿舍就位于其中。

这间宿舍约三十平方米，摆放着四张床，老王（前两天老王提前回家了）、老李和我同住，另外一张是空的。许多急红了眼的农民在我们宿舍门口转悠。他们大概知道里面住的是县里来的人，有些望而生畏，只要我们不主动开口，他们不敢贸然进屋。其实我和老李也在考虑敞开大门，让农民进屋里来晾麦。就在我们迟疑之际，有人却忍不住了，只听他嚷道：

“搞宣传的，天天价喊不霉烂粮食，可是你们占着这么大的屋子闲着，外面那么多麦子淋着雨，你们难道就不心疼吗？”我闻声望去，只见一位身体粗壮、皮肤黝黑的中年汉子站在门口，我认出是乡社管会主任。

他后面的话就更难听了，骂爹骂娘，“这地面上存不住你们，你们走！”这最后一句话等于给我们下了逐客令啊！

老王不在，我和老李两个人书生气太浓，才让他欺负；假如老王还住在这里，这位鲁莽的家伙肯定不敢如此造次。我心里这么想。可是我和老李毕竟是有涵养的人，不跟他当面争吵，也没有计较对方的粗鲁和莽撞，而是赶紧出门请一位农民进屋里来晾麦。尽管有些被动，尽管感到有些委屈。

事后我主动和这位主任聊天，做了些解释，说我们当时已经考虑让农民进屋晾麦，正在商量如何将地面上的东西归置一下，好让空地儿更大一些。

“原来是这样！我是个大老粗，心直口快，得罪了！”这位主任连忙赔礼，我连连摆手道：“也怪我们的动作慢了些。”

听说主任的老家在沙河，我便询问是否认识一位名叫晓霞的插队知青。他摸一摸有些花白的寸头说：“有印象。我当时在村里当干部，对那些知青有印象。”他问起晓霞目前的情况，我说她是我的大学同学，现在城里一家事业单位上班。于是他让我回头给晓霞带好儿。一个粗鲁耿直的汉子，内心却很善良，通情达理。这正是：

出口伤人难还口，耿直汉子太粗鲁；

摊晾麦子情可原，彼此误解被消除。

8

过了两天，天气阴转晴，我和老李帮助老乡把晾在宿舍地板上的麦子收拢装袋，将麻袋的收口扎紧，抬起来放在独轮车上，目送老乡渐渐远去的背影，老李和我也轻松了许多。

又过了些日子，三夏结束了，乡政府举办了一场庆祝丰收的晚宴，人们都在为血汗换来的丰收而欢呼、畅饮。有的竟然醉了，哼着小曲儿，有的在哭在闹，在这哭笑当中，我看到了这些农村基层干部质朴豪爽和善良的心灵。

“自己不能流泪，而是要笑，为农民的丰收而欢笑。”我是这么准备的，可是一见那么多人的热情爽朗和好客，我忍不住流下了眼泪。这些普通乡村干部以及千千万万老乡们，他们辛勤的劳动和付出，给了我们丰衣足食的生活，促进了社会的发展。

次日晚上，乡里干部们为县三夏工作队的成员们饯行。我喝得有些醉了，老王酒量有限，过两杯不喝，老李仍旧坚持底线，滴酒不沾，只用白开水代替。餐桌上有一道菜叫白蒿头，可入药。第二天，离开阳坊乡时我们看到这种植物开遍了 6 月的乡间路旁，散发着沁人心脾的芬芳。

恩 师

1977年的春节临近了，我插队的北七家村给知青多放了几天假。我做了严密的计划，首先去拜访刘雨老师。刘老师是我的高中语文老师，我是语文课代表，互动自然多一些。1976年3月，我到北七家插队之后，遇到了几件棘手问题，有诸多烦恼，便给刘老师写信，经过老师的开导和鼓励，我逐渐走出困境。因此我更加依赖与刘老师的交流，总想着利用假期登门拜访，向老师当面请教。

1

第二天中午，我捏着一封刘老师两个月前写给我的信，里面画了一张草图，标明他家的位置，我按图索骥，找了过去。老师的家原住在122中学一间狭窄的单身宿舍，上高二时，我与另外两位男生曾经去过一次。后来老师来信说，他已搬家。由于不熟悉地形，我找过两次都未果。这一次，按照老师信里的详细描述，我终于找到了位于白堆子的一栋六层板楼，老师住在五层。

我敲了几下门，里面一个人问道："找谁呀？"

"找刘老师。"我听出问话的是刘雨老师的爱人袁老师。

袁老师热情地把我领进一间屋，端来一碟花生和一碟葵花子，又打开一只方匣子，里面是花花绿绿的糖果，她一股脑儿地都摆在桌子上。袁老师说，刘老师到楼下买菜去了，一会儿就回来。

"这是一套两居室的房，与别人合住，咱们家只有一间房，厨房和卫生间与另一家合用。"袁老师解释道。

"上次你就来过吧？"袁老师笑吟吟地问。我点点头。

"让你和郑刚良扑了空，实在抱歉。"袁老师说完走进厨房做饭。我这才有机会细细打量一下房间的陈设。

什么桌子哟！原来是拼在一起的两只木箱子，上面铺一块印花塑料布，这就算作桌子了。对面一张铁床，靠东是一个衣柜，上面放一只袖珍半导体收音机，这就是老师家的主要家当。

家具虽少，但布置得非常巧妙，温馨而又整洁。刘雨老师用小篆字体书写的毛主席词《水调歌头·游泳》的横幅挂在墙上，其中两句是："不管风吹浪打，胜似闲庭信步。”虽身处陋室，却能感受到老师的意志和气魄。这幅字曾经挂在122中学那间单身宿舍，现在我又看到，备感亲切。

我欣赏着这首词，门被打开，刘雨老师买菜回来了。

我叫一声：“刘老师！”对方稍微一愣：“啊？是建鸣呀！”

时隔数月，师生再度重逢。我早就想有这么一天，可是话到嘴边，又无从开口。

老师从甘家口商场买来了年货：南豆腐、冻豆腐，四斤牛羊肉，等等，他交给袁老师，然后把我按在藤椅上，他自己坐在对面的一把椅子上说：“来，让我看看！”

老师上上下下地打量着我：裤子上缝补着两块补丁，回到家里还没有来得及换，大号的黄色军棉衣显得与我的身材很不相称，头发也长得老长。

“一身乡下打扮。”刘老师风趣地说。接着他一边让我吃花生、瓜子，一边询问乡下的近况。

“要做饭、洗菜，盆里没水了。”袁老师从厨房探出身来提醒道。

“哦，是这样。”刘老师赶紧对我解释：“这座楼很差劲儿，工程质量不合格，供电局不供电，输水管又被冻住了，连吃水也要下楼去打。”

“我和您一起去打水。”我说完站起身来，拎起一只水桶，跟着刘老师下楼打水。

从五层到一层，又从一层回到五层，我把一桶水拎上来，能帮助老师做点事心里很高兴。

师生二人坐下来继续交谈，谈到学习，老师提醒道：“要注意两点，一是系统地阅读中国文学发展史、欧洲文学史。二是多读些文学作品。特别是读一读赵树理的作品《小二黑结婚》《李有才板话》《三里湾》等。赵树理的作品很有特色，他土生土长在农村，是个八路军的土记者，他的作品没有学生腔，全是劳动人民口头上的语言。”老师说完，将一本《中国文学发展史》递了过来，说道：“要想搞文学创作，不了解文学史不行。这是第一册，拿回去看看，看完之后再给你换一本。”

谈到锦云（刘老师的大学同学、时任昌平县文化馆领导），他说：“你有机会问问他，让他帮你搞到一些书籍。”

有道菜需要刘老师去做，袁老师跟他换了个位置，陪我聊天。她毕业于北京女三中，刘老师毕业于101中学，1958年双双考入北大后成为同学。她目前在122中学供职，也教语文。她谈到过去学生怎么考试，老师怎样教学，言谈话语中多少流露出对当时文化教育行业的不满和担心。

饭做好了，两位老师要留我一块用饭。我哪里肯依。再说了，什么东西都没给老师带，哪好意思吃老师的饭呢？

刘老师把我送出楼门，目送我骑上自行车，说道："让你几次扑空，实在过意不去。……"听了老师这句话，我心中一阵酸楚。老师对我的教诲和关怀无微不至，现在却这么说。

我骑上车走出一段路程，回头看看，发现刘老师仍站在原地，像一座雕塑，一动不动。

此次拜访有个遗憾，就是没见到老师的女儿霏霏。我对这位小姑娘印象很深，高二时我到122中学那间单身宿舍拜访时，霏霏才三岁，绕着父母跑跑颠颠，十分可爱。一年多不见肯定变了样。袁老师说，孩子送到奶奶家了。"她懂事儿多了，下回来你一见就知道了。"

2

第二次到刘老师家登门造访的时间大概在1977年夏天，我事先给老师写过一封信，信中我向老师汇报了生产队人事变更情况和各种关系，还介绍了"小楼"（男知青宿舍的别称）比较浓厚的学习空气。老师听了很高兴。他讲了当时文教战线的大好形势，有一部分知识青年有考上大学的可能性，文理科都有，年底就要招收一批。文科的考试科目包括语文、历史、地理、政治、外语，考文科主要考前四门。

老师鼓励我报考大学："你要做一个长远的学习计划，有步骤地进行学习，不要胡乱抓。"他又说："如果你想搞文学创作，不一定要上大学，上大学主要是进行文学理论的深入研究。从前我的许多同学都抱有上大学搞创作的念头，结果一上大学就变了。"老师用亲身经历启发我。

从老师家里出来，我想了一路。尽管考上大学的希望不大，但还是要认真准备。考上了更好，可以选择一项学科进行系统的学习；考不上也不要紧，只当作一次尝试，见见世面，一次学习的机会。

晚上，我按照老师的提示，把政治、社会发展史、历史、地理和法语的各种学习材料、课本过了一遍，从今以后再也不能胡乱学习了。无论如何，目前的主要任务是高考复习，到年底考试仅剩下四个月的时间，其他的事情先搁一边。我制定出9月的详细学习计划。

第二天我来到梁左军家。梁左军也在父母的督促下复习功课。他找出一本影集，逐页翻开，其中有他大爷的遗像。他大爷是一位享誉海内外的建筑师。梁左军又拿出一只玩具式计算机，这是他父亲去德国参观考察时买来的。梁左军的父母都是高级知识分子，家里经济条件优越，仿佛生活在另一个世界。他父母卧室里有一张席梦思床，我第一次见到，梁左军让我坐上去试一下，我感觉弹性十足，飘然欲仙。

我回到北七家的第二天，收到了县文化馆发下来的一本诗集《十三陵儿女怀念毛主席》。封面是一棵苍劲的青松。诗集中有360篇作品，其中有锦云、董老师的，还有海发、晓波、刘群、司建会等人的，我那篇《毛主席给咱无价宝——写在十三陵水库》也被收录了进去。我的心情格外激动和兴奋，在县级诗集里发表了作品，有些出乎意料。

村党支部副书记志英在大队会议上特意说起此事，称赞“建鸣能在县里的诗集里发表作品，为北七家争了气，添了彩，是北七家的光荣和骄傲”。

刘老师不赞成我写诗，前两天见面时他对我说过：“你搞诗歌创作不如搞短篇小说创作，前者，无一定形式，况且你的基础差；后者，你有一定基础，又跟实际生活关系密切。”刘老师与郑刚良的观点竟然有着惊人的相似，动摇了我写诗的信心。

可是这本诗集里分明有自己的作品，自己的诗第一次成了铅字，这说明它还有存在的价值，怎能轻易舍弃呢？我一时陷入矛盾之中。俗话说“一心不能二用”，而我恰恰在此时——高考复习的关键阶段——分了心。

3

1977年秋季的一天，知青们放假，我把分到的白薯留在张婶家里，只身回到城里的家，傍晚第三次敲开了刘雨老师的家门。

我从村里带来一只老母鸡，作为国庆节的礼物。老师一边道谢，一边把母鸡接过来放进厨房，它的双腿和双翅被线绳捆绑着，喉咙里发出咕咕的叫声。

我从挎包里取出那本县文化馆出版的诗集，告诉刘老师，里面刊登着自己的一首诗。刘老师翻阅了一下。我接着又取出几页纸，是我刚刚写完的短篇小说《新队长的故事》。

袁老师在厨房做饭，刘老师坐在藤椅上翻阅小说，时而凝眉沉思，时而拿起笔在原稿上写些什么。我在旁边哄着老师四岁的女儿刘霏摆积木。

这孩子从小受父母的家庭教育熏陶，懂事早，说起话来像个小大人。当她遇到问题时就说：“这（图纸）上面设计得不科学，我自己设计了一个。”说完她就按照自己的设想摆了起来。

刘老师看完小说直起身来对我说：“我说的可能严重些，你可要经得住。”刘老师先给我打预防针。

“你写得像个表扬稿，可是从笔法和情节上看，还是小说的题材。”老师分析道。

我的耳根开始发热，毛孔里析出冷汗。

“小说要有情节。”刘老师语重心长地接着说：“要设计几个人物，要抓住矛盾。故事情节要完整……”

聆听着老师的教诲，我联想到刚才刘霏按照自己的设计方案，搭建起来的一种建筑样式。

两位老师一定要留我吃晚饭。盛情难却，我洗洗手拘谨地坐在桌子旁。

“喝喝我的灵芝酒。”刘老师一边说，一边从橱柜里取出一个酒瓶。瓶中有一些形状跟扫帚苗子差不多的植物，老师说是灵芝草。我一边品尝杯中酒，一边听老师津津有味地介绍灵芝草的来历。

“这可是真灵芝，跟那种像蘑菇似的灵芝不同，是学校里一位老师从川中渡口一位老中医那里给我弄来的。”老师举起酒杯与我碰一下，喝上一口：“这灵芝可不易得，据说全国只有两个地方有，一是在四川渡口，另一个在西藏的某个地方。在白天是找不到它的，只有在夜晚才能找到。在夜晚，这种草会发出一种磷光。……”老师差一点儿把灯拉灭，现场给我演示一番。

饭桌上摆放着五道菜、一个汤，其中凉拌白萝卜丝是由刘老师亲手制作的，萝卜丝切得很细，拌上盐、醋和香油，别有风味。

“来，尝尝这个，这是解酒的。”刘老师对我说。

当我离开老师家时，天已完全黑了，马路上亮起一串灿烂的街灯。我骑着快车，迎着凉爽的秋风，回想起刚才在老师家的情景，耳边回响着老师亲切的教导："多写些，特别是练习写写短篇。"我心中非常兴奋。

4

1978年春季的一天，一场雪覆盖了大地，这些调皮的雪花儿啊，莫不是在天宫里待闷了，舞姿翩翩地跑到人间来分享喜怒哀乐。雪，纯净无瑕，是正直和善良的写照，给心地善良的人一种安慰。

我踏雪来到刘雨老师家拜年，算起来这是我第四次到刘老师家（不含122中学那次）。主要目的是归还上次借阅的三本书。

五岁的刘霏打开一只绘有彩色图案的糖果盒子，从里面挑出两块她认为最好吃的也是包装最漂亮的糖果捧给我，我把其中一块糖纸剥开，放入口中，品尝着甘甜的滋味。接着，她又打开一本影集摆在桌子上，坐在我的膝盖上，指点着里面的照片，一一做着介绍。她是老师夫妇唯一的孩子，虽然不足五岁，说起话来却像七八岁的小姑娘。

这是老师夫妇积攒了多年的珍贵照片，其中有1946年刘老师少年时与家人在鸭绿江畔的留影，有两位老师上中学和大学毕业时的留影，有刘老师在广州与麦贤得交谈的照片，有夫妇二人年轻时的鸳鸯合影。更多的是小刘霏的照片，有躺着的，有坐着的，有跑跳玩耍的，使我对老师一家人有了更深入的了解。

老师说过，他1963年从北大毕业后考上了中山大学考古专业的研究生，1966年毕业就赶上了"文化大革命"，被安排到河南洛阳拖拉机厂做过几年钳工，在保定市委做过几年机关秘书，与袁老师长期两地分居。1974年调回北京，后来就到了188中学，成为我的语文老师。从前学过的考古专业一直没能用上，耽误了青春和事业，早日从事心爱的考古研究工作是老师的心愿。

有一张照片，刘老师身穿工作服，那体格和装束很像一位淳朴憨厚的工人师傅。还有一张照片，是1964年刘老师到农村参加"四清"时的留影，他的胳膊、腿脚被晒得黝黑。老师说，他年轻时非常注意锻炼身体，打球、游泳、冷水浴。

许多照片是袁老师的，有年轻时打篮球的，也有下乡劳动锻炼的。袁老师在大学也喜爱体育运动，曾是北京大学女子篮球队的队员。

"好了好了，你大哥哥要发奋读书了，让爸爸跟大哥哥多说一会儿话，好吗？来，刘霏，到妈妈这里来。”袁老师对女儿说道。刘霏十分懂事，从我这儿离开，跑到妈妈身边。

最后刘老师说，他将要给学校的年轻教师进修班上课，问我有没有时间，也可以去听听；还建议我去参观画展，作为一个文学爱好者就是要广泛接触各种事物，开阔眼界。

从老师家里出来，我的心情久久难以平静。老师为我树立了榜样，我要向老师那样，努力学习，矢志不移，正直无私，锻炼身体。另外对恋爱问题我也有了初步认识，我不急于涉足，因为最要紧的是抓紧时间复习。

前天一位插队同学来玩，当我述说起自己目前的困难时，他连连摆手说：“学什么呀？还学什么呀？学得再多又有啥用？应该首先跟干部搞好关系。”他仿佛已将这个世界看透，急于向我传授自己的处世哲学，恨铁不成钢。

过完春节，知青们陆续返回村里。第二天我起得很早，打算刷牙洗脸，可是没找见水桶，不知被谁借走没有归还。这也难不住我，我将一根绳子分开两叉，分别捆住小铝锅的两个把手，来到眼镜形状的井台上，把小铝锅慢慢地放到井里，将绳索轻轻摆动，然后手腕一抖，小铝锅便盛满了水。把水提上来，一次、两次，脸盆就装满了。端回屋去，呼噜呼噜地洗把脸，感觉无比清爽。

洗漱完毕，我在小楼附近走一走，欣赏乡村的雪景。我走到鸭子沟，远远望去，白雪茫茫，银装素裹，沟壑、土岗、树枝、田野，总之所有一切都被雪覆盖住了，给人一种到处都很干净的感觉。旁边树枝上积满了雪，像爱打扮的小姑娘。

队长说雪没化，没有活儿干，于是第二天又放了十五天假，我当天下午就赶回家中。

放假的第二天，我来到中山公园看花展，又到劳动人民文化宫看通史展览。草坪上、假山下、影剧院前、展览大厅里，处处都有青年男女悄声低语的情景，有的还互相轻挽手臂，怡然散心，神情悠闲。我形单影只，独往独来，也图个自在。

晚上看电影《我们村里的年轻人》，这部片子很有意思，大胆地挖掘那些日常生活中的小事，还有谈恋爱，通过一群年轻人的日常生活来表现，处理得自然妥帖，观众看了常常笑出声来。

董立红接到了录取通知书，兴奋之情难以言表，尽管录取的学校是一所中专。同时被录取的还有两位女知青，分别是 L 和石梅。他们三个人考上的都是中专，在北七家村六十多位考生中居然没有一个考上大学，而邻村的知青一下考上了十几个。套用电影《南征北战》中敌军参谋长的一句台词：“不是我们无能，而是给我们的复习时间太短了。”

每一位离开北七家的知青心情都是复杂的，董立红也不例外。不知道其他患难与共的兄弟姐妹们何时才能逃离北七家，不知道自己何时还能再回到这个地方。

这年夏天，我再次参加了高考，考了 332 分，第一批次落榜。可是我问心无愧，因为我克服了各种困难，尽了全力。到了 12 月，关于高考 300 分以上的考生可以上大学分校的消息传到了北七家，那些日子里，不论走到哪里，人们都以羡慕的目光看着我。荀子曰：“锲而舍之，朽木不折；锲而不舍，金石可镂。”时间是公正的，对待那些勤奋好学的人往往赐予恩惠。我抬头看着床头那句老子的话“祸兮福所倚，福兮祸所伏”。我体会到这不是天命，而在于人的主观能动性，这是矛盾转化的必要前提，是一个决定成功与否的杠杆。次年年初我进入中国人民大学，尽管是分校、走读，我也是很幸运了。每每回顾我考学的过程，都会想起刘雨老师对我的谆谆教诲，这对于逆境中的我坚定信心有直接的帮助，令我终生难忘。

一代宗师李卓吾

* 刘福田

京杭大运河源头，北京通州西海子公园内，一代宗师李卓吾长眠在风光旖旎的葫芦湖北岸，墓碑上“李卓吾先生墓”几个大字遒劲悲壮，乃墓主生前好友、明万历十七年状元焦竑亲笔手书。

通州很少有人不知道李卓吾，但又很少有人真正了解李卓吾，一般人只知道李卓吾是个思想家，因“敢倡乱道”“惑世诬民”等罪名被关进大牢，为反抗迫害，李卓吾以命殉道，自刭狱中，最后由通州人马经纶收敛其骸骨，埋葬于通州大运河北端……

此外在通州还流传着关于李卓吾的一些传说，比如李卓吾和马经纶的交情，李卓吾当年的葬礼等，但对李卓吾的事迹、思想及其与北京和通州的渊源，了解却少之又少。李卓吾究竟何许人？他在世时做过什么？究竟说了哪些“敢倡乱道”“惑世诬民”的话，死后又为什么会葬身通州？身后更何以被尊为“一代宗师”？诸如此类的问题弄不清楚，到了李卓吾墓前难免困惑彷徨……

李卓吾出生于泉州（今福建泉州市下辖南安市），这里是一个天然海港城市，早在公元六世纪，泉州就已经成为中国对外交流的海上通道，盛唐时更发展成中国海上丝绸之路的起点，五代、宋、元，数百年繁荣兴旺。元末明初日本战乱，东南沿海倭寇为患，明初朱元璋推行保守国策，颁布“禁海令”闭关锁国，泉州这个繁荣的海港城市逐渐衰落……到李卓吾出生时，泉州已失去了昔日繁华。生在泉州是李卓吾之幸，但他却生不逢时。

按《清源林李宗谱》记载："卓吾公生于明嘉靖五年（1526）丙戌农历十月二十六日戌时。"李卓吾在《焚书·卓吾论略》中则自称生于明嘉靖六年（1527），这两种说法相差不过一年，无论哪一个说法准确，李卓吾出生时明朝（1368—1644）都已建立半个多世纪，其闭关锁国的"禁海令"越来越严，此时正造成严重后果。曾经作为海港城市的泉州，罹害尤其惨重！不仅城市政治经济地位衰落，而且倭患猖獗，百姓生活在水深火热之中……

谱载李卓吾祖籍河南汝宁府光州固始县，其远祖李辅官在唐僖宗时曾任寿州参军，因黄巢战乱，从王审知兄弟辗转迁徙泉州，竟在泉州落脚，开始探索出海经商之路……其远祖传十八世至其一世祖林闾，林闾之父为李衡，林闾所以改姓林，因受林氏外婆家活命之恩，"是以变名而入外妈之林姓"。由此可知，李卓吾父系先祖李衡之前与林氏无关，自其一世祖林闾开始与林氏有血缘渊源，林闾后则林李一家，其后代子孙有人姓林，也有人姓李。李卓吾也曾姓林，后改李姓（参《清源林李宗谱》）。

林闾改李姓林，却还是继承和发扬了李氏先祖的经商才能，元朝末年，林闾已成为泉州一带有名的富商，尤擅经营海上贸易，其家资巨富，且有官商背景：林闾妻钱氏，父兄两代泉州为官。林闾之子林驽（李卓吾二世祖）经商足迹更是远至印度、波斯……据《荣山李氏族谱》，明洪武九年（1376），林驽还曾"奉命发舶西洋"，作为官方商业使节，出访西洋各国以协调商贸关系。元朝海上贸易发达，明朝"禁海令"之初，措施也不是特别严厉，禁止民营还允许官营，但此时中国海外贸易已是强弩之末。

正是这次出访，引出李卓吾民族属性争议。《荣山李氏族谱》载，林驽"娶色目人，遂习其俗，终身不革，今子孙蕃衍，犹不去其异教……"从此处言辞判断，其后世家族有人对林驽"改教"颇不认同，但其直系后人可能接受了这一信仰，其后世子孙多与伊斯兰教信仰者通婚。李卓吾属林驽直系后人，但其近祖情况却有点复杂，他们既是林驽直系，却又可能不认可其宗教信仰，因为自李卓吾三世祖李允诚，又改回李姓，并追随不满林驽改变宗教信仰的族叔（林端，林驽之弟）一支，迁离林驽直系后人的聚居地。以这些推论，李卓吾近祖一脉，很可能是反对信仰伊斯兰教者。

李卓吾是个充满争议的人物，他这一出生就伴随着争议，关于李卓吾的民族属性，按其二世祖林驽论，可能信仰伊斯兰教，但按其近祖情况分析，又可能已脱离了伊斯兰教，可是再从李卓吾后来的许多生活习惯感觉，他又很可能信仰伊斯兰教。李卓吾素有洁癖，其后来遗嘱所嘱葬仪，也多“回式葬制”，却又不全是。那这李卓吾究竟是不是回族呢？由林驽论，李卓吾身上肯定有伊斯兰信仰成分，但未必有伊斯兰血缘，因色目女嫁给林驽只是做小妾，是否育有后代不得而知。

笔者以为不用在李卓吾的民族属性上太过争议，在没有新的考据之前，这个问题可能永远没有确切结论。鉴于李卓吾的血缘传承判断，目前只要了解李卓吾一些日常生活习惯或因袭祖先而来即可，这可能对他后来的性格有一定影响，但只限于日常生活层面，因为在他后来的思想中，并没有涉及过伊斯兰教教义，因此很难断定其民族属性，但其生活习惯接近于回民。

李卓吾的血缘世系考证，最新考证结论为一世林闾，号睦斋；二世林驽，字景文；三世允诚，复姓李；四世乾学，复姓林；五世李端阳；六世李宗洁，号竹轩；七世李钟秀，号白斋。李白斋即李卓吾之父。李卓吾近祖自三世李允诚起，即已脱离航海经商，这既是因宗教信仰分歧，也是因朝廷不断强化的禁海令，据《明太祖实录》，禁海令最严格时，甚至“禁民入海捕鱼”。其三世祖李允诚或自其父林驽那里继承了比较丰厚的家产，但其后以务农和做小生意为主，家事日渐没落萧条，传到其六世祖李宗洁时，其家道已没落到衣食日用都难以为继了。

泉州城曾经赫赫有名的林李家族，终于只剩下一个空壳，但先祖曾经的显赫富贵，仍残留在后代子孙的传说中，成为他们努力的某种动力。

六世李宗洁是个小生意人，但他决心改弦更张，希望自己的后代读书做官，希望能有人重振这个家族，这在当时也是惟一一条可能重振家族的道路，其长子李白斋因此改习“子曰诗云”投身科举。据称李卓吾之父李白斋生得相貌不凡，“身长七尺”（《焚书·卓吾论略》），品行高洁，家中至贫为人却乐善好施，然科考不利，终身只是个秀才，只靠教书为生，家境因而更加衰落。但尽管如此，总是让李卓吾生在了书香门第。

李卓吾幼年虽家境贫寒，但得乃父为师，六岁开始读书，十二岁即显露才华。

十二岁的李卓吾写了一篇《老农老圃论》，不认为孔子把种田人看成“小人”，据称这篇文章文风流畅文思严谨，一时被乡人赞许“白斋公有子矣”(《焚书·卓吾论略》)。很多人据此以为李卓吾从小就有反道统精神，好像那时的李卓吾已是“圣人”，这显然夸大其词。李卓吾在四十岁接触王阳明心学之前，最多算是个有点“愤青”的读书人，只不过其“利口能言”，此时确已初露锋芒。

李卓吾的某些天赋来源于血缘传承，那也只是某种可能性基础，其祖先有过那么成功的经商经历，智商自不会低，其父又是个秀才，李卓吾秉承这样的血统，又从小在父亲的教育熏陶下长大，少年时表现出色一些并不奇怪。

有人把儿童表现出的一切都归于天赋，这里存在很大误区，那就是忽视了早期环境对儿童成长的重要影响。儿童从出生就开始接触环境，其少年时表现出的某些天赋，事实上已经受到早期环境影响，而且这种环境影响越到后来比重越大。一般人对此没有理解，才会把小孩子的一切表现统归为天赋，事实上一个孩子六七岁时的表现，起码一半已经是早期环境影响而来的结果了。

影响李卓吾的早期环境，说起来无外两个方面：家族小环境和社会大环境。

就家族小环境而言，李卓吾出生在一个曾经风光无限的大家族，这个家族在他出生时又已穷困潦倒，这种落差很容易导致某种心理失衡，造成性格叛逆。李卓吾出生时，家族衰落的时间并不是很长，从其一世祖林闾算到李卓吾也只有八世，不过百多年。这样短的时间，如此巨大的落差，必然留下许多家族传说，很多传说还可能比较真实，包括其先祖远足异域的一些见闻。这些李卓吾都应该听说过，过去与当前这种巨大落差，对他性格养成乃至思维方向都可能产生影响。

西方文艺复兴运动，早在 14 世纪就已开始，李卓吾近代先祖远涉重洋时，已经是 15 世纪，必然受到了这些进步思想的影响，他们把这些思想带回家族，对子孙的影响也潜移默化……到李卓吾这里，通过家族血缘遗传，通过家族神化传说，或多或少都会留下一些痕迹。

再说社会大环境。盛唐时，泉州就已经是海上丝绸之路的起点，宋元时，这里更设立了市舶司、来远驿、蕃坊等对外交流和服务机构，其时很多外国人留住泉州，他们在这里甚至拥有自己专属的街区，据称马可·波罗也来过泉州，今东海法石片区曾有马可·波罗巷和马可·波罗井遗迹（参《马可·波罗游记》）。来到这里的外国人渐渐融入这里生活，他们或经商，或传教，无论在生活方式还是文化思想方面，都对当地产生了深远、深刻影响。当时摩尼教、婆罗门教、基督教、伊斯兰教等都已传入，伴随宗教的正是许多西方新思想，这里成为中外贸易繁华地，宗教自由港、文化交汇处……

李卓吾出生时，海禁虽已非常严酷，但不少外国人仍然滞留于此，那些已经传入的思想还在继续传播，这种状况当然地影响着李卓吾。这种影响不需要多少具体内容，单是一种思维倾向就已足够，从李卓吾后来与朋友论说“四海”（参《焚书·卷四·四海》）所言看，其先祖海外见闻和地区文化对他的影响也就是这样。但用一种外来思维的新视角审视传统，又面对着由盛而衰的家族现状，李卓吾从小养成叛逆性格，出现某些愤世情绪，甚至表现一些批判精神也就不足为奇了。

按照这种性格取向，尽管李卓吾文才出众，在科举路上也会前途渺茫，因为朝廷开科取士，要的只是一些恪守儒家思想传统，不忤逆礼法的奴隶。但现实却开了个玩笑，李卓吾十六岁入府学（考中秀才），二十几岁就中了举。偶然中的必然是：李卓吾家境贫寒，除了科举无路可走；李卓吾聪明伶俐，而且记忆力惊人。他虽然一开始就对四书五经那些陈词滥调不感兴趣，但凭着背诵得滚瓜烂熟的五百篇“八股”范文，居然一考中举。

举人头衔在封建官场中卑如草芥，做官只能垫底而且没什么前途，但李卓吾毕竟可以借此摆脱衣食困境，事实上他一辈子的生活来源，也主要都是靠做官的俸禄。李卓吾虽然一考中举，但此时他家境贫寒，连继续科考的条件都不具备，于是他决计以举人做官，候职期间仍以教书为业养家糊口。

从中举到做官，李卓吾又百般煎熬地等了三年，这煎熬不是求官心切，而是生计艰难、饥馑乏食。李卓吾自称：这段时间他曾“游食”南北（可能是做私塾先生）。这种职业既不稳定又收入微薄，自己都经常饥一顿饱一顿，自然无法养家，其时李卓吾已结婚生子，其长子就是此时病饿夭折，这是让李卓吾不堪回首的一段悲惨记忆。明嘉靖三十四年（1555），李卓吾终于盼来官报：补河南辉县教谕，官从九品。

因为职位卑微，俸禄微薄依然不足养家，李卓吾只能孤身前往。以李卓吾的性格，实在不适合做官，他自述：“为县博士，即与县令、提学触。”（《焚书·感慨生平》）这种状况几乎延续了整个仕途。不过在此任上，李卓吾才初为官，不敢太过放肆，又以苦学出名，据说得到朝中某大人赏识。嘉靖三十九年（1560）李卓吾升迁南京，“以文章擢国子”，官从八品，总算是正常地升了一阶。可是他在南京国子监博士任上只干了两个多月，就因父丧回乡守制，一回乡又赶上倭寇围困泉州，直到倭寇退去，守制期满。

明嘉靖四十一年（1562），李卓吾第一次来到北京，按制他要去吏部报到，等待重新安排官职，这一次他带了妻子儿女。按《明实录·太祖实录》：“凡丁忧官在任三年之上无赃犯者，依品级月与半俸，止于终制。”李卓吾在家守制期间俸禄减半，又经倭寇之乱，本来就没带多少盘缠，一家人到了北京就没有什么钱了，这补缺期间吃什么？没办法李卓吾只能借人学馆，重操旧业靠教书度日。穷困到这种田地，自然也无暇其他。十余月后，第二年才补得官缺，没升没降，出任从八品北京国子监博士。

穷困拮据心情郁闷，加之北京官场更为复杂的状况，李卓吾这第一次来北京，官场上遭遇了更多坎坷，身边的同僚也被他得罪遍了。如此下去，日子会越来越难混，而且这次任职时间不长，一年左右时间，次子病饿夭折当日，他又接到祖父病逝的消息，李卓吾作为长房承重孙，按制又一次要回乡丁忧守制。

对李卓吾当时而言，这是一次惨痛灾难，但就后来发展看，这也未尝不是好事，李卓吾暂离北京、暂离官场，在成长的角度实现了一种缓冲，如果太多迁延时日，李卓吾可能在官场中一下摔死，再也爬不起来。暂时离开留给了他反省的时间和空间，经历过更大灾难磨砺的李卓吾再回官场，又成熟了一些，起码不至于冲撞得更厉害。当然这已是后话，眼前的状况是怎样应付灾难，度过这一道关口。

李卓吾本就俸禄微薄难以养家，这一次回乡，他可能连携家小回去的路费都不足。在北京举目无亲，官场同僚又得罪遍了，真可谓借贷无门，不知道是不是此时，李卓吾开始意识到交友的重要。李卓吾号称一生“以友为命”，但直到这时，他还没有朋友，起码没有他真正认可的朋友。

李卓吾考虑再三，决定带家小返程，经过河南时，暂时将妻女四人（其时两个儿子都已夭折）安置到辉县，那里有他当初在其地当教谕时置下的几亩田产，李卓吾寄希望于其耕获所得能使妻女活命。

李卓吾自回泉州，草草埋葬了祖父、父亲和曾祖（其曾祖停柩 50 年尚未埋葬，因之父亲也未下葬），了却这“三世业缘”，三年守制期满，李卓吾再回辉县。谁料眼前的情景让李卓吾大为震惊：辉县旱灾中自己又有两个女儿饿死，只有妻子、长女侥幸存活，这还多亏了他以前认识的一位朋友邓石阳救助。

邓石阳此前在李卓吾回乡守制期间，在泉州抗倭时在城头上与之结识，从此以李卓吾为好友，李卓吾却只把他当成了泛泛之交，谁想妻女危难之时竟赖其出手相救！李卓吾对朋友的认知，因此事应该更深了一层，自此他将邓石阳当成了朋友，随后因病住白云寺，在那里又结识赵永亨、陈蒫、张士允、张士乐、傅坤等，时号“白云六友”，虽不过一般文友，总是开启了其交友的进程。

又两个女儿夭折，李卓吾悲痛欲绝，大病一场，其时命运对他的磨难达到极致，这种痛苦已非常人可承受。但一片废墟中，李卓吾坚强地爬起来，人生有过这样的经历，再站起来的才是真正的自己。一般人经历不到如此磨难，有些坎坷得人帮扶便走了过来，那对人生的理解就很难深刻；有人遇到这样的磨难，也可能一蹶不振就此趴下，那就直接变成了命运劫难；唯有经历过又靠自己爬起来的人，假以思考便可能有大作为。不被彻底打倒不行，一棒子直接被打死也不行，非要没打死又自己活过来……还好李卓吾这“死去活来”的点没赶在官场，否则他再爬起来的可能性会大大降低。

嘉靖四十五年（1566）秋，李卓吾第二次来到北京。这一次是吏部通知他出任礼部司务一职，不用候职，但官阶降为从九品，不升反降。有人劝李卓吾弃任，李卓吾却毫不犹豫地接受了，他自知自己除了做官外身无长技，弃任不知道什么后果，便是再一次候职，也不知要等到什么时候，那可能一个女儿也难养活。

李卓吾此时身边只剩下妻女二人，官俸少了，负担也轻了，日子过得反不像以前那么捉襟见肘，他甚至有时间、有精力，也有心情研究点学问了。要知道求知问道是李卓吾一直孜孜以求的事，但在此之前，家中多事官场坎坷困于生计，一直没有太多时间和精力去做学问。现在好了，皇都北京高人荟萃，文化氛围极其浓厚。李卓吾官虽小也算官场中人，又年已不惑，对生活的感悟因为磨难尤其深刻，加之他本就是文人，又一直在学习思考，自然很容易融入文人圈子。

李卓吾惧怕贫穷，但他更看重求知，在人生定位上，财富是基础，却也只是基础，在此基础上要有更高的人生追求，生命才有价值和意义。活着的目的不能只为活着，饱受饥寒的李卓吾对此更是明白：“贫莫贫于无见识。”（《焚书·富莫富于常知足》）皇都北京文人圈子非常活跃，当时各种集会频繁，有大型讲学，也有小型聚会，李卓吾置身其中如鱼得水。他的性格不适合官场，却适合做学问，学问讲究真知灼见，李卓吾较真的性格，用在做学问上事半功倍。

聪颖的天赋、稳定的生存、坎坷的经历、勤奋的思考……要做大学问，这些条件必须同时具备，但这几乎不可能，比如既有稳定的生存，还要经历坎坷，二者全部具备，除非机缘巧合，李卓吾却恰是这样。再一次来到北京，一切条件都已完备，如一粒种子埋进了春天的沃土，一个思想家的诞生也就自然而然。从某种意义上说，李卓吾思想探索之路，从这时才刚刚起步，在此之前，李卓吾充其量算是个读书人，在官场底层挣扎很不得意，还多少有点“愤青”……但在此之后李卓吾逐渐成为一个学者，并很快跻身于学界名人之列。应该说北京是李卓吾作为一个思想家的起点。

有点凑巧的是，李卓吾任职北京礼部司务当年，嘉靖皇帝服丹药致死，第二年穆宗朱载垕即位改隆庆元年（1567），李载贽中的“载”字，犯皇帝讳必须去掉，从此李载贽改名李贽，不久李贽又取“卓吾”为号（按：现存河南辉县市白云山李卓吾题诗碑上，已刻“卓吾”之号，或其号前已有之，但也可能诗碑后刻，此按许建平《李卓吾传》说），如此李卓吾为后人熟知的两个名字，都是这时才开始取用。改名加号之后，李卓吾的人生际遇也随之发生重大转变。

李贽取卓吾为号，起因是徐用检、李逢阳二人赞其卓识，也正是这两个人，引领李卓吾开始接触王阳明的心学，从此李卓吾就成了王阳明心学的追随者，并最终成为心学泰州学派（心学左派）左派的一代宗师。

嘉靖、隆庆年间，学术界阳明之学大兴，李卓吾先后认识了阳明心学的两大信徒徐用检和李逢阳，并就此折服于王学：“不幸年甫四十，为友人李逢阳、徐用检所诱，告我龙溪先生（王阳明弟子王畿）语，示我阳明先生书，乃知得道真人不死……虽倔强，不得不信之矣。”（李卓吾《王阳明先生年谱后语》）北京礼部司务任上五六年，李卓吾潜心心学如醉如痴，心学也从此成为他思想的基础和根本，并被他进一步发扬发展。

王阳明的心学，以良知阐释心，但以心为标准，以直觉为主宰，这使其直观到混沌哲学的本能，故虽仍属儒学一派，但客观上强调了认识主体的重要性，这与李卓吾已经的认知很合拍；王阳明弟子王艮（号心斋）更把人心之道归结为“百姓日用”（参《王心斋全集》），这更触发了李卓吾半生挣扎的切身体验，让他备感契合。他后来由此还得出一个属于他的著名结论：“穿衣吃饭，即是人伦物理。”（《焚书·答邓石阳》）对心学的深刻领会和钻研，自此使他站到了时代思想的前沿，在学术界开始小有名气。

要说做学问，李卓吾这几年大有长进，但在官场和为人处世上，李卓吾虽有进步却进步有限，很多时候他还控制不住自己，仍时与人“触”，不过状况总归是好了很多。李卓吾既与人“触”也开始有朋友，诸如徐用检、李逢阳，包括张居正等都是其礼部同僚，前两人是李卓吾心学引路人，关系自不用说，张居正与之虽无往来，李卓吾对他却赞誉有加，按照这样一种人际关系状况，李卓吾仕途命运有所缓和但仍不乐观。

没想到好运气竟自己找上门来。隆庆五年（1571），李卓吾礼部司务任满，毫无预兆的情况下，竟被任命为从五品南京刑部员外郎（一说为南京刑部主事，不久升之），官阶一下升了好几级，这是李卓吾做梦也想不到的事！李卓吾半生饥寒生活困苦，这一次忽然官升数级有了丰厚俸禄，以后应该不用再为衣食忧愁了！李卓吾闻此，一定欣喜万分，此时的他远没有超凡脱俗，没可能淡定到无动于衷。

不过对于这次越级升迁，李卓吾莫名其妙倒是极有可能，因此也可能备感官场无常波诡云谲：自己多与人“触”，自觉官场前景渺茫，何以却得升迁？李卓吾最终想没想明白不得而知，但这里确实暗藏了一个惊天秘密：李卓吾官场转运，得到了已升任吏部尚书、内阁大臣的张居正暗中相助，这正是“无心插柳柳成荫”。

不管李卓吾当时是否解开了这个谜底，接到升职令的李卓吾心情肯定好得很：今后衣食无忧了，自己可以更从容地去钻研学问。李卓吾心情好，除此还因到南京后他就可与知己朋友焦竑重逢，两个人从此可以朝夕相处。以李卓吾的性格，一般地很难和人成为朋友，但正因为这样，一旦遇到知心知己的人，他又必然地极其重视。李卓吾与焦竑在北京相识，一见如故以为“冥契”，他其时已认识到交友的重要性，但堪称知己的朋友实在难得，焦竑是他生平结交的第一位知己，两人的友谊竟从此维系一生。

正所谓“春风得意马蹄疾”，李卓吾从北京到南京上任，虽然是经大运河走水路，但春风得意的心情是一样的。在学术氛围上，留都南京和北京都是数一数二的。

李卓吾到南京任职已是第二次，这次来他可是有点头脸也有点名气了。在南京李卓吾不仅重聚了知己焦竑，还结识了又一个知己耿定理（一说同时见到了耿定向），更拜会了王学泰州学派当时的首领人物王畿、罗汝芳等人。

在北京礼部司务任上，李卓吾钻研心学已有深厚基础，对心学泰州学派的观点尤其趋同，这一次他更深入泰州学派得其核心要旨，其后来的《童心说》，颇受罗汝芳“赤子之心”影响，事实上他正在成为泰州学派又一骨干成员。李卓吾一贯主张学在己心，以己心悟学，所以从未拜过师，但在近花甲之年，竟呼东涯（王畿弟子、王艮仲子王襞）为师，足见其对泰州学派的崇信。

李卓吾再到南京，仕途得意、学有所成，不久他还开始尝试讲学，这是他获得学界更大名气的重要一步，虽然这种效果或许并不是他刻意追求。学者讲学的好处在于，其弟子或听讲者会自然产生一种组织效应，这种效应是一种综合，效果不止于简单加和……讲学一开始并不是一帆风顺，但李卓吾辩才出众，又有一定根基，他善以眼前景、日常物比拟，很快听者日众，“喜其便利，趋之若狂”（顾宪成《当下绎》）。在南京刑部任上，李卓吾学术名气越来越大，知其名者也越来越多。

明制，南京作为留都设置一整套行政建制，名义上是署理南方事务，实际上却近乎虚设没什么实权，李卓吾更多应付差事，大把时间和精力都用在了学术钻研和讲学上，这为他在学问上的精进提供了方便。继续深入心学和讲学之外，李卓吾还大量阅读其他书籍，进一步拓宽知识领域，这对他后来融会贯通自成一家，起到了很好的基础作用。这段时期，李卓吾开始接触道家学说，研究虽谈不上深入，但比较钟情《老子》，其第一部堪称思想性较强的著作《子由解老序》，正著于此时。

“自此专治老子”“自托为无为之人”（《焚书·子由解老序》），学问上获得成功、官场境遇有所改善，又加之对老子的理解，使他这个时期心态相对平和。官场虽非一帆风顺，但李卓吾总算学会了化解，不再直与人“触”，也没什么过激言行，这又为他之后的仕途平坦以及姚安知府任上取得一定政绩都奠定了基础。

万历四年（1576），李卓吾由刑部员外郎升任刑部郎中，官阶从从五品变成了正五品，又过了一年，即万历五年（1577），又是一道圣旨下，李卓吾再次被擢升为正四品云南姚安知府。从南京刑部郎中到姚安知府，官品虽然只升一阶，但出任的却是拥有实权的地方行政长官，这对于举人出身的李卓吾而言，已算是上上恩典！

李卓吾在官场上一步步顺利升迁，一方面跟他的学术名望有关，一方面也跟他理解老子心态变得平和有关，但更关键的，还是得张居正暗中助力。万历初年张居正取代高拱成为内阁首辅，从此执掌朝廷大权长达十年，这个时间覆盖李卓吾其后全部仕途任期。不过李卓吾这一次获得升迁，却并不那么兴奋，因为姚安是一个遥远偏僻的边陲，在当时人们心目中地野人蛮，万历初还刚刚发生过边民造反……

本来在南京的日子过得十分安逸，这一外任虽是升迁却前途未卜还有一定凶险。相对于升官，李卓吾更看重学问，如果让他自主选择，他可能更愿意不去。李卓吾的内心犹豫和踌躇，他的好朋友焦竑自然明白，所以他致函李卓吾的另一好友耿定理，提前为李卓吾安排了一切：李卓吾家眷暂留黄安耿府，他自己去姚安赴任就可以了。这样安排解除了李卓吾的后顾之忧，李卓吾当然满意并感激万分。

赴任途中李卓吾按计划携家眷先到湖北黄安，再见耿定理并拜会了其兄耿定向。李卓吾初识耿定向印象很好，热情好客，果然有磊磊君子风度。

耿氏一门有兄弟四个，其中三个都是当时响当当的人物，尤其长兄耿定向，不仅在朝中任职高官，更因其曾任南京督学御史，时为东南学界领袖人物。李卓吾在黄安受到耿氏一家盛情款待，他把女儿、女婿留在耿府，自己只带妻子黄氏前去姚安赴任。李卓吾本来也想把黄氏留在黄安的，无奈黄氏说什么都要陪他去姚安，他最终拗不过才携其赴任，没想到姚安任上自己身染恶疾，亏得黄氏在旁精心照料才能大病不死。

在姚安知府任上，李卓吾学以致用，把他已经感悟出的道理，尤其是最新感悟的老子治世思想付诸实践，推行“顺性牖民、无为而治”的做官理念。“一切持简易，任自然，务以德化人，不贾世俗能声。”（顾养谦《赠姚安守温陵李先生致仕去滇序》）李卓吾对待当地彝族民众，一改明代以来的剿杀政策，还为当地百姓做了不少好事、实事，缓解了民族矛盾。他对下属也很宽容，很多地方甚至睁只眼闭只眼，“但有一能，即为贤者，岂容责备？但无人告发，即装聋作哑，何须细问？”（《焚书·感慨平生》）很难想象这种老道深刻的官场中庸之语，竟是出自初入官场尽与人“触”的李卓吾之口！

多年官场磨砺，已使李卓吾变得成熟稳重很多，深究致理的学习和思考，也让他学问更加厚重，姚安知府任上的李卓吾，事实上已经达到了相当境界。理无定论但具体对错，李卓吾这些为官理念和措施的推广与施行，正好切合了姚安大乱初戢、人民需要休养生息的客观要求，是以他在任上很快取得了一些政绩。姚安在他任上三年，政治稳定、经济发展，人民安居乐业……以至他辞职离任，有“士民攀辕卧道，车不得发”（《云南通志·姚州志》）的感恩送别场面。这些政绩不是李卓吾一个人的功劳，但李卓吾的作用不可小觑。

为官一任造福一方，但对于李卓吾而言，经营政绩多少有些不得已，他更关心的还是钻研学问。来姚安上任之时，李卓吾“尽弃交游，独身万里，戚戚无欢”（《焚书·又书使通州诗后》）心情苦闷，又加之水土不服，得了一场大病几乎不治，幸得一高僧诊治才终于转危为安。他因此结识了这位高僧，并得阅《心经》，更因病中感悟生死，对佛学产生了浓厚兴趣，从此又深入钻研起佛学来。

李卓吾接触佛学，早在北京礼部司务任上就已开始，其心学第一个引路人徐用检就主张“以佛释儒”，所讲更多的是佛学。但李卓吾其时更被心学本身吸引，对佛学的了解大约只是入门，这个时候再接触佛学，李卓吾的感觉就不一样了。

在心学基础上理解佛学，李卓吾很快就进入状态并学有所成。不过一年半载，他甚至俨然一位佛学大师了。姚安任上他与名僧宝刹往来甚密，为官理念也颇受佛学影响（观念上与道家并不矛盾），对佛学深入研究是这个时期他做的主要学问。李卓吾在姚安也曾尝试讲学，但因为上司王凝、骆问礼等阻挠、掣肘被迫中止，无奈改为师傅带徒弟模式。南京时他讲学多以老庄释儒，到姚安后则更多是以佛释儒，甚或干脆直说佛理，可见佛学这一时期对李卓吾的深刻影响。

这一时期李卓吾在佛学研究上取得了相当造诣，他以心学的逻辑理解佛学，一切从心的根本切入，很容易实现逻辑自洽，论说起禅理也能高屋建瓴。比如《焚书·念佛问答》记载，一次弟子问：庄子有大智小智之说，念佛也有大智小智之分吗？李卓吾答：天地与我同根，谁是胜我者？万物与我一体，又谁是不如我者？既然，我与天地、万物同根同体，哪还有大智小智之分……这里李卓吾可谓一语切中根本，然后以逻辑自洽，虽然偷换了万物（抽象）与我（具象）两个概念，说出来的话也很玄妙。

李卓吾心学根本始终没有改变，但因为对佛学的痴迷，这段时期他对儒家和道家都有轻视倾向。李卓吾自嘲钻研佛学之前，他在学问上只是矮子观场，跟着别人喊好而已，学佛之后才豁然开朗："是余五十岁以前真一犬也，因前犬吠形，亦随而吠之，若问以犬声之故，正好哑然自笑也已；五十以后，大衰欲死，因得友朋劝诲，翻阅贝经，幸于生死之原窥见斑点，乃复研究《学》《庸》要旨，知其宗贯。"（《续焚书·圣教小引》）可见他对佛学推崇备至，几乎忘了根本。

自此李卓吾与佛结下了终生缘分，不但论学多引佛理，生活起居也很像佛教中人，因此后来有人呼之"和尚"，李卓吾也欣然应答。不过李卓吾这个和尚可不大规矩，吃肉饮酒虽不肆意也不拘束，因为他根本上还是个儒者。很多史家以为李卓吾一生非儒非孔，是儒家学说的坚决反对者，殊不知他自幼根植于中国传统文化，受儒家思想影响根深蒂固，其本意是要通过非儒非孔重建儒学。

这一点，李卓吾自己可能也不很清楚，他非儒的目的是要重建儒学，他非孔的目的是想取而代之。李卓吾一生都在以道释儒或以佛释儒，所针对的对象物一直没离开儒学，这包括他成为心学泰州学派左派一代宗师本身（心学是儒学的一种形式）。李卓吾从小反对儒学，可儒家思想已深入骨髓，是以无论他对佛学如何痴迷，事实上也都是把它当成了破解儒学的钥匙。

不过在姚安知府任上，李卓吾对佛学也真的非常痴迷，如果没有后来与耿定向的激烈争论，李卓吾也可能就此成为一个世外高人。

李卓吾在姚安任上虽不是一帆风顺，但为官政绩有目可睹，期满升迁可能性很大，但他却作出了辞官的决定。李卓吾是真的早已厌倦官场倾轧，黑暗残酷的是非之地，可能离开当然离开得越早越好。何况四品致仕俸禄不减，养家糊口已绰绰有余，李卓吾不贪，他明白钱财够用就好。不过作出这样的决定，既和他“平生不爱属人管”（《豫约·感慨平生》）的一贯性格有关，也和他当时对佛学的痴迷不无关系，但更根本的原因还是他太想研究学问了。

没等到任期届满，李卓吾就跑到上司那里申明致仕，上司有意不准，他便提前三个月挂印，隐遁山林以表心迹……这时的李卓吾已有相当名望，他学识渊博交游广泛，不但为官清廉，还作出过一定政绩，在野、在朝都赢得了关注和敬重，李卓吾知道见好就收。不过《明史·耿定向传》中，记有“贽为姚安知府，一旦自去其发，冠服坐堂皇，上官勒令解任”等语，说李卓吾是在姚安任上被解职，这经不起考证，实为后世诋毁者污蔑之辞，由此也提醒我们，对待历史必须客观。

成功致仕后，李卓吾如飞鸟上天，游鱼入海，他再不用为五斗米折腰官场了。李卓吾的性格本就不适合做官，对他而言，不能畅遂本心是难以忍受的心理煎熬，但为了自己和一家人的生计，他却不得不在官场混迹了二十多年，这个时间已经够长……是以李卓吾主动致仕无疑，且没有半点作秀成分。

致仕后李卓吾的心情格外好，他尽情遨游山水、遍访滇中名士，虽在犹豫归处，等待顾养谦之约，也是乐而忘返……李卓吾对妻子黄氏言明，今后要四海为家不再还乡。此时黄安传来消息，耿府老父病故，一者耿氏对李卓吾有托眷之恩，不去吊唁有失礼节，二来那里还有耿定理，知己朋友已多年未见。至于女儿女婿在黄安，对李卓吾来说可能算不上原因，但不管怎么说，李卓吾因此离开云南，一路流连地去向黄安了。

黄安可是个谈学论道极理想的所在，耿家不仅是黄安大户，耿定向还是朝廷重臣，且道德学术名震东南。耿定向为人精明务实，待人接物不失长者风范，重骨肉之情朋友之义，好结交天下名士。当时耿府建有天台书院，更有待客之馆名天窝，幽静野处山坳，却常有名士往来会聚，属当时有名的学术道场。这种地方欢迎李卓吾这样的名人，李卓吾也喜欢这样的地方，是以在耿定向盛情挽留下，李卓吾高兴地答应留住天窝。可谁都不曾料到，李卓吾一脚踏进天窝，天窝就成了是非窝！

李卓吾留住天窝，主要是因为有耿定理，但留住之初，他与耿定向也很投缘。李卓吾初到黄安就曾被其热情和高义感动，此次再来，又加上感念三年托眷之恩，因此对耿定向愈加尊敬；耿定向这些年也关注到李卓吾政绩显著、文名日盛，因此对他礼遇有加。这两好换一好，李卓吾遂成为耿府西宾（家塾先生），并得到了耿家兄弟非常精心的安排和照顾。

不过李卓吾与耿定向这种“蜜月”关系，并没有维持太久，两人学术观念上的分歧逐渐显现。耿定向的学问虽然也属心学一脉，但他更是一位传统道学的守护者，他的学术取向是回到过去，李卓吾则是要走向未来，因此两人许多观点相左，这是两人最终变成“敌人”的根本原因。李卓吾留住天窝，得以结识耿定向很多弟子，因为耿李二人观点分歧，其中的一些人就转向了李卓吾，这就等于挖了他的墙脚，让耿定向很不开心，是否后悔留下李卓吾已不得而知。

不过有耿定理在两人中间，一段时间还可以维持。耿定理是耿定向二弟，师从其兄观念上却偏于李卓吾，因此成为李卓吾知己好友。耿定理血缘上是耿定向亲弟，学问上又是李卓吾知己，有他在耿定向与李卓吾中间缓和，两人就吵不起来。

万历十二年（1584）七月，年仅五十一岁的耿定理却突然撒手人寰，将他的知己好友李卓吾撇在了天窝。

耿定理死后，耿定向小气的毛病就发作了，他当时在外为官，担心留在天窝的李卓吾把自家子侄带坏，便频频给李卓吾写信劝诲。其最初未必有什么恶意，要表达的学术观点也未必不好，但执意要李卓吾改弦更张的做法就过于霸道。李卓吾不听，也碍于情面，开始的反驳并不激烈，但架不住耿定向一而再再而三，分辩中双方的火气就越来越大，终于分辩变成论辩，论辩变成论争，耿李十年论战的序幕就此拉开。

应该说论战之初耿定向有不可推卸的责任，学者学术观点分歧是再正常不过的事，凭什么要让别人服从你的观点？难道就因为你对人家有恩，或者人家正在你的屋檐下？真这么想就难说没有恶意了。退一步说，耿定向担心自己的子侄被李卓吾带坏，心情可以理解，劝一下人家不听也该适可而止，为什么要“牛不吃草强按头”？或者现实的问题以现实方法来解决，便是直接把李卓吾赶走也不为大过，偏这耿定向还死撑面子，如此被李卓吾斥为虚伪也并不冤枉。

耿定向如此霸道，让李卓吾在黄安的处境很尴尬，耿定向前对自己有托眷之恩，现对自己有容身之情，面对恩人指教他该如何回应？李卓吾面前的路无非两条，要么听人劝吃饱饭，要么不听卷铺盖走人，李卓吾选择了后者。

万历十三年（1585）春，李卓吾恨别天窝，接受好友周柳塘、周友山兄弟邀请迁居黄安临县麻城。

李卓吾选择迁居麻城，也是不得已而为，其本意一直想去南京去就焦竑，奈何焦竑处始终有难处不得前往。李卓吾既决然不想回泉州老家，麻城就是他当时最好的选择了，这个选择最大的好处，就是它与黄安相邻，黄安、麻城当时统称为“黄麻”，迁到此地方便继续与耿定向论战。

从李卓吾选择迁居麻城开始，李卓吾的心理也出现问题，一般人若面对与李卓吾同样的处境，可能多会选择远离是非之地，从此对耿定向敬而远之，双方减少或中止交往，尤其面对一个曾有恩于己的人，这可能是最好结果。然而李卓吾却没这么想，因为耿定向激发了他性格深处的倔强。李卓吾的倔强性格，在北京礼部司务任上时刚有所缓解，并没有被主动克服，便因为张居正的助力被遮掩下来，其后状态看似很大改观，其实并没有触及心灵根本，这就是没有被彻底打倒，因此而来的成熟就打了折扣，一旦遇到外力激发，积压已久的能量就会更猛烈地爆发。

或者李卓吾对耿定向的小气和霸道，也是真咽不下这口气，自觉这一来一往，双方已没有了恩情，因此在搬来麻城之后，再无顾忌的李卓吾便对耿定向开始了反击，双方就此拉开阵势短兵相接，战端愈演愈烈。

这场论战对李卓吾的影响非常巨大，表现在学术思想上也逐渐偏激，本来经过近二十多年官场磨砺和学术感悟，李卓吾致仕时已然心态平和与世无争了，但这场论战却让他又回到了斗士状态。比较青年时代的李卓吾，而今的李卓吾自是战斗力更强，一是学术上有了相当深厚的底蕴，二是没有了官场束缚也没有了生存上的后顾之忧，纯粹理论争战可以毫不留情……

争论必然地导致偏激、极端，迁居麻城的李卓吾斗志昂扬，他的言辞也越来越尖刻、犀利，同时也就更为深刻……这成就了他在学界的巨大名气。与耿定向的这场论战，对李卓吾而言不幸也幸，不幸者因此失去了平和的心态和安详的晚年，还最终惹上了杀身之祸。所幸者因为耿定向当时的学术地位。可与当时的学术领袖一争高下，自然也能与之比肩，何况耿定向根本对付不了李卓吾的尖牙利口，更使李卓吾在当时学界声威大震，并因此有许多著作传世，其思想中的近代意识也就此萌发。

平心而论，如果没有这场论战，李卓吾也已堪称一代大师，但在中国，这种大师级人物很多，可能因为默默而埋没，也可能因为著述而在学界留下姓名，但一般也仅仅是留下姓名。李卓吾在天窝时已开始著述《藏书》等，他更可能是后一种结果。如是没有后来的威望，也没有后世著述被“禁”的灾难，这里的得失很难计算。不过历史没有如果，如果如果，也就没有了历史的精彩。

耿定向死守孔孟并以中庸自居，自然视李卓吾思想为异端，李卓吾就因此更加异端起来。针对传统儒家思想流弊，李卓吾无情地揭露了道学家的虚伪，并因此提出许多标新立异的主张，其被称为“近代思想”的一些观点，正是此时才真正开端。如“士贵为己，务自适”（《焚书·答周二鲁》），强调个体自由和权利，抨击社会对个体的压制等；其思想发展到后来竟至主张“解欲纵情”……（参《耿天台先生文集·与萧给舍》）

李卓吾与耿定向论战，肇因于耿定向欲其放弃自身主张，李卓吾在与之争辩中，自然地会要求个人权利，这一状况是李卓吾思想出现近代性质的直接原因。近代思想的核心本质就是对个体地位和权利的强调，李卓吾提出的很多观点，原本是针对耿定向，但争论中观点不断激化，很快就牵扯到现实社会，变成了对传统社会的批判，这些观点与世俗也发生了激烈对抗。

在这次论战之前，李卓吾的思想基本上属于心学左派，因为对道学的理解和对佛学的痴迷，这种左的倾向甚至还得到了某些调整，但这次论战开始，李卓吾就变成了心学左派中的左派。

心学以己心为认识主体思考社会，本来就内涵了对社会的批判，王阳明之后心学大兴，也因为当时社会需要这种动力（晚明社会已出现资本主义萌芽）。以泰州学派为代表的心学左派，更早已开始了这种探索，诸如其代表人物颜山农、何心隐等，甚至还将其付诸社会实验，组织过类似公社的社会团体。李卓吾同属心学泰州学派，其思想深处本就具备这样的可能性基础，一旦因为与耿定向论战被激发出来，很快就上升到了理论层面。

李卓吾被很多人认为是中国近代思想的先驱，这种评价恰如其分，但如果没有这场耿李论战，他很可能得不到这样的评价。从这个意义上说，耿定向成就了李卓吾，李卓吾也因此发展了心学。但心学发展到李卓吾，也暴露出自身某些极端，以至受到社会传统和统治者残酷打压。在李卓吾之后，心学逐渐转入低潮，明末开始势微，清朝开历史倒车，其思想受到更残酷压制，这已是后话。

初到麻城的李卓吾，受到周柳塘等友人的热情款待，其初住维摩庵，日常生活平静安宁，但与耿定向在学术上的论战却非常激烈。争论使李卓吾思想上偏激、极端，很多针对耿定向的言论，也不知不觉地指向了传统社会，不仅触犯了当权者利益，也触犯了世俗道德。这使论战中的李卓吾不仅得罪了耿定向，也激怒了一大批卫道者，甚至包括很多恪守传统的世俗中人，以致他越来越处于被动、孤立地位。

不过李卓吾是个勇敢的斗士，有着敢与天下人为敌的勇气。他的思想标新立异，又有着相当深厚的学术底蕴，自也不乏追随者。只不过反对和诋毁他的人更多，很多人视之为异端、另类，甚至不敢与之交往，害怕招惹是非。这不能削弱李卓吾的斗志，却使他心境苦闷，性格也变得更加孤僻。

耿定向的日子也不好过，规劝李卓吾的初心，不过是想让他改弦更张，以免带坏自家子侄和弟子，结果却惹出一场激烈论战，且在论战中丢盔卸甲颜面尽失……他希望这场论战尽早结束，于是便借为耿定理举办隆重葬礼、拒请李卓吾出席的方式宣告与之绝交，以此达到中止论战的目的，这一办法当时有效。

李卓吾渐渐明白了耿定向的用意，尽管他斗志正酣，对方却高挂免战牌，再想白刃相对已不可能。这让李卓吾心情郁闷很不甘心：凭什么你说打就打，说不打就不打了？但耿定向既已罢兵，李卓吾万般无奈，苦闷之余便开始自己折腾，剃发事件一出，李卓吾看似也收兵回营了，其实却是以退为进，回去谋划再次攻击的策略了。

万历十六年（1588）秋，李卓吾搬离城区，再迁城外三十里的龙湖芝佛院，一退再退以示项羽无东意。迁居芝佛院的李卓吾，主要是著书立说钻研学问，与耿定向的论战虽未停止，却也是零敲碎打缓和了许多。

很难说李卓吾一开始就是处心积虑，迁来芝佛院后，李卓吾安安稳稳的日子并没过多久，灾厄再一次接踵而来：先是养子贵儿意外溺毙在龙湖，李卓吾还没从剧烈的悲痛中缓过劲来，又传来妻子黄氏在泉州病逝的消息，李卓吾真是悲恸欲绝，感觉命运好像又回到了当初第一次在北京时，但此时的李卓吾已是个六十多岁的老人。接下来又收到他所推崇的罗汝芳逝世的消息，与芝佛院主人周柳塘还闹起了别扭……万历十七年（1589）知己好友焦竑高中状元，按说这对李卓吾而言绝对是个好消息，李卓吾连忙寄语焦竑，希望到北京去依靠他，但焦竑一句“余身心俱不得闲”（《焚书·复焦弱侯》引），断了李卓吾这个期盼已久的念想，李卓吾尴尬气恼，差一点也和焦竑闹僵了，如此好事也变成闹心事，不用说李卓吾心情会非常苦闷。

与耿定向的论战被迫止戈，接二连三的灾厄和烦心事不断，李卓吾性格深处的逆反被更强烈激起，现实却找不到一个可以发泄的出口。芝佛院天地狭窄，虽有朋友论学，总是交往有限，李卓吾除了无奈地言行“异端”，一腔怨愤就只能发泄在文字里，由此而来的《初潭集》《说书》和《焚书》等，可以想见会积压进多么剧烈的反抗能量。尤其是《焚书》，李卓吾把他与耿定向论战往来书信全部收入其中，只此一项就足以惊天动地，这本书一旦公之于世，耿定向的惨败已彻底注定。你不是高挂免战牌吗？我回去给你整个大炸弹，往你的老巢里一扔，战事就结束了。

说起来李卓吾这一招确实够损，别说耿定向没有防备，便是预知又能如何？绝交之后不能再往来，但绝交之前白纸黑字的信总是你本人所写。那时候可没有个人隐私权，这些信件既在李卓吾手中，要想公开耿定向根本拦不住。尽管如此李卓吾的做法也极其过分，耿李论战第一个回合是耿定向霸道，但双方交手李卓吾已占尽上风，逼得耿定向主动罢战休兵，按说双方已经算是平手了，这再一轮突然发动攻击，完全就是李卓吾的责任，而且这攻击属毁灭性质，那就是李卓吾太不厚道了。耿定向虽属咎由自取，毕竟也曾有恩，一般人因此可能第一个回合的战端都不会接，李卓吾却第二次主动发起攻击，且直接置对方于死地，李卓吾可真不是一般人。

万历十八年（1590）春，《焚书》初版在麻城面世，当时就引发了一场“核爆”！耿定向见到《焚书》恼羞成怒，立即写《求儆书》发起反击，却一切都已经晚了。从容对垒耿定向都不是李卓吾对手，这仓促激愤应战结果更不必说，事实上耿定向的惨败在《焚书》面世的那一刻就已经注定。对耿定向的反扑，李卓吾甚至不屑一顾。

耿李论战李卓吾一战成功，取得了决定性胜利，胜利的缴获是耿定向原来在学界的鼎鼎大名，彻底战胜使李卓吾的名气比耿定向更大，但随之而来的却是生存的巨大危机。笔者历来主张为人处世要反用兵法，只因兵法是极端状态下的极端理性，一般处世与战争不同之处是战胜之后不能消灭对方，战胜一个反多出一个敌人，如此胜就是败、败就是胜……李卓吾不明白这个道理，战胜的兴奋还没有过去，凶险的滋味就开始尝到了。

李卓吾《焚书》一出，影响就不胫而走，自麻城而南北两京，自学界而平常百姓，人们争相传抄流转，影响迅速扩张，整个大明朝野都被震撼了。耿李论战中李卓吾深刻但偏激、极端的思想同时被公之于世，因此招致现实打压也就在所难免了。自此李卓吾的对手也就不止于耿定向，甚至不止于耿定向的支持者，而是朝廷、官府、地方势力和世俗中人了。李卓吾虽因此得到了一些人支持，但显然反对他的力量更大。

有些李卓吾研究者把其面临的生存危机，直接归责于耿定向，这没有任何依据，也根本经不起推敲。以耿定向当时的社会地位和学术威望，这种事他不能做不屑做也不敢做，否则他所受的伤害，可能比论战失败还要严重，其实正因为耿定向在黄麻的身份地位，很多人为避其嫌，反而对李卓吾手下留情了。

李卓吾在论战中不断偏激的思想，也影响了他在生活中的态度，受人诋毁更激发了他的异端，因此言行举止也愈加地随性偏颇，甚至“从容于礼法之外”(《焚书·又答石阳太守书》)，这些才是他招致生存危机的直接原因。当然《焚书》出版是个导火索，耿定向的支持者煽风点火也属正常，何况世人普遍同情弱者，李卓吾《焚书》揭短，更让很多人觉得他忘恩负义，于是，麻城不久即谤声四起，黄州府也布告要抓他，李卓吾为避风头当时即短时出行因病辄返。

万历十九年（1591）夏，李卓吾又出行武昌，名为送袁宏道归乡，多少也有回避现实正面冲突之意，这是他留居芝佛院后第一次较长时间出行，想不到刚到武昌出游黄鹤楼时就差点遭逢意外，他被一群市井流氓纠缠险遭围殴。李卓吾把此次意外归咎耿定向，与人信中暗指耿定向主使，这应该是个冤案。或者李卓吾有意如此，为的就是拉耿定向下水，正在两人交恶之时，对手如果发生意外，这个责任说不清，耿定向因此不但不能害他，好像还要对他的安全负责。

李卓吾到武昌不久，即得时任湖广布政使刘东星慕名相助，此人堪称李卓吾命中的贵人，对李卓吾不但敬重有加，且现实也多有助益。有刘东星翼护，李卓吾此后在武昌行旅游学一帆风顺，以至逗留一年多时间，交游论学“声振武昌”（许建平《李卓吾传》）。其时耿李论战胜负已判，此后论战虽未停止，激烈程度也越来越低，只不过双方人尚在，彼此的神经就都紧绷着。李卓吾在武昌期间继续著书立说、交游论学，其《童心说》和评论《水浒》等著述完成于此时，李卓吾的思想也在继续深刻。

万历二十一年（1593）春，李卓吾返回麻城芝佛院，继续论战和著书立说，其特立独行的异端言行，不仅没有收敛，反而变本加厉，其中与女尼梅澹然等人的交往，更是饱受地方和世俗诟病，李卓吾却毫无顾忌。这又一次导致其生存危机，时任湖广佥事史旌贤，说他“大坏风化”，声言要“以法治之”。李卓吾没怕，耿家人倒慌了手脚，极力促成耿李握手言和以化解危机。其时耿定向病重，李卓吾势危，此事可谓两全其美，尽管这种和解只是形式上的，李卓吾总算因此逃过一劫。

耿李论战虽然激烈，但一直都维持在学术层面，即使双方撕破脸皮，两家人仍保持交往密切。李卓吾女婿庄纯甫曾在黄安留居多年，感耿定向之恩视之如父，且与耿定向子侄感情深厚；耿定向子侄也大多承教过李卓吾，对自己的老师很是敬重，是以耿李争论，两家人的交情并没受到太大影响，这也是耿定向不能加害李卓吾的一个原因。

不过耿李握手言和，不代表敌对势力都能放过李卓吾，这种势力在黄麻尤其强大。耿定向代表这种势力，但他没有能力完全控制它，他在时这种势力还顾忌他的面子，不敢加害李卓吾，一旦他不在了，李卓吾的处境反而会更危险，这种状况李卓吾此时已看得明明白白。

耿定向来日无多……恰逢此时，李卓吾接到了刘东星邀请。李卓吾决定接受邀请出行山西，这是他第二次较长时间离开芝佛院。万历二十四年（1596）夏，李卓吾以七十高龄踏上北行之路，经河南渡黄河直奔上党。李卓吾有没有暂避风头的想法不得而知，但耿定向死时，他正在去上党的路上。

得知耿定向死讯，李卓吾心情肯定非常复杂。两人曾是朋友，耿定向更对自己有托眷之恩，可是两个人唇枪舌剑十年，这爱恨情仇纠结一处，李卓吾感慨良多……无论按理还是按礼，得知耿定向死讯，李卓吾都应该写点什么，可究竟写什么？李卓吾一定也很为难：其人已死，不可再论是非；悼念追思，又显得苍白虚伪……李卓吾终于什么都没有写。

没有人知道李卓吾知道这个消息后究竟想了什么，但十年论战突然没有了对手，他的心里一定更多失落，失落之后也必然反思：激烈论战其时，双方都不冷静，自己的一些言辞是否过分了呢？李卓吾反思了没有和反思结果不得而知，但他此后的心态开始平和……直到芝佛院被毁，直到狱中自刭之前。

闻知耿定向死讯，李卓吾更有一种不祥的预感：耿定向一死，自己在那里的大后方芝佛院更加危险……李卓吾此时固然已看淡生死，但他也不想惹什么麻烦，时间可以冲淡很多事情，或者过一段时间事态就可能缓解。在上党，李卓吾又接到大同好友梅国桢邀请，他决定接受邀请经五台山去大同。一路风光让李卓吾心情逐渐放松，此时的他已是名满天下，有人反对也有人尊崇，走到哪里都有人慕名求见，走到哪里也都有朋友款待，留住大同将近半载，李卓吾又决意去北京。

从大同过居庸关直奔北京，李卓吾一行先到了京西古城，北京通州马经纶慕名来访，二人因此结识，李卓吾更因此来到了北京通州，这是第一次明确记载李卓吾到了通州，时间已是万历二十五年（1597）秋。

此次来京，一路由耿定向三弟耿定力安排，李卓吾留住北京西山极乐寺，在这里论学交友参禅著述。他在此结识了当时就已闻名天下的画家董其昌，并与之成为好友，后者将此事记入其《画禅室随笔·卷四·禅说》。天下名流此时大都已知李卓吾大名，故与之交往趋之若鹜，但李卓吾可不是什么人都愿交往，一般人想求见他并不容易。一者李卓吾素有洁癖又自诩得道，世俗之人自然入不了法眼；二者他是求学问道之人，要读书、思考、著述，客观上也不允许交往过滥。

李卓吾此次来京，原意是奔着焦竑来的，可是他与焦竑并没有约定，他对焦竑的友情非常执着，并不管对方怎么想。此时焦竑正春风得意，他万历十七年考中状元，被授翰林院修撰、皇长子侍读等职，已是皇室近臣，且此时正任顺天府乡试副主考官，仕途顺意官场应接不暇，这个时候他怎么可能有时间招待李卓吾？

李卓吾羁留西山苦待焦竑，但如果没有意外，这次等待真不知有没有结果。然偏在此时焦竑就出了意外！乡试副主考任上，焦竑遭人弹劾，被贬福州同知，地位一落千丈，但因此他却可以和李卓吾在一起了。

万历二十六年（1598）春，李卓吾与焦竑经大运河连舟南下，去向焦竑南京老家，一对挚友又开始了朝夕相处的日子。船上船下他与焦竑学问相长，焦竑出任贬职，他就在南京重拾讲学，焦竑辞官，两个人更是形影不离，这对好友好像又回到了当年。

南京期间，李卓吾讲学交游，又结交了不少朋友，包括意大利传教士利玛窦，两人甚至有过几次互访，交往非常密切。与利玛窦的交往，让李卓吾更开阔了眼界，如果假以时日，相信李卓吾的思想会更多近代色彩，可惜此时李卓吾垂垂老矣，且随着他与耿定向论战的偃旗息鼓，他的心态又慢慢平和，他的眼光还是更多地回到了传统。他与利玛窦的交往，对他的思想本身没带来多大影响，倒是通过利玛窦，让西方人知道了李卓吾。《利玛窦中国札记》由其同伴金尼阁翻译整理，其中详细记叙了利玛窦与李卓吾的交往过程，此书后来被译成多国文字，李卓吾正是因此而名扬世界。

李卓吾和焦竑都是当时学问大家，两位大家聚首一处，天下名流自然争相汇聚，南京学术盛况一时可谓空前。但俗话说树大招风，潜在的危机也随之而来，虽然没有生出什么事端，但这一点明眼人都能看出来。尤其焦竑此时正走背字，一旦有事，他也根本回护不了李卓吾。这一点焦竑明白，李卓吾也明白，何况焦竑家境并不富裕，李卓吾长住下去焦竑也供养不起。

不情愿也没办法，李卓吾离开是早晚的事。万历二十七年（1599）春三月，李卓吾再次接受刘东星邀请，出游山东济宁，此时刘东星已出任漕运总督。济宁离南京不远，在南京和麻城之间，多出这样一个中间站，或者离开南京，李卓吾就不会太过留恋了。李卓吾在济宁又留住将近一年，正在犹豫归南京还是归麻城时，北京通州马经纶突然来访，倒是帮他作出了选择。

接连两次交往，李卓吾已看出马经纶是个豪侠汉子，两人在济宁朝夕相处，彼此交情也愈加深厚。前在北京初识，马经纶在李卓吾心目中印象未必深刻，否则西山极乐寺不会没有马经纶的身影。这一次交流彼此感情日厚，马经纶返归北京通州，李卓吾居然一直送到直沽（天津），大运河上二人依依难舍……至此，李卓吾又一生死之交笃定。

终于分道扬镳，马经纶回返北京通州，李卓吾归向湖北麻城。

万历二十八年（1600）夏末秋初，李卓吾回到了离别四年之久的芝佛院。这里，他为自己修建的埋骨塔早已竣工。此次归来，李卓吾正为安排后事，如果不出意外，李卓吾很可能再也不离开麻城了。耿李论战对手已死，事情也已过去数年，李卓吾原以为只要不再招惹是非，芝佛院里他可以安度晚年。

然而树欲静而风不止，李卓吾一回到芝佛院就又感觉到了危机：敌对者并没有因为时间而淡忘他。“说法教主”又回来了！风言风语四起，各种谣言又甚嚣尘上，虽多是老调重弹，形势却愈加严峻。李卓吾此时势单力孤，芝佛院山水依旧物是人非，周柳塘周友山两大靠山都已故去，黄麻很多朋友也已不在，论敌耿定向死了，敌对势力却更加肆无忌惮！李卓吾寄书焦竑等出面讲和，结果也没什么效果。

不久更传出李卓吾与梅澹然“僧尼宣淫”等谣言，这肯定是敌对者的污蔑，但这种交往也不被当时世俗所容。

麻城的形势越来越紧，新任湖广按察司佥事冯应京出面了，这个人原本还曾是李卓吾的追随者，但不久前在南京刚和李卓吾结下梁子。李卓吾在南京结交利玛窦后，对其所作《交友论》很是赞赏，因此命人誊录了几份，加上自己的按语，寄回湖北予以传播。冯应京读到李卓吾散发的《交友论》，竟也很欣赏，还欣然为之作序刊刻。其序所云“东海西海，心同理同”，成为至今传诵的名言。

不过不知是否因此，李卓吾前在南京，冯应京还跑去拜见，却被李卓吾拒访，致冯应京“意其慢己，怀恨而去”（许建平《李卓吾传》）。在南京他奈何不了李卓吾，但现在李卓吾到了他的地盘，他岂肯善罢甘休。冯应京遂扬言，要“毁龙湖寺，置从游者法”（《泉州府志 · 文苑传》）。李卓吾辩解无用，芝佛院在劫难逃。

万历二十八年（1600）冬一日，一群官府衙役（一说蒙面歹徒）冲进芝佛院，一把火把庙宇烧成一片瓦砾。院内僧众被抓进衙门大牢，还好李卓吾当时不在芝佛院中。原来事发前一天，李卓吾追随者杨定见预知其事，借故把李卓吾骗离了芝佛院。李卓吾被带往麻城近两百里的商城黄蘗山，知情时已无可奈何。

李卓吾准备生养死葬的芝佛院就这样被毁，李卓吾当然悲愤。他不怕死，但他对抗不了官府，若当时在场也不过被抓，有所奈何就是把自己搭进去。宿鸟焚巢，李卓吾只能暂时避难黄蘗山延真观。此处不属冯应京势力范围，但也有一定风险，非常时期，李卓吾不愿离开这里去投亲靠友，他不想连累别人。

生死既已置之度外，黄蘗山中李卓吾竟安静下来，他照样每天研读学问。延真观观主送来一部《老子》，李卓吾此时一读竟大为震撼。

李卓吾对《老子》可是早有研究，任职南京时即著述《子由解老序》，姚安为官还践行老子思想，顺性牖民、无为而治，黄安又再著《老子解序》，对

《老子》可说早已熟详，如何此时又读《老子》，竟会为之震撼？

李卓吾被人号称贯通三教，其实他在心学、道学和佛学上的造诣并不均衡，相比之下其在道学上的研究最为薄弱，此时因被时事触发，对《老子》的感受忽然强化，又读《老子》竟被震撼也就不足为奇了。特殊境遇使李卓吾忽然感悟：老子此人简直深不可测！居左处下淡泊功名，却能无为而无不为……比较起来自己之前很多言行是否过于张扬？因此招致生存危机有没有自身责任？假如李卓吾还有大把的时日，他对道家思想的研究很可能再上一个台阶，那或会使他的思想得到某种自我修正，也会因此更加深刻。

在李卓吾思想发展过程中，黄蘗山对《老子》一悟不可小觑，加之此时他对《易》的理解也进一步加深，从此李卓吾对很多圣者先贤包括孔子的轻慢也收敛了许多。后在通州时甚至与弟子言："吾读孔子书，实未心降，今观于《易》而始知不及也。"（汪可受《李温陵外纪》）《周易》是中国传统文化活水源头，它既是儒家经典，也属道学"三玄"，李卓吾最后一部著作就是《九正易因》，其中他甚至对孔子《十翼》也诸多认同和称颂。可惜此时的李卓吾已老迈年高，便是认识到此前很多观点偏颇，也没可能一一修正了。不过自黄蘗山中又读《老子》之后，李卓吾"以老子为镜自鉴"（参许建平《李卓吾传》），思想和言行状态与之前还是有了明显差异。

芝佛院被毁一事很快传到北京通州，马经纶闻知此事拍案而起。他即刻启程南下楚地救援，得以再见李卓吾于黄蘗山中。因马经纶仗义撑腰，李卓吾人身安全有了保障，麻城一案不了了之，李卓吾却选择远离是非之地，随马经纶前往北京通州。

万历二十九年（1601）四月，李卓吾第四次来到北京，留住通州马经纶处。李卓吾求友一生，此时才终于得到了可托生死的朋友。他和马经纶在通州交友、论学，终于完成其最后一部著作《九正易因》。

李卓吾在通州的日子过得还算安逸，马经纶对他热情款待照顾周到，但这样的日子只过了不到一年，李卓吾又一次大难临头。

说起来直接起因还是李卓吾又轻慢了人，据说他在通州讲《易》时，时任翰林院庶吉士的蔡毅中前来拜访竟被拒访，因此怂恿其座师都察院礼科给事中张问达上书弹劾李卓吾。

迫害李卓吾的冯应京、张问达等人，多是当时东林党人，后世有研究者认为原因是李卓吾与东林党人思想差异。差异一说不错，但若论思想差异，李卓吾与东林党人谈不上差异巨大，尤其在维护现有统治秩序根本上一致。事实上李卓吾两次遭难都因为拒访，他与东林党人的矛盾更出于偶然，至多可能有东林党人党同伐异的成分，他们可能连李卓吾究竟说了什么都不太清楚。东林党领袖顾宪成《柬高景逸书》中曾提到李卓吾："李卓吾大抵是人之非，非人之是，又以成败为是非而已。学术到此，真是涂炭，惟有仰屋窃叹而已！如何如何！"如此看待李卓吾，显然看到的只是皮毛。

且说神宗一看奏折上李贽之名，当即下旨抓人，或者在万历皇帝眼中，李卓吾早就是张居正一党。

万历三十年（1602）闰二月二十二日晚，李卓吾正在通州城内东南角莲花寺卧榻抱病读书，径被厂卫拥入抓走。

李卓吾被下狱论罪，马经纶四处传檄求告，但这一次他的对手是当今皇上，马经纶已经无能为力。李卓吾入狱后，并没有被审出什么罪过，神宗也非真要杀他。按《大明律·名例律》，"凡年七十以上，十五岁下，及废疾，犯流罪以下收赎"规定，李卓吾没有死罪，但可能会被"解押回籍"。

李卓吾时年已七十六岁高龄，闻此却下定了宁死不受辱的决心。

三月十五日，李卓吾在狱中唤人为其剃发，趁其不意夺下剃刀割颈自杀，但因人老力衰伤口不深，"气二日不绝"，直到十六日夜子时气绝身亡（参许建平《李卓吾传》）。

李卓吾死后，马经纶将其尸体运回通州，按其遗嘱葬之于大运河北端、通州城北门外马氏庄迎福寺侧。有自芝佛院随之而来的侍僧自愿为之守墓，马经纶为其建守墓僧庐及浮屠等，李卓吾自此长眠北京通州。

关于李卓吾之死，很多人以为必然，因为他的思想触怒了世俗和统治者，但事实上也有一些偶然，以他七十六岁年纪，避开牢狱之灾寿终正寝不是没有可能，偶然者就是他开罪了很多人，并且晚年抉择了通州。

通州乃京畿重地，离皇帝的紫禁城也不足二十公里，政治如此敏感之地，李卓吾怎么可能安身？李卓吾好友、明代著名戏曲家汤显祖《叹卓老》诗中说："自是精灵爱出家，钵头何必向京华。"一言中的！如果远遁山野，李卓吾或可逃过此劫。

不过生死对此时的李卓吾确实也不那么重要了，老病之身本就已时日无多，自戕殉道以免于凌辱，还可借此反抗迫害警醒世人，这样的选择极端明智。李卓吾属于自杀，但他的选择绝非短见，反是一个思想家最后的生命绝响。日人吉田松阴评李卓吾《焚书》有这样言论："世有身死而心死者，有身死而魂存者。心死，生无益也；魂存，亡无损也。"李卓吾之死可不就是后者？

李卓吾逮死狱中，他的著作被朝廷严令禁毁，但为时已晚，他的很多书早已在民间广为流传，因为禁毁，很多人反更想知道。是以李卓吾死后，其书在民间得到更广泛传播，一些书坊老板看到有利可图，甚至雇人伪造假托其名……李卓吾思想始终没被统治者接受，这种禁毁自明而清，但李卓吾著作在民间顽强传承。有清一代李卓吾思想一直被压制，直到清末民初才又引起世人关注。不过时过境迁，人类思想已经向前发展，所以人们对李卓吾重新审视，已是一种批判眼光。

后世对李卓吾思想的评价，两种观点针锋相对，褒之者如焦竑称其"未必是圣人，可肩一'狂'字，坐圣门第二席"（黄宗羲《明儒学案》引），更有人誉之"一代宗师"，说他是中国近代思想的先驱，甚至认为他是比孔孟更伟大的"圣人"；贬之者说他"狂悖乖戾"，所著俱是"异端邪说""大言欺世""罪不容诛"（参《四库全书目录提要》，等等，民国后人们对李卓吾的评价渐趋客观，但仍然存在很大争议。

毛泽东对李卓吾给予较高评价，把他归属"法家"，在他嘱印的"大字本"古籍"法家著作"26篇中，还特别指示收入李卓吾。一次评价共和国元帅叶剑英时，毛泽东甚至直接引用李卓吾自联句："诸葛一生惟谨慎，吕端大事不糊涂。"现代人对李卓吾的评价越来越客观，很多人都在研究李卓吾，但也大多流于史料考证，要对李卓吾思想作出真正客观公正和理性的评判，还必须从哲学根本上进行深度剖析。

文学评论卷

新诗的读者接受问题

* 冯连才

一

中国新诗的出现，当然有其内在的自我根源，同时也普遍被认为是接受西方诗歌文化影响的结果。其实，接受西方诗歌文化，把翻译过来的诗作为一种参照，也未必不是好事。至于接受其影响的大小和效果，关键在于写作者自己能否有效地进行转化、结合。过于欧化、拗口的翻译腔，无形中会拒绝掉相当数量的读者。

那么，新诗被冷落，单纯是因为“新诗翻译腔”“新诗难懂”？我说也不尽然。为什么我国古代那么多经典诗词至今仍受到人们的偏爱？难道古代诗歌比现代诗歌好懂？我认为，多数诗人不是在自由状态下写诗，他们的精神桎梏决定了他们不能赋予诗歌以生命的活力。为什么人们对很多新诗那么冷漠？因为很多诗还没有写出当代人的乐点或痛处。

当下写作环境这么优越，能长久留下来的诗歌作品却很少。为什么？我认为触动人们心灵的诗太少了，读了和没读一样，引不起人们心灵的波澜。媒体炒作在某种程度上破坏了诗的声誉。各种圈子的评奖活动日益频繁，许多诗人拼命地想让人们记住他，可越这样人们越不买账。往往评奖时热闹一阵，过后谁还记得那些奖和获奖的诗人诗作。这种现象和我们的时代需求相悖，原因何在？写诗的人都应该扪心自问。

二

真正的艺术家是为了表达自己的真实内心而写作。文学虚构是可以的，虚假就不成了。文学的基本要求是真实。文学的内容就是人心和人性，所以人们习惯地把文学称为人学。其基本含义就是把内心的变为外在的，把情感的变为语言的，把自己的变为人类的，把瞬间的变为永恒的。对于诗歌写作而言，更是如此。

我的写作都基于我对生命的思考。坦然面对生活中的各种困难和挫折，这种积极的人生态度，可以让我更加热爱生命、热爱生活、热爱写作。在写作上，一方面要表达自我的心声，另一方面要敢于为他人发声，尤其是当人们觉得委屈，面临需要解决的问题并相信应该有解决办法的时候。好的文学作品，固然要关注具体的社会议题，但最终要落实到更具包容性的人性层面：人性的脆弱与美好，人性的丰富潜能。不能将人简单地放在这边或那边，界定为好人或坏人，由此将人性简单化。世界上没有绝对的好或者绝对的坏。这些不易说清楚的东西，是成就好的文学作品的关键因素，是永远吸引作家和诗人写作的着力点。

诗与社会生活的关系是复杂的，不是有了社会生活就有好诗。但好诗中必须有社会生活。过于关注自我，写出来的是呓语诗；简单地记录社会问题，不注重角度，不注重独立精神，也照样不是合格的诗。好的诗歌作品是政治性、社会性和艺术性的完美结合。不写政治诗而诗歌里也有政治。没有纯粹的没有政治的诗，说不涉及政治的诗只是另一种说法罢了。

把诗歌当成一种艺术，不受虚荣和贪婪所驱使，对人性的本质进行深层次的挖掘，来表达真情实感，这样的诗人越多越好。多数诗人没有很好地把“为自己创作”和“也为别人创作”有效地结合起来，使自己禁锢在“仿制品”中，而与欣赏者不能产生共鸣。当代诗人不克服浮躁心理，把自我的命题和时代的命题艺术地结合、呈现，就难以创造出具有强大艺术感染力的诗歌作品。

三

诗在人们生活中的位置，是个复杂的生活文化问题。从另一个角度来看，读诗、写诗终究是少数人的事，是不可能大众化的。即使在诗歌最“走红”的年代，人们也不是“每餐必有诗”。新诗永远成不了人们餐桌上的“当家菜”，只是“山珍海味”而已。多数人离开诗歌，照样活得好好的。只有少数人为诗活得死去活来，成为诗的殉葬者。

在人们动辄谈及“诗歌边缘化”的今天，我们依然能用诗歌把自己的生活呈现出来，把自己的内心呈现出来，这就是写作者的幸运。只要有文学梦，生活中就有诗，快乐和困惑都能在诗里找到。其实，对于所谓的“诗歌边缘化”，大可不必恐慌。自古以来，诗歌都是边缘化的，诗歌写作始终是寂寞的事业。对于写作者而言，最重要的是谨慎对待自己笔下写出的每一个文字。但使人感到悲哀的是，我们多少写诗的人，还在肆无忌惮地制造着文字垃圾。历史已经给我们提供了发出自己声音的机遇，我们的诗应该忠于自己内心的感受，应该跳动着时代的脉搏。我比较关注时代的底层人，尤其是那些挣扎在最接近黄土地的人，尽管他们活得很艰难，但并非都是绝望与痛楚。他们内心的悲、内心的痛，总同时也包含着些温暖与坚毅。因此，也隐约地闪现着那永恒存在的对未来的希望。

美国诗人惠特曼有一句广被引用的话是：“伟大的读者造就伟大的诗人。”这里他指出了读者与诗人、文化与诗歌相互造就的关系。我想，诗人在写诗的那一刻，不会真的去计算这首诗的读者多寡，这种关于读者的观念应该作为一种无形的思想或意识，隐藏在从构思到完成的整个过程中。它不仅关涉怎么写的问题，也关涉到写什么的问题。

导师点评

张元珂导师点评

郑俊华《带凤尾纹的油纸伞》（小说集）

典型化的故事、个性化的人物、有感染力的主题、有节奏感的讲述方式，以及彰显文学气质的叙述语言，构成了这部小说集在内容和艺术实践上的几个鲜明特色。其中，《带凤尾纹的油纸伞》和《夜半马蹄声》这两个短篇都堪称精品：前者从民间视角，采用隐显、抑扬、回溯、卒章显志等讲述方式，再现革命战争年代隐秘战线上的革命故事，从而以一波三折的故事性、飘忽不定的形象和耐人寻味的主题，给人以深刻印象；后者聚焦老乡土时代小人物们的生存与生活风景，将其欢欣、爱恨、歌哭、挣扎诉诸笔端，这种熟悉而沉重的主题表达及其弥漫于字里行间的深情呈示，读之让人甚为动容。收入这部小说集中的很多小小说语言简练，结构巧妙，追求“叙”中生“味”、卒章显志，将其文体功能和文学意蕴予以有效发挥、彰显。

张士祥《天生我材》（长篇小说）

这是一部颇显宏大叙事风格的“长河小说”。首先，小说塑造的主人翁（朱天赐）形象，是当代小说中几难见到的典型人物。外表上的丑、日常中的奇、行动上的义以及以其为核心所上演的那些非凡故事，都令人难忘。其次，小说对“大历史”的书写，特别是以北坨村为中心所展开的乡村各色小人物生活和生命样态的描写及其复杂关系的建构，也有其独到建树。这部小说可作为一部微缩版的地方志或乡土史予以珍视。再次，小说语言也较有特色。其中，诸多人物对话、细节描摹、场景展现尤其耐人咀嚼。

张佳良《永乐店轶事》（中篇小说）

这是一篇以文学性意味见长的中篇小说。叙述张弛有度，故事耐人寻味，人物携带乡土记忆和历史印迹，因而，从讲述方式、节奏、结构，到小说在整体上的意蕴呈现，都颇显专业小说家的气象。

这部小说在虚实之间将故事、人物、事物及其关系，综合艺术化为对某种关涉朴野情结和原生生命的代偿叙事。这种叙事所传达出的幽远意境、情态及其意旨，尤其耐人咀嚼。

徐伟成《校花》（长篇小说）

回眸青春，记述成长，是小说创作中一个永恒的叙述母体。书写懵懂之爱，记录历史的创伤，既是一种代偿，也是一种献祭。这种小说皆是用心用情之作，读来，总会感慨万千吧！其中，以小说主人公“我”为中心，顺次引出与 4 位女生的悲欢故事，以直达对欲望、爱、青春等本源生命之相、之理的反思，构成了这部长篇一个特别引人瞩目的书写向度。

王继霞《黑猫的自白》（中篇小说）

看似移情别恋的女人其实心存万般隐忧，不知实情的男人终在爱的苦海中飘荡。小说以一只猫为内聚焦视点，讲述一对青年男女相遇而不得、爱而不能、哀怨而忧伤的爱情故事，揭示“相爱的人不能相守，不爱的人偏偏苦苦纠缠”的深刻主题。语言清丽、流畅，且以心理描写见长，不少语句富含深意，耐人揣摩。

刘佐民《吕娘儿》（短篇小说）

擦除历史尘埃，呈现被遮蔽的人性，为“吕娘儿”作传，也即为一段历史作证。正因为历史有太多的误解、误判，将“吕娘儿”这种原本有情、有爱、有义之人从历史深处打捞出来，还原其最真实、最本真的人性样态，其价值和意义也就无需赘言。文学与历史的融合，记忆与当下的互鉴，以及由此所带来的关于历史与人性关系的再审视、再思考，是《吕娘儿》给予我们的深刻启发。

刘秀英《考拉的夏天》（短篇小说）

小说聚焦人与动物的关系，并以此作为故事讲述和问题思考的着力点。一只名为考拉的宠物狗及其主人在宋庄一次诗人、画家聚会中的遭遇——考拉被拴在门外；众人话语中伤其主人——映照出混迹于艺术界的部分人的日常心态。这个短篇以片段和场景素描方式将艺术象牙塔里的内生风景置于读者面前，给人以诸多警醒与启示。

赵德维《风景》（短篇小说）

所谓“风景”，既指城乡飞速变动、发展的整体风貌，也指置身于此种环境中二皮匠和关红们的生活和心灵际遇（即“内风景”）。城市拆迁让二皮匠的生活、情感、心态发生了根本变化：突变的城乡环境让他不自在；以摊煎饼谋生，又碍于面子、囿于技能而不能如愿；因偶遇进城暂居的女人关红并受其指点、帮助而对之心生爱意。这部短篇的最大特色就在于，从一个小人物生活和情感变迁角度，不仅对城乡变迁、搬迁居民的日常生活作了素描，还对底层人之间的互助互爱的美好情愫作了讴歌。

侯淑玉《喊爷爷》（小说集）

把小小说作为观察生活、记录时代和表达认知的方式，尤其能在对不同时代形形色色小人物的不寻常故事的讲述中，侧重展现出弘扬新时代正能量的意识，或者于日常叙事中揭示出令人感奋的人情事理。呈现一种鼓舞人心的形象、力量，是小说集《喊爷爷》的鲜明特色。

钟月玄晖《大行致远》（小说集）

将历史与文学融为一体，讲述古运河及其朝代故事，重塑与之相关的诸多历史人物，对于认知和扩充知识视野、文化传承，都大有助力。当前，在运河及其文化被提升为建设“国家文化公园”重大课题的背景下，这部小说集所讲述的古运河故事及其历史人物，可作为参考资料予以重视。

杨志学导师点评

陈超《韵扬妫水》(诗集)

这部诗集有如下几个方面的特点和优长之处:

一是创作时间跨度大。最早的诗写于1964年，最晚的诗一直延续到当下即本书出版前的2021年。作者对每首诗都标示了写作时间，这样我们看得很清楚，早年的诗很少，而大部分诗都是2000年以后的作品。作者的旧体诗创作坚持了五十多年，可以说是一种终生写作状态了。

二是诗集中的作品数量多而且质量较高。全书收了700多首诗，更重要的是作品质量大都说得过去，其中不乏精彩之作，这源于作者的诗词格律基本功比较扎实，写作中又注意了构思、遣词造句、意象选择、意境创造等问题。这部诗集拿在手里厚厚的，当然不仅仅是物理属性上的厚，而主要是它在包容、概括生活方面的厚重。

三是题材广泛。从中可以看出作者兴趣广泛，热爱生活，热爱大自然，对生活的方方面面都有反映。作者按不同的题材侧重，将全书编为八个部分，比如第一辑“壮怀激烈”侧重于缅怀伟人、回顾革命历史和峥嵘岁月，第二辑“锦绣神州”是对祖国各地大好河山的礼赞。难能可贵的是作者写下了大量关于北京尤其是延庆区景观和生活的诗，体现了作者热爱家乡的情怀。这部分内容的作品几乎占了全书的一半，从书名《韵扬妫水》也可以看出作者对延庆的深厚情感。

下面选择其中几首佳作予以点评，供大家欣赏参考。

首先《七律·纪念毛泽东诞辰百一周年》这首诗。纪念毛主席的诗很多了，这首诗有自己的亮点。首联用“红日”“巨轮”两个意象突出毛泽东的出现改变了中国的命运。颔联从武略文韬两方面概括毛主席的杰出才干和不朽功绩。颈联言毛主席已名垂青史，并且他的恩德将永远润泽人间。尾联也非常值得称道，既照应了题目，又和当下中国的发展联系在一起。

其次《锡林浩特》。这首短短的四行七言古风，巧妙勾勒出了锡林浩特这座少数民族地区的城市在新时代的巨大变化，如果“不是蒙文随处见”，那么其繁华程度几乎让人感觉和在北京没什么两样。

再看《七律·初秋野鸭湖》。这首诗描绘了作者居住地区——延庆野鸭湖的景观。首联点明时令，颔联从“荷田”“苇海”两方面勾勒出了野鸭湖独特而迷人的景致。既然是野鸭湖，自然要提到野鸭，第三联就满足读者期待，在写到野鸭的同时，因为是秋季，所以又提及树上的“寒蝉”，这两种有代表性的生灵为作品平添生趣。结尾一联也很精彩，点明野鸭湖的位置在“官厅畔”，由于这样独特的地理位置让人产生了“不辨山乡与水乡”的感觉，令人遐想和神往。

《雨中祭父母》这首亲情诗，表达了对父母的深厚情感。作者设置了雨中祭奠的场景。首联即表达这层意思，好像是天公特意降下雨水来，和主人公思念的泪水混合在一起。第二联“奠酒”的仪式也很常见，言往日不堪回首，徒增悲伤；而秋风送来的“清辉”又形成一种衬托。第三联以“家国寄”和“礼义堆”对举，说明家和国的关系，言家是基础也是归宿，由此引出最后一联。尾联言人来到人间得到最多的，就是父母的疼爱了。这样照应了题目，也把情感推向高潮，在高潮中结束全篇。

由于诗集里作品多，且大都是作者用心之作，因此值得一读的诗还有不少，如《七律·武当山磨针井》《七律·西柏坡有感》《登滕王阁并贺楹联艺术节》《七律·贺北京楹联迎春大会》《七律·老年大学》《七律·诗人节抒怀》《七律·贺淑娟老伴六十寿辰》《长沙送别袁隆平院士》《七律·退休写真》《蝶恋花·元宵》《清明有感》《山桃花》，等等，均情真意切，造语精准，或豪放，或婉约，或清丽，或深沉，令人回味。

卢吉增《捡拾生活的诗意》（诗集）

卢吉增诗集《捡拾生活的诗意》，仅凭书名打量，就能感觉到它对于生活的强调与重视。读完全书，更加感到确实如此。作者好像在很大程度上还原生活、记录生活，让生活自身的美、自身的诗意，慢慢地呈现出来。当然，作者的记录是有选择的，他的记录也是讲究构思、角度和叙述方式的。下面我举诗集中几首诗的例子来看一下。

首先我们看诗集开篇第一首《晨光亮而不贼》，这首诗通过一个小虫子在树叶上进食早餐的场景，意在表达世界的安详、安静，但是潜在的危险也是存在的（这也是诗的字里行间透露的信息）。这首诗有意象，有细节，不是空泛地说大自然多美，生活有多美，而是选择了一个点，通过一个细微的小生灵，把诗人的观察与思考含而不露地表达出来了。

其次，我想说一下《另一只鸟》这首诗。此诗和刚才那首诗好像有点联系。刚才那首写虫子，而这首诗写鸟，二者都和自然界有关，当然也和人的生存有关。这首《另一只鸟》，把动物与人的关系也写得更明确一些，作者的用笔也比较微妙、纯熟。

如果说以上两首诗主要着眼于自然界生灵的话，那么下面我们再看两首作者表达人类生活、生存的诗。诗集里有一首诗《享受》，取材不是写当下，而是跳到未来，写年老的时候回忆往事，到时候若能感觉无悔的话，是一种快乐、幸福的享受。这样的表述就可以引发人的思考：怎样做才能让你将来不觉得后悔？那就要立足于现在，把现在做好了才有将来。所以说这首诗表面上是写未来，而实际上还是写现在。这样写，诗就有了曲折，就有了味道，它就是诗的方式。读这首诗，我们可能会联想到李商隐的一首诗《夜雨寄北》。确实，可以说这首诗受到了李商隐诗歌的启发或影响，但卢吉增是用现代白话写现代人的生活，比李商隐的诗要充实，比如诗里写到了“牙齿残缺的嘴”，还写到了“道德”“法律”等词汇，所以这首诗，作者还是用了自己的语言来表达的，也包含着作者自己的生活体验在里面。

再看一首诗《两居室》。这首诗触及的是生活在北京这样的大城市所遇到的很现实的问题——住房问题，这个问题也是困扰许多人尤其是正在奋斗的大批年轻人的问题。作者写这首诗，表明他立足现实、不回避生活矛盾，也表达了他对生活的满足与乐观的态度，是比较可取的。诗的表达上，体现了诗人删繁就简的能力，也写出了一定趣味。

此外，还有《忠诚的灰尘》《隔空移物》《错误》《抓住这么小的幸福》《考生》《我和父亲交谈甚欢》等诗，也都有些特点，值得一阅。

总体来说，卢吉增这部诗集关注现实和人的生存，写出了生活的痛感，同时更展现了大自然和人类社会的美好，传递了积极的人生态度和价值取向。从表达看，作者具有比较扎实的美学修养和良好的艺术趣味，笔法灵活、语言质朴、格调明朗，已形成自己比较稳健的风格。诗集给人以厚重感，从中亦可看出作者在诗歌艺术上达到了较高水准。

马光复导师点评

蓝帆《中国龙的心脏——置身中国核动力研究设计院采访所思》（报告文学）

这是一篇很优秀的作品，作者使用了一个副标题“置身中国核动力研究设计院采访所思”。副标题告诉我们这篇作品的有关核动力研发的具体内容。“核动力”研究是当今世界上一项非常高精尖、难度极大的研究工程，对于我国，对于我国的经济发展与军事发展，都具有十分重要的意义。作者把这样一个大型的极具神秘感的事物作为选题，本身就很大胆。写好这样的内容也是很不容易的。作品的开头非常有力量，从它的神秘与研究起始的难度说起，引出一个个我们大家既熟悉又陌生的科技尖端人物。他们是肩扛祖国重任的优秀儿女，开疆科技新领域，奋力拼搏、克服困难，取得了一步一步的胜利，感动了全国，也震惊了西方、响彻全世界。在作品中，作者着力描绘了这些中华科技人才的爱国情感与高超智慧。作品用事实回击和驳斥了西方势力对我们中国的创造能力与美好与善良精神的蔑视与嘲讽。这篇纪实长篇散文里，规模宏大、结构紧密、主题突出。作者在刻画作品人物上，也极具鲜明的性格，栩栩如生，他们个个都是我们的榜样，民族的脊梁。在文章的书写上，特点突出、章节分明、层次清晰，整个作品充满了正气和向上的精神，给读者一种鼓舞。有的章节写得非常生动，语言也流畅，令人印象深刻。

李金明《归队——查寻 7030 名烈士的前前后后》（报告文学）

李金明创作的这篇纪实作品以十分庄严的心态抒写了作者自己的一段难忘的经历。作者是一位有 40 多年军旅生涯的军人。在军队他经历了很多事情，如训练、施工、押运、作战、演习等，但有一件事儿，让他永远不能忘怀。那就是 1994 年，中央政治局常务委员会第 67 次会议讨论并同意确定修建平津战役纪念馆。当时在北京军区政治部组织部工作的他，被抽去参加筹建工作。领导分工他负责“英烈馆”的内容和布展。在两年多的工作中，作者搜集整理出了 7030 名烈士名录。这一工作过程中，无数壮烈牺牲的战士们的精神，都使他的心灵受到强烈的震撼，他为无数战士的伟大牺牲精神感动得不知流了多少次眼泪。

为了了解牺牲战士的名姓、事迹等，作者在文章中细腻地描写了整个过程。烈士纪念大厅中央，要在红色大理石上（高 2.8 米、长 22 米）镌刻所有烈士的姓名。这要求名字要准确，要翔实，尽量不要有遗漏，可见这是一件多么难做的任务。这篇纪实散文作品十分真实、细致地抒写了这一过程，文章中充满了激情、感动，歌颂了英烈精神，赞美了英雄们的伟大业绩，满满的正能量。阅读这篇作品，让读者激动、感慨，受到教育，要向英烈们学习，为了新中国、为了新中国的发展、为了实现伟大的中国复兴之梦而不懈奋斗。在文章里作者列举了大量的数字，很有说服力。作品的叙述十分流畅，详略得当。在《没有留下姓名的烈士》一节中，通过叙述烈士的战斗经历，很多战士牺牲后，在战场上，来不及核实姓名，就匆匆埋葬了。这些没有留下姓名的无数烈士的事迹，感动得我们热泪盈眶。作品传承信念，弘扬铁肩担当精神！青山埋忠骨，热血照家国，巍巍丰碑屹立，浩浩江河高歌。所以这是一篇很优秀的纪实散文作品。

桑农《桑干河畔的情思》（散文集）

桑农创作的这部散文集，由民主与建设出版社2021年出版。这部散文集里收集了作者多年来撰写的各类不同内容的作品，按内容分为五辑，其中有叙述桑干河以及著名作家丁玲的名作《太阳照在桑干河上》的历史资料，还有丁玲的女儿蒋祖林书写的《寄语》，都有较高的文献价值，也具有浓浓的感怀与纪念意义。集子中不仅有作者的童年记忆，也有不同年代的家乡探源考证与变化，描绘翔实细腻，书写立场鲜明，弘扬了正气，歌颂了大好河山，赞美了新时代。

杨喜来《从传说中走来》（纪实散文）

杨喜来的这篇考证性的纪实散文作品，总共有七个部分：一、传说。二、其人。三、治河。四、晚节。五、家风。六、后事。七、结束语。这样的题材写起来难度很大，正如文章标题说的，散文起始就从一则北京大兴地区的传说写起，引人入胜。作品里叙述了大兴地区的一个传说人物张树枬，他到底是何许人物？他为大兴地区作出了哪些贡献？作者通过调查、访谈，与资料的查询，终于发现，他是大兴的一个应该记住的人物，不应该被时间忘记。他治理过永定河，赈济过灾民，捐资办学，是一位值得让人崇敬的乡贤。几年来，天津南开大学郭明教授查阅了大量书报、档案，搜集了数十万字的资料，帮助作者与他的团队，对张树枬其人有了更多的了解。这篇纪实性作品是依据作者和他的团队的不断深入调查书写成的，叙事清晰、考察翔实、资料性很强，也有文献价值，可读性也较强。

吴京华《我曾打过太原》（报告文学）

吴京华创作的这篇散文作品也很有特点，曾发表于解放军出版社出版的《战争记忆》一书中，是北京市石景山区离休干部口述实录中的一篇。作者是用了第一人称，让散文中的主人公“我”讲述自己的故事。正如“我”所说，他参加革命工作后，长期从事政治思想、宣传工作。在部队当教员时，他就很喜欢画画。有一次，他画了一幅斯大林像挂在会场，引起了领导的重视。于是，他就被推荐到文化部报到搞宣教去了。他一个人坐火车到文化部报到联系，当上文化教员。他参加过多次战役，留下最深记忆的是打太原。在那次战斗中，他看到了同志们不怕牺牲的英勇的革命精神以及中国革命在中国共产党的领导下的必胜信念。他今年已经 96 岁，但是他每天仍然挥毫泼墨，书画不止，仍然每周到社区义务为大家上书画课。他就是要以实际行动告诉大家，只要生命尚在，就要跟党走，就要艰苦奋斗，就要广泛联系群众，就要为实现中华民族伟大复兴的中国梦再作贡献。这种精神在文章中彰显出了正能量，叙述流畅、朴实生动，非常感人。

李金龙《牛街的胡同》(散文)

李金龙创作的《牛街的胡同》是一篇既有历史记忆也有现实思考的优秀作品。牛街在北京城里很有名，其独特的文化和深厚的底蕴形成了老北京特有的人文特色与生活环境，这里是回族群众的聚集地，尤以饮食文化和胡同文化最为鲜明。来到牛街，随便走进一条胡同，人们会立即感觉到时光仿佛在涓涓倒流。那一砖一瓦、一碑一石，都在轻轻地翻动着过往的岁月。那幽深的、曲曲弯弯的，瓦檐上长满绿草，绿草的上面偶然会蹦出一只碧绿碧绿蚂蚱点儿的小胡同，似乎有一种非凡的魔力，吸引着大家的目光。在这里作者的耳畔会响起老人们娓娓的叙说，瞬间，人们会被那种安详的声音深深打动。放眼望去，这胡同犹如一道深邃的目光，正穿越世纪、穿越历史，回到从前。于是，作者写到了麻刀胡同，其实过去叫马道胡同，早在唐朝就形成了街巷。如果从唐代的幽州城开始说，这条胡同要比北京城最早的胡同还要早 600 多年，可以说是北京胡同的老祖宗了，到了清代时才改称为麻刀胡同。接着作者又写到了大大小小的胡同五六十条，每条胡同都有自己的特色，每条胡同都有自己的故事。特别是这些胡同里三步一古迹、五步一传说，更是令人流连忘返。作品里不仅写胡同，也书写人物比如京城的四大名医之一施今墨。还写到了胡同里的法源寺，以及胡同里会馆如绍兴会馆、江宁会馆、会稽会馆。到了近代，作者写了龚自珍、谭嗣同、鲁迅先生，等等。正如作者的抒情书写，一条胡同就是一幅画，一条胡同就是一壶老酒，胡同里的生活创造了生活中的诗，于是，胡同就有了鲜活的令无数人为之倾倒的魅力。逝去的胡同令人留恋，保存下来的胡同令人珍惜。所以这是一篇值得寻味、能让读者动情的佳作。

李虹《真实存在的“骆驼祥子”》（散文）

李虹的这篇散文曾经发表在《北京纪事》上，是一篇追忆往昔的抒情性的散文。著名作家老舍先生的《骆驼祥子》家喻户晓。祥子是小说中的人物，是老舍的纯属虚构，还是有真人原型？作者做了了解与考察。通过作者的采风、访谈，结合着作者对历史与现实生活环境的描写，最后确认，骆驼祥子的故事是有依据的。他台湾的舅舅已经九十多岁了，听他讲，在军阀混战的时候被抓了壮丁。幸运的是，祥子竟然逃了出来，还拉回来三匹骆驼。作者认为，老舍的《骆驼祥子》里的祥子，确有原型，人物真实可信，是老舍先生塑造的典型环境下的典型人物，源于生活而又高于生活，也是那个时代的缩影和真实写照。现如今，北京模式口地区有承恩寺燕京八绝博物馆、有模式口四合院博物馆、有庆春斋老舍先生纪念馆等。作者用纪实与抒情的笔法，书写了时代的变迁、历史的沧桑，文笔流畅、描绘细腻、真实可信。

浅黛《流年情深》（散文集）

延庆女作家浅黛的这部散文集，由北京出版社2021年出版。全书分为“情思怀古”“故乡抒怀”“四季牧歌”“天涯孤旅”四辑。集子里的散文作品门类多样，总体看，文章都比较精练短小，但容量巨大，有些篇章很精彩，耐读。作者也比较注重语言的精湛，修辞丰富。

刘维嘉《滋味儿》（散文集）

通州作者刘维嘉创作的这部散文集，由团结出版社出版。集子里有他的人生经历的酸甜苦辣，有他的日常生活里的悲喜哀乐与幸福快乐，也有世事变幻的雷电风雨。书中的内容分为五个部分，将采风、叙述、纪实、抒情、访谈等结合起来，表达了作者对童年的记忆、对家乡的热爱、对生活的期望。“滋味儿”里就是五味杂陈，娓娓道来，有许多精彩的细节，都给我们留下了很深的印象。

刘福田《一代宗师李卓吾》（散文集）

刘福田创作的这部散文集，由团结出版社出版。这是一部研究古代哲学家、文学家李贽（李卓吾）的很有价值的资料性与文献性的作品。书中讲述了李卓吾的生平、事迹，特别是对于他与通州的关系，极具时代意义。语言与结构都很讲究，作者描绘一件事情或抒写一个人物，或抒发自己的一个观点，一片情感，都很到位，丰富而有趣。

第十九届『群星奖』戏剧类、曲艺类北京地区入围作品

戏剧卷

【小品】
春天网约车

＊黄　杰　甘　楠　高子扬

人物：

老贾　　男，56 岁

李大妈　女，60 多岁

琳琳　　女，27 岁左右，老贾的女儿。

地点：某写字楼下

时间：春季，某日上午

舞台设置：舞台中央是一辆崭新的豪华轿车，车头朝前，背景是北京一幢现代化写字楼。

〔幕启。

〔老贾、琳琳分别坐在正副驾驶位。导航里画外音：目的地国际交流大厦到达，本次导航结束。

老　贾　闺女，到了，上班去了。

琳　琳　（下车）行，您那书法课可别迟到啊！

老　贾　（追下车）哎，哎，琳琳！爸爸那书法课结业了。

琳　琳　结业了？那钢琴课呢？

老　贾　不光钢琴，书法国画太极拳，摄影刺绣呼啦圈，外带烹饪，全部拿下。

琳　琳　都拿下了？

老　贾　（从后备箱拿出早已准备好的饭盒）这是爸爸的烹饪课结业作品，就当爱心午餐，微波炉打一下再吃。

琳　琳　爸！萝卜都能雕花了！

老　贾　张飞吃豆芽，小菜一碟，不算啥！

琳　琳　哟呵，看来得表扬一次了！

老　贾　不用表扬（给肩膀），闺女，放我两——天——假就行！（重读）

琳　琳　您不说我差点忘了，又给您报了一个班。

老　贾　哎呦！

琳　琳　温泉度假养生班。

老　贾　好！

琳　琳　我就知道您肯定喜欢。您看，封闭式养生，什么时候养好，什么时候放出来！

老　贾　这要养不好就一直关着呗？

琳　琳　老贾同志。

老　贾　哎，在呢。

琳　琳　请您端正学习态度。（嗔怪）

老　贾　是。

琳　琳　爸。

老　贾　闺女。

琳　琳　你就不能听我话吗？

老　贾　（看着手表）好好，听话，谁的话不听我就听你的话，你上班（高声）。

琳　琳　这才乖嘛！我上班去了，您路上慢点啊，听话哈！别忘了养生班。

老　贾　养生，养生，我开网约车就是养生。这小祖宗，耽误我多少单啊！

〔琳琳走进办公楼，老贾向贾琳琳挥手告别。然后迅速走向汽车后备箱换衣服，随手打开手机的网约车软件，把手机放在一旁。

（哼唱，开上我心爱的网约车，它永远叫我快乐）

画外音 〔手机系统画外音〕出车成功。开始听单，接到新订单，即时用车现在出发。上车地点在国际交流大厦 A 座，下车地点北京冬奥公园东门。

老　贾 （看着手机）国际交流大厦？不就是这吗？太顺了！

〔音乐起。李大妈拿着自拍杆一边自拍一边上场。

李大妈 唉老铁们，京城好大妈，吃喝玩乐笑哈哈，昨天有网友说没去过冬奥公园，今天好大妈就带你们冬奥公园溜达溜达！ 35B0。

老　贾 您尾号 6780？

李大妈 是我。

老　贾 请上车！

〔李大妈和老贾同时迅速上车，李大妈坐在副驾驶座上。

老　贾 （哼唱）春天网约车为您服务。

李大妈 贾师傅？

老　贾 是我，请您系好安全带。

〔老贾点头，李大妈对着自拍杆开始直播。

李大妈 嘿，老铁们，今儿这车可高级哈，真皮座椅大天窗，好大妈心里亮堂堂。

老　贾 大妹子，先别亮堂堂，您先系上安全带！

李大妈 什么？隔壁老王说“网约车不可能这么高级”，我好大妈什么时候骗过人？（挥舞自拍杆，对着车标）看看这车标，看看这大天窗！这是贾师傅……你来给我证明一下，来介绍介绍您的好车。

〔李大妈把手机对着老贾，老贾赶紧拿手捂着脸。

老　贾 您这是干吗呢？

李大妈 我直播呢，好几万的粉丝都能看得见您。

老　贾 啊？！诶、诶、诶、别拍我呀，我可不能出镜。

〔老贾解开安全带下车逃离。

李大妈 诶？别跑呀您？这贾师傅还有点害羞。

〔李大妈赶忙追下车。

李大妈 这是不是您的车？

老　贾 是！

李大妈 您是不是司机？

老　贾 是司机。

李大妈 您这是不是网约车？

老　贾 不是！

李大妈 怎么样！不是网约车……（突然反应过来）嘿，你怎么睁眼说瞎话啊！

老　贾 （指着手机）你先关了，你先把那玩意儿关了。你关了咱们再说。

李大妈 （对着手机满脸堆笑）老铁们，咱们一会儿冬奥公园见！拜拜！（关掉手机，笑容消失）贾师傅，你给我过来！

〔老贾小心翼翼走过来。

李大妈 （突然的）您这一句不是，我得掉多少粉啊！我退休以后就想发挥点余热，开个直播，当个志愿者，介绍一下北京的吃喝玩乐，做点好事……

老　贾 您做的是好事。

李大妈 做个好人。

老　贾 您是好人。

李大妈 我成骗子了。

老　贾 您就是骗子……不是，您不是骗子！

李大妈 就因为您一句不是，我成骗子了，网友举报封了号我找谁去？你得为我平反，为我负责。要不然今天我还不走了。（上车头）

老　贾 别着急，大妹子，您做的这事是个好事，我为你平反，为你负责，但我真不能上这直播。

李大妈 为什么啊？说，不然给你差评，投诉你！

老　贾 （看了看办公楼）哎实话跟您说吧，这车是偷着……

李大妈 偷的？

老　贾 不是我偷的。

李大妈 那是谁偷的？

老　贾　是我闺女。

李大妈　爷儿俩犯案也不成！

老　贾　是我闺女给我买的！退休之后她给我报了很多班，这个点我应该在上养生课，这网约车是我偷着开的。

李大妈　吓死我了。

老　贾　累死我了。

李大妈　图什么？

老　贾　图一乐！

李大妈　这是好事，跟姑娘直说啊！

老　贾　没法说。闺女很孝顺我，知道我开了一辈子大车，想让我歇歇，报了很多的班——

琳　琳　爸！（看到李大妈）

〔老贾吓了一跳，赶紧扶李大妈从车头离开，往一旁推。

老　贾　呦，大姐，替我瞒着点，别让闺女发现。

李大妈　那我直播间的事……

老　贾　我也帮您！

李大妈　这还差不多。

老　贾　一言为定。

琳　琳　爸爸，我包落车上了……爸，这大妈谁啊？

老　贾　啊，是啊……你是谁啊？你应该知道谁？

李大妈　我是……去冬奥公园，你不是带我……

老　贾　对，她是要去冬奥公园，不知道怎么走，哦，她是问路的（对李大妈使眼色）。

李大妈　问路的？

老　贾　（和琳琳解释）这大姐还眼神不好。

琳　琳　眼神不好？

老　贾　一个眼睛好，一个眼睛不好，时而看得见时而看不见。（又追上大妈，故意大声说）不是上冬奥公园吗？633 坐 3 站。

〔李大妈迅速进入状态，把手里的自拍杆当盲棍，戴上墨镜慢慢往前走。老贾见状立刻上前配合，搀扶继续往前走。

李大妈　我是眼神不好，不是听不见。

老　贾　谢谢您，顺着我说。

李大妈　（拉过老贾，悄声）我直播间这事你可得负责。（大声）

老　贾　（悄声）我负责！（大声）马路对过坐车，转石景山专线坐5站就到了，我会负责任的。（哼唱，学习雷锋好榜样）

琳　琳　爸，您学习雷锋，让眼神不好的大妈自己过马路？

老　贾　呦！包落车上了？你看看你，丢三落四的。

〔老贾把包塞到琳琳手里，把琳琳推走，琳琳一边被推走一边说。

琳　琳　633，3站！石景山专线5站！马路对面等车！

老　贾　啊……你操这个心干什么？她坐633，我上养生班，你上你的班。拜拜！

〔李大妈看到琳琳下场又快速回来，拉车门看到老贾。

李大妈　嗨！

老　贾　（痛苦地）嗨！

琳　琳　（突然再次上场）爸……（看见大妈正要上车）这大妈不是去坐633了吗？

老　贾　坐633的大妈已经坐633回家了，这是另一个大妈。（大妈脱马甲）

琳　琳　爸，您也觉得我一只眼好使，一只眼不好使，时而好使时而不好使吗？

老　贾　你看我闺女这口才多好！

李大妈　我是另一个大妈。

琳　琳　大妈您摘了眼镜我照样认得您。

李大妈　我还是戴上吧。

老　贾　大妹子，你整个马甲配合我闺女干啥呀？633在马路对面，怎么又走回来了？

李大妈　（拉过老贾）你还没对我负责，我直播间的事还没平反呢！这事你得负责！

老　贾　（悄声）我为你平反，肯定对您负责……

琳　琳　爸！您就甭演了！您这么藏着掖着有劲没劲啊？能不能跟我说句实话？

李大妈　（鼓励）说实话。

老　贾　说实话，（扶起大妈，挽起大妈）其实，爸爸一直想正式地通知你……

李大妈　（点头）

琳　琳　别说了！您这点事我早看出来了！您这事根本就瞒不住！您这样做好不好？

老　贾　不好。

琳　琳　累不累？

老　贾　累。

琳　琳　以后还瞒不瞒？

老　贾　瞒，不瞒。

琳　琳　爸，别说，您眼光真不错，大妈长得真漂亮！（指手）

老　贾　嗨！（甩手）

琳　琳　阿姨，长得真漂亮，我跟您说，我爸优点可多了……

〔李大妈上前解释，老贾挡在中间。

李大妈　不是，姑娘你听我说，不误会了，你爸开车这事……

老　贾　八字没一撇呢……

琳　琳　我爸脾气特好……

李大妈　你爸爸也不容易……

老　贾　你不了解情况……你先等会……行了！能不能给爸爸留点空间！

琳　琳　OK，你们继续。

画外音　（系统提示）温馨提示，您在原地停留已经超过十分钟，尽快开始订单服务，如有危险请拨打110。

〔静场。

〔琳琳上车把老贾手机拿下来翻看。

琳　琳　我让您干什么去？

老　贾　养生班。

琳　琳　您干吗去了？开上网约车了？把钥匙给我！车钥匙，汽车钥匙！

〔老贾看了看李大妈，颤颤巍巍地拿出车钥匙，贾琳琳一把夺过车钥匙。

〔贾琳琳上车。

琳　琳　阿姨，您把这单取消了吧，我爸送不了。

李大妈　凭什么啊？

琳　琳　钱，我双倍退给您。

李大妈　你——要——这么说，我今天还非坐不可了！

〔李大妈上车。

琳　琳　行！我开车送您！（音效：哐，关车门声）

李大妈　你，下去，（对老贾）贾师傅，上来！

琳　琳　我爸送不了。

李大妈　我今天就让他送。

琳　琳　为什么非让他送啊！

李大妈　那是他的乐儿！闺女你以为你给他买个高级车他就快乐了？你给他报养生班他就健康了？

琳　琳　大妈，他以前开大车的，身体遭了多少罪您不知道！我还不是为了他好？

李大妈　他心里不痛快，还养什么生？什么事不能光你以为，你得问问你爸的想法。去呀，去呀——

〔琳琳下车，面对老贾。

〔音乐渐起。

琳　琳　爸……

老　贾　我说！哎！闺女，从打我退休后，你就变着法地给我报了那么多班让我上，现在连小学生都“双减”了，爸爸真的不是上课的那块料。就说那份爱心午餐，也是爸爸给你订的外卖。我哪有那水平？我这双手只能开得了车。

你知道爸喜欢车，给爸爸买了这么好的车，爸爸高兴、知足，爸爸知道你是个孝顺闺女。可你知道吗？自打开上这网约车，我才发现，北京还有那么多地方我去都没去过，就说永定门、正阳门、中华门、天安门、端门午门、太和门，外城内城、皇城紫禁城外加鸟巢水立方，这些北京中轴线的故事那是三天三夜也说不完，坐在车上和那些天南地北的乘客聊咱们北京城，这是咱们北京爷们儿的乐儿。

我开了一辈子大车，终于开上了自己的小车，爸爸就想着，等我把路跑熟了，也报个志愿者，专门拉着国际游客逛逛咱们的大北京！……唉！算了，我得听我闺女的话啊，以后啊这网约车再也不开了。

〔老贾转过头，看到琳琳已经把钥匙递到眼前。

〔老贾愣住，缓缓伸手接钥匙。琳琳猛地收回手，老贾又愣住。

琳　琳　约法三章！

老　贾　约法～？

琳　琳　注意路况，安全第一。

老　贾　安全第一。

琳　琳　劳逸结合，定期体检。

老　贾　定期体检。

琳　琳　好好学习，按时上课。

老　贾　按时上课，怎么又上课？

琳　琳　您不学好外语，怎么给外国朋友介绍咱们新北京？

老　贾　好闺女，打今个儿起，爸爸听你的话，welcome to Beijing!

李大妈　贾师傅（为难样子）……

老　贾　大妹子，开直播！

李大妈　老铁们，冬奥公园，

齐　声　出发！

〔老贾兴奋地哼唱，开上我心爱的网约车，北京故事给你说说……

〔剧终。

【小品】

春风里的心愿

* 白 昂 徐 涛 任 莉

〔肖杰夫上，拿着一瓶豆汁。

肖杰夫 （上场打招呼……张婶、李姐、王姨、妹妹）大家好，（看表）唉，还有四个小时……我就要离开了。我在这条胡同当了两年的街巷长了，今天是我最后一天上班，在最后三个多小时五十九分钟的时间里，我要完成最后一个心愿，这个心愿就是……

〔王大爷上。

肖杰夫 王大爷！今天的豆汁！您看这是什么？

〔王大爷拿起肖杰夫手里的豆汁，肖杰夫耍橘子。

王大爷 这不是橘子吗？

肖杰夫 您看这个怎么样？（扔三个橘子）

王大爷 你总能逗我开心！

肖杰夫 这算什么啊？待会儿还有个惊喜给您呢！

王大爷 有什么惊喜啊，你，就是我最大的惊喜！忙去吧！（音乐起）

〔肖杰夫下。

〔光起 / 音乐起。

王大爷　（前两句用《公道老爷劝善歌》）***北京的东城是我故乡，春风胡同谁不知道咱姓王***。（这句开始用京味儿特色的曲调演唱）***身后饭店迎春居，祖辈传下的老饭庄，川鲁本帮粤淮扬，煎炒烹炸样样响当当。两年前胡同来了街巷长，年纪不大有一副热心肠。他本名叫做肖杰夫，社区服务他在行，大事小情他帮忙。邻里心欢喜"小姐夫"在身旁。要不是因为有他在，我老王早就见了阎王。昨儿个听说他要调走，这一下可愁坏了咱老王。小姐夫要走我可舍不得，他比我亲儿子都要强***。（停顿）***我压根儿就没有亲儿子，刚才是打比方***。

夏　冰　瞎掰。

〔王大爷唱的时候，夏冰上。

夏　冰　王大爷，您有亲儿子，我一飞哥。人家喜欢摄影，您死活不同意，骂得一飞哥去西藏新疆搞摄影都两年了。

王大爷　我……别说那小子了，我找你研究研究怎么能让咱们街巷长肖杰夫别调走。

夏　冰　可是，人家街道工作调动咱也不好干预吧？

王大爷　我又没干涉别人，这可是咱们胡同的内政啊，我，好歹算咱们胡同的常任理事国吧？那我得有否决权啊。这事你务必得帮帮大爷，我就这一个心愿！

夏　冰　我也不想让他走啊！

王大爷　你也觉得小姐夫人不错吧？

夏　冰　何止是不错啊，说实在的，要不是我还惦记您儿子我一飞哥，我一大龄单身女青年早就和小姐夫搞对象了！

王大爷　这丫头！

夏　冰　行，留下肖杰夫这事，您交我了，我想想辙！

王大爷　说好了啊！大爷请你喝豆汁！零卡无糖！

〔王大爷下。

〔肖杰夫和拉着有些别扭的王一飞上。

肖杰夫　夏冰！你看这是谁？

夏　冰　一飞！

王一飞 冰！我朝思暮想的冰，我青梅竹马的冰！（欲拥抱）

夏　冰 停！别青梅竹马，咱俩算哥们儿，还是青梅煮酒论英雄吧。一飞，这位你认识了吧？

王一飞 街巷长肖杰夫对吧？

夏　冰 这些年你不在，可多亏了他照顾你爸和我！

王一飞 嗯？

夏　冰 就我那婚纱店能顺利开起来，都靠小姐夫，都是人家帮我忙前忙后的，这么一说啊，我觉得你回不回来都两可了！

〔王一飞鼓掌，欲走。

肖杰夫 别走啊 你听不出来，她这是埋怨你回来得太晚了。（推回王一飞）

王一飞 切，要不是小姐夫苦口婆心劝我，我还真未必回来。

夏　冰 你！（俩人打情骂俏感觉）

肖杰夫 回来就好，回来就好！

王一飞 说实在的，我答应回来啊，我真不是冲我爸，我是为了见我朝思暮想的“俩冰”！

夏　冰 怎么还有一个冰啊？

肖杰夫 那个冰是冰墩墩。别老故意气人家了！一飞啊，一会儿见到老爷子，一定先跟他好好认个错，不管怎么说，一走这么长时间不回家这也是咱们的不对啊，让你们父子团圆了，也算圆了我的心愿了，我也就能踏踏实实调走了。可千万别掉链子啊！

夏　冰 你说什么？圆了这心愿，你踏踏实实调走了？

肖杰夫 对啊！我去年没调走，不就是担心王大爷吗？这亲儿子都回来了，我就彻底踏实啦！

〔王大爷端着豆汁走过来。

王大爷 夏冰，大爷真劝你尝尝这豆汁，益寿延年，给个亲儿子都不换！

肖杰夫 大爷，亲儿子回来啦！

〔王大爷看见王一飞。

王一飞 爸，我回来了！儿子知道错了。

王大爷 一，一飞？唉，你这，突然袭击啊……（看肖杰夫）

肖杰夫 儿子都认错了，您就给个台阶吧。

王大爷　咳，什么台不台阶的，你说这家里人拌两句嘴有什么仇呢？其实当年我们家但凡吵起来，那小子也就赢了一半。

夏　冰　您看，您也赢了一半啊。

王大爷　没有，那一半是你大妈赢的。

肖杰夫　合着您就没赢过。

王大爷　儿子，你可算想起爸爸了！

王一飞　其实也没想起您来，不是，我不是那个意思，我是没好意思回来见您，要不是街巷长一直给我勇气，我是真没脸回来！爸，我以后一定好好孝敬您！（和父亲拥抱）

肖杰夫　我这最大的一个心愿，算是提前两个小时五十分钟完成了！

〔王一飞边喊，刚要跪下，夏冰一把扶住王一飞。

夏　冰　你等会儿！

王一飞　干吗啊？

〔夏冰拉着王大爷朝旁边走去。

夏　冰　爸，我和你说点儿事。

王一飞　冰！叫早了！得我们爷儿俩先解决了，不到你那一步呢！

夏　冰　哎呀，我都乱了！王大爷，这儿子现在可不能认啊！小姐夫说了，他的心愿就是帮你们父子团聚，实现了这个心愿他就可以安心调街道了！

王大爷　可是这是我亲儿子……

夏　冰　那还是我亲男朋友呢！您不是想留住小姐夫嘛，咱俩大义灭亲！一飞那边我来稳住他，只要您和他继续别扭个一年半载的，咱们街巷长肯定走不了啦！

王大爷　有道理。那咱们就大—义—灭—亲！（两人合）

〔王一飞凑上前。

王一飞　爸！

王大爷　（抬起一脚踹飞王一飞）走你！

〔王一飞翻跟头。

肖杰夫　王大爷，这是您亲儿子吗？王大爷，这是您亲儿子啊！

王大爷　（装耳背）什么？大点声，耳朵背，听不清！

肖杰夫 我说啊，这是您的亲人啊！

王大爷 你要让我上新闻？不用，十四岁，我十四岁就上过《北京晚报》了！那报纸现在还在我桌子玻璃板底下压着呢，你看看，《勇救落水儿童》！我！

肖杰夫 大爷您这么英勇呐？

王一飞 他是那被救儿童。（对王大爷）爸，您要认了我，我保证以后不惹您生气！

王大爷 什么？淘气？我知道你从小就淘气！（对肖杰夫）街巷长，你不知道吧？他小时候啊，我在胡同遛狗，坐树底下冲个盹儿，他把我的布鞋换成了轮滑鞋。好家伙我这醒过来一站起来，狗拽着我就飞出去了！一直快到了景山它停下撒尿，（那不也停下来了？）差点儿把我甩故宫去！（那还省门票了！）就这儿子？不认！

肖杰夫 王大爷，我知道您耳朵没毛病，您这么多年想儿子，这不回来了吗？这不就是您的心愿吗？

王大爷 谁跟你说这是我心愿啊？我的心愿是……哎哟，你怎么不明白……

王一飞 我跟他说！爸，您认了我，我就和夏冰结婚，不出一年您就抱孙子！

肖杰夫 对啊，您抱，大孙子！

王大爷 大孙子？就是……我盼着那个哎呀……

肖杰夫 对，您的大孙子！

〔王大爷鼓了半天劲。

王大爷 我，我，大孙，我，不认，不认就不认！！谁给我当孙子我也不认！

王一飞 无情哈拉少！我走！

肖杰夫 哎哎！别走啊！

〔王一飞走，肖杰夫去拉。

夏　冰 算了算了！都怪我行吧！我告诉你怎么回事！

王大爷 还是我说吧。儿子，爸爸能不想你吗？爸爸不是不想认你！爸爸是不能认你啊！……我一认了你，小姐夫就调走了，我舍不得啊，这可是我的救命恩人啊！

王一飞　爸，您得什么绝症了？

王大爷　谁得绝症了，谁得绝症了？小姐夫照顾着我好着呢！

肖杰夫　王大爷，您可千万别再逢人就说我是救命恩人了，我哪做那么大的事了！一飞，不瞒你说，我来胡同工作之前，还真特意去学了救老人们一命的急救方法，什么按压除颤海姆里斯，电击复苏人工呼吸，我天天揣着安宫牛黄、硝酸甘油，不知道的还以为我心脏不行呢。我就时刻准备着啊，可是我来了才发现我这根本都用不上，咱们胡同老人们都硬朗着呢，你看看你爸这身子板，比我都结实！

王大爷　那是，飞故宫里我都没摔坏呢。儿子，小姐夫救的是我的心病啊！这比身体有病还难受啊。

〔王大爷拿出自己登上《北京晚报》的大照片。

王一飞　这不就是您作为落水儿童被人家勇救的那张照片吗？我明白了！小姐夫，原来你就是我爸五十年前的救命恩人啊！

王大爷　我不认这儿子就对了！小子，我告诉你！这是我和你妈的第一张合影啊！

王一飞　啊？！

肖杰夫　一飞，这事你都不知道吧？这几年里，你妈走了，你也不在他身边，你爸每天总摸索家里的老物件，看老照片。

夏　冰　那天我帮大爷收拾你妈妈年轻时的照片，我无意中突然发现你母亲和勇救落水儿童照片里面岸上这个小姑娘特别像！

王大爷　你看，岸上指着我笑的，就是你妈啊！

王一飞　我看看，哎哟，还真是！

王大爷　你说小姐夫人家多细心啊，帮咱家发现了这么大的缘分！谁想到这就是我和你妈第一张合影啊！

王一飞　那没错了，咱们爷儿俩都喜欢找爱笑话自己的姑娘。

王大爷　我就天天拿着看啊，结果有一回我把茶水洒报纸上，我着急这么一擦，报纸……碎了。我这心……也碎了啊！后来多亏小姐夫救了我一命啊！

王一飞 您干什么了？

肖杰夫 我，我真没干什么，我就是简单地找报社又要了一份这报纸和照片。

夏　冰 简单？！你可不知道有多麻烦！找人，联系，在好几个仓库里找遍四十年前的胶卷，几千张小胶卷对着灯一张一张看！溜溜儿找了快一个月，不仅找到了原版照片，又跑了好多个地方，从报社存档里，找到了当年的那份报纸，帮着老爷子放大复印塑封，这是多大的工程！

王大爷 报纸没了的这一个多月啊，我心里就跟丢了魂似的，吃不好睡不着，直到小姐夫把新报纸送到我手上，我才睡个安稳觉啊。你说这不就是我的救命恩人嘛！

肖杰夫 哎呦，不至于啊王大爷，我这不就出出力气嘛。

王大爷 你出的是力气，可是大爷我，还有我们所有胡同居民，看见的是你的心啊。你心里，装着我们啊！儿子，你代表咱们家给小姐夫磕一个！

王一飞 街巷长，小姐夫！我给您跪一个！

〔王一飞要跪，肖杰夫扶起转向王大爷。

肖杰夫 不行不行！你怎么能跪我呢，你还得跪你爸爸！

〔王大爷扶着王一飞又转向肖杰夫。

王大爷 跪街巷长！他就是我重生的父母，再造的爹娘。

肖杰夫 不能这么论，不能这么论！！

〔众人又开始互相推搡，最后把王一飞推跪到夏冰面前。

夏　冰 你这……

王大爷 跪夏冰也行，就算求婚了！

夏　冰 求婚没有双膝下跪啊，再说谁空着手求婚啊！

王一飞 其实我早有准备。（唱歌）

〔王一飞掏出戒指，给夏冰戴上。王大爷撒花。

〔肖杰夫扶起王一飞。

肖杰夫 太好了太好了，给您道喜啊王大爷，份子钱明天早晨就给您补上。不过我是真没想到啊，王大爷您的心愿是留下我。说起来惭愧，一晃儿都来咱这胡同两年了，我也没为大伙儿做什么。

夏 冰 啊？还没做什么呢？

王大爷 我那饭馆就是你在网上帮我宣传的。

夏 冰 我那婚纱店不也全是您帮我办的吗？

王一飞 我从西藏回来也是因为你啊。

三人合 小姐夫，你给我们作的贡献，可大了去了！（音乐起）

〔起唱。北京风味歌曲。

肖杰夫 （唱）***我打小在北京二环里长大，上下学骑着车从景山到故宫，喝着豆汁吃着卤煮听着收音机的相声我乐哈哈。长大后啊，我做了东城社工，***

在这胡同里感受，那还真叫个不同！

帮个忙，救个急，街坊邻里胜似一家人。这种温暖，其乐无穷！

众 人 （齐唱）

北京 他还是那个 老北京

千年古都 见证 中华的文明

跟随你 足迹 歌唱一曲倾耳听

钟灵毓秀 沧海桑田 我最爱的古城

北京 她已经变成 新的北京

社工帮扶 温暖 每一个家庭

新时代 迎来 东方文明的觉醒

吐故纳新 开放怀抱 民族的复兴

〔众人暂停动作，肖杰夫走到台中央，起追光。

肖杰夫 我就是春风胡同的街巷长肖杰夫，他们都叫我小姐夫。新年里，有什么心愿的话……（回头看众人）您看见了吗？这就是我的心愿。

〔众人叫肖杰夫一起搞怪合影。

〔剧终。

【小品】

我同意

* 于 凯 司春燕

〔幕启，张爱国在打电话。

张爱国 李同志！我不是不同意，条件我也看了……我就是没想到这么快。……不不不！绝对不是钱的问题！是我这还有些事情没了结，等有功夫我当面跟你细说吧。你放心，这事咱保证给它办得利利落落的。（女儿手里拿着药走过来，老爷子看见闺女）哟！今儿不行，我这有重要事情。改天啊！改天！（挂断电话）

张欣欣 爸，该吃药了。

张爱国 好好好。

张欣欣 您这是跟谁聊呢？

张爱国 没跟谁啊。

张欣欣 瞧您，什么事儿神神秘秘的？

张爱国 你这丫头，这几天把我盯得这么紧干什么啊？

张欣欣 您说呢？高血压的药总是不按时吃，前些日子不是我回来得及时，差点儿就出大事了！

张爱国 丫头啊！我这回知道了，药一定每天吃。

张欣欣　要我说您就赶紧搬过去跟我一起住吧，去年刚买的时候就叫您搬过去，我也好照顾您，您就是不同意，老顽固。

张爱国　我不老，我这是给你们年轻人一点儿自己的空间。

张欣欣　我那空间挺大的。

张爱国　拉倒吧。我说张欣欣同志，你不能强迫一个退休的人享受自由吧！

张欣欣　爸……我是真不放心您，您搬我那儿去。我伺候您！

张爱国　再等等！等等！

张欣欣　您还等什么呢！您看我买的那地方，我舅家离着两站地，赵叔隔着一条街。那周伯伯跟咱们就在一个小区。这老哥儿仨轮着班地劝您，您就是不同意，这楼上楼下电灯电话的不好嘛！

张爱国　我就说他们仨斗地主就完了，非拉着我打升级……

张欣欣　爸！

张爱国　再说，这每个月初五我还得给刘先生理发呢。

张欣欣　爸，我赵叔说我们那儿理发店太贵了，也盼着您过去给他们理发呢！再说，您不是说申请公房腾退了吗？您什么时候搬呢？

张爱国　唉！你赶紧的找个婆家，我就同意搬。

张欣欣　嗐！这怎么又扯到我了？

张爱国　你妈临走时我答应她了，得看着你从这儿嫁出去。

张欣欣　爸……

张爱国　你说我是顽固也好，执念也罢。反正我就这么一个要求，了了你妈这心愿。正好，你周大妈给介绍了一个，姓李，人挺不错的，一米八多的高个儿，说是自己还开了个公司呢。今儿下午就来咱家。

张欣欣　啊？您怎么给约家里来了！

张爱国　那我不得给你把把关呀。要不你找个理由又放人家鸽子，这都好几回了。

张欣欣　哎呀爸，我自己事儿心里有数！

张爱国　我知道，你还惦记你那个大学同学。可这都五六年了，你也该放下了。（张欣欣惊讶地看着张爱国）你很惊讶我怎么知道这些是吧？你那会儿情绪那么低落，你以为我看不出来？丫头，你把大部分精力都放在工作上，工作很出色，但是，收获一份美好的爱情和婚姻也是很重要的。

张欣欣　就像……您跟我妈……

张爱国　来！爸给你收拾收拾刘海儿。

〔张欣欣搬凳子过来坐下。

张爱国　这女孩子，不管什么时候都得利利落落的。

张欣欣　准又是想我妈了。

〔定点光起。

尹蓉蓉　老张呀，我这头发就按你想的那么弄。

张爱国　你放心，我保证给你弄得利利落落的。

尹蓉蓉　也不知咱家欣欣以后能不能遇到一个像你一样的，把我照顾得这么好。

张爱国　她呀，有她的幸福。

尹蓉蓉　可惜我看不到了。

张欣欣　您说妈妈能看到吗？

张爱国　能。闭上眼睛，用心感受，不曾有谁真正的离开过你。她会知道的。

尹蓉蓉　真希望我能看看我未来的姑爷长什么样，只能你替我看了。

张爱国　放心吧，咱闺女错不了。

尹蓉蓉　我不求孩子能出人头地，只要她将来健健康康、快快乐乐的。

张爱国　你放心，我一定让你看着她从这儿嫁出去。这事儿我保证给你办得利利落落的。

尹蓉蓉　好。

〔定点收。

张欣欣　爸……

老　张　好啦，收拾完了！

张欣欣　爸，您放心，我一定会像您和妈一样。找到那个唯一契合的灵魂！

老　张　我明白……就是……别太久……这也是你妈的心愿啊！

张欣欣　哎呀！我知道了。爸！我饿了！

老　张　饿啦？我给你做饭去！

张欣欣　张爱国同志，坐下。今天闺女伺候您！我去做。

老　张　嘿！那敢情好！

〔欣欣下。

李载德　张大叔在家吗？

老　张　谁呀？

李载德　大叔您好！

老　张　李同志，我不是说了，咱们改天再聊嘛！

李载德　大叔呀，不好意思，是有点打搅。我也正好顺路，我就把您这申请表带过来了。您看一下，回头等您不忙了，我来跟您对一下。

老　张　哎呦，你这工作还真够认真负责的。

李载德　看您说的，这不是我应该做的嘛！再说了，这都给您准备好了，就等您拍板儿了！

老　张　那你坐着喝口水！

李载德　不了，您不是还忙呢嘛！我就不打搅了。

老　张　那别呀！这来都来了，不喝口水就走，你这是打我脸呢！咱没这个礼儿。

李载德　呃……也行，那我就顺便跟您说说这个申请表。

老　张　也行。

李载德　您看，关于您自愿腾退的直管公房，不仅可以领取货币补偿，还可申请区政府提供的共有产权房和公租房，您把您的实际困难和需求提出来，我可以帮您走流程。

老　张　李同志，我知道文物腾退对于我们老北京的建设是特别好的一件事，只是还有点心愿未了。这样，你先喝口水，我也琢磨琢磨。

李载德　好，呦！您这茶，味儿真好。

老　张　我就得意这口儿茉莉花茶。北京人干吗爱喝这茉莉花茶呀？老年间这北京的水苦，拿这茉莉花茶味遮这苦水的味儿呢！

李载德　哦！原来如此！

老　张　这就是咱老北京的味儿，过去北京也有甜水，可当时的那老百姓可喝不起。得从玉泉山往城里拉。走的是西直门。要不这西直门城门楼子上怎么刻着一个水波纹呢……

〔欣欣上来。

欣　欣　（闷帘）准备吃饭吧。你……

李载德　你？

〔两人同时：

李载德　张欣欣！

欣　欣　李载德！

李载德、张欣欣　你怎么在这儿？

老　张　怎么？你们俩认识？

欣　欣　爸！他是我大学同学！

老　张　啊？

欣　欣　就是……刚才您说的……

老　张　那个同学啊……啊！你们聊，我端菜去！

〔老张下，隐在门帘后面听着。

张欣欣　我爸说的小李……原来是你啊。

李载德　怎么，之前张叔跟你提起过我？

张欣欣　哦，没有。

李载德　哦。（两人沉默片刻）你，这些年过得怎么样？

张欣欣　还好吧，工作上倒还顺利，在建筑设计院上班，现在已经是设计总监了。你呢？你毕业后不是回老家了吗？什么时候回来的？

李载德　我在老家待了两年就回来了。

张欣欣　那阿姨现在……还好吗？

李载德　已经过世了。

张欣欣　哦，对不起。那你现在干什么工作？

李载德　我现在文物保护研究所工作，这不是找大叔……

张欣欣　你不是自己开了个公司吗？

李载德　没有，现在还没有那个实力。

张欣欣　（如有所思，小声地）哦，一定又是我爸瞎吹乎。

李载德　你说什么？

张欣欣　哦，没什么。

李载德　欣欣，你结婚了吗？

张欣欣　结婚？当然没有！要不然我还能坐在这儿跟你聊吗？

李载德　哦？哦。

张欣欣　你既然回来了，当时为什么不联系我……们啊。

李载德　我也打听过你……哦！我也联系过几个同学，不过那会儿刚回来，混得也不好，也不好意思见你……们。

张欣欣　没想到我们还能见面。

李载德　欣欣，对不起。

张欣欣　我能理解。

李载德　哦……我今天的事，张叔跟你说了吧？

张欣欣　嗯，说了。

李载德　我之前来过一次，跟张叔沟通但是他没有表态，可能是他还有顾虑吧。

张欣欣　他当然有顾虑了，得我亲自点头才行啊。

李载德　这事，你说了算？

张欣欣　废话，我自己的事情当然我说了算。

李载德　老同学，既然是你说了算，那你倒是同意不同意啊？

〔老张挑门帘进来。

老　张　她同意！

欣　欣　爸！您……我同意什么啊？

老　张　（问李载德）你同意吗？

李载德　我？我同意

老　张　既然你们……都同意！那我也得利利落落的同意。哈哈！

〔剧终。

【音乐剧小品】

炸酱面

* 刘子含　王革平　冀瑞泽

剧本指导：王革平

时　　间：下午1点

地　　点：永定面馆

人　　物：

老　徐——面馆老掌柜，57岁

燕　子——老徐闺女，留学归来，26岁

跑堂蔡——服务员，大大咧咧，28岁

琉璃赵——祖上京西烧琉璃瓦的，56岁

巧娘王——小王，京西巧娘，京绣手艺传承人，27岁

司机秦——出租车司机，53岁

假牙张——邻居张大爷，记性不好，70多岁

〔起光，除燕子、老徐外，演员全部上场群舞。

老　徐　炸酱面出锅喽！

群　（除燕子外）***万般美食皆尝遍，炸酱锅挑吃不厌。黄酱甜酱配肉丁，***

小碗干炸把油炼。萝卜青豆黄豆芽，黄瓜就蒜透着艳。都说人众口难调，独爱这份儿炸酱面。

跑堂蔡　来了您呢！

司机秦　（找假牙张坐对桌儿）诶，小蔡！

跑堂蔡　二号套餐，得嘞！

老　徐　这是打哪儿回来啊？

司机秦　刚从机场回来。

老　徐　诶呦，热水，刚烧得的。

司机秦　得嘞谢谢您。

琉璃赵　今儿活儿挺顺啊！

司机秦　还行吧！待会儿啊还有趟南站呢。

琉璃赵　得嘞。

巧娘王　徐叔，燕子什么时候回来呀？

假牙张　（打断）燕子要回来啦！

司机秦　可不，昨儿说燕子回来啊，属您最开心啦！

〔琉璃赵同巧娘王坐对桌。

琉璃赵　又糊涂了！老徐，给你看点儿好玩意儿，这是我新烧的琉璃摆件儿，回头交给燕子！

老　徐　又让您费心啦！

琉璃赵　没事儿！

假牙张　（寻找）燕子在哪儿呢？

老　徐　还没到呢！您把这小风车拿好了，等她回来啊，您亲手交给她！

假牙张　好。

老　徐　坐着坐着。

巧娘王　徐叔，我给您和燕子绣的那个《花开富贵》，您怎么还不挂上啊？

老　徐　这不就等你来，帮着看看挂哪儿合适吗！小蔡，来来来！

跑堂蔡　来了！

〔跑堂蔡从后拿出《花开富贵图》。

司机秦　小王，你什么时候也给我也绣一幅啊？

巧娘王　没问题！

跑堂蔡　我还等着呢。

老　徐　你行了吧你。看看，这儿行吗？

巧娘王　可以！

老　徐　那就挂了啊！来，三、二、一，诶呦！（挂画框，腰痛扶腰）

〔燕子提行李箱上场。

燕　子　*又回到了熟悉的家乡，我从小长大的地方，多少次梦里想念爸爸那碗炸酱面*。我在国外学的是餐饮管理，现在总算能学以致用把我们家小店*旧貌换新颜*。

〔燕子拉着行李箱进店，和大家打招呼，环顾面馆，皱起了眉头。

老　徐　没事儿没事儿，面条马上出锅！

燕　子　*电话里他满口答应，后厨请师傅轮班休，店里杂活儿不用上手*。可我回来一看，*老爷子依旧忙前忙后，四脖子汗流，弯着老腰疼得凉气儿抽*。

燕　子　爸，您再这么干，我不同意！

群　（除老徐、燕子外）*闺女留学多年渡重洋，知识学成今天回家乡。老徐高兴得前后忙，爷儿俩本应该互诉衷肠*。

假牙张　他俩为的是这碗炸酱面！

群　啊？

假牙张　*先给我来碗儿面汤*。

群　嗨！

跑堂蔡　得嘞，张大爷，您今儿这面汤要得早啊。

假牙张　这不是上火嘛。

跑堂蔡　我给您来碗热乎的去。

燕　子　老几位呀也甭跟着上火，我跟我爸掰扯的事儿无非就三样。

老　徐　我说一句你等十句，这三样乘以十，那就是三十样。

群　（除燕子、老徐）*头一样*。

燕　子　*给爸爸出主意在面馆搞改良，学西式套餐多点儿花样，别光卖一种炸酱面，多招点儿厨师跑堂给您帮帮忙*。

跑堂蔡　我同意！还是妹妹心疼我。

巧娘王　人家那是心疼我徐叔儿！

群　（除燕子、老徐）***第二样。***

燕　子　***老手艺如今已经跟不上趟，标准化生产面馆才能兴旺。用机器压面，按配方调酱，不用老爷子亲自上手，咱的炸酱面依旧美名扬！***

琉璃赵　不亲自上手，这味儿可就变了！

燕　子　谁说的啊！

司机秦　赵师傅，这炸酱面又不是您那琉璃瓦，一家有一家的做法儿。

燕　子　对喽！

琉璃赵　那总得有点儿窍门儿吧？

燕　子　***您说的就是我这第三样，用国外的知识替爸爸，分忧开面馆，得告诉我咱家炸酱卖得好，是不是有什么秘方？***

老　徐　（哼唱）哈哈哈哈，***我正在城楼观山景，耳听得城外乱纷纷……***

燕　子　您各位瞅瞅，我一说这事儿，我爸就给我唱《空城计》。

琉璃赵　我说老徐，咱这点儿老手艺不就是传给下一辈儿的吗？

琉璃赵　你看我的徒弟都收了十好几个了，都倍儿棒！

巧娘王　徐叔儿，您看我这京绣的手艺，那不也是跟我奶奶学的吗？

司机秦　徐大哥，您要真有什么秘方啊，就告诉咱闺女呗。

燕　子　就告诉我呀。

老　徐　您诸位不知道，不是我不教……

假牙张　是这炸酱面呐，根本就没有秘方！

〔众人皆吃惊看着假牙张。

众　人：啊？

假牙张　但似乎又有那么点儿秘方。

众　人：嗨！

老　徐　是这意思，所以说啊，这个得让她自己悟。

跑堂蔡　（戏谑）那到时候是我妹妹先悟出来，还是我张大爷先悟出来呀？

燕　子　爸，悟不悟秘方儿不着急，可这前两样儿您怎么就是不同意呢？

老　徐　要我说啊，这种改良它易如反掌，光炸酱面我就想出来十多样！

跑堂蔡　这个不用师傅说，我脑子里面都记得。（跑堂蔡上两种套餐，燕

子看过紧皱眉头）

燕　子　***先看大碗二号餐，面条多得撑死人，大热水壶晃荡荡，磕了碰了隐患多。再看小碗三号餐，清汤寡水面泡烂。要不是老主顾来捧场，这面馆儿迟早要玩儿完！***

跑堂蔡　妹妹，不能这么说。

燕　子　蔡哥，你又不是不知道，我爸的身体已经不如从前了，现在什么事都亲力亲为，回头咱口味儿变差不说，就这招牌都得砸喽。咱得多帮着想想，多创新多改良，要我说啊，就得先从这炸酱上面做文章。

跑堂蔡　炸酱？

老　徐　***面条好吃先在酱，肥肉瘦肉三七分，细细切成色子块儿，素油加葱煸炒香。黄酱需用黄酒懈，小火慢炸急不得。这些窍门儿都教过她，还能做出什么文章？***

燕　子　***不能还是老几样儿，要说创新得敢想。首先来个英伦范儿，炸鱼薯条塔塔酱。日式和风少不了，寿司生鱼芥末酱。德国啤酒就面条，肘子酸菜大香肠！法式风情味道浓，鹅肝红酒净飘香！***

假牙张　你说的这些个啊，我都想尝尝！

燕　子　是吧！

老　徐　就她说的这些您要一气儿全尝了，回家就得闹肚子。

假牙张　嘿我说你！

司机秦　张大爷！面坨了！

跑堂蔡　妹妹你接着说。

燕　子　当然这些是有些夸张，但当务之急是做到，***酱料菜码一袋装，批量生产有数量。面条不用手和，机器压制都一样。老爸调味我管理，晚年生活清闲享。没人挑出大毛病，美味全都能模仿！***

老　徐　（严肃）去忙你的去！

跑堂蔡　哦。

老　徐　合着你说了半天的创新，是这个意思。

燕　子　对啊！这就是我的秘方儿。批量生产，不用您亲自上手，咱这面馆啊照样开。

老　徐　可我的创新不一样！***老秦路上要开车，酱里不能把黄酒搁。老张牙口不太好，煮面就得多开锅。老赵烧窑爱出汗，他的酱里多放盐。小王年少口味轻，放点白糖提提鲜。***这是我的“创新”法儿，这一人一味儿得多上心！诶呦！

燕　子　怎么了爸？

老　徐　腰椎间盘又突出了，没事儿，没事儿。

燕　子　您快坐！这就是您说的创新呐，按照老法子做炸酱，您都给自己添多少负担了！这几年去看病的次数越来越多，蔡哥可都跟我说了。

〔老徐瞪跑堂蔡，跑堂蔡往燕子身后躲。

跑堂蔡　那您身体不好，我可不得跟她说呀？我是您徒弟，她是您亲闺女。

老　徐　我不是都说了嘛，我没事儿，只要老主顾们吃着高兴，比什么都重要。

燕　子　比您的身体还重要吗？

老　徐　比我的命都重要！

燕　子　可您就这么累着自己，我倒要看看，这比命还重要的面馆，到底还能再干几年！？

〔老徐愤起，站起下场。

跑堂蔡　师傅！师傅您慢点儿！

〔众人轮番上前劝解，灯打前场。

巧娘王　燕子，这老人们的想法，咱们也得想清楚，这老手艺也不是没有新出路。前两天我和奶奶去服贸会，那京绣的订单都多得让我忍不住惊呼。你不如帮我徐叔一起照顾这些老主顾，脚踏实地才是最好的师傅。

司机秦　好闺女，馆子没你的时候就在矿上开。这是你爸爸一辈子的心血，没办法轻易叫他放下来。

琉璃赵　丫头，我家的老砖窑关了火，文创产品却开了新篇，原本高不可攀的皇家御用，现在却走入了万户千家。论起你说的创新，我们这些老人可一点儿都不含糊。

跑堂蔡 师傅他这个人呐就是个热心肠，凡是常来的老主顾，他挨个儿都给编了号儿，谁吃都能顺口舒服！

司机秦 这二号套餐我吃得多，大壶的热水是为泡茶喝。大碗的面条分量足，我吃完开车不容易饿。

假牙张 三号套餐是我的，这面条软和好下嘴，连吃带唆一扒拉，还是小徐最懂我。

群 （除燕子）对，我们的口味他都记得！

燕　子 原来爸爸考虑了这么多……***口口声声要改良，一碗碗炸酱面条，勾起多少往事触动心房。爸爸的快乐全在这里，我回国不就是为了全家团圆让他把福享？***

司机秦 对喽，我们都是为了吃这口面，跟着他从矿上搬到这永定河边儿的。

假牙张 别人我管不着，反正啊我是离不开这一口儿！两块钱一大碗，还不要粮票儿！

司机秦 对，还不要粮票！（招呼跑堂蔡）

跑堂蔡 张大爷您这面汤凉了，我给您来碗热乎的去。

假牙张 好。

燕　子 蔡哥，咱们家这面怎么两块钱一碗？

跑堂蔡 就是对张大爷，他呀，糊涂。

（假牙张拿起风车摇晃）

燕　子 张大爷，你坐呀……

假牙张 你看见燕子了吗？你要看见燕子，帮我把这个小风车给她。

燕　子 我就是燕子呀。

假牙张 你……（摇摇头微笑）你不是，燕子这孩子最懂事，那打小就听她爸爸的话，从来也不惹她爸爸生气。这孩子就喜欢吃她爸爸做的炸酱面，你不喜欢，你肯定不是，不是啊……

〔光打燕子拿起风车，缓缓向台前走，摘下风车轻轻摇晃，后场灯暗。

画外音 （小女孩）青豆嘴儿、香椿芽儿，焯把韭菜切成段儿；芹菜末儿、莴笋片儿，狗牙蒜要掰两瓣儿……爸爸！我饿了！我想吃炸酱面！

老　徐　好嘞！给我闺女做一大碗炸酱面！

〔燕子转身向厨房走，正遇上老徐端着一碗炸酱面上。

燕　子　爸……

老　徐　诶，来，吃面。

燕　子　（吃面）真香，是小时候的味道。爸……

老　徐　这是咱们店里的一号套餐，多搁醋，多放青豆不放芹菜末儿，按照你的口味，没错吧？

燕　子　爸，咱家面好吃的秘方，我好像悟出来了。

假牙张　我呀，早就悟出来了！

跑堂蔡　得，还是没抢过我张大爷吧。

燕　子　***炸酱面馆做套餐，不该变的是情怀。***

老　徐　***老手艺适应新环境，要继承创新步迈开。***

琉璃赵　***琉璃窑改电力烧，生态涵养护未来。***

巧娘王　***京绣脱贫手艺精湛，放飞梦想扎根时代。***

司机秦　***开出租我安全驾驶来服务。***

跑堂蔡　***做跑堂我细心照顾笑脸相迎。***

假牙张　***我这三号套餐可是真不赖。***

群　（除老徐）***因为有这老面馆，我们大家才能聚起来！***

老　徐　***万般美食皆尝遍，炸酱锅挑吃不厌。莫说人众口难调，以人为本记心间！***

群　***莫说人众口难调，以人为本记心间！***

〔燕子解下老徐围裙，系在自己身上。

老　徐　诶？

燕　子　爸！您该减肥啦！

群　（除老徐）***万般美食皆尝遍，炸酱锅挑吃不厌。黄酱甜酱配肉丁，小碗干炸把油炼。萝卜青豆黄豆芽，黄瓜就蒜透着艳。都说人众口难调，独爱这碗儿炸酱面。***

老　徐　炸酱面……

群　出锅喽！

〔剧终。

【小品】
苹果熟了

* 马海晶

时间：当代

地点：家中客厅

人物：

妈妈　70 岁

女儿　40 岁

虎子　男，30 岁

〔幕启

〔家中妈妈对着手机陶醉地唱着《山丹丹开花红艳艳》。

〔屋内堆了若干箱苹果。

〔女儿匆匆走上，急急忙忙开门，进屋，站在妈妈身旁气呼呼地看……

女儿　妈!

妈妈　（吓得大口喘气）哎呀……吓死我了……

女儿　您吓死我了！打电话也不接，发信息也不回，您还玩儿手机呐？您外孙子都丢了！

妈妈　啊？你说什么？

女儿　说好的您去接孩子！您看看现在几点了？

妈妈　哎哟，我怎么给忘了……（欲急着出门）

女儿　回来回来……他爸去接了。妈，您玩儿手机都魔怔了。

〔微信的信息提示音响起。

妈妈　哟哟哟，我的我的，快给我，有信息。

〔妈妈从女儿手里抢过手机。迫不及待地打开。

女儿　这怎么茬儿啊？怎么这么多苹果啊？

妈妈　（回复语音）明天我在家，您来拿苹果吧。别忘了给我转账。

〔女儿惊讶又有些生气地看着妈妈。

〔妈妈拿出小本儿、计算器，坐到沙发上写写算算。

女儿　妈，您——不会在微信里卖苹果呢吧？

妈妈　啊！（有点自豪）我就给人帮个忙。

女儿　帮个忙？跟打了鸡血似的！外孙子也不接——这回又要受骗了！

妈妈　我什么时候受过骗？

女儿　呦呵？还不承认！您被骗的还少啊！那保健品，买一大堆，柜子里、床底下都塞满了，说是降血压、降血糖，结果您越吃越高！被骗了吧？

妈妈　不不不……不就那一回嘛。

女儿　一回？您好几千块钱买的不粘锅，头一回用，满屋子都是烟。您买也就得了，还拉着楼上楼下的叔叔阿姨们跟着一块儿买。咱楼道里到处冒烟，差点儿消防队就来了。是不是又被骗了！

妈妈　那就是脑子一时发热。

女儿　一时发热？说吧，这回您倒腾苹果花了多少钱？

妈妈　不要钱。

女儿　不要钱？您不记得买按摩仪那回吧？（妈躲，女儿追着问）说是不要钱，非得拉着您去听课，您还要拉着我去，差点咱就搞传销了——是不是又被骗了？

妈妈　那是一时冲动！

女儿　这回又冲动了！——妈，凡是不要钱的，全是大骗子！

妈妈　不能够。这回我是给延安帮忙呢。

女儿　给哪儿？

妈妈　延安！

女儿　您怎么不给井冈山帮忙？还有西柏坡呢。

妈妈　延安是我当知青插队的地方啊。

女儿　我就知道——一提延安，您就激动。他肯定说是您插队的地方种的苹果对不对？

妈妈　对！

女儿　妈呀，这拉关系、套近乎、戳泪点，全是大骗子！

妈妈　闺女，这回真不是。我们有个知青群，大家都在卖苹果。

女儿　“永恒的青春岁月”？

妈妈　你看我手机了？

女儿　不用看，您天天念叨啊。我知道：知青的岁月是您们50后生命的一部分。但是，您也不能……这回我就是豁了命也得拦着您，不然您又得被骗了。

妈妈　那这回要没被骗呢？

女儿　要是没被骗，我……我帮着您一块儿卖苹果。

妈妈　你说的？

女儿　还我说的。这么多苹果，那骗子肯定得来。到时候，人赃俱获，我送他进派出所。

妈妈　你整天疑神疑鬼的……

〔虎子搬着两箱苹果，气喘吁吁地上场。看看门牌号，按下门铃。

女儿　呦，够快的，保不齐就来了。

〔女儿开门。

虎子　（擦汗）请问这是张玉兰阿姨家吗？

〔妈妈也来到门口。

妈妈　没错。（看苹果箱子）哟，两箱——李家塬的苹果？

虎子　对。

妈妈　快递小哥，麻烦你给我搬屋里。

虎子　得，我成快递小哥了。

〔妈转身坐沙发上记账。

女儿　得嘞，辛苦你了，快递小哥。

虎子　大姐，我不是快递小哥，我是来给阿姨送苹果的。

女儿　专门给我妈送苹果的吗？

虎子　啊。

女儿　那这苹果多少钱啊？

虎子　不要钱。

女儿　不要钱？

虎子　送给阿姨，让阿姨自己吃的。

女儿　白送的？

虎子　这是我们的金牌苹果。是给阿姨的礼物。

女儿　哦……金牌苹果，白送我妈！好啊……那咱们上哪儿听课去啊？

虎子　听课？

女儿　啊。你得给我们讲讲这苹果怎么好啊。

〔妈在一旁记完账了。

妈妈　我给你说！

女儿　让他说。你说。

虎子　延安是世界最佳苹果优生区。纬度、温差、光照、降水等7项指标，全部符合联合国粮农组织优质苹果生长标准。

妈妈　没错！

虎子　阿姨，这大苹果比超市里普通苹果好多了。

妈妈　可不是嘛。闺女，这就是我当年知青插队，在李家塬种的苹果。

女儿　是吗？您不是说您插队的地方穷吗？只能种出土豆和小米吗？

虎子　那是50年前的老黄历了。现在的延安，新农村新面貌，村里家家户户种了苹果。今年苹果大丰收。

女儿　还有吗？

虎子　有什么？

女儿　延安苹果的广告词。

虎子　（正式地）电视里都说了，我们延安苹果果形端庄，色泽鲜艳，营养丰富，绿色安全，酸甜可口。

妈妈　特别好吃。

女儿　妈——（冲妈妈使眼色，又对虎子说）你继续。

虎子　说完了。

女儿　说完了是吧？小伙子辛苦你了。

〔假意和虎子握手，一下把虎子按住。

女儿　送苹果？你跟我去派出所吧。妈，他就不是快递员。

妈妈　你不是快递小哥？

虎子　不是。

女儿　看看，这么多苹果还不要钱，不是骗子是什么？

虎子　哎哟哟……大姐我真不是骗子！

妈妈　（把女儿拉开）你松手松手……

〔拉着虎子坐到沙发上。

妈妈　刚才因为说那锅……不是，是按摩仪……不是，哎呀，孩子，你给她说清楚，你不是骗子！

虎子　好，我说清楚。（很郑重地）大姐，我不是骗子。

虎子　（试探地）大姐……

女儿　（没好气的）谁是你大姐？

虎子　大妹子……

女儿　去去去……

妈妈　（急得跺脚）哎呦，傻孩子，等于没说！你得证明你不是骗子。

虎子　哦，对，证明。大姐，您听。

〔虎子拿出手机放了一段语音。

〔画外音　虎子，替我去看看张老师，把咱们在北京参加苹果大赛刚得金牌的苹果给张老师送去。没有张老师来到我们村，教村娃娃们念书，你大连算账都不会啊。

虎子　这是我爷爷说的。

女儿　这种语音随便找个人录一下就行。

妈妈　孩子，你爷爷是谁？

虎子　李家塬的老支书李学文。

妈妈　你爸爸是？

虎子　我爸爸是您的学生李喜顺。

妈妈　你是？

虎子　我是李喜顺的儿子——李金虎，替我爷、我大和乡亲们来看看您。

女儿　你怎么证明你是李学文的孙子，李喜顺的儿子？

虎子　大姐，这不是要证明我爷是我爷，我大是我大吗？

女儿　要是真的，不可能证明不了。

虎子　那……这么说吧，我还是娃娃的时候，就听我爷说：1969 年的 1 月，两万六千多名北京知青到我们延安插队。那场面……

女儿　编，往下编。

妈妈　编什么编啊，这是真事儿。

女儿　真事儿？网上都能查到！

虎子　这……那当时……张阿姨到我们村儿当知青，我爷爷带着全村儿父老乡亲，敲锣打鼓欢迎知青。

妈妈　还唱歌！

虎子　对，还唱歌！

妈妈　***千家万户哎呀哎嗨哟，把门开，哎呀哎嗨哟，滚滚的米酒捧给亲人喝，依儿呀儿来吧呦***。（边唱边舞）

〔虎子跟着一起舞。

女儿　（大喊一声）停——妈呀，您怎么还唱起来了。（指着虎子）你这个骗子，你是真能套近乎啊……走！去派出所！（想抓住虎子）

虎子　（虎子躲开）我……我就是来看看我大的老师，我该说的都说了，非说我是网上查的，还成骗子了！

妈妈　孩子，阿姨心明眼亮，知道你不是骗子。

虎子　（伤心地）行了阿姨，苹果送到了，我该走了。

〔虎子拔腿要走。

〔女儿抢步拉住虎子。

女儿　往哪走！想开溜，妈，打 110！

妈妈　（又急又气）打什么 110 啊……你打 120 吧！

女儿　行——妈。他要能说出个网上查不到的，您在延安的真事，他就不是骗子。

虎子 查不到的……哦对了，有一回学校没水了。您和我大拉着驴去驮水。半路上下起了雨，驴卧在泥里出不来，我大在前边拽，您在后边推。驴就是出不来，我大一着急给了那驴一鞭子，没想到那驴一蹶子尥到您腿上……

妈妈 疼得我，眼泪唰唰往下掉。

虎子 回到学校，您又是给娃娃们烧水，又是讲课，到了晚上，您才发现腿上被驴踢了个大紫包。

女儿 哟，被驴踢了个大紫包的事儿你也知道？

虎子 咋？

女儿 网上它……它编不出来。

妈妈 你一时冲动。

女儿 是是。

虎子 （对女儿）就是一时冲……

女儿 （看着虎子）啊动。

妈妈 闺女，世上还是好人多。当年我从北京刚到延安那会儿，吃的是小米，住的是破窑洞，身上长了好多虱子。多亏乡亲们照顾我，我带去的被子薄，大婶就把她家被子拆了，给我絮上。我们到延安的第一个春节，大年初一一大早，我一开门，门口放着一把红枣儿、一把花生、几个鸡蛋，还有一碗白面、一碗黄豆，乡亲们把自己都舍不得吃的东西给我们送来了。比起乡亲们对我的好，我为乡亲们做得太少了。我总想再为乡亲们做点儿事儿。

女儿 那您怎么卖开苹果了呢？

妈妈 最近，我们知青群——“永恒的青春岁月”，发布了延安苹果大丰收的消息，号召大家帮忙卖苹果。我一看，我得帮着卖啊。在延安的知青生活是我永恒的青春岁月，是我生命的一部分。

女儿 是您“永恒的青春岁月”，是您“生命的一部分”……

妈妈 对啊，你怎么就不相信我呢？好多北京知青都帮着延安卖苹果呢。不光知青，连知青的孩子都跟着卖苹果！

虎子 大姐，北京人是真好啊！

女儿 （尴尬地）好、好。

虎子 你不用不好意思。

女儿 我好意思。

虎子 啊？

女儿 不好意思。

虎子 真的，到处都有献爱心的！帮助我们乡村振兴！

妈妈 对，到处都有献爱心的——就她，非让你去派出所！

女儿 谁谁谁……让他……我我……我现在就帮您卖苹果。我也建个群，把我认识的知青二代都拉进来。其实我们一直关注着延安的发展。我们邀请全国各地的朋友一起帮着卖苹果！这个群就叫“苹果熟了”，好不好？

妈妈 太好了！我这就发朋友圈。

虎子 我拍照，看我这儿。

众 苹果熟了！

〔剧终。

【北京曲剧】
居委会里的“陌生人”

* 王崇烨　程　旭

时间：当代

地点：北京大兴某社区居委会

人物：

庞主任——精明历练，60 岁出头

李　雷——青春洋溢，26 岁

老　乔——善良耿直，50 岁出头

小　张——干练勤快，35 岁左右

小　刘——爽朗利落，30 岁左右

〔一声急促的电话铃声响起，居委会忙碌的工作景象。

〔音乐起，带轮子的办公桌来回移动变换。

妇　女　成堆的垃圾放我车位上，你们到底管不管？

小　刘　管管管。

老　乔　马上解决。

众　人　（唱）***一声需要您开口，***

（唱）***二话不说解您忧。***

青　年　我家都停水24小时了，我的水呢？

老乔、小张　马上给您送！

众　人　（唱）***三天之内把事办，***

（唱）***四邻街坊您莫愁。***

老　人　这老年食堂开得好啊，12345效率它就是高。

小张、小刘　（唱）***五个数字您记好，***

众　人　（唱）***12345，办事效率牛牛牛！***

〔老乔开始分配任务。

老　乔　小刘，你赶紧去送水。

小　刘　是！

老　乔　小张，你赶紧去把垃圾处理了。

小　张　好嘞！

〔小张小刘下。

老　乔　我？抓紧时间赶紧上个厕所。

〔老乔下。

〔庞主任上，吹哨 音乐起。

庞主任　（唱）***哨声一响八方应！***

有事有难您吱声。

〔电话响，庞主任赶忙去接电话。

庞主任　你好，这里隆兴家园居委会。我是庞主任。哦，街道小王啊。有什么指示？5号楼3单元602。哦，老赵啊，他是不是又缺药了？好好我马上去送。

〔众人上。

老　乔　庞主任，您怎么又来了？

庞主任　瞧你说的，我来上班啊！你是……（突然卡壳）

老　乔　老乔！

庞主任　对对对，老乔！来来来，我来说说咱们今天的工作安排。

众　人　是！（交头接耳）完了完了，又开始了。

老　乔　庞主任，还是——领养的事吧？

庞主任 对，领养雷雷的事。

（接唱）***孩子爸，一场车祸夺了命，***

孩子妈，生下孩子奔西东。

有心将他来认领，

续接人间母子情。

老　乔 主任，您手续齐全，今儿一定把孩子给您接回来。

庞主任 那就好！你们看——

（接唱）***我备下这奶糖、零食奥特曼，***

还有这变形金刚和弹弓！

对了，还有这个小哨子。我这是工作家庭都吹哨，孩子要是认生害怕了，吹声哨，我报到。（吹哨）

〔众人对着主任傻呵呵地笑。

庞主任 （不开心）都傻笑什么呢，赶紧去接人啊！

〔众人应和着，假装去接人，碰到了李雷。

老　乔 雷雷，你怎么来了？街道有任务啊？

李　雷 乔叔，我们家老太太在这儿吗？

老　乔 在这儿呐，（转身喊）庞主任，您看谁来了？

〔庞主人听到有人喊他，走了过来。

庞主任 谁啊？小伙子，你找谁？

小张、小刘 得，又忘了。

李　雷 没事儿。庞主任，是这样，刚刚街道转给你们社区一个12345的派单任务，可这边一直没解决，我来看看怎么回事儿。

庞主任 （生气）啊，是吗？这可是我们工作的失职啊。老乔，怎么回事儿？

老　乔 我检讨……

庞主任 光检讨有什么用？我们要做到真正的接诉即办。这个派单电话是谁接的？小张！

小　张 不是我……

庞主任 小刘！

小　刘 也不是我，我这刚忙完回来。

庞主任　老乔！

老　乔　更不是我。

众　人　（议论嘀咕）那是谁接的？

庞主任　（大家目光看向自己）你们看我干吗呀？又不是我。

李　雷　就是您，听我同事说了，就是您庞主任亲自接的。

庞主任　啊，是吗？我怎么不记得了。

李　雷　庞主任，您现在生病了，好些事儿经常想不起来，得在家好好地养身体。

庞主任　哎，谁说我生病了？我身体好着呢！（骄傲）咱们社区，住宅楼71栋，常住人口3365户，10872人，其中流动人口734人，孤寡老人20人，常年有病卧床需要人照顾的有8个……哟，老赵，他没药了，我得赶紧给他送去。

〔说着就往外走，众人赶紧拦住。

李　雷　（阻止）药我刚刚已经替您送过去了。

庞主任　送过去了，那就好。小伙子，谢谢你啊！

庞主任　对了，你找谁啊？

李　雷　我找您啊。

庞主任　找我？找我什么事儿啊？

李　雷　接您回家！

庞主任　（突然）对喽，我今儿还得接雷雷回家。

〔说着就往出走，众人再阻拦。

老　乔　主任！雷雷已经接回来了。

庞主任　（左右看）啊，是吗？在哪儿呢？

〔大家的手指向李雷，庞主任看到眼前的李雷。

庞主任　你是——

李　雷　我是雷雷，您领养的孩子！

〔庞主任上下打量。

庞主任　（愣，开始大笑）你可真逗！雷雷他那么小，才6岁，他呀是一个孤儿，我想给他一个家，一个温暖的家！不知道他会不会接受我，和我亲，喊我一声妈！

李　雷（唱）

小小哨儿挂胸前，

一挂就是二十年。

二十年，下雨有人撑雨伞，

二十年，深夜不怕已孤单。

二十年，委屈有人擦眼泪，

二十年，病了有人守床前。

年年有人来问暖，

岁岁是她来嘘寒。

小男孩长成男子汉，

二十年温情长系母子间。

今天要把妈妈您来唤，

无论前路有多远，我都将永永远远陪在您身边！

李　雷（轻轻地喊）妈！

〔轻轻地吹了声哨。

〔音乐起，庞主任转身。

庞主任　雷雷？

李　雷（再喊）妈！

〔庞主任，满眼泪水，轻轻答应。

庞主任　哎！

李　雷（连忙）妈！

庞主任（连忙）哎！

李　雷（大声）妈！

庞主任（大声）哎！

〔母子二人紧紧相拥。

老　乔　庞主任……

庞主任　老乔，我想起来了，刚才是我接的12345的派单任务，说什么说什么，我怎么又想不起来呢？（着急，拍打着自己脑袋）

李　雷（制止）妈，别着急，都已经解决了。

庞主任　是吗？没耽误事儿吧？

众　人　没有。

庞主任　（长舒一口气）那就好，你们工作都这么忙，我还净来这儿添乱。（反应）那我退休了？

众　人　退休了！

庞主任　退休好几天了？

众　人　退休好几年了！

庞主任　（愧疚）哎，我真是越来越糊涂了。我还以为我自己……其实我也怕，我就怕到最后啊，你们站在我面前，我都不知道你们是谁。

庞主任　（唱）***如果有一天，我记不住你的脸，***

如果有一天，我认不出你的颜。

如果有一天，我喊不出你的名，

如果有一天，记忆清零全忘完。

那时候，我的灵魂已走远，

仅剩下躯壳您别烦。

趁清醒我再好好地看一眼——

再坐一下办公椅，

再看一眼工作间。

再叫一声老同事，

再说一句明天见。

再把这里看一看，

再把你们永远记在我心间。

从此后如果哨儿一声响，

就是我想念大家的某一天。

〔大家潸然泪下。

庞主任　老乔，来！

〔庞主任摘下哨子挂到老乔胸前。

庞主任　以后有事儿就吹声哨，哨声一响，（乔、庞二人）响应八方。

庞主任　我下班啦，儿子，咱回家。

李　雷　（牵起庞的手）回家！

〔庞转身离去时，一声哨响响彻舞台。

老　乔　老主任，这居委会永远是您的家，有事儿您就吹声哨！

众　人　我们来报到。

庞主任　好！

（唱）***一声需要您开口，***

二话不说解您忧。

三天之内把事办，

四邻街坊您莫愁。

五个数字您记好，

12345，办事效率牛牛牛！

〔清脆的电话铃声再次响起。“喂”众人造型。

曲艺卷

【群口快板】

走近红楼

* 白昂 徐涛 任莉

合 人有聚，也有散，
有聚有散家常饭。
在一起，常见面，
分开以后挺想念。
甲 我们上大学整四年，
读完大本又读研，
相处的感情挺不错，
几年同住一个宿舍。
合 毕业各自奔东西，
见面一直没时机。
乙 哎，我的工作确定先告知，
我到安徽师范当了教师。
丙 我回到唐山乐亭县，
在组织部里搞党建。
甲 我在北京求发展，

当了个公司小老板。

乙、丙　这次到北京把事办，

合　三个同学见了面。

合　（白）老同学、老同学！

甲　欢迎哥儿俩回北京，

我给你们来接风。

乙、丙　这回请客你跑不了。

甲　行！我请你们喝碗豆腐脑。

乙　（白）太抠了吧！

甲　这是跟你们闹着玩儿，

咱生活好了不差钱儿。

乙　吃饭喝茶先放一边儿，

丙　我们来啊，想让你带着我们去沙滩儿。

甲　沙滩那边我最熟，

我给你俩当导游。

乙、丙　太好啦！

甲　靠西边，是北海，

“太液秋波”有风采。

“琼岛春荫”是地标，

九龙壁建造的工艺高。

乙　（白）不去北海。

甲　不去北海接着选，

沙滩东边是美术馆。

国画油画都在展，

又长知识又养眼。

丙　老同学，我们不是来旅游，

乙、丙　是专程参观北大红楼。

甲　北大在中关村的最北边儿，

你们干吗去沙滩儿？

一个四环外，一个二环里，

根本就不在一起。
要没有我，你们冤枉路跑得惨，
累死都没有节奏感。

乙　你这是网络语言无厘头，
（白）我们不去北大
去沙滩儿是看北大红楼。

甲　（白）北大红楼？

乙　我在学校当老师，
最知道，学生渴望求新知。
想了解，中华民族复兴路，
把自己的人生来丰富。
革命的道路无休止，
我怎样，讲好中国近代史？
为了把党的使命讲透彻，
特意到红楼来补课。

丙　我在县委的党建办，
负责资料和档案。
为伟大建党精神办展览，
要充实“李大钊纪念馆”。
这次专程到红楼，
来瞻仰革命的营垒和源头。

甲　听你俩，一介绍，
才发现自己不认道。
不是你们这么细心，
我肯定去了中关村。
唉，整天是借贷还贷忙周转，
满脑子毛利纯利收付款。
在这多年都没在意，
沙滩儿是红色打卡地。
去红楼，我要把革命历史再重读，

思想洗礼要补足，
重新打造回回炉。
（白）咱一块儿走！
合　（白）走！
甲　（白）就这儿呀？
北大红楼这么有名，
这楼也不高就五层。
周边繁华不显眼，
乙、丙　可这里是，新文化运动纪念馆。
乙　驻足仰望看过去，
让人肃然起敬意。
红砖红瓦红屋檐，
像一团烈火在点燃。
在这里，唤醒了民众的觉醒和追求，
革命的初始在红楼。
这一块瓦，一块砖，
历史的记忆刻在上边。
那一扇一扇的木格窗，
似看到，先辈们激扬文字写文章。
他们奋笔疾书到三更，
雄文就是启明星。
陈独秀、李大钊，
点燃起反封建的烈火在燃烧。
创办刊物《新青年》，
为启发民众发豪言。
拿起笔，做刀枪，
“铁肩担道义，妙手著文章”。
丙　看红楼，想使命，
心里渐渐不平静。（心潮澎湃）
似听到，图书馆争论声又起，

在探讨，中国的前途在哪里？
李大钊，讲得妙，
循循善诱胡子翘。
他观点鲜明不一般，
讲的是《我的马克思主义观》。
紧贴国情最可贵，
同学们折服又钦佩。

甲 进步学生大游行，
怒火燃遍四九城。

乙 惩国贼，保主权，
北大的学生走在前。

丙 印传单，写标语，
在红楼，奏响了五四运动的前奏曲。

甲 为国家利益齐抗争，
不畏军警向前冲。
天安门、正阳门，
大街两边都是人。
惩罚汉奸报国仇，
一把火烧了赵家楼。

乙 这红楼是五四运动的发源地，
在这里，筹划着共产党的诞生与建立。
每层楼，每块砖，
篆刻着，敢教日月换新天。
这红楼，有记忆，
见证着，多少先辈前赴后继。

丙 我一边看，一边想，
仔细把红楼来瞻仰。
这台阶，这楼门，
走出了我党奠基人。
李大钊，陈独秀，

毛泽东，在这里把马克思主义来接受。

甲　当初他们走进这红楼，

就是把，救国理想来追求。

怀着一颗赤子心，

不怕为真理来献身。

苦探索，拨迷雾，

要找到强国光明路。

乙　“南陈北李”最有名，

都是在红楼锻造成。

爱国情，不泯灭，

民族复兴就要打碎旧世界。

有目标，有理想，

相约建立共产党。

丙　北大红楼奏凯歌，

敌人一下炸了窝。

软硬兼施来引诱，

密谋迫害陈独秀。

反动军警发了疯，

李大钊，护送仲甫离北京。

合　一挂骡车卷尘烟，

他俩来到了海河边。

乙、丙　陈仲甫，李守常，

眼看着，到处的难民好凄凉。

甲　为躲灾祸去逃难，

躲过了天灾遇匪患。

娘找儿，妻找汉，

为逃活命人四散。

破帐篷，铺油毡，

东倒西歪望不到边。

无数的难民倒在河岸，

骨瘦如柴破衣烂衫。

身上披着麻袋片，

清锅冷灶没炊烟。

怀里的婴儿哭声惨，

谁要看到都得心酸。

这些难民谁来管？

谁救他们出深渊？

乙　看着眼前这场面，

震惊了两个男子汉。

丙　陈独秀号啕痛哭热泪淌，

李大钊滴滴热泪湿衣裳。

合　要建党，要换天，

要为人民打江山。

要实现红楼的愿景和理想，

必须成立共产党！

甲　手紧握，心同心，

播下了大江南北主义真。

乙　熊熊烈火烧得快，

觉醒中杀出来新时代。

丙　中国革命前仆后继，

迎来了中国特色社会主义。

甲　远看红楼不在意，

近看红楼，这里有民族复兴的大事记。

乙　走近红楼想此景，

让我们头脑更清醒。

丙　走近红楼心头热，

重温历史动心魄。

甲　这一次我有感怀，

北大红楼要常来。

吃水不忘挖井人，

公司也要有精神。

乙　我来红楼有收获，
我回去，会给学生上好课，
要讲清，从哪来，到哪去，
红楼精神要接续。

丙　我走近红楼收获满满，
办好我们的展览馆。
一代代，一辈辈，
永世传承不掉队。

甲　下次来，甭发愁，
我还给你们当导游。
红楼的地址记得真，
不会再去中关村（啦）。

乙　中国人，中国魂，
中国的文化历史传承至今要永存。

丙　不破不立，不立不破，
中国的未来必定灿烂辉煌更闪烁。

甲　北大红楼，革命圣地，
中国的文化历史传承一代一代在延续。

合　红色记忆要传承，
承天之祐中国红。
红旗招展迎东风，
风调雨顺国运通。
通衢大道走当中，
我们中华民族勇往直前无畏艰险向前冲！

【单弦】
诗情画意赞中轴

* 徐 亮

【曲头】

世界名城好几十，
谁能比这北京城的中轴线，冠绝当时。
穿越全城，两边对峙。
左祖右社，前朝后市，
暗藏天干与地支。
里九外七皇城四，
吉祥威严占天时。
这气势雄伟的中轴线，
是世界城市建筑史的典范与标识。

【数唱】

中轴线好比是北京的脊梁，
让首都绚丽多姿。
这深厚的历史成就，

咱要向世界宣传展示。
借两位书画大师之口细说一遍，
要给这中轴线绘画题词。
李苦禅大师他能书善画，
还有那书画泰斗齐白石。

【太平年】

苦禅叫白石，仙翁我的老师。
咱这次来北京是一路地奔驰。
特地来看这宏大的盛世。
创作出最好的作品是咱画家的天职……

白石面带笑，放眼望京师。
看着北京的中轴线呐，是中正笔直。
已经六百多年了，光申遗的遗产点儿就足足有十四。
怕只怕画不出它的历史价值……

咱们从北往南走，边看边构思。
能画画的画画，能写诗的写诗。
他二人说说笑笑就备好了笔和纸。
一抬头，恰是中轴线的最北端，钟楼正报时……

【罗江怨】

要说起永乐大钟，那真是尽人皆知。
钟鼓楼巍峨壮（啊）丽，屹立在京师。
这斗拱飞檐好似凤凰展翅……

我能画鼓楼上的雕梁画栋，
我能画钟楼后落日迟迟。
那上边是琉璃瓦耀眼光明，

这下边是什刹海连着太液池。

我再画后门桥漕运的终点，它是元代设置……

【金钱莲花落】

说着话不知不觉过了景山，猛一抬头见五个大字，

故宫博物院，真是字体厚重又挺实。

苦禅说，封建王朝的中心在皇室，

紫禁城，可称得上是固若金城与汤池。

古今的珍宝全在此，

书画金石古玩玉器与缂丝。

这九千九百九十九间半的建筑

虽然说是不好画（小过门），我要试它一试。

还得是，你画画来我题诗。

【柳子腔】

他二人一边说来一边走，

看见了天安门雄伟的身姿。

广场上一群精灵身形巧，

穿梭如箭任飞驰。

它在这中轴线上来起舞，

原来是北京雨燕栖居在京师。

【靠山调】

出了正阳门就是大栅栏儿，那儿可是戏园子扎窝儿的地方，什么三庆、庆乐、同乐园，中和、广和、广德楼，想听戏您来这儿，没错儿！

这儿还是老字号汇聚之所，可称上是声名远驰……

不是有这么句话嘛，“头戴马聚源，身穿瑞蚨祥，脚蹬内联升，腰缠四大恒”，身上有这几样的不是达官显贵，就是富商巨贾，

总之就是没有花钱的不是，那真是显赫一时……

除了穿戴好的，还得吃香喝辣（对）。苦禅，我请你吃点儿好的，（老师，

咱吃什么？）什么六必居的酱菜（光吃酱菜太咸啦），还有长盛魁的干果（太干啦），喝点儿张一元的茉莉花（太刮油啦），再垫吧点儿聚庆斋的饽饽（合着这么半天不见荤腥啊），最后请您去厚德福饱餐一顿。

（去不了了，这就已经饱啦）咱们说走就走，绝不延迟……

【流水板】

他二人说说笑笑相映成趣，

走出了前门恰到正午之时。

正阳门虽不见四门三桥仍有气势，

过天桥儿旁边儿紧挨着金鱼池。

往南看，左边儿是天坛祭祀天地，

右边祭先农传下的男耕女织。

苦禅说，此二坛要画好也并非易事，

要点就在天人合一应天顺时。

他二人，往前面，就随说随走，

忽然见，一座城楼、庄严肃穆、高大巍峨、重檐歇山，金碧辉煌、昂首挺立永定门重建于此镇京师。

寓意着，我神州，永远安定屹立东方日新月异国富民强高高飘扬红色旗帜，

这就是北京的中轴世界的中轴这一幅宏伟的蓝图配上伟大的诗词。

【铁片大鼓】

真 情

* 张云剑

（唱）北风飕飕刺骨寒，

大雪纷飞漫无边。

路上的行人已不见，

家家户户把灯关。

就是这么样的风雪夜，

大街上有一位年迈的老妈妈步履蹒跚。

看年纪足有八十岁，

弯腰驼背行路难。

“呜！”风裹着雪花，像那小刀一样扎在脸，

冻得她嘚嘚犹如那冰一般。

（白）这位老人家在风雪中艰难地走着，她的怀里抱着一个红布包，在白雪的映衬下显得特别扎眼！她颤颤巍巍来到检察院，敲开了院长刘振川的房门！

“娘！您、您怎么来了，这么大的雪，要把您给摔了！可怎么得了

哇！”

老人家走进屋里，把布包放在桌上。

“振川呀！你还认我这个娘吗？小泉的事儿……娘求求你了！”

说话间，双膝一软跪在了地上！

（唱）“娘，虽说我不是您的亲生子，

但把您看作亲娘一般！

并不是我的心肠狠，

也不是我无情面，

小泉他贪污巨款又受贿，

钱财已达几百万。

这些钱吃喝玩乐，挥霍一空，

让国家遭到重大损失罪不容宽！”

刘振川还要把话讲，

老太太摆了摆手忙阻拦。

走一步，一步颤，

泪流满面走到桌子前，

双手打开了红布包裹，

从里面拿出一件带着血的白衬衫。

“你睁眼仔细看一看，

这是小泉他爸当年的那件衣衫。

他为你，好端端一个家庭给拆散，

他为你，撇下老母好孤单；

他为你，小泉幸福童年遭噩梦，

他为你，年纪轻轻命归天。”

（白）刘振川一见衬衫，心跳加速，双手颤抖，眼泪是夺眶而出。他又回到了三十年前。那时候，刘振川和小泉的爸爸同在刑警队工作，也是这样一个风雪之夜，两人共同追捕一个带枪的逃犯，黑暗处，歹徒的手枪瞄准了刘振川，小泉的爸爸一跃而出挡住了呼啸而来的子弹！

（唱）“志成啊！我的好哥哥，好伙伴，

为救我你再不能够回还。
眼看你的尸体要入殓，
我在你灵前发誓言：
从今后，你娘就是我亲生母，
小泉就是我儿男。
我送他出国留学把书念，
回国后，在一家企业做总监。
眼看他事业有成前途远，
我心里别提多喜欢。
没想到在经济大潮漩涡里，
他顶不住风浪翻了船。
金钱美女蒙住眼，
一步一步坠深渊。
更可恨，他拿着公款去赌博，
一输就是好几万。
从此后，他腐化堕落犯了法，
关进大墙入牢监。
也怪我，看他事业有成心放松，
才导致小泉有今天。
志成兄，要恨你就将我恨，
要怨你就将我怨。
都怪我责任未尽到，
让你在天之灵心不安！”
这番话，老人家一旁都听见，
泣不成声，心如刀剜。
“振川啊！你和志成情意重，
情同手足不一般。
当初我，想把所有遗物全烧掉，
怕的是见物思人心更酸。
你在灵前表心意，

偏要留下这件衬衫。
看衬衫，志成就在你面前站，
他对你救命之恩重如山。
现如今，他的亲生儿子遭了难，
你这被救之人袖手旁观。”
“娘！您是我娘，他是我儿，
我从来没把小泉当外人看。
正是因为有我这个院长爹，
他才有优越感。
他害了国家害自己，
公司倒闭已瘫痪。
几百名工人工资无着落，
娘！他们找谁去诉冤？！
您想一想看一看，
娘啊！如今他们有多惨！
到现在，还有五十万巨款至今没下落，
检察院，正为这事在犯难。”

（白）“噢！这么说，有这五十万小泉就能减轻罪？”
“对呀！娘，您知道这钱的下落？”
“是呀！小泉前些日子给我一个存折，说是给我养老的钱。振川呀，你赶紧跟娘回家取钱！”
“嗯！”

（唱）这正是：
情深法更重，
意切心不偏。
廉政建设好榜样，
人民公仆检察官。

【单弦联唱】

精忠报国

* 贾 昱 贾 晟

【曲头】

狼烟滚滚烽火燃，
岳元帅抗击金兵志如磐，
金兀术倚仗着骑兵凶悍，
要夺取大宋江山。
岳家军，八百男儿破十万，
大获全胜捷报频传！

【打新春】

鞭敲金镫，唱凯旋，
将士们个个带笑颜。
营中摆下庆功宴（呀儿呦），
打退金兀术重建家园（一儿呀儿呦）。

【南锣北鼓】

岳元帅，好心欢，
拿起杯，把话言，
此一番，金兵虽作鸟兽散。
那兀术定然心不甘。
要时刻，准备战，
切莫轻敌成祸患！

【太平年】

元帅正叮咛，话还未说完，忽听得帐外锣鼓喧天，
原来是百姓们听说岳家军打了胜仗，
特带来慰问品向元帅表心田。（过门）

【南城调】

众乡邻见到岳飞，连连地称赞：
“您就是那钟馗呀那鬼魅全都靠边！”
有一位白发老妪，扑通跪倒，
岳飞他急忙忙就把那老人搀。
老人说：“金兵进犯，欲将我小女儿霸占，
我女她性刚烈自戕在面前！
那血淋淋的剪刀，像扎在我五脏六腑，
我扑上去，哭又喊：宝贝儿，我的心肝！”
老妇人泣不成声，她身后闪出一个小伙儿，
悲痛痛在怀中抱着酒一坛：
“这一坛，女儿红，
本打算为我姐用作婚宴，
哪成想她、她、她……悲愤丧黄泉！
这坛酒我献给岳家军，愿将士们作战勇敢，
我也愿随元帅抗金斗敌顽！”
说着话，这青年，把酒斟满，

双手举过头说："元帅您请干！"
岳元帅接过酒，一饮而尽，
胸中燃烈火，愤怒咬牙关，
"我一定捍卫疆土，救生灵免遭涂炭，
渴饮匈奴血为百姓报仇冤！"

【剪靛花】
岳飞他，在那一晚，难以成寐，
在后背上，"精忠报国"渗入肌肤如刻心间，
思想起，白发娘亲舍家为国，义薄云天，（过门）
怎忍看，骨肉同胞啼饥号寒，（过门）
潇潇雨歇，抬望眼，仰天长叹，
在心中，黎民百姓重于泰山！
要解救天下苍生不再受熬煎，（过门）
哪怕是，血染黄沙马革裹尸还。（过门）

【话白】
想至此，岳元帅睡意全无，"精忠报国"四个字如芒在背，不由得心中反复叨念：精忠报国、精忠报国、精忠报国……

【流水板】
这四个字，是家国情怀坚定的信念，
四个字，是岳鹏举讨伐金贼维护主权的铮铮誓言！
这四个字，是尚武强军、抵御外敌锋利的亮剑，
四个字，坚定表明人若犯我绝不容宽！
那兀术，本性难移不知死活又来进犯，
与岳飞，会兵就在那爱华山。
兀术他，挥动手中金雀斧，
面目狰狞是那恶魔一般。
岳元帅，沥泉神枪上下翻飞疾如电，

两个人你来我往数十回合不分胜负是马打盘旋。
岳元帅指东打西让那兀术难判断，
“噗”的声，枪挑老贼的左耳银环。
金兀术，带伤败阵狼狈不堪仓皇逃窜，
惊呼道：“撼山容易憾岳家军难！”
岳家军，不屈不挠、浩然正气冲霄汉，
鼓舞人民，振聋发聩，倒海排山！
看今天，国际形势风云变幻，
十四亿钢铁长城同仇敌忾共克时艰。
何惧那，无耻强盗坚船利舰，
定叫他，头破血流是有来无还！
精忠报国，民族精神，精忠报国，民族精神，苍天可鉴，
国家兴亡、匹夫有责，碧血丹心无愧为中华儿男！

【群口快板】

筑　梦

* 胡全新

合　新时代，新征程，
　　伟大的祖国在前行。

爸　新发展变化新事儿多，
　　我是心情激动唱新歌。

孙　要唱你们自己唱，
　　我这心情可够呛！

爸、奶　怎么了这孩子？

孙　今天的作业真要命，
　　老师让我们画个梦。

爸　画个梦？

孙　用水彩笔，在纸上画，
　　看谁的梦想最远大。

爸　嗨，你这个作业最好做，
　　我一夜能做十几个——

住新房，开新车，

到手的奖金特别多……

奶　白日梦呀？！

孩子的“梦”是画理想，

让梦想，为他的成长插翅膀。

爸　这也容易。

中华文明五千年，

梦想的追求代代传——

后羿射日，女娲补天，

梦想的浪漫留世间，

嫦娥奔月，精卫填海，

哪一个故事不精彩？！

孙　可我这笔实在不好下。

爸　为什么呀？

孙　这些梦，跟今天跨度有点大。

奶　论梦想，你最好看看百年前，

觉醒的火种被点燃。

五四运动民智启，

民主、科学——开启了现代中国的梦之旅。

陈独秀、李大钊，

为梦想，把热血挥洒安危抛。

共产党筚路蓝缕，前赴后继，

筑梦于民族的解放和独立！

四九年，雄鸡一唱天下白，

东方巨人站起来。

咱今天就画这个梦，

这幅画，最有梦想的代表性！

（唱）起来，不愿做奴隶的人们……

爸　妈，我说您还是别打岔，

这国歌是歌儿怎么画？

孙　对呀，画歌我可画不了。

爸　过去的梦，有很多，
听爸爸跟你往下说，
站起来，富起来，
国人梦想接起来。
联产承包，改革开放，
春天的故事在传唱，（唱）春天的故事……

孙　爸，您怎么也唱上了？

爸　我与改革开放共成长，
想起了从小的目标和梦想。

孙　那您的梦想是？

爸　那时候，咱小区刚有小卖部儿，
我的梦，就想当个万元户儿。

孙　啊？

爸　你爸可不是为发财，
万元梦，是让咱中国富起来。
从工厂集市到村庄，
人人都想着奔小康。

孙　爸，啥叫小康呀？

爸　小康嘛，那当然是——
红焖羊肉软炸虾，
锅烧海参烩腰花，
什锦酥盘熘鱼片儿，
满桌子都是好饭菜儿，
咱趁热打铁画起来。
儿子，你老爸是不是超有才？！

孙　爸，您说这不是我的梦，
纯粹是在这儿瞎起哄。

爸　怎么说话呢？

孙　我们老师说，“家长为孩子做榜样，

未来的梦想才高尚”。
思路差，想法少，
一定是家长没有作指导。

爸 （*看着奶奶*）说起来，当年我也有梦想，
怎奈何，一棵好苗被散养，

孙 散养？

爸 小时候，别说是亲自活动和陪伴，
一学期，我连妈都看不见。

孙 啊？！那奶奶您去哪儿了？

奶 我……

爸 你奶奶去的地方不一般，
哪里没人往哪儿钻，
草原沙漠大戈壁，
别人不去就她去。

孙 为什么呀。

爸 说什么，服从命令与方针，
我看是，误了青春误子孙！

孙 对了，听爷爷说，
您小时候，画画特别有天赋，
那为啥您没坚持住？

奶 每个梦，从最初的构想到实现，
都需要付出牺牲和血汗。

孙 那您是惧怕吃苦和受罪？

奶 瞎说，我们那时，是“掉皮掉肉不掉队”！
想当年，奶奶的梦想也远大，
想用笔，把祖国的山河来描画。

孙 当画家？多好呀。

奶 可新中国，刚成立，
百废待兴正设计。
谁料想，国际风云多变更，

鸭绿江边起战争，
毛主席，战略决策巨手挥，
抗美援朝显国威。
长津湖、上甘岭和三八线，
中国人，挺直脊梁，在板门店！
要想和平来发展，
就需要打造自己的镇国重器撒手锏！
设计图纸要徒手画，
多少人把个人的梦想给放下。
扔下画笔拿图板。
为祖国安危写冷暖。
在高原荒漠大戈壁，
酷暑严寒绘天地，
迎击黄土斗风沙，
手冻烂也要把笔抓。
绘制的图纸堆成山，
蘑菇云，让中国的力量冲云天！

孙　奶奶，您可太厉害了！

奶　论厉害我可不敢比，
那时候儿，很多人特别了不起。
钱学森、李四光，
为报国梦，远涉重洋回故乡。
王进喜，战油田，
为能源梦，宁可少活十几年！
身残志坚吴运铎，
为兵工梦，甘愿把一切献祖国。
两弹元勋邓稼先，
白手起家，用生命为梦写诗篇。
水稻之父袁隆平，
为温饱梦，禾下乘凉志竟成。

医药报国屠呦呦，
为健康梦，德音孔昭写春秋。
一代一代筑梦人，
他们用，无私奉献铸国魂。
牺牲了理想青春和生命，
只为了筑造独立富强的中国梦！

爸 这些梦，太感人，
只可惜，让您的画家梦想化星辰。

奶 我也想画画百年的筑梦路，
可这只手，现在连支画笔都握不住。

爸 您也不必太遗憾，
您的梦，一步一步正实现！
看今天，神舟飞船游太空，
航天梦圆在天宫。
航母驰骋劈巨浪，
强军梦想在激荡。
海军护航亚丁湾，
五星红旗，飘扬在南极的长城昆仑和中山。
紫荆花、白莲花，
港澳游子回了家，
夏奥会，冬奥会，
双奥之城梦成对。
一带一路在一起，
同构筑，人类命运共同体。
现如今，中国的进步最生动，
实现的，哪一个不是先辈的梦？！

奶 是啊！
虽然我，当画家的梦想没实现，
可今日中国，处处都是美画卷！

孙 我说我梦想为啥有点少，

原来是，老一辈把我的梦想都筑好了。
现在我买啥用啥不费神儿，
外卖快递送上门儿。
学啥查啥找度娘，
网上处处有课堂。
天天躺平啥都有，
我的画已经无处可下手啦！

奶 孩儿啊，世界发展，不断进步和前行，
强国路，你可没有时间来躺平，
前辈铺就的筑梦路，
要一代代，用更多汗水付出去接住。

爸 “落后挨打”要记住，
尖端科技需加速。
核心技术小芯片，
也能被人搞垄断。
还有那多少战略前沿和空间，
中国人，被强行排除在一边。
更有那，舆论战和贸易战。
有些人，一心要把咱们中国发展步伐给打乱。
你们少年要不继续奋起和自强，
中华民族，很可能再次陷危亡！

奶 （唱）起来，不愿做奴隶的人们……

爸 （接唱）把我们的血肉筑成我们新的长城！

孙 （白）奶奶，我明白了，
前人栽树，后人乘凉，
为的是，我们轻装上阵更自强。
先辈们，持续筑梦有理想，
为的是，今天的祖国快成长。
我也要，先想国家后为己，
让梦想，和祖国的脚步在一起。

爸　（插白）对喽！

个人梦，只有与国家梦想同起航，

所有的梦，才会在自由的天空任飞翔。

孙　好，那我现在就把梦想画，

让理想，绽放在鲜艳的国旗下。

我要画绿水画青山，

奶　画一片白云悠悠湛蓝的天。

孙　我要画高铁画芯片，

爸　好好学习，要早日冲上祖国建设的第一线。

孙　我要画飞船游太空，

奶　科技报国，把人民利益记心中。

爸　再画一幅，中国的 2035 年，

奶、孙　坐高铁去看日月潭。

奶　又画一幅，2049 的美画卷，

爸、孙　让复兴梦在建国百年定实现！

孙　个人的梦，幸福的梦，

要靠咱家国一体来保证；

爸　国家的梦，富强的梦，

要用咱辛劳汗水来印证；

奶　民族的梦，复兴的梦，

要用咱团结崛起做铁证。

孙　自己的梦，大家的梦，

爸　汇聚成华夏儿女的中国梦。

奶　那要靠：理想信念、不屈志气、斗争精神来保证！

合　先辈们，百年榜样指航程，

新时代，万年执着来践行。

我们万众一心，众志成城，

定会让，人民幸福、国家富强、民族复兴五星红旗向阳红！

【鼓曲组唱】

幸福的记忆

* 王新敏　刘春霞

【合】

轻风拂动着柳枝婆娑，
晨阳映照着库水清波。
柳枝婆娑，库水清波，柳枝婆娑，库水清波，库水清波……

【北京琴书】

北京城往北走有条潮白河，
河边上有个村庄名叫青草坡。
大清早，夕阳红探亲团走出农家乐，
大爷大妈精神矍铄都不像八十多。
他们是密云水库当年的建设者，
这一次来探亲看看这一池碧波。
这个说："这个地方想当年水患成祸，
大旱年，春种夏耪到秋后粮食没收几颗。"

那个说："是啊，老百姓只盼着水不泛滥能顺河而过，
更盼着，年头旱了地有水浇，人有水喝。"
李大爷身体健壮，红光满面，
看着这清澈的水库激动地把话说：
"是敬爱的周总理为水库出谋划策，
他老人家六次到密云查看潮白河。
说新中国大发展在蓬勃建设，
修水库治水患关系到人民的生活。
功在当代利在千秋造福百姓，
京津冀要通力协作为人民负责。
总理的一席话让咱们心里火热，
报名修水库的情景我到今儿个还记得。
那时候咱都是二十来岁姑娘小伙儿，
二十万大军到密云开山引水人潮如歌。"

【合】

嘿嘿，建设如歌，
移山填海，人潮如歌，搬迁引河。
心系大局，气壮山河，气壮山河。
嘿嘿嘿……

【天津时调】

歌声澎湃呀激情满怀，
潮白河畔把战场拉开。
忘不了，为了修水库，
咱把故土离开，
六十七个移民村全部搬出来。
马车拉家具，
铺盖全家抬，
男女老少姑娘媳妇老头老太太。

舍家乡离故土为了治理水害，
走几步回回头眼泪流下来。
支援国家搞建设咱没啥想不开，
顾大局咱农民有广阔的胸怀。
前村的刘大海，后坡的张二伯，
水淀子的王老六南洼的小秀才。
咱们组成了突击队上阵大比赛，
治河的冲锋号已经吹起来。

【合】
火热，火热，火热，工地火热；
齐声高歌，齐声高歌，齐声高歌。
治河，治河，齐心治河，齐心治理潮白河。
齐心治理潮白河，嗨！

【西河大鼓】
燕山脚下人声欢，
京津冀三地齐争先。
密云县，怀柔县，
蓟县霸县静海县。
秦皇岛，昌黎县，
古北口，周口店，
平谷延庆居庸关。
唐山滦县遵化县，
宝坻武清宁河顺义昌平大兴通州房山大厂香河三河还有玉田。
板车马车架子车胶皮轮大车一溜烟往工地赶，
北京天津河北省，二十八个县大军扎营潮白河滩。
我记得，“十兄弟”突击攻坚火热的场面，
难忘那，团营连排班人来车往干劲冲天。
铁锹洋镐钢钎大锤和风钻，

河工石工瓦工木工车工电工一马当先。
他们挖的挖铲的铲运的运搬的搬装的装填的填，
一锹一镐一铲一锨一桩一石一瓦一砖夯实河堰搬走山。
“黄继光突击队”锨铲河泥泥水溅，
打夯号子响彻天是铁姑娘的“花木兰团”。
“飞虎队”肩挑大筐筐装满，
“十姐妹”一摞一摞地搬青砖。
“呼隆隆”，山上炸药震天响，
“当啷啷”，河滩凿石锤打钢钎。
“一年拦河，两年建成”，
七百天引来碧水映蓝天。
这就是一盘棋的精神把大事办，
新时代，京津冀大协同再续新篇。

【合】
燕山明珠，碧波蓝天，
造福千万人呐，
世代相传，世代相传！

【对口快板书】

情系冰丝带

* 孙宏超　贾　昱

男　北京的七月暑气增，
深夜里，万籁俱寂静无声。
就在国家速滑馆的施工现场人头攒动，
亮如白昼，灯火通明。

女　运料车不住来回跑，
搅拌机哗哗转不停。
成吨的钢材连夜就往工地送，
眨眼间，被吊车拎上了半天空。

男　上千名工人连夜在把工期赶，
各项工作紧张有序在进行。

女　此时间就在工地南门外，
有个小伙儿，正紧锁眉头把气生。

男　这时候儿，就听见有人把他喊，
这声音透着有点难为情。

女　“武洲同，洲同，同同～

你可不能生我的气，
看你这样儿我也心疼。”

男　“心疼我您得见行动啊，
为了等您，我从天亮愣生生熬出了满天星。
各位您给评评理，
这是我的未婚女友纪雪晴。
说好了今天中午来见面，
这点儿了才见您尊容。”

女　“可这事儿也不能全怨我呀。”

男　“怨我，就怨我不该追着跟你把婚成。
你平心而论想一想，
这些年，我对你还要咋宽容啊。
零八年，咱都是北京奥运志愿者，
在鸟巢，我向你表白诉真情。
可人家说，要等到大学毕业以后再恋爱，
怕耽误了学业和课程。”

女　“可一零年，一毕业咱就在一起啦。”

男　“对呀，我就从那年开始的爱情马拉松嘛。
她本硕连读一念就是五年整。”

女　他决心带领家乡父老脱贫致富回到了我们的小县城。

男　“两地相隔，咱一年能见几回面儿啊，
加起来最多俩月挂点儿零。
一五年，她终于读完土木工程学博士。”

女　“约好了转年儿三月把婚成。”

男　刚过年，您要到贵州黔南建天眼，
把婚礼准备全叫停了。

女　“一七年想着再把婚礼办。”

男　您修建国际机场奔了大兴。

女　在机场，我三次再把婚期定，
说“今年一定把婚成”。

男 “眼看着今年过了又一半儿啦，
咱这婚礼～”

合 “明年再办行不行啊。”

男 “行，纪雪晴，咱今天再把婚期定，
要再不行，就一拍两散各奔前程。”

女 “洲同～”纪雪晴闻听此话就一愣，
心中像翻了五味瓶。
咽喉哽咽说不出话，
眼睁睁，见武洲同转身消失在了夜色中。

男 多年的往事又从雪晴心头过，
每一幕，都让她黯然神伤好心疼。

女 纪雪晴，把整夜想的心里话，
用微信发给了武洲同。
“洲同，你还记得吗，零八年奥运闭幕的那个夜晚，
咱俩在鸟巢看星空。
说起咱儿时一起长在大山里，
家里的日子够多穷啊。
是希望工程资助我们把学上，
是好心人，为咱点燃梦想的灯。
你曾说，长大后要为民族的复兴而奋斗，
好男儿，就应当志存高远有担承。
五洲四海同世界，
武洲同，就是要让世界同心天人合一谋大同。
那一刻，我的心中就已经确定，
你就是我的盖世英雄。
这一次建设场馆冰丝带，
几万人拧成一股绳。
这就是在为民族复兴而奋斗啊，
武洲同，再等等雪晴行不行。”

男 纪雪晴编好了信息发出去，

擦干泪，转身又回到了工地中。
她深知，冰丝带正交马鞍形屋顶，
要使用密闭索网编织成。
可核心技术，一直被欧美国家来掌控，
他们成心想要卡咱的脖子暗地就把歹心生。
把索的价格一夜提高数十倍，
妄想把咱的建设进度给叫停。

女 纪雪晴和她的工程师团队，
迎难而上，主动请缨。
下钢厂，进工棚，
分析数据建模型。
一次次的承重模拟来实验，
一次次把方案推翻化整为零。
一次次，把钢材成分来调整，
一次次再把内部结构科学优化做提升。
她们一连数月没间断，
硬是把中国的钢索搞成功了。

男 纪雪晴当时别提多激动了，
第一时间把信息发给了武洲同。

女 “洲同，我们已经研制好了密闭索，
过几天钢筋桁架就合龙。
只要桁架一固定，
密闭索网，立刻张拉就提升。
索网屋顶安装好，
冰丝带，主体结构就完成了。
我保证就在今年七月份，
咱一定能把婚礼准时来举行。”

男 武洲同看完信息心里乐得嘴都合不拢了，
当时把电话打给了纪雪晴。
“哎，工期紧也要多休息，

身体不好咋为国家建工程。
该吃饭按时得吃饭，
当然了，可得注意保持好体形。
你喜欢的婚纱我给定了，
吃胖了，穿上婚纱容易崩。”

女　“哦，我还得注意不能胖啊，
那就是你想娶我的心不诚。
看来咱结婚还得等一等，
建完场馆，我再花三年练体形。”

男　“啊～”武洲同闻听差点儿真魂儿没吓掉了，
一劲儿地告饶来求情。

合　约好了就在六月底，
接雪晴回家把婚成。

男　雪晴她满心欢喜挂了电话，
只觉得浑身上下劲头儿增。
回工地，在现场架起了三十二台液压千斤顶，
整体的操控齐运行。
合龙了八千五百吨的主体钢铁环桁架，
密闭锁网立刻启动就提升。

合　这张网，南北达到了二百米，
东西够一百二十多米还挂零。
全世界最大跨度单层索网面屋顶，
在北京，全部由中国工人建造成。

男　大家伙儿共同庆祝来合影，
队伍中，却一直没见纪雪晴。

女　她独自躲在了角落里，
把电话打给了武洲同。

男　“雪晴，我现在就在高铁上，
俩小时后到北京。
结婚的事情家里全都安排好了，

咱到家就能把婚成。”

女 “洲同，你听我说完别生气，

有个新任务，必须要由我协同来完成。

你也知道，场馆的制冰方案是我一手来设计，

他的理念……洲同、洲同！”

男 “听我说吧，那年我毕业回乡去，

就是想把咱乡村来振兴。

这些年，乡亲们全都脱贫致了富，

我毕业时的那份梦想已完成。

我知道，想跟你白头偕老不容易，

可爱你的心，终要用行动来证明。

那天你把你制冰方案的对我讲，

管道焊接，极缺高级电焊工。

所以我偷偷考了个电焊高级技工证，

铁了心，往后就给你当个跟屁虫。

你到哪儿，我到哪儿，

你是将军我是兵。

你想的，是绿水青山千秋画，

你盼的，是天下四海五洲同。

你的设计理念源于爱，

就让我，和你一起把爱的梦想来筑成。”

合 他二人，在工地一扎又是两年整，

冰丝带完美呈现在北京。

男 第二十四届冬奥会，

在中国精彩来举行。

女 国际友人对咱的场馆齐声赞，

运动员们个个赛出高水平。

男 冰丝带，把世界友谊来牵动，

女 冰丝带，见证了梦想与深情。

合 大国担当中国梦，

人类命运共担承。
五洲情系冰丝带，
让中华巨龙再飞腾。

附　录

2022年首都市民系列文化活动“文荟北京”群众文学创作活动暨第33届北京农民艺术节乡村题材文学作品征集活动获奖名单

一、第七届“文荟北京”北京市群众文学创作优秀成果奖

序号	文体类别	作品名称	作者	奖项	报送单位
1	小说集	带凤尾纹的油纸伞	郑俊华	一等奖	大兴区文化馆
2	长篇小说	天生我材	张士祥	一等奖	通州区文化馆
3	中篇小说	永乐店逸事	张佳良	一等奖	通州区文化馆
4	长篇小说	校花	徐伟成	二等奖	通州区文化馆
5	中篇小说集	龙关战事	周建强	二等奖	延庆区文化馆
6	中篇小说	黑猫的自白	王继霞	二等奖	海淀区文化馆
7	短篇小说	吕娘儿	刘佐民	二等奖	大兴区文化馆
8	短篇小说	考拉的夏天	刘秀英	三等奖	通州区文化馆
9	短篇小说	风景	赵德维	三等奖	大兴区文化馆

（续表）

序号	文体类别	作品名称	作者	奖项	报送单位
10	小说集	喊爷爷	侯淑玉	三等奖	大兴区文化馆
11	中篇小说集	大行致远	王忠胜	三等奖	房山区文化活动中心
12	诗集	韵扬妫水	陈　超	一等奖	延庆区文化馆
13	诗集	捡拾生活的诗意	卢吉增	二等奖	海淀区文化馆
14	诗集	落雪第一日	李　谨	二等奖	西城区文化馆
15	组诗	黄河谣	马永珍	二等奖	昌平区文化馆
16	组诗	石膏像	梁小兰	二等奖	延庆区文化馆
17	组诗	孙庄，孙庄	孙殿英	二等奖	顺义区文化馆
18	组诗	树	崔墨卿	二等奖	海淀区文化馆
19	诗评	新诗的读者接受问题	冯连才	二等奖	顺义区文化馆
20	组诗	潮白河	张广超	二等奖	顺义区文化馆
21	诗集	树孩子	王　伟	二等奖	昌平区文化馆
22	诗集	闲庭信步	叶　冰	三等奖	海淀区文化馆
23	诗集	父亲的汪家庄	陈克锋	三等奖	昌平区文化馆
24	散文诗诗集	海坨山的呼唤	张和平	三等奖	延庆区文化馆
25	诗集	长城断想	谢久忠	三等奖	延庆区文化馆
26	诗集	四月丁香梦	李金龙主编	三等奖	西城区文化馆
27	诗歌	李俊言的诗	李俊言	三等奖	西城区文化馆
28	诗歌	我漫步在天安门广场	李　征	三等奖	东城区文化馆
29	诗歌	祖国颂	王　娜	三等奖	顺义区文化馆
30	诗歌	草原怀古	廖松涛	三等奖	顺义区文化馆
31	诗歌	地坛	魏翠萍	三等奖	大兴区文化馆
32	诗歌	遗落的乡愁	陈家忠	三等奖	海淀区文化馆
33	诗歌	书架	刘燕龙	三等奖	海淀区文化馆
34	诗歌	老物件	段凌霄	三等奖	房山区文化活动中心

（续表）

序号	文体类别	作品名称	作者	奖项	报送单位
35	诗歌	蓝陶花盆	赵周怡白	三等奖	大兴区文化馆
36	诗歌	群文人之歌	吴灵巧	三等奖	西城区文化馆
37	歌词	三沙好儿女	刘志毅	三等奖	大兴区文化馆
38	诗歌	盛夏时节	申润民	三等奖	延庆区文化馆
39	诗词	如梦令·游园	刘古径	三等奖	大兴区文化馆
40	诗词	二月风	王　强	三等奖	海淀区文化馆
41	组诗	花上人间	王春丽	三等奖	房山区文化活动中心
42	诗歌	丰收节畅想	康远健	三等奖	房山区文化活动中心
43	诗歌	滑出一个梦	温　娜	三等奖	通州区文化馆
44	报告文学	中国龙的心脏	蓝　帆	一等奖	海淀区文化馆
45	报告文学	归队	李金明	一等奖	石景山区文化馆
46	散文集	桑干河畔的情思	桑　农	一等奖	朝阳区文化馆
47	散文	从传说中走来	杨喜来	二等奖	大兴区文化馆
48	报告文学	我曾打过太原	吴京华	二等奖	大兴区文化馆
49	散文	牛街的胡同	李金龙	二等奖	西城区文化馆
50	散文	真实存在的“骆驼祥子”	李　虹	二等奖	海淀区文化馆
51	散文集	流年情深	浅　黛	二等奖	延庆区文化馆
52	散文集	滋味儿	刘维嘉	二等奖	通州区文化馆
53	散文集	一代宗师李卓吾	刘福田	二等奖	通州区文化馆
54	散文	拉大锯，扯大锯	郝春霞	三等奖	大兴区文化馆
55	散文	父亲，镰刀和锤头	许　震	三等奖	海淀区文化馆
56	散文	苏庄的刻纸窗花	全克亮	三等奖	顺义区文化馆
57	散文	从逼仄日常中提炼生活的黄金	李　点	三等奖	朝阳区文化馆
58	散文集	中国结	高国敬	三等奖	顺义区文化馆
59	散文集	弦动秋水	刘建鸣	三等奖	昌平区文化馆

（续表）

序号	文体类别	作品名称	作者	奖项	报送单位
60	散文集	中国传世名画的故事	张　勇	三等奖	海淀区文化馆
61	散文集	通州民俗文化	郑建山	三等奖	通州区文化馆

二、2022 年首都市民系列文化活动“文荟北京”群众文学创作活动暨第 33 届北京农民艺术节乡村题材文学作品征集活动组织工作奖

单位优秀组织奖	海淀区文化馆　通州区文化馆　大兴区文化馆　延庆区文化馆 顺义区文化馆　西城区文化馆　昌平区文化馆 房山区文化活动中心
个人优秀组织奖	张　婕　谭　畅　周树莲　张　义　王　娜　柳　婷　李晨辰　王兰芬
单位组织奖	朝阳区文化馆　石景山区文化馆　东城区文化馆　怀柔区文化馆
个人组织奖	印　飞　杨志宏　王　桴　孙彦容

第十九届“群星奖”戏剧类、曲艺类北京地区入围作品名单

一、戏剧类（排名不分先后）

序号	作品名称	表演形式	演出单位
1	春天网约车	小品	北京市石景山区文化馆 北京市文化馆
2	春风里的心愿	小品	北京市东城区文化馆
3	我同意	小品	北京市西城区文化馆
4	炸酱面	音乐剧小品	北京市海淀区文化馆 北京市门头沟区文化馆 北京市文化馆
5	苹果熟了	小品	北京市丰台区文化馆
6	居委会里的“陌生人”	北京曲剧	北京市大兴区文化活动服务中心
7	安居乐业	小品	北京市朝阳区宣传文化中心

二、曲艺类（排名不分先后）

序号	作品名称	表演形式	演出单位
1	走近红楼	群口快板	二地文化和旅游局报送 北京市东城区文化馆
2	诗情画意赞中轴	单弦	北京市西城区文化馆
3	真情	铁片大鼓	北京市昌平区文化馆

（续表）

序号	作品名称	表演形式	演出单位
4	精忠报国	单弦联唱	北京市海淀区文化馆 北京市文化馆
5	筑梦	群口快板	北京市延庆区文化馆
6	幸福的记忆	鼓曲组唱	报送单位：三地文化和旅局 北京市文化馆 北京市密云区文化馆 天津市和平文化宫 河北省河间市文化广电和旅游局
7	情系冰丝带	对口快板书	北京市延庆区文化馆

后　记

由中共北京市委宣传部、北京市文化和旅游局指导，北京市文化馆主办，全市各区文化馆协办的2022年首都市民系列文化活动“文荟北京”群众文学创作活动暨第33届北京农民艺术节乡村题材文学作品征集活动获奖结果，共包括第七届“文荟北京”北京市群众文学创作优秀成果奖61个、2022年首都市民系列文化活动暨“文荟北京”群众文学创作活动组织工作奖24个。

在第七届“文荟北京”北京市群众文学创作优秀成果奖中，经过评委会评审，在征集到的169名作者的176篇（部）作品中，共有60名作者（编者）的61篇（部）作品获奖。其中，小说类11篇（部）、散文类18篇（部）、诗歌类31篇（部）、文论类1篇。

在2022年首都市民系列文化活动“文荟北京”群众文学创作活动组织工作奖中，海淀区文化馆等8个文化馆获得单位优秀组织奖，张婕等8人获得个人优秀组织奖。朝阳区文化馆等6个文化馆获得单位组织奖，印飞等6人获得个人组织奖。

作为首都市民系列文化活动和北京群众文艺创作活动的组成部分，2022年首都市民系列文化活动“文荟北京”群众文学创作活动暨第33届北京农民艺术节乡村题材文学作品征集活动包括作品征集、评选编选出版创作成果、创作成果汇报展示研讨等活动内容。

2022 年首都市民系列文化活动“文荟北京”群众文学创作活动文学创作导师团暨“文荟北京”北京市群众文学创作优秀成果奖评委会由文学创作导师团暨评委会主席韩小蕙、鲁太光和文学创作导师暨评委张元珂、杨志学、马光复 5 位专家组成。

根据第七届“文荟北京”北京市群众文学创作优秀成果奖获奖名单，从获奖作品中编选了《文荟北京——北京市群众文学创作优秀成果选（2022）》。成果选正式出版之后，召开创作成果汇报展示研讨会，颁发获奖证书和成果选，展示创作成果，导师与作者进行创作研讨。

“文荟北京”群众文学创作活动为开展全市群众文学业务工作搭建了一个重要的工作平台，对全市群众文学工作起到了积极的促进作用，本书的出版则是在这个平台上所有参与者辛勤劳作后收获到的果实。此外，第十九届“群星奖”北京地区初选入围作品也编入书中作为戏剧卷、曲艺卷。在此，衷心感谢北京市文化和旅游局的指导，感谢全市各区文化馆及有关单位的协助，感谢各位导师的专业指导和评委的严格评选、编选，感谢中标公司北京掌声空间文化有限公司的合作，感谢中国大百科全书出版社对本书编辑出版的大力支持。书中不足之处，恳请专家和读者们批评指正。

编　者

2022 年 9 月